MORTELS PÉCHÉS

DU MÊME AUTEUR
CHEZ LE MÊME ÉDITEUR

Enquête dans le brouillard
Le Lieu du crime
Cérémonies barbares
Une douce vengeance
Pour solde de tout compte
Mal d'enfant
Un goût de cendres
Le Visage de l'ennemi
Le Meurtre de la falaise
Une patience d'ange
Un petit reconstituant (nouvelles)
Mémoire infidèle
Les Reines du crime (anthologie)
Un nid de mensonges
Sans l'ombre d'un témoin
Mes secrets d'écrivain
Anatomie d'un crime
Le Rouge du péché

Elizabeth George

présente

MORTELS PÉCHÉS

Un recueil de nouvelles traduit de l'anglais
par Danièle Darneau et Dominique Haas

PRESSES DE LA CITÉ

Titre original : *Two of the Deadliest*

ISBN 978-2-258-08045-4

SOMMAIRE

Introduction

Le mobile. Tout meurtre, qu'il soit réellement perpétré ou seulement imaginé, est précédé de ce que l'on appelle un mobile. Au cours de l'enquête sur un crime de sang, on ne demande pas à la police d'identifier le mobile qui sera retenu par le juge d'instruction contre l'inculpé(e) ; tout ce qu'on lui demande, c'est de recueillir les preuves matérielles ou circonstancielles qui accusent ou du moins montrent fortement du doigt le ou la coupable présumé(e) dudit crime. Mais le public est maintenant tellement conditionné, par les séries télévisées, les émissions relatant de véritables affaires criminelles ou les déclarations enflammées des avocats de la défense, que tout le monde – des juges d'instruction aux jurés de cour d'assise – réclame un mobile. Dans le cas d'un crime littéraire, les lecteurs s'attendent à ce que l'auteur leur en fournisse un, et j'irai jusqu'à dire que la réussite de l'œuvre dépend souvent de la vraisemblance du mobile.

Pendant longtemps, la littérature n'a eu aucun mal à trouver des mobiles : la morale et les valeurs de l'époque étaient beaucoup plus strictes qu'aujourd'hui, et on pouvait imaginer que l'on tue pour garder le secret de la naissance d'un enfant illégitime, pour dissimuler à ses employeurs et au public son alcoolisme ou son addiction à la drogue, ou pour empêcher sa maîtresse de raconter sa petite histoire aux tabloïdes. Ce genre de révélation est maintenant accueilli avec un haussement d'épaules et un soupir désabusé. A la télévision, des marionnettes font rire en montant en épingle des révélations qui auraient naguère fait sauter des gouvernements entiers, ruiné des carrières et détruit des familles.

On vit vraiment une époque formidable : des gens qui, en d'autres temps, auraient eu des raisons impérieuses de dissimuler des informations peu flatteuses sur eux-mêmes recherchent au contraire la publicité, revendiquent « la pleine responsabilité » de leurs actes, claironnent leur conversion miraculeuse – en brandissant souvent la Bible dans les pays anglo-saxons – ou « se font soigner » pour régler le problème, et ressurgissent régénérés, gonflés à bloc, avec des valeurs nouvelles. Et ça vaut pour tout le monde, le grand public comme les people, de la pop à la politique.

C'est que le monde est devenu un endroit plus tolérant vis-à-vis de certains aspects de la vie quotidienne, et il devient plus compliqué qu'autrefois de justifier le comportement criminel d'un personnage. Les enfants « nés hors des liens sacrés du mariage » sont affichés publiquement, les rejetons de starlettes douteuses semblent souvent n'avoir vu le jour que pour se retrouver en couverture des tabloïdes. Le fait de se faire surprendre la main dans le pot de confiture de l'aventure extraconjugale n'empêche plus un homme politique de venir, le bec enfariné, solliciter un nouveau mandat, ou – plus fréquemment – de prendre la tête d'un grand groupe et d'exiger des stock-options comme d'autres des confettis à la parade. Les sportifs coupables de violence envers les femmes, les animaux ou leur propre corps sont jugés non en fonction du crime ou du délit qu'ils ont peut-être commis, mais de leur éventuelle capacité à faire monter leur équipe sur le podium.

Dans ce contexte, sur quels mobiles un auteur désireux de créer des personnages capables de tuer peut-il encore se rabattre ? Mon éditrice m'a dit un jour : « Au fond, tout se ramène au cul, au fric et à la soif de pouvoir. » Elle n'avait peut-être pas tort. Après tout, bon nombre des meurtres mis en scène par Agatha Christie, la grande dame du crime, peuvent être envisagés sous cet éclairage. Mais je pense qu'on peut trouver un gisement de mobiles magnifique et fertile dans les Sept Péchés capitaux, judicieusement appelés, en anglais, « deadly sins » : péchés mortels.

La colère, l'envie, la gourmandise, la luxure, la paresse, l'avarice, l'orgueil... En réalité, j'ai bien l'impression qu'à la base de tout crime notable, il y a un péché capital.

Ce second volume des « Reines du Crime » est consacré à deux de ces péchés, l'avarice et la luxure. J'ai lancé un défi aux auteurs de ce recueil : « Ecrivez-moi une nouvelle tournant autour de l'avarice ou de la luxure. » Certaines de ces femmes écrivent des romans policiers ; d'autres non, c'est l'originalité de cet ouvrage. La deuxième partie est consacrée à des femmes écrivains encore peu connues, ou qui n'avaient jamais été publiées. Elles sont issues de différents milieux – le journalisme, l'enseignement, l'une d'elles est même informaticienne –, mais elles ont toutes été mes étudiantes à un moment donné, à un titre ou un autre. Je leur ai demandé de participer à cet ouvrage afin de soumettre leur texte à l'appréciation des lecteurs, et peut-être à l'attention des éditeurs et des directeurs de collection. Le monde de l'édition est rude, ces temps-ci, et les gens de qualité ont parfois du mal à percer.

Chacune des nouvelles de ces *Mortels Péchés* projette un éclairage particulier sur les ressorts de la luxure et de l'avarice, et sur ce qui attend ceux – et celles – qui cèdent aux sirènes du désir ou de l'appât du gain. Vous y rencontrerez des braves gens, des sales types, et des individus qui ne sont ni l'un ni l'autre. Vous y trouverez du mystère, des fautes, des malentendus et des morts violentes, tous issus de l'imagination de femmes écrivains formidables, et j'espère que la lecture de ces histoires vous procurera autant de plaisir que j'en ai pris à les réunir.

Elizabeth George
(Whidbey Island, Washington)

CHOCOLAT NOIR

– Nancy Pickard –

D'une hauteur de vingt centimètres au milieu, et descendant en pente douce vers le pourtour parfaitement circulaire – tel était son gâteau.

Seule dans sa cuisine, Marcie murmura :

— Mon gâteau…

Tout à elle. A elle seule. Cha-que bou-chée.

— Rien qu'à moi.

Lorsqu'elle l'avait démoulé, la paroi sombre du tour était tapissée par une sorte de dentelle blanche, ondoyante, fantôme de la farine dont elle saupoudrait toujours ses moules.

Beau gros gâteau, beau gros gâteau, mieux qu'un salaud pataud…

Elle fredonnait des vers sans queue ni tête tout en caressant avec sa spatule à glacer les falaises verticales du pourtour et le dôme qui coiffait l'énorme et opulente beauté noire.

Le glaçage achevé, elle fit un pas en arrière pour admirer son œuvre.

Le bourdonnement du vieux réfrigérateur, dans son dos, offrait un contrepoint à son chantonnement.

Glace-le, glace-le, coupe-le, tranche-le…

— Une perfection, murmura-t-elle, comme si elle avait peur de réveiller un mort.

Perfection, perfection, perfection, vrombit le réfrigérateur.

Maintenant, le découper. Le moment de vérité. Toujours risqué. Elle en était toute tremblante. Les choses pouvaient encore mal tourner, à la dernière seconde, après tout le mal qu'elle s'était donné, tout le temps qu'elle avait passé à réunir les ingrédients, à les peser, les incorporer, mélanger la pâte, faire cuire le gâteau, le laisser refroidir et enfin le glacer. Il pouvait retomber. Il pouvait ne pas être à la hauteur, pas idéalement cuit – trop sec, ou au contraire pas assez, au cœur. A la fin du temps de cuisson prévu, elle avait planté une lame de couteau dans le gâteau encore au four, et la lame était ressortie nette. Sans bavure. Elle avait éprouvé une vive excitation en voyant cette lame absolument impeccable, signe que, cette fois, elle avait réussi le gâteau idéal. Mais ça pouvait encore mal tourner. Il pouvait encore retomber, le milieu pouvait s'effondrer comme si quelqu'un y avait flanqué un coup de poing. Pourvu que ça n'arrive pas, qu'il ne se dégonfle pas. Elle voulait que ce gâteau, son gâteau, ce gâteau entre tous, par ce jour entre tous, soit parfait.

Marcie prit son couteau spécial.

Plaqué argent, cadeau de mariage d'elle ne savait plus qui.

L'un des invités, Sous le clocher.

Elle leva le couteau au-dessus du gâteau et resta un moment immobile, sans bouger, angoissée, redoutant de tout gâcher. Difficile de ne pas tout gâcher. Facile d'échouer. Difficile de déposer un gros et parfait triangle sur une assiette de verre immaculée. *Assiette de verre, assiette d'étain, quel sera mon destin ?*

Elle bloqua sa respiration. Abaissa la lame du couteau sur le glaçage.

Mal. Une souffrance presque physique. Douloureux d'entamer le glaçage, d'y enfoncer le couteau, de lui faire traverser la substance plus ferme de la pâte, dessous. Elle résista à l'envie de se dépêcher, d'accélérer le mouvement pour ne plus la sentir, la douleur de trancher à travers son gâteau. *Ni pousser ni tirer. Couper rime avec aimer.* Une fois le premier coup de couteau donné, il n'y avait pas de retour en arrière possible. Pas moyen de le retirer, de changer d'avis.

La lame du couteau s'enfonça dans le gâteau jusqu'à ce qu'elle vienne toucher l'assiette en verre.

« Jusque-là, ça va », pensa Marcie. Elle reprit sa respiration.

Il y aurait un autre moment pénible à venir, quand elle retirerait le couteau, alors elle le retarda. Elle était debout là, dans la cuisine, les doigts crispés sur le manche d'argent, la lame encore profondément enfoncée dans le cœur du gâteau. *Sang et mort, coule rouge, croque-mort, rien ne bouge.* En retirant le couteau, elle risquait de ramener des fragments de gâteau et de glaçage avec la lame, et la tranche serait imparfaite.

Lentement, avec un luxe de précautions, elle retira le couteau.

La coupure était bien franche. Il n'était resté qu'un tout petit peu de pâte et de glaçage collé sur la lame.

« Ouf ! » La première tranche de son gâteau était parfaite.

Après l'entaille initiale, la seconde serait encore plus délicate, mais elle avait prévu le coup. Elle avait placé un verre d'eau à côté du gâteau. Elle y plongea la lame du couteau et la fit glisser, soigneusement, sur le bord du verre, pour la nettoyer, d'un côté, puis de l'autre. Ensuite, avec un torchon neuf, elle l'essuya parfaitement. Elle était prête pour pratiquer la deuxième coupe.

Petit, petit, lame tranchante, qui qu'est gentille, qui qu'est méchante ?

« Je pourrais écrire des comptines », se dit-elle.

Dieu sait qu'elle en avait assez lu !

Pour finir, le premier et parfait morceau de gâteau fut déposé sur son assiette parfaite.

Marcie prit sa fourchette.

Elle mangea une bouchée, prélevée dans la pointe de la tranche.

Un vrai régal ! Le meilleur gâteau qu'elle ait jamais fait, ou mangé.

Sois sans défaut, fais ce qu'il faut.

Elle n'avala pas la bouchée, la garda entre sa langue et son palais, appréciant toutes ses saveurs en pensant à un article de journal qu'elle avait lu récemment. Les chercheurs prétendaient avoir la preuve que la première bouchée de n'importe quoi était toujours la meilleure. Ils disaient qu'après, la satisfaction allait en diminuant à chaque bouchée. Marcie ne se rappelait pas à quel propos ils disaient cela, et de toute façon elle n'y croyait pas. Elle mangea la deuxième bouchée de son gâteau, la trouva aussi bonne que la première, peut-être même encore meilleure. Tellement délectable qu'elle en avait les larmes aux yeux. Une sensation tellement merveilleuse, entre ses dents, sur ses gencives et quand ça descendait dans sa gorge.

— Oh, murmura-t-elle, gémissante. Que c'est bon !

Après cela, chaque bouchée fut tout aussi succulente.

Délicieux, délicieux, Que les gens sont vicieux.

Elle coupa une deuxième tranche, pas plus grosse que la première. Elle n'avait aucune raison de se presser. Pas besoin de se gaver comme quand elle dévorait les restes de la famille avant de mettre les assiettes dans le lave-vaisselle après les repas. Elle avait tout le temps du monde, cet après-midi-là. Ou du moins jusqu'à six heures, moment où Mark rentrerait du travail. Deux heures et demie, qui pouvaient receler tout un monde, une vie entière. Elle tenait à en savourer la plus petite miette.

Elle trouva la seconde part meilleure que la première, mais quand elle l'eut finie, elle avait encore faim. Elle mourait de faim. Elle se dit que seule une vraiment grosse part pourrait commencer à lui remplir l'estomac, alors elle mangea une troisième tranche, plus épaisse… et elle eut l'impression que cela n'avait fait qu'aiguiser son appétit. Il lui en fallait davantage.

Toc, toc, c'est moi, Touche du bois.

Elle était contente d'avoir une telle faim. C'était son gâteau, et elle voulait le manger en entier.

Elle savoura sa quatrième part.

Elle ne fut pas dérangée par la sonnerie du téléphone.

« Bien sûr que non », se dit-elle. Elle l'avait débranché. L'un des téléphones. Il suffisait d'en décrocher un pour empêcher tous les autres de sonner.

Un bruit, un rire peut-être, ou alors un sanglot, s'échappa de sa gorge.

Mais ce rire, ou ce sanglot, né dans son arrière-gorge, en remontant pour se frayer un chemin vers l'extérieur, la fit tousser, s'étrangler avec la bouchée qu'elle était en train d'avaler. Marcie paniqua, affolée à l'idée de s'étouffer avec son propre gâteau, d'en laisser, que quelqu'un d'autre le trouve… et le mange !

Elle se précipita vers l'évier et recracha le morceau de gâteau qu'elle avait dans la bouche.

Elle avala une longue gorgée d'eau pour calmer l'irritation de sa gorge.

L'eau la remplit un peu, comme le gâteau ne l'avait pas fait jusque-là.

Elle reposa le verre, ne voulant plus boire.

Se rassit sur son tabouret de cuisine, devant le comptoir sur lequel le gâteau était posé. Découpa la dernière tranche de la première moitié du gâteau.

Peut-être était-il temps de rebrancher le téléphone ?

Pour éviter qu'on s'inquiète, si on n'arrivait pas à la joindre. Pour que personne ne vienne voir ce qui se passait avant le retour de Mark. Les gens risquaient de s'en faire si personne ne prenait les appels, même pas le répondeur.

Elle se leva et alla raccrocher l'appareil branché sur le répondeur.

— Salut ! murmura-t-elle avec entrain. Vous êtes bien chez les Barnes !

Elle baissa la voix et poursuivit, un ton plus bas :

— Mark !

Elle reprit sa voix normale :

— Marcie !

Et puis elle imita ses enfants qui babillaient leur nom, du plus grand au plus petit : « Luke ! » (six ans), « Ruth ! » (cinq ans), et les jumeaux, « Matthew ! » et « Mary ! », trois ans.

Pour finir, elle hurla :

— On va vous rappeler !

Comme ils faisaient tous, sur la bande. Il ne manquait que le bébé, John, qui ne disait rien. Le bébé ne faisait pas de bruit.

Marcie fut surprise d'entendre sa propre voix retentir si fort dans la maison silencieuse.

Sa mère disait que le message de leur répondeur gueulait trop fort, cassait les oreilles des gens. Son père disait que c'était exaspérant d'être obligé d'attendre, à chaque fois, qu'il ait fini de débiter son message. La femme de son pasteur disait que c'était adorable.

Marcie commença la deuxième moitié de son gâteau.

Son assiette de verre n'était plus d'une propreté virginale.

Les deux baignoires n'étaient plus impeccables.

Certains des lits n'étaient plus nets.

— Tu devrais avoir honte ! dit-elle en imitant la voix de sa mère.

— Qu'est-ce que tu as fait toute la journée ? claironna la voix de son père.

— Tu ne connais pas ta chance de rester à la maison, dit sa sœur.

— Qu'est-ce que vous avez fait d'amusant, aujourd'hui, les copains ? lui demanda Mark.

— Vous nous avez manqué, à la réunion paroissiale, dit la femme de son pasteur.

Epouse et mère, ta vie entière, Femme étouffée, mère dévorée.

— La ferme, murmura-t-elle. La ferme, la ferme, la ferme !

Les mains tremblantes, elle plongea le couteau à découper dans le verre d'eau, désormais trouble, et l'essuya sur le torchon maculé de chocolat. Ensuite, elle découpa le reste du gâteau en parts égales, afin qu'elles soient prêtes pour elle quand elle serait prête pour elles. Le temps passait de plus en plus vite. Mark n'allait plus tarder à rentrer.

Enfin, au moins, elle avait bien nettoyé le couteau.

Elle le leva pour le présenter à la lumière qui entrait par la fenêtre.

Oui, il était propre et net.

Nickel. Teckel.

Elle pensa au chien, qui n'aboyait pas. C'était le titre d'un livre, ou d'une nouvelle, non ? *Le chien qui n'aboyait pas*. Ça devait être important, vouloir dire quelque chose, le fait que le chien n'aboie pas. Un indice. Mais de quoi ? Peut-être que si elle avait eu son diplôme de fin d'études elle l'aurait su. Elle se demanda si ce serait un indice pour Mark. Quand il approcherait de la maison, quand il mettrait sa clé dans la serrure, est-ce que le fait de ne pas entendre aboyer le chien lui mettrait la puce à l'oreille ?

Mark était futé, mais elle ne pensait pas qu'il le soit suffisamment. Pas cette fois.

Il lui faudrait probablement davantage d'indices avant qu'il voie ce qui clochait.

Marcie finit le premier morceau de la deuxième moitié du gâteau et déposa la part suivante sur son assiette.

Elle estima qu'il lui restait encore un peu plus du quart de son gâteau à manger, maintenant. Si ça faisait plus d'un quart, est-ce que ça pouvait faire un tiers ? Elle n'en était pas sûre. Elle n'avait jamais été très bonne en maths. Jamais eu le compas dans l'œil.

Jamais bonne, jamais bonne à rien…

Pas foutue de faire ce qui était bien.

Mariée trop jeune – ça ne se faisait pas.

Eu des enfants trop tôt – on le lui avait bien dit. Mais pas autant qu'il aurait fallu. « Tu crois que les affaires de bébé iront encore au moins à un de plus ? » lui avait demandé Mark, pas plus tard que la veille au soir.

Ne s'occupait que de son ménage.

Carreaux faits, quel haut fait !

Ne s'en occupait pas assez.

Tout gâcher et te confesser.

Trop dépensière.

N'en avait jamais assez.

Chantait trop fort. Parlait trop.

Disait toujours ce qu'il ne fallait pas.

Ne s'habillait pas comme il fallait.

N'arrivait jamais à faire plaisir.

« *Please*, murmura Marcie, repensant à une chanson des Beatles. *Please, please, please me.* S'il te plaît, fais-moi plaisir... »

Ça ne ferait sûrement plaisir à personne de découvrir qu'elle avait mangé tout un gâteau, mais ça lui faisait plaisir à elle. Tellement plaisir de manger la... dernière... bouchée. Etonnamment, ça ne fit que lui donner envie d'en manger encore plus.

Elle jeta un coup d'œil à la pendule de la cuisine.

Elle avait le temps d'en préparer un autre. Si elle n'avait pas le temps de le faire cuire, elle pourrait peut-être manger la pâte et lécher le saladier, tout le saladier, toute seule.

Et quand Mark rentrerait à la maison, elle pourrait lui donner un baiser au chocolat.

Elle alla chercher, dans le placard, une autre boîte de préparation au chocolat, se rendit compte avec désespoir qu'elle avait pris la dernière. Il n'y avait plus que de la vanille. Au début, elle en éprouva une profonde déception, une contrariété insoutenable, accablante. Plus de chocolat ! Que de la vanille ! Et puis elle se dit : « Mais non ! Tant mieux, au contraire. » C'était parfait. Génial, même. Elle était la seule de la famille à aimer les gâteaux blancs. Elle était la dernière de la famille à aimer ça...

Marcie tendit la main pour prendre la boîte de pâte à gâteau toute prête.

Elle trouvait que la vanille avait une saveur propre, délectable. Elle avait une astringence, une odeur merveilleuse, semblait tellement pure. Et puis on pouvait tout faire, avec. Ajouter n'importe quel arôme, un glaçage de n'importe quelle couleur. Saupoudrer de sucre glace. Faire des roses avec le glaçage, les écraser dessus. En faire des gâteaux de mariage, d'anniversaire, pour toutes les occasions, même aussi spéciales que celle-ci.

Elle en avait l'eau à la bouche, rien que de penser au goût de la pâte qui serait toute à elle. A elle seule. Elle avait tellement faim, tout d'un coup, tellement envie de manger. Comme si elle avait un grand trou au milieu du corps. Un énorme vide. Voilà, elle avait l'impression de tomber dans le vide, l'impression qu'elle pourrait tomber, tomber encore et toujours dans un silence absolu, dans un espace de plus en plus gigantesque, jusqu'à ce qu'il n'y ait plus rien dans l'univers, qu'elle, et le vide.

Peut-être qu'un autre gâteau remplirait ce vide, si elle arrivait à le finir avant que Mark rentre à la maison, une maison vraiment silencieuse.

L'OFFRE

– Patricia Smiley –

Elle s'engagea en clopinant sur l'escalator qui desservait la réception des bagages. Ce fut le premier pas de sa descente aux enfers.

Au sortir de l'avion, découragée par la meute des passagers qui se bousculaient vers la sortie dans un tohu-bohu multilingue, elle avait laissé s'écouler un bon quart d'heure avant de se décider à aller récupérer sa valise au niveau inférieur. A vrai dire, elle avait le moral en berne.

Elle avait cassé l'un de ses talons en montant dans l'appareil à Seattle. Le vol avait déjà une heure de retard sur l'horaire prévu, impossible donc de redescendre sur la piste pour courir après le talon d'une vieille godasse fatiguée. Il ne lui restait plus qu'à trouver un moyen de la faire réparer avant le lendemain si elle ne voulait pas se présenter à son entretien en boitant comme Quasimodo.

Car elle avait rendez-vous à Los Angeles pour un entretien d'embauche. Il s'agissait d'un poste de responsable marketing au sein d'une entreprise vendant des tunnels de lavage pour le toilettage des animaux de compagnie, qui souhaitait développer son activité dans le Pacifique Nord-Ouest. Malheureusement, même si elle décrochait ce poste, elle avait peu d'espoir d'assurer grâce à lui son avenir financier : la société était une start-up aux moyens si limités qu'elle n'avait même pas proposé de lui rembourser son vol, ni même sa chambre d'hôtel. Elle avait donc dû dépenser le maximum autorisé par sa carte Visa pour payer son voyage. Et voilà que, mauvais signe, la seule paire de chaussures qu'elle avait emportée se retrouvait hors service.

Au bas de l'escalator, Mari Smith franchit tant bien que mal une porte tournante menant à la distribution des bagages.

Elle scruta les environs à la recherche du tapis roulant numéro cinq. Son regard tomba alors sur un type baraqué coiffé à la porc-épic. Un porc-épic albinos, car il avait les cheveux couleur platine. Planté à côté d'une rangée de téléphones, en costume noir comme s'il était en deuil, il tenait une pancarte partiellement cachée par ses mains. Seuls émergeaient les mots *MARI* et *SMI*.

Un espoir fou se leva en la jeune femme. Peut-être les laveurs de toutous avaient-ils gratté les fonds de tiroir et dégotté de quoi lui payer le trajet en limousine jusqu'à son hôtel ? La chance aurait-elle tourné, par hasard ?

Car « dame fortune » avait fâcheusement tendance à l'oublier, depuis quelque temps. Son talon cassé ne représentait qu'un minuscule événement parmi la cascade de catastrophes qui lui était tombée dessus récemment.

Ses déboires avaient commencé par la lettre qu'elle avait reçue un beau matin du ministre de l'Education du Nigeria. Il ressortait de ce courrier que ledit ministre rencontrait des difficultés pour transférer la somme correspondant aux frais d'inscription de son fils à l'université de Washington. Ce père aimant craignait de voir se briser le rêve de son garçon. Il se tournait donc vers Mari pour lui demander de l'aider à faire parvenir l'argent à temps.

Le plan paraissait simple : il lui enverrait un chèque de trente mille dollars, à charge pour elle de le déposer sur son propre compte puis de virer vingt-cinq mille dollars au fiston. Les cinq mille dollars de différence étaient pour elle, à titre de compensation pour le dérangement.

Mari s'était dit que cet argent serait le bienvenu pour payer les pneus neufs dont sa voiture avait un besoin urgent, et pour calmer son dentiste, dont les relances de paiement se faisaient de moins en moins courtoises.

Elle s'était aperçue trop tard qu'elle avait viré l'argent sans attendre d'avoir eu son propre compte crédité. Elle avait appris par la suite qu'elle avait été l'une des premières parmi les nombreuses victimes de l'escroquerie. Le malfaiteur avait raflé toutes ses économies, et elle était encore en train de se débattre pour se remettre à flot.

Ensuite, un nouveau malheur était venu la frapper : deux mois auparavant, elle avait perdu son emploi de responsable administrative dans un magasin de pièces détachées pour automobiles et n'avait rien retrouvé malgré des recherches intensives. Ce poste dans le toilettage était son dernier espoir.

Mari croisa le regard de l'homme à la pancarte et sourit.

Il s'avança vers elle. Dans ce mouvement, il déplaça sa main, révélant le nom complet inscrit sur le panonceau : *MARION SMITHSON*.

Elle sentit monter une bouffée de contrariété. Quelle idiote elle avait été d'espérer autre chose !

Mais, déjà, le chauffeur l'abordait :

— Mademoiselle Smithson ? Je vous attends pour vous emmener au centre-ville.

Au centre-ville ? Elle aussi allait au centre-ville !

Elle y avait réservé une chambre dans un hôtel bon marché, le moins cher qu'elle avait pu trouver. On l'avait prévenue que le taxi lui coûterait au moins quarante dollars. Pas question d'aller dîner au restaurant. Elle avait donc pris la précaution d'apporter des provisions : plusieurs barquettes de salade de thon et des biscuits salés achetés au supermarché.

— Je ne m'attendais pas à ce qu'on vienne me chercher, dit-elle.

L'homme en noir baissa le nez sur sa fiche.

— Vous êtes sur ma liste, là. C'est marqué, je dois vous emmener à votre hôtel. C'est payé par la société, vous avez de la chance.

La chance, c'était pour les gens comme Marion Smithson, pas pour elle.

Mari s'apprêta à détromper le chauffeur, puis se ravisa. Un coup d'œil circulaire lui confirma qu'il n'y avait aucune Mlle Smithson en vue. Peut-être celle-ci avait-elle loupé son avion. Cela signifiait alors que le porc-épic s'était déplacé pour rien, c'était trop dommage ! Pour eux deux, car de son côté elle avait besoin de descendre en ville, et lui, du sien, avait besoin d'un passager.

C'était tentant... Elle qui rêvait depuis toujours de faire un tour en limousine... Jamais elle n'avait eu l'occasion de réaliser ce rêve, pas même à sa remise de diplôme... Le chauffeur ne s'apercevrait sans doute jamais de la supercherie et elle, pour sa part, elle économiserait quarante dollars. Au pire, elle pourrait toujours reconnaître son erreur une fois arrivée à destination. Cette pauvre petite Marion Smithson serait obligée de prendre un taxi, mais si la société pouvait se permettre de lui offrir une limousine, elle aurait bien les moyens de lui rembourser la course.

Est-ce que la limousine aurait des vitres teintées, comme celles des stars ?

— Vous pouvez attendre dans la voiture pendant que je m'occupe de votre valise, proposa le chauffeur. Elle est juste là, devant.

Mari lui tendit son ticket de bagage et le suivit à l'extérieur du bâtiment. Sur le trottoir, elle fut assaillie par un vacarme d'avertisseurs et de grondements de moteurs, des gaz d'échappement vinrent lui brûler les poumons… Le tout sous une chaleur étouffante.

Serrant contre elle son bagage à main élimé, elle s'engouffra hâtivement dans le cocon délicieusement frais de la luxueuse voiture climatisée.

Une bouteille de champagne ouverte reposait dans un seau à glace à côté d'une flûte de cristal. Sur l'étiquette, Mari lut : *Krug, Clos du Mesnil 1995*. Elle ne s'y connaissait pas vraiment en champagne, mais cette étiquette raffinée lui donna l'impression que c'était la grande classe.

— Vous avez envie que je vous serve le champagne avant d'aller chercher votre bagage ? s'enquit l'homme en noir, qui l'avait suivie.

Mari hésita. D'accord pour prendre la voiture prévue pour Marion Smithson, mais boire son champagne, ça se rapprochait dangereusement d'un vol…

— Je ne devrais pas, répondit-elle d'une voix qui mourut dans un soupir de regret.

Il sourit.

— Vous n'êtes pas la première que je viens chercher. Les autres concurrentes ont toutes été accueillies comme ça. La vie est courte. Profitez-en.

Tiens, intéressant !

— Les concurrentes ? répéta Mari.

— J'espère que vous n'avez pas cru que vous étiez la seule à avoir rendez-vous pour le poste ?

Mari était abasourdie par la coïncidence. Cette Marion Smithson venait, elle aussi, pour un entretien d'embauche ! Mais ce n'était sûrement pas dans la perspective de faire des shampoings à des chiens et des chats récalcitrants pour le compte d'une start-up sans le sou.

Elle jeta un coup d'œil au verre vide. Après tout le stress de cette journée, un petit remontant ne pouvait pas lui faire de mal... Sans compter que la bouteille était déjà ouverte, et que le champagne serait éventé bien avant que cette Marion Smithson se pointe.

— D'accord, j'en veux bien un petit verre, accepta-t-elle.

Le chauffeur remplit la flûte à ras bord avant de disparaître dans le bâtiment.

Après qu'il eut chargé son bagage dans le coffre, il se glissa sur son siège et tendit à sa passagère un sac en tissu bleu azur, muni de cordons doux comme des fils de soie.

— C'est un cadeau de bienvenue, précisa-t-il. Toutes les candidates en ont eu un. Vous pouvez garder ce qu'il y a dedans, même si ce n'est pas vous qui êtes prise.

Mari regarda le sac. Elle fut saisie d'une irrésistible envie de desserrer les liens, de plonger la tête à l'intérieur de tout ce bleu, comme elle eût piqué une tête dans un lagon tropical pour s'y rafraîchir. Que pouvait-il bien contenir ? Une piqûre de rappel de sa conscience la retint. Elle laissa le sac sur le siège.

La limousine quitta l'aéroport à travers un cercle de hauts cylindres illuminés par des éclairages multicolores, dans une sorte de version branchée des cercles de pierres païens. Mari livra sa nuque à la fraîcheur du siège de cuir et approcha le verre de ses lèvres. Le champagne vint lui chatouiller le nez.

La voiture filait sur une route sinueuse bordée de panneaux d'affichage racoleurs, de palmiers poussiéreux et de relais téléphoniques ridiculement déguisés en conifères. Mais Mari n'y accordait aucune attention : c'était le sac bleu qui l'intéressait, et sa curiosité grandissait à chaque tour de roue. Bientôt, elle se convainquit que la curiosité était non pas un défaut mais une qualité, et qu'il n'y aurait aucun mal à l'ouvrir. Ce n'était pas comme si elle envisageait de garder le contenu !

Les doigts frémissants, elle défit les liens, enfouit la main à l'intérieur du sac. Elle en sortit un flacon de parfum Hervé Léger, un foulard Hermès et une élégante boîte contenant une montre Cartier en or. Elle prit la montre et la caressa doucement du bout des doigts. L'or était lisse et d'une beauté à pleurer. Comme il devrait être agréable de porter une montre pareille au poignet !

Elle enleva sa Timex et la remplaça par la Cartier, qui caressa doucement sa peau. Bien sûr, il lui faudrait l'enlever avant d'arriver à l'hôtel, mais en attendant, autant en profiter.

Pendant que la limousine serpentait sur l'autoroute l'emmenant au centre de Los Angeles, Mari vaporisa du parfum dans son décolleté, noua le foulard de soie autour de son cou et savoura son plaisir, les yeux rivés sur sa montre Cartier.

Elle attendit le dernier moment, quand la voiture s'arrêta devant un hôtel au nom français, pour remettre la montre dans le sac bleu azur. Au moment de s'en séparer, elle dut lutter ferme pour résister à la tentation qui menaçait de la faire flancher.

La portière s'ouvrit et Mari descendit, munie de son sac et de son bagage à main, soulagée comme si elle venait d'échapper à quelque mauvaise action.

— Merci, dit-elle en tendant un modeste pourboire au chauffeur.

Il sourit.

— A votre service.

Mari fouilla les environs des yeux, espérant que son hôtel n'était pas trop éloigné. A force de clopiner, elle sentait déjà une douleur dans sa hanche.

Alors qu'elle se dirigeait vers le hall pour demander son chemin au concierge, elle vit une femme d'un certain âge en ensemble strict s'avancer vers elle. Tout, dans son attitude, trahissait une sorte de rigueur soucieuse.

— Bienvenue à Los Angeles, Marion, dit l'inconnue. Je suis Lisa Beaudry, l'assistante de Weylin Prince. C'est moi que vous avez eue au téléphone.

Visiblement, cette dame n'avait jamais rencontré Marion Smithson.

Mais la plaisanterie avait assez duré. Mari se dit qu'il fallait mettre les choses au clair.

— Merci, madame Beaudry, répondit-elle en s'approchant, mais il faut que je vous dise…

A la vue de sa démarche, son interlocutrice fronça les sourcils.

— Qu'est-ce que vous avez à la jambe ?

Mari se demanda si son inquiétude était de pure politesse ou si le poste impliquait des efforts physiques qui éliminaient d'office une candidate dotée d'une jambe mal en point. Elle raconta son histoire de talon cassé.

Lisa Beaudry sembla soulagée. La prenant par le bras, elle la guida vers le hall d'entrée.

— Votre chambre n'est pas encore prête, précisa-t-elle, j'ai donc pris la liberté de réserver une séance de spa pour vous. Vous pouvez choisir les soins à votre guise. Nous prenons tout à notre charge, j'ai laissé les instructions nécessaires. En attendant, je vais voir ce que je peux faire pour vos chaussures...

Mari se sentit mollir. Ah... ! Un bon bain chaud et un massage, voilà exactement ce dont elle avait besoin pour évacuer une partie du stress qu'elle avait accumulé. Avec un peu de chance, elle pourrait s'éclipser après la séance de spa et filer vers son hôtel bon marché avant que cette Lisa Beaudry s'aperçoive de sa disparition. Si d'aventure on découvrait le pot aux roses, il lui suffirait de fournir l'excuse d'avoir mal lu la pancarte du chauffeur, compte tenu de la similitude de nom et de destination. Tout comme Marion, elle-même s'était déplacée à Los Angeles pour un entretien d'embauche. Une simple erreur.

— Une séance de spa, ce serait parfait, dit Mari.

Après son massage, elle se doucha et s'habilla. Le champagne l'avait rendue un peu pompette, mais les mains du masseur, en soulageant la tension de ses muscles, l'avaient envoyée en douceur au nirvana. Plus prosaïquement, ledit masseur lui avait également indiqué comment gagner son propre hôtel, qui était situé à environ six pâtés de maisons de là.

Mari prit son bagage à main et son sac, se préparant à partir, lorsqu'elle eut un coup au cœur. Sa valise ! Elle avait oublié sa valise ! Sans doute la limousine était-elle repartie avec, mais comment la retrouver, sans numéro d'immatriculation, ni même le nom de la société ? Pour la récupérer, il faudrait tout expliquer. Lisa exigerait le remboursement du trajet, plus celui des soins au spa, et elle n'aurait plus un fifrelin en poche !

Mari se précipita vers l'ascenseur, mue par l'espoir de retrouver, peut-être, sa valise auprès du portier.

Dans le hall, une voix féminine la héla. Lisa Beaudry.

L'appréhension lui envoya une décharge d'adrénaline, suivie d'une bouffée de sueur mêlée au parfum fleuri dont elle s'était aspergée.

— Vous voilà, dit Lisa. Devinez ce que j'ai trouvé ?

Pourvu que ce ne soit pas Marion Smithson !

Mais non. Lisa lui tendit un sac portant le logo d'un magasin. Il contenait une paire de chaussures en daim rouge cerise, aux talons de sept centimètres, décorées d'un nœud bleu marine assorti à son ensemble.

Mari regarda fixement les chaussures, les yeux agrandis d'admiration.

— Elles sont… magnifiques.

Tout en lui tendant une carte de serrure magnétique, Lisa poursuivit :

— Je me suis dit qu'elles vous plairaient. Votre valise est dans votre chambre. Il y a un cocktail pour tous les candidats à dix-huit heures trente, suivi d'un dîner. J'ai constaté en voyant les vêtements que vous avez apportés que personne ne vous avait dit qu'il fallait prévoir une tenue habillée. Ne vous inquiétez pas. Je vous ai trouvé quelque chose à mettre.

Mari poussa intérieurement un ouf de soulagement : elle avait retrouvé sa valise. Néanmoins, une sourde inquiétude la gagna. Cette Lisa ne s'était pas contentée de la porter dans sa chambre, non, elle avait aussi fouillé à l'intérieur. Et comme son nom était clairement inscrit sur l'étiquette, cette bonne Lisa avait forcément compris qu'elle avait affaire à une usurpatrice. Peut-être la police était-elle déjà dans la chambre, l'attendant pour la conduire en prison !

Mari s'affola. La situation commençait à lui échapper complètement. Vite, il fallait récupérer cette fichue valise et disparaître pendant qu'il était encore temps !

Elle prit la carte magnétique et se précipita à l'étage. Arrivée devant « sa » chambre, elle colla l'oreille à la porte, à l'écoute de bruits éventuels émanant de l'intérieur.

Rien. Elle ouvrit.

La pièce était vide. Sa valise et le sac bleu azur étaient posés sur le lit.

Elle courut inspecter son bagage, s'aperçut que l'étiquette à son nom n'était plus accrochée à la poignée. Arrachée pendant le transit, sans doute. Elle remercia mentalement les bagagistes d'avoir malmené son bien. Pour cette fois, elle n'allait pas se plaindre !

Le soulagement calma les battements de son cœur et diminua sa résistance. Elle ramassa le sac bleu azur avec une ferveur quasi amoureuse. Son souffle s'accéléra au moment où, une ultime fois, elle passa à son poignet la montre Cartier, brillant objet du désir.

Puis son œil fut attiré vers la penderie. Une élégante robe de cocktail couleur bleu marine y était suspendue, ornée d'une rose de soie du même rouge que ses nouvelles chaussures.

Oh, quelle classe ! Il fallait regarder ça à la lumière !

Mari se dit qu'au fond elle ne risquait rien à l'essayer, juste pour voir… Si elle lui allait, eh bien, elle s'en achèterait une pareille avec son premier salaire, quand elle aurait été embauchée par les laveurs de toutous.

Vite, elle la passa, tout en gardant un œil rivé sur la porte pour surveiller l'irruption éventuelle de la fameuse Marion Smithson. Dans ce cas, elle lui céderait la place en racontant qu'il y avait eu un cafouillage dans l'attribution des chambres.

Mari s'admira dans la glace. Elle était pas mal, finalement : des traits réguliers, bien foutue, un teint de pêche et de beaux cheveux bien fournis. Elle n'était pas du genre sophistiqué, plutôt nature, mais on appréciait généralement son charme juvénile.

Travailler pour une entreprise qui faisait des cadeaux pareils à ses candidats à l'embauche, elle aurait été preneuse, elle aussi ! Cette Marion devait avoir un CV en béton. Elle prétendait visiblement à un poste de très haut niveau, vu la façon dont elle était cajolée. Peut-être exigeait-on de grandes compétences techniques, en ingénierie, peut-être, ou en informatique.

De fil en aiguille, Mari en vint à penser que si, par hasard, c'était un poste dans la vente ou le marketing, elle-même était parfaitement susceptible de convenir, avec sa formation. Puisque Marion n'était toujours pas arrivée, autant assister au cocktail, prendre un verre, quelques petits-fours, et creuser la question du poste. Elle n'avait aucun projet pour la soirée, en dehors d'un tête-à-tête avec son thon en boîte et ses biscuits salés dans sa chambre d'hôtel. Non, elle n'avait rien à faire avant son rendez-vous du lendemain matin, à dix heures et demie. Sa supercherie n'avait pas encore été découverte : deux heures de plus ne changeraient sans doute rien à l'affaire. Peut-être même réussirait-elle à se placer auprès de ce M. Prince, et à devenir la concurrente de Marion, plutôt que son usurpatrice. C'était assez marrant, comme idée !

A dix-huit heures trente précises, Mari se présenta sur le seuil de la grande salle de bal de l'hôtel, vêtue de son élégante robe bleu marine, de ses chaussures rouge cerise à nœuds assortis, avec, au bras, la montre Cartier. Elle se sentait séduisante et sexy.

— Marion, comme vous êtes belle ! s'exclama Lisa Beaudry en l'introduisant à l'intérieur. Venez, il y a des gens qui ont envie de faire votre connaissance.

Mari n'était pas belle, elle le savait bien, mais ces mots lui donnèrent un petit coup de fouet.

Elle suivit Lisa dans une pièce remplie d'hommes en smoking et de femmes rivalisant d'élégance, avec leurs belles robes de cocktail et leurs diamants scintillants. C'était un mélange de couples et de personnes seules d'un peu tous les âges, mais la plupart paraissaient assez mûrs, la cinquantaine ou plus, et tous avaient l'air de gens riches.

De l'autre côté de la pièce, un homme corpulent à la peau grumeleuse était en train de piquer une fraise sur une fourchette en argent et de la placer sous une fontaine de chocolat fondu. Lisa lui fit signe. Il répondit par un mouvement de tête et s'avança vers elles en se dandinant.

— C'est M. Dolan, chuchota Lisa à l'oreille de Mari. C'est un membre du directoire. Soyez gentille avec lui.

Mari se demanda ce que Lisa entendait par là. Evidemment qu'elle serait gentille avec lui ! Quand on venait pour un entretien d'embauche, on était gentil avec tout le monde !

M. Dolan croqua dans sa fraise recouverte de chocolat.

— J'ai cru comprendre que vous avez de l'expérience dans la pub…

Mari avait vendu des annonces classées par téléphone pendant l'été au cours de ses années d'université. Elle ne mentit donc pas vraiment en répondant oui.

Dolan passa sa langue sur ses lèvres pour lécher les derniers reliquats de chocolat.

— Bien. Parlez-moi de votre famille.

Qu'est-ce que ça voulait dire ? Poser ce genre de question à une candidate à l'embauche, c'était déplacé, peut-être même illégal. Un membre du directoire devait savoir cela. Elle n'avait certes pas envie de rater sa chance, mais elle n'en était pas pour autant prête à parler de sa vie personnelle.

— Je suis orpheline, mentit-elle.

Mari se demanda ce qui l'avait poussée à cette réponse. Peut-être le tic nerveux de ce M. Dolan, qui clignait sans arrêt des yeux avec une grimace grotesque. Elle pensa à la réaction de ses parents et de ses quatre frères et sœurs, s'ils savaient. Il y avait peu de chances pour qu'ils approuvent ce mensonge et l'ensemble de cette escapade.

Dolan lui caressa le bras de ses gros doigts moites, comme s'il voulait en prendre une bouchée.

— Que c'est triste, pour une jeune femme aussi charmante !

Grâce au ciel, le bombardement de questions plus ou moins indiscrètes auquel il la soumit s'interrompit sur un signe de Lisa désignant une autre candidate.

Lorsque Dolan délaissa cette dernière pour mettre le cap sur les petits-fours qui lui tendaient les bras, Mari s'approcha d'elle.

— Vous avez rendez-vous à quelle heure, demain ? s'enquit-elle.

— A dix heures. Et vous ?

— A onze heures. J'avais envie de relire la description du poste ce soir, mais je crois que je l'ai oubliée chez moi. Est-ce que je peux me permettre de jeter un coup d'œil sur la vôtre ?

Son interlocutrice sembla surprise.

— Je n'en ai pas reçu. Lisa m'a dit que le poste était nouveau et qu'ils n'avaient pas eu le temps de le formaliser. Mais ça n'a pas beaucoup d'importance. Les postes de commerciaux se ressemblent tous. On va voir les clients, on fait de la prospection, on fait des rapports. On sera souvent sur la route, donc je pense qu'ils veulent un célibataire. De toute façon, on le saura pendant l'entretien. Vous travaillez, en ce moment ?

Mari fut prise de court. Impossible de raconter à cette fille qu'elle était au chômage depuis des mois et qu'elle était à Los Angeles dans l'espoir de décrocher un emploi sans avenir dans une entreprise miteuse. Non, pas en ce moment où la robe, les chaussures et la montre Cartier lui donnaient un sentiment de réussite qu'elle n'avait jamais connu jusqu'alors.

Elle sourit.

— Je suis directrice des ventes et du marketing pour une marque de lingerie française qui s'appelle C'est Bon.

Elle se demanda où elle avait pêché cette nouvelle idée. En général, ses sous-vêtements étaient plutôt du genre pratique : en coton, solides, fiables. A se demander si la belle robe et la montre n'étaient pas en train de modifier son ADN, car elle commençait à se sentir tout à fait capable d'exercer ses talents au sommet de la hiérarchie dans une multinationale de la lingerie.

Durant l'heure suivante, Mari s'entretint avec plusieurs candidates. Toutes des femmes. La plupart étaient belles. Elle apprit que la société s'appelait le Pleasure Club, que c'était une organisation fermée, réservée exclusivement à ses membres et spécialisée dans les voyages d'aventure. Surprenant. Les invités semblaient avoir dépassé l'âge où on appréciait l'aventure. Mais bravo à ces « seniors », qui restaient actifs dans leur prétendu « bel âge ». N'empêche, le nom de la société était ambigu. Il évoquait plutôt une sorte de club porno clandestin, ce que démentait évidemment l'air très comme il faut de ses membres.

Le temps s'écoulait, et toujours pas trace de Marion Smithson.

Mari se dit que c'était le moment de s'éclipser, si elle ne voulait pas risquer de tomber sur elle au moment du dîner.

Alors qu'elle sortait de la salle, une voix résonna derrière elle :

— Marion ? Où allez-vous ?

Mari se retourna sur Lisa Beaudry. Evidemment.

— Je viens de recevoir un message, balbutia-t-elle. Une urgence à mon travail. Un arrivage de soie chinoise retenu au port. Une grosse commande. On me demande ce qu'il faut faire.

Elle s'aperçut trop tard qu'elle venait de commettre une erreur. Marion Smithson ne travaillait pas pour une marque de lingerie française !

— Voilà qui explique peut-être le message que m'a remis le concierge, répondit Lisa. On me dit que vous avez eu un empêchement, mais que vous arriverez à temps pour votre entretien de demain matin. J'avoue que je n'ai rien compris à ce qui était écrit, puisque je vous avais vue quelques minutes avant !

Mari sentit des gouttes de transpiration se former au-dessus de sa lèvre supérieure.

— Oui, ce qui était écrit... répéta-t-elle. Le concierge a dû mal comprendre. Je voulais simplement vous informer que j'ai dû passer quelques coups de fil et que je ne serais pas présente au dîner.

Lisa fronça les sourcils.

— D'accord. Mais ne travaillez pas trop tard. Votre entretien est prévu pour neuf heures demain matin. M. Prince fera connaître son choix à midi.

A mesure que l'effet de l'adrénaline s'estompait, Mari sentait croître sa fatigue et son inquiétude. Elle avait été à deux doigts d'être démasquée. Ses nerfs n'allaient pas pouvoir tenir le choc beaucoup plus longtemps.

— Ecoutez, Lisa, il faut que je vous dise quelque chose. Je n'ai rien à faire ici...

— J'espère que vous n'avez pas été intimidée par M. Dolan, l'interrompit Lisa. Les gens comme lui sont le ciment qui fait tenir cette organisation. Si vous lui plaisez, vous tirerez le gros lot.

Puis elle ajouta, avec un sourire et une petite tape sur l'épaule :

— Allez vous reposer. Vous vous sentirez mieux demain.

Non, elle ne pouvait plus continuer à jouer à ce petit jeu. C'était de la folie. Il fallait qu'elle se sorte de cette situation avant de franchir la ligne rouge et de se retrouver irrémédiablement coincée.

Devant sa chambre, Mari écouta à la porte pendant ce qui lui sembla une éternité. Toujours pas de bruit à l'intérieur. Elle entra.

Elle quitta la belle robe pour son ensemble défraîchi et remit la montre dans le sac bleu azur. Quant aux chaussures, elle n'avait pas le choix. Il lui fallait les garder si elle voulait éviter de se présenter à son véritable entretien en boitant. Tant pis, elle rembourserait le Pleasure Club plus tard.

Elle rassembla ses affaires et sortit.

Elle se dirigeait vers l'ascenseur lorsqu'elle entendit la voix de Lisa Beaudry au loin. Risquant un coup d'œil à l'angle du couloir, elle l'aperçut qui marchait dans sa direction, flanquée d'un homme de grande taille au nez pointu et au teint basané. Ses oreilles étaient anormalement petites, et ses cheveux noirs luisants, lissés en arrière, le faisaient vaguement ressembler à un phoque.

Vite, elle se cacha dans un recoin à côté d'une machine à glace, sans pouvoir s'empêcher d'imaginer le type en train de faire tourner une balle de caoutchouc au sommet de son nez en pointe.

— Et Marion Smithson ? demanda le phoque en passant devant elle sans la voir. Elle a plu à Dolan ?

— Je ne sais pas, monsieur Prince. La photo qu'elle nous a envoyée doit dater de plusieurs années. J'ai eu du mal à la reconnaître. Sans compter qu'elle me semble assez capricieuse. Je ne suis pas sûre qu'elle convienne.

— Qui d'autre voyez-vous ?

Mari n'entendit pas la réponse, mais elle en voulut à cette Lisa de ne pas l'avoir défendue. Lisa, qui lui avait touché le bras de manière si gentille, si rassurante ; Lisa, qui lui avait dit qu'elle était belle ! Et cette bonne femme doutait de ses capacités, alors que sans même postuler elle avait réussi le test que lui avait fait passer Dolan ! Ça voulait bien dire qu'elle était capable !

Car oui, finalement, ce boulot de commerciale pour le Pleasure Club l'intéressait.

Mari se prit à penser que non seulement elle était qualifiée pour ce travail, mais, mieux, qu'elle le méritait. Il suffirait de trouver un moyen d'impressionner le phoque avant l'arrivée de Marion Smithson, et l'affaire serait dans le sac. Elle n'avait rien à perdre. Elle pouvait très bien rencontrer Prince à neuf heures et courir ensuite à son rendez-vous de dix heures et demie.

Il était tard, et l'idée de traîner sa valise à pied jusqu'à son véritable hôtel lui faisait peur. S'aventurer seule la nuit dans une ville étrangère était dangereux. Seulement, dormir dans une chambre d'hôtel réservée pour une autre était risqué, aussi ! Que se passerait-il si la Smithson avait la mauvaise idée de débarquer au beau milieu de la nuit ?

D'autre part, si elle voulait poser sa candidature pour un poste au Pleasure Club, un minimum de connaissances sur le tourisme était indispensable. Il fallait donc potasser un peu le sujet.

Sitôt pensé, sitôt fait : abandonnant toute velléité de filer à l'anglaise, Mari se précipita au centre d'affaires pour se livrer à des recherches intensives sur Internet.

Aux petites heures du matin, elle avait recueilli et imprimé un nombre impressionnant de statistiques. Puis elle alla se réfugier dans une salle de réunion vide, où elle se fabriqua un lit de fortune avec des chaises et s'endormit.

A son réveil, elle se prépara avec soin dans les toilettes des visiteurs et alla ensuite rôder aux alentours de la salle de réunion où se tenaient les entretiens, afin de guetter l'arrivée éventuelle de Marion Smithson. Cinq minutes après l'heure officielle du rendez-vous, cette dernière brillait toujours par son absence.

Mari pénétra dans la salle, fin prête. Oui, elle allait lui en mettre plein la vue, à Prince-le-Phoque.

Même si elle le surprit à plusieurs reprises en train de loucher sur ses seins pendant l'entretien, il sembla impressionné par ses connaissances et son enthousiasme. Vingt minutes après le début de l'entretien, il se recula au fond de son fauteuil et annonça :

— Vous êtes embauchée.

Fière de son intrépidité et sûre désormais de sa légitimité, elle se félicita *in petto* de son exploit : elle venait d'obtenir haut la main un poste pour lequel elle n'avait même pas posé sa candidature ! Certes, il lui faudrait expliquer l'embrouille concernant les noms, mais plus tard. C'était un détail.

— Quel est le salaire de début ? s'enquit-elle.

Prince leva un sourcil.

— Qu'est-ce qui vous ferait plaisir ?

Bon, il la menait en bateau, là. Il n'allait quand même pas lui faire croire que c'était à elle de fixer le prix ! Même si le poste était nouveau, ils avaient dû établir une sorte de fourchette de salaires.

Elle réfléchit, mais comment faire une proposition quand on n'avait même pas eu le descriptif du poste ? Cinquante mille, ça semblait trop peu, même si elle n'avait jamais gagné une somme pareille. Cinquante mille, ça ne cadrait pas avec les montres Cartier.

— Deux cent cinquante mille ! lança-t-elle en retenant un rire.

Prince la regardait, un sourire carnassier aux lèvres.

— C'est beaucoup d'argent, objecta-t-il.

Au moment où elle ouvrait la bouche pour dire qu'elle plaisantait, il ajouta :

— Que diriez-vous de cent mille ?

Abasourdie, Mari se demanda ce qu'il voudrait en échange de cent mille dollars.

— Quand est-ce que je prends mes fonctions ?

Un nouveau sourire un peu effrayant. Puis :

— Ce soir. Nous commençons par un dîner. D'ici là, profitez bien de votre liberté.

Le doute s'insinua en elle quand elle réfléchit à ses paroles. C'était une blague, évidemment. Il voulait simplement dire qu'elle travaillerait dur, à faire de la lèche aux membres du club et à en recruter d'autres. Un boulot qui payait aussi bien exigeait sûrement de longues heures de travail, mais le jeu en valait la chandelle, si elle voulait sortir de la panade.

— A ce soir, dit-elle.

Après l'entretien, Mari retourna au centre spa, où elle bénéficia d'un soin du visage, suivi d'une séance de maquillage et de manucure. Après ces travaux d'embellissement, elle se retrouva avec un physique de déesse qui n'avait qu'un lointain rapport avec celui d'une vendeuse de voyages pour seniors.

A vingt heures, elle passa l'élégante robe bleu marine ainsi que les chaussures rouge cerise ornées du nœud du même bleu, attacha la montre Cartier à son poignet.

Alors qu'elle traversait le hall de l'hôtel, prête à monter dans la limousine qui devait l'emmener au dîner du Pleasure Club, elle aperçut une jeune femme assez mal fagotée devant le comptoir de la réception.

— Excusez-moi, disait-elle à l'employé. Mon nom est Marion Smithson. Je devais arriver hier, mais j'ai manqué mon avion et je n'en ai pas eu d'autre avant. J'ai laissé un message pour Mme Lisa Beaudry, mais je ne sais pas si elle l'a reçu. Est-ce que vous pouvez l'appeler, s'il vous plaît ?

Le réceptionniste sembla taper sur les touches de son ordinateur. Puis :

— Je suis désolé, répondit-il. Mme Beaudry a quitté l'hôtel.

Pas de chance, ma pauvre Marion, dit mentalement Mari à la jeune femme, mais que veux-tu, on ne peut pas gagner à tous les coups dans la vie ! En tout cas, moi, j'ai gagné à la loyale. J'étais en concurrence avec une salle complète de candidates et c'est moi qui ai emporté le morceau !

Elle se glissa dans la limousine et s'installa confortablement sur le siège de cuir. Le champagne l'attendait. Cette fois, il lui était bien destiné.

Bientôt, les lumières de Los Angeles disparurent dans le rétroviseur, et il ne subsista plus que les phares de la voiture pour illuminer la nuit. Après ce qui lui sembla un long trajet, la limousine s'arrêta devant une demeure campagnarde qui se dressait au milieu de nulle part.

Quelques instants plus tard, le chauffeur accompagna Mari à l'intérieur d'un salon éclairé par des chandeliers. Son entrée fut accueillie par des applaudissements. La lumière tamisée l'empêchait d'évaluer exactement le nombre de personnes présentes, mais il lui sembla en compter une petite trentaine, dont certaines lui tapotèrent le dos et lui murmurèrent des félicitations.

Ses deux verres de champagne lui avaient tourné la tête et elle avait un peu de mal à marcher droit. Aussi fut-elle soulagée quand Lisa Beaudry la prit par le bras pour la conduire dans une grande salle décorée de lianes et d'arbres bizarres. Drôle d'idée, ces plantes artificielles... Pour vérifier, Mari tâta une liane et constata qu'elle était bel et bien naturelle.

Lorsque ses yeux se furent habitués à l'obscurité, elle distingua une construction ressemblant à une réplique de pyramide maya et vit que certains convives portaient des masques, tandis que d'autres étaient vêtus de pagnes et de plumes. C'était ridicule. Mais peut-être ces vieux trop âgés pour l'aventure s'amusaient-ils tout simplement à recréer le décor de l'un de leurs voyages ? Ou peut-être se préparaient-ils à la découverte du Belize...

Lisa lui posa alors une question surprenante :

— Vous êtes prête pour la présentation ?

— Oui, bien sûr, répondit-elle.

Son cerveau se mit à travailler à toute vitesse. Personne ne lui avait parlé de présentation. Attendaient-ils des graphiques et des diapos PowerPoint ? Comment parler de ses projets de vente et de marketing si elle ne savait même pas en quoi consistait le boulot ?

Comble de malchance, elle ne se sentait pas en forme. Elle avait le vertige, elle avait sommeil.

Elle ferma les yeux, cligna des paupières, mais le brouillard qu'elle avait devant les yeux ne se dissipa pas.

Quelqu'un lui attrapa les mains, la montre Cartier glissa sur son poignet, puis, aussitôt, quelque chose de rugueux effleura sa peau. Une corde. On était en train de lui lier les mains derrière le dos...

Non ! Elle devait se tromper ! Le champagne lui donnait des hallucinations !

Les mots eurent du mal à se former, mais elle essaya quand même de crier :

— Qu'est-ce que vous faites ? Lâchez-moi !

Saisie de panique, elle sentit deux hommes l'attraper, la traîner au fond de la pièce. Les chaussures rouges raclèrent le sol et il lui sembla qu'un serpent jailli de la jungle artificielle lui mordait les orteils. Puis elle vit se dresser devant elle une sorte d'autel de pierre monté sur une estrade. Ce décor, la jungle, les ruines mayas, les pagnes...

« Mon Dieu, faites que ce ne soit qu'une sorte de rituel d'initiation un peu spécial ! »

Mari n'eut pas beaucoup de temps pour s'interroger. Ses pieds furent soulevés de terre et ses chaussures rouges tombèrent. Elle sentit une odeur de métal, vit des taches noires encastrées dans la pierre. Ses paupières palpitèrent, puis se fermèrent. Une sensation de froid parcourut sa peau, comme si on lui avait enlevé ses vêtements. La dernière chose qu'elle entendit fut la voix de M. Dolan :

— Je suis content que vous ayez accepté notre offre, Marion.

DE QUOI JE M'E-MAIL ?

– Kristine Kathryn Rusch –

Tous les matins, Gavin se levait, allait, pieds nus, se préparer un grand crème avec des copeaux de chocolat et s'installait avec devant son ordinateur. Il l'avait mis dans la deuxième chambre de son appartement à loyer modéré. Une pièce de la taille d'un placard, mais il n'était pas exigeant. Et puis, l'appartement proprement dit était vraiment grand, pour Manhattan, où la plupart des gens vivaient dans des boîtes à chaussures, et le loyer était le quart du prix du marché. Il l'occupait depuis qu'il était étudiant, sauf qu'à l'époque il cohabitait avec trois autres gus.

Maintenant, il était tout seul chez lui – avec un chat –, et c'était encore mieux comme ça. Il avait ses habitudes, ses rites, et il les appréciait. Par exemple, il se mettait au boulot vers midi, et ça, pour un gars qui avait été son propre patron presque toute sa vie adulte, c'était quelque chose.

Il posait le crème sur la deuxième étagère de son bureau, se connectait, vérifiait qu'il était bien protégé par ses antivirus, pare-feu et *tutti quanti*, puis il regardait ses mails : la flopée de spams auxquels on n'échappait pas *(Augmentez la taille de votre pénis en trente jours !)*, les problèmes de boulot auxquels on échappait encore moins *(Urgent ! Besoin des graphes Peterson pour vendredi. Avant-projet souhaité fissa. Préfère éviter les surprises)*, parfois une lettre de sa sœur, qui lui donnait des nouvelles de sa nièce (en CP, et qui adorait ça), de son neveu (en CE1, déjà !) et de son mari, qui avait le bon sens peu commun de rester à la maison pour élever le petit dernier.

Gavin répondait comme il pouvait, supprimait ce qui ne méritait pas de réponse et passait au régal de la matinée : les mails de Stella.

Stella, sa presque femme.

Stella, sa maintenant ex-petite amie.

Stella, qui le détestait presque autant qu'il la haïssait.

La prose de Stella se caractérisait par un grouillement de métaphores côté cul, et côté cœur par un désert. Stella n'avait jamais eu de cœur. Stella préférait le sexe. Les bonnes vieilles histoires de fesses tout ce qu'il y avait de plus basique.

Pas ses fesses à lui, évidemment.

Les siennes à elle.

Et il avait rarement eu l'occasion d'en profiter. D'une façon concrète, s'entend. Du moins, c'était ce que Stella avait dit au juge quand elle avait demandé – et obtenu – l'injonction restrictive.

« Gavin se comporte bizarrement. Comme s'il me prenait pour sa chose. Il passe son temps à m'observer. J'ai peur de lui, monsieur le juge. »

Gavin serra les dents et s'obligea à décrisper lentement les mâchoires. Quelle comédienne ! Quelle mauvaise comédienne. N'empêche que le juge avait marché à fond.

Les hommes marchaient toujours à fond dans son jeu.

Même ce juge.

Quand Gavin regardait les mails de Stella, les souvenirs de l'époque où elle le faisait marcher revenaient le submerger. Stella avait tout un éventail de correspondants, en majorité des hommes, généralement plus âgés qu'elle et se faisant passer pour plus jeunes.

C'était leur langage qui les trahissait, leurs « Hé, poupée », ou « Vous m'avez l'air d'une minette à la coule ». Ils faisaient des phrases complètes, avec des majuscules et une vraie ponctuation, au lieu d'employer le langage texto. Ces guignols écrivaient « A mon humble avis » au lieu de « amha ».

Gavin se demanda si Stella avait assez de jugeote pour s'en rendre compte, ou si elle s'imaginait vraiment que tous ces types étaient jeunes, beaux et intéressants. Contrairement à lui, comme elle le lui avait assez souvent dit.

« Ouais ? Et alors, je suis quoi, moi ? » répliquait-il.

Avant de se rendre compte, mais trop tard, que cette question avait été le début de la fin.

C'est qu'elle y avait réfléchi. Et puis elle y avait encore plus réfléchi, et puis elle avait tourné et retourné la réponse, comme on titille un trou dans une dent, ce genre de truc obsédant.

Au début, elle disait :

« Tu n'es pas mauvais au lit. »

Et puis elle avait revu la réponse :

« Tu es un artiste. »

Et enfin, elle avait conclu :

« Et puis tu as de l'argent. »

Le « pas mauvais au lit » l'avait ennuyé. Il était foutrement bon, au lit. Toutes les femmes, sauf Stella, le lui avaient dit. Il pensait d'abord à elles avant de s'occuper de lui. Que demander de plus, quand on était une femme ? Mais Stella n'était pas folle du sexe, pour commencer.

Elle adorait l'exciter. Elle aimait être désirable. Mais elle détestait les fluides, le temps que ça prenait, les aspects bestialement physiques du sexe.

Il avait pensé à le dire, par mail, à ses admirateurs. Sûr que la photo qu'elle affichait sur son site était sexy. Il l'avait prise après un moment de passion et – ouais, il n'était pas un artiste pour rien – les retouches qu'il avait faites avec Photoshop étaient à peine visibles. On avait réellement l'impression de voir un téton, un téton très séduisant. Il fallait vraiment y regarder à deux fois pour se rendre compte que ce n'était qu'une suggestion de téton, pas un authentique téton. Pas du tout, même.

Le vrai téton était décevant. Gros, bulbeux, un machin manifestement fait pour donner la tétée à un bébé, pas pour le plaisir du mâle. Ça faisait ressembler tout son sein à la tétine d'un biberon, au lieu d'une chose qu'un homme ne pouvait pas s'empêcher de peloter.

Quand il prenait des photos d'elle, nue – et il en avait pris beaucoup sans qu'elle s'en rende compte –, ses tétons lui posaient toujours un problème. Le temps qu'il finisse de concevoir son site, il était devenu hyper-pro en « camouflage de tétons ». Elle n'avait même pas remarqué comment il avait gommé sa taille pour la faire paraître juste un tout petit peu plus mince, ni comment il avait renforcé la couleur de la couverture sur ses hanches pour dissimuler sa maigre toison pubienne, afin d'éviter les ennuis avec les hébergeurs du site (qui définissaient les images pornographiques comme étant celles qui montraient tout, par opposition avec les photos artistiques, qui laissaient deviner certains détails).

Evidemment, tous ces imbéciles qui lui envoyaient des mails lisaient son blog et croyaient la connaître. Son blog ! Parlons-en : quatre-vingt-dix pour cent de fantasmes et dix pour cent de réalité, lesquels n'apparaissaient que lorsqu'elle se laissait aller.

N'importe quel type un tantinet attentif aurait tout de suite compris qu'elle était complètement fabriquée, une femme avec une tonne de problèmes, encore plus de complexes et un caractère de chiotte.

Mais les mecs ne pensaient pas à ça quand une femme racontait qu'elle aimait passer ses soirées seule, enfin, seule avec Monsieur Vibro et un paquet de pop-corn gonflé au micro-ondes. Tous ces crétins croyaient pouvoir remplacer avantageusement son vibro.

Il était là pour leur dire qu'ils se fourraient le doigt dans l'œil jusqu'au coude.

Ou plutôt, c'était ce qu'il avait pensé faire, au début : alerter tous les Joe Trouduc qui lui écrivaient, en leur envoyant des mails créatifs et intraçables. Au lieu de ça, il s'était laissé piéger à lire son blog fabriqué, à le comparer aux mails qu'elle envoyait et qu'elle recevait, et à se demander si elle vivait vraiment mieux maintenant qu'elle l'avait éjecté hors de sa vie.

A ses amis, il disait qu'elle ne lui manquait pas. Ce qui était sûr, c'était que son travail n'en souffrait pas. Il avait des tas de clients, surtout des agences de pub, des sites web et des magazines, et il avait deux expos prévues cette année-là, dans des galeries de Boston – le deuxième endroit où il fallait être, juste après New York.

De toute façon, il n'était pas vraiment sans elle ; il avait son chat – enfin, la bestiole qu'elle lui avait abandonnée, et dont elle utilisait encore le nom comme mot de passe. Et il lui arrivait, certaines nuits, de faire comme si la petite boule de chaleur collée contre ses reins était Stella.

Il avait ses mails, aussi. Pas seulement ceux qu'elle lui avait balancés avec fureur le jour où elle l'avait plaqué (ces mails-là, il les avait pieusement conservés, téléchargés et sauvegardés, juste au cas où). Les mails qu'elle envoyait, qu'il lisait religieusement, et ceux qu'elle n'envoyait pas – son dossier « Brouillons », qu'il n'ouvrait que le dimanche.

Il adorait les brouillons non envoyés. Des ébauches, rédigées sous le coup de la colère, et côté colère Stella était vraiment au top. Une fois, il avait trouvé une lettre qui frisait la pornographie, et il s'était demandé si c'était à lui qu'elle avait l'intention de l'envoyer, jusqu'à ce qu'il tombe sur un nom, vers le milieu de la page : « Tom ». Aucun moyen pour que Gavin se transforme en « Tom », même en plissant très fort les yeux, dans le noir, et en mélangeant toutes les lettres.

Il y avait cinq Tom dans ses contacts, mais aucun à cette adresse e-mail particulière, une adresse à laquelle elle n'avait jamais rien envoyé, ni avant ni après. Gavin aurait sûrement pu remonter à la source, mais il n'en voyait pas la nécessité, puisqu'elle ne lui avait jamais rien adressé.

Si ça se trouvait, ce Tom était un pur fantasme, jamais consommé, et ça suffisait à Gavin.

Pourtant, depuis quelque temps, son courriel lui paraissait un peu moins bandant. Presque ennuyeux. Il avait d'abord attribué ça au fait qu'ils avaient rompu depuis plus d'un an. Ça n'avait jamais été une lumière. Elle n'avait même pas de diplôme d'études supérieures, préférant faire mousser son CV afin de faire passer pour une éducation surchoix les quatre années où elle avait stagné dans une boîte pour gosses de riches.

Et puis elle avait cessé de correspondre avec la plupart de ses mecs. Ses réponses étaient devenues laconiques, comme si elle était trop occupée pour perdre du temps à écrire.

C'est alors que Gavin s'était rendu compte qu'elle n'avait pas ouvert sa messagerie depuis près de trois jours. Pas un seul mail expédié, pas de brouillons non envoyés. Elle n'avait même pas répondu à ses « vrais » messages – ceux des membres de sa famille, qu'il avait rencontrés à l'époque, et détestés –, et ça, c'était tout à fait anormal. Elle avait l'habitude de mener les hommes par le bout du nez, de les faire lanterner pendant des jours, sans doute pour les amener à se dire qu'ils avaient merdé en envoyant des messages aussi crus à une femme qu'ils n'avaient jamais rencontrée, mais jamais, au grand jamais (même quand il l'en implorait), elle n'avait négligé sa famille.

C'était le premier signe que quelque chose allait de travers. Le deuxième était plus subtil. Un de ses correspondants réguliers, dont le pseudo était jondoe61 – c'est-à-dire, en gros, untel61 –, s'était évaporé. Gavin avait dû fouiner dans ses fichiers pour s'apercevoir que Stella l'avait exilé dans les « indésirables », bloquant ses messages.

Il fallait vraiment qu'il ait mis le paquet pour qu'elle lui réserve pareille infamie. La plupart du temps, elle ne prenait même pas la peine d'y mettre les gens qui lui envoyaient des spams. Elle l'avait fait pour Gavin, bien sûr, mais ça, c'était sur le conseil de son avocat.

Et Gavin savait comment contourner la difficulté.

Le fait qu'elle ait bloqué jondoe61 excitait sa curiosité. Qu'avait-il bien pu lui faire pour qu'elle décide de prendre ses distances vis-à-vis de ce type, ne serait-ce que par mail ?

Gavin commença par regarder dans la « corbeille », mais l'hébergeur du blog de Stella avait un filtre très efficace contre les mails indésirables. Ils allaient dans la « corbeille », et ils étaient automatiquement supprimés au bout de sept jours.

Stella avait bloqué jondoe61 près de seize jours auparavant. Gavin ne pouvait donc pas savoir ce qui avait provoqué cette disgrâce, et il n'avait rien remarqué de particulier dans ses échanges antérieurs. Tous les mails des types qu'il ne connaissait pas lui paraissaient vaguement pornographiques. Ce qu'il mettait sur son compte à elle : quand on se foutait à poil comme ça dans son blog, il ne fallait pas s'étonner de recevoir en retour des mails du genre plutôt dégueu.

Mais Stella n'avait jamais eu de bouton « stop ». Elle n'avait pas l'air de se rendre compte que ce qu'elle disait, et écrivait, avait des répercussions. Elle désirait le désir, tout en voulant qu'il s'exprime en termes romantiques : « Tu es tellement belle », plutôt que « Tu as un cul sensass et j'ai envie de te fourrer ».

Si les mâles avaient eu deux sous de jugeote, ils auraient compris que ce n'était pas après l'honnêteté qu'elle courait. Elle voulait de la poésie. Mais elle semblait avoir intégré qu'il fallait lire un paquet de mails torrides pour en obtenir quelques-uns d'agréables.

Et elle ne se disait jamais qu'elle était responsable de leur contenu. Si des types lui envoyaient des messages à vomir, c'était parce que les hommes ne savaient pas écrire de belles choses, pas parce qu'elle ne parlait que de *sex toys* et d'orgasmes dans ses délires nocturnes en ligne.

Gavin poussa un soupir, but son crème maintenant froid et s'aperçut qu'il avait perdu la moitié de la matinée sur la messagerie de Stella. Elle n'avait rien écrit sur son blog non plus – ce qui l'aurait fait fuir instantanément –, et il avait complètement perdu la notion du temps.

Il avait intérêt à se reprendre ; il allait perdre toute la journée, et il ne pouvait pas se le permettre.

Enfin, si, mais ce n'était pas une habitude à prendre. Un bonhomme qui bossait chez lui se devait d'avoir un vrai garde-chiourme pour patron, ou il ne faisait jamais rien.

Tel était le discours que Gavin tint au chat. Lequel cessa de se lécher le trou de balle pour exprimer son désaccord en dardant sa langue rose vers lui, la patte de derrière tendue en une version féline du bras d'honneur.

Mouais. Qu'est-ce que les chats, ces vils exploiteurs, connaissaient au monde du travail, de toute façon ? Il décida qu'il était temps de s'y mettre.

Il avait un boulot à finir.

Stella lui sortit complètement de la tête jusqu'au lendemain matin. Il alla, pieds nus, se préparer son grand crème avec double dose de copeaux de chocolat, s'installa devant son ordinateur et se connecta en pensant à son tableau virtuel à moitié fini plutôt qu'à l'énigme jondoe61. Par habitude, il ouvrit la messagerie de Stella… et constata qu'elle n'avait rien écrit de la semaine.

Il parcourut les mails qu'elle avait envoyés, en se demandant si elle ne l'avait pas repéré. Elle s'était peut-être rendu compte qu'il lisait tout, et résultat, elle n'avait pas sauvegardé de copies des mails qu'elle avait envoyés. Il bricola donc, pour voir, un mail adressé à l'un des spammeurs habituels de Stella, avec son adresse d'expédition normale, et le message apparut dans les mails envoyés, exactement comme il était censé le faire.

Il effaça le mail traficoté et repensa à jondoe61.

Stella gardait les mails de réponse ; elle était trop flemmarde pour supprimer les messages reçus après y avoir répondu. Gavin en fit défiler près d'un millier à la recherche de jondoe61. Quand il tomba enfin sur un mail dudit jondoe61, il double-cliqua dessus afin de regrouper tous ceux qu'il avait envoyés.

Après en avoir lu six, Gavin repoussa son grand crème en se demandant s'il arriverait jamais à en boire à nouveau un. En attendant, il pouvait faire une croix sur son petit déjeuner et son déjeuner.

Gavin n'aurait pas bloqué jondoe61 en le reléguant dans les « indésirables ». Gavin l'aurait dénoncé à son fournisseur d'accès, et peut-être même aux flics.

Ce mec était dingue, et sa prose tellement tordue et perverse que Gavin doutait de jamais arriver à se sortir ses images de la tête. Jondoe61 décrivait ce qu'il voulait faire aux femmes, et quand Stella lui avait répondu...

— Ma pauvre petite, mais à quoi tu pensais ? murmura Gavin.

Tout en sachant pertinemment qu'elle ne pensait à rien du tout, qu'elle s'était contentée de répondre à ses mails sans réfléchir, selon sa vieille habitude...

Jondoe61 lui disait qu'il n'avait pas seulement imaginé ces choses : il les avait bel et bien faites, et il pouvait le lui prouver. Une petite rencontre, et elle oublierait Monsieur Vibro pour toujours.

Gavin avait l'estomac retourné comme une chaussette. Il dut faire un effort sur lui-même pour rester devant son ordinateur. Il voulait croire que Stella n'était tout de même pas assez bête pour avoir rencontré ce malade.

Elle l'avait mis dans les « indésirables », se répétait-il. Elle ne l'avait pas rencontré. Elle avait bloqué ses messages.

Ce qui, dans l'esprit de Stella, était une punition pire que d'aller trouver la police. Refuser à cet individu l'agrément de sa présence était le sort le plus atroce qu'elle pouvait imaginer. Gavin ne le savait que trop. Comme il savait jusqu'où elle était capable d'aller pour punir un homme qui ne demandait qu'une seule chose : passer un peu de temps en sa compagnie.

Vraiment, un peu de temps, était-ce trop demander ?

Il serra à nouveau les dents si fort qu'il crut qu'il allait les entendre craquer. Cinq mails de jondoe61 mélangés avec des offres de Viagra et des lettres de pures jeunes filles désireuses de bavarder un moment. Cinq messages, de plus en plus rageurs alors que Stella continuait de refuser de répondre.

Cinq messages envoyés le même jour.

Le jour où Stella avait ouvert sa messagerie pour la dernière fois.

Lundi.

On était jeudi.

Jeudi matin.

Gavin s'obligea à respirer trois fois à fond. Elle s'était probablement contentée de changer d'adresse. Il faudrait qu'il se débrouille pour trouver la nouvelle.

Sauf que... changer d'adresse Internet, ce n'était pas le genre de Stella. Elle avait la même depuis plus de dix ans. Elle avait toujours gardé le même numéro de téléphone, et quand elle avait acheté un portable, elle avait demandé un numéro voisin de celui de sa ligne fixe.

Quand l'avocat de Gavin lui avait dit que déménager sans laisser d'adresse réglerait tous ses problèmes, elle l'avait regardé comme s'il lui avait suggéré de se jeter sous le métro.

Gavin se leva d'un bond, faisant sursauter le chat, qui leva vers lui ses yeux verts, inexpressifs. Il se dit qu'il passait beaucoup trop de temps tout seul, que les gens isolés finissaient par se faire du cinéma.

Mais il ne pouvait pas empêcher le petit vélo qu'il avait dans la tête de tourner, tourner, tourner...

Alors il décrocha le téléphone et composa, de mémoire, le numéro de téléphone de Stella, au bureau. La standardiste qui répondit devait être nouvelle : son nom ne lui disait rien, et elle ne se fit pas prier pour lui raconter que Stella n'avait pas pointé son nez de toute la semaine :

— Elle a appelé mardi pour dire qu'elle était malade. Elle avait l'air vraiment mal en point ; je ne l'avais jamais entendue comme ça.

Il n'aimait pas du tout ça. Il n'aimait pas non plus que sa ligne soit sur répondeur, et que la messagerie de son portable soit pleine. Il retourna vers son ordinateur et regarda les conneries de messages de sa conne de famille.

Ils se demandaient pourquoi elle ne répondait même pas au téléphone, comment il se faisait qu'elle avait loupé la sauterie organisée par une amie enceinte pour fêter l'arrivée du bébé, qu'est-ce que c'était que ces manières, et patati et patata.

Il retourna aux mails de la boîte d'envoi, et comme ils ne lui apprenaient rien, il alla fureter dans sa messagerie professionnelle. Ce qui lui donna un peu de fil à retordre. Sa boîte aux lettres était hébergée sur le site de son employeur, mais la fonction « courrier » était moins bien protégée que le site proprement dit. Gavin croisa les doigts, fit des vœux pour ne pas se faire bloquer par des anti-spywares et utilisa un programme de craquage de mots de passe qu'il avait téléchargé plusieurs mois auparavant pour pénétrer dans l'ensemble du système.

Une fois à l'intérieur, accéder au compte mail de Stella fut un jeu d'enfant. Cette stupide garce utilisait toujours le nom du chat comme mot de passe. Quand il la retrouverait, il lui dirait de faire preuve d'un peu plus d'originalité.

Sauf que, comme il se le rappela aussitôt, il n'avait pas le droit de lui parler. Alors il se dit qu'il lui enverrait peut-être un mail anonyme, histoire de la faire bisquer.

Quand il l'aurait retrouvée.

Ce qui n'était pas gagné.

Tout ce qu'il avait déniché jusque-là, c'était un message automatique adressé à tous les contacts de sa liste, leur annonçant qu'elle avait un projet important sur le feu, et leur demandant d'attendre qu'elle reprenne contact avec eux. Elle avait tapé « atendre », et cette faute de frappe ne lui ressemblait pas. Elle avait un correcteur d'orthographe, prenait toujours le temps d'effectuer une vérification, et disait qu'envoyer des mails convenablement rédigés et orthographiés était la plus élémentaire des politesses.

Les mains tremblantes, Gavin passa en revue les autres mails qu'elle avait envoyés ce lundi-là, en fin de journée.

Une grippe affreuse. Extrêmement contagieuse, d'après le toubib. Devrais être sur pied d'ici une semaine à peu près. Ne vous étonnez pas si je ne réponds pas à vos mails tant que ça n'ira pas mieux. Désolée...

Elle ne l'avait même pas signé, et ça, c'était révélateur. La boîte d'envoi de sa messagerie, au bureau, disposait d'une signature automatique qui émettait son adresse de réponse, son adresse postale, son numéro de portable, sa ligne directe au bureau, le numéro de son fax, et qui proclamait aussi à la terre entière qu'elle avait été bombardée assistante exécutive, ce qui, pour Gavin, était un terme ronflant synonyme de « secrétaire », mais elle en était sacrément fière.

Il parcourut ses autres mails.

Rien qui ait le moindre intérêt, ni dans la boîte d'envoi ni dans la boîte de réception. Pas un mot sur sa maladie, en dehors de quelques questions de responsables désireux de connaître la date de son retour.

Pas de réponse à ces mails-là non plus.

Gavin n'aimait pas ça. Pas du tout *du tout*.

Mais il ne pouvait rien y faire. Il ne pouvait pas aller à son appartement à cause de l'injonction – la dernière fois qu'il avait mis un pied sur le pas de sa porte, un connard de voisin avait appelé les flics – et il ne pouvait pas appeler sa famille parce qu'on lui raccrocherait au nez.

Il ne pouvait pas aller voir les flics parce qu'ils lui demanderaient pourquoi il l'espionnait. Et ils l'accuseraient d'avoir violé l'injonction restrictive.

Foutue Stella ! Si elle n'avait pas réagi avec cette violence vis-à-vis de lui, il aurait pu l'aider, maintenant. Mais elle ne lui avait laissé aucune marge de manœuvre.

Résultat : elle avait disparu, et il n'avait aucun moyen de le prouver.

Il n'avait qu'une intuition tripale.

Et la très vilaine tonalité des messages du dénommé jondoe61.

Sur lesquels il était bien obligé de se rabattre. La teneur de ces mails était plus que révulsante. Personne n'aurait dû imaginer des choses pareilles. Et encore moins infliger de telles images à une fille naïve et un peu innocente comme Stella. Pensez donc, une cruche qui ne comprenait rien à la colère de Gavin, ou à ses explications lorsqu'il lui disait que hurler et lancer des objets étaient des réactions rationnelles à des stimuli adverses.

Il lui avait fait « peur », pauvre choute, et elle avait pris la fuite.

Pas étonnant qu'elle ait marqué jondoe61 comme « indésirable ». Cet enfoiré avait relevé la barre. Considérablement. Et il n'avait même pas encore rencontré Stella.

A moins que...

Gavin en revint aux mails originaux de jondoe61. Leur ton lui parut soudain un peu trop familier. Le genre de trucs qu'un homme aurait pu dire à une femme qu'il aurait rencontrée en chair et en os, pas une femme sur le blog de laquelle il se serait connecté un soir.

Comme si Gavin connaissait la différence entre un harcèlement dans le réel et un harcèlement en ligne. Tu parles ! se dit-il. Il ne savait même pas si harceler en ligne était illégal.

Sauf en ce qui le concernait personnellement, bien sûr. Et encore, seulement quand Stella était en cause. Il n'avait pas le droit d'entrer en contact avec elle, et dans la décision de justice qui le frappait, quelqu'un avait eu le front d'ajouter « par toutes les formes de communication existantes ou susceptibles d'être mises au point dans l'avenir ». Ce qui voulait dire, lui avait expliqué ce connard d'avocat qui lui avait coûté un œil, les e-mails, les messageries instantanées et les textos.

Gavin se perdait en conjectures à propos de jondoe61. Mais ses conjectures étaient basées sur sa connaissance de Stella, et de ce qu'elle supportait.

Elle n'aurait jamais supporté jondoe61.

Et comme Gavin ne pouvait pas vérifier où elle en était – pas sans violer davantage une décision de justice, du moins – il décida d'enquêter sur jondoe61.

Trois heures et deux programmes de piratage spécialement téléchargés plus tard, il avait réussi à s'introduire dans le site sans payer – ce qui aurait dû déclencher un signal d'alarme chez lui, mais ne le fit pas, bordel de merde ; pas avant qu'il n'ait réussi à s'infiltrer à l'intérieur –, et en découvrant le contenu il se réjouit de ne pas avoir mangé de la journée.

Le site du bonhomme était une étude de perversion. Des femmes ligotées, des femmes aux yeux vitreux, avec des ecchymoses noir et bleu, l'air désespérées, résignées… et mortes, pour dire les choses telles qu'elles étaient. Gavin ne pensait pas que quelqu'un de vivant pouvait adopter ce genre de postures. C'étaient des cadavres, des versions de la mort aux yeux vides et à la peau livide qu'on ne montrait pas dans les séries télévisées policières.

Il examina les photos, non parce qu'il était lui-même pervers – il avait décrété, une fois pour toutes, qu'il nc l'était pas – mais pour voir si elles avaient été retravaillées avec Photoshop. Il avait l'œil pour les photos retouchées – il en avait suffisamment fait lui-même. Il se savait capable de repérer les images rectifiées, et ce n'était pas ce qu'il avait sous les yeux.

Ce qu'il trouva, presque accidentellement, c'est que beaucoup de photos représentaient le même groupe de femmes. Il suffisait de cliquer sur une des photos du début pour faire défiler plusieurs clichés de la même.

Selon une séquence toujours identique : femme terrifiée, femme ligotée, femme épouvantée, femme aux yeux vitreux et femme au regard vide.

Il trouva des dizaines de ces séquences, toutes posées – si tel était le terme approprié – au même endroit, avec des femmes différentes, et manifestement étagées sur un certain laps de temps. Combien de temps, il était incapable de le dire. Et quand, c'était impossible à dire aussi.

Ce qui était sûr, c'est que ça avait duré un moment, parce que les cheveux de la femme, d'abord brillants et bien coiffés, étaient ensuite ébouriffés, puis ébouriffés et sales. Quant à son visage, d'abord impeccable, il présentait bientôt des égratignures et finissait complètement décomposé.

Gavin détourna le regard.

Il n'avait qu'une envie, prendre une douche. Et aussi flanquer son ordinateur par la fenêtre.

Et merde ! Il y aurait bien mis le feu – avec sa cervelle embrasée dans laquelle les idées se bousculaient.

Au lieu de ça, il se cala contre le dossier de son fauteuil et entreprit de débusquer la partie du site qu'il savait exister quelque part.

Une section spéciale, réservée aux membres qui payaient un supplément.

Deux téléchargements de programmes de piratage et un écran figé plus tard, il l'avait trouvée. Sous l'étiquette « En travaux ».

Et il voulait bien être damné s'il n'affichait pas une photo de Stella.

Gavin composa le numéro de la police... et coupa la communication avant même d'entendre la tonalité. Il avait complètement perdu la tête. Bon Dieu ! Il était sous le coup d'une injonction restrictive. Et il savait que le premier mouvement des flics était de soupçonner les types comme lui de mijoter des trucs louches.

Enfin quoi ! Quand il avait appelé Stella pour une explication, le soir où il avait reçu la notification du jugement, il s'était retrouvé traîné en cellule dès le lendemain pour violation. Son avocat avait joué sur la corde sensible avec le juge, et comme Stella n'avait pas daigné se présenter à l'audience, il s'en était sorti en plaidant (à juste raison) l'innocence : « C'est la première fois de sa vie que Gavin a affaire à la justice. Il n'avait pas idée de ce qu'impliquait la procédure judiciaire. Et puis il n'a pas menacé Stella McAllister, absolument pas. A aucun moment il ne s'est attaqué physiquement à elle. Elle fait tout ce qu'elle peut pour lui pourrir la vie. Et, monsieur le juge, on dirait bien qu'elle est en passe d'y arriver. »

Gavin s'en était tiré avec une nuit derrière les barreaux et un avertissement : la prochaine fois, il y passerait beaucoup, beaucoup plus de temps, et il écoperait d'une lourde amende.

Ce qu'il ne pouvait pas se permettre non plus.

Et puis il y avait d'autres détails qui feraient tiquer les flics : il venait de télécharger quatre programmes de piratage, il avait pénétré illégalement sur un site web payant, il avait téléchargé ce qui ressemblait à des photos de *snuff*, la pire espèce de pornographie, et pour couronner le tout, ce qui l'avait alerté était son propre espionnage illégal des mails de son ex-petite amie.

Il avait commis il n'aurait su dire combien d'infractions, et il risquait d'avoir du mal à faire croire à sa bonne foi. Prétendre être tombé par pur accident sur cette horreur, prouver que c'était vraiment arrivé par hasard risquait de se révéler pour le moins délicat.

Et pourtant… Bon sang ! Il ne pouvait pas faire autrement que d'intervenir. Il n'aimait pas Stella, il ne l'aimait plus, mais c'était une fille bien. Il ne voulait pas qu'il lui arrive malheur.

Il fallait qu'il en parle à quelqu'un.

D'accord, mais à qui ?

Il fallait absolument qu'il réfléchisse. Au fond, le problème était de la sauver sans se faire pincer. Et donc, il devait laisser quelqu'un d'autre passer à l'action à sa place. Il pouvait embaucher un détective privé, mais comment savoir si le type était compétent, s'il le protégerait des flics ? Ou même seulement s'il ferait quelque chose, à part lui pomper du fric et rester assis sur son cul ?

Il n'avait aucun moyen de le savoir. Et donc, c'était exclu. Tout comme appeler directement les flics. Ou appeler sa stupide famille.

Sauf si…

L'un des avantages d'habiter New York, c'est qu'on était près de tout. Il éprouvait un picotement désagréable chaque fois qu'il entrait dans la boutique de gadgets électroniques pour espions et fouineurs de toute sorte, mais il en aurait fallu davantage pour l'empêcher d'y aller. Ils vendaient des trucs qui changeaient la voix des gens au téléphone. Il aurait pu se faire passer pour un gamin de cinq ans si ça lui chantait.

Il opta plutôt pour la gentille vieille dame. Il acheta un de ces trucs à la con, lut le foutu manuel et sélectionna l'une des rares cabines téléphoniques qui subsistaient à Manhattan.

Il enfila des gants (grâce au ciel, il faisait assez froid pour que ça ne paraisse pas bizarre), abaissa la visière d'une casquette de baseball sur son visage et mit le cap sur la cabine en prenant garde à ne regarder aucun bâtiment, aucun feu rouge et aucune banque, de sorte qu'aucune caméra automatique ne puisse prendre une image nette de son visage.

Ensuite, il mit dans la fente des quarters qu'il venait de se procurer et auxquels il n'avait touché qu'avec ses gants, puis il composa le numéro de la mère de Stella – de mémoire.

Le fait qu'il ait aussi mémorisé ce numéro lui ficha la trouille. Il s'était comporté comme une vraie gonzesse, dans cette histoire avec

Stella ! Bon Dieu ! Il avait eu de la chance de s'en sortir avec sa dignité intacte.

Quand on décrocha, à l'autre bout du fil, il dit de sa voix de vieille dame :

— Stella n'est pas venue travailler depuis près d'une semaine. Elle n'est pas chez elle, et contrairement à ce que tout le monde pense, elle n'a pas la grippe. Elle a disparu.

Et puis il raccrocha. De la même cabine téléphonique, et en déguisant sa voix de la même façon, il laissa un message similaire sur la messagerie vocale de son patron.

Enfin, il appela les flics. Mais il ne fit pas le 911, le numéro des appels d'urgence. Il appela un bon vieux commissariat de quartier, et il demanda s'ils avaient une adresse Internet pour les gens qui voulaient signaler un site avec des photographies troublantes.

— Que voulez-vous dire, madame ? demanda la standardiste.

— Je suis tombée sur un vilain site Internet, répondit Gavin. Et je crois qu'il y a des enfants dessus.

— Vous pouvez me donner l'URL ? demanda la standardiste.

— Le quoi ? demanda-t-il, par souci de vraisemblance.

— L'adresse Internet ?

— Oh. Oh non. C'est sur l'ordinateur de mon fils. Quand je retournerai garder ma nièce, la prochaine fois, je vous l'enverrai par mail.

— Madame, qui est votre fils ?

— A quel service dois-je envoyer les coordonnées ? demanda-t-il comme s'il n'avait pas entendu la question précédente.

— Nous avons un service chargé de la criminalité informatique, mais vous savez, madame, ce serait plus facile si nous pouvions simplement aller voir votre fils et...

Gavin raccrocha. Vite, sans bruit. Il fourra le dispositif dans la poche de son blouson et, en prenant bien garde à ne pas relever la tête, se dirigea vers le plus proche *deli*, où il mangea un hamburger et un gâteau.

Après quoi il se rendit à sa maison de la presse préférée et bavarda avec la jolie employée, comme il le faisait généralement l'après-midi. Elle était petite, rousse, ne ressemblait absolument pas à Stella – raison pour laquelle il avait pensé, au début, que c'était ce qui l'avait attiré chez elle, avant de se rendre compte qu'elle suscitait en lui le même genre de désir que Stella, il y avait une éternité de ça.

Sauf qu'avec elle il s'était abstenu de toute déclaration. Chat échaudé, n'est-ce pas... Mieux valait se contenter de fantasmer.

Alors il allait la voir comme pour se récompenser d'avoir fait une bonne action. Il achetait le dernier *New Yorker*, et il rentrait chez lui, le cœur battant, avec l'impression d'avoir fait quelque chose de mal.

Mais il avait toujours cette impression après avoir parlé à une jolie femme, et il en voulait à Stella pour ça. Elle lui avait fait honte du désir qu'elle lui inspirait.

Elle l'avait aussi amené à douter de l'intérêt que les autres femmes pourraient lui porter. Elles s'intéressaient pourtant bien à lui, avant. Avant, les rouquines le trouvaient aussi séduisant qu'il les trouvait intéressantes. Elles adoraient chaque moment qu'elles passaient avec lui, que ce soit dans l'obscurité de leur chambre ou pour un petit coup rapide dans un coin sombre, en sortant du boulot.

Il avait essayé d'y aller plus en douceur avec Stella, et voilà où ça l'avait amené. A donner des coups de fil anonymes en se faisant passer pour une vieille dame, et à reculer devant l'idée d'inviter une jolie vendeuse à prendre un café.

S'il n'avait pas été aussi mal dans sa peau, il aurait pu aller dans sa chambre et laisser un peu échapper la vapeur. Mais ce n'était pas le moment. Il avait quelque chose de plus urgent à faire.

Il devait exécuter la partie suivante de son plan à partir de son ordinateur, et il pria le bon Dieu pour être à la hauteur, techniquement. Sinon, toutes ses précautions auraient été inutiles. Il pouvait être sûr que les flics lui tomberaient dessus.

Il devait envoyer l'URL du site de jondoe61 à l'unité de la police chargée de la criminalité informatique.

Il avait tourné et retourné tout ça dans sa tête en rentrant chez lui, et il avait fini par décider de le faire faire par Stella elle-même.

Il envoya, à partir de sa messagerie personnelle, un mail daté du jour de sa disparition, ainsi rédigé : « S'il m'arrive quelque chose, enquêtez sur l'homme qui tient ce site. Il m'a menacée. »

Pris d'une inspiration de dernière minute, il décida de joindre à ce message énigmatique tous les mails de jondoe61. Il adressa le tout à la police avec copie à sa mère et à son employeur, et il cliqua sur « envoi ».

Ensuite, il tourna en rond pendant une heure, sachant qu'il n'avait pas fini, mais pas très sûr de ce qu'il lui restait à faire.

Il finit par comprendre pourquoi il était si nerveux.

Il devait trouver quelqu'un à qui se fier. Il espérait avoir fait ce qu'il fallait pour la sauver avant le stade du visage ravagé. Ou le stade des yeux vitreux. Ou – pourvu qu'ils n'en arrivent pas là – le stade du regard vide.

Il devait faire confiance à quelqu'un.

Et ce serait une grande première pour lui.

Impossible de fermer l'œil. Impossible d'avaler une bouchée. Il ne maîtrisait rien. Il ne pouvait même plus s'introduire dans la messagerie de Stella sans risquer de se faire repérer.

Et les images du site de jondoe61 le hantaient toujours. Il n'arrivait pas à les chasser de sa tête.

Dommage qu'il ne puisse pas se décaper l'esprit à la paille de fer.

Alors, il pensa qu'il devait nettoyer son ordinateur. Il ne suffisait pas de supprimer des éléments. Envoyer des mails à la corbeille ne les effacerait pas du disque dur, pas plus qu'un reformatage du disque.

Il devait les faire disparaître définitivement. Les rendre irrécupérables.

Il finit par se résoudre à recopier ses fichiers importants vers un autre disque dur, après quoi il changea d'unité centrale. Une fois la nouvelle UC – en réalité, une ancienne unité qu'il avait gardée à toutes fins utiles – mise en route, il prit le premier disque dur avec tout le matériel incriminant, plaça tous les aimants de la cuisine dessus et versa du café dedans alors qu'il était branché. Provoquant un court-circuit qui grilla deux fusibles du tableau électrique de son appartement, mais par bonheur ne fit pas sauter le courant ailleurs, dans l'immeuble.

Il reconnecta, à titre d'expérience, l'unité centrale ruisselante, dévastée, qui refusa de redémarrer – et dont, avec un peu de chance, toute information avait à jamais disparu.

Et puis il se prépara au pire.

Le pire arriva deux jours plus tard, quand la police lui rendit enfin visite. Deux inspecteurs à l'air passablement ennuyé, et qui étaient aux antipodes des séduisants et dynamiques inspecteurs des séries télévisées, se présentèrent chez lui et lui demandèrent quand il avait vu Stella pour la dernière fois.

Gavin répondit avec une parfaite honnêteté qu'il ne l'avait pas approchée depuis l'injonction restrictive, et ces messieurs auraient-ils l'amabilité de lui dire pourquoi ils venaient l'interroger à son sujet ?

Parce qu'elle a disparu, répondit l'un des deux flics comme si rien ne pouvait lui être plus indifférent.

Gavin dut se retenir pour ne pas lui dire qu'il ferait mieux de s'en préoccuper. Qu'alors qu'ils étaient, là, à discutailler, Stella était probablement passée du stade « femme terrifiée » au stade « femme épouvantée ». Mais il s'en garda bien. Il répondit aux questions des flics en laissant transparaître une partie de son agacement, parce que c'est ça qu'il aurait éprouvé si Stella était partie en vacances sans prévenir personne : de l'agacement.

Les flics prirent des notes pour la forme, lui dirent qu'il s'agissait d'une enquête de routine, lui rappelèrent de ne pas s'approcher d'elle et dégagèrent.

Et il n'entendit plus parler de rien pendant deux nouvelles et interminables journées.

Finalement, il eut des nouvelles parce qu'il vivait avec New York 1 comme si c'était la dernière chaîne de télévision au monde. NY1 faisait ses choux gras de toutes les histoires les plus glauques de la ville, et quand ils tenaient une affaire d'enlèvement, ils se régalaient.

L'histoire éclata en soirée, à vingt et une heures vingt et une. En réalité, c'était l'info du jour. La police avait trouvé une jeune femme, assistante exécutive de son état, prisonnière depuis plusieurs jours dans l'entrepôt d'un concepteur de sites internet. Le type l'avait repérée grâce à son blog, était remonté jusqu'à elle via son hébergeur, et l'avait harcelée. Il l'avait enlevée, avait envoyé des faux mails à sa famille et à ses amis pour qu'ils ne s'inquiètent pas, l'avait obligée à appeler son employeur et avait pris d'elle les horribles photos avant-après qu'il affichait sur son site.

L'histoire avait de quoi rendre perplexe – quel concepteur de sites web avait besoin d'un entrepôt ? – jusqu'à ce qu'on découvre que ce type et un petit cercle d'amis avaient un curieux passe-temps : ils prenaient leurs prisonnières en photo jusqu'à ce qu'ils se lassent d'elles, et les tuent.

Les enquêteurs trouvèrent même un charnier dans les parages.

Stella s'en était sortie vivante, mais elle ne serait plus jamais la même. C'est ce que Gavin déduisit des rares images d'elle qui passèrent sur NY1 et dans les journaux. Il vit, à la une du *Daily News*, un cliché d'elle en larmes.

Jamais Stella n'aurait pleuré comme ça, avant.

Il dut se retenir de lui envoyer un message compatissant. Il ne pouvait pas se le permettre. Il devait se tenir à l'écart. Un tuyau mystérieux avait conduit la police vers le pervers, un tuyau, pensaient-ils, d'un abonné qui avait fini par être écœuré de son site. Tous les abonnés firent l'objet d'une enquête.

Gavin espérait de toute son âme que les flics étaient moins doués que lui pour fouiner dans les fichiers informatiques. Pourvu qu'ils ne remarquent pas que quelqu'un avait piraté le site, à peu près à l'époque de la disparition de Stella. Pourvu qu'il ait bien effacé toute trace de son passage et qu'ils ne puissent pas remonter jusqu'à lui...

Mais il n'avait aucun moyen d'en être sûr.

Il vécut avec cette crainte – et son chat – pendant quelques semaines, une peur qui se mua en un souci tenaillant pendant quelques mois, puis en soulagement au bout d'un an.

Toute une année. Et il ne reçut pas de remerciements, parce qu'il ne pouvait en recevoir aucun.

Il ne pouvait même plus s'insinuer dans les mails de Stella, de crainte de se faire pincer.

Ses matinées étaient gâchées. Il avait besoin d'une nouvelle routine.

Il finit par en trouver une. Un beau jour, il découvrit que la jolie employée de la maison de la presse utilisait son nom comme partie de son adresse Internet. Et que son mot de passe était – il n'en croyait pas ses yeux – « mot de passe ». Il trouvait son courriel moins intéressant que celui de Stella, probablement parce qu'il ne s'intéressait pas vraiment à elle, mais ça l'occupait pendant qu'il buvait son grand crème.

Et puis il pouvait penser à elle, chez lui, dans ses moments d'intimité, et quand il allait la voir, l'après-midi, à la maison de la presse, il prenait bien soin de se borner à lui dire bonjour. Parce que s'il en disait davantage, elle comprendrait qu'il savait des choses sur elle.

Sauf qu'il n'avait pas l'impression de savoir grand-chose. Il aurait voulu en savoir beaucoup plus. Où habitait-elle ? A quoi ressemblait sa chambre ? Est-ce qu'elle embrassait les yeux fermés, ou est-ce qu'elle aurait préféré le regarder ?

Il aimait bien qu'elles embrassent les yeux ouverts.

Mais il ne pouvait pas le lui dire. Il ne pouvait rien lui dire. Il n'avait pas envie qu'elle lui dise d'arrêter.

Et puis, en échange de la distraction momentanée qu'elle lui procurait, il rendait un service public. Il la protégeait contre les pervers, les tordus et généralement tous ceux qui auraient voulu lui faire du mal.

Parce qu'ils étaient là, dehors. Il y en avait partout.

Mais il était là, lui, super-héros silencieux, qui veillait sur elle d'un œil vigilant.

Juste au cas où elle aurait besoin de lui.

Comme Stella avait eu besoin de lui.

DE QUOI PASSER L'HIVER

– Gillian Linscott –

Peter s'était posté près de l'énorme agave qui se dressait devant le portail de la villa. De l'autre côté de l'allée, les piquants d'un arbre semblable se dessinaient sur le bleu mourant du ciel et le violet intense de la Méditerranée, vingt mètres plus bas. Ses doigts se crispèrent un peu plus sur le manche du couteau. Une pensée lui vint, et il en fut satisfait, comme s'il avait enfin la réponse à une énigme non résolue : « Oui, je suis capable de tuer. » Il se dit que, sans doute, c'étaient des paroles qu'aurait pu prononcer n'importe quel Anglais de dix-neuf ans, en cet été 1921. Né deux ou trois ans plus tôt, il serait probablement mort dans la boue des Flandres. Le problème n'était pas de mourir. Cela se faisait indépendamment de votre volonté. Mais on aurait certainement attendu de lui, avant de mourir, qu'il tue quelqu'un, avec un fusil ou une baïonnette. Aurait-il été capable de le faire ? Oui, sûrement. Quelques heures plus tôt, il l'ignorait encore.

La paume de la main qui tenait le manche du couteau était un peu collante. Il la renifla. De la résine de pin. Il avait dû poser sa main sur un tronc pendant qu'il gravissait le sentier qui montait de la plage jusqu'au promontoire.

Il se mit à genoux et nettoya sa main, ainsi que le manche du couteau, avec un peu de terre sablonneuse.

De l'endroit où il se trouvait, on distinguait les murs blancs de la ferme, qui se détachaient dans le crépuscule. Elle était située à mi-chemin entre la commune d'Eze, perchée sur son rocher, et Eze-sur-Mer, le village de pêcheurs blotti en bas, dans la baie. De plus près, on voyait que la peinture blanche des murs s'écaillait, que les pierres de la terrasse étaient disjointes et que les vestiges de l'oliveraie qui la cernaient se réduisaient désormais à cinq arbres noueux entourés d'herbe sèche, brûlée par le soleil.

« C'est pratiquement une ruine, mais au moins, elle n'est pas chère. »

C'était ce que lui avait dit Margot lors de sa première visite.

Ce soir-là, elle l'avait accueilli du fond de son fauteuil, ses jambes gainées de soie étendues devant elle, un verre de vin à la main.

Il avait fait sa connaissance le matin même, au marché. En reconnaissant son accent anglais, elle s'était présentée et l'avait ensuite soumis à un rapide interrogatoire sur sa personne et la raison de son séjour dans le sud de la France. Ses réponses avaient semblé satisfaisantes, puisqu'elle l'avait invité à venir prendre un verre après le dîner.

« Nous ne sommes que toutes les trois, c'est une maison de femmes, un couvent, en quelque sorte. »

« Toutes les trois », c'est-à-dire Margot, sa sœur Donna et la fille de cette dernière, Janine, dix-sept ans. Donna, une petite quarantaine, était une veuve plutôt grassouillette, avec un visage doux et des yeux inquiets d'animal perpétuellement sur ses gardes. Margot, qui pouvait avoir cinq ans de plus, était mince comme un fil, divorcée, et ne s'en cachait pas. Elle fumait, ses cheveux blonds frisés étaient coupés court, et la longueur de ses robes était étudiée de manière à dévoiler des mollets bien galbés. Peter en était à la fois fasciné et choqué, mais veillait à ne pas le montrer. C'était la première fois qu'il rencontrait une femme divorcée. Il présumait que c'était elle qui avait été lésée dans l'affaire, car c'était presque toujours la femme qui y laissait des plumes.

Ce premier soir, il les trouva assises toutes trois sur la terrasse, autour d'une table de bois décoloré par le soleil, sous une vigne qui s'étalait au-dessus d'un treillage de branches de pin branlant. Margot lui servit du vin et poursuivit l'interrogatoire commencé le matin. Il s'empressa de satisfaire sa curiosité : il était en vacances, il venait d'achever sa première année à Oxford, il se retrouvait seul à l'étranger pour la première fois, et il n'en revenait toujours pas de sa chance.

— M. Hoddy cherchait quelqu'un pour lui lire des poèmes en latin. Un ami d'un ami connaissait mon tuteur, il m'a recommandé, et trois jours après la fin du trimestre, j'étais dans le train pour Nice.

Margot était affamée de détails. Peter combla sa curiosité : M. Hoddy était de Chicago, où il avait fait fortune dans le commerce de la conserve. A l'approche de la soixantaine, et riche à ne savoir qu'en faire, il avait décidé de partir un an pour l'Europe afin de compléter ses connaissances en apprenant les choses qu'il avait négligées, trop occupé à bâtir son empire commercial. Il avait commencé par louer une maison près du port pour la durée de l'été, puis était parti à la recherche d'un jeune homme jouissant d'une formation secondaire et universitaire capable d'améliorer son latin d'autodidacte. C'était un employeur extraordinaire. La paie était excellente et la tâche peu astreignante. Chaque matin et avant le dîner, elle consistait essentiellement en traductions dirigées, et à lui lire des poèmes en latin, à haute voix pour lui donner une idée de la prononciation. Pendant le reste de la journée, M. Hoddy partait pêcher en bateau. Il se couchait de bonne heure.

— Il faudra venir nous voir souvent, mon cher, dit Margot. Dieu sait que nous avons besoin de la compagnie de gens civilisés !

Donna opina du chef. Elle parlait peu, mais suivait la conversation avec attention. Quant à la jeune fille, Janine, elle ne semblait pas s'intéresser à eux. Ses cheveux bruns brillants, coupés à la Jeanne d'Arc à hauteur d'épaules, lui retombaient en mèches dansantes dans la figure, de sorte que Peter ne savait si elle écoutait ou non.

Au bout d'un moment, elle se leva pour aller s'agenouiller sur la terrasse et caresser l'un des deux chats qui rôdaient autour d'eux.

Donna la suivit des yeux.

— Ils sont à moi, dit-elle avec fierté. Ils s'appellent Kala et Kaga.

— Elle a absolument tenu à les amener d'Angleterre, précisa Margot.

— Je ne pouvais pas les abandonner, les pauvres chéris, n'est-ce pas ? Sans compter qu'ils ont de la valeur, ce sont des siamois pure race.

Les deux félins aux yeux bleu ciel louchaient désagréablement. Leurs pattes et leurs museaux marron rompaient l'unité de la couleur ivoire de leurs corps sinueux de boas constricteurs. Peter, qui préférait les chats bien ronds et ronronnants, ne leur avait accordé que peu d'attention jusqu'alors. Mais il fut soudain frappé par la scène qui se jouait plus loin : Kala, à moins que ce ne fût Kaga, était couchée sur le sol, cambrée comme un arc bandé, pour mieux présenter à la caresse de sa jeune maîtresse un corps avide de plaisir, de la pointe du museau à l'extrémité de ses pattes écartées.

Peter ne résista pas. A genoux à côté de Janine, il s'amusa à passer doucement un doigt sur le cou offert du chat. Dans ce geste, sa main toucha fortuitement celle de la jeune fille, qui leva les yeux sur lui. Ils exprimaient une volupté qui le sidéra. Il comprit alors que le plaisir qu'elle donnait à l'animal se transmettait à son propre corps par le truchement de ses doigts.

Les yeux de Janine, d'un brun étrange, à la fois calmes et vivants, étaient parsemés d'éclats évoquant ceux d'un soleil miroitant sur les eaux vives d'une rivière.

Elle rejeta ses cheveux en arrière, dévoilant la ligne nette de sa mâchoire et la blancheur de son cou.

— Excusez-moi, dit Peter.

Il retourna à sa place à table en se demandant de quoi il s'excusait.

Margot lui décocha un regard révélant qu'elle avait remarqué son embarras.

— Est-ce que votre M. Hoddy est marié ? interrogea-t-elle.

Il devait comprendre beaucoup plus tard qu'en réalité c'était cette unique raison qui l'avait poussée à le rencontrer. Mais ce soir-là, il répondit de bonne grâce, trop heureux de saisir l'occasion pour reprendre contenance.

— Oui. Sa femme est retournée à Chicago. Elle a dû rentrer parce que l'un de ses petits-enfants était malade, mais il va mieux maintenant et elle va revenir dès que possible.

Margot fit la grimace et écrasa sa cigarette.

— C'est la fin de tes espoirs, ma chère Donna.

— Parle pour toi !

Donna s'était exclamée avec une véhémence inhabituelle, foudroyant sa sœur du regard. Les yeux de Peter allèrent de l'une à l'autre. Plaisantaient-elles ? Mais non, il ne semblait pas. Il regarda Janine, toujours agenouillée auprès du chat. Leurs yeux se croisèrent et il saisit une lueur douloureuse dans les siens. C'est à ce moment qu'il sentit que sa sérénité apparente était d'une fragilité de bulle de savon. Ce n'était pas la première belle fille qu'il rencontrait, il lui était même arrivé d'être un peu amoureux, mais il avait vite appris à ses dépens que la beauté était associée à l'arrogance, et cela le rendait peu sûr de lui. Janine était belle, comme toutes ces filles, mais elle était vulnérable. Mieux, elle lui faisait suffisamment confiance pour ne pas le lui cacher.

Pendant les deux semaines suivantes, Peter et Janine se rencontrèrent presque tous les après-midi à la porte de l'oliveraie. A cette heure, la plupart des êtres vivants étaient plongés dans leur sieste. Sous le disque ardent du soleil, le chant métallique des cigales était le seul bruit audible, hormis le son de leurs espadrilles sur le sol poudreux. Parfois ils descendaient au bord de la mer, parfois ils gravissaient le sentier raide qui montait au village d'Eze et parcouraient les étroites ruelles bordées de maisons aux volets clos, jusqu'aux ruines du château qui les surplombait.

Un jour, alors qu'ils étaient en train d'admirer la large baie s'ouvrant du cap Ferrat au cap d'Ail, il s'enhardit jusqu'à caresser la main de la jeune fille du dos de la sienne.

Profitant de l'instant, il lui demanda si elle se sentait seule. Elle leva alors ses yeux bruns vers les siens et réfléchit comme s'il s'agissait d'une idée neuve pour elle.

— Peut-être.

— Vous n'avez pas d'amis ici ?

— Ils sont tous en Angleterre. Parfois, ils m'écrivent.

Il prit sa main dans la sienne, sentit le contact de sa paume.

— Est-ce qu'il y a un ami particulier, en Angleterre ?

Elle fit un signe négatif de la tête, mêla ses doigts aux siens.

— Tante Margot dit qu'il faut que j'épouse un homme riche, pour pouvoir m'occuper d'elles quand elles seront vieilles.

Il se demanda si elle plaisantait.

— Vous ne feriez tout de même pas une chose pareille ?

— Je suppose qu'on peut aimer un homme riche autant qu'un homme pauvre, ne pensez-vous pas ?

Elle se tourna vers lui en souriant. Quelque chose, dans son sourire, dans sa voix, lui rappela Margot.

— Si vous l'aimez, quelle importance, qu'il soit riche ou pauvre ? répliqua-t-il, tentant de maîtriser une sourde colère.

— Oh, regardez, un lézard ! s'écria-t-elle, éludant la question.

Il n'obtint pas sa réponse, mais elle laissa sa main dans la sienne pendant qu'ils redescendaient les rues pentues du village.

Peter faisait toujours le guet dans le noir, près de l'agave. Il s'aperçut que ses doigts se crispaient autour du manche de son couteau comme s'ils voulaient s'y incruster. Avec une profonde inspiration, il les relâcha et les fit jouer lentement, à plusieurs reprises. Inutile de gaspiller son énergie ! Il lui faudrait agir vite. Dès qu'il entendrait le bruit de leurs pas, il reculerait derrière le montant du portail et les laisserait passer. Il s'était demandé un bref instant s'il ne laisserait pas une dernière chance à Margot, s'il n'essaierait pas de la convaincre de faire marche arrière, mais y avait renoncé. Cette femme n'avait aucune pudeur. Cela ne servirait qu'à la faire hurler et à ameuter les domestiques de cet infâme d'Abitot.

Il les laisserait donc entrer et les suivrait en s'introduisant dans la maison par le jardin et la terrasse. Seraient-elles deux ou trois ? Non, Donna ne viendrait sûrement pas. Sa passivité, sa soumission à sa sœur avaient sûrement des limites. Elle n'aurait probablement pas la force de marcher aux côtés de sa fille dans le noir, telle une prêtresse l'accompagnant au sacrifice.

A nouveau, ses doigts se crispèrent autour du manche. A nouveau, il les relâcha. Non, pas tout de suite. Bientôt.

Curieusement, alors qu'il ne recherchait pas d'ordinaire la compagnie des autres, ce fut M. Hoddy qui fut à l'origine de leur visite à Maurice d'Abitot dans sa villa perchée sur le promontoire.

Maurice d'Abitot se montrait rarement au village, mais Peter avait aperçu un jour sa gouvernante au marché, en train de tripoter les tomates et les aubergines aux couleurs rutilantes, comme si elle doutait de leur pedigree. On savait que d'Abitot était le produit d'un père français aristocrate et d'une mère anglaise, et que sa villa était bourrée de trésors artistiques, dont deux Monet.

Or, M. Hoddy s'intéressait lui aussi aux Monet : il en avait acheté un pour une galerie publique chez lui, à Chicago. Et il mourait d'envie de faire la connaissance de M. d'Abitot, mais était trop bien élevé pour se présenter à la villa sans invitation. Avec un peu d'embarras, il demanda à Peter s'il pouvait remédier à la chose par l'intermédiaire de ses amies anglaises. Le jeune homme promit de faire son possible, mais sans grand espoir, car, selon lui, Margot et Donna étaient loin de se situer au même niveau que M. d'Abitot sur l'échelle sociale en vigueur à Eze.

Ce soir-là, comme bien souvent désormais, il gravit le sentier menant à la vieille ferme, où il retrouva ces dames installées sur la terrasse, autour de la table. Margot ne lui témoignait plus le même intérêt depuis qu'elle savait que son employeur n'était pas célibataire, mais elle tolérait sa présence, particulièrement quand il pensait à apporter une bouteille de vin ou une tarte aux fruits achetée à la pâtisserie du village.

— Merci, mon cher. Tout fruit est bon à prendre.

C'était l'un des dictons favoris de Margot. Elle parlait aussi ouvertement de la précarité de leur situation financière que de sa situation de femme divorcée, au grand dam de Peter, qui trouvait vulgaire de parler d'argent. Elle ne cachait pas qu'elle était venue dans le sud de la France parce qu'on pouvait y mener un train de vie confortable pour moins cher qu'en Angleterre.

— C'était ça, ou une maison accolée à Basingstoke, les trajets en bus, et sentir l'imperméable humide en arrivant chez mes amis pour le bridge. Au moins, ici, il y a du soleil.

Peter avait surpris sur le visage de Donna une expression trahissant qu'elle se languissait de Basingstoke et des imperméables, même mouillés, mais elle n'avait rien dit.

Lorsqu'il aborda avec précaution le sujet de M. d'Abitot, il s'aperçut avec surprise que Margot le connaissait.

— Il avait deux amis chez lui le mois dernier, et il leur manquait un quatrième pour le bridge, les pauvres chers amis. J'y suis allée deux fois... après dîner.

Le fait qu'elle n'eût pas été invitée à dîner lui restait visiblement en travers de la gorge.

— Elle dit que c'est magnifique, chez lui, dit Donna, nostalgique.

— C'est le Louvre en miniature, renchérit Margot en baisant démonstrativement le bout de ses doigts. Il y a des choses, là-bas, qui doivent valoir des dizaines de milliers de livres...

Cette affaire étant réglée, Peter consacra son attention à Janine et suivit des yeux le bras nu et bronzé qu'elle tendait pour attraper une olive. Il se vit faire appel à toute son audace et choisir une olive à sa place... la lui tendre entre son pouce et son index, comme pour lui donner la becquée... Il vit le mouvement de sa tête, ses cheveux danser, ses lèvres entrouvertes s'offrir à ses doigts...

A ce moment, une plainte stridente troua le silence, comme poussée par quelque fantôme vengeur.

— Qu'est-ce que c'est que ça ? s'écria Janine, se levant d'un bond et renversant sa chaise dans ce mouvement.

L'espace d'un instant, Peter se demanda, horrifié, s'il n'avait pas vraiment fait ce qu'il avait imaginé. Mais les olives étaient toujours là, dans l'assiette, et ses doigts, autour du pied de son verre à vin, n'avaient pas bougé.

La plainte persista. Elle venait d'ailleurs, d'un endroit dissimulé à leur vue, non loin de la bâtisse.

Janine partit comme une flèche dans cette direction. Peter la suivit sans chercher à comprendre les mots lancés par Margot et Donna, qui leur avaient emboîté le pas.

— Kala ! cria Janine.

La chatte, couchée sur le dos au pied du perron, se tordait en frottant son arrière-train contre la pierre, comme en proie à une souffrance intolérable.

L'animal avait été empoisonné ! Peter se précipita pour le cacher à la vue de Janine, mais Margot le poussa de côté.

— J'avais bien dit qu'elle allait avoir ses chaleurs !

Ramassant la chatte sans cérémonie, elle la jeta à l'intérieur et claqua la porte.

— Ne sois pas cruelle avec cette pauvre bête ! protesta Donna.

— Tu fais beaucoup trop d'histoires avec tes chats ! répliqua sa sœur. Et maintenant, nous allons avoir tous les matous du village dans notre jardin. Zut !

Le visage de Peter vira au rouge flamboyant. C'était la première fois qu'il se trouvait confronté au spectacle du désir sexuel d'une chatte, un désir si impérieux qu'il semblait faire vibrer l'air alentour.

Janine le regarda, vit son trouble, sourit.

— Pauvre Kala, dit-elle.

Peter prit congé sans la regarder et s'enfuit.

Cette nuit-là, nu à cause de la chaleur, il resta longtemps éveillé sur son lit, à écouter le mouvement de la mer qui venait mourir sur le sable de la pinède, mélangé au souffle de la brise de terre parfumée de thym. La mer avait la voix de Janine et disait : « Pauvre Kala, pauvre Kala. »

Le soir suivant, Margot claironna d'un ton triomphant :

— Nous sommes tous invités demain, à cinq heures et demie.

— A ton avis, est-ce pour le thé ou pour le champagne ? demanda Donna.

— Habillons-nous pour le thé, ma chère, mais espérons que ce sera le champagne. Il est à moitié français, après tout !

Peter en fut déconcerté, certain que M. Hoddy avait espéré se rendre seul chez M. d'Abitot, et non pas au cours d'une réunion mondaine. Mais il eût été déplacé d'émettre des objections, et M. Hoddy serait trop heureux de voir les Monet pour bouder son plaisir.

Ce ne fut pas du champagne, mais un vin blanc indubitablement plus cher, un alcool aristocratique qui s'attardait dans le nez et sur le palais, miroitant dans des verres de cristal élancés aux reflets arc-en-ciel sous le soleil. Il était servi par un domestique ganté de blanc répondant au nom de Pierre, sur une table placée à l'ombre d'un parasol, dans un jardin à l'italienne où voisinaient les buissons de lavande, de romarin, et les statues de marbre.

M. d'Abitot pouvait avoir dans les quarante-cinq ans, mais c'était difficile à préciser. Grand, mince et souple, les traits fins, le cheveu noir et lustré, il s'accordait parfaitement au décor. Il portait un costume de lin du même ton grège que les murs de sa villa, et sa cravate était assortie au bleu-violet de la Méditerranée que l'on apercevait en contrebas.

Il déplut aussitôt à Peter. Avec ironie, ce dernier se demanda si ce bellâtre possédait une série complète de cravates à porter selon les variations du temps et de l'heure de la journée, et si son valet accourait avec une plus sombre quand un nuage venait à passer devant le soleil.

La tête lui tournait un peu, à cause du vin et de cette sensation qu'il avait de survoler la mer comme une mouette, dans ce jardin en surplomb, perché sur un promontoire… et, surtout, à cause de Janine.

C'était la première fois qu'il la voyait en tenue habillée. Elle portait une robe de soie bleue, aux manches constituées d'un nœud de rubans attachés aux épaules qui retombaient sur ses bras nus, et dont le bas, découpé en forme de pétales de campanule, flottait doucement au vent autour de ses jambes gainées de soie blanche.

Alors qu'elle buvait son vin à petites gorgées, debout, seule, près d'une nymphe de pierre, elle tourna les yeux vers lui, qui la regardait. Il lui sourit, et elle lui rendit son sourire. Mais elle semblait nerveuse.

La conversation était monopolisée par Margot. Vêtue d'une robe en crêpe de chine vert tilleul décolletée dans le dos, elle parlait trop fort, prenait des nouvelles des partenaires de bridge de M. d'Abitot comme s'ils étaient de vieux amis, plaignait les pauvres petits obligés de rester à Paris en juillet. M. Hoddy fut visiblement soulagé lorsque M. d'Abitot leur proposa de le suivre à l'intérieur pour voir sa petite collection.

Ils traversèrent la villa en procession. Les Monet disposaient d'une pièce pour eux seuls. M. Hoddy et M. d'Abitot firent des commentaires éclairés, Margot ajoutant son grain de sel, « C'est divin ! », « Absolument ! », tandis que Donna tâtait subrepticement le tissu des rideaux.

A chaque étape de la visite, Peter se plaçait derrière Janine, aussi près que le lui permettait son audace, en luttant contre l'envie de caresser son bras en suivant le trajet de l'un de ses rubans, certain, tant son désir était brûlant, de lui tracer alors une ligne de feu sur la peau.

Après les Monet, on passa à la salle des Whistler, audacieusement peinte en blanc, noir et vert Nil, puis à la chambre du maître des lieux, qui recelait deux petits Fragonard. Le lit à baldaquin était orné de rideaux de mousseline et d'un couvre-lit blanc et doré.

— Très Versailles ! s'exclama Margot en français. Le lit de Marie-Antoinette soi-même !

Du bout d'un doigt à l'ongle verni, elle effleura une figurine de porcelaine posée sur la cheminée. Aussitôt, d'Abitot se dirigea vers elle, la main levée, une expression douloureuse inscrite sur le visage.

— Je ne lui ai rien fait ! protesta-t-elle.

— Elle est très délicate, rétorqua d'Abitot en cachant mal sa contrariété.

Peter comprenait parfaitement son dilemme : cet homme éprouvait le besoin maladif de faire admirer ses collections, mais vivait dans l'angoisse permanente qu'une main moins experte et moins aimante que la sienne ne leur fît du mal.

Non, décidément, il n'était pas sympathique. Par deux fois déjà, lorsqu'ils étaient sortis de la salle des Monet, puis plus tard, chez les Whistler, d'Abitot s'était débrouillé pour le séparer de Janine. Et voilà qu'il recommençait en venant se mettre entre eux.

— Vous allez reconnaître les massifs d'arbustes, bien sûr, dit-il en leur montrant un tableau, ils sont presque identiques à ceux de *La Balançoire*, dont la composition est semblable, mais cette toile est antérieure.

Même s'il s'était légèrement écarté de Janine pour s'adresser à lui, Peter voyait clair dans son jeu : d'Abitot voulait lui voler le privilège de rester près de la jeune fille. Pis, celle-ci, suspendue à ses lèvres, semblait subjuguée.

Quel martyre d'être séparé d'elle, ne fût-ce que par la mince distance que représentait le corps du bellâtre !

Peter ne put retrouver sa place aux côtés de la belle avant la fin de la visite.

Ils montèrent ensuite sur la terrasse, ouverte d'un côté sur le jardin et, de l'autre, fermée par des arches encadrant la vue sur la Méditerranée.

Janine, enfin seule, se tenait à l'écart et admirait la mer.

Lorsque Peter vint la rejoindre, elle se tourna vers lui, les yeux brillants, les lèvres entrouvertes.

— Regardez !

La terrasse était située tout au bout du promontoire. La partie sur laquelle ils se trouvaient était en porte-à-faux, comme suspendue en l'air. Vingt mètres plus bas, la mer venait fouetter les rochers escarpés. Ils étaient séparés du vide par une simple balustrade de pierre qui leur arrivait juste à la taille. Janine se pencha pour mieux voir. Peter, inquiet, l'entoura d'un bras de manière à pouvoir la rattraper au cas où elle perdrait l'équilibre, en prenant soin toutefois de ne pas la toucher.

Ce fut à la fois un regret et un soulagement lorsqu'elle se retourna pour admirer la terrasse, décorée avec goût comme le reste de la maison, avec ses murs peints en blanc, ses tapis et ses coussins de couleurs vives qui lui donnaient une touche marocaine.

On servit encore du vin, rouge, cette fois, mais frais, fleurant légèrement la violette. Un chat siamois paressait sur un coussin rouge et or. Il était de la même couleur que Kala et Kaga, mais plus charnu. Il était si élégant, si calme, que Peter crut qu'il s'agissait d'un chat factice, jusqu'au moment où l'animal ouvrit la bouche pour bâiller voluptueusement en exhibant un palais rose.

— Un siamois, il est magnifique ! s'enthousiasma Margot. C'est la grande mode, en ce moment ! Nous en avons deux, nous aussi.

— C'est l'heure du coucher de Tamerlan, annonça d'Abitot.

L'un des angles de la terrasse était occupé par une cage assez vaste pour un lion, si le terme de cage pouvait s'appliquer à pareil édifice. Les côtés étaient en briques décorées et l'avant, en fer forgé en forme de feuilles de lotus. Au fond se trouvait une plate-forme recouverte d'un tapis. Pierre, le domestique, apporta dans un plat de terre cuite un repas apparemment composé de poulet découpé et le plaça sur le sol de la cage, tandis que d'Abitot posait délicatement le chat à côté du plat.

— Qu'il est beau ! souffla Janine.

C'en fut trop pour Peter.

— Vous parlez de l'homme ou du chat ? siffla-t-il entre ses dents.

La jeune fille le dévisagea avec surprise.

— D'ailleurs, il n'y a pas grande différence, poursuivit-il. Ils sont tellement pomponnés tous les deux que c'en est ridicule.

— Peter, pourquoi êtes-vous en colère ? M. d'Abitot sait tellement de choses, il est tellement gentil avec nous !

Sur ce, elle se dirigea ostensiblement vers d'Abitot, qui était en train de fermer la porte de la cage.

Peter se jura de sauter à la gorge de ce dandy s'il avait l'audace de poser ne fût-ce que le petit doigt sur elle. Il imagina avec délices son poing atterrissant sur la cravate au nœud impeccable... le vin giclant sur le lin couleur grège.

Ce d'Abitot regardait Janine exactement comme il regardait tous ses objets de prix. Elle était belle, il la voulait dans sa collection !

Cette pensée lui fut si intolérable qu'il fit un pas vers son rival. La voix de Margot le retint dans son élan :

— Maurice, comment fait-on pour fabriquer des coupes aussi magnifiques ?

Le prédateur prénommé Maurice se vit contraint par son devoir d'hôte d'abandonner sa proie.

Tentant de juguler sa colère, Peter alla rejoindre Janine. Cette dernière lança un regard de biais vers sa tante et M. d'Abitot, penchés tous deux sur la coupe.

— Je crois qu'elle est en train de lui demander quelque chose, murmura-t-elle.

— Quoi ?

— De l'argent, sans doute.

— Non !

Leurs yeux se rencontrèrent, ceux de Peter, choqués, ceux de Janine, tristes.

— Elle ne peut pas s'en empêcher. C'est comme une abeille qui sent le pollen. Là, vous voyez... Il est en train de lui dire non.

En effet, il vit une expression de refus sur le visage de leur hôte, une moue réprobatrice sur ses lèvres, des yeux furieux.

Puis d'Abitot tourna brutalement le dos à Margot et alla rejoindre M. Hoddy.

Peu après, on se sépara, avec les politesses habituelles, mais une certaine tension flottait dans l'air.

M. Hoddy, ayant à s'entretenir sur le port avec son patron pêcheur, dut les quitter prématurément. Arrivé au pied du chemin rocailleux qui descendait de la villa, il pria Peter de raccompagner ces dames.

Margot insista pour gravir le sentier aux côtés de ce dernier, laissant sa sœur et sa nièce fermer la marche.

— J'ai l'impression que c'était surtout vous qui l'intéressiez, mon cher, lança-t-elle d'un ton acide.

— D'Abitot ? Je n'ai pas particulièrement envie qu'il s'intéresse à moi ! N'avez-vous pas remarqué qu'il ne quittait pas Janine des yeux ?

Il en voulait à cette femme de ne pas avoir protégé sa nièce du regard avide de ce collectionneur. Donna était trop passive pour être de quelque utilité, mais, se disait-il, Margot n'avait pas la langue dans sa poche, elle aurait pu faire quelque chose si elle n'avait été aussi obsédée par ses propres affaires.

— Vous croyez, mon cher ?

Elle assortit sa question de son rire artificiel coutumier, irradiant les senteurs épicées du parfum dont elle usait et abusait. Son visage était rouge sous le maquillage, comme si elle était ivre, mais on ne leur avait pas servi assez de vin pour cela.

— Il est riche à millions, reprit-elle. Ce que nous avons vu ce soir n'était rien. On dit qu'il en a dix fois autant à Paris. Tout cela ira à un neveu.

Il comprit que c'était l'argent, et non le vin, qui l'enivrait. Le refus de d'Abitot n'avait en rien diminué le pouvoir de sa fortune sur elle.

Peter la raccompagna chez elle sans un mot de plus.

Le lendemain, dès qu'il eut fini sa lecture chez M. Hoddy, il alla se promener autour d'Eze-sur-Mer et d'Eze-Village dans l'espoir de rencontrer Janine, et pour s'assurer qu'il n'avait rien gâché par son accès de mauvaise humeur. Il espérait également que l'éclat de la villa serait un peu terni, et qu'au soleil de midi elle verrait, comme lui, que l'étalage de luxe de d'Abitot était peu viril, voire risible.

A l'heure du déjeuner, il ne l'avait toujours pas aperçue, aussi descendit-il à la ferme. Il n'y avait personne sur la terrasse, mais la porte arrière de la maison était entrouverte. Chaussé d'espadrilles, il avança sans bruit et saisit les accents furieux de Donna, qui parlait avec une véhémence inhabituelle :

— Je sais ce qui est bon pour elle. Ça ne me plaît pas.

Ce fut au tour de Margot de répondre, d'un ton amusé :

— Ça arrivera bien un jour, ma chère. Pourquoi pas maintenant ?

Peter s'arrêta net et tendit l'oreille.

— Elle est encore trop jeune, disait Donna.

— Tu la prends encore pour un bébé. Il faut saisir notre chance.

— Nous pourrions attendre d'être rentrées en Angleterre...

— Il n'y sera pas, en Angleterre !

— Il y en a d'autres...

— Pas comme lui ! Il faut saisir la balle au bond ! Supposons qu'il lui prenne l'envie de faire ses bagages et de retourner à Paris. Les gens riches sont prompts à changer d'endroit.

— Peut-être, mais...

— Oh, pour l'amour du ciel, où est le mal ? En tout cas, cela devrait nous rapporter de quoi passer l'hiver ici.

Un silence. Peter forma des vœux pour que Donna résiste à Margot, exceptionnellement. Mais bientôt, ce fut sa voix familière, qui abdiquait :

— Je ne trouve pas cela bien.

Et le rire de Margot, qui savait qu'elle avait gagné :

— Ce soir, alors, pendant que le fer est chaud.

Peter tourna les talons et, sous le ciel vibrant de chaleur, se rendit d'un pas vif sur le port. Il eut tout juste le temps d'entrer dans la boutique d'articles de pêche avant la fermeture de l'après-midi et acheta le couteau.

C'était le modèle de couteau utilisé par les pêcheurs pour vider les poissons. Il disposait d'une large lame d'environ trente centimètres de long, fixée à un manche de bois noir à rivets de laiton. Peter essaya la lame contre son doigt en s'efforçant d'agir comme s'il achetait des couteaux tous les jours et se coupa. Le sang jaillit. Derrière son comptoir, le marchand éclata de rire et lui recommanda de faire attention.

Il acheta une petite sacoche de cuir servant d'ordinaire à transporter les hameçons, rangea le couteau à l'intérieur et remonta au village. Dans une rue proche du château, il tomba enfin sur Janine. Il fut surpris de la voir si pareille à elle-même dans sa robe imprimée blanc et vert, avec ses jambes nues maculées de poussière. Elle lui sourit et s'apprêta à lui dire quelque chose, mais s'arrêta en voyant son expression.

— Peter, qu'est-ce qui se passe ?

— Vous savez ce que votre tante Margot est en train de mijoter ?

Elle le regarda fixement en se mordant les lèvres, puis baissa les yeux et acquiesça d'un signe de tête.

— Et vous, vous acceptez sans protester ? !

— Est-ce si mal ? De toute façon, quand elle a décidé quelque chose, il n'est pas possible de l'arrêter.

Elle paraissait décontenancée, et cependant, dans sa voix, il décela un soupçon de rire qui lui fit froid dans le dos. Le pouvoir de corruption de cette Margot allait donc jusque-là !

— Evidemment, c'est mal ! Ce n'est pas possible, ce n'est pas ce que vous voulez !

— Oh, moi !

Un soupir, comme si son opinion n'avait jamais compté, mais le rire était toujours là.

— Vous pourriez arrêter tout cela. Vous le savez.

— Peter, pourquoi êtes-vous si furieux ?

Il eut envie de la secouer. Les yeux bruns de Janine étaient plus grands que jamais, mais indéchiffrables. Il s'avança vers elle.

— Je ne vous laisserai pas faire cela, dit-il d'un ton ferme.

Cette fois, ce fut au tour de la jeune fille de se mettre en colère :

— Peter, cela ne vous regarde pas, après tout !

Le plantant là, elle entreprit de descendre la ruelle. Il s'élança derrière elle et l'attrapa par le bras, enfonçant ses doigts profondément dans sa chair.

— Venez avec moi ! s'écria-t-il. Vous allez rester chez M. Hoddy ce soir, et nous pourrons discuter...

— Etes-vous devenu fou ? protesta-t-elle en se dégageant. Je ne peux pas faire une chose pareille !

Il essaya de la retenir et, dans son geste, fit glisser la sacoche, qui tomba par terre et laissa échapper le couteau.

Elle regarda le couteau et leva sur lui des yeux effrayés. Puis elle prit ses jambes à son cou et fila sur les pavés en trébuchant. Il résista à l'envie de la suivre, par crainte de l'affoler davantage. La mort dans l'âme, il resta planté sur place, la suivant des yeux, jusqu'à ce qu'elle eût disparu au coin de la rue.

Deux villageois passèrent, le regardèrent ramasser son couteau et lui souhaitèrent un bon après-midi.

Il ne retourna pas à la villa de M. Hoddy pour lui lire ses poèmes en latin et dîner avec lui. C'était du passé, désormais.

Il descendit à la plage à travers la pinède et resta au bord de l'eau, à flâner comme un touriste, jusqu'à la tombée du jour.

Il faisait nuit, à présent. Il attendait depuis plus d'une heure et commençait à s'inquiéter. Peut-être les avait-il manquées. Peut-être était-elle déjà avec lui. Peut-être y avait-il un autre chemin pour accéder à la villa. Pourquoi n'y avait-il pas pensé quand il faisait jour ? Pendant qu'il était là, à faire le pied de grue, les doigts de d'Abitot étaient peut-être en train de se poser sur sa nuque, de la caresser, de descendre le long de son épaule, de son bras, comme ses propres doigts avaient brûlé de le faire.

Cette pensée lui arracha un gémissement. Sans plus songer à étouffer le crissement de ses pas sur le gravier, il monta vers la villa. Il était trop tard maintenant, il en était certain, mais, au moins, il pouvait encore tuer d'Abitot.

Le cri lui parvint au moment où il pénétrait dans le jardin. C'était incontestablement un cri de femme, clair, strident, modulé dans les aigus, et il venait de la terrasse.

— Janine ! J'arrive ! Janine ! hurla-t-il en se précipitant en direction du cri.

Il bondit à travers les buissons de lavande, dont l'odeur forte envahissait ses narines. Les arches blanches de la terrasse apparurent, éclairées par les lampadaires.

En premier, il vit Donna. Elle se tenait à l'extrémité de la terrasse, côté mer, le visage caché dans les mains, vivante image du désespoir. Deux hommes la regardaient, d'Abitot, les pieds nus, en tunique d'intérieur de soie bleue, et son domestique, Pierre, en chemise et pantalon.

Peter se rua sur Donna et l'attrapa par les épaules.

— Où est-elle ? Que lui avez-vous fait ?

Elle se laissa tomber contre lui en ouvrant des yeux agrandis par la peur.

— C'est lui qui l'a poussée ! Il l'a fait tomber en bas !

D'Abitot émit un son de protestation écœurée, comme s'il avait été accusé de quelque faute de goût.

Penché par-dessus la terrasse, Peter fouilla l'obscurité des yeux. Puis, repoussant brutalement Donna, il franchit d'un bond le muret qui donnait sur le jardin. Il dévala ensuite l'escalier qui traversait la pinède et menait à la plage, sautant sur les marches sans en avoir conscience, comme porté par l'obscurité. Des voix masculines, probablement celles de d'Abitot et de son valet, résonnaient derrière lui. Le sentier forma un coude et la lueur d'une torche apparut. D'Abitot cria quelque chose. Peter n'en eut cure. Il s'occuperait de l'assassin plus tard, quand il l'aurait retrouvée.

Au bas de l'escalier, ses pieds s'enfoncèrent dans le sable de la plage. On y voyait mieux, à la lumière reflétée par la mer, assez pour distinguer le pied du promontoire, sous lequel se découpaient des rochers noirs. Au-dessus, les lumières de la villa brillaient comme s'il ne s'était rien passé. Il revit Janine debout au bord de la terrasse, le soir précédent, entourée de son bras qui ne la touchait pas tout à fait. Il eut la vision de son corps tombant sur les rochers, pâle comme un papillon de nuit dans l'obscurité.

Il reprit sa course vers le promontoire, mais fut bientôt ralenti par la rocaille et les mares. A un moment il dut utiliser ses deux mains pour dégager sa cheville prise entre deux rochers. Il tourna brièvement la tête et vit la lueur des torches traverser la plage. Sautant dans une mare, il pataugea dans l'eau qui lui arrivait aux genoux, atteignit les gros rochers qui se trouvaient sous la terrasse. Glissant sur les algues, s'écorchant les mains sur les bernacles, il entreprit son escalade.

Devant lui, une forme sombre était accrochée sur un piton rocheux, sombre et flasque comme une touffe d'algues, mais plus consistante. La masse sombre était parcourue d'une strie blanche. Il se hissa sur la roche. La blancheur était une nuque renversée en arrière. Il dut passer une main dessous pour pouvoir distinguer le visage.

— Oh, merci, mon Dieu ! Merci, mon Dieu ! murmura-t-il en s'agrippant au rocher, sanglotant et tremblant de soulagement.

Il se trouvait toujours à la même place lorsque les autres se rapprochèrent, en bas, l'aveuglant de leurs torches.

— Elle est vivante ?

C'était la voix terrifiée de Donna. D'Abitot, dont la tête émergeait d'une cape imperméable, la flanquait d'un côté, Pierre de l'autre.

— Non, évidemment, répondit-il.

Puis il ajouta, d'une voix soulagée et étonnée à la fois :

— Mais c'est Margot.

D'Abitot s'avançait en pataugeant, suivi de Pierre.

Peter le héla du haut de son rocher :

— Où est Janine ?

— Janine ?

Le visage de d'Abitot, blême à la lueur de la torche, revêtit une expression d'incompréhension non jouée.

— La jeune fille, cria Peter, la jeune fille que vous étiez occupé à séduire ! Où est-elle ?

Cette fois, d'Abitot parut complètement ébahi.

— Je ne sais pas de quoi vous parlez. Si vous pouviez nous aider à la soulever...

Déjà, Pierre escaladait le rocher. Peter se laissa glisser en bas et traversa la mare près de laquelle Donna sanglotait, recroquevillée sur elle-même.

— Qu'avez-vous fait de Janine ? l'interrogea-t-il en s'accroupissant à côté d'elle.

— Rien. Est-ce que Margot est morte, vraiment morte ?

— Oui, je vous l'ai dit ! Pour l'amour du ciel, qu'avez-vous fait de Janine ? hurla-t-il en commençant à la secouer.

Donna leva une main vengeresse et le gifla.

— Arrêtez ! Elle est à la ferme, dans son lit !

— A la ferme ?

— Evidemment. Où voulez-vous qu'elle soit ? Margot... oh, pauvre Margot...

D'Abitot et Pierre transportèrent le corps de la morte à travers la plage, tandis que Peter soutenait Donna. Dans une cabane de pêcheurs, Pierre, qui semblait connaître l'endroit, trouva une bâche pour recouvrir le corps.

— Je vais envoyer des gens pour s'occuper d'elle quand il fera jour, proposa d'Abitot d'un ton doux. Voulez-vous qu'elle soit transportée chez vous ?

Donna, qui s'était écroulée sur une barque retournée, paraissait incapable de répondre. D'Abitot alla s'asseoir près d'elle, prononça quelques paroles et alla jusqu'à lui prendre la main. Au bout d'un moment, elle acquiesça d'un mouvement de tête. Peter n'y comprenait goutte. Cet homme avait assassiné sa sœur, et elle le laissait la réconforter ! Il se dit que lui-même se devait de parler police, juge, accusation, mais la seule chose qui lui importait était de savoir que Janine était saine et sauve.

D'Abitot se leva et se dirigea vers lui.

— Je vais m'occuper des dispositions à prendre, déclara-t-il.

— La police... ?

— Nous allons la prévenir. Voulez-vous bien la raccompagner chez elle ?

Sans doute le son de sa voix, tandis qu'il parlait à sa mère, avait-il réveillé Janine, car elle sortit à leur rencontre, munie d'une lampe à pétrole, un manteau passé sur sa chemise de nuit.

Ouvrant des yeux écarquillés de frayeur, elle aida sa mère à s'asseoir sur la terrasse.

— Margot est morte, lui annonça Donna d'une voix blanche. Elle est tombée de la terrasse de M. d'Abitot.

— Vous avez dit que c'était lui qui l'avait poussée, rectifia Peter.

Donna leva les yeux sur lui.

— Non, je n'ai pas dit cela. Personne ne l'a poussée. Elle est tombée, c'est tout.

Elle mit la main dans la poche de sa veste et en sortit un mouchoir. Dans ce geste, elle laissa tomber quelque chose. Peter se baissa et ramassa ce qui se révéla être une liasse de billets pliés en deux. Donna s'empressa de la lui arracher des mains.

— C'est lui qui m'a donné cet argent pour payer l'enterrement, dit-elle.

— C'est d'Abitot qui vous l'a donné ? ! Quand donc ?

— Tout à l'heure, sur la plage.

Peter la regarda, écœuré. Cet homme pouvait donc tout acheter, y compris le moyen d'échapper à une condamnation pour meurtre ! Et pourquoi avait-il poussé Margot ?

Mais il n'eut pas le courage d'interroger Donna, car au même moment, son visage se plissa et elle se mit à pleurer en gémissant :

— Où est-elle maintenant ? Elle est dehors, toute seule, dans le noir. Je ne la reverrai plus jamais !

Ce cri de douleur authentique le réduisit au silence.

Janine prit sa mère dans ses bras.

— Venez, rentrez. Vous allez prendre froid.

Il l'attendit longtemps dehors, éclairé par la lampe où venaient se cogner les papillons de nuit. Il avisa la bouteille de vin à moitié pleine qui se trouvait sur la table, ainsi que deux verres. Celui qu'il prit portait la trace du rouge à lèvres de Margot, rouge vif. Il le reposa et but le vin âpre directement au goulot, à grandes gorgées.

Janine sortit alors que le ciel se veinait de blanc, annonçant l'aube.

— Elle dort, annonça-t-elle. Elle a pris deux de ses pilules.

— C'est d'Abitot qui a poussé Margot, insista-t-il. C'est ce que votre mère a crié quand ça s'est passé. Il l'a achetée pour qu'elle mente.

Son trouble était si grand qu'il ne pensait pas à la ménager.

Elle eut un geste négatif de la tête.

— Ce n'est pas d'Abitot qui l'a poussée. C'est ma mère qui l'a fait.

— Quoi ? !

— Oui, c'est ce qu'elle m'a dit quand je l'ai mise au lit. Elle m'a dit qu'elle s'était disputée avec Margot sur la terrasse, et qu'elle l'avait poussée. Elle dit qu'elle n'avait pas vraiment l'intention de la faire tomber, mais elle était si furieuse qu'elle n'a pas réfléchi...

— Mais d'Abitot lui a donné de l'argent !

— Oui, c'est gentil de sa part, n'est-ce pas ? A moins que ce ne soit pour éviter les histoires... d'être ennuyé en tant que témoin...

Elle soupira et s'assit lourdement à côté de lui.

— Mais que faisaient-elles là-bas ? Essayaient-elles de le voler ? s'étonna-t-il.

— Bien sûr que non ! Vous savez bien ce qu'elles avaient imaginé. Vous m'avez demandé de les en dissuader. Si seulement je vous avais écouté ! Et maintenant, cette pauvre Kala a disparu, elle aussi.

— Kala ?

— Oui, c'est ce qui faisait pleurer ma mère : Kala, toute seule dans le noir.

A la vue de son air déconcerté, elle s'impatienta :

— Vous savez bien qu'elles voulaient faire s'accoupler Kala et Tamerlan ! C'est ce que Margot avait proposé à d'Abitot, pendant notre visite. Cela avait mécontenté d'Abitot. Il avait répondu qu'il ne connaissait pas suffisamment le pedigree de Kala et qu'elle ne serait peut-être pas assez bien pour Tamerlan. Mais Margot avait décidé de passer outre. Elle savait comment entrer dans la villa par-derrière, elle a dit à ma mère qu'il ne leur faudrait que quelques secondes pour entrer dans la cage, que d'Abitot arriverait trop tard pour les en empêcher... Je ne sais pas comment vous avez été mis au courant, mais...

— Je les ai entendues discuter à ce propos, seulement...

Sa voix mourut. Impossible de lui dire ce qu'il avait cru. Sa poitrine s'était serrée, mais il ne savait si c'était dû à une envie de rire ou à une envie de pleurer.

— Hélas, la pauvre Kala a pris peur quand elles l'ont sortie du panier, poursuivit Janine. Ma mère a voulu la ramener, mais Margot a insisté et a essayé de rattraper la chatte. Ma mère m'a dit qu'elle n'avait cherché qu'à la protéger. Je ne crois pas qu'elle ait vraiment eu l'intention de pousser sa sœur.

Mais le doute était nettement perceptible dans sa voix.

— Pourquoi Margot voulait-elle à toute force les faire s'accoupler ? Elle ne semblait pas s'intéresser aux chats, fit remarquer Peter.

— Les petits siamois à pedigree se vendent très cher. Elle disait que si Kala en avait cinq ou six, cela paierait notre loyer pour l'hiver. Vous connaissez bien son dicton préféré...

Jusqu'alors, elle avait gardé les yeux secs, mais elle se mit à pleurer.

— « Tout fruit est bon à prendre », cita Peter, se disant qu'en définitive, c'était une cupidité bien modeste.

— Pauvre Kala, répéta Janine. Pauvre de nous !

— Nous allons la retrouver. Cela, au moins, nous pouvons le faire.

Lorsque le jour se leva, ils partirent à sa recherche et la retrouvèrent profondément endormie, roulée en boule sur un tas de filets au fond d'une barque de pêche. Elle ne manifestait plus la moindre trace d'ardeur amoureuse. Le coupable était certainement l'un des chats de gouttière qui erraient dans les environs du port.

— Mais ce n'est pas sûr, dit Janine. Nous ne le saurons qu'à la naissance de ses petits.

LA ROUE DE LA FORTUNE

– Elizabeth Engstrom –

Assis au volant de sa vieille guimbarde, Davison remontait la longue allée en courbe menant à la demeure familiale.

« Dégueulasse, tout ce luxe ! » bougonna-t-il à la vue de la construction surdimensionnée qui s'élevait au milieu d'un jardin entretenu par une équipe de jardiniers d'une méticulosité maniaque : les buissons étaient taillés au millimètre près ; pas une mauvaise herbe ne se risquait à déparer le velouté de la pelouse ; les fleurs s'épanouissaient à profusion devant la façade, ordonnées avec précision, dans une harmonie de couleurs parfaite, et parfaitement énervante. A l'intérieur, la même perfection était naturellement de mise. Le moindre grain de poussière, la moindre toile d'araignée, la moindre ébauche de gravier ne résistaient jamais plus de cinq minutes à la vindicte d'une domestique en uniforme.

Davison regarda tout cela en fouillant vainement dans sa mémoire. Non, il n'avait aucun souvenir de parties de ballon avec son père sur ce gazon, il n'avait jamais roulé en tricycle sur l'allée circulaire, ni cueilli des fleurs avec sa mère. Il ne faisait pas de vélo, mais du cheval. Il jouait au foot à l'école. Quant aux fleurs fraîches, elles étaient livrées quotidiennement.

Baigner à ce point dans le fric, ça devrait être interdit, se dit-il.

Et voilà qu'il allait sans doute toucher un quart de toute cette fortune. D'un patrimoine qui comportait une propriété aux environs de Pittsburgh, un appartement de grand standing au dernier étage d'un luxueux immeuble de Manhattan, une villa en Toscane, un portefeuille d'actions, et Dieu savait quoi encore.

Il savait depuis longtemps que ce moment arriverait, mais maintenant qu'il était au pied du mur, il était épouvanté par cette idée : et si Richard, Katherine et Peggy décidaient que c'était à lui que revenait cette horrible baraque… ? Que fallait-il en faire ?

La transformer en quartier général de Greenpeace ? La léguer à une organisation caritative ? La vendre et faire don de l'argent ?

La garder ?

Non, jamais. Jamais il ne la garderait. Il s'en sortait parfaitement avec son salaire de professeur de sciences environnementales à l'université de sa ville. Son appartement au troisième sans ascenseur lui suffisait amplement, et il avait même de quoi alimenter régulièrement son plan d'épargne-retraite. Il ne voulait pas que les gens vivant dans son monde actuel sachent qu'il venait de celui de l'argent. L'argent de l'acier. Gagné grâce au travail des pauvres. Dès le moment où il avait eu l'âge d'en prendre conscience, il s'était senti horriblement mal à l'aise à cette idée, et jamais il n'avait changé de point de vue. Il avait simplement permis à ses parents de payer ses études à Yale. Ensuite, il avait volé de ses propres ailes. Jamais il n'avait accepté un sou de leur part.

On ne pouvait pas en dire autant de son frère et de ses sœurs.

Il se gara à côté de la Mercedes de Richard et coupa le moteur.

Avant de sortir, il s'examina brièvement dans le rétroviseur. J'aurais peut-être dû faire un tour chez le coiffeur, se dit-il en se passant la main dans les cheveux.

Puis, d'un geste résolu, il attrapa le sac de sport qui lui servait de bagage pour le week-end.

Il s'arrêta un instant pour goûter pleinement le silence et le parfum de l'air du soir. Même si cette propriété représentait à ses yeux une monumentale gabegie, il ne pouvait s'empêcher d'apprécier son environnement calme, en pleine campagne, bien à l'abri de la puanteur de l'aciérie.

Devant la porte d'entrée, il hésita, se demandant s'il devait sonner ou simplement ouvrir et entrer.

Pas de chance : ce fut Richard, un verre du meilleur scotch de leur père à la main, qui ouvrit la porte avec un sourire révélant que ce n'était pas son premier verre de la journée.

— Dave ! s'exclama son frère en le serrant contre lui, si fort qu'il en eut la respiration coupée. Ça fait plaisir de te voir !

Davison posa son sac de sport sur la table de marbre, au milieu du vestibule. La maison, qui n'avait jamais été un modèle de chaleur, l'accueillit par le silence. Deux escaliers courbes, inspirés de Tara dans *Autant en emporte le vent*, partaient de part et d'autre du vestibule. A droite, la bibliothèque. A gauche, la salle à manger. En face, les portes de ce que sa mère avait coutume d'appeler le salon d'apparat étaient ouvertes.

Une mélancolie, un sentiment de solitude l'étreignirent. Comme toujours lorsqu'il entrait dans cette maison.

— Kathy ! appela Richard. Dave est arrivé !

Davison fit la grimace en entendant le diminutif d'autrefois.

— Davison, rectifia-t-il.

— Tu as raison. Davison. Excuse-moi. Et Katherine, pas Kathy !

Richard, d'ordinaire si exubérant, robuste et taillé en armoire à glace, paraissait un peu éteint. Son nez, strié de veinules rouges et violettes, tranchait avec son teint gris. Ses cheveux avaient beaucoup blanchi, ils s'étaient clairsemés, depuis leur dernière rencontre, et son ventre normalement tendu s'était transformé en grosse bedaine.

Mais même s'il n'avait pas l'air en très bonne forme, Richard ne semblait pas avoir changé : une vraie brute épaisse.

— Hé, dis donc, dit la brute, la tête tournée vers la fenêtre d'où on avait vue sur l'allée, tu vas peut-être pouvoir te payer une bagnole qui marche, maintenant ! Une que tu n'auras plus besoin de garer sur une colline ! Tu vas avoir la thune pour !

Davison ne jugea pas utile de répondre. Richard n'eut pas le temps d'ajouter une autre amabilité, car Katherine fit son entrée, en pantalon de lin blanc et corsage de soie assorti au champagne contenu dans son verre.

Grande, mince comme un fil, l'image même de leur mère si gracieuse, Katherine semblait sincèrement heureuse de voir son frère, même si le contact de ses épaules fut très léger et si elle embrassa l'air au lieu des joues qu'il lui tendait.

— Tu es belle, la complimenta Davison. Comme d'habitude.

— Merci, c'est gentil. Je suis contente de te voir, moi aussi. Va donc poser tes affaires et te rafraîchir un peu là-haut, et viens nous rejoindre au salon.

— Peggy est là ?

— Non, on sait pas où elle est, répondit Richard en s'appuyant sur la table pour garder son équilibre compromis par les effets du scotch. J'ai l'impression qu'elle a donné des jours de congé au personnel. Elle est peut-être partie quelque part, elle aussi.

— Je suis sûre qu'elle sera de retour ce soir, intervint Katherine, puisque l'enterrement a lieu demain.

L'enterrement.

Davison acquiesça et prit son sac.

— Je redescends tout de suite, annonça-t-il.

Il gravit les marches deux par deux et longea le grand couloir menant à sa chambre.

Arrivé à la porte, il marqua pourtant un temps d'arrêt, la main posée sur la poignée richement ornée. Depuis le jour de sa naissance, cette pièce avait toujours été pour lui une simple chambre d'amis. On ne lui avait jamais permis d'y mettre le moindre objet personnel, hormis sur les étagères de sa petite bibliothèque, sur son bureau et sur le tableau de liège accroché au mur. Tout le reste avait été agencé à leur guise par des décorateurs professionnels et devait rester strictement en l'état.

Telle avait été la volonté de son père. Et il n'y avait aucune raison pour que les choses aient changé.

Il ouvrit la porte et entra. Tout était exactement à la même place. Comme lors de sa dernière visite, à Noël, et comme trois mois avant, lors de l'enterrement de sa mère.

Cette chambre orientée au sud aurait pu contenir tout son appartement de Charlotte, et même plus. Ses fenêtres montaient jusqu'au plafond et donnaient sur le jardin à la française et la pièce d'eau.

Après son départ pour l'université, sa mère avait refait la décoration. Il avait reçu le choc en pleine figure lorsqu'il était rentré pour ses premières vacances. C'était comme si elle avait voulu effacer toute trace de sa présence dans la vie familiale. Mais ensuite, il s'était aperçu que c'était lui qui avait voulu tout effacer. Non, sa mère avait simplement voulu refaire la décoration.

C'est à dater de là qu'il avait cessé de rentrer. Il ne revenait qu'à Noël, physiquement, mais pas mentalement. Et sa présence était uniquement due à la culpabilité que Katherine avait toujours su instiller en lui.

Machinalement, Davison posa son sac élimé sur le lit. L'instant suivant, horrifié par l'inconvenance de son geste – cette chose informe reposait sur le lit parfait comme une tumeur –, il se hâta de le redescendre par terre.

Puis...

Attends, se dit-il. Il n'y avait personne pour le réprimander. C'était son lit à lui, pour cette nuit, et il pouvait poser son vieux sac de sport dessus si ça lui chantait, bordel !

Ce qu'il fit.

En ouvrant la porte de la salle de bains, il poussa un nouveau juron : la salle de bains *aussi* était plus grande que son appartement de Charlotte !

Il se brossa les dents, s'aspergea la figure à l'eau froide, se sécha avec une serviette parfumée qui avait visiblement été teinte pour être assortie au carrelage, puis descendit pour voir combien de temps il lui faudrait rester.

Il souhaitait repartir le lendemain, juste après l'enterrement, et rentrer d'une traite pour pouvoir reprendre ses cours dès le lundi.

Mais quelque chose lui disait que cela ne se passerait pas ainsi.

Dans sa famille, rien n'était jamais aussi facile.

Davison retrouva son frère affalé de tout son long sur le canapé du salon. En velours de soie. Un canapé qui avait dû coûter l'équivalent d'un mois de son propre salaire, et Richard se vautrait dessus avec ses chaussures, un verre de scotch vide pendouillant au bout de sa main.

— Je crois que je vais m'installer ici, annonça Richard. Comme ça, je pourrai me laisser bichonner pendant le restant de mes jours.

— C'est à toi que papa a légué la maison ? s'étonna Davison.

Un petit sourire se dessina lentement sur les lèvres de son frère. A ce moment, il comprit qu'il avait parlé beaucoup trop vite. Qu'il avait mordu à l'hameçon.

— Tu es intéressé, peut-être ? le provoqua Richard.

— Non, pas particulièrement.

Il était simplement contrarié d'apprendre que ce serait cette brute qui l'aurait. Non, il s'en fichait royalement, si c'était Richard qui obtenait la propriété. Il n'en voulait pas, même pas un mètre carré.

Avec l'équivalent des frais d'entretien journaliers, il y avait sans doute de quoi nourrir tout un village d'Afrique.

— C'est une position par défaut, précisa Richard. Je suis prêt à parier tout ce que tu veux, par exemple ce Matisse, là, au-dessus de ta tête, que tu n'es pas intéressé par la propriété, et Katherine, de son côté, préférerait avoir la villa. Donc, si je la prends, c'est tout aussi bien.

Davison alla se servir dans une carafe d'eau disposée sur une desserte avec les autres boissons et demanda :

— A propos, où est Katherine ?

— Là-haut. Elle avait envie d'aller voir la chambre du vieux. Il y a des gens qui viennent demain prendre tout le matos des soins à domicile. Brrr... ! Très peu pour moi, tous ces trucs macabres.

Davison s'assit sur le bord d'un repose-pied. En soie et en velours de Venise, comme sa mère n'eût pas manqué de le faire remarquer. Rien à faire, il s'était toujours senti comme un invité dans la maison de son enfance. Mais non, rectifia-t-il, c'est seulement l'endroit où j'ai passé mon enfance. Cet endroit n'avait jamais été sa maison.

En silence, il admira, par la large baie, le spectacle des couleurs du crépuscule qui s'évanouissaient peu à peu, remplacées par les lumières scintillantes de la ville.

Richard s'étira.

— Je vais faire quelques transformations ici, déclara-t-il. Dans cette pièce, va falloir mettre une installation vidéo digne de ce nom... ou peut-être transformer la bibliothèque en vraie salle de cinéma, je sais pas...

— Papa a peut-être tout légué à l'Association contre la cruauté envers les animaux, qui sait ? objecta Davison.

Richard rejeta la tête en arrière et rit, trop longtemps et trop fort, d'un rire alimenté par l'alcool.

— J'imagine la scène ! Dès qu'ils auront vu les trophées de chasse, ils rendront le fric !

Un nouveau rire, tonitruant, qui se termina par un accès de toux.

— Allez, tu as assez bu ! décréta Katherine, sur le seuil de la porte.

De la démarche aérienne qui lui était propre, elle alla s'asseoir dans un fauteuil, à côté du canapé.

— C'est horrible, là-haut, leur confia-t-elle. C'est terrible, ce qu'il a traversé. Mère, au moins, est morte soudainement, d'une mort beaucoup plus… nette.

Nette ? répéta Davison en pensée. Nette ? Même la mort se devait d'être propre, dans cette baraque !

— J'étais en train de dire à Dave que je prendrais cette maison, et toi la villa, dit Richard.

— Et qu'est-ce qui reste ? demanda Davison, tout en se maudissant de s'intéresser à la question.

— Il reste New York, répondit Katherine, et les actions.

— Il va falloir prélever sur les actions pour payer l'entretien des biens immobiliers, fit observer Richard.

— Et Peggy ? leur rappela Davison. Vous ne croyez pas qu'elle a son mot à dire ? Et le testament de papa, qu'est-ce que vous en faites ?

— Bien sûr, dit Katherine. Je crois que le notaire va venir à l'enterrement, demain, nous avons rendez-vous avec lui après.

— Peggy ne veut rien de toute cette merde, on va lui donner un million et elle sera contente, décida Richard.

— Eh ben ! s'exclama Davison tout en se levant pour aller reprendre un verre d'eau. Tu n'y vas pas de main morte !

Richard haussa les épaules.

— Alors toi, tu prends New York, hein ? éluda-t-il.

— Je suis très bien à Charlotte, répliqua Davison, je suis très content de ma vie.

Richard adressa un sourire à Katherine.

— Bon, alors c'est entre toi et moi, ma chérie. Une brique pour Peggy et le reste divisé par deux, dit-il.

— Doucement ! s'insurgea Davison. Ce n'est pas à nous de décider.

— Ne fais pas attention, lui conseilla Katherine. Il a trop bu. Il est évident que nous allons respecter les volontés de papa. Et s'il n'a rien laissé de concret, on fera le partage entre nous. Equitablement.

— Equitablement, tu vas voir comment ! cracha Richard d'un ton venimeux.

Davison buvait son eau debout en leur tournant le dos. Non, maintenant, Richard ne pouvait plus l'atteindre. Le pouvoir de cette brute s'était amenuisé au fil des années. Et pourtant, ses tentatives d'intimidation parvenaient à lui faire monter le rouge aux joues et à lui donner des palpitations.

— Tu as passé ton temps à faire le dégoûté, à cracher sur tout ce que papa a accumulé au cours de sa vie, poursuivit Richard. Eh bien, maintenant, tu peux aller te brosser, avec tes grands airs ! Tu n'auras rien ! Si tu essaies, je me battrai...

Katherine posa une main apaisante sur l'épaule de son frère, prit son verre vide et alla le placer sur une table basse en déclarant :

— Personne ne se battra, Richard. On va attendre demain.

Devant l'air air mauvais de ce dernier, elle ajouta, avec un regard entendu à Davison :

— Quand nous serons tous à jeun.

— Bonne idée, approuva Davison.

Comme de coutume, sa grande sœur accourait à son secours. Il lui en savait gré, mais le simple fait qu'elle eût encore à jouer le rôle du soldat de la paix en disait long sur la nature de leur dynamique familiale.

— Bon, reprit-il pour faire diversion, ça a été l'enfer sur la route, je mangerais bien un petit quelque chose. Qu'est-ce qu'il y a de bon ?

— Je ne sais pas. On fait une descente dans le frigo ?

Katherine trempa sa fourchette de salade dans une petite coupe de sauce et regarda ses frères.

— Vous vous souvenez de l'Alabama ?

Reposant son sandwich à la tomate, Davison s'exclama :

— Comment veux-tu que j'oublie ? Ce sont les seules vacances qu'on ait passées tous ensemble !

— Ouais, et on se demande ce qui leur a pris de nous emmener en Alabama, intervint Richard, la bouche pleine d'un morceau de rosbif qu'il ne s'était pas donné la peine de sortir entièrement de son emballage.

Mère aurait été horrifiée, se dit Davison. Et aussi de nous voir manger dans la cuisine des domestiques.

Mais c'était là qu'ils avaient trouvé les provisions. Dans leur propre cuisine, les seules réserves étaient des cartons remplis de canettes contenant la boisson prescrite à leur père pour ses derniers repas.

Après s'être préparé chacun leur assiette, ils s'étaient installés autour de la grande table pleine de cicatrices, au centre de la pièce. Quand il était petit, c'était là qu'il prenait ses repas avec sa nounou, les soirs où ses parents étaient absents. Il avait alors l'impression de faire quelque chose de défendu, et se faisait un plaisir de garder jalousement le secret.

— C'est bizarre, vous ne trouvez pas ? dit Katherine en jouant avec les fragiles feuilles de laitue dont elle avait rempli son assiette, sans en manger une seule. J'ai beaucoup voyagé avec Mère... Paris, Londres, Genève... Nous sommes même parties ensemble à Florence, juste pour étudier la peinture. C'était vraiment bien... Vous aussi, vous avez fait des voyages avec elle et Père, non ? Mais nos seules vacances en famille, tous ensemble, à six, nous les avons passées en Alabama. C'est drôle, non ?

— Ils étaient très occupés, expliqua Davison. Mère avait ses bonnes œuvres, et Père, bon, vous savez ce que c'était. Il travaillait.

— Il travaillait *tout le temps* ! souligna Richard.

— Papa avait certainement un rendez-vous d'affaires là-bas, en Alabama, supposa Davison. Je me souviens qu'on allait à la plage, mais je ne le revois pas avec nous.

— C'est vrai, ça lui ressemblerait assez, opina Katherine.

Oui, se dit Davison. Leur père avait toujours été absent. Etrange. A Charlotte, le dimanche matin, à la télé, les fondamentalistes tempêtaient à qui mieux mieux contre l'amour de l'argent en l'accusant d'être à l'origine de tous les maux ; mais pour lui, c'était plutôt la *poursuite* de l'argent, jusqu'à exclure tout le reste.

— En tout cas, c'est dommage qu'on n'ait jamais recommencé, même pas ici, en Pennsylvanie, déplora-t-il. On aurait pu partir camper, par exemple...

— Camper ? s'exclamèrent en chœur son frère et sa sœur.

— Non, évidemment, reconnut-il avec un sourire ironique. Mère n'aurait jamais accepté de faire du camping. Elle aurait risqué de froisser ses vêtements en soie !

— On pourrait le faire, nous, proposa Katherine.

— Aller *camper* ? répéta Richard, occupé à tartiner une épaisse couche de beurre sur une tranche de pain. Tu veux qu'on aille *camper* ?

Katherine éclata de rire.

— Mon Dieu, non ! Mais on pourrait partir tous les quatre. En ce moment, nous ne sommes mariés ni les uns ni les autres, on pourrait donc partir quelque part, passer des vacances ensemble, s'amuser un peu, pour une fois.

— C'est une bonne idée, ça, répondit Richard. Où ?

— Aux Galápagos ? proposa Davison.

Katherine fronça le nez.

— C'est plein de crottes d'oiseau et de morses. Et si on allait à Dubai ?

— Ou faire un safari en Afrique ? intervint Richard. Y a des safaris de luxe, en ce moment.

— Ou à Sydney ? Ou à Rio ? Et pourquoi pas une croisière autour du monde ?

Katherine regarda son jeune frère comme si elle s'attendait à le voir réagir avec son habituel dédain « de gauche ».

— L'argent n'est pas un problème, rappelle-toi, ajouta-t-elle.

L'argent n'est pas un problème, répéta mentalement Davison. C'est vrai, finalement, l'argent n'est pas un problème.

Davison pensa à ses collègues, à ceux qui se rendaient régulièrement au casino Harrah, dans la réserve cherokee, pour jouer. Il était tenté, évidemment, mais ne s'y était jamais risqué. Son sens de l'économie ne le lui permettait pas. De plus, il n'était pas question pour lui d'engraisser les bandits qui finançaient les casinos des réserves indiennes. Mais maintenant...

— Si vraiment l'argent n'est pas un problème, prononça-t-il lentement, pourquoi n'irions-nous pas passer une semaine à Monte-Carlo ?

— Monte-Carlo ! Davison ! s'exclama Katherine, agréablement surprise. Jamais je ne me serais attendue à ça, venant de toi. Qu'est-ce que tu ferais là-bas ? Tu te prélasserais sur la plage ? Tu fréquenterais les bars de luxe ? Tu irais jouer au casino ?

Il haussa les épaules.

— J'ai toujours pensé que si je gagnais à la loterie je mettrais un petit paquet de côté pour pouvoir tenter ma chance au poker. Ou au black-jack. Juste un peu.

— Ah, t'es prêt à prendre quelques risques, alors ! C'est pas trop tôt ! commenta aimablement Richard. Mais attends, tu parles de loterie... Tu achètes vraiment des billets de loterie ?

— Ma vie entière est plus risquée que la tienne ! répliqua Davison. Et, oui, il m'arrive d'acheter un billet de loterie.

— J'y crois pas ! rigola Richard en secouant la tête.

Il agita la main pour désigner l'ensemble de la pièce, de la maison.

— Avec tout ça… toi, tu achètes des billets de loterie ! Trop fort !

Katherine jugea opportun de les ramener à leurs moutons.

— Monte-Carlo, c'est une idée géniale.

— On n'a qu'à y aller cet été, proposa Davison, content de l'enthousiasme avec lequel elle accueillait sa suggestion. Je ne donne pas de cours d'été, cette année.

— Quitte ce boulot sans avenir, bon Dieu ! s'exclama Richard. Tu as les moyens d'être indépendant, maintenant !

Les moyens d'être indépendant.

— Vous croyez que Monte-Carlo, ça ferait plaisir à Peggy ? s'inquiéta Davison.

— Evidemment ! répondit sa sœur. Comment pourrait-elle ne pas aimer ? Ça va être génial ! Ce seront les vacances en famille que nos parents auraient dû nous offrir, en mieux. Il y aura le soleil et la mer…

— Et ce foutu casino, compléta Richard. La dernière fois que j'y suis allé, ils m'ont pris trop de fric. Il faut que j'aille le récupérer.

— C'est là que vont les millionnaires pour rencontrer d'autres millionnaires, rêva Katherine. Ça nous fera du bien à tous les quatre. Ça fera peut-être repartir nos vies amoureuses lamentablement en panne.

Davison demanda si Peggy avait déjà voyagé à l'étranger sans les parents.

— Peggy n'est jamais allée nulle part, répondit Richard.

— Ce sera donc notre cadeau de remerciement, décida Katherine. S'occuper d'eux, ça n'a pas dû être drôle tous les jours.

— Pourquoi ? Maman est partie vite ! répliqua Richard avec dédain. Et Peggy a toujours eu le personnel qu'il fallait.

Il se fourra le dernier morceau de rosbif dans la bouche, fit claquer sa fourchette sur son assiette et se coucha à moitié sur la table, affalé sur ses coudes, tout en mastiquant bruyamment.

— D'accord, répliqua Katherine en repoussant son assiette, mais tu n'as pas vu sa chambre, là-haut. Non, ça n'a pas été une partie de plaisir, pour Peggy.

— Hé là, riposta Richard, tu crois que grandir avec eux comme parents, ça a été une partie de plaisir ? On s'est tous tirés dès qu'on a pu.

— Sauf Peggy, lui rappela Davison.

Le tour qu'avait pris la conversation lui avait coupé l'appétit. Seule Peggy était restée à la maison. Elle avait été celle qui s'était occupée des parents lorsqu'ils étaient tombés malades.

— Peggy a fait son choix, rétorqua Richard. Exactement comme toi. Comme si tu étais une sorte de saint, et nous autres deux...

— Richard... murmura Katherine.

Davison lui fit un signe d'intelligence. Il savait à quoi son frère faisait allusion : à son refus d'accepter une allocation mensuelle de la part de leurs parents. Richard et Katherine avaient vécu joyeusement de la générosité de leur père pendant des décennies, mais lui-même avait choisi une voie différente, et son aîné ne laissait jamais passer une occasion de lui envoyer des piques à ce sujet. Mais maintenant, la raison de cette aigreur commençait à se dessiner : Richard enviait l'indépendance de son frère.

— Je suis sûre que nous sommes tous contents des choix que nous avons faits, reprit Katherine en saisissant son verre de champagne. Et ravis de la manière dont nos vies se déroulent.

Elle vida son verre et le reposa, un peu trop brutalement, sur la table.

— Les choses vont changer à partir de maintenant, vous allez voir, prédit Richard.

Davison se demanda comment. Mais mieux valait éviter de discuter de certains sujets.

Désignant le désordre qu'ils avaient mis dans la cuisine des domestiques, il proposa :

— On va peut-être nettoyer tout ça, non ?

— Peggy va bientôt rentrer, on n'a qu'à retourner au salon, répondit Katherine en se servant une nouvelle dose de champagne avant de quitter la pièce.

Davison posa son assiette dans l'évier et la suivit, muni d'un verre d'eau.

— Elle ne devrait plus tarder, maintenant, dit-il en consultant sa montre.

Il était rentré depuis moins de deux heures, mais il avait l'impression d'avoir passé deux jours dans cette maison.

Richard prit une poignée de chocolats sur une assiette de confiseries posée sur une desserte, puis retourna s'affaler sur le canapé. Ce meuble avait été remplacé plusieurs fois depuis leur enfance, mais la propension qu'avait Richard à s'affaler sur tout ce qui était assez long pour le contenir n'avait pas changé.

— Qu'est-ce que tu aimerais vraiment savoir, mon petit Davy ? persifla-t-il. Tu ne vas pas me faire croire que tu te fais du souci à ce point pour Peggy, hein ?

Katherine rit et alla se blottir dans le fauteuil, les jambes repliées sous elle.

— Qu'est-ce que nous aimerions vraiment savoir, tous ? interrogea-t-elle.

Davison se demanda de quoi ils parlaient. Il s'appuya contre le manteau de la cheminée et regarda sa sœur, une question dans les yeux. Katherine rit à nouveau. Il lui sembla entendre sa mère et la vit en pensée, assise dans un fauteuil, rire de ce rire franc et charmant dont sa sœur avait hérité.

— Oh, Davison, reprit cette dernière, tu es trop mignon. On parle du testament, mon chéri. Ce que nous aimerions tous savoir, c'est ce qu'il y a dans le testament !

— Vous croyez que Peggy le sait ?

— Difficile à dire, répondit Richard en mâchouillant un chocolat. Sans doute. Peut-être que c'est pour ça qu'elle n'est pas là. Elle n'a pas envie de nous mentir en disant qu'elle n'est pas au courant, et elle n'a pas envie de cracher le morceau avant le rendez-vous avec le notaire demain.

— Ce que j'aimerais bien savoir, reprit Katherine, c'est pourquoi tu ne sais rien, toi, Richard. Tu as sûrement posé la question.

— Bien sûr ! Evidemment que j'ai posé la question ! Mais le vieux n'a pas voulu me répondre. Il m'a dit : « Ça ne te regarde pas, espèce de vautour ! »

Davison essuya soigneusement la condensation qui s'était formée sur le côté de son verre, tentant de cacher sa nervosité sous un calme apparent.

— Il t'a traité de vautour ? Il t'a vraiment traité de vautour ?

Richard leva un sourcil.

— Ouais, confirma-t-il, imperturbable.

— Je crois qu'il ne savait plus trop ce qu'il disait, à la fin, émit Katherine.

— Oh, si, il savait très bien ce qu'il disait. C'était un salaud. On le sait tous.

Davison sentit la chaleur lui monter au visage.

— Comment peux-tu parler de lui comme ça ? Il t'a entretenu pendant des années en te permettant de mener une vie de rêve. Tu pourrais lui témoigner un peu de reconnaissance.

— Ouais, t'as raison, répondit son frère. C'est exactement ce que je ressens... de la reconnaissance.

Sur ce, il se leva, lâcha sa poignée de chocolats sur la table basse en verre et remit le cap sur le flacon de scotch.

— Richard, mon chéri, intervint Katherine en reposant son verre de champagne à moitié vide, on va arrêter de boire.

— Oui, vous devriez, approuva Davison. L'alcool a la faculté de... je ne sais pas... d'exacerber les émotions.

— Pas pour moi, dit Richard. Quand je me retrouve dans cette baraque, j'ai envie de m'anesthésier, et ça, ça marche bien.

Il tenta de remettre le lourd bouchon de cristal sur le flacon, mais il lui échappa et alla s'écraser sur le sol de marbre.

— Oh, merde !

Il repoussa les plus gros débris de verre du bout du pied, avala le scotch et retourna sur son canapé. Où il s'affala.

— A propos de reconnaissance... un salaud, c'est un salaud, Davy, et le pognon n'a rien à voir là-dedans.

— Il a été généreux avec toi, insista Davison, avec vous deux.

— Et avec toi aussi, lui fit remarquer sa sœur. Toi aussi, tu as eu quelque chose, il ne faut pas l'oublier.

— OK, admit Davison, il m'a payé mes études. Mais ce que je veux dire, c'est qu'il n'était pas *obligé* d'être généreux.

— Bien sûr que si, riposta Richard. Si on vit comme ça, c'est le résultat de son éducation.

Mais sa sœur le contredit :

— Non, Davison a raison. Il n'était pas obligé d'être généreux. Je pense que c'est Mère et Peggy qui l'ont convaincu de continuer à nous verser notre allocation.

— Que c'est gentil de leur part ! Et maintenant, à nous la totalité du pactole ! ricana le « vautour » en se frottant les mains.

— A condition qu'il nous l'ait laissée, jeta Davison.

Il était fatigué de cette conversation. Fatigué de ce frère et de cette sœur bourrés et cupides. Fatigué de cette maison, de ses parents. Fatigué de se sentir coupable de ne pas être allé les voir, fatigué de s'inquiéter pour eux quand ils avaient pris de l'âge, fatigué de se prendre pour un affreux parce qu'il s'était installé au loin en laissant Peggy s'occuper de tout ce qui aurait dû normalement être partagé entre eux quatre.

Qu'on en finisse avec cet enterrement, que je me casse d'ici ! se dit-il. Et je ne souhaite qu'une chose, c'est ne plus jamais entendre parler de l'« argent de l'acier » !

— J'espère qu'il a tout légué à des œuvres, marmonna-t-il.

— Il aurait pas osé, s'insurgea Richard.

— C'est son argent ! C'est lui qui l'a gagné. Qu'est-ce qui te fait penser que tu as un droit sur son argent ?

— C'est mon droit de naissance, répliqua son frère. Un quart de la succession Tollifer m'appartient, c'est comme ça.

— Mais tu as sûrement pensé à ton avenir, avança Davison en étudiant le visage de son frère. Tu as mis de l'argent de côté pendant toutes ces années, non ?

Richard lui rendit un regard inexpressif.

— Tu n'as rien mis de côté ? insista-t-il.

Katherine éclata de rire.

— Je ne comprends pas comment tu peux t'imaginer que tout ça t'est dû, reprit Davison avec un geste embrassant la pièce, tout ça, cette débauche de luxe...

— La débauche de luxe, c'est notre strict minimum, Davison, dit Katherine. Tu vas apprendre. Tu vas voir comme il est facile de s'habituer aux belles choses.

— Faut pas déconner, renchérit Richard. Quand tu auras volé jusqu'en Europe, ou ailleurs, le cul dans un jet privé, t'auras plus du tout envie de te taper un charter...

— Oh, mon Dieu ! s'énerva Davison. Peut-être que Père n'était pas parfait, mais ils n'étaient quand même pas si mauvais que ça, les parents ! Surtout Mère, avec ses œuvres et sa fondation... Normalement, on devrait être en train de parler d'eux, ce soir, de ce qu'ils étaient, de ce qu'ils ont fait pour nous, pour la ville, pour tous leurs employés... Vous ne pensez pas qu'on pourrait se montrer un peu reconnaissants ?

Richard se contenta de regarder dans le vide.

Katherine examina ses ongles.

— Je crois que je vais aller me coucher, annonça Davison d'un ton résigné. A quelle heure a lieu l'enterrement ?

— A dix heures, répondit Katherine. On verra le notaire à une heure.

— Parfait.

Il en avait assez de tout ça. Il n'allait plus ouvrir la bouche jusqu'à l'heure du départ. Inutile d'essayer de convaincre son frère et sa sœur, il n'y arriverait pas.

Il se leva. Ses yeux firent le tour de la pièce. C'était certainement la dernière fois qu'il mettait les pieds dans cette maison, la dernière fois qu'il voyait son frère et ses sœurs. Ils n'avaient rien en commun. Peut-être le moment était-il venu de se débarrasser d'eux une bonne fois pour toutes.

Cette pensée le rendit curieusement triste.

— Bonne nuit, dit-il.

— A toi aussi, répondit Katherine.

Richard, quant à lui, ne répondit pas.

Mais au moment où Davison arrivait dans le vestibule il entendit claquer une portière de voiture.

Peggy était de retour.

Il l'aida à porter ses sacs de courses à l'intérieur.

Il avait eu un choc en revoyant sa sœur. Peggy était pâle, fatiguée. Elle avait toujours eu une tendance à l'embonpoint, mais à présent elle était devenue obèse. Elle n'avait pas refait sa couleur depuis un certain temps, à en juger par les racines de ses cheveux en bataille, gris sur un centimètre. Elle portait un pantalon de jogging noir et une chemise d'homme. Sa peau était parsemée de taches et de boutons. Elle n'était pas ainsi, à Noël. Les dix mois passés auprès de son père mourant l'avaient gravement marquée.

Lorsqu'il eut posé les sacs dans la cuisine, elle l'embrassa en le serrant contre elle avec une affection non feinte.

Puis, s'adressant à Richard et à Katherine qui les observaient depuis le seuil, elle lança :

— Avant que vous me le demandiez, je vous préviens que j'ai acheté une robe pour l'enterrement et que j'ai rendez-vous chez le coiffeur demain matin de bonne heure, ça vous évitera d'avoir honte de moi.

Puis, avec un profond soupir, elle désigna les sacs de provisions :

— J'ai fait les courses.

— Où sont les domestiques ? s'étonna Richard. C'est toi qui fais les courses ? Pourquoi ?

— Père leur a donné à chacun cinquante mille dollars et un mois de congé, répondit Peggy.

Katherine en resta bouche bée.

— Il a bien fait, poursuivit sa sœur. Ils seront de retour en octobre.

— Oh, quelle chance ! persifla Katherine.

Davison réprima une forte envie de gifler ce monstre d'égoïsme. Le visage épuisé de Peggy le rendait malade de culpabilité. Et l'indifférence des deux autres, leur manière inqualifiable de traiter Peggy le faisaient bouillir.

— Parlons un peu du testament de Père, proposa Peggy.

— Est-ce que je vais avoir besoin d'un remontant ? ricana Richard.

Peggy arbora son sourire en coin habituel.

— Ça ne pourra pas te faire de mal, répondit-elle en sortant une bouteille de Snapple de l'un des sacs.

Dans le salon, Richard se servit immédiatement un scotch, et Katherine retourna au champagne. Cette fois, pourtant, son frère renonça à aller s'affaler sur le canapé, comme s'il sentait que la position verticale lui permettrait de mieux saisir la portée des paroles qui allaient être prononcées.

Katherine reprit possession d'un fauteuil et Peggy alla s'installer dans un autre en enlevant ses chaussures et en posant ses pieds sur la chauffeuse. Puis elle ouvrit sa bouteille de Snapple et en but la moitié d'un trait.

Davison prit place sur la banquette du piano, position stratégique d'où il pouvait tout voir et tout entendre.

— C'est super, hein, dit Peggy, de se retrouver tous ensemble.

— Oui, je suis content de te voir, répondit Davison. Je regrette que tu aies dû subir tout ça toute seule.

— Ça a été dur, reconnut Peggy. Père a lutté jusqu'à la fin.

— Oui, mais comment a-t-il eu assez de présence d'esprit pour donner des sommes aussi généreuses au personnel ? ironisa Richard.

— C'était un homme généreux, comme tu l'as sans doute remarqué. C'était un homme bon, un homme brillant, et nos domestiques en avaient bien conscience, répondit Peggy. Vous ne pouvez pas savoir tout ce qu'ils ont fait pour nous. Jusqu'au moment où nous avons engagé une infirmière à temps complet, Martha et Klaus se sont chargés de tout. Martha s'est occupée de la maison, Klaus de la propriété, et, en plus, ils ont été d'un dévouement exemplaire pour Père.

— Et toi, qu'est-ce que tu faisais pendant tout ce temps ? questionna Katherine en sirotant son champagne. A part manger, je veux dire

Peggy marqua un temps d'arrêt et regarda Katherine droit dans les yeux.

Puis elle répondit :

— Tu n'en as aucune idée, hein ?

C'était prononcé sans ressentiment aucun. Son calme stupéfia Davison. Lui-même n'eût pas été capable de garder son sang-froid.

— Tu la fermes, Kathy, d'accord ? intima-t-il à Katherine, laquelle haussa les sourcils et fit la moue.

Puis ce fut au tour de Richard d'attaquer :

— Qu'est-ce que tu as fait pendant toute la journée d'aujourd'hui ?

Peggy prit le temps de s'octroyer une nouvelle gorgée de sa boisson et se mit à frotter ses pieds enflés. Puis elle se lança dans une énumération :

— Je suis allée faire retoucher le costume qu'on mettra à Père, je l'ai apporté à la maison funéraire, je suis allée chez le traiteur, chez le notaire, et j'ai fait des courses. Le traiteur sera là de bonne heure demain matin, pour préparer la réception qui aura lieu après l'enterrement.

Richard releva les seuls mots importants pour lui :

— Tu es allée chez le notaire ? Pourquoi ? On a bien rendez-vous demain après l'enterrement ?

— Nous avons prévu ce rendez-vous au cas où vous souhaiteriez le voir, mais il n'y a pas vraiment de raison, puisque tout est réglé.

— Comment est-ce possible ? s'étonna Katherine.

Peggy reprit une longue gorgée de boisson, puis décocha un bref regard à ses frères et à sa sœur avant d'annoncer :

— Père m'a tout laissé.

— Tu veux dire, les arrangements... dit Katherine.

— Non, je veux dire les biens, la détrompa sa sœur.

Richard s'appuya contre le canapé, une expression incrédule inscrite sur le visage.

— Tu te fous de nous ! s'exclama-t-il.

Puis il échangea un regard avec Katherine.

Davison sourit. Voilà qui apaisait un peu son sentiment de culpabilité. Peggy méritait bien de tout hériter.

— Je pense qu'on va y aller, à ce rendez-vous de demain, protesta Katherine. Quand on est en fin de vie, quand on est malade, qu'on n'a plus toute sa tête, on ne sait plus ce qu'on fait.

— Il avait toute sa tête, déclara Peggy, le notaire vous le confirmera. Il y a des certificats médicaux et des déclarations de témoins pour le prouver. Et il a pris des dispositions.

— C'est-à-dire ? demanda Richard.

— C'est-à-dire les cinquante mille dollars par personne à Martha, à Klaus et à Henrik.

— Henrik ? répéta Richard. Qui c'est, ce mec, bordel ?

— Le jardinier.

— Et il empoche cinquante mille dollars comme ça ?

— Il n'y a pas que Henrik, poursuivit Peggy. Papa a aussi laissé une jolie gratification aux gens qui s'occupent de la propriété en Italie, et à ceux qui s'occupent de l'appartement de Manhattan.

— J'y crois pas... souffla Katherine. Il y en a encore beaucoup, comme ça ?

Richard, de son côté, jeta :

— De combien, la gratification ?

Peggy le regarda en silence en arborant une expression exagérément patiente. Puis elle consentit à répondre :

— Richard, tu as absolument droit à ces informations, je n'en disconviens pas. Mais est-ce que tu pourrais poser tes questions sans ce ton accusateur ? Ce sont les volontés de Père, je te le rappelle.

— Ce sont *peut-être* les volontés de Père, rétorqua Katherine en dévisageant sa sœur, les yeux rétrécis.

Il était visible que Peggy rassemblait toutes les forces dont elle disposait encore. Non seulement elle avait subi la terrible épreuve de la fin horrible de leur père, mais il lui en restait deux autres encore à subir. Cette conversation, puis l'enterrement. Ensuite, ce serait fini. Peggy était forte, elle tiendrait le coup, malgré Richard et Katherine. Après, elle pourrait faire ce qu'elle voudrait de sa vie et de son argent. Elle le méritait bien.

Ce fut avec un sentiment d'admiration envers sa petite sœur que Davison attendit la suite, tout en se préparant à voler à son secours si les deux autres persistaient dans leur attitude.

— Peu importe de qui c'étaient les volontés, intervint Richard, allez, vas-y, c'est quoi, les dispositions ?

Peggy prit une profonde inspiration avant de se lancer :

— Comme je vous l'ai dit, c'est moi qui hérite de la majeure partie des biens. Je garderai la fondation et je poursuivrai les œuvres de Mère. Toi, Richard, et toi, Katherine, vous garderez votre allocation jusqu'à votre mort.

— Avec la revalorisation annuelle indexée sur le coût de la vie ? interrogea Katherine d'un ton sec.

Un nuage de désapprobation traversa le visage de Peggy. Mais elle se contenta de répondre d'un ton poli :

— Naturellement.

— D'accord, ça ira ! répondit Katherine.

Puis elle leva son verre de champagne :

— Alors, à nous, Richard !

— A nous !

Richard leva son verre, vida son scotch.

Davison attendit, mais Peggy ne semblait plus rien avoir à dire.

— Et... commença-t-il.

C'était affreux d'avoir à poser la question, mais...

— Et moi ?

— Tu n'as jamais rien voulu, Davison, répondit Peggy. Père a respecté ton vœu. Il te trouvait digne d'admiration. Il a pensé que ce serait toujours valable.

Davison en resta sans voix. Il s'était préparé à tout affronter, au cours de ce week-end, mais pas ça.

Pour une injustice, c'était une injustice ! Richard et Katherine allaient pouvoir continuer à se la couler douce, pendant que lui continuerait à bosser comme un esclave dans une université miteuse ?

En une fraction de seconde, Peggy lui avait volé son avenir : la voiture qui aurait remplacé sa vieille Jetta ; son bras d'honneur à la direction de l'université, ces salauds qui n'avaient jamais approuvé une seule de ses idées ; son voyage à Monte-Carlo en jet privé... l'occasion, oh, juste une fois, de jouer au casino ; son doctorat ; sa vie oisive ; tout ! Peggy lui avait retiré le tapis sous les pieds !

Etait-ce vraiment vrai ? Ce n'était pas possible.

C'était sûrement une plaisanterie. C'étaient Katherine et Richard qui avaient fomenté le truc avec Peggy, tordus comme ils étaient, et ils attendaient sa réaction...

— Très drôle, dit-il en s'arrachant un sourire. Pas mal, votre blague. Vous m'avez eu.

— Mais non, ce n'est pas une blague, Dave, le détrompa Peggy. Père ne voulait pas que ce qui leur est arrivé à eux, à Katherine et à Richard, t'arrive à toi aussi. Je suis désolée, si tu es déçu. Il a pensé...

Elle eut un geste d'impuissance.

Déçu ?

Davison regarda Katherine qui le dévisageait, visiblement amusée. Richard, tout sourire lui aussi, guettait sa réaction.

— Déçu ? répéta Davison. C'est ce que vous pensez ? Que je suis déçu ?

Il n'avait jamais voulu de l'argent de son père, mais il avait toujours voulu avoir le choix. Il avait toujours voulu pouvoir dire « non, merci », et le dire avec noblesse, parce que c'était si bon de se sentir meilleur que les autres. C'était si bon de ne pas sentir ces ficelles dont il était sûr qu'elles étaient attachées à tout ce que donnait leur père ; il en était sûr, parce que dans le cas contraire, s'il n'y avait pas de ficelles, cela aurait signifié qu'il mangeait de la vache enragée pour des prunes... Mais Richard et Katherine avaient bel et bien dansé comme des marionnettes manipulées par leur père, non ? C'était la vérité, non ? Pendant que lui, Davison, le fils noble et autonome... Dans le doute, il avait choisi de ne pas accepter l'argent paternel, sachant que cela risquait d'impliquer d'être à la disposition permanente de son père, et il ne le voulait pas, il ne l'aurait pas supporté.

Et maintenant, il était complètement éjecté de l'héritage ? Juste parce qu'il avait dit non ? Juste parce qu'il avait été noble ? Juste parce qu'il avait fait ce qu'il lui avait semblé bon de faire ? Il se retrouvait sans un sou ?

Non. Pas question.

C'était lui, le fils autonome. C'était lui qui subvenait à ses propres besoins, payait ses impôts, représentait de la valeur ajoutée pour sa ville.

C'était lui qui méritait d'hériter.

Mieux, il était le seul à le mériter.

Il se leva. Il regarda sa jeune sœur dans les yeux.

— Non, lui dit-il.

Puis, à tous :

— C'est à mon tour, maintenant.

A peine eut-il prononcé ces mots qu'il vit combien ils étaient justes. La conscience d'être dans son bon droit lui donna le courage de parler :

— Non, répéta-t-il. C'est mon tour. Putain, c'est mon tour. Un quart de l'héritage Tollifer m'appartient, point final. Un quart, au minimum. Je vais vous attaquer en justice. Je vais vous attaquer tous.

Sur ces mots, il sortit.

Il entendit le rire de Katherine résonner derrière lui. C'était le rire de leur mère, comme un peu plus tôt.

Mais, cette fois, il entendit autre chose et fut pris d'un vertige : au rire de sa mère s'était joint celui de son père, et s'ils riaient si fort tous les deux, c'était parce qu'il était en train de jouer précisément le rôle qu'ils avaient prévu pour lui dans le scénario qu'ils avaient écrit tant d'années auparavant.

TU M'ENTENDS ?

– Marcia Talley –

— Quand tu prends les transports publics, tu t'assieds à côté d'un militaire, d'accord ? Tu m'entends, Marjorie Ann ?

Evidemment que j'entendais, c'était au moins la centième fois qu'elle me le répétait. Je réprimai un soupir en essayant de ne pas lever les yeux au ciel.

— Tu mémorises bien son grade et son insigne, ajouta maman. Si jamais il essaie de t'embêter, Oncle Sam saura le retrouver, comme disait papa.

La seule chose qu'avait récoltée ma mère en suivant le conseil de son père, c'était de tomber enceinte, et le résultat, c'était moi. J'aurais donc eu mauvaise grâce de me plaindre.

Il y avait bien longtemps que je n'avais pas pris les transports publics, pour reprendre les termes de ma mère. Mon défunt mari avait beaucoup de défauts, mais il s'était abstenu de mourir fauché. Depuis mon mariage, je voyageais en classe affaires, surtout après ma mésaventure avec Delta Airlines, qui avait eu l'idée saugrenue d'envoyer mes bagages à Chicago et moi à Las Vegas. Là-bas, je m'étais retrouvée à pleurer sur l'épaule d'un roi du pétrole de Houston qui… bon, passons.

Quand je prends le train, c'est également en première classe, mais les vieilles habitudes ont du mal à disparaître. C'est pourquoi, lorsque je montai à bord de l'Acela Express qui devait m'emmener de Washington à New York, avec le spectre de maman pratiquement perché sur mon épaule, je parcourus le couloir en inspectant mine de rien les rangées à la recherche du providentiel militaire.

Arrivée au milieu de la voiture, j'eus un soudain accès de lucidité. Eh, Marjorie Ann, me dis-je, tu crois vraiment que l'armée va payer des billets de première à ses soldats, dans un train de luxe ?

J'avisai donc une place libre à côté d'un homme d'affaires aux jambes interminables, au profil taillé dans le marbre et au portable posé sur la tablette, devant lui.

— C'est libre ? m'enquis-je.

Il leva la tête et me répondit d'un ton négligent « Je vous en prie », cligna deux fois des yeux (bleu Méditerranée pailleté d'or) et sourit. C'est souvent l'effet que je produis sur les gens. C'est à cause de mes cheveux, selon maman, qui cite Sylvia Plath : « Je monte avec mes cheveux roux, de la cendre à la lumière, Et je mange les hommes comme l'air. »

J'étais en main, comme on dit, et ce mec ne risquait donc pas que je le mange tout cru. Et je n'étais pas non plus d'humeur à lui donner de faux espoirs.

Je m'assis, me fondis dans le fauteuil de velours bleu et entrepris de farfouiller dans mon sac à la recherche d'un livre. J'en avais emporté deux : un polar qui arrivait en troisième place sur la liste des best-sellers du *New York Times*, et un Simenon, *Maigret et le corps sans tête*[1]. En français, *bien sûr*. Encore l'un des trucs de maman : quand on était coincée à côté d'une emmerdeuse qui vous cassait les oreilles avec ses petits-enfants ou son hystérectomie, suffisait de s'extraire de son *roman policier*, d'arborer un gentil sourire un peu embarrassé et de lui balancer *« Je ne parle pas l'anglais »*, même si c'était la seule phrase qu'on était capable d'ânonner en français. J'y avais eu recours un jour, mais, croyez-moi, rester assise pendant des heures à feuilleter des pages de hiéroglyphes, c'est *très* moyen, comme distraction.

Par chance, mon voisin avait le nez collé contre son ordi, où un diagramme de Gantt qu'il avait créé sous Excel éclaboussait l'écran de jolies couleurs arc-en-ciel. Il l'étudiait de près, les sourcils froncés. Un mec du genre sérieux, silencieux.

J'attrapai donc le Simenon et repris ma lecture où je l'avais laissée.

1. Tous les termes en italique de ce paragraphe sont en français dans le texte original. (*N.d.T.*)

Bon, il était peut-être sérieux, le mec, mais pour le silence, je repasserais. Depuis les entrailles d'un étui de cuir attaché à sa ceinture, un téléphone portable se lança dans le thème de Papageno dans *La Flûte enchantée*. Je reçus un léger coup de coude dans le bras quand il le sortit.

— Oui, c'est Brad...

Je ne sais pas pour vous, mais moi, écouter quelqu'un discutailler pendant – je vérifiai sur ma montre – dix minutes à propos de réservations d'avion, ça me met les nerfs en pelote. Brad passa tout ce temps à tourmenter son interlocuteur pour obtenir qu'il remplace ses billets pour San Francisco par des billets pour le Belize, le pauvre, en ajoutant une excursion aux ruines d'Altun Ha Maya. Vraiment, je compatissais du fond du cœur.

Finalement, Brad parvint à ses fins, et je retournai à mon livre. Maigret venait de pénétrer dans le grand couloir du Quai des Orfèvres, à Paris, lorsque le portable de Brad se remit à sonner.

D'évidence, il avait personnalisé ses contacts en adaptant la sonnerie aux différents interlocuteurs car cette fois, au lieu de Mozart, l'appareil se mit à bourdonner comme un insecte pris de folie. Cela faisait *bzzz*, *bzzz*, *bzzz*, un bruit de bestiole en train de rôtir sur une lampe à ultraviolets par une chaude nuit d'août. J'en frissonnai.

— Oui, c'est Dave, répondit Brad, d'une voix douce et sucrée, un vrai miel.

Dave ?

— La Bourse était en hausse, hier, susurra-t-il. On va vendre cent mille actions sur l'*index fund*.

Je gardai les yeux baissés sur mon livre, mais en ouvrant mes oreilles en feuille de chou afin de ne pas perdre une miette des ordres de « Dave », qui prenait ses bénéfices sur Time/Warner et se renforçait en Kraft, vendait des livres et achetait des euros, achetait du café sur le marché à terme et liquidait sa position dans Futurepharm sur la base d'un coup de fil d'un copain de la FDA [1]. Comment quelqu'un pouvait-il prendre le risque de se faire coffrer

1. La Food and Drug Administration est l'organisme en charge des denrées alimentaires et des médicaments aux Etats-Unis.

pour délit d'initié, simplement dans le but d'économiser la misérable somme de vingt-quatre mille dollars ? Ça me dépassait !

« Il faut des lois pour les gens dans le besoin, pas pour les gens âpres au gain. » Encore une maxime de maman, qui adaptait Roosevelt à sa façon.

Moi, j'étais priée de prouver mon identité en exhibant douze sortes de justificatifs, mais d'autres avaient le droit de brasser des millions par téléphone...

Le besoin pouvait pousser les hommes au désespoir, mais l'appât du gain les rendait stupides. Quatre coups de fil plus tard, je connaissais le numéro de compte bancaire de Dave, ainsi que son code secret, son numéro de carte VISA (et sa date d'expiration), son code d'accès à Schwaab et Ameritrade. Les maths n'ont jamais été mon point fort, mais donnez-moi une succession de chiffres : TU9-1997 (le numéro de téléphone de ma grand-mère), 25 gauche, 35 droite (la combinaison de mon casier de sport au lycée), 766-42-1057 (le numéro de sécu de mon premier mari), et ils sont capturés pour toujours dans ma mémoire. Cela peut être dangereux pour certains.

« Dave » avait de la chance que je sois une fille honnête.

Pendant que, immobile, l'oreille aux aguets, je faisais semblant de lire, Brad accorda à son portable une petite minute de repos puis, sans même lui laisser le temps de refroidir, appela chez lui :

— Melissa, ma puce, c'est moi. Je serai en retard pour le dîner.

J'étais certaine que Melissa avait bien conscience des qualités de l'être héroïque auquel elle était mariée et lui accordait toute la reconnaissance qu'il méritait : c'était grâce à ses longues heures de travail et à son génie quasiment surnaturel qu'elle avait droit au champagne, aux fringues Escada et à la Mercedes. Apparemment, Brad se sentait obligé de le lui rappeler. Je connaissais, j'étais passée par là : Harrison, mon premier mari, se prenait lui aussi pour Dieu Tout-Puissant. Je ne pouvais que souhaiter bon courage à Melissa.

J'implorai le ciel de provoquer une coupure de réseau, de nous gratifier d'un tunnel pour la fin du parcours, de lui vider sa batterie, n'importe quoi, pourvu qu'il la ferme, ce gros frimeur. J'eus un petit espoir quand le train quitta Baltimore et attaqua la campagne du comté de Harford, mais, hélas, le héros ne se laissa pas décourager par la mauvaise qualité de la réception. Non, il se mit à se tortiller sur son siège, à tenir l'appareil entre son oreille et la fenêtre, à hurler des « Ça y est, tu m'entends ? » toutes les deux secondes, avant de lancer un au revoir haché à sa malheureuse épouse.

J'étais en train de siroter en silence un verre de jus de tomate servi par un employé en uniforme, en me réjouissant à l'idée de l'arrivée imminente d'une salade grecque et d'une côte d'agneau tout en profitant de la vue, lorsque mon état de grâce fut brutalement interrompu. Le satané téléphone de Brad se réveilla pendant que nous traversions la Susquehanna, entre Perryville et Havre de Grace. Cette fois, il en sortit un air de jazz au piano, très classe, et je crus que c'était Melissa qui le rappelait.

— Allô, c'est Phil.

Je faillis en avaler ma paille. Phil ? Et Brad, alors ? Et Dave ?

— Oh, Annie, roucoula Phil, se glissant dans sa nouvelle identité aussi agilement qu'un agent de la CIA sous couverture, j'ai une surprise pour toi...

Risquant un coup d'œil en coin par-dessus le bord de mes lunettes, je le vis marquer un temps d'arrêt, sourire, jouissant à plein (je l'imaginai) du concert de « oh ! » et de « ah ! » qu'on lui jouait à l'autre bout du fil.

— Ça te plairait d'aller passer une semaine au Belize, ma chérie ?

Oui, ça lui plaisait, à Annie, et elle était déjà en train de préparer son tankini, à en croire les petits cris de joie qui filtraient de l'appareil. Vu la manière dont Phil bavait pratiquement dans son téléphone, j'eus envie de lui tendre ma serviette en papier. De quelque recoin caché de mon cerveau resurgit une phrase, échappée d'un poème que j'avais été obligée d'apprendre au lycée : « Et ses bras hâlés détenaient des charmes cachés, Pour les gourmands, les pécheurs et les obscènes. » Enfin, quelque chose de ce genre.

Pendant que Phil faisait des mamours à Annie, j'essayai de me rappeler le titre du poème. Ça avait un rapport avec l'Alaska. Je fermai les yeux et réfléchis, comme si la réponse avait une chance d'être inscrite à l'intérieur de mes paupières. J'étais toujours en train de chercher – Le Yukon, peut-être ? – lorsque Phil lâcha un « Nom d'un chien ! » qui me fit ouvrir brutalement les yeux.

Au bout de quelques phrases, je compris qu'il était en contact avec un banquier et qu'ils parlaient fonds alternatifs, eurobonds AAA, actions au porteur au Panamá. Et je ne pus m'empêcher de suivre le déroulement de la négociation de « Phil » lorsque, d'un ton très, très british, il ouvrit un compte privé offshore, prit pour mot de passe la date d'anniversaire de sa femme et redirigea ses actifs dessus aussi facilement que s'il avait fait une demande de carte de fidélité chez Carrefour. Il était drôlement bien, son banquier. Moi, la dernière fois que j'avais ouvert un compte bancaire, on m'avait seulement offert un réveil de voyage.

Quand tout fut calé à sa satisfaction, le golden boy passa un nouveau coup de fil. J'espérais que ce serait à sa femme, pour lui annoncer la bonne nouvelle, quelle qu'elle fût, mais je fus déçue.

— Melissa, c'est encore moi, ronronna-t-il en prenant sa voix de Brad. Je suis désolé, mais finalement, je ne rentre pas ce soir. Ils me font prendre le vol de nuit à JFK. Pour Hong Kong, cette fois.

Le gros menteur !

Est-ce que Melissa croyait un seul mot des conneries que Brad lui servait ? C'était difficile à savoir de mon coin, avec Brad qui écoutait consciencieusement en opinant gentiment du chef – « Oui, ma puce, non, ma chérie, d'accord avec toi, mon cœur » – sur des kilomètres entiers. J'avais envie de lui foutre une muselière, à ce mec, et, pourquoi pas, une camisole de force. Pauvre Melissa !

Lorsque le train s'arrêta à Philadelphie, je fermai les yeux, croisai les doigts et priai pour qu'il descende et me laisse lire mon livre tranquillement, mais ce n'était pas mon jour de chance. Et que je te bavasse dans le téléphone pendant toute l'heure suivante, à deux cents à l'heure à travers les jardins des banlieues du New Jersey. Et que je te blablate au milieu des cheminées d'usines crachouillantes et des collines d'ordures fumantes qui gâchaient ma vue sur l'Empire State Building, à huit kilomètres de là, de l'autre côté de l'Hudson. Pendant que le train ralentissait, traversant sans s'arrêter la gare de l'aéroport de Newark, il me vint une idée folle, celle de lui planter proprement entre les côtes la lime à ongles que j'avais dans mon sac, un morceau de métal costaud, démodé, que les services de sécurité auraient confisqué instantanément s'ils l'avaient trouvé. Je ne connaissais pas Melissa, mais je savais qu'elle me serait reconnaissante.

Heureusement pour Brad, je laissai passer ma chance. En un rien de temps, le conducteur nous informa que nous arrivions à Penn Station, à New York, et qu'il était temps de rassembler nos affaires, de quitter le train et de passer une bonne journée. Dans l'intervalle, Brad avait apparemment fait avaler la pilule à Melissa et remis le couvert avec Annie.

A l'arrêt complet, il se précipita hors de la voiture, se mit à sprinter sur le quai, le portable vissé à l'oreille, avec son ordinateur qui brinquebalait, en bandoulière sur son épaule.

Je me retrouvai séparée de lui par plusieurs personnes quand je montai sur un escalator qui nous recracha au milieu de la masse des gens agglutinés par troupeaux, entourés de leurs bagages, et des sans-abri qui erraient sans but. Au dessus de nos têtes, un panneau préhistorique s'anima pour informer les voyageurs, lettre par lettre et chiffre par chiffre – *snic-snic-snic* –, que le train régional 171 partirait avec vingt minutes de retard, voie 11.

Je survécus à la ruée et j'aperçus Brad alors qu'il passait devant le Houlihan's Pub. Je le suivais d'assez loin, mais cela ne m'empêcha pas de le garder à l'œil. Je le vis glisser son portable dans sa ceinture.

Tout du moins le crut-il.

Car au lieu de se loger dans son étui, le téléphone glissa le long de la jambe de son pantalon, rebondit sur le sol de marbre et s'échappa dans la direction du Kabooz's Bar and Grill. Curieusement, Brad ne s'en aperçut pas.

Un enfant portant un sac à dos envoya un coup de pied dans l'appareil, une femme poussant un chariot passa dessus. J'eus le temps de le ramasser avant qu'il soit définitivement hors d'usage.

— Attendez ! criai-je en courant à la suite de Brad (Dave ? Phil ?) aussi vite que le permettait le sac à roulettes que je traînais derrière moi.

Je le suivis sur l'escalator menant à Madison Square Garden et la VIIe Avenue, mais Brad, lui, n'était pas empêtré dans ses bagages, et il était loin devant lorsque j'émergeai, éblouie et clignant des yeux à la lumière.

— Hé ! hurlai-je. Hé ! Vous avez perdu votre portable !

Brad poursuivit son chemin sans m'entendre, coupa la file d'attente à la borne de taxis en jouant des coudes. Au moment où j'allais le rattraper, il tourna à gauche et traversa au feu à l'intersection de la 33e et de la VIIe, me laissant de l'autre côté du trottoir. C'était trop bête !

Comment faire pour attirer son attention ? Quel nom utiliser ?

Brad, le bon père de famille ?

Dave, le roi du business ?

Phil, le play-boy international ?

Et quand il parle à sa mère, qui est-il ?

— Brad ! criai-je.

De l'autre côté de la rue animée, Brad tourna la tête, perplexe, et scruta les visages des piétons qui l'entouraient.

J'agitai le portable à bout de bras.

— Vous avez laissé tomber ça !

Brad s'arrêta sous le feu tricolore, entoura son oreille de sa main, me regarda, haussa les épaules.

— Votre portable ! hurlai-je, surmontant le grondement de la circulation.

Brad tapota son étui vide, me fit joyeusement signe qu'il avait compris et avança d'un pas.

C'est alors que frappa le destin.

Ce n'était pas ma faute. Vraiment. C'était au taxi de passer. Il le happa sur le côté et l'envoya valser sur le passage pour piétons. Un bus qui arrivait freina à mort, mais...

Mon Dieu, c'était affreux !

Des pneus crissèrent, des passants crièrent. Je me détournai de l'horrible spectacle et regardai fixement le téléphone que je tenais à la main, les quatre barres, le minuscule écran avec son logo AT&T surimprimé sur un poster de Michael Douglas dans *Wall Street* disant : « Aimer l'argent, c'est bien. »

Ça tombait à pic !

J'appelai les secours, en utilisant évidemment le téléphone de Brad.

Puis, tout aussi naturellement, je parcourus ses contacts et recherchai Melissa. Elle méritait d'être prévenue en premier.

« Maison » apparut, avant « Melissa ». J'appuyai sur la touche.

— Melissa, dis-je lorsqu'elle décrocha, vous ne me connaissez pas, mais je suis une amie de Brad. Vous avez de quoi écrire ?

J'attendis qu'elle eût trouvé un stylo, puis poursuivis :

— Ecrivez ce numéro. Il vous sera utile.

— Merci, répondit-elle.

— C'est un compte bancaire, expliquai-je. Et le mot de passe est votre date d'anniversaire.

— Comment avez-vous… commença-t-elle.

J'appuyai aussitôt sur la touche rouge et coupai la communication.

J'avais réservé au Marriott, à Times Square. J'attendis que le taxi m'eût déposée avant d'éteindre le portable de Brad, de le nettoyer proprement sur le bord de ma veste et de le jeter dans une poubelle verte, au croisement de la 46ᵉ et de Broadway. Au moment où le téléphone de Brad tombait comme une pierre au milieu d'un océan de journaux, d'emballages de fast-food et de canettes de soda écrasées, je remarquai un panneau, une sculpture lumineuse kinétique qui proclamait, en bleu et jaune fluo : *MERCI D'AVOIR CHOISI AT&T.*

Moi aussi, j'avais été mariée, autrefois, à un sale menteur comme Brad. Je saluai le panneau de la main et dis :

— Mais je vous en prie, tout le plaisir est pour moi !

LA FIÈVRE DE L'OR

– Dana Stabenow –

Il venait à peine de rentrer du travail lorsqu'on sonna à la porte. Il alla ouvrir, sa bière à la main. Sur le seuil, il se trouva nez à nez avec deux hommes en costume.

— Bon, dit-il, ça, c'est pas bon signe.

Le plus jeune le dévisagea à travers des lunettes cerclées de noir.

— Monsieur Nelson ? Gilbert Nelson ?

— Oui, c'est moi, répondit-il. Attendez que je devine : vous êtes des flics ?

— Vous nous attendiez ? répliqua le plus âgé en entrant sans attendre d'y être invité.

Le plus jeune le suivit prestement.

— Non, répondit Gil d'un ton aimable, c'est juste que vous avez le look.

Il alla s'installer dans son fauteuil inclinable, releva le repose-pieds et désigna le canapé du bout de sa canette :

— Asseyez-vous. Vous avez l'air d'être en service, alors je ne vous propose pas de bière.

Avec un sourire, il ajouta :

— Après, si vous voulez. L'heure de la sortie va bien finir par sonner !

— Je suis le commandant Lipscomb, de la police d'Anchorage, se présenta le plus âgé. Et voici mon collègue, le lieutenant Tanape.

— Enchanté. Qu'est-ce qui se passe ?

Le lieutenant Tanape ouvrit une chemise. Puis :

— Est-ce que vous possédez un Cessna 170 immatriculé N zéro sept six huit A ?

Gil se redressa, plus amusé du tout. Le repose-pieds tomba avec un bruit sec.

— C'est pas un 170, c'est un 172, mais oui, j'en possède un. Qu'est-ce qui lui est arrivé ?

— Rien, à notre connaissance.

Nelson n'en fut pas rassuré pour autant.

— Je reviens tout juste de la base, à Lake Hood. Tout allait bien. Il a été endommagé ? Vandalisé ?

Puis il se leva d'un bond.

— Mon Dieu, quelqu'un a décollé avec ?

— Monsieur Nelson, non, calmez-vous, intervint Tanape avec un geste rassurant. Il n'est rien arrivé à votre avion. Ce n'est pas pour ça que nous sommes ici.

Nelson se rassit, contrarié de s'être inquiété inutilement, et le montra :

— Mais alors, c'est pourquoi, bon Dieu ?

— Est-ce que vous avez volé dans la région de Skwentna, la semaine dernière ? reprit Tanape.

Gil fronça les sourcils.

— Oui. Je revenais d'une partie de chasse.

— Où avez-vous chassé, et quoi ?

— A Multchana. J'ai chassé le caribou. Dites, qu'est-ce que ça veut dire, tout ça ?

— Il y avait quelqu'un avec vous ? intervint Lipscomb.

— Ouais, mon copain Ralph est venu me rejoindre depuis Naknek.

Ce fut au tour de Tanape d'interroger :

— Pourrions-nous avoir son nom et ses coordonnées, s'il vous plaît ?

Gil s'exécuta.

Puis Lipscomb demanda :

— La chasse a été bonne ?

— Oui, on a eu quatre pièces, deux chacun. Et des lagopèdes.

— Vous les avez rapportés ici ?

— Ouais, ils sont au congélo, dans le garage. Vous voulez voir ?

Les policiers répondirent par l'affirmative. Gil éclata de rire en dodelinant de la tête, mais cela ne l'empêcha pas de les escorter jusqu'au garage et d'ouvrir son congélateur. Il leur montra les bacs remplis de viande enveloppée dans du papier de boucherie blanc, le tout muni d'une étiquette soigneusement remplie au marqueur, indiquant la pièce de viande et l'année.

De retour au salon, Tanape reprit l'interrogatoire :

— Quand êtes-vous rentré chez vous ?

Nelson réfléchit, puis :

— Le 4.

— Et vous êtes rentré directement ?

— Ouais. Ralph est descendu dans le Sud, moi j'ai viré au nord et je suis rentré.

Lipscomb prit le relais, le visage impénétrable :

— Vous ne vous êtes pas arrêté en chemin ?

— Non.

— Pas une seule fois ?

— Non, répondit Nelson. Enfin, si, une fois… vous comprenez… Pour pisser !

Les deux inspecteurs échangèrent un regard.

— C'était où ?

— A une heure de Skwentna, sinon j'aurais pu attendre.

Il n'y avait pas de place pour installer des toilettes sur un Cessna 172. En conséquence, il allait devoir soit utiliser le sac Ziploc qui avait contenu son sandwich, soit trouver une piste d'atterrissage. Les sacs Ziploc représentaient certes le summum de la technologie moderne – pas un chasseur en Alaska qui n'emballât son butin dans des sacs Ziploc –, mais en tant qu'urinoirs ils n'étaient pas vraiment au point.

Par bonheur, les pistes d'atterrissage ne manquaient pas dans le désert de l'Alaska, et il en trouva une quelques minutes après le début de sa recherche. Une pâle cicatrice au pied d'une colline, à l'entrée d'un canyon creusé par un cours d'eau tumultueux. Il distingua quelques ruines à peine visibles à travers les bouleaux et les épicéas. L'endroit semblait infréquenté.

Il descendit à cinquante pieds et survola la piste pour inspecter la surface. Quelqu'un l'avait dégagée peu de temps auparavant. Il prit un virage incliné et amorça un atterrissage après glissement sur l'aile, si parfait qu'il regretta l'absence de spectateurs.

L'appareil roula sur la piste et s'arrêta. Il ouvrit la porte, sortit. Au même moment, il perçut un mouvement du coin de l'œil, et la première pensée qui lui vint à l'esprit fut : Un ours !

Il s'apprêta à aller attraper sa carabine 30-06 à l'arrière, mais une voix l'arrêta :

— Ecartez-vous de l'avion !

Il le sentit avant de le voir. Un homme maigrichon, qui portait une barbe d'un mois et ne s'était pas douché depuis beaucoup plus longtemps. Vêtu d'un short en loques, il était muni d'un fusil à pompe calibre douze dont la gueule était pointée vers l'appareil.

— Oh là, s'exclama Gil en levant les mains, je m'arrête juste pour pisser !

L'homme le regarda pendant un long moment, si long que Gil sentit ses cheveux se dresser sur sa nuque. Finalement, il lui intima, sans lâcher son arme :

— Allez, vas-y, et fous le camp !

— Je n'ai jamais pissé aussi vite de ma vie ! précisa Nelson aux enquêteurs.

— Vous ne l'aviez jamais vu avant ?

— Non. Comme je vous l'ai dit, j'avais besoin de pisser, et j'ai atterri sur la première piste que j'ai trouvée.

— Pourquoi était-il si agressif, à votre avis ? questionna Tanape.

Nelson poussa un grognement.

— Me faites pas rigoler ! Je suppose que vous êtes pas des enfants de chœur ! Ce mec-là, c'était un chercheur d'or. Vous savez comment ils sont, les mineurs.

— Comment sont-ils, monsieur Nelson ?

— Ils sont complètement jetés ! Ils terrorisent tous ceux qui s'approchent de leur prospection et ils hésitent pas à tirer dans le tas.

Il avala sa bière à grands traits et poursuivit :

— La fièvre de l'or, on appelle ça. Faut le voir pour le croire. Surtout, faut être né en Alaska et avoir un grand-père qui a participé à la ruée vers l'or du Klondike... Moi, j'ai du mal à comprendre pourquoi ils sont tous acharnés comme ça après l'or. C'est mou, c'est une vraie pâte à modeler, ça veut pas garder la forme qu'on lui a donnée, faut le mélanger avec autre chose, de l'argent, du cuivre, du nickel, du palladium. D'accord, c'est joli, mais faut aimer le jaune. Et on peut faire des choses pas mal avec, mais moi, je suis pas très bijoux.

— Vous avez déjà prospecté, monsieur Nelson ?

— Sûrement pas ! J'ai pas envie de m'esquinter la santé à ça !

Puis, observant les deux policiers par-dessus le goulot de sa bouteille, Gil finit par demander :

— Alors, vous allez me dire de quoi il retourne ?

Les deux enquêteurs échangèrent un regard. Puis Lipscomb haussa les épaules et répondit :

— On va sans doute le dire au journal télévisé, ce soir. Le nom du chercheur d'or était Rudy Gorman. En venant lui apporter du ravitaillement, le lendemain du jour où vous avez fait votre atterrissage, son associée l'a trouvé mort.

— Mort... comme si...

— Mort comme s'il avait été assassiné, monsieur Nelson. Tué à bout portant. Avec son propre fusil.

Lipscomb regarda Gil bien en face.

— Votre avion a été repéré par quelqu'un qui a relevé le numéro d'immatriculation. Ce qui fait de vous la dernière personne l'ayant vu vivant.

Gil suivit toute l'histoire au journal du soir, mais elle fut bientôt supplantée par une fusillade entre bandes rivales dans le parking du Dimond Center, puis par deux procès. L'un d'eux concernait une strip-teaseuse de l'Alaska Bush Company qui avait séduit son nouveau petit ami en tuant l'ancien, et l'autre procès concernait un sénateur surpris par la caméra en train de prendre une poignée de billets de cent dollars de la main d'un dirigeant d'une compagnie pétrolière pendant une session de l'Assemblée où l'on débattait de l'augmentation controversée des taxes sur les puits de pétrole dans le North Slope.

Auparavant, Gil s'était rendu au commissariat pour enregistrer sa déposition auprès de Lipscomb et Tanape.

Ils revinrent le voir deux fois chez lui pour le cuisiner, sans grand enthousiasme.

Il avait certes eu les moyens de tuer Gorman, mais le mineur avait été assassiné avec son propre fusil, et non pas avec la carabine 30-06 de Gil, et ce dernier n'avait aucun motif apparent. En effet, il gagnait bien sa vie dans l'aviation comme technicien de maintenance indépendant et avait hérité du magot de son grand-père, le chercheur d'or.

La troisième fois, Tanape lui présenta des excuses pour leur intrusion. Nelson le rassura :

— Pas de problème. Je comprends. Comme vous l'avez dit, je suis la dernière personne à l'avoir vu vivant.

— Sauf que c'était sa copine, la dernière personne, et qu'elle a menti en disant qu'elle l'avait trouvé mort, lui révéla Lipscomb.

Désormais, ils étaient très détendus devant lui, au point d'avoir programmé leur visite pour la fin de leur journée de travail : ils acceptèrent donc une bière.

— Sa copine ?

— Une certaine Elaine Virginia Brandon, précisa Lipscomb.

Tanape leva les yeux au ciel et émit un long sifflement de connaisseur.

Nelson rigola.

— Un canon, hein ?

— Si je n'étais pas marié... regretta Lipscomb. Enfin... c'était aussi son associée, et c'est elle qui lui acheminait son ravitaillement.

— Elle est pilote ?

— Ouais. Elle vole sur un joli Piper Super Cub.

— Connais pas.

— Normal. Elle n'a pas de flotteurs. Elle se gare à Merrill.

— Vous pensez que c'est elle ?

Tanape se leva.

— Nan, dit-il. La tour de Merrill corrobore son heure de départ, et le médecin légiste dit que l'état du cadavre correspond à sa déclaration. Nous avons vérifié la présence sur elle de résidus de tir, résultat négatif.

— Désolé, les gars, déplora Nelson en les raccompagnant à la porte, j'ai rien vu qui pourrait vous aider.

— C'est pas votre problème, Gil, répondit Lipscomb. Allez, à la revoyure.

Le printemps suivant, Gil s'inscrivit pour des cours de perfectionnement en technologie de l'aviation, à l'université. Il volait seul depuis l'âge de seize ans et avait été pilote dans l'aviation civile, mais, ainsi qu'il le disait à ses copains pilotes qui le mettaient en boîte, rafraîchir ses connaissances en matière de recherches, survie et secours, ça ne faisait pas de mal.

— Vous devriez en faire autant, leur recommanda-t-il.

L'un d'entre eux, un dur à cuire répondant au nom de Joe Denham, suivit son conseil.

Ils entrèrent ensemble dans la salle de cours, le premier jour. Ainsi que devait le décrire Joe plus tard, « c'était la première fois que je voyais quelqu'un frappé par la foudre ». Une superbe blonde du nom de Ginny venait de pénétrer à son tour dans la salle. Gil tomba raide amoureux dans la seconde.

— Incroyable, j'étais excité rien qu'en les regardant, ils passaient leur temps à se peloter, raconta Joe aux potes, à la soirée donnée pour l'enterrement de vie de garçon. On avait tous peur d'entrer dans le hangar quand ils étaient ensemble. Ah, les cochons, je crois qu'ils se sont envoyés en l'air dès le premier jour, et pas qu'un peu !

Il leva son verre en direction de Gil.

— On peut dire que t'as tiré le gros lot, mon salaud !

Gil rit, mais ne le contredit pas.

Leurs fiançailles avaient duré le temps du semestre.

La classe entière fut invitée au mariage, présidé par l'instructeur, car les mariés étaient orphelins tous les deux.

Ils passèrent leur lune de miel à la mine d'or dont Ginny, née Elaine Virginia Brandon, avait hérité de son petit ami, à une heure au sud de Skwentna.

Ils la vendirent à une société canadienne l'année suivante, moment choisi par la société pour annoncer la découverte d'une mine classée huitième parmi les plus grandes mines d'or de l'Etat, avec des réserves estimées à plus de trois cent mille onces. A près de huit cents dollars l'once, c'était plus de deux cents millions de dollars qui attendaient d'être extraits de terre.

Il y eut une photo en première page de l'*Anchorage Daily News* montrant Ginny et Gil rayonnants, en train d'accepter un chèque du président de la Northwest Minerals and Mining.

Le journal n'était pas en kiosque depuis une heure que, déjà, Tanape et Lipscomb sonnaient à la porte de Gil.

— Tiens, c'est vous, dit ce dernier.

Il tourna la tête et cria :

— Chérie, c'est les deux flics dont je t'ai parlé !

Ginny fit son apparition. C'était une blonde bien roulée aux cheveux en broussaille, l'air de sortir du lit, avec une moue pulpeuse qui donnait une assez bonne idée de ce qu'elle avait l'habitude d'y faire. Jamais un jean et une chemise écossaise n'avaient été aussi bien portés.

Gil fit glisser sa main autour de sa taille et la posa sur une hanche ronde.

— Vous vous souvenez de Ginny, je suppose, dit-il aux policiers.

Il se pencha pour l'embrasser, et elle se cambra sous son baiser. Gil, les yeux mi-clos, fit glisser ses lèvres jusqu'à sa nuque, la main de sa femme reposant sur sa poitrine.

A l'annulaire, Ginny portait une énorme alliance en or ciselé, rutilante, ornée d'un diamant princesse d'au moins cinq carats.

Gil se redressa et vit que les deux policiers regardaient la bague de sa femme. Il leva sa main gauche et exhiba une alliance assortie, moins le diamant.

— J'en ai gardé assez pour les bagues, dit-il en souriant. Entrez donc prendre une tasse de café.

— Ce n'était pas une bonne idée, dit Lipscomb à Tanape. Allez, on y va.

Dans la voiture qui les ramenait au commissariat, Tanape dit, presque suppliant :

— Mais c'est eux qui l'ont tué. Tu le sais !

Lipscomb tira fort sur sa cigarette, sa première depuis trois ans.

— Evidemment que je le sais. Mais je ne peux pas le prouver, et dans notre boulot, c'est la seule chose qui compte.

— On aurait dû lui faire passer le test de résidus de tir. Je sais, c'était une semaine après, mais il y aurait peut-être eu quelque chose. Une simple trace, et on aurait pu avoir un mandat.

— Pour quel motif ? Gorman a été tué avec sa propre carabine. Il y avait ses empreintes dessus, et celles de la fille. Celles de la fille, elles étaient faciles à expliquer. Et Nelson a dû porter des gants.

— Gorman a écrit le testament en faveur de la fille quand ils se sont mis ensemble. L'année d'après. Tu crois qu'ils avaient manigancé leur coup depuis ce temps-là ?

— Ils étaient pilotes tous les deux. C'est pas parce qu'il se gare à Hood et elle à Merrill qu'ils se connaissaient pas. La communauté des aviateurs de l'Alaska est plutôt incestueuse !

Tanape sentit poindre un sentiment d'horreur :

— Tu penses qu'ils se sont rencontrés *avant* qu'elle se mette avec Gorman ? Tu penses que leur relation avait été planifiée ?

— Nelson est mécanicien d'aviation. Un bon mécanicien, ça vaut de l'or. N'importe quel pilote te le dira. Il lui a peut-être remis son Cub à flot, et ça a commencé là. Ils n'étaient pas pressés, ils ont pris leur temps pour tout le reste. Ils voient loin, nos jeunes amis, et c'est des bons comédiens. Et ils mentent très, très bien.

Lipscomb regarda son collègue effondré à côté de lui, dans un état où, visiblement, la rage le disputait à la frustration, et, surtout, à l'embarras. Car Tanape l'aimait vraiment bien, Gil Nelson, et constater à quel point il s'était trompé sur lui, c'était une véritable humiliation. D'autant plus douloureuse que la première chose à retenir pour un agent des forces de l'ordre, s'il voulait survivre dans le métier, c'était que tout le monde mentait.

Ce n'était sans doute pas le moment de suggérer que c'était probablement Brandon en personne qui avait appelé pour signaler la présence de l'avion de Nelson. Il s'était agi d'un appel anonyme, reçu après la diffusion de la nouvelle concernant la découverte du corps de Gorman. Si l'avion de Nelson avait été vu par quelqu'un d'autre, cet appel coupait l'herbe sous le pied à l'autre témoin éventuel, poussait les investigations dans la direction de Nelson, dont le témoignage corroborait celui de Brandon et du médecin légiste. Dans la mesure où Nelson n'avait aucun mobile et où il n'y avait aucune preuve du contraire, on en conclurait qu'il s'agissait d'un meurtre commis par un ou plusieurs inconnus.

Il se repassa mentalement la déposition de Nelson. Il avait eu besoin de pisser, avait atterri, avait été menacé par Gorman, avait pissé, était reparti. Il comprit que même s'ils l'avaient soupçonné, le plan B de Nelson aurait été la légitime défense. Il avait eu besoin de pisser, avait atterri, avait été menacé par Gorman, il s'était défendu, le coup de feu était parti accidentellement, Gorman était mort. En Alaska, avec un pilote pour trente-sept habitants, il n'existait pas beaucoup de jurys sans pilotes parmi leurs membres, et tous auraient pensé la même chose : J'aurais pu être à sa place. Il suffisait de plaider la légitime défense et l'affaire était dans la poche. Mais avec la façon dont ils avaient mené l'enquête, Nelson avait joué sur du velours.

La cigarette eut soudain un goût amer dans la bouche de Lipscomb. Il baissa la glace et l'envoya valser dehors.

— Bon, il faut voir la chose comme ça : ils ont eu ce qu'ils voulaient. Ils ne vont pas recommencer. Ils ne représentent aucun risque pour la population, et c'est la population que nous avons fait le serment de servir et de protéger.

Ils accomplirent le reste du trajet en silence. Alors qu'ils se garaient sur le parking, Tanape dit :

— Tu as remarqué ? Les cheveux de la fille, ils sont de la même couleur que l'or de leurs alliances.

Lipscomb enclencha la position « parking » en proposant :

— On va aller faire un petit tour par chez eux de temps en temps, histoire de voir si ça ne commence pas à se ternir un peu, chez notre petit couple en or… des fois que les tourtereaux aient des envies de se faire mutuellement un enfant dans le dos…

— Et autrement ?

Ils descendirent du véhicule de police. Lipscomb s'arrêta à côté de la portière laissée ouverte. Son haleine formait un petit nuage blanc dans ce matin glacé de janvier, et les arêtes vives des Chugach Mountains, striées d'or pâle, se détachaient sur le ciel.

— Nelson nous a dit la vérité sur un point, dit-il.

— Lequel ?

— La fièvre de l'or. Ça, c'est vraiment vrai.

À TOI DE JOUER

– Carolyn Hart –

Terri regarda sans le voir le cardinal rouge qui sautillait de l'autre côté de la fenêtre, et son environnement s'effaça autour d'elle.

Les draps soyeux du lit de Greg étaient du même rouge que les plumes de l'oiseau… Le bout de son index caressa son menton, descendit avec une lenteur insupportable jusqu'à son sein, atteignit le mamelon…

Le tintement sec de la sonnette de table la sortit brutalement de son rêve. S'armant de courage, elle tourna la tête vers son époux. Au même moment, l'infirmière qui se tenait dans la chambre voisine ouvrit la porte de communication.

Leo leva une main pour la renvoyer.

— Non, je n'ai… pas besoin de vous.

L'infirmière, une femme d'un certain âge au visage usé, indifférent, se contenta d'acquiescer d'un mouvement de tête et de sortir.

— Tu as oublié qu'on était en train de jouer, dit Leo en dévisageant sa partenaire du haut d'un lit médicalisé, déplacé dans cette chambre baroque remplie de meubles en acajou massif.

Ses yeux noirs étaient toujours ardents, même si le reste de son corps était en train de se consumer, comme les cigarettes qu'il avait réduites en cendres au fil des années.

Le dos calé par trois oreillers, il était installé le plus confortablement possible pour un homme en train de mourir d'un cancer du poumon. La morphine l'empêchait de souffrir, mais il était dépendant de la bouteille d'oxygène placée près du lit, à laquelle il était relié par deux tubes dont l'embout s'adaptait à ses narines. Il était trop faible pour se lever. Sa voix rauque n'était plus qu'un murmure. Il appelait en se servant de la sonnette de table ancienne en argent, exigeant des trois infirmières qui effectuaient chacune une garde de huit heures qu'elles restent hors de sa présence lorsqu'il n'avait pas besoin d'elles. « Je vous... appellerai... quand je... voudrai vous voir. »

— A quoi... penses-tu ? demanda-t-il d'une voix caverneuse.

Ni sourire ni chaleur dans son expression. Autrefois, Leo était un homme imposant, d'un mètre quatre-vingts, à l'épaisse chevelure noire, au visage long et osseux, à la large bouche affichant un perpétuel sourire ironique. A présent, ses traits étaient gris et affaissés, marqués par la fatigue et la douleur.

Terri évita prudemment de tourner les yeux vers l'élégante psyché encadrée d'étain placée non loin d'elle. Etait-elle trahie par son visage ? Car maintenant, oui, Leo lui répugnait. Sa maladie lui faisait horreur, de même que l'odeur de cette pièce où la vie était en train de s'éteindre. La mort était là, qui attendait, qui rôdait.

Elle avait besoin d'un homme, pas d'un invalide.

Il lui avait suffi d'un regard, le premier jour, au club de tennis, pour avoir envie de Greg. Elle avait immédiatement adoré ses épais cheveux blonds ébouriffés, l'ombre de sa barbe de plusieurs jours, sa puissance quand il envoyait la balle très haut en se cambrant pour servir. Lorsqu'il avait touché son bras pour lui montrer le bon mouvement au moment du service, elle avait plongé ses yeux dans les siens, et l'accord avait été signé sans mot dire. Elle l'avait retrouvé l'attendant près de sa voiture, à la sortie.

Chaque fois qu'elle délaissait les bras de Greg pour retrouver la chambre de malade, elle luttait pour cacher son dégoût. Elle n'avait jamais aimé Leo, mais quand ils s'étaient rencontrés il était excitant, riche, et très bon amant. Le marché avait été honnête. Car de son côté elle était jeune et belle, et Leo avait fait des jaloux quand ils s'étaient mariés. Maintenant, elle n'avait plus le même âge. Dix ans, malgré toutes les crèmes du monde, cela laissait des traces. Mais son statut d'épouse de Leo lui avait ouvert grand les portes d'un monde dont elle avait toujours rêvé : Paris au printemps, l'Afrique et ses safaris, la mode et les bijoux, le luxe à profusion. Leo aimait son corps. Et, surtout, sa nature sombre et jalouse le poussait à exhiber sa jeune épouse pour prouver au monde entier qu'il n'était pas affecté par le départ inexplicable de sa première femme. Jamais il n'avait compris comment Diana avait pu l'abandonner pour un avocat grassouillet aux cheveux clairsemés et au menton inexistant.

Terri s'aperçut qu'elle tenait une pièce d'échecs rouge.

— Je pensais à mon prochain coup, répondit-elle.

Elle regarda l'échiquier noir et rouge. Quel jeu idiot ! Elle n'y jouerait plus jamais, après Leo...

Elle s'efforça de chasser cette pensée. Pourtant, de plus en plus, elle comptait les jours. Il était mourant. Qu'attendait-il pour mourir ?

— Ah, ça y est, tu as remarqué que c'était à toi de jouer.

Les yeux de Leo étaient brûlants, noirs.

Terri se força à sourire.

— J'ai beau faire, c'est toujours toi qui gagnes.

— Fais un effort, répliqua-t-il dans un souffle, rauque et froid.

Ah, si seulement elle avait pu lui balancer l'échiquier à la tête !...

— Mais tu n'aimes pas perdre, Leo.

Il eut un rire bref, puis s'étrangla, lutta pour reprendre sa respiration. Il fit un signe péremptoire.

Vite, elle bondit de sa chaise, pencha la bouteille d'oxygène, tourna la valve pour augmenter le flux.

Aussitôt, sa poitrine se souleva, s'abaissa, sa respiration s'apaisa. Il retomba sur ses oreillers, vieux et frêle, alors qu'il avait à peine soixante ans.

Au bout de quelques instants, Terri tourna légèrement la valve en sens inverse.

Les paupières du malade papillotèrent, il ouvrit les yeux.

— Tu ne pensais pas à... ton prochain coup...

Ses lèvres se tordirent dans une grimace :

— C'est un autre jeu... qui t'intéresse...

Elle se figea. Dans la psyché, son reflet était changé en statue de sel.

Elle était vêtue avec soin, en corsage bateau rose, avec le pantalon et les hauts talons roses assortis. Mais ce n'était pas pour Leo, non. C'était pour Greg. Il la déshabillerait, ses mains...

Un éclair passa dans les yeux de Leo.

— Tu aurais pu... attendre... que je sois mort.

Dans le miroir, ses traits parurent tirés, tout à coup. Ce n'était plus une belle blonde à la coiffure impeccable, vêtue de soie, qui la regardait, mais une femme frisant la quarantaine, à l'expression tendue, crispée.

— Je ne sais pas de quoi tu parles, répondit-elle.

Sa poitrine se serra à lui faire mal. Les yeux ardents de Leo révélaient qu'il savait. Il ne servirait à rien de nier. Il était au courant, pour Greg.

Les pensées tourbillonnaient dans la tête de Terri. Quelqu'un a dû lui dire… Leo est dangereux quand il est en colère… Il est cruel et sournois… Qu'est-ce qu'il pourrait faire ?… Est-ce que j'arriverai à le calmer ?

Il la regardait avec mépris.

— Pas la peine… de mentir.

Il désigna la porte.

— Je devrais… te foutre dehors.

Elle suivit son geste des yeux, vit la porte et, à côté, les étagères en acajou exposant ses souvenirs préférés, une affreuse tête de Méduse ornée de serpents qui se tortillaient, une chouette en bronze aux yeux vides et au bec légèrement entrouvert, un temple d'ivoire blanc.

— Oui, je pourrais le faire.

Il eut un rire étrange, puis poursuivit, d'une voix hachée qui rendait ses paroles difficilement compréhensibles :

— Je sais tout… sur toi et ton amant. Pas bien joué, là… Terri. Tu aurais… dû… te souvenir… le contrat de mariage… une clause… nullité… en cas… d'adultère.

Elle porta la main à sa gorge.

— Leo, je t'en prie…

— Laisse-moi… parler… L'avocat… vient… demain.

Il lui décocha un regard froid et dur, puis :

— Tu peux… dire adieu… au fric… On va voir si ton… beau mec… voudra de toi… quand même.

Terri, agrippée à la rambarde qui entourait l'étang, réfléchissait. Dix fois, elle avait sorti son portable, dix fois, elle l'avait rangé. Non, il ne fallait pas appeler Greg par portable. On pouvait écouter les messages. Que lui dirait-elle si elle arrivait à le joindre ? « Tu continuerais à m'aimer si je n'avais plus d'argent ? » Salaud de Leo ! Quel salopard, avec son état d'esprit dégueulasse ! Greg s'en fichait de son fric ! Il l'aimait !

Elle sentit monter une bouffée de haine. C'était la première fois qu'elle se prenait à haïr Leo.

La lumière crue du soleil lui donnait mal à la tête.

Evidemment, Greg savait qu'elle deviendrait riche à la mort de Leo, mais ils n'en avaient jamais parlé. Et ce n'était pas elle qui allait lui reprocher d'espérer vivre un jour confortablement. Il aimait les belles choses, les pulls en cachemire, le Veuve Clicquot servi dans une flûte de cristal, les hôtels Four Seasons, le cuir d'Italie, les costumes Armani… mais cela montrait simplement à quel point il était cultivé. Son bon goût rendait d'autant plus merveilleux son désir pour elle. C'était elle, parmi toutes les femmes du club, qu'il avait choisie.

Il avait vu un tapis tibétain qui lui plaisait pour sa chambre. Ce serait son cadeau d'anniversaire. Elle avait envie de le couvrir de cadeaux.

Avant de le rencontrer, elle ne s'était jamais sentie vraiment vivante.

Le reflet éblouissant de l'eau l'aveuglait.

Elle se dit que Greg serait ravi de ce cadeau, mais ne pouvait se défendre d'une légère inquiétude. En effet, parfois, il semblait détaché, lointain, pareil au chat abyssinien en bois sculpté posé sur sa table de chevet qu'il avait coutume de caresser pour qu'il lui porte chance.

Terri s'arracha à ses pensées et se dirigea d'un pas vif vers le garage. Un chat noir traversa le chemin en courant. Elle marqua un temps d'arrêt, respira à fond : non, cela ne signifiait rien du tout. La superstition n'était pas son truc.

Elle s'engouffra dans sa Lexus et se sentit aussitôt soulagée. Oui, il fallait sortir de cette baraque. Il fallait réfléchir. Il fallait décider de la suite.

Alors qu'elle manœuvrait pour sortir de la propriété, elle entendit une sirène hurler au loin. Elle avait toujours du mal à supporter ce son strident, désagréablement familier. Elle les avait trop entendues, les sirènes, tous ces derniers temps, celles des ambulances qui venaient chercher Leo en fonçant sur l'étroite route à lacets pour l'emmener à l'hôpital, de l'autre côté de la forêt. Elle avait toujours su qu'un jour une ambulance viendrait, et qu'il serait mort à son arrivée. Si seulement...

Terri conduisait lentement et prudemment, les mains crispées sur le volant. Plus que jamais, elle détestait cette route sinueuse qui bordait un ravin boisé sans garde-corps. Leo se moquait d'elle en lui disant qu'elle conduisait comme une petite vieille, alors que sa première femme, au contraire, s'amusait à bomber à toute allure et prenait les virages en faisant crisser les pneus. Leo avait toujours aimé se payer sa tête, surtout pour la comparer à la femme qu'il avait aimée et perdue, une femme restée dans son souvenir pleine d'audace, vive, ravissante.

Le dernier virage en épingle à cheveux passé, elle poussa comme toujours un ouf de soulagement. Au panneau Stop, elle hésita. Elle se languissait de voir Greg.

En réalité, elle n'avait pas vraiment envie de lui dire que Leo allait changer son testament, qu'elle se retrouverait sans le sou à sa mort. Mais bien sûr Greg l'aimait, cela lui serait égal...

Depuis que Leo était trop mal en point pour descendre dans la salle à manger, elle prenait ses repas sur le balcon de sa chambre, quand le temps le permettait. On était en mars, mais il commençait à faire bon, les arbres verdissaient. La vue de là-haut la changeait agréablement de l'austère salle à manger aux sombres meubles massifs, aux murs verts sévères, aux trompe-l'œil dorés. Dans la salle à manger, elle se sentait insignifiante et étrangère ; sur son balcon, elle était une reine, libre et puissante, qui surveillait son royaume d'en haut.

Cependant, ce soir-là, elle n'avait pratiquement pas touché son repas, pourtant délicieux comme de coutume.

Morgan s'approcha pour débarrasser, le visage impassible.

— M. Leo aimerait savoir si vous participerez demain à son déjeuner avec M. Stewart.

Terri dévisagea le domestique. C'était un homme trapu, au crâne parcouru de maigres mèches grisonnantes et plates qui se terminaient en touffes au-dessus de ses oreilles. Dans ses yeux, elle crut déceler une lueur moqueuse. Etait-il au courant ? Est-ce que tout le monde, dans cette baraque, savait que Leo l'avait rayée de son testament ?

— M. Stewart ? répéta-t-elle, d'une voix ténue, même à ses propres oreilles.

Charles Stewart était l'avocat de Leo, un ami de longue date.

Morgan battit des cils, des cils blond-roux qui entouraient ses yeux narquois.

— Comme vous vous en souvenez, c'est une tradition. Ils déjeunent ensemble chaque année pour fêter l'anniversaire de la victoire de leur yacht à la Pineapple Cup. Cela nous fait donc, précisa-t-il avec condescendance, vingt-deux ans demain.

Elle n'était mariée avec Leo que depuis dix ans... Ah, si seulement elle avait pu lui mettre sa main dans la figure, à ce gros bouffi !

En s'arrachant un sourire, elle répondit :

— Je me ferai une joie de déjeuner avec eux demain.

Au moment même où elle prononçait ces mots, elle eut conscience de leur caractère emprunté Kate, la fille de Leo, aurait haussé les épaules et répondu, avec sa nonchalance habituelle : « Ouais. Dis à p'pa que ça marche. Si j'ai rien de mieux à faire. » Barron, son fils, aurait acquiescé d'un mouvement de tête énergique, pressé. « Dis à papa que je serai sans doute en retard. Je suis sur un coup, mais je viendrai. »

Elle aurait dû dire simplement qu'elle y serait.

Pourquoi se sentait-elle toujours mal à l'aise devant Morgan ?

Parce qu'elle n'était pas à sa place.

Elle resta coite et raide sur sa chaise pendant que le domestique finissait de débarrasser. Quand la porte se referma sur lui, elle regarda par la fenêtre le ciel qui s'obscurcissait, le soleil couchant qui striait les arbres de mauve et de pourpre, les collines du Tennessee sombrant dans le crépuscule.

Et merde ! Merde à eux tous ! Merde à Leo, à Kate, à Barron et à Morgan, ce bouffi !...

A l'époque, elle avait signé le contrat de mariage avec joie. Elle avait accepté de n'engager aucune procédure de recours, ravie à la perspective d'hériter de cinq millions de dollars.

Cet argent lui appartenait. Elle l'avait gagné. Elle avait donné à Leo ce qu'il voulait, la jeunesse, la beauté, le sexe. Ce n'était pas sa faute s'il était malade, mourant. S'il avait tenu à elle, il l'aurait compris.

Mais il ne tenait pas à elle. Pas plus qu'elle ne tenait à lui.

Oui, cet argent, c'était le sien !

L'horloge digitale brillait dans le noir. Elle n'avait pas réussi à s'endormir. Il était presque deux heures du matin. Dans quelques heures, on la déposséderait de son argent.

Terri repoussa les couvertures. Passa un peignoir de velours.

Si Leo mourait avant le lever du jour, elle garderait son argent.

Elle s'assit devant sa table de toilette, sur la petite chaise dorée. La lune plongeait la pièce dans une lumière argentée. Son reflet dans le miroir était indistinct, fantomatique. Elle alluma une petite lampe, vit ses yeux fixes, éteignit.

Le médecin trouvait la résistance de Leo surprenante. Lors de sa dernière visite, la semaine précédente, il lui avait dit à voix basse dans le couloir :

« Il est en train de partir. Il survit grâce à l'oxygène, mais ses poumons s'affaiblissent. C'est une question de jours maintenant, Terri. »

Mais ça ne vient pas assez vite !

Leo avait sûrement engagé un détective privé. Il devait avoir la preuve de ce qu'elle avait fait. Il allait présenter à Charles Stewart toutes les pièces qui lui permettraient de la chasser du monde des riches, ce monde où les beaux vêtements étaient un dû et leur prix sans importance.

Est-ce que tu m'aimerais encore si je n'avais plus d'argent ?

Une bouffée de rage la submergea. Leo considérait qu'il l'avait achetée, qu'il avait payé pour l'avoir, voilà pourquoi il refusait d'imaginer que Greg pouvait l'aimer.

Mais, si, Greg l'aimait !

Terri se leva d'un bond et se précipita vers son bureau pour décrocher le téléphone. Avec le fixe, il y avait moins de problèmes. Ce n'était pas comme avec un portable, on pouvait plus difficilement écouter. Mais… et si la ligne était sur écoute ? Tant pis, ça n'avait plus d'importance maintenant. Elle allait partir. Dès l'aube.

Peut-être même dans la nuit. La voiture était à son nom. Elle allait faire sa valise et se tirer.

Elle composa le numéro qu'elle connaissait si bien.

Il décrocha à la troisième sonnerie, avec un « Allô » prononcé d'une voix méfiante.

Elle sentit sa poitrine se serrer. Elle regarda la pendule. Il avait l'air complètement réveillé. A deux heures du matin ? Et on entendait de la musique douce...

— Greg, j'arrive. Leo est au courant, pour nous deux. Il va changer son testament demain. Il faut que je parte.

Voilà, c'était ce qu'il fallait faire. Tout plaquer, Leo et sa voix râpeuse, ses yeux ardents et sa bouteille d'oxygène qui sifflait.

— Je vais demander le divorce, il s'en fichera. Greg, on pourra se marier ! poursuivit-elle d'une voix précipitée.

Silence.

— Greg ?

— Mon chou, répondit-il d'une voix douce, tranquille, tu as fait un mauvais rêve. Je ne sais pas ce qui se passe entre toi et Leo, mais il faut que tu arranges ça. Pas de scandale. Tu vas le convaincre qu'il se trompe.

— Tu ne connais pas Leo...

— Il est vieux, il est malade. Tiens-lui la main. Fais-toi belle pour lui. C'est ta spécialité, mon chou.

Terri sentit monter la nausée en visualisant le mourant dans son lit médicalisé.

— Je ne peux pas.

— Tu vas pouvoir. Allez, Terri, dit-il d'une voix chaude et caressante, bientôt, ce sera la belle vie pour nous deux. Il faut qu'elle commence bien. Pas de scandale. Pas d'histoires. Laisse Leo mourir en paix, et tout ira bien pour nous après.

Les minutes s'écoulaient à toute vitesse. Elle était son héritière jusqu'à midi. Changer le testament prendrait plusieurs jours, peut-être, mais une fois que Leo aurait informé Charles Stewart, elle serait foutue. Car Stewart ne l'avait jamais aimée. Il serait enchanté d'apporter la preuve qu'elle n'avait pas droit au fric.

Il ne servirait à rien de discuter avec Leo. Le regard qu'il lui avait adressé en annonçant sa décision avait été sans équivoque.

Elle se leva, se dirigea vers la porte. Peut-être... peut-être que Leo était mort, maintenant. Le médecin avait dit que ce serait rapide, que la mort pouvait survenir à tout moment...

Elle parcourut sans bruit le vaste corridor baigné de lune. Devant la chambre de son mari, elle eut un instant d'hésitation. Puis elle entrouvrit la porte. S'il était mort dans la nuit, c'était parfait. Greg était à elle.

Elle se glissa dans la chambre plongée dans la pénombre. Une lampe de bronze était posée sur la table de chevet. La nuit, l'abat-jour était tourné de manière à tamiser la lumière, et la pièce était faiblement éclairée par l'ampoule. L'infirmière de nuit dormait à côté, la porte entrebâillée.

Terri scruta le lit, la forme allongée. Elle finit par discerner le mouvement presque imperceptible du drap posé sur la poitrine de son mari. Il était vivant. Merde ! Mais s'il mourait dans la nuit... De toute façon il allait mourir... Elle l'avait gagné, ce fric... Il ne pouvait pas survivre sans oxygène... Le médecin avait dit qu'ils ne pouvaient pas tomber en panne d'électricité... Il y avait un générateur dans la maison maintenant... Si l'oxygène s'arrêtait...

Le chuintement de la bouteille d'oxygène paraissait plus fort dans le silence. Mieux, il semblait lui faire signe.

Terri fit un pas en avant, puis un autre. L'appareil était placé devant la table de chevet. Il était branché à la même prise que la lampe.

Terri s'agenouilla à côté de la bouteille. Si l'oxygène s'arrêtait...

Elle enveloppa ses doigts dans le bas de son peignoir, passa la main derrière la table de chevet, sentit le contact dur du caoutchouc de la prise. Referma les doigts dessus.

Elle resta ainsi un long moment. Puis ses genoux écrasés contre le bois dur du parquet, ses épaules raidies commencèrent à devenir douloureux... L'oxygène chuintait, bourdonnait autour d'elle comme un nuage de mouches. Tant qu'il fonctionnait...

Elle prit une profonde inspiration. Puis, la gorge palpitante, elle tira sur la prise de courant d'un geste sec.

Silence.

Dans la bouteille, cela bruissa l'espace d'une seconde. Puis plus rien.

Un calme écrasant s'établit.

Alors Leo eut un sursaut.

Il émit un son étranglé, frissonna.

Le son était faible, mais il résonna comme un cri.

Le cœur battant à tout rompre, Terri réinséra vivement la prise de courant. La bouteille d'oxygène reprit sa chanson.

Terri se releva, s'éloigna à reculons. Elle s'arrêta à la porte, s'y adossa.

Sur le lit, le corps de Leo était agité de soubresauts. Il lança un bras de côté. Son bras retomba, main pendante. Ses doigts étaient écartés, lâches, inertes.

On frappait à sa porte avec insistance.

Terri essaya d'émerger d'un sommeil torturé. Non, elle ne voulait pas se réveiller. Il s'était passé quelque chose. Quelque chose d'affreux. Puis elle retrouva la mémoire, le souvenir des doigts sans vie de Leo.

Elle se leva. Regarda fixement la porte qui s'ouvrait.

L'infirmière de nuit, Mona Riley, entra, le visage grave, mais digne.

— Madame Lewis, j'ai une mauvaise nouvelle.

Terri émit un profond son de gorge.

— M. Lewis est mort pendant la nuit...

On appela le médecin.

Les gens de l'entreprise funéraire vinrent prendre le corps de Leo.

La journée semblait interminable. Chaque fois que le téléphone sonnait, chaque fois que la porte s'ouvrait, Terri se figeait, tétanisée par la peur.

Le fils et la fille de Leo arrivèrent. Ils traitèrent leur belle-mère avec courtoisie, mais dès lors qu'elle entrait dans une pièce ils se taisaient, lui signifiant par le subtil mépris décelable dans leur regard que sa présence n'était pas souhaitée.

Tout au long des interminables nuits blanches au terme desquelles elle finissait par s'endormir, abrutie de fatigue ; pendant les mornes journées passées à recevoir des fleurs, des cartes de condoléances et des coups de fil ; au cours de la visite de Charles Stewart l'informant, lugubre, du legs prévu au contrat de mariage… elle attendit.

Il ne se passa rien.

Elle commença à se détendre. C'était fini. Leo était mort. Personne ne se posait de questions.

Les jours passèrent, et elle refoula le souvenir du calme lourd qui s'était établi après l'arrêt de l'alimentation en oxygène, des soubresauts de Leo au moment de mourir. Cette nuit-là, il était sur le point de mourir. Il était presque déjà mort. C'était une mort naturelle, oui. Il était très malade. Il ne pouvait pas respirer, à cause de sa maladie.

La maison ne désemplissait pas. Barron et Kate entraient et sortaient, choisissaient des souvenirs à emporter, la secrétaire, Elinor Griffin, rangeait des papiers dans le bureau de Leo, des agents immobiliers faisaient l'inventaire en vue de préparer la demeure pour la mise aux enchères. Terri accepta de déménager sous un mois. Elle eût de loin préféré partir immédiatement, mais il fallait agir comme si tout était normal.

Tout était normal. Elle ne devait pas oublier cela !

Elle n'avait pas pu voir Greg. Elle l'avait simplement eu deux fois au téléphone. Chaque fois, il lui avait dit d'attendre. De reprendre ses activités au club après son déménagement. Qu'il leur faudrait prendre leur temps, faire semblant de se découvrir. Que, surtout, ils ne devaient pas se presser.

Est-ce que tu m'aimerais encore si je n'avais plus d'argent ?

Dès qu'elle sentait poindre cette pensée, elle la chassait. C'était un affreux souvenir, à cause de Leo. Mais ce qu'il avait dit n'avait plus d'importance, maintenant. Le passé n'avait plus d'importance.

Elle trouva l'enveloppe sous son oreiller une semaine après l'enterrement.

Elle fut interloquée en sentant sous ses doigts un contact rigide. Repoussant son oreiller, elle vit une enveloppe couleur crème sur laquelle était écrit son nom. De l'épaisse écriture de Leo.

Sa respiration se bloqua. Une lettre de Leo.

Il lui fallut rassembler toute sa volonté pour la saisir et l'ouvrir. Elle en sortit une carte blanche portant ses initiales en caractères dorés : LBL. Leo Barron Lewis. L'écriture était irrégulière, tremblante, mais c'était la sienne, indiscutablement.

Le meurtre sera découvert, Terri. Peut-être ce que tu lis t'échappe-t-il, mais peu importe. Tu t'ennuyais quand tu jouais aux échecs avec moi, c'est pourquoi je t'ai concocté un jeu plus excitant. Je crois que ce sera un sacré défi pour toi, bien plus que les échecs. Ne crains rien, Terr, tu vas bientôt avoir d'autres nouvelles.

Leo

Terri courut aux toilettes, déchira la carte en petits morceaux, actionna la chasse d'eau.

Mais elle ne put se débarrasser des mots de Leo. Toute la nuit, elle arpenta fiévreusement sa chambre. Au petit matin, elle se jeta en travers du lit et sombra dans un sommeil agité.

Elle s'arrêta à l'ombre des pins qui entouraient le court numéro 7. De là lui parvint la voix profonde et douce de Greg, qui disait, encourageante :

— Etirez-vous de tout votre long quand vous servez, Anna. Comme ça.

Terri regarda sa main glisser le long du bras d'une brune élancée. Dans un mouvement de rotation, la fille vint s'appuyer contre lui.

— Excusez-moi. J'ai perdu l'équilibre.

Mais elle ne fit pas mine de se redresser.

Greg ne bougea pas non plus.

— L'entraînement, il n'y a que ça, dit-il.

Terri sentit monter une bouffée de colère. Bien sûr, Greg était payé pour faire plaisir aux membres du club, mais c'était elle qui avait besoin qu'il la prenne dans ses bras, qu'il la rassure…

Ses doigts s'agrippèrent à la clôture. Que ferait-il s'il savait… Que dirait-il ? Elle ne pouvait pas lui dire qu'elle avait…

Terri s'enfuit, courut se réfugier dans sa voiture.

Elle trouva la deuxième lettre dans sa boîte à bijoux, le samedi suivant :

Je suppose que tu as détruit mon précédent billet, Terri. Bien joué. On va parler maintenant de la preuve de ta culpabilité. Tu connais les pellicules UltraMax 800 ? Pas besoin de connaissances techniques particulières. On peut les utiliser avec très peu de lumière. Cette nuit-là, un appareil photo s'est déclenché, un objet très astucieux, caché dans ma chouette. Très amusant. Ma chouette en bronze ne pouvait pas te voir, mais l'appareil caché dans son bec va te faire condamner pour meurtre. Le moment venu.

Leo

Le cœur de Terri battait la chamade.

La chambre de Leo était plongée dans le noir. Elle alluma la lumière. Le lit médicalisé et la bouteille d'oxygène n'étaient plus là, mais le reste n'avait pas bougé. Sauf sur les étagères, près de la porte. L'un des rayonnages était vide. La chouette avait disparu.

Dévalant les escaliers, Terri se précipita dans le bureau.

Elinor Griffin leva la tête. Secrétaire particulière de Leo depuis quinze ans, c'était une femme à la fin de la quarantaine, dotée d'un intéressant visage anguleux, de jolis yeux de chat, de pommettes hautes et d'une grande bouche qui, parfois, souriait de manière engageante. Elancée et athlétique, elle était excellente cavalière. L'espace d'un instant, une lueur de dédain non dissimulé traversa ses beaux yeux verts, puis ils devinrent neutres. Tout au plus interrogateurs.

Terri se sentit changée en statue de pierre. Pareille à cette horrible sculpture qu'aimait Leo, celle qui était sur l'étagère, au-dessus de la chouette. Un jour, Leo lui avait demandé en riant :

« Tu imagines ce qu'ils doivent ressentir, ces serpents ? »

A présent, elle savait. *Le moment venu.*

Elle chercha à reprendre son souffle.

— Elinor, où est la chouette de bronze qui était dans la chambre de Leo, à côté de la porte ?

La secrétaire parut surprise.

— Elle n'y est plus ? A ma connaissance, on n'a rien sorti de la chambre de Leo. Sauf le lit médicalisé.

Tout à coup, ses traits s'affaissèrent. Elle serra les lèvres.

Elle pleurait la mort de Leo. Ah bon ? De quel droit ?

Elinor cligna des yeux, puis retrouva son impassibilité de parfaite secrétaire.

— Je vais me renseigner. Je ne vois pas du tout ce qui a pu se passer.

Terri avala sa salive.

— Leo l'aimait beaucoup. Je me demande où elle est passée. J'aimerais la prendre. Elle a beaucoup d'importance pour moi.

Cette fois, le billet était dans son placard, glissé parmi ses chemises de nuit :

Tu cherchais ma chouette ? Tu ne la retrouveras pas, Terri. Tu as peut-être prétexté un attachement sentimental ? Cela ne te servira à rien. C'est l'un de mes vieux amis qui l'a, et il croit que ce n'est qu'un souvenir... jusqu'au jour où il recevra pour instruction de retirer l'appareil photo. Peut-être cette semaine. Un jour prochain... Le moment venu.

Leo

Terri repoussa son assiette. Les aliments lui donnaient la nausée. Elle n'avait presque rien mangé de toute la semaine. Souvent, elle avait des vertiges, surtout au sommet des escaliers. Il lui semblait entendre la voix railleuse de Leo : *Le moment venu. Le moment venu.*

Les jours se succédèrent. Une semaine passa. Deux. Trois. Elle loua un appartement. Elle acheta de nouveaux meubles, clairs, gais et modernes. Elle choisit des rideaux.

Elle comptait les jours qui la séparaient du déménagement.

Elle entendit Morgan dire au cuisinier :

— Mme Leo est drôlement atteinte. Moi qui croyais qu'elle en voulait qu'à son fric... En fait, elle morfle méchamment... Elle mange pratiquement rien. Finalement, on se trompe sur les gens, hein ? M. Leo, c'était un type bien.

Elle eut envie de hurler que Leo était le diable en personne. Mais elle se contenta de s'éclipser.

Terri était en train de déguster son petit déjeuner, pain perdu, saucisse et pamplemousse rouge vif. Les rayons de soleil inondaient le balcon. Le lendemain, elle quitterait cette baraque pour toujours. Et elle serait libre ! Leo ne pouvait rien contre elle. Elle y avait bien réfléchi. Il avait été incinéré. Il était mort. Un tas de cendres. On n'aurait jamais aucune preuve. Si quelqu'un devait l'accuser, elle dirait que Leo avait l'esprit confus, qu'il perdait un peu la tête, qu'il était méchant.

Mais s'il y avait des photos dans la chouette... D'accord. Elle dirait qu'elle était entrée, qu'elle avait trouvé la bouteille d'oxygène débranchée et qu'elle l'avait rebranchée. Personne ne pourrait rien prouver, non ?

Elle choisit un pull bleu ciel à col roulé et une jupe blanche à larges plis tournoyants, des chaussures ouvertes blanches, à talons larges et hauts, le tout très printanier, très gai. Elle admira son reflet dans la glace.

Quelqu'un frappa poliment à la porte.

Terri crut s'étrangler, dans ce pull qui soudain lui serrait la gorge. Mais la police frappait beaucoup plus fort. Et les flics criaient toujours : « Police ! Ouvrez ! », non ?

On frappa à nouveau, un coup déférent mais insistant.

Terri se contraignit à traverser la pièce. La poignée de porte lui parut glacée. Elle ouvrit.

Elinor Griffin portait un ensemble jaune pâle très frais, mais ses traits tirés étaient marqués par la fatigue. Elle avala sa salive, annonça :

— C'est la dernière lettre de Leo. Il m'a demandé de vous la remettre. Je crois qu'il n'aurait pas dû essayer de s'accrocher comme ça après sa mort. Il devait vous aimer énormément.

Elle hésita, puis les mots se bousculèrent sur ses lèvres :

— Et zut ! Je me demande pourquoi ça me touche tellement !

Elle fondit en larmes. Elle lança l'enveloppe à Terri, se détourna et s'enfuit en hâte.

Tu croyais que je t'avais oubliée, Terri. Sûrement pas ! Et toi, tu ne vas sûrement pas m'oublier non plus. Tu ne seras pas condamnée à mort. La barre est haute dans le Tennessee : la condamnation à mort est appliquée s'il y a meurtre au cours d'un délit, ou dans d'autres circonstances qui ne s'appliquent pas à toi. Mais pendant tes vingt ou trente ans de prison, tu auras le temps de réfléchir à ce qui aurait pu être. Peut-être apprendras-tu avec intérêt que j'avais décidé de laisser le contrat de mariage en l'état si je me réveillais le matin suivant notre dernière conversation. Si tu lis ceci, c'est que je ne me suis pas réveillé. Ton beau mec ne sera pas avec toi en prison, Terri. Pense à lui, à moi, au choix que tu as fait. Tu es une belle femme, et tu attireras l'attention, mais pas dans un sens qui te fera plaisir. J'espère que je ne t'ennuie pas. Tu avais souvent l'air de t'ennuyer quand nous jouions aux échecs, mais je ne pense pas t'ennuyer en ce moment. Je t'ai fait un beau cadeau en te faisant prendre conscience du caractère imprévisible de la vie. Il m'a coûté assez cher. J'ai placé mes pions en passant tantôt par Morgan, tantôt par Elinor. Mes coups, si tu préfères. Bientôt, ce sera à toi de jouer. Mon seul regret est de ne pas pouvoir être là pour voir ce que tu feras. Qui va gagner la partie, toi ou moi ? Maintenant, va sur ton balcon, et regarde. A toi de jouer, amuse-toi bien.

Leo

Terri ouvrit la porte du balcon au moment même où une berline noire s'arrêtait devant la maison. Deux hommes, jeunes, en costume noir, au visage impénétrable, en descendirent. Ils se dirigèrent vers le perron. Bientôt, ils furent hors de vue, mais leurs talons continuaient à résonner.

Elle fit volte-face, se rua vers la porte de la chambre en prenant son sac au passage. Dans le couloir, elle entendit les paroles de Morgan :

— Qui dois-je annoncer à Mme Lewis ?

Une voix profonde, rauque, répondit :

— Samuels et Brown. On souhaiterait avoir un entretien avec elle. C'est professionnel.

— Je vois, dit Morgan d'une voix mal assurée. Messieurs, si vous voulez bien me suivre…

Terri parcourut le couloir au pas de course, dévala les marches donnant sur la cuisine, traversa la pièce en courant sous les yeux ébahis du cuisinier.

Elle se rua à l'extérieur par la porte de service, vola vers le garage, s'engouffra dans sa voiture, haletante, la poitrine douloureuse, inséra sa clé d'une main tremblante. Elle entama une marche arrière en faisant hurler le moteur, tourna le volant d'un coup sec et fonça. D'une main, elle fouilla dans son sac à la recherche de son portable. Elle l'ouvrit, tapa sur les touches.

Greg décrocha au moment où elle abordait le premier virage dans un grand crissement de pneus.

— Il faut que tu m'aides ! s'écria-t-elle d'une voix angoissée. La police est après moi. Je t'en supplie, il faut qu'on se voie...

— La police ? Qu'est-ce que tu racontes ?

Sa voix était étrangement distante.

Elle donna un coup de frein, ruisselante de sueur. Attention au virage, ralentis !

Un hurlement de sirène.

Oh mon Dieu ! La police ! Ils allaient l'arrêter ! Est-ce que cette sirène venait à sa rencontre ?

Est-ce qu'ils étaient derrière elle ?

— Greg ! hurla-t-elle, tais-toi et écoute-moi ! J'ai les flics aux fesses. A cause de Leo. Ils vont m'arrêter. Attends-moi au club. Je te donnerai de l'argent...

La communication s'interrompit.

Le son de la sirène se rapprochait de plus en plus.

Terri se pencha sur son volant, les mains moites. Des larmes brûlantes lui brouillaient la vue. Un froid mortel l'envahit.

Est-ce que tu m'aimerais encore si je n'avais plus d'argent ?

Elle appuya sur le champignon. Elle arriva sur le virage en épingle à cheveux, l'horrible virage, le virage mortel. Elle donna un coup de volant, les pneus crissèrent. La voiture glissa vers la droite. Un court instant, la Lexus se retrouva suspendue en l'air, avant de se retourner, de taper, de rebondir, de s'écraser contre la roche calcaire qui affleurait, et d'exploser dans une boule de feu.

Thad Samuels et Garrett Brown faisaient beaucoup plus jeunes encore en polo et Levi's. Ils étaient assis au bar. Leur visage était grave.

Thad passa un doigt sur le bord salé de son verre de margarita.

— Tu crois que c'est ses freins qui ont lâché ?

Garrett avala une bonne rasade de Bud.

— Qu'est-ce que ça peut être d'autre ? On a bien fait de pas faire de vieux os là-bas. Surtout avec cette ambulance qui l'a vue basculer au moment où elle arrivait. Qu'est-ce qu'on aurait pu dire ? Elle allait trop vite, elle a perdu le contrôle, c'est tout.

Thad réfléchissait, sourcils froncés :

— Quand même... Elle savait pas qu'on était là quand elle est partie, c'est trop con... Si on avait pu la choper, lui donner les ballons d'anniversaire, peut-être que l'accident serait pas arrivé.

Garrett soupira :

— J'aimerais bien savoir qui c'est qui a fait appel à nous. Y a quelqu'un qui a tout organisé pour lui faire plaisir, et tout... D'accord, on a été payés d'avance en liquide, mais j'aimerais quand même bien avoir un nom.

Thad regarda son compagnon avec surprise.

— Pour quoi faire ?

Garrett, un peu embarrassé, explicita sa pensée :

— Ben... On aurait pu envoyer une carte, quoi...

Ce à quoi Thad rétorqua, en mâchouillant un bout de glace corsé à la tequila :

— Vaut mieux pas. Je sais pas qui c'est, le pauvre mec, mais je crois pas que ça lui remonterait le moral de recevoir une carte de condoléances de la part de la société Faites la Fête.

CRIME AU CAPITOLE

– Allison Brennan –

I

L'air circulait tout à fait normalement dans le grand bureau du chef de l'opposition au Sénat, mais au beau milieu de l'été il était impossible de masquer une odeur de cadavre.

L'inspecteur John Black brandit sa plaque vers le flic qui montait la garde à la porte. Un CHIP. C'était la California Highway Patrol, la police de la route californienne, qui assurait la sécurité du Capitole et avait sécurisé le bureau aussitôt après la découverte du macchabée, mais l'enquête criminelle était placée sous la responsabilité de la police de Sacramento. Tout le personnel, les médias et autres badauds avaient été évacués du troisième étage. Le service de presse du Capitole avait déjà diffusé la nouvelle, et John avait ignoré deux messages du chef de la police.

Un meurtre au Capitole. On ne pouvait pas imaginer un crime plus politique.

N'ayant aucun espoir de passer inaperçu avec son mètre quatre-vingt-dix-huit, John ne tenta même pas d'examiner discrètement la scène de crime. Il s'avança au milieu de la pièce tout en enfilant ses gants. La victime, une femme, blonde, d'une petite trentaine d'années, était plus ou moins assise, dans une position extrêmement inconfortable, au fond d'une penderie, un costume d'homme coincé derrière elle, le visage en partie masqué par une manche.

L'un des experts de la police scientifique lui proposa de la vaseline ; il la refusa. Les gaz et les fluides corporels émis par le corps répandaient une odeur méphitique, mais John ne s'en rendait même pas compte ; il respirait par la bouche, machinalement. Il y avait vingt ans qu'il était dans la police, et il avait été confronté à des décompositions beaucoup plus avancées. Un été dans les rues de Sacramento suffisait à vous faire comprendre les effets de la chaleur sur les cadavres.

Celui-ci avait déjà pris une teinte verdâtre. Le visage était boursouflé, la peau avait commencé à marbrer. La victime avait la poitrine couverte de sang séché. L'une de ses jambes était repliée sous son corps, l'autre tendue devant elle. Elle était tout habillée, sa jupe remontée en boule autour de ses cuisses révélant des dessous en dentelle noire. Un porte-jarretelles dont l'une avait été arrachée.

John inspecta sans y toucher la blessure de la poitrine. Ça n'avait pas l'air d'être un impact de balle. La plaie rouge sombre semblait allongée et étroite.

Une blessure faite par une arme blanche. Et une seule, apparemment. Sans passion, donc. Les crimes passionnels se caractérisaient généralement par des plaies multiples, le tueur donnant libre cours à sa colère et à sa frustration dans un accès de fureur aveugle.

John releva les yeux du cadavre et parcourut du regard le bureau du sénateur Bruce Wyatt. La pièce était décorée, comme tout le reste du Capitole depuis sa restauration, dans le style néo-Renaissance. Des meubles anciens, lourds, des tableaux d'époque, une moquette bordeaux foncé. Un peu chargé au goût de John, mais ça collait avec l'architecture. Pas d'arc de sang au plafond, aucun signe de désordre. Si la femme avait été tuée là, ça aurait laissé des traces.

— Alors, Simone, qu'en pensez-vous ? demanda John.

La responsable de l'équipe d'experts de la police scientifique, qui était en train d'examiner la penderie, ne prit pas la peine de lever les yeux.

— J'en saurai davantage après l'autopsie.

— Et le légiste ? On sait quand il va arriver ?

— D'ici une trentaine de minutes.

— Vous devez bien avoir une idée de l'heure de la mort...

Cette fois, elle le regarda avec une lueur d'amusement dans les yeux.

— Je n'ai pas obtenu mes galons en jouant aux devinettes. Je vais attendre que la pièce ait été examinée par les techniciens de scène de crime avant d'avancer une théorie. Mais, ajouta-t-elle avec un mouvement de menton en direction du cadavre, il y a une chose que je sais avec certitude.

— Ah bon ? Laquelle ?

— Regardez-la. Je parie que vous allez arriver à la même conclusion que moi.

John regarda le corps.

— Elle était morte depuis un moment quand on l'a fourrée là-dedans, dit-il.

— Bingo. La rigidité cadavérique était déjà installée. Vous regardez un corps qu'on a enfoncé dans son armoire entre douze et vingt-quatre heures après sa mort. Et comme la rigidité cadavérique a disparu, il y a quelques jours qu'elle est là. Le légiste vous fournira une estimation plus précise.

Intéressant, se dit John. Le corps était-il dans le bureau depuis une journée lorsque le tueur avait décidé de le fourrer dans le placard ? Avait-elle été tuée dans le bureau de Wyatt, ou l'y avait-on transportée ? Où étaient les caméras de sécurité ? Il prit note, mentalement, d'aller discuter avec les responsables de la sécurité dès qu'il aurait interrogé ceux qui avaient découvert le cadavre. Il avait appris depuis longtemps à ne pas accorder une confiance exagérée aux mesures de sécurité.

— Occupez-vous des bureaux voisins et des couloirs, dit John.

— Ils sont déjà sur ma liste, répondit Simone en se remettant au travail.

John se tourna ensuite vers l'un des policiers de la route qui se trouvaient dans la pièce.

— Qui a trouvé le corps ?

Le CHIP s'approcha, ouvrit son calepin et lut, sur un ton monocorde :

— Le sénateur Wyatt nous a appelés à neuf heures vingt-cinq ce matin. Il était en réunion, au moment de la découverte du corps.

— Qui participait à cette réunion ?

— Le chef de cabinet, Rob Douglas, et le sénateur James.

Lara James. Tiens, tiens. Peut-être pouvait-il espérer entrevoir une lueur d'espoir de ce côté-là. Il y avait des mois qu'elle l'évitait. Là, elle ne pourrait plus se dérober.

Le flic continuait :

— Le sénateur James a senti ce qu'elle a cru, sur le coup, être l'odeur d'un rat crevé. Elle a ouvert l'armoire et découvert le corps.

Un rat crevé ? Tu parles ! Lara James, qui avait servi dans l'armée, ne risquait pas de confondre un cadavre humain et un rat crevé !

— Et Wyatt n'avait pas remarqué l'odeur ?

C'était plutôt une question rhétorique ; John la poserait à Wyatt lui-même. La penderie était une armoire en bois massif, suffisamment lourde pour contenir l'odeur pendant un moment. La puanteur commençait par émaner de la poitrine et allait en s'accentuant au fur et à mesure que le corps se décomposait. Celui qui avait mis le cadavre là-dedans savait qu'on finirait bien par le découvrir. Selon les premières constatations, la femme était morte depuis plus de quarante-huit heures mais pas plus d'une semaine. Au bout d'une semaine, la température étant ce qu'elle était à l'intérieur du bâtiment, les gaz se seraient accumulés au point que l'odeur n'avait plus aucune chance de passer inaperçue.

La victime n'avait pas encore été identifiée, mais John subodorait qu'elle était connue dans le bâtiment. Quand Simone et son équipe auraient fini d'analyser la scène de crime et pourraient retirer le costume qui masquait son visage, des dizaines de gens la reconnaîtraient.

Il revint auprès du planton qui gardait la porte du bureau.

— Menez-moi auprès du sénateur Wyatt, s'il vous plaît.

II

Le Capitole de Californie se composait de deux bâtiments reliés l'un à l'autre. Le plus ancien, qui était occupé depuis 1869 par la législature de l'Etat, avait été complètement restauré au début des années 1980. Il avait longtemps hébergé le gouvernement – le gouverneur et toutes ses équipes. Mais au fur et à mesure que l'Etat se développait, la politique en faisait autant. D'où la construction de l'Annexe Est, un immeuble de cinq étages sensiblement plus grand que le premier, moins intéressant sur le plan esthétique mais plus fonctionnel.

Les architectes avaient relié les deux bâtiments tant bien que mal, et l'ensemble était un labyrinthe d'escaliers, de plans inclinés et de passages que le personnel était seul à connaître. L'Assemblée de l'Etat occupait le côté nord du Capitole ; le Sénat, la partie sud. John se serait perdu s'il n'avait pas suivi le flic, lequel le conduisit hors du bureau de Wyatt, lui fit emprunter deux couloirs et un escalier apparemment caché qui menait au premier.

— Le sénateur Wyatt est dans le Salon des Membres depuis l'incident, lui annonça le flic.

L'incident... Comme si un meurtre était un incident !

Le Salon des Membres, que l'on appelait le Maddy, était accessible depuis la Chambre du Sénat. Il était éclairé par une lumière artificielle. Une longue table de conférence en bois sombre trônait sur une moquette épaisse, rouge, qui saignait dans le couloir et jusque dans la Chambre. Des canapés étaient disposés tout autour de la pièce. Des rafraîchissements – de l'eau et des boissons gazeuses – étaient à disposition dans un coin. Les membres élus pouvaient s'y faire servir à déjeuner ou à dîner. Le grand portrait du sénateur Ken Maddy avait l'air un peu perdu dans la forêt de tableaux qui couvrait les murs – du moderne à l'antique, en passant par tous les styles intermédiaires.

John se demanda s'ils avaient donné à la pièce le nom de Maddy parce qu'il aurait été l'un des rares hommes politiques honorables. Il en doutait. John n'avait pas rencontré un seul politicien digne d'estime, à l'exception du sénateur – ou plutôt de la sénatrice – Lara James. Ça venait peut-être de son boulot. Il n'avait guère l'occasion de frayer avec des hommes politiques, et quand il était amené à le faire, c'est qu'ils avaient enfreint la loi.

Le sénateur Bruce Wyatt était assis, tout seul, à la table, son téléphone portable vissé à l'oreille. C'était un homme bien découplé, d'une quarantaine d'années, avec une toison châtain qui commençait à grisonner. Il avait desserré sa cravate bordeaux, déboutonné le col de sa chemise en oxford blanche et roulé ses manches juste au-dessus des coudes.

Wyatt avait été élu douze ans auparavant. Il avait siégé six ans à l'Assemblée de l'Etat et il arrivait à la moitié de son second mandat de sénateur. Voyant la limite de son mandat se profiler à l'horizon, il était maintenant candidat au Congrès, face au sénateur Kevin Andersen. C'était d'ores et déjà l'une des primaires les plus entachées de scandale, et l'une de celles qui avaient fait couler le plus d'encre et de salive dans tout l'Etat. Wyatt et Andersen étaient rivaux depuis longtemps, et le sénateur Wyatt n'avait aucun intérêt au scandale.

John fit signe au flic de le laisser avec Wyatt et tira la porte derrière lui. Wyatt se leva d'un bond, referma son portable dans un claquement et demanda :

— Qui était-ce ? Que s'est-il passé ?

John fit signe au sénateur de se rasseoir. Wyatt hésita, puis obtempéra. John tira un fauteuil en cuir noir à haut dossier en face du sien et s'assit sur le siège étrangement confortable.

— Vous ne l'avez pas reconnue ?

— Je... je ne sais pas. Il se peut que je la connaisse, mais je n'en suis pas sûr. C'est peut-être quelqu'un que j'ai rencontré. Elle me dit quelque chose, mais...

Wyatt savait pertinemment qui elle était, John en aurait mis sa main au feu, mais il n'insista pas. Pas encore.

— Quand êtes-vous allé dans votre bureau pour la dernière fois ?

— Aujourd'hui ?

— Non, avant.

— Je suis rentré de Shasta, ma circonscription, jeudi. En début d'après-midi. J'avais une soirée, et j'ai été pris ici toute la journée, vendredi. J'ai passé le week-end avec ma famille.

John prit des notes.

— Je voudrais la liste de vos rendez-vous de la semaine dernière.

— Je vais vous faire un tirage de mon agenda électronique.

— Qui a accès à votre bureau ?

— Mon équipe, répondit Wyatt en s'appuyant à son dossier. Le personnel des services généraux. Les gars de la police de la route, le personnel de sécurité, d'entretien, le comité des règles... Les Parcs d'Etat doivent aussi avoir un passe, parce que le bâtiment est classé monument historique.

Tout le monde, donc. Génial. Ils auraient plus vite fait de dresser la liste de ceux qui n'en avaient pas la clé.

— Comment avez-vous trouvé le cadavre, sénateur ?

— J'étais en réunion. Le sénateur James a senti quelque chose. Une drôle d'odeur qui venait de la penderie. La clé n'était pas dessus, alors elle a forcé la serrure.

— Depuis combien de temps la clé a-t-elle disparu ?

— Je ne sais pas. J'y ai mis un costume propre lundi dernier. Mais je laisse toujours la clé dans la serrure. J'avais prévu de mettre le costume jeudi, mais j'étais en retard, et je n'ai pas eu le temps de me changer.

Assez facile à vérifier. Mais ça ne disculpait pas encore Wyatt du meurtre.

— Avez-vous touché à quelque chose dans la penderie ?

— Je ne crois pas l'avoir ouverte depuis que j'y ai mis mon costume, lundi. Et je puis vous assurer, inspecteur, qu'il n'y avait pas de femme morte dedans à ce moment-là.

III

La sénatrice Lara James tournait dans son bureau comme un tigre en cage, en passant nerveusement sa main dans ses cheveux noirs et courts. Elle supportait mal de rester coincée là, mais le flic du CHIP lui avait dit d'attendre que la police de Sacramento vienne la voir.

La patience n'était pas son point fort.

Elle n'arrivait pas à effacer de sa mémoire l'image de la mort. Pas seulement de la morte, là-haut, dans le bureau de Wyatt, non, de tous les soldats et civils morts qu'elle avait eu l'occasion de voir au cours de ses neuf ans d'armée.

Une balle dans la jambe avait mis fin à sa carrière deux ans plus tôt, et elle n'avait plus envie de voir des cadavres. C'était d'ailleurs l'une des raisons principales pour lesquelles elle s'était portée candidate aux élections locales. Pour gravir les échelons jusqu'au niveau où elle serait en position de faire plus de bien que de mal. Quelle comédie ! A quoi pensait-elle ?

Elle n'était ni une va-t-en-guerre ni une pacifiste à tous crins. Elle était une femme-soldat qui croyait au bien et au mal, qui connaissait la menace et était prête à se battre pour la liberté. Mais elle avait vu beaucoup plus d'atrocités pendant ses années de service qu'elle n'aurait jamais imaginé qu'il puisse en exister. Parce que c'était une chose de lire des livres et des articles sur les tueries et les horreurs de la guerre ; c'en était tout à fait une autre de déterrer un charnier plein de femmes et d'enfants.

Une voix et un souvenir lui revinrent tout à coup.

Les femmes et les enfants d'abord !

Une voix familière, suivie par un rire. Puis un bruit de porte et un brouhaha de voix. L'Association des restaurateurs de Californie avait converti une vieille banque en bureaux, et le rez-de-chaussée avait conservé ses lourdes portes vitrées à l'ancienne. Pourquoi ce souvenir était-il soudain remonté à la surface... en dehors du fait que ce rire de femme lui rappelait quelque chose ?

Lara fit rouler son fauteuil vers l'étagère à livres, y prit un volume.

Annuaire des lobbyistes 2007-2008.

Elle se rassit à son bureau pour le feuilleter. Chaque page était divisée en quatre, chaque quart présentant une photo et une bio d'un lobbyiste enregistré dans l'Etat de Californie.

C'était bien elle.

Tiffany Zaren.

Une femme aux cheveux blonds coupés court, lisses, aux yeux verts, vibrants, avec un doux sourire, étonnamment séduisant pour une photo en boîte.

Lara ne l'avait pas tout de suite reconnue parce que son visage était en partie masqué, bien sûr, mais aussi parce que leurs routes ne s'étaient croisées qu'en de rares occasions. Wyatt les avait présentées à une soirée de collecte de fonds. Il leur avait proposé de les ramener toutes les deux chez elles, et Lara avait accepté avec reconnaissance. Sa jambe blessée lui faisait mal, et elle était trop fière pour marcher avec une canne.

« Les femmes et les enfants d'abord ! » avait dit Bruce en poussant la lourde porte devant elles.

La lobbyiste avait rigolé.

Bonnie, la secrétaire de Lara, frappa à la porte, ouvrit et annonça tout bas :

— John Black, de la police de Sacramento, voudrait vous voir.

Lara leva les yeux. Elle n'en croyait pas ses oreilles.

— Black ? répéta-t-elle.

— Salut, Lara.

Bonnie s'effaça. Il passa devant elle avec un grand sourire. Elle referma la porte et le laissa seul avec Lara.

Il resta debout, et Lara se sentit vulnérable. Non seulement parce qu'elle était une femme, mais aussi parce que John était très grand et large d'épaules. Un inspecteur séduisant, dans le genre rugueux, avec qui elle avait couché plusieurs fois. On aurait pu dire qu'ils avaient eu une liaison.

— Ce coup-ci, tu ne pouvais pas m'éviter, hein ? dit-il.

Il se coula dans le fauteuil en face de son bureau et croisa les jambes.

Lara ravala une réplique cinglante, poussa l'annuaire des lobbyistes vers lui et tapota, du bout du doigt, la photo de Tiffany Zaren.

— Je pense que c'est ta victime.

John rapprocha l'annuaire et examina la photo.

— On dirait bien que tu as raison.

— J'ai raison.

Il garda l'annuaire.

— Il paraît que c'est toi qui as découvert le corps.

— Quelle chance, hein ?

— Comment ?

— Je l'ai senti.

— Le sénateur Wyatt a dit que tu avais cru sentir un rat crevé.

— J'ai dit que je croyais que c'était une bête crevée, mais je savais que ce n'était pas ça.

Elle n'avait pas besoin de développer.

— Alors tu as juste ouvert l'armoire ?

— Avec mon bon vieux couteau de l'armée suisse, dit-elle avec un demi-sourire, en agitant son couteau multilame. La lime est un outil précieux.

John eut un grand sourire. Putain, ce qu'il était sexy quand il souriait comme ça...

— Et qu'est-ce que tu as touché d'autre ?

— Le bureau de Wyatt, et probablement la table de conférence. La penderie. Je n'ai pas touché au cadavre, ni à rien de ce qui se trouvait dans l'armoire.

— Où était la clé ?

— Wyatt a dit qu'il avait remarqué sa disparition la semaine passée.

John écrivit quelque chose. Lara se pencha en avant.

— Alors, que se passe-t-il ?

— Je n'en suis pas encore sûr.

— Tu as remarqué la position du corps ?

— Que veux-tu dire ?

— Je veux parler de ses jambes. Elle avait les jambes cassées. Je pense que le corps a été déplacé.

— On n'en a pas la preuve...

Elle agita la main.

— Ecoute, je ne suis pas flic, mais j'ai vu suffisamment de cadavres dans ma vie pour savoir ce qui se passe quand on les déplace. La rigidité cadavérique s'était installée avant qu'on la fourre dans cette armoire. Alors la question est : où était-elle avant qu'on la mette dedans ?

Il ne répondit pas et lui demanda :

— Que sais-tu de Wyatt ?

— Bruce ? C'est un type bien, répondit-elle sans hésitation. Il a fait la première guerre du Golfe. C'est lui qui m'a convaincue de m'engager dans la politique, au départ.

— Et ça fait de lui un type bien ?

Elle éclata de rire. John faisait partie des rares personnes qui l'amusaient.

— Je le connais, John. Un crime ? Non. Il faudrait qu'il soit vraiment stupide pour tuer quelqu'un dans son bureau privé et enfermer le cadavre dans son placard.

— Il brigue un siège au Congrès.

— On est en Amérique. On ne peut pas éliminer la concurrence comme ça. Mentir, peut-être ; tuer quelqu'un, non.

— Il aurait pu la tuer dans la panique, et se débarrasser du cadavre par la suite.

— C'est ridicule.

— Les tueurs ne réfléchissent pas toujours, tu le sais aussi bien que moi.

Il nota quelque chose dans son calepin et demanda :

— Et les collaborateurs de Wyatt ?

— Je ne les connais pas vraiment, à part Rob Douglas, le bras droit de Bruce. Il me paraît plutôt bien.

Le portable de John sonna. Il prit la communication, dit deux mots et raccrocha.

— Allons identifier le corps.

— Moi ?

— Toi.

— Tu as la photo.

— Peut-être que je veux juste prolonger le plaisir de ta compagnie.

— Tu pouvais me téléphoner.

— Je l'ai fait. Tu ne m'as pas répondu.

Touché.

IV

John présenta Lara aux enquêteurs dans le bureau de Wyatt et inscrivit son nom sur le registre.

— Ne touche à rien, lui recommanda-t-il.

Elle enfila tout de même les gants en latex. Elle avait servi pendant six ans dans la police militaire avant de faire trois ans en Irak.

Le bureau de Wyatt avait été transformé en scène de crime. Le corps avait été sorti de l'armoire et étendu sur une bâche en plastique orange pour préserver les indices.

La victime était bien Tiffany Zaren, et la première chose que Lara remarqua, c'était que les marques de lividité étaient localisées sur le côté gauche.

— Elle a donc bien été déplacée, murmura-t-elle.

John se tourna vers le flic en tenue qui montait la garde à côté de la porte et lui tendit l'annuaire des lobbyistes.

— La victime est Tiffany Zaren. Trouvez son adresse, les coordonnées de son employeur, les gens avec qui elle travaillait, bref, tout le toutim. Appelez son bureau, demandez quand on l'a vue pour la dernière fois, si elle était mariée, si elle avait des enfants, des parents qui vivaient avec elle, un petit ami, un ex...

Lara l'interrompit :

— Elle est divorcée, sans enfants, et elle habitait un de ces nouveaux lofts du centre-ville, au coin de la 16ᵉ et de J Street. Elle était lobbyiste et elle travaillait pour le cabinet Nygrant, Prescott & Zaren. Ses gros clients étaient les casinos indiens.

John haussa un sourcil.

— Je pensais que tu ne la connaissais pas bien.

— On n'a bavardé qu'une ou deux fois. Mais j'ai de la mémoire.

John la regarda dans les yeux.

— Moi aussi.

Elle se retourna vers la victime, déconcertée, et détestant ça. Elle évitait John depuis deux mois. L'intensité de leur relation la déstabilisait, et elle s'était dit qu'un break s'imposait. Il ne savait jamais quand il fallait prendre un peu de large.

Et elle n'était pas sûre d'avoir envie qu'il le fasse.

— Vous avez raison, sénateur James, dit Simone Charles, la criminaliste. Elle est restée sur le côté gauche pendant au moins douze heures. Le légiste l'a confirmé, ajouta-t-elle en se tournant vers John. Et le déplacement a été effectué au cours d'un bref laps de temps : entre douze et vingt-quatre heures après sa mort. On n'a retrouvé ni ses papiers d'identité ni son sac à main. Ils n'étaient ni dans l'armoire ni dans le bureau. Et elle a perdu une jarretelle et une chaussure.

— Vous avez fini d'examiner ce bureau ? demanda John.

— Nous finissons de recueillir les indices, répondit Simone. Nous en avons encore pour quelques heures, puis nous étendrons les recherches au reste de l'étage.

— Je voudrais voir les bandes des caméras de sécurité, dit John. Et puis...

Le flic du CHIP l'interrompit :

— Inspecteur, il y a des dossiers confidentiels, ici...

— Oui, et un cadavre, aussi.

— Il y a cent vingt élus dans ce bâtiment, plus le bureau du gouverneur...

— Le corps de Mme Zaren a été déplacé. Nous ne savons pas si elle a été tuée dans cette pièce ou ailleurs dans le bâtiment. Ni même si elle a été tuée au-dehors, puis transportée à l'intérieur. Vous avez les cassettes de surveillance que je vous ai demandées ?

— Celles des dernières quarante-huit heures.

— Trouvez-moi toutes celles de la semaine écoulée, ordonna John, en parcourant le bureau du regard. Il n'y a pas de caméras, ici ?

— Pas dans les bureaux. La plupart des espaces publics sont couverts, les entrées, les ascenseurs. Il serait virtuellement impossible d'emprunter un couloir sans se retrouver sur une vidéo ou une autre.

— Et les procédures de sécurité à l'entrée du bâtiment ?

— Toutes les issues sont équipées de caméras, de détecteurs de métaux et d'appareils à rayons X. Le personnel et les visiteurs passent tous par là.

— Pas après les heures de bureau, intervint Lara. N'importe quel employé peut entrer en montrant son badge. Les élus peuvent éviter les détecteurs à rayons X ou entrer par le garage.

— Je veux les enregistrements de tous ceux qui sont entrés et sortis de ce bâtiment, des membres élus jusqu'au personnel d'entretien. Il y a des caméras dans le garage ?

— Oui.

— Je veux ces enregistrements aussi. Digitaux ?

Le CHIP secoua la tête.

— Analogiques.

— Vous les remettrez au sergent Smiley, ici présent, fit John en indiquant un flic à l'air bourru, à côté de la porte.

Les deux hommes quittèrent la pièce, et John se tourna vers Lara.

— Que peux-tu me dire d'autre au sujet de la victime ?

— Pas grand-chose. Elle allait à toutes les collectes de fonds, ce qui n'a rien d'étonnant pour une lobbyiste. Je t'ai dit qu'elle s'occupait des problèmes des casinos dans les réserves indiennes. Elle savait que je n'étais pas de son bord, alors je ne la voyais pas beaucoup.

— Inspecteur ? fit Simone en s'approchant. Le légiste apporte un chariot pour emmener le corps. Il m'a fait part de ses observations préliminaires.

— Et qu'est-ce que ça dit ?

— La victime a reçu un coup de poignard en pleine poitrine. L'arme n'a pas encore été retrouvée, mais il s'agit vraisemblablement d'un couteau à lame fine, non dentelée. Elle est morte depuis plus de soixante-douze heures et moins d'une semaine. Certains des plus petits muscles commençaient déjà à se détendre. Et elle a été déplacée une vingtaine d'heures après sa mort. Vingt-quatre heures, peut-être.

— Une journée complète ? Et l'odeur ? Comment se fait-il que personne ne l'ait remarquée plus tôt ?

— Le bâtiment est climatisé. Ce qui a ralenti la vitesse de dégradation. Et les odeurs sont restées confinées dans la penderie pendant un certain temps. Il faut plusieurs jours pour qu'un cadavre commence à sentir vraiment mauvais. La victime n'a pas été tuée dans cette pièce, ajouta Simone. Les seules traces de sang que nous avons trouvées étaient sèches.

— Si elle était morte depuis plus de trois jours, c'est normal, non ?

— Les taches de sang avaient commencé à s'écailler. Si elle avait été tuée ici, on aurait forcément retrouvé des traces de sang sur la moquette ou sur les meubles, même si on les avait nettoyés à fond. Si l'assassin avait essayé de les faire disparaître à l'eau de Javel, ou à l'aide d'un autre produit caustique, ça se verrait, or tout est impeccable. Mais il y a des écailles de sang séché tout autour de l'armoire et juste à l'intérieur de la porte.

— Si on avait transporté un cadavre depuis l'extérieur du bâtiment, quelqu'un l'aurait certainement remarqué, dit John. Vous êtes sûre qu'elle n'a pas été tuée dans cette pièce ?

Simone haussa les épaules, ajouta :

— Il y a aussi une marque étrange sur son dos.

La criminaliste fit rouler la victime sur le côté et souleva son chemisier de satin blanc. Sur la chair, on remarquait une sorte d'empreinte, un peu comme un timbre blanc, un rectangle parfait de cinq centimètres par sept ou huit. Il y avait apparemment des petites lettres à l'intérieur.

— Je n'arrive pas à distinguer les caractères, dit John.

— Comme les lividités se situent sur le flanc gauche, je pense qu'elle a eu le dos appuyé contre une espèce de plaque métallique pendant plusieurs heures. Je vais travailler là-dessus et je reviendrai vers vous dès que j'aurai quelque chose, mais jusque-là nous n'avons rien trouvé dans ce bureau ou dans les bureaux adjacents qui corresponde à cette forme et à cette taille.

Elle remit le corps sur le dos.

— La lame lui a percé le poumon, et elle s'est probablement étouffée, ou elle est morte d'une hémorragie péricardique. Il n'y a pas assez de sang ici pour qu'elle soit morte d'exsanguination. Mais regardez ses mains.

Simone souleva l'un des bras de la morte. Elle avait les mains couvertes de sang séché, et il y avait d'autres traces et marques sur ses bras, sa jupe et sa blouse.

— Elle a essayé de contenir l'hémorragie ?

— A moins qu'elle n'ait retiré le couteau elle-même, probablement choquée, ou estourbie. Ou bien encore l'assassin a retiré le couteau, et elle a crispé ses mains sur sa poitrine. Où qu'elle se soit fait tuer, on devrait retrouver des traces de sang.

— Je retourne dans mon bureau, dit Lara.

John lui jeta un coup d'œil par-dessus son épaule.

— Parfait. Je sais où te trouver.

V

John retourna parler à Wyatt. Deux hommes en costume impeccable discutaient avec le sénateur, qui avait le visage blême et l'air hagard.

— Je voudrais m'entretenir en privé avec le sénateur Wyatt, annonça John.

— C'est rudement embarrassant pour l'institution ! s'exclama l'un des hommes.

— Mais comment est-ce arrivé ? demanda Wyatt. Comment est-elle entrée dans mon bureau ?

John cornaqua les deux hommes vers la porte, la referma derrière eux et s'assit sur la table. Sa taille lui conférait un poids psychologique accru face à Wyatt, qui était assis. Il n'avait pas encore décidé si Wyatt était coupable ou non – Lara avait raison : il aurait fallu être complètement stupide pour planquer un cadavre dans son propre bureau. Mais Wyatt ne se comportait pas comme John se serait attendu à voir réagir un homme innocent.

— Vous connaissiez la victime, lâcha-t-il.

— Je viens de m'en rendre compte. Tiffany Zaren. Bien sûr que je la connais. Je défends l'une des principales propositions de loi d'un de ses clients.

— Un casino indien ?

— Oui.

— Une proposition de loi sujette à controverse ?

— Tout ce qui touche, de près ou de loin, aux casinos dans les réserves indiennes est sujet à controverse, répondit-il. Sa mort ne peut pas avoir de rapport avec ça.

— Alors avec quoi sa mort peut-elle être en rapport ?

— Je n'en sais rien. Je... je n'arrive pas à le croire.

— Quand avez-vous vu Mme Zaren pour la dernière fois ?

Wyatt ne répondit pas tout de suite, comme s'il réfléchissait. Mais John le soupçonnait de savoir exactement quand il avait vu la jolie lobbyiste pour la dernière fois, exactement comme il était sûr qu'il l'avait reconnue quand il avait vu son cadavre pour la première fois. Essayait-il de se protéger, ou de protéger quelqu'un d'autre ?

— Mercredi, à une collecte de fonds.

— Où ça ?

— Au Chops.

— Qui avait organisé l'événement ?

— Le parti majoritaire à la chambre.

— Il va me falloir la liste des invités.

— Ma secrétaire vous la donnera.

— Et Mme Zaren y était ?

— Oui.

— A quelle heure êtes-vous arrivé ?

— Dix-huit heures, dix-huit heures trente.

— Et vous êtes reparti à quelle heure ?

— Vingt heures. J'avais quelque chose, après. Un dîner.

— Avec qui ?

— Plusieurs personnes, dont un autre sénateur, deux membres de l'Assemblée et quelques gros donateurs. Et ma femme, Cindy. Ma secrétaire vous donnera tout ça.

— Où avait lieu ce dîner ?

— Chez Morton.

— Et vous n'avez plus revu Mme Zaren après avoir quitté le Chops, à huit heures ?

— Non.

— J'aurai besoin de toutes les informations que vous pourrez me communiquer concernant la loi sur laquelle vous travailliez ensemble.

— Pourquoi ?

— Les jeux sont un sujet sensible. C'est un bon point de départ.

Mais il y en aurait eu un encore meilleur, se dit John : trouver pourquoi Wyatt avait l'air tellement coupable si, comme le croyait Lara, il était innocent.

VI

Après avoir entendu les collègues de Tiffany chez Nygrant, Prescott & Zaren, sa boîte de lobbying, John se rendit chez elle. Sa voiture était garée à sa place, dans le parking en sous-sol, et il vérifia auprès du concierge qu'elle y était descendue pour la dernière fois à onze heures du soir, le lundi précédent. Ce qui confirmait la déclaration de Nygrant selon laquelle elle faisait généralement à pied les cinq pâtés de maisons qui la séparaient de leurs bureaux.

Quelque chose, dans tout ça, ennuyait John. Quand il les interrogeait à propos d'un éventuel petit ami, ou ex-petit ami, les hommes se tortillaient, mal à l'aise. Et Prescott avait répondu :

« Tiffany avait des relations avec plusieurs hommes.

— Lesquels ?

— Je ne peux pas vous le dire.

— Et pourquoi ça ?

— Parce que je n'en sais rien, en dehors de certaines rumeurs. L'an dernier, elle a eu une liaison très publique avec Kevin Andersen, le chef de l'opposition à l'Assemblée. Mais c'est fini. Il n'était pas marié, il n'y avait rien de scandaleux là-dedans, mais certains de nos clients ont eu l'impression que ça pouvait porter préjudice à leurs affaires. Et depuis, elle est sortie avec plusieurs autres hommes.

— Elle avait rompu avec Andersen ?

— Pour autant que je le sache. »

Cette séduisante lobbyiste avait donc de nombreuses relations. Quoi de plus naturel ? Et pourtant, John ne put s'empêcher de penser qu'il y avait peut-être quelque chose à creuser de ce côté-là.

Il n'y avait rien d'inhabituel dans son loft, dont la décoration aurait pu être qualifiée de minimaliste. Le courrier, sur son bureau, avait été ouvert, et ce qui devait être fait l'avait été. Rien ne traînait. Les relevés de banque montraient un solde positif. Pas excessif, mais ses dépenses n'excédaient pas ses revenus. Une femme d'ordre. Pas de journal ou d'agenda. Un ordinateur portable était posé sur son bureau. John appela Simone et lui demanda de venir le chercher, de même que son ordinateur professionnel, à son cabinet. Il aurait besoin d'aide pour y voir clair dans le volet « jeux d'argent » de l'affaire. Il avait lu un article, il y avait déjà un certain temps, selon lequel les casinos du Nevada ne voyaient pas d'un bon œil l'expansion des établissements de jeu indiens en Californie. Mais il ne voyait pas comment l'assassinat d'une lobbyiste pourrait favoriser l'une ou l'autre des parties en présence. A moins que le but ne soit de faire peser les soupçons sur Wyatt. Sauf que, si quelqu'un se sentait assez futé pour faire accuser quelqu'un d'autre, John doutait qu'il ait la bêtise de s'y prendre de cette manière. Ce scénario ne l'inspirait pas, et après avoir passé vingt ans dans la police, il avait appris à se fier à son instinct.

Bref, le temps de retourner au Capitole, il était dix-sept heures passées. Les experts de la police scientifique avaient fini, la victime avait été emmenée à la morgue et le bureau de Wyatt était toujours sous scellés. John passa voir ses hommes, qui visionnaient les vidéos de sécurité enregistrées dans la soirée du mercredi – la dernière fois où Tiffany avait été vue en vie. Jusque-là, ils n'avaient rien repéré de suspect. John aurait voulu interdire l'accès à tout le bâtiment historique, mais il se heurta à ses supérieurs, qui lui firent remarquer que, si elle avait été tuée ailleurs dans le bâtiment, la scène de crime avait déjà été contaminée et que le chef de la police n'allait sûrement pas se mettre tout le monde à dos en empêchant le personnel et les élus de venir au boulot.

Satanée politique ! Une femme était morte, et la seule préoccupation de son boss était d'éviter de foutre des politicards en rogne… !

John se rendit dans les locaux de Kevin Andersen, le chef de l'opposition à l'Assemblée – et accessoirement l'ex-petit ami de la victime –, en espérant qu'il n'arrivait pas trop tard pour discuter avec lui. Sa secrétaire l'introduisit aussitôt dans le bureau de son patron.

Ledit bureau, bien que situé hors du bâtiment historique, pas encombré par le mobilier d'époque et donc en principe dégagé de la pesanteur de l'histoire qui allait avec, était surchargé de diplômes et de récompenses. Les murs lambrissés disparaissaient sous les encadrements. Il n'y avait rien sur le bureau, en dehors d'une parure de stylos en argent qui faisait très grand effet, positionnée pile au centre, et d'une petite pile de dossiers dans un coin.

— Je n'en reviens pas.

Andersen était un fringant quadragénaire aux cheveux si bien coiffés qu'on aurait dit une perruque.

— Quand avez-vous vu Mme Zaren pour la dernière fois ?

— Je ne sais plus.

— A votre collecte de fonds, mercredi, exact ?

— Exact, mais elle est partie avant moi.

— Vous êtes restés longtemps ensemble ?

— Quel intérêt pour l'enquête ?

John le fixa du regard. Décidément, il détestait les politiciens, et il savait pourquoi.

— Huit mois, répondit Andersen.

— C'est elle qui a rompu ?

— Non, non. Nous avons mis fin à notre liaison d'un commun accord.

— Parce que ce n'était pas convenable, à cause de ses clients défenseurs des casinos ?

— Nous nous sommes séparés d'un commun accord, répéta-t-il.

— Vous savez si elle était avec quelqu'un ?

— Je ne la suivais pas à la trace.

Andersen le regardait droit dans les yeux. S'il mentait, alors c'était un excellent menteur. Et les bons menteurs étaient rares. D'un autre côté, il était sur son terrain.

— Où êtes-vous allé, après la collecte ?

— Chez moi.

— Tout seul ?

— Oui. C'est un interrogatoire ?

— Non, de simples questions.

John arbora son sourire le plus ingénu, mais Andersen n'était pas dupe.

— J'ai besoin d'un avocat ?

— Vous croyez en avoir besoin ?

Andersen se crispa, puis répondit avec raideur :

— Je suis rentré chez moi, seul, vers vingt-deux heures trente. Après la soirée de collecte, j'ai emmené mon équipe dîner, puis j'ai raccompagné deux des filles à leur parking. Je n'étais pas chaud à l'idée de laisser des femmes se balader seules la nuit dans les rues. Julia et Hilary. Vous pouvez vérifier auprès d'elles ; elles sont au bureau, aujourd'hui. Ensuite, je suis retourné à pied au Capitole, j'ai récupéré ma voiture et je suis parti. Entre-temps, je suis remonté rapidement dans mon bureau où j'avais quelque chose à prendre, mais je n'y suis pas resté longtemps.

— Où était garée votre voiture ?

— Dans le sous-sol du Capitole.

— Quelqu'un vous a vu ?

— Probablement. Mais qui ? Ça…

— Bien. Je vous remercie.

John retrouva ses hommes en train de regarder les vidéos de surveillance dans les locaux de la police de la route, au rez-de-chaussée de l'annexe, de l'autre côté du bureau du gouverneur.

— Il est plus de six heures, dit-il. Je vais retourner au QG, rédiger mon rapport. Je veux quelqu'un dans le bureau de Wyatt toute la nuit, et si vous voyez quelque chose sur les bandes, appelez-moi. Je voudrais la liste de tous ceux qui sont entrés et sortis du bâtiment, avec les heures.

Il s'apprêtait à ressortir lorsqu'il repéra une silhouette familière sur un des écrans de la vidéosurveillance.

— C'est du direct ? demanda-t–il.

— Oui, répondit le chef. Ce sont les images prises par toutes les caméras. Certaines sont fixes ; d'autres pivotent toutes les cinq secondes.

Que faisait Lara James à regarder la caméra ?

— Où c'est, ça ? demanda-t-il en tapotant l'écran.

— Deuxième étage de l'annexe. Devant la principale batterie d'ascenseurs.

Que pouvait-elle bien fabriquer ?

John sortit, trouva la caméra… mais Lara n'était plus là.

VII

Au premier abord, la surveillance des bâtiments du Capitole paraissait assez rigoureuse. Les visiteurs et le personnel entrants passaient par des détecteurs de métaux, et leurs affaires étaient scannées aux rayons X. Toutes les zones publiques du bâtiment étaient gardées par la police de la route californienne, et la couverture vidéo était extensive. Des caméras envoyaient dans le bureau des CHIP les images en direct, qui étaient enregistrées sur bandes. C'étaient ces mêmes flics qui surveillaient les caméras, faisaient des rondes dans les couloirs après les heures de fermeture et restaient postés à des positions stratégiques au rez-de-chaussée.

Et pourtant, malgré toutes ces précautions, il y avait un gigantesque trou dans la surveillance vidéo. Les niveaux ouverts au public étaient bien couverts, mais dans les étages, où les élus et leurs équipes travaillaient, il y avait moins de caméras. Et dans le bâtiment historique, où le corps de Tiffany Zaren avait été retrouvé, à partir du premier étage, les seuls éléments de sécurité étaient des caméras braquées sur les ascenseurs.

Ce que l'experte de la police scientifique avait dit à John ennuyait Lara. Alors comme ça, quelqu'un avait dissimulé le cadavre dans la penderie de Wyatt. Mais pourquoi ? Par commodité ? Pour le piéger ? Les deux, peut-être. Mais surtout, plus important, comment ? Lara arpentait donc l'annexe et le bâtiment historique, des sous-sols au dernier étage, dans l'espoir de trouver un chemin par où il serait possible d'éviter de se trouver dans le champ des caméras de sécurité.

Elle arriva à la conclusion surprenante que quelqu'un connaissant bien le bâtiment pourrait se faufiler à peu près n'importe où au-dessus du rez-de-chaussée dans le bâtiment historique – et certaines zones de l'annexe adjacente – en échappant à toutes les caméras.

— Qu'est-ce que tu fabriques ?

Elle fit volte-face. John Black !

Il haussa le sourcil.

— Je jetais un coup d'œil aux vidéos dans le bureau des CHIP quand je t'ai vue regarder l'une des caméras, l'air plongée dans tes pensées. Et je t'ai suivie jusque-là. J'imagine que tu retournes dans ta petite tête futée des idées en rapport avec mon affaire. Tu veux bien me raconter ?

— Evidemment ! répondit-elle.

Le voyant commencer à gravir l'escalier, elle ravala sa honte et demanda :

— On ne pourrait pas plutôt prendre l'ascenseur ?

John esquissa un froncement de sourcils préoccupé, mais il se contenta de répondre :

— Bien sûr.

Elle poussa un soupir, soulagée qu'il ne fasse pas d'autre commentaire. Elle avait déjà beaucoup trop marché, aujourd'hui. Elle supportait mal d'avoir une mauvaise jambe. Elle supportait mal d'avoir dû renoncer à sa carrière dans l'armée. Elle supportait mal de vivre en ayant tout le temps mal.

Lara partagea avec lui ses constatations à propos des caméras de surveillance et conclut en disant :

— Tout ça me fait penser que le meurtre de Zaren était prémédité. A moins que les caméras n'aient repéré quelque chose qui n'aurait pas paru bizarre aux agents de sécurité qui surveillaient la banque de moniteurs. Par exemple quelqu'un qui n'éveillerait pas les soupçons.

Un membre du personnel, ou un élu.

— Mais pourquoi quelqu'un l'aurait-il fait venir ici pour la tuer et pour planquer son cadavre dans le bureau de Wyatt ? demanda John.

— La police scientifique n'a pas découvert où elle a été tuée ?

— Pas encore. Mais ça s'est forcément passé dans le bâtiment. Même s'il était possible de ramener son cadavre à l'intérieur, je ne vois pas pourquoi quelqu'un aurait fait une chose pareille.

— Pour piéger Bruce ? Pour prouver que c'était possible ? Ces temps derniers, des individus désireux d'attirer sur eux l'attention des politiques ou des médias se sont livrés à des cascades assez dingues dans le coin.

— De là à commettre un meurtre ?

Lara n'avait pas de réponse à cette question.

Ils sortirent de l'ascenseur au sixième. La plupart des gens étaient rentrés chez eux, mais il restait quelques traînards. Tout en conduisant John par le couloir qui menait à la partie historique du Capitole, Lara poursuivit ses réflexions à voix basse :

— Quelqu'un voulait compromettre Bruce Wyatt.

— C'est peut-être lui qui l'a tuée.

Elle secoua la tête.

— Ça, je n'y crois pas. Il n'est pas assez bête.

— Peut-être qu'il espère que c'est ce qu'on pensera.

Lara ne dit rien, et John poursuivit :

— Je sais que c'est ton ami, mais tu sais aussi bien que moi qu'on ne sait pas toujours tout sur les gens qu'on croit connaître.

John se frotta les tempes.

— Mal à la tête ? demanda-t-elle.

— J'ai sauté le déjeuner.

— On devrait manger un morceau, lança Lara, sans réfléchir.

— « On » ? releva John avec un sourire. Mmm, pour moi, on dirait un rencard.

— Je veux dire…

— Ah, trop tard. Je te retiens à dîner.

Ils se retrouvèrent au troisième étage du bâtiment historique.

— Cet endroit est un véritable labyrinthe, dit John. Je ne sais pas comment les gens font pour s'y retrouver. Le passage qu'on vient d'emprunter était sur le toit ?

— Oui, le toit du Capitole d'origine, acquiesça Lara. Un petit groupe de manifestants a réussi à franchir la porte de service, il y a quelques années, et ils ont tendu des calicots sur la façade. Maintenant, il y a une alarme et des caméras de sécurité à la porte.

John jeta un coup d'œil autour de lui : ils étaient devant le monte-charge.

— Il n'y a pas de caméra ici, remarqua-t-il.

Il appuya sur le bouton et entra dans la cabine. Lara le suivit en se demandant ce qu'il avait en tête.

— Il n'y a pas de caméras dans les escaliers du bâtiment historique. Il n'y en a que dans les ascenseurs publics, dit-elle. J'y ai réfléchi toute la journée, et pour moi, Tiffany a dû se faire tuer du côté historique. L'annexe est beaucoup mieux sécurisée. On ne peut pas prendre un couloir sans être dans le champ d'une caméra. Et comme des membres du personnel et des sénateurs vont et viennent à toute heure du jour et de la nuit, le tueur a dû vouloir se cacher, non ?

— Sauf s'il avait une bonne raison d'être là, répondit John.

Les portes du monte-charge s'ouvrirent. Lara indiqua la porte de droite, qui donnait sur l'escalier.

— Tu vois ? Pas de caméras de sécurité.

Elle ouvrit la porte et ajouta, avec un geste démonstratif :

— Et pas un chat.

Elle parcourut le palier du regard, fronça les sourcils.

— Que se passe-t-il ? demanda John.

Elle ne répondit pas et s'approcha, de l'autre côté du palier, d'une porte exactement semblable à celle qu'elle empruntait souvent pour aller dans le bâtiment du Sénat. Elle s'attendait à la trouver fermée à clé, mais elle s'ouvrit.

— Je viens rarement du côté de l'Assemblée, mais dans l'escalier du Sénat, il y a une porte identique à celle-ci. Je pense qu'elles communiquent.

Il faisait noir dans le couloir, et Lara ne réussit pas à trouver un interrupteur, mais un rai de lumière filtrait sous une porte, à une dizaine de mètres de là. Les murs étaient couverts d'étagères sur lesquelles étaient rangées des fournitures – papier hygiénique, couvertures de sièges de toilettes et autres. Un cagibi réservé au personnel d'entretien ?

— Lara ?

Tout à coup, l'éclairage fluorescent s'alluma. John avait trouvé le bouton.

— Ça mène directement du côté du Sénat, dit-elle. J'ignorais l'existence de ce passage. Je pensais que le seul moyen d'aller du côté du Sénat, depuis ce bâtiment, c'était d'entrer par-devant, avec ces escaliers d'apparat et tous ces portraits de gouverneurs. Très visible. Alors que ça...

— Oui. Sans compter qu'il n'y a aucune surveillance de ce côté, et pas beaucoup de monde.

— Il n'y a que quatre bureaux législatifs, quelques pièces à la disposition des états-majors et des comités, mais la plupart des gens travaillent dans l'annexe.

— Et la nuit ?

— Personne. A moins qu'ils ne soient en retard pour voter le budget. On connaît l'heure de la mort ?

— D'après Simone, plus de soixante-douze heures. J'en saurai davantage après l'autopsie, demain. Je vais lui dire de faire examiner ce couloir par son équipe.

— Si personne ne l'a vue jeudi, il est logique de penser qu'elle a été tuée dans la nuit de mercredi, non ?

John acquiesça. Il s'avança dans le couloir, enfila un gant et tourna la poignée de la porte... qui s'ouvrit.

— Elle était verrouillée, de l'autre côté.

— Tu as déjà essayé ?

— Simple curiosité...

Il referma la porte et se tourna vers elle.

— Tu as toujours été une petite curieuse, hein ?

— C'est un problème ?

Il secoua la tête, les dents serrées, les yeux habités par une lueur qui mettait des papillons dans le cœur de Lara.

— J'ai appris quelque chose, au cours des derniers mois, dit-il.

— Quoi donc ?

Il fit un pas un avant, et elle dut lever les yeux pour le regarder. Elle était assez grande, mais à côté de lui elle se sentait très petite et très féminine.

— Les sentiments que j'ai pour toi n'ont jamais changé, poursuivit-il, mais te revoir comme ça, là, devant moi, les a ravivés. Je n'aurais pas dû te rappeler. J'aurais dû aller te chercher à ton bureau, et refuser de partir tant que tu n'aurais pas accepté de venir vivre avec moi.

— John...

Il l'embrassa. Pendant un long moment, elle se sentit envahie d'un vide bienheureux, tout son corps se concentra sur la bouche de cet homme. Elle essaya de protester, de lui dire qu'elle n'éprouvait pas les mêmes sentiments.

Mais ç'aurait été un mensonge.

John recula un tout petit peu, un immense sourire sur le visage.

— Moi aussi, je t'aime. Bon, allons dîner.

Il ouvrit la porte.

VIII

John apprit plusieurs choses au cours de l'autopsie, ce mardi matin-là. On situait le moment de la mort au mercredi soir, entre vingt-deux heures et deux heures du matin. Tiffany Zaren avait succombé à une hémorragie interne provoquée par un coup de couteau – vraisemblablement un coupe-papier – qui lui avait percé le cœur et le poumon.

Et elle avait eu des relations sexuelles moins d'une heure avant sa mort.

Des échantillons d'ADN avaient été prélevés et envoyés au labo, mais John avait eu beau leur mettre la pression, ils n'auraient pas de résultats exploitables avant deux semaines. Et s'il n'avait pas de quoi procéder à une inculpation, il ne pourrait pas obliger un suspect à fournir un échantillon de son ADN. D'un autre côté, l'information serait utile lors de son prochain entretien avec le sénateur Bruce Wyatt, et tous ceux qui s'étaient trouvés dans le bâtiment après neuf heures du soir, ce mercredi-là.

John regagna le Capitole avec ces nouvelles. Le gars qui visionnait les bandes vidéo de la sécurité l'appela sur son portable et lui dit :

— J'ai la liste de tous ceux qui sont entrés au Capitole ou en sont sortis entre vingt heures mercredi soir et quatre heures du matin, jeudi.

— On se retrouve dans le bureau du sénateur James.

Lara était à son bureau, radieuse. Ou du moins, il se dit qu'elle devait l'être après la nuit qu'ils avaient passée ensemble. Cette fois, il ne la lâcherait plus. Ce coup-ci, c'était pour de bon. Et son attitude lui disait qu'elle le croyait enfin. Lara ne se fiait pas à grand monde, et John se sentait honoré de mériter sa confiance.

— J'ai... commença-t-il.

Il fut interrompu par la sonnerie de son portable. Cindy Wyatt, la femme du sénateur.

— Vous m'avez laissé un message hier, dit-elle. Je suis désolée de ne pas vous avoir rappelé tout de suite. Je suis rentrée trop tard. Bruce m'a dit, pour cette pauvre femme.

— Je vous appelais pour vérifier quelque chose. Vous avez bien dîné au Morton Steakhouse, mercredi soir ?

— Avec mon mari, ses collègues et leurs femmes.

— A quelle heure êtes-vous partis ?

— Je n'en sais trop rien. Il devait être dix heures, dix heures et demie.

— Vous êtes rentrés directement chez vous ?

— Oui. Nous sommes rentrés tout droit chez nous. Nous habitons au bord du fleuve. Et puis, le jeudi après-midi, nous sommes partis pour notre maison de Shasta.

— Et vous êtes restés chez vous toute la soirée, votre mari et vous ?

— Oui.

Quand il raccrocha, Lara lui dit :

— Tu vérifiais l'alibi de Bruce ?

— On a trouvé un cadavre dans son bureau. Il faut bien que je vérifie son emploi du temps et celui de tous les membres de son équipe, par principe. D'après sa femme, il est resté chez lui toute la nuit, dit-il en tapotant sur son bloc avec son stylo. Mais les femmes sont menteuses, c'est bien connu.

Il nota de vérifier la déclaration de Cindy Wyatt.

— Et à part ça, qu'est-ce que tu fais ici ?

— Tu me manquais.

La voyant rougir, il eut un sourire.

— Sérieusement, je cherchais un coin pour parler avec mes gars. Ça ne t'ennuie pas, j'espère ? J'ai l'impression que c'est l'endroit le plus sûr du Capitole, loin de toute controverse et de ces fouille-merde de journalistes.

— Ça me va parfaitement. J'ai quelque chose à faire. Je reviens.

John la regarda sortir. Il y avait un malaise. John l'aurait bien suivie pour en savoir plus, si Smiley, l'un de ses enquêteurs, n'était pas arrivé juste à ce moment pour lui faire son rapport sur les cassettes de surveillance qu'il avait visionnées.

— Huit membres de l'assemblée législative sont entrés dans le garage après vingt heures, mercredi soir, annonça-t-il. Et trois membres du personnel. Les employés utilisent leur badge pour entrer, pas pour sortir, mais nous les avons identifiés sur les bandes quand ils sont repartis.

— Quelqu'un aurait pu entrer pendant les heures d'ouverture au public et se cacher dans le bâtiment, nota John.

Il jeta un coup d'œil à la liste des employés. Un nom lui sauta aux yeux : Robert Douglas, chef de cabinet de Wyatt. Il était entré à vingt et une heures cinquante et ressorti une heure plus tard.

— J'ai retapissé Tiffany Zaren, ajouta Smiley. Elle est entrée dans le bâtiment à vingt-deux heures quarante, avec le sénateur Wyatt. Elle n'est jamais repartie. Et Wyatt est sorti du garage à vingt-trois heures trente-cinq.

— Je veux voir ces bandes.

Douglas était dans le bâtiment en même temps que Wyatt et Zaren.

— Tu m'avais demandé de vérifier les allées et venues de Kevin Andersen, le membre de l'Assemblée. Eh bien, il est entré à vingt-deux heures trente, comme il l'avait dit.

— Et à quelle heure est-il reparti ?

— Il n'est pas reparti. Du moins, pas par le garage.

— Trouve par où il est ressorti, et à quel moment. Il faut que je revoie Wyatt.

D'abord Wyatt avait menti, et puis Andersen. Et pourquoi ?

IX

Lara serra les poings. Elle était plantée devant Bruce Wyatt, dans son bureau provisoire, à l'étage en dessous de la scène de crime.

— Tu as dit à Cindy de mentir pour te fabriquer un alibi !

— Hein ? Quoi ?

Wyatt avait l'air de tomber des nues.

— J'ai appelé chez vous, mercredi soir, vers onze heures. Cindy m'a dit que tu étais sorti. Et elle a raconté à la police que tu étais à la maison. Tu n'es qu'un salaud !

— Je ne vois pas ce que...

— Tu avais une liaison avec Tiffany Zaren ?

— Je... non... Pas comme...

Elle comprit tout de suite, en l'entendant bafouiller, qu'il était coupable ; il avait trompé sa femme, et Cindy le couvrait. Mais pourquoi ? Par amour pour lui ? Comment pouvait-elle aimer un homme qui bafouait les liens sacrés du mariage ? Et comment Lara pourrait-elle respecter un homme qui trompait sa femme, qui lui mentait, et qui était peut-être un meurtrier ?

— C'est toi qui l'as tuée.

— Non, ce n'est pas moi. Je te le jure, Lara, ce n'est pas moi qui l'ai tuée. D'accord, on avait une liaison. Mais rien de sérieux. Ce n'était qu'une aventure...

Lara se sentit trahie. Elle comprenait toujours son point de vue, même quand ils n'étaient pas d'accord sur la politique à suivre. Elle le respectait plus que n'importe qui au monde. Plus que son père, plus que ses chefs à l'armée. Bruce Wyatt était pour elle une sorte de frère aîné, en plus sage. Un mentor.

Maintenant, ce n'était plus qu'un tricheur. Comment pourrait-elle croire encore un seul mot de ce qu'il lui disait ?

— Il faut que tu le dises à la police.

— Non, je...

— Mais qu'est-ce que tu crois, Bruce ? Merde, à la fin ! Ils ne sont pas stupides. Avec la vidéosurveillance, ils vont bien voir que vous êtes arrivés ensemble !

Le visage de l'homme se rembrunit.

— Je n'avais pas pensé à ça...

— Tu peux me la répéter, celle-là ?

Si Bruce avait la bêtise de croire qu'il pouvait entretenir une liaison sans se faire pincer, il était peut-être assez bête pour croire qu'il pouvait fourrer son cadavre dans une armoire et s'en sortir.

— Ce n'est pas ce que tu crois.

— Quel cliché ! Tu n'as aucune idée de ce que je crois !

— Ce n'est pas moi qui ai tué Tiffany, murmura-t-il.

— Je vais raconter ma conversation avec Cindy à la police. Je ne mentirai pas pour toi, Bruce.

C'est alors que John entra dans le bureau.

— Bon. Si on reprenait depuis le début ?

Il ne jeta pas un regard à Lara, et elle se rendit compte qu'elle aurait dû aller le trouver d'abord. Mais elle était aveuglée par la rage. Elle en voulait à Wyatt, et elle s'en voulait à elle-même de son aveuglement.

Wyatt parut soudain vieilli, défait. Un homme à terre.

— Tiffany était ma maîtresse. Nous sommes revenus ici après dîner. J'ai dit à Cindy que j'avais des papiers à récupérer. Nous étions venus à deux voitures. Nous n'avons jamais, euh, « été » dans mon bureau, Tiff et moi. Elle est partie vers onze heures et demie. Elle a dit qu'elle ne voulait pas qu'on nous voie ensemble. Je lui ai proposé de la ramener chez elle, mais elle... elle m'a dit que ce n'était pas la peine. Je suis parti juste après elle, je suis descendu au garage. Comment aurais-je pu imaginer que... J'ai essayé de la rappeler jeudi, avant de quitter la ville, mais elle n'a pas répondu.

— Vous m'avez menti. Vous pensiez qu'on ne vous verrait pas avec la victime, sur les enregistrements des caméras de surveillance ?

— Je ne pensais pas que quelqu'un aurait une raison de les regarder !

— Même après son meurtre ? intervint Lara. A quoi pensais-tu ?

Il semblait complètement décontenancé.

— Eh bien, je pensais qu'on l'aurait vue en train de parler à quelqu'un d'autre, après m'avoir quitté, et que ça prouverait que je n'étais pas le dernier à l'avoir vue.

— Tu aurais dû dire la vérité depuis le début, fit Lara, écœurée.

Elle regarda John répondre à un appel sur son portable. Une minute plus tard, il dit à Bruce :

— On a retrouvé l'arme du crime. Un coupe-papier. Sous le tiroir du milieu de votre bureau, la jarretelle manquante de Tiffany enroulée autour.

X

Wyatt demanda un avocat. Il déclara ne pas reconnaître le coupe-papier en argent, point final.

John eut beau le pousser dans ses derniers retranchements, il fut bien obligé de le laisser repartir. Il n'avait rien contre lui ; que des présomptions. Il n'y avait pas d'empreintes sur le coupe-papier, et il ne pouvait dire ni où ni comment Wyatt aurait tué Tiffany, ni pourquoi il aurait déplacé son corps au bout de vingt-quatre heures pour le cacher dans son bureau. On le voyait sur les bandes vidéo en train d'utiliser l'ascenseur cinq minutes après que Tiffany eut pris l'escalier, et il avait quitté le bâtiment par le sous-sol peu après.

John voulait bien croire à la possibilité d'un crime passionnel. Il voulait bien croire que Wyatt avait paniqué et dissimulé le corps de sa victime dans sa penderie, mais l'arme du crime ? Il n'arrivait pas à gober que le sénateur l'ait mise sous un de ses tiroirs.

Mais quelqu'un qui avait accès à son bureau... c'était une autre histoire.

John retrouva Robert Douglas, le chef de cabinet de Wyatt, dans le bureau des CHIP. Il n'avait pas l'intention de tourner autour du pot avec lui.

— Vous étiez dans le bâtiment, mercredi, en fin de soirée, commença John.

— J'étais revenu prendre des papiers, acquiesça Douglas.

— A quel moment ?

— Vers dix heures. Après la collecte de fonds. Pourquoi ?

John ignora sa question.

— A quelle heure êtes-vous parti ?

— Ça, je n'en sais rien. Je ne suis pas resté très longtemps.

Il détourna le regard. Ce type était un mauvais menteur.

— Vous avez vu le sénateur Wyatt, à un moment donné, mercredi soir ?

— Au Chops, pour une collecte de fonds.

— Et... ?

— Et quoi ?

— Et c'est tout ?

— Je ne comprends pas.

John flanqua un coup de poing sur la table.

— Bien sûr que vous comprenez ! Bon, je vais vous reposer la question autrement. Quand vous étiez dans le bâtiment, entre neuf heures cinquante et dix heures cinquante-cinq, mercredi soir, avez-vous vu ou entendu le sénateur Wyatt ? Lui avez-vous parlé ou saviez-vous qu'il était dans le bâtiment ?

— Oui.

— Etait-il seul ?

— Non.

— Qui était avec lui ?

— Je n'en sais rien.

— Si vous essayez de protéger votre patron, vous vous y prenez très mal. Crachez le morceau, ou je vous fais inculper de complicité.

Douglas blêmit.

— J'étais dans mon bureau, en train de travailler. Je travaille souvent, le soir, quand c'est plus calme. J'ai entendu du bruit dans son bureau, et j'ai trouvé ça bizarre, parce que le personnel d'entretien est parti depuis longtemps, à cette heure-là. J'ai ouvert la porte et...

— Et quoi ?

— Bruce était avec quelqu'un. Une femme. Je n'ai pas vu son visage. Il était assis dans son fauteuil, et elle, elle était sous son bureau, et...

— D'accord. Je vois le tableau. Et vous ne l'avez pas reconnue ?

— Je n'ai vu que des cheveux blonds.

— Et il ne vous est pas venu à l'idée de nous en parler quand nous avons trouvé une blonde morte ?

— Je... Non.

— Wyatt vous a vu ?

— Oui. Mais je suis reparti aussitôt.

— Et après ?

— Le lendemain il est venu dans mon bureau, et il a tourné ça à la blague.

John sortit l'as qu'il avait dans sa manche. Il avait lu le dossier personnel de Douglas. La page du dessus était une copie d'une demande d'augmentation présentée au Comité des règles du Sénat.

— Le jeudi, le sénateur a approuvé votre demande d'augmentation. Une augmentation substantielle.

Douglas ne dit rien.

— Qu'achetait-il ? Votre silence sur sa liaison, ou sur son meurtre ?

— Sa liaison, chuchota Douglas.

Il s'éclaircit la gorge.

— Je vous jure que Bruce n'avait pas l'air de... Il ne se comportait pas comme un meurtrier. Nous avons eu une réunion d'état-major dans son bureau, après son départ, jeudi après-midi, et il avait l'air absolument normal.

Il se redressa, comme s'il essayait de plaire à un professeur sévère.

— D'ailleurs, Kris, la programmatrice, a ouvert la penderie pour y mettre les chaussures de Bruce. Il a une paire de rechange et elle les avait descendues pour les faire cirer. Je vous le jure. Demandez-lui.

En une phrase, Robert Douglas avait réussi à disculper son patron, à se mettre hors d'affaire et à produire un nouveau témoin.

A moins que la substantielle augmentation de ses émoluments ne soit justifiée par le déplacement du cadavre le jeudi soir, et que Douglas ne soit beaucoup plus rusé qu'il n'en avait l'air.

— A quelle heure êtes-vous parti, jeudi ?

— Cinq heures et demie, à peu près.

— Vous êtes revenu ici à un moment quelconque jeudi soir, ou tôt, le vendredi matin ?

— Non. J'ai pris mon vendredi. Je pensais que je... je pensais que je ne l'avais pas volé.

Il regarda ses mains.

Ce qui amena John à se demander qui avait bien pu vouloir la mort de Tiffany Zaren. Et pourquoi vouloir faire porter le chapeau au sénateur Wyatt ?

Après le départ de Douglas, John visionna à nouveau les bandes. Smiley avait marqué tous les passages clés.

— L'endroit était une vraie fourmilière entre vingt et une heures et vingt-deux heures, dit le policier. Mais après vingt-trois heures, les seules personnes présentes dans le bâtiment, en dehors du personnel de sécurité, étaient Wyatt, la victime et Andersen, le membre de l'Assemblée. J'ai retracé leurs déplacements, poursuivit Smiley, et la déclaration de Wyatt tient le coup. Regarde, là : Zaren quitte le bureau de Wyatt.

— C'est ce que tu m'as dit au téléphone, mais je ne vois rien.

— Là, répéta Smiley.

Il appuya sur « pause ». Un bras entra dans le cadre de l'image. Il fit avancer la bande au ralenti, et Tiffany apparut fugitivement pour disparaître, deux images plus tard.

— D'après l'ombre, elle a dû prendre l'escalier.

— L'escalier ? Pour aller où ?

— Sais pas. Elle n'apparaît sur aucune autre caméra, mais les escaliers de l'ancien bâtiment ne sont pas monitorés.

John se rappela sa traversée des deux sections du Capitole avec Lara.

— Et Andersen ?

— Il est passé rapidement dans son bureau, entre vingt-deux heures trente et vingt-deux heures cinquante. Il était au téléphone avec quelqu'un quand il est entré. Et puis il est ressorti et il a pris l'ascenseur qui mène au garage.

— Je croyais t'avoir entendu dire qu'Andersen n'était pas reparti par le garage…

— Exact. Il n'est pas sorti par là. On le voit repartir par l'entrée nord à minuit dix.

Où donc, dans le bâtiment, Kevin Andersen était-il resté plus d'une heure ?

— Smiley, tu vas repasser les bandes de jeudi, fit John. De huit heures du soir, jusqu'à vendredi, six heures du matin. Et tu vas me faire la liste de tous ceux qui entrent et sortent du bâtiment.

XI

Lara était furieuse contre Wyatt, et contre elle-même, mais elle ne le croyait pas capable de meurtre.

Elle refit le chemin qu'elle avait parcouru avec John, la veille, et se retrouva dans le même couloir de l'Assemblée, au troisième étage du bâtiment historique où ils avaient pris le monte-charge et découvert le passage vers le côté du Sénat. Un long couloir étroit, incurvé, menait à trois salles du comité différentes. Elle n'était jamais entrée dans aucune d'elles. Les portes étaient fermées à clé. Elle envisagea de forcer la serrure, puis elle se ravisa. Elle allait appeler John et lui demander si la police scientifique avait étendu les recherches d'indices du côté de l'Assemblée.

Elle tourna au coin de la salle du comité numéro 437, et manqua se cogner dans un meuble bas qui obstruait à moitié le couloir étroit. Il n'y avait aucun meuble dans les couloirs qu'elle avait explorés. Elle s'assit dessus pour soulager sa jambe blessée, dérangeant une mouche qui bourdonna autour de sa tête.

Elle se frotta les yeux. Elle était plus déçue qu'autre chose. Mais qu'est-ce qui lui avait pris d'entrer en politique ? ! Son mentor et ami se révélait être un mari infidèle, les lois qu'elle défendait mordicus étaient impitoyablement laminées en comité, et rien n'avançait jamais comme il aurait fallu.

Peut-être qu'elle devrait essayer de prendre les choses moins à cœur ? John était revenu dans sa vie, et elle ne se voyait pas l'envoyer promener, cette fois. Elle eut un sourire en repensant à la nuit précédente et se demanda l'effet que ça ferait de laisser quelqu'un entrer complètement dans son cœur et dans sa vie.

Sa jambe la faisait toujours souffrir, et Lara accepta l'idée de prendre un comprimé analgésique pour tenir le coup jusqu'à la fin de la journée. Quand elle se laissa glisser en bas du meuble, elle fit s'envoler trois autres mouches.

Que faisaient des mouches ici, dans un bâtiment climatisé ?

Elle s'accroupit devant le meuble, faisant porter son poids sur sa bonne jambe, prit un mouchoir en papier et ouvrit les portes en les tenant par le bas.

L'odeur de la mort la fit suffoquer, bien qu'il n'y ait plus de cadavre dans le meuble. Mais il y en avait eu un – le fond du meuble était couvert de sang séché. Sur le panneau du fond se trouvait une plaque métallique, rectangulaire, sur laquelle était gravé le nom du fabricant : *SAMPSON FURNITURE COMPANY.*

En dehors du souvenir de la mort, il n'y avait qu'une chose à l'intérieur du meuble. Une chaussure à talon aiguille rouge vif.

Lara appela John.

XII

Elle attendit, seule, dans son bureau, pendant que John et les experts de la police scientifique s'affairaient dans la pièce 437. Elle leur avait montré les indices, et ils avaient aussitôt commencé à fouiller tout l'étage. Ils avaient découvert des traces de sang dans la salle du comité qui n'était pas fermée à clé, et qui se trouvait tout près du meuble. C'était donc là que Tiffany avait été assassinée, avant d'être fourrée dans le meuble, où la rigidité cadavérique s'était installée. Le tueur avait dû rompre la rigidité pour la déplacer la nuit suivante, et la mettre dans la penderie de Wyatt.

John ne s'attarda pas, mais il prit tout de même le temps de lui dire que l'alibi de Wyatt tenait le coup, apparemment, et que d'après les bandes de la vidéosurveillance il n'avait pas pu tuer Tiffany Zaren, à moins qu'une gigantesque conspiration n'ait été montée pour le protéger. Ce dont Lara et John doutaient. On ne pouvait pas garder longtemps un secret dans cette bâtisse.

Si Wyatt n'était pas coupable, qui avait tué la lobbyiste ? Lara était perplexe. C'était important pour la justice, mais pour elle, est-ce que ça avait vraiment de l'importance ? Bruce lui avait menti. Tout ce en quoi elle croyait était… parti en fumée.

Tout, sauf le solide et fiable John Black.

Kevin Andersen, le leader de l'opposition à l'Assemblée, entra dans son bureau.

— Vous avez une minute ? lui demanda-t-il.

— Plusieurs, même, répondit-elle.

Il s'assit et se cala contre le dossier de son fauteuil.

— J'ai appris que Bruce avait été arrêté.

— Vous avez mal entendu.

— Ah bon ?

Il était donc venu lui tirer les vers du nez. Cette sacrée politique... Andersen et Wyatt étaient rivaux depuis le lycée. Wyatt avait battu Andersen la première fois qu'ils avaient brigué le même siège. Et voilà qu'ils se tiraient à nouveau la bourre, pour le Congrès, ce coup-ci. Cette tragédie devait le faire jubiler.

— Que voulez-vous, Kevin ?

— Mais rien, rien du tout, fit-il en levant les mains. Je voulais juste discuter avec vous de... des événements, c'est tout.

— Une femme est morte, Bruce est tombé de son piédestal, et vous, vous buvez du petit-lait, hein ? Vous êtes vraiment un connard !

L'expression d'Andersen se durcit.

— Il couchait avec une lobbyiste. Ce n'est pas un crime. Mais le meurtre, si.

Comment Andersen était-il au courant de leur aventure ? La nouvelle avait-elle filtré si vite que ça ? D'un autre côté, elle n'en était qu'à moitié surprise.

— Je ne crois pas une seconde que Bruce l'ait tuée. Je ne sais pas ce qui s'est passé. Je sais seulement que la police explore tous les scénarios possibles.

— Aucune importance. Ils n'arriveront peut-être pas à prouver que Wyatt l'a tuée, mais ils ne pourront jamais prouver le contraire. Et il le sait. Il faut que vous lui expliquiez qu'il doit démissionner. Il n'écoutera personne en dehors de vous, et encore...

— La police finira bien par découvrir ce qui s'est passé. Ils ont les cassettes de vidéosurveillance, ils ont des témoins, ce n'est qu'une question de temps. Il se peut que Bruce ait trompé sa femme, mais je ne pense pas qu'il soit un meurtrier.

Quelque chose passa sur le visage d'Andersen, puis il se leva d'un bond et flanqua un coup de poing sur le dessus du bureau.

— Après ce scandale, il peut dire adieu à tous ses généreux donateurs ! Et vous, ma petite, vous seriez bien avisée de prendre vos distances avec cet imbécile !

Ma petite ? Elle résista à la tentation d'effacer à coups de poing l'expression suffisante inscrite sur la face de ce salopard.

Il quitta son bureau, la laissant fulminer. Enfoiré, va !

Mais comment savait-il que Bruce Wyatt avait une aventure avec Tiffany ?

XIII

Benjamin Jackson, le veilleur de nuit responsable des sous-sols, prenait normalement son service à huit heures du soir, mais John lui demanda de venir plus tôt. Ç'avait été une très, très longue journée.

Tous les indices montraient que Tiffany Zaren avait été enfermée dans le buffet pendant une journée complète avant que son cadavre soit déplacé vers la penderie de Wyatt. Il fallait donc que quelqu'un d'autre soit impliqué. John avait interrogé sans ménagement Robert Douglas et le reste de l'équipe de Wyatt, mais personne ne se comportait comme un coupable.

Pourtant, il y avait un indice qu'il n'arrivait pas à raccorder aux autres, et il espérait que Jackson pourrait lui répondre.

Jackson avait au moins soixante ans, et l'expression amère d'un Morgan Freeman dans un film sur les prisons.

— Monsieur Jackson, j'ai quelques questions à vous poser. Les caméras montrent que le sénateur Wyatt a quitté le garage à minuit moins le quart dans la nuit de mercredi à jeudi…

— Ouaip, au volant d'un break Chevrolet blanc. La voiture de son district. Il a pas de voiture de fonction du Capitole.

— Les caméras montrent aussi que ce membre de l'Assemblée, Andersen, est descendu au sous-sol juste avant vingt-trois heures, mais je n'ai pas l'heure à laquelle il est reparti. Je visionne toujours les films, mais j'espérais que vous vous en souviendriez.

— Mercredi, ou jeudi ?

— Les deux.

Jackson se frotta pensivement le menton.

— Ben, mercredi, il est descendu vers vingt-trois heures. Il est resté un moment assis dans sa voiture. Et puis je l'ai vu ressortir et aller au petit coin.

— Où ça ?

Jackson indiqua la direction de l'ouest.

— Près de l'escalier qui mène au bâtiment historique. On ne le voit pas d'ici, mais il y a un couloir qui donne de l'autre côté. C'est les toilettes du personnel. M'est avis qu'il avait un peu trop bu.

— Et ensuite ?

— Ensuite, je l'ai revu dans sa voiture après minuit. Je ne me rappelle pas l'heure exacte, mais il était là, assis au volant, et il dormait.

— Il dormait ?

— Oui. Il était juste assis là, les yeux fermés. C'est des choses qui arrivent, ajouta-t-il avec un clin d'œil. Ils boivent un verre de trop et ils ne veulent pas risquer qu'on les fasse souffler dans le ballon, avec un scandale à la clé si les médias s'en mêlent.

— Vous ne l'avez pas réveillé ?

— Nan. Il est sorti de sa voiture quelques minutes plus tard. Il m'a dit qu'il avait trop bu et qu'il rentrait chez lui à pied.

— Et jeudi ?

— Il est arrivé à vingt-trois heures et reparti avant minuit.

John se rendit ensuite au poste des flics de la route et demanda à Smiley de passer la cassette correspondant à cette plage horaire.

Kevin Andersen était bien arrivé à onze heures. Il s'était garé et d'après la vidéo il était monté dans son bureau. Il en était presque aussitôt ressorti, et il avait disparu dans la cage d'escalier…

Mais il réapparaissait sur la bande, quarante-trois minutes plus tard, dans le sous-sol. Le commandant responsable du poste des CHIP confirma l'existence d'un accès entre le couloir et l'escalier historique. L'escalier sans surveillance vidéo.

Quarante-trois minutes… c'était plus qu'il n'en fallait pour déplacer un corps.

XIV

Il était tard lorsque Lara quitta le bureau. Elle s'attendait plus ou moins à ce que John vienne la chercher et lui propose d'aller prendre un verre ou de venir se détendre chez lui.

Mais il ne vint pas. Il était trop occupé, bien sûr.

Leur relation n'était compliquée que parce qu'elle le voulait bien. C'est ce qu'elle avait fini par comprendre. Pourquoi jouait-elle au chat et à la souris avec lui ? Par peur de s'engager ? Mais la vie était trop courte. Il fallait savoir prendre des risques, de temps en temps. Elle n'avait pas hésité à risquer sa vie pour son pays, elle pouvait bien risquer son cœur pour l'homme de sa vie, non ?

Elle appela John sur son portable.

— Je vais voir Andersen, lui dit-il. Tu es dans ton bureau ?

— Oui.

— Je viens te chercher dès que j'ai fini.

Ils raccrochèrent, et elle pensa à ce serpent d'Andersen venant dans son bureau user d'intimidation, lui donner du « ma petite » et lui conseiller de prendre ses distances avec Wyatt. S'il avait été un ami, elle aurait pris cela pour de la gentillesse. Mais Kevin Andersen n'avait jamais été son ami. Quel con ! Elle se dit que John devait être dans son bureau et descendit à l'étage inférieur par l'escalier.

La porte de l'accueil n'était pas fermée à clé. Elle entra. Personne.

— Il y a quelqu'un ? murmura-t-elle.

Pas de réponse. Mais un bruit de voix dans le bureau d'Andersen, dont la porte était entrouverte. Elle entendit John dire :

— Ne faites pas ça, Kevin. Je vous assure. Baissez cette arme.

Elle jeta un coup d'œil, et vit qu'Andersen braquait un revolver sur quelqu'un. Elle ne voyait pas John, de l'endroit où elle était, mais ça ne pouvait être que sur lui.

Il n'y avait pas d'autre moyen d'entrer dans le bureau. Elle s'avança, sur la pointe des pieds, vers le bureau de la secrétaire et appuya sur le bouton d'alarme, qui alertait le personnel de sécurité : il y avait un problème dans le bureau.

Kevin Andersen constituait définitivement un problème de sécurité majeur.

— Prenez vos menottes. Attachez-vous au fauteuil. Je ne veux tuer personne. Je veux juste gagner du temps.

— On va parler de tout ça, dit John.

— C'était une erreur, et j'y ai remédié !

— Je suis sûr que vous aviez une très bonne raison de tuer Tiffany…

— Ce n'est pas moi qui l'ai tuée ! C'est Wyatt !

— Nous savons tous les deux que ce n'est pas vrai.

— Il vous a payé pour m'accuser ?

Lara sentit, de là où elle se trouvait, que John se mettait à bouillir sous l'insulte.

Tout collait. La liaison d'Andersen avec Tiffany, avant qu'elle le plaque pour Bruce, les bandes vidéo… « *J'y ai remédié.* »

Andersen avait le doigt sur la détente, les yeux hagards, et ses cheveux d'ordinaire impeccablement coiffés pendouillaient devant son visage.

— Vous étiez au courant de l'aventure de Bruce, n'est-ce pas ? demanda John.

— Sa femme m'a appelé. M'a dit qu'ils étaient dans le bâtiment.

Lara n'en revenait pas. Cindy Wyatt ? Pourquoi aurait-elle appelé le principal adversaire de son mari ? A moins que... une femme bafouée... Elle devait être au courant de sa liaison. Qu'espérait-elle en prévenant Andersen ? Voulait-elle vraiment que son mari perde les primaires pour le Congrès ?

— Vous n'aviez pas l'intention de la tuer.

— Ce n'est pas moi qui l'ai fait. C'est Bruce. Je l'ai vu.

— Vous l'avez vu la tuer ?

John gagnait du temps. Parfait. Quand la police allait-elle enfin arriver ? Lara avait peur qu'Andersen perde patience.

Andersen hocha frénétiquement la tête, le front luisant de sueur.

— Ils s'envoyaient en l'air dans la salle du comité. Je voulais juste prendre des photos, le menacer d'étaler l'affaire au grand jour. Il s'est jeté sur moi, Tiffany s'est interposée et il l'a tuée.

— Eh bien, nous allons enregistrer votre déposition. Pourquoi n'avez-vous pas...

— Je vois clair dans votre jeu ! Je sais ce que vous essayez de faire ! Vous essayez de me faire venir au poste de police ! Ce n'est pas moi qui ai tué Tiffany, ajouta-t-il avec un rire qui résonna comme un aboiement. Je l'aimais !

Lara sentit qu'il était sur le point de tirer. Elle balança un coup de pied dans la porte. Il sursauta, faisant pivoter le canon de son arme vers elle.

Il n'en fallait pas davantage à John pour bondir par-dessus son bureau et plaquer Andersen à terre. Mais celui-ci n'avait pas lâché son arme, et il lui en flanqua un coup sur la tête.

Lara se précipita vers eux, agrippa le poignet d'Andersen et le cogna contre le coin de son bureau jusqu'à ce qu'il lâche son arme avec un jappement de douleur. Elle lui donna un coup de genou dans le bas-ventre – avec sa jambe valide – et récupéra le pistolet par terre, pendant que John lui passait les menottes.

Deux flics firent irruption dans la pièce et John brandit sa plaque.

— Police de Sacramento. Kevin Andersen, dit-il au prisonnier, vous êtes en état d'arrestation.

— Je peux dire adieu à ma carrière...

— C'est à la liberté que vous pouvez dire adieu, rectifia Lara. Et quand je pense que j'ai passé neuf ans de ma vie à me battre pour que des gars comme vous puissent la garder !

— Vous ne comprenez pas !

— Alors expliquez-moi.

— J'aimais Tiffany. Je ne voulais pas lui faire de mal. C'était un accident. Un terrible accident.

John le fit asseoir de force dans un fauteuil, l'y attacha avec les menottes, appela une voiture pour l'emmener au pénitencier du comté.

Lara se pencha vers lui.

— Je vais vous raconter ce qui s'est passé. Selon moi, Cindy Wyatt en voulait à son mari de sa liaison, et elle a voulu se venger. La meilleure façon de l'atteindre était de nuire à sa carrière. Elle vous a appelé et vous a mis au courant, pour Bruce et Tiffany. Vous avez pété les plombs. Vous étiez déjà dans le bâtiment. Il fallait que vous voyiez ça de vos propres yeux.

Elle tapota sa parure de stylos en argent. Il y avait un vide à l'emplacement du coupe-papier.

— Vous avez pris le coupe-papier en sortant. Et vous êtes tombé sur elle dans l'escalier. Peut-être que vous vous êtes battus, peut-être que vous lui avez avoué votre amour immortel. En tout cas, vous l'avez emmenée dans la salle du comité et vous l'avez poignardée...

Il secoua vigoureusement la tête et ses cheveux lui retombèrent sur les yeux.

— Non ! s'écria-t-il. Bruce m'avait pris tout ce qui comptait pour moi. Ma première élection. La femme que j'aimais. Et il s'était installé dans mon district, rien que pour pouvoir se présenter contre moi au Congrès ! Et Tiffany... Je l'aimais. Je l'aimais, et c'est avec lui qu'elle couchait ! Je ne voulais pas la tuer.

Tout à coup, il ferma la bouche, regarda les flics, les yeux écarquillés, et son regard passa de Lara à John.

— Je veux un avocat ! demanda-t-il. Et un médecin ! Je crois que vous m'avez cassé le poignet, Lara. Je vous ferai un procès ! Et vous, ajouta-t-il en foudroyant John du regard, je vous ferai poursuivre pour arrestation abusive ! C'est Bruce Wyatt qui m'a piégé ! Je le sais !

Lara jeta un coup d'œil à John. Il avait l'air épuisé, mais exalté.

— Merci, dit-il.

— A ton service, fit-elle avec un clin d'œil.

— Tu penses que Wyatt sera candidat au Congrès ?

Lara hocha la tête.

— Ouais. Après le scandale provoqué par la révélation de sa liaison, ce sera probablement la curée, mais paradoxalement, plus on lui en fera baver, plus il aura de chances de remporter la victoire.

— Il faudra qu'il passe sur mon cadavre ! cracha Andersen.

— Mouais. Prête à rentrer à la maison quand je l'aurai bouclé ? demanda John.

— Chez toi, ou chez moi ?

— Je mets ton nom sur ma boîte aux lettres dès demain matin.

— Le rêve de toute honnête fille !

FOLIE MODERNE

– Marcia Muller –

Cinq jours avant mes dix-neuf ans, je m'enfuis avec un garçon de trente ans, Jack Whitestone. Partis de Winnetka, dans l'Illinois, à bord de sa vieille Toyota Tercel pourrie, nous traversâmes le pays d'est en ouest d'une seule traite. A Las Vegas, un juge de paix nous maria dans une petite chapelle miteuse. Jack n'avait pas de quoi payer les alliances, ni même un motel correct pour y passer notre nuit de noces. Mais il refusait de toucher aux économies que j'avais retirées sur mes comptes bancaires. Il était comme ça : il voulait subvenir lui-même à nos besoins. Oui, c'était ce qu'il avait décidé...

Mais au moins, maintenant, j'étais Julianna Whitestone.

Les chambres minables au bord des sorties d'autoroute, le bruit des voitures et des camions qui ne s'arrêtait jamais, même au milieu de la nuit, tout ça m'était bien égal. J'avais Jack, et c'était tout ce qui comptait.

Oh, comme je le désirais, ce mec, avec son grand corps élancé, sa peau douce, dorée par le soleil, ses cheveux noirs en bataille où mes doigts se perdaient, ses yeux noisette qui ne semblaient voir que moi !

J'avais arrêté la fac, j'avais coupé les liens avec mes copains et ma famille ; mon père, riche promoteur immobilier, m'avait déshéritée, mais qu'est-ce que ça pouvait faire ? Jack me suffisait.

Nous avions pris la route, direction la Californie et le rêve américain.

Le rêve américain se révéla sous la forme d'un appartement exigu dans un immeuble des années soixante, à quelques pâtés de maisons de La Cienega Boulevard, à Los Angeles. Le boulevard en lui-même était une morne voie bordée de boutiques alternatives, de fast-foods, de bars et de cinémas pornos. Dans notre rue, les immeubles d'habitation, tous identiques, jouxtaient de vieux bungalows délabrés.

J'avais travaillé comme serveuse pendant deux étés au country club, chez moi. Forte de cette expérience, je trouvai un boulot dans un café du boulevard. La paie était scandaleuse, les horaires démesurés, et j'avais mal aux pieds en permanence. Mais quelle importance ? J'avais Jack.

Jack avait abandonné une carrière pas trop prometteuse de vendeur de meubles à Evanston, où je l'avais rencontré en allant acheter un meuble d'ordinateur pour ma chambre à l'université. En Californie, il resta des semaines sans trouver de travail. Finalement, il fut embauché comme gardien dans un magasin ouvert la nuit. « Mais ça va s'arranger », me promit-il.

Il m'emprunta cinq cents dollars sur mes économies et s'inscrivit à un cours de comédie pendant la journée. Et il s'y montra très assidu, malgré la fatigue du travail de nuit.

Les week-ends, nous faisions le tour des villes balnéaires dans sa vieille Toyota.

« Là, tu vois, disait Jack en montrant une belle maison du front de mer, bientôt, nous vivrons dans une maison comme celle-là. »

Il ne comprenait pas que l'endroit où nous vivions m'était parfaitement égal, tant que nous étions ensemble.

Lui, il avait envie d'un tas de choses, oh oui ! Les maisons, les appareils électroniques, les voitures de sport, les piscines, les vêtements et les bijoux que nous voyions dans les vitrines des boutiques de luxe bordant Rodeo Drive… il avait envie de tout. J'aurais bien voulu lui offrir tout cela, mais l'avocat de mon père me l'avait très clairement signifié : je n'aurais pas un sou, à moins que je ne fasse annuler le mariage, que je ne rentre à la maison et que je ne retourne à l'université. Je ne savais pas que papa pouvait être aussi dur, et cette découverte ébranla ma foi en lui et dans les liens familiaux.

Parfois, j'étais tentée d'obéir à son injonction, je l'avoue, surtout les soirs où nous n'avions pour dîner que des tacos achetés au fast-food de La Cienega. L'année précédente, deux personnes avaient été empoisonnées par de la nourriture achetée là.

J'avais toujours été la petite fille à son papa, couvée et protégée du monde réel. Et dans ce monde, les filles comme moi ne devenaient pas serveuses dans un café et ne mangeaient pas de tacos empoisonnés.

Mais quitter Jack ? Plutôt mourir ! Peu importait la fatigue de ma journée de travail, j'avais envie… non, j'avais absolument besoin de ce corps mince et souple. De son lent sourire quand il me touchait, de ces yeux qui me cherchaient jusqu'au plus profond de mon être…

A l'approche de Noël, Jack laissa tomber les cours de comédie et récupéra le restant des frais d'inscription. Il me dit que c'était pour nous permettre de passer de bonnes fêtes, mais je sentais bien que c'était parce qu'il était frustré par les remarques de ses professeurs. Ce furent de jolies fêtes, cependant, avec un petit arbre, une dinde, et des cadeaux. Jack m'offrit une chaîne en or, et moi une paire de mocassins LL Bean doublés de polaire. Quand on vient d'un endroit comme l'Illinois, on s'imagine qu'il ne fera jamais assez froid en Californie pour porter ce genre de chaussures, mais, croyez-moi, on se trompe.

Puis, en février, notre vie changea du tout au tout.

Matt Edwards, un vieux copain de Jack de l'époque du magasin de meubles, téléphona à la maison. Il vivait maintenant dans la Bay Area, la région entourant la baie de San Francisco. « Viens me rejoindre dans le nord, disait-il. J'ai créé une société d'investissement, Edwards Concepts, et j'ai besoin que tu m'aides. »

Jack abandonna son rêve de devenir acteur. Nous emballâmes le peu de choses que nous possédions et prîmes la route du Nord.

La Toyota rendit l'âme au sud du port tentaculaire de Stockton, sur le fleuve Sacramento. Au loin, on voyait briller des lumières, très proches et très lointaines à la fois.

Nous n'étions pas bien assurés. Nous n'avions pas de quoi payer un remorquage ou une réparation. Jack ouvrit le capot, donna un coup de pied dans le pare-chocs et traita la voiture de « tas de merde ». Puis nous fîmes du stop jusqu'à la première sortie d'autoroute, où nous trouvâmes un snack. De la cabine téléphonique plongée dans une lumière crue, il appela son copain.

Personne ne répondit.

Nous laissâmes un message pour indiquer le lieu où nous nous trouvions et le numéro de téléphone de la cabine. Nous passâmes la nuit à boire du café et à manger de la tarte, sachant que nous ne pourrions pas payer. Quand la lumière du jour pointa derrière les vitres embuées, mal lavées, du snack, une voiture noire rutilante se gara dans le parking et un homme en sortit.

— Matt ! s'écria Jack en se ruant dehors pour lui donner l'accolade.

Matt Edwards se déplaçait avec des mouvements rapides et la grâce d'un quarterback. Je devais apprendre plus tard qu'il l'avait effectivement été, dans l'équipe de l'Ohio State, avant d'être renvoyé du lycée pour ivrognerie et dopage. Il était grand et mince comme Jack, mais blond et pâle, avec un regard qui fuyait le mien tellement vite que je ne pus déterminer la couleur de ses yeux.

Il nous fit monter dans sa Mercedes, dit qu'il avait envoyé « ses gens » prendre les affaires que nous avions laissées dans la Toyota, et nous conduisit jusqu'à notre nouvel appartement de San Carlos, une ville-dortoir pour classe moyenne dans la péninsule de San Francisco.

L'appartement que Matt avait déniché pour nous se situait dans un ensemble d'immeubles en copropriété construit dans les collines, à l'ouest de la ville. Deux chambres, deux salles de bains, une petite cuisine, un salon et une salle à manger. Ainsi qu'un balcon d'où la vue sur les collines doucement arrondies et couvertes de pins plongés dans la brume matinale me coupa le souffle. Un futon était posé par terre dans la chambre principale. Nous nous y laissâmes tomber dès que Matt fut sorti après nous avoir dit qu'il viendrait nous prendre avec sa femme à dix-neuf heures pour aller dîner.

Nous étions trop fatigués pour faire l'amour.

Ma dernière pensée avant de m'endormir fut : Pourquoi le copain de Jack ne me regarde-t-il pas dans les yeux ?

C'était un restaurant argentin – le genre de restaus dont les critiques culinaires disent qu'ils sont élégants mais décontractés – sis dans une petite rue de Palo Alto. Pendant le trajet, Matt nous montra les imposants piliers et les rangées de hauts palmiers qui encadraient l'entrée de l'université de Stanford. La rue principale de la ville était surtout composée d'immeubles anciens, dont un grand nombre de style Renaissance espagnole, selon Claire, la femme de Matt. Les boutiques paraissaient intéressantes, et les trottoirs étaient bondés à la fois d'étudiants et de personnes plus âgées.

Le décor du restaurant était classe, avec ses murs et son plafond peints dans des dégradés d'orange et ses plantes exotiques qui séparaient les tables en marqueterie de bambou. Matt et Claire étaient connus dans cet endroit. Le maître d'hôtel et les serveurs les saluèrent chaleureusement, et respectueusement, en les appelant « M. et Mme Edwards ».

Claire était grande – près d'un mètre quatre-vingts –, avec des cheveux blonds tombant sur les épaules, et si mince dans sa robe noire moulante que je me demandai si elle n'était pas anorexique. Matt était beau en polo noir et pantalon à la mode. Moi, je me sentais mal habillée dans mon ensemble pantalon en coton, et je savais que Jack avait honte de ses vêtements achetés au supermarché.

Je fus horrifiée par les prix indiqués sur le menu, mais Matt nous annonça qu'ils nous invitaient et nous encouragea à commander ce qui nous plaisait. Auparavant, il demanda au serveur d'apporter du champagne, un panier d'*empanadas* et un panier de *corndogs*[1] au homard.

— Des *corndogs* au homard ! m'exclamai-je.

— C'est un délice, affirma Claire en posant une main maigre et douce sur mon bras.

Matt ne croisa pas mon regard, mais sourit à Jack.

De la salade. Un vin blanc vraiment bon. Un steak. Un vin rouge vraiment bon. Un dessert – quelque chose de goûteux et de crémeux. Des digestifs, et du café noir, corsé, qui n'avait rien à voir avec le café instantané auquel nous étions habitués.

Matt et Claire nous ramenèrent à l'appartement de San Carlos dans leur BMW blanche. Matt prit congé de Jack en lui disant qu'il le verrait au bureau le lendemain matin. A la question de Jack

1. *Empanada* : spécialité espagnole et sud-américaine ; petit chausson de pâte farcie de viande, de poisson ou d'autres ingrédients. *Corndog* : hot-dog entouré d'une pâte à base de farine de maïs et frite à l'huile. (*N.d.T.*)

concernant le trajet, Matt répondit en lui désignant d'un geste théâtral une Volvo flambant neuve garée sous notre auvent.

— C'est le GPS qui te conduira, dit-il. L'adresse est programmée.

— J'y crois pas. Putain, j'y crois pas !

Jack faisait les cent pas dans le salon vide, en buvant par petites gorgées le brandy qu'il avait trouvé – parmi d'autres boissons et produits de luxe – dans la cuisine.

Je ne répondis pas. Moi, devant la porte de verre du balcon, je regardais, muette d'admiration, les collines boisées, faiblement éclairées à contre-jour par la lumière qui brillait de l'autre côté. C'était tellement beau...

— Julianna ?

— Oui ?

— Et toi, tu y crois ? Tu te rends compte de la chance extraordinaire qu'on a ?

— C'est... c'est fantastique. Je suis un peu dépassée, mais je suis sûre que j'adorerai. Viens, Jack, on va se coucher, maintenant.

Nous nous couchâmes. Et nous célébrâmes dignement notre bonne fortune.

Claire et nos nouveaux meubles arrivèrent ensemble à deux heures, l'après-midi suivant.

A la lueur du jour, Claire paraissait plus âgée. De fines rides entouraient ses yeux et sa bouche.

Ses clavicules saillaient à travers la peau presque translucide qui émergeait de son tee-shirt, profondément décolleté. Elle me donna l'accolade en me coupant la respiration avec son parfum, puis dit :

— Voyons voir ce que Matt a choisi pour vous...

Les meubles étaient magnifiques : des fauteuils et des canapés de cuir tendre, des tables en bois et des vitrines au design compliqué ; une télé grand écran ; un lit-traîneau et une armoire immenses ; d'épais tapis moelleux...

Je me promenai dans ce décor comme étourdie, en touchant du bout des doigts ces merveilles qui étaient à nous. Tout était luxueux, cher. Mais même si j'étais contente, mon plaisir était tempéré par la déception de n'avoir pu choisir mes meubles moi-même, avec Jack.

Comme si elle sentait ma réticence, Claire déclara :

— Matt savait que tu avais hâte de t'installer, et comme Jack va avoir de longues journées et que tu ne connais pas la ville, il a pris la liberté de s'en occuper pour toi. S'il y a quelque chose que tu n'aimes pas, n'hésite pas à le renvoyer. Et c'est évidemment à toi de choisir ce que tu mettras aux murs, de mettre ta touche...

— Tout est parfait. Je ne vais rien renvoyer.

Elle sourit, manifestement satisfaite.

— C'est que Matt connaissait vos goûts, puisqu'il a travaillé avec Jack au magasin de meubles.

Les goûts de *Jack*. Et les miens, seulement par hasard.

Pour masquer ma surprise, je demandai :

— Vous étiez déjà mariés, à l'époque ?

— Oui. Nous sommes arrivés en Californie il y a un an.

— Tu travailles ?

— Pas vraiment, mais de temps en temps, j'aide Matt à la boîte. Et toi ?

— Je n'ai jamais travaillé, sauf comme serveuse. J'avais horreur de ça.

Elle me tapota l'épaule.

— Ecoute, tu n'as plus à t'inquiéter. Tu ne travailleras plus jamais comme serveuse.

— Et toi, ça ne te semble pas un peu... bizarre ? demandai-je.

Jack était allongé dans un fauteuil inclinable devant sa télé grand écran, en train de siroter un verre de chardonnay bien éloigné du vin à deux dollars que nous buvions d'ordinaire à Los Angeles.

— Bizarre, oui, répondit-il. C'est comme monter au paradis.

J'étais assise dans un fauteuil assorti au sien. Je posai mon verre sur la table qui les séparait.

— Non, je veux dire... Je sais pas... commençai-je en hésitant. Ça me rappelle le film où le mec reçoit une proposition fantastique après ses études de droit, et la boîte lui paie tout, et à la fin, il s'aperçoit que c'étaient des avocats de la mafia...

— *La Firme.*

— Oui, c'est ça.

— D'accord, mais premièrement la boîte de Matt n'a pas de clients mafieux et, deuxièmement, ça fait longtemps qu'on se connaît. C'était mon meilleur ami quand j'étais môme. Il veut me voir heureux, maintenant que j'ai renoncé à devenir acteur.

— Ton meilleur ami ?

Pourquoi, dans ce cas, n'avais-je jamais entendu parler de Matt avant son coup de téléphone à Los Angeles ?

— Oh, ouais...

Les souvenirs de Jack affluèrent :

— On a grandi à Gary, dans l'Indiana. Dans un quartier pauvre, ouvrier. Nos pères étaient ouvriers d'usine. Le mien buvait, il nous tapait dessus. Celui de Matt aussi. On croyait que c'était normal, que ça se passait comme ça dans toutes les familles. Mais ça ne nous empêchait pas de nous amuser. On allait voir des matchs de basket et de baseball ensemble, on piquait de la bière à la boutique Seven-Eleven, on séchait les cours et on traînait... L'école, c'était pas notre truc.

Mais les choses avaient mal tourné pendant leur dernière année de lycée. Le père de Jack avait perdu son boulot à l'usine, vidé le peu qu'il y avait sur le compte en banque familial et quitté la ville. Le père de Matt avait perdu son boulot, lui aussi, mais sa solution au problème avait été plus radicale : il avait descendu sa femme et ses deux filles avec son fusil de chasse, et avait ensuite retourné l'arme contre lui. Matt était au boulot au Burger King, à ce moment-là.

— Un boulot de merde... mais c'est ce qui l'a sauvé, poursuivit Jack. Il a eu une bourse d'études pour jeune athlète à l'université de l'Ohio. Moi, je suis parti à Chicago. Mais ça n'a pas été mieux là-bas. Je n'étais qu'un gamin sans expérience, sauf celle que j'avais eue derrière le comptoir, dans les fast-foods. Un jour, j'ai vu Matt se pointer chez moi. Un mec qu'il avait connu au lycée l'avait recommandé à son père, qui était propriétaire d'un magasin de meubles. Matt a été engagé à la succursale d'Evanston. Quelques semaines plus tard, un poste s'est libéré, et il m'a recommandé à son tour.

— Mais Matt n'y travaillait pas quand je t'ai rencontré, objectai-je.

— Non. Il est parti il y a environ un an. Avec Claire... c'était la comptable. Je n'avais plus eu de nouvelles depuis, jusqu'à ce qu'il m'appelle à Los Angeles.

— Comment savait-il que tu étais à Los Angeles ?

— Il m'a dit que c'était par ma mère.

Sauf que la mère de Jack buvait comme un trou… Il lui avait écrit après notre mariage, mais elle n'avait jamais répondu. Avait-elle seulement gardé notre adresse et notre numéro de téléphone ?

Peu après, Jack commença à acheter des tas de choses. Une télé à écran plasma encore plus grande que celle que nous avions. Un ordinateur plus performant. Un petit hors-bord, pour lequel nous dûmes louer une place de parking supplémentaire. Des vêtements qui ressemblaient à ceux de Matt. Une bague ornée d'un diamant d'un carat pour moi.

Maintenant que je connaissais son enfance, le caractère violent de son père, dans une ville industrielle comme Gary dans l'Indiana, je comprenais pourquoi il avait besoin de tout ce luxe.

Après l'épisode de la livraison des meubles, je ne vis plus Claire que très rarement : quelques déjeuners dans des restaurants chics de Palo Alto – c'était elle qui payait – et une descente chez Nordstrom, où je fus mise entre les mains d'une conseillère personnelle chargée de m'habiller correctement.

La plupart du temps, Claire disait qu'elle travaillait à la boîte. Je ne voyais jamais Matt, mais Jack sortait souvent avec lui, car il l'avait initié au golf et parrainé à son country club. La seule fois où Jack m'y emmena dîner, je me sentis mal à l'aise malgré ma robe de styliste et mes bijoux de prix. Les gens n'étaient pas très sympathiques.

Mais cela ne m'empêchait pas d'apprécier notre nouveau niveau de vie. Jack m'avait acheté une petite BMW rouge décapotable, et je ne tardai pas à connaître par cœur les routes de la péninsule. Je dévalisais les magasins, allant jusqu'à traverser les collines boisées pour partir en chasse dans les boutiques huppées de la ville côtière de Half Moon Bay.

Je pensai envoyer chez moi une carte postale chantant les louanges de Jack et de sa réussite, mais je décidai d'y renoncer. Mieux valait laisser mon père se demander ce que j'étais devenue.

Peut-être même se faisait-il du souci. Et qu'il s'en fasse, je ne demandais que ça.

Deux mois plus tard, je m'ennuyais ferme. Je demandai donc à Jack de me faire visiter les bureaux d'Edwards Concepts. Peut-être pourrais-je y travailler un peu, comme Claire.

Il éclata de rire à ma suggestion.

— Ma chérie, il n'y a rien à voir, à part quelques bureaux et des armoires de dossiers. Nous maintenons les frais de fonctionnement à leur minimum.

— Et je ne pourrais pas venir vous aider ?

— Il n'y a rien à faire pour toi. Le personnel est au complet.

Il m'ébouriffa les cheveux, m'embrassa sur le front, me conseilla de profiter de notre nouvelle vie.

Jack travaillait pendant de longues heures, prenait des cours pour obtenir des certificats d'Etat de ceci et cela, et notre vie sexuelle devint chancelante. Je le désirais toujours, mais le plus souvent, quand je le lui manifestais, il me repoussait.

Il continuait à acheter des objets de prix : une sono, des œuvres d'art, un matelas sur mesure, des pommes de douche et des robinets plaqués or pour les salles de bains. Puis il parla de prendre des leçons de pilotage et d'acheter un avion.

— Mais les leçons de pilotage vont prendre beaucoup de temps, objectai-je. Et tu es déjà si souvent absent !

— Il faut que tu te trouves de nouveaux centres d'intérêt, Julianna. Tu pourrais t'inscrire à des cours, par exemple.

En novembre, moins d'un an après notre arrivée dans la Bay Area, nous déménageâmes dans la même banlieue chic que Claire et Matt, à Los Altos Hills, à une centaine de kilomètres au sud de San Carlos. Les immenses maisons de notre quartier, construites dans le style ranch, étaient entourées de grands terrains. De notre terrasse, nous avions vue sur la baie et sur les avions qui atterrissaient sur les pistes de l'aéroport, au loin. Quand je demandai à Jack par quel miracle nous avions les moyens de nous payer un endroit pareil, il me dit que Matt avait cosigné le prêt. Je me dis qu'il avait sans doute acheté cette maison pour tempérer mon insatisfaction concernant notre vie conjugale, mais j'étais furieuse qu'il ait tout arrangé tout seul, trouvé la maison et conclu l'affaire sans moi.

Cependant la maison était vraiment magnifique : s'étageant sur plusieurs niveaux, elle jouissait d'une série de terrasses en gradins et d'une chute d'eau qui retombait en cascade dans un bassin à la forme originale. Le jardin était luxuriant. Le salon, la chambre et la cuisine disposaient chacun d'une cheminée. Les meubles et les objets devenus trop nombreux pour notre appartement de San Carlos étaient loin de remplir les pièces.

Cela permettrait donc à Jack d'acheter, acheter, acheter.

La nuit de notre emménagement, nous ne fîmes pas l'amour. Et, pis, cela m'était égal. D'une certaine façon, ce n'était pas très important, dans une maison pareille. Je m'endormis en pensant à toutes les choses que je pourrais m'acheter, moi aussi.

Au moment de Noël, je m'attendais à une fête au bureau, à des dîners avec les clients de Jack, peut-être une réception chez Matt et Claire, mais il ne se passa rien de tout cela.

Jack rentra avec des cadeaux emballés de façon extravagante, et un arbre qui dut être coupé pour tenir sous le plafond pourtant élevé de notre salon. Quand je lui demandai ce qu'il souhaitait pour le repas de fête, il me dit qu'il avait tout commandé : des hors-d'œuvre, un carré de côtes de bœuf, de la sauce au raifort, du yorkshire pudding, un assortiment de légumes, tout, jusqu'au plum-pudding. Et du champagne et des vins coûteux, bien sûr. Il avait invité Matt et Claire, et choisi des cadeaux appropriés pour eux.

Une entreprise de décoration vint s'occuper de l'arbre. Pendant ce temps, moi, je regrettais la simplicité de notre précédent Noël à Los Angeles. Je me sentais tellement proche de Jack, à l'époque...

Le matin de Noël, nous eûmes droit à une orgie de paquets-cadeaux. Je lui offris quelques objets susceptibles de lui faire plaisir, mais il en avait acheté par dizaines de son côté. Pour moi un manteau de vison (je me demandai où je pourrais le porter), une nouvelle bague avec un diamant plus gros, des parfums et des vêtements de soie, et un bon pour un centre spa connu (est-ce qu'il me trouvait grossie, par hasard ?), un nouvel iPhone. Pour lui – sur notre carte de crédit commune – j'avais acheté un peignoir de soie et une veste d'intérieur de style années trente, un stylo à plume rétro et les encres assorties, une montre en or, une collection de livres reliés en cuir de son auteur préféré, Charles Dickens. Jack s'offrit à lui-même des cannes de golf de professionnel, toutes sortes de vêtements à la mode. Et un avion.

— Mais tu ne pourras pas le piloter ! m'exclamai-je quand il m'en montra une photo.

— Si. J'ai pris des leçons.

J'étais abasourdie. Pendant les heures au cours desquelles il était censé étudier pour obtenir différents certificats d'Etat en investissement, il se baladait en avion. Sans moi.

Je pensai à l'argent. D'où venait-il ? Mon père était riche, nous avions toujours bien vécu, mais là...

J'eus une envie irrépressible d'appeler à la maison, mais la voix coupante de l'avocat de mon père s'interposa : « Pas un sou, sauf si vous annulez le mariage, rentrez à la maison, et retournez à l'université. »

Non, je ne permets plus à papa d'avoir le contrôle sur moi. Maintenant, j'assume la responsabilité de mes actes.

Matt et Claire arrivèrent à huit heures tapantes. Lui était tiré à quatre épingles et beau comme toujours, en smoking. Il enveloppa Jack dans une accolade affectueuse, prit mes deux mains dans les siennes en disant que j'étais très jolie. Cette fois, il me regarda dans les yeux. Je supposai que, le jour de notre première rencontre, il était resté sur la réserve en attendant de mieux me connaître, mais, depuis, il semblait m'avoir acceptée. Claire paraissait encore plus mince, moulée dans un fourreau de velours rouge. Lorsqu'elle m'embrassa, j'eus l'impression que ses os étaient très fragiles. Ils déposèrent deux paquets sous l'arbre, à côté de ceux que Jack avait prévus pour eux, et le serveur dépêché par le traiteur apporta des tartelettes aux champignons, des crevettes, du caviar et du champagne.

Au début, la conversation languit. Puis nous nous mîmes à parler tous en même temps :

— Claire, dis-je, j'adore ta robe.

— Julianna, dit-elle, la maison est magnifique.

— Super, l'arbre, Jack.

— Très chouette, ton smoking, Matt.

Nous éclatâmes de rire, levâmes nos verres et ouvrîmes les paquets.

Des chandeliers et un dessous-de-plat en argent de leur part.

Un plateau à cocktail et des ronds de serviette en argent de la nôtre.

Nous plaisantâmes sur nos goûts communs, levâmes de nouveau nos verres.

Pendant le repas, je remarquai l'expression anxieuse dans les yeux de Claire, qui allaient de Matt à Jack, puis à moi. La conversation était superficielle : la saison pas terrible des Forty Niners de San Francisco, le meilleur endroit où trouver du bon pâté, la nouvelle cave à vin qui avait ouvert dans les environs, la nouvelle maison pour laquelle Matt et Claire avaient fait une offre quelques jours auparavant, les changements dans le secteur des restaurants, une pièce jouée récemment en ville et qu'ils n'avaient pas vraiment aimée. Nous donnions l'impression d'être nerveux et d'essayer désespérément de combler les silences. Et, pendant tout ce temps, Claire ne cessait de nous questionner tous les trois du regard.

Le serveur annonça que le café et les digestifs seraient servis au salon. Nous passâmes en tête, Claire et moi, mais, chose qui éveilla ma curiosité, nos maris ne nous suivirent pas immédiatement.

Je demandai à Claire de m'excuser et allai me cacher aux toilettes. La porte était mince. Je pus écouter la conversation des deux hommes.

Jack :

— Je ne crois pas qu'accepter les annonces de Google ou de Yahoo, ça soit une bonne idée. Leurs logiciels de détection sont trop bons.

— Mais pense aux recettes !

— Il ne faut pas attirer l'attention. Ça pourrait affecter notre autre secteur.

— Peut-être qu'on pourrait transférer le siège en Europe…

— T'aimerais aller vivre en Roumanie ou en Pologne ?

— T'es dingue ?

— Bon, alors on reste comme on est.

Un silence, correspondant sans doute au temps de réflexion que s'était octroyé Matt.

— OK. Pour l'instant.

Ils sortirent, passant devant la porte des toilettes, et allèrent rejoindre Claire au salon. Je fis couler l'eau dans le lavabo pendant quelques secondes, puis les suivis.

Après Noël, je laissai reposer pendant quelque temps les questions que je me posais à propos d'Edwards Concepts. Je savais pourquoi : j'avais peur de ce que j'allais découvrir. Notre vie de luxe me plaisait toujours, et je n'avais pas envie d'y toucher.

Mais à la fin du mois de février un incident pénible remit le problème au premier plan.

Une femme appela à la maison. Elle avait un fort accent du Sud.

— Est-ce que je suis chez Jack Whitestone ?

— Qui est à l'appareil, s'il vous plaît ?

Un silence.

Un clic.

Je mis l'appel sur le compte d'une malade. Notre numéro de téléphone était sur liste rouge, mais cela n'arrêtait personne. Ou alors, c'était une cliente dont les investissements avaient mal tourné.

Trois heures plus tard, elle rappela :

— Je veux parler à Jack Whitestone.

— C'est de la part de qui ?

— Vous êtes sa femme ?

— Qui est à l'appareil, s'il vous plaît ?

— « Qui est à l'appareil, s'il vous plaît ? » répéta-t-elle en imitant ma voix.

Clic.

Ma première impulsion fut de débrancher l'appareil ou de laisser le répondeur, au cas où elle rappellerait. Mais je me repris. J'allai donc me servir un verre de vin et m'installai dans un fauteuil pour attendre.

L'appel suivant ne tarda pas à arriver.

— Qui que vous soyez, dis-je en décrochant, arrêtez d'appeler, ou alors dites-moi ce que vous voulez.

— Vous êtes Mme Whitestone.

La même voix, et elle était en colère.

— Et vous, qui êtes-vous ?

— Vous aimeriez bien le savoir, hein ?

Je résistai à l'envie de l'invectiver, ou de raccrocher comme elle l'avait fait. La curiosité l'emporta. Qu'est-ce qui pouvait bien provoquer une telle colère contre moi, alors qu'elle ne me connaissait pas ?

— Oui, répondis-je. Dites-moi ce que vous voulez.

— Je veux ce qu'on me doit.

— Qu'est-ce qu'on vous doit ?

— Ma paie. Il y a longtemps qu'elle aurait dû être versée. Personne dans ce bureau ne veut me parler, et les appels longue distance, c'est cher. J'arriverai pas à finir le mois, avec ce qui me reste.

— Donnez-moi votre numéro, je vous rappelle tout de suite.

Elle me dit qu'elle s'appelait Bebe Kirby, d'Anniston, en Alabama. Au cours de notre conversation, j'appris pas mal de choses, mais cela m'amena en même temps à me poser encore plus de questions.

Edwards Concepts n'était pas une société d'investissement. Matt, plus tard secondé par Jack, avait créé des dizaines de sites Web acceptant des annonces, pour lesquelles les annonceurs payaient chaque fois qu'un utilisateur cliquait dessus. La société employait des gens vivant dans des endroits reculés – comme Anniston dans l'Alabama – ou à l'étranger, qui étaient chargés de cliquer de façon répétée sur les annonces.

— On appelle ça la « fraude au clic », m'informa Bebe Kirby. C'est illégal ici, aux Etats-Unis, mais c'est légal dans certains pays d'Europe.

Je me souvins de Matt proposant de transférer les opérations en Europe, et de Jack demandant s'il avait envie d'aller vivre en Roumanie ou en Pologne.

— Ils paient moins d'un *cent* le clic, poursuivit-elle, c'est rien comparé à ce qu'ils touchent des annonceurs. Mais les gens comme moi, ils acceptent n'importe quel boulot. Je suis handicapée et j'ai besoin d'un boulot que je peux faire chez moi. C'est pour ça que j'appelle votre mari. J'ai pas touché ma paie depuis deux mois.

— La fraude au clic... répétai-je, hébétée. Est-ce que c'est la même chose que les spams ?

— Non, mais ça, c'est l'autre partie de leur business. Ils paient aussi des gens pour envoyer des milliers de spams tous les jours. Ils m'ont proposé ce boulot, mais ça paie encore moins que les clics. Je vous le dis, ils s'enrichissent sur le dos des pauvres gens, et maintenant, ils nous paient même plus.

— Comment avez-vous eu ce numéro, madame Kirby ?

Elle prit un ton entendu :

— Quand on passe autant de temps que moi devant un ordi, on connaît la musique.

J'avais la nausée, les mains moites. Jack et Matt étaient des malfaiteurs, et Claire et moi vivions dans le luxe grâce à leurs procédés.

Bebe Kirby poursuivit :

— Vous étiez vraiment pas au courant ?

Je fis non de la tête, puis, me souvenant qu'elle ne pouvait pas me voir, je répondis :

— Je pensais que Jack travaillait pour une société d'investissement.

— Eh ben, ma pauvre petite... Les hommes, y en a pas un pour relever l'autre. Tous des menteurs.

— Madame Kirby, je vais faire en sorte que vous touchiez votre argent. Ils vous doivent combien ?

Je fus surprise de la modicité de la somme.

— Mais j'ai pas envie que ça fasse des histoires entre vous et votre mari.

— Les histoires, elles ont déjà commencé.

J'essayai de joindre Claire. Nous nous étions un peu rapprochées, depuis Noël. Nous nous téléphonions plusieurs fois par semaine, et nous déjeunions souvent ensemble. Ce jour-là, elle était censée être dans sa nouvelle maison, avec un décorateur. Mais personne ne répondit là-bas, ni sur son portable. J'appelai Edwards Concepts et tombai sur le répondeur. Je n'essayai pas le portable de Jack : notre confrontation aurait lieu face à face.

Et qu'est-ce que je lui dirais ?

« Tu m'as caché la vérité, maintenant tu vas travailler dans la légalité, ou alors je te quitte » ?

Non.

« Abandonne tout ce que tu as acheté avec ton argent illicite, et on repart de zéro ailleurs » ?

Il me rirait au nez.

Comment a-t-il pu me cacher la vérité ? me demandai-je. Il avait pu le faire parce que, en dépit de tous les signes, j'avais eu envie de le croire. Il me fallait regarder la vérité en face : j'étais devenue accro à l'argent et aux biens matériels. J'avais fermé la porte à mes doutes et à mes soupçons, de peur de devoir renoncer à notre style de vie. Mais maintenant, je me devais de les affronter.

Cela pouvait signifier la fin de notre couple. Jack ne renoncerait jamais à l'argent et à ses bienfaits. Ils étaient sa raison d'exister, l'amour de sa vie. L'amour de sa vie, ce n'était pas moi. Absolument pas.

Sans doute pouvais-je rentrer chez moi. Acheter un billet d'avion, retourner dans l'Illinois, et demander à papa de me pardonner. Mais il exigerait que j'aille voir les autorités et que je dénonce Jack et Matt, et je n'étais pas sûre d'être capable de le faire. De plus, quand j'étais partie, j'avais résolu de gérer moi-même mes problèmes.

Simplement, je n'avais jamais imaginé l'ampleur qu'ils prendraient…

Il était dix-huit heures, et toujours pas de Claire et pas de réponse au bureau. A présent, de l'autre côté des fenêtres de la maison où je ne m'étais jamais sentie chez moi, il faisait nuit et la pluie avait commencé à tomber. Après avoir passé mon temps à me promener nerveusement de pièce en pièce, je refis une tentative à dix-neuf heures. Cette fois, elle répondit, hors d'haleine.

— Le décorateur ne m'a pas apporté les bons échantillons, expliqua-t-elle, alors j'ai dû aller au magasin en ville. Après, j'ai été prise dans les embouteillages. J'ai dû m'arrêter pour aller acheter un hamburger. Je suis épuisée !

— Tu n'attends pas Matt pour dîner ?

— Il travaille avec Jack sur un projet au bureau, ce soir.

— J'ai appelé là-bas, personne n'a répondu de tout l'après-midi.

— Ils ont sans doute branché la boîte vocale. Ils le font souvent.

— Claire, il faut que je te parle en tête à tête. J'arrive.

— Non, non, ne viens pas, s'il te plaît. Comme je te l'ai dit, je suis complètement claquée. C'est le bazar à la maison. Je suis en train d'emballer les choses fragiles, et il y a des cartons partout...

— Excuse-moi, mais ça ne peut pas attendre.

Claire s'était sans doute faite à l'idée de mon irruption, car les lampes étaient allumées à l'extérieur de la grande demeure de bardeaux blancs, à quelques pâtés de maisons de la nôtre.

Je remontai l'allée, frappai à la porte, et Claire ouvrit presque immédiatement. Elle était très bien habillée, comme toujours, d'un pantalon en gabardine et d'un corsage de soie. Contrairement à ce qu'elle m'avait raconté, elle paraissait en pleine forme.

Je la suivis au salon, déclinai sa proposition lorsqu'elle me demanda si je voulais boire quelque chose et allai droit au but :

— Je sais tout à propos d'Edwards Concepts. Je sais ce que c'est, comme genre d'affaire.

Je lui parlai de ma conversation téléphonique avec Bebe Kirby.

A ma grande surprise, Claire éclata de rire.

— Les gens qui travaillent pour nous sont des vrais crétins. Je vais le lui envoyer, son petit chèque !

— Donc, tu es au courant de ce qui se passe ?

— Mais évidemment, Julianna, je suis la *comptable* de la boîte ! Je suis forcément au courant ! Sans compter qu'on a eu l'idée de cette boîte ensemble, Matt et moi.

— Ce dont vous avez eu l'idée, c'est une escroquerie !

— Oh, arrête d'être aussi naïve ! Tu t'es bien doutée de quelque chose !

— D'accord, j'ai bien pensé que ça clochait quelque part, mais...

— Ecoute, ça n'a rien d'extraordinaire. Je connais au moins une demi-douzaine de sociétés, rien que dans la Bay Area, qui pratiquent ce genre d'arnaque, sous différentes formes.

Je ne sus que répondre.

Claire se dirigea vers le bar, prit un verre sur l'étagère et se servit du vin.

— Tu es sûre que tu n'en veux pas ?

Je refusai d'un signe de tête.

— Julianna, tu es très jeune, mais si tu es avec Jack, tu ne peux pas être innocente à ce point. C'est un arnaqueur, il ne fait que ça depuis toujours...

— Jamais de la vie !... Pourquoi dis-tu ça ?

— Ce magasin de meubles à Evanston ? J'étais la comptable, et on trichait tant qu'on pouvait. Tous les trois. Quand on a senti qu'on risquait de se faire pincer par la direction, on s'est tirés, Matt et moi, pour monter quelque chose par ici, dans la Bay Area. Jack est resté pendant quelque temps, il t'a rencontrée, et c'est là qu'il nous a annoncé qu'il avait dégotté une bonne affaire.

Le sourire de Claire révélait une joie mauvaise.

— Mais ton précieux petit papa a foutu son plan en l'air en te déshéritant, poursuivit-elle. Après, Jack s'est mis dans la tête de devenir acteur – après tout, il jouait la comédie depuis des années –, mais ses profs lui ont dit qu'il ne valait pas un clou. Apparemment, il ne sait pas jouer la comédie quand l'affaire est légale. Alors il a appelé Matt, et voilà.

Jack, un pro de l'arnaque qui n'en avait voulu qu'à mon argent ? J'étais si abasourdie que j'en restai coite.

Finalement, je parvins à prononcer :

— Ce que tu me dis, c'est que Jack ne m'a jamais aimée...

— Oh, je pense qu'il t'aime autant qu'il est capable d'aimer une femme. Lui, ce qu'il aime vraiment, c'est les biens matériels, et les femmes qui peuvent les lui procurer.

Je repensai au repas de Noël, aux yeux anxieux de Claire qui faisaient le tour de la table. Je pensai aux longues heures que Jack passait dehors, à son appétit sexuel inexistant quand il rentrait. Soudain, j'eus un drôle de goût dans la bouche.

— Une femme comme toi, Claire ?

— Oui, pourquoi pas ?

— Tu as une liaison avec mon mari ?

— Ah, voilà, bingo !

Elle n'avait pas l'air d'avoir honte.

— Oh, mon Dieu ! Et Matt, il est au courant ? m'écriai-je.

— Je ne crois pas, mais j'arriverais à le calmer s'il s'en apercevait. Il n'a pas envie de faire sombrer le navire. On a une affaire lucrative, et il suffira de le lui rappeler pour qu'il ferme les yeux. Franchement, tu devrais faire pareil.

Je me tenais derrière un énorme canapé en cuir. Mes genoux tremblaient tellement que je dus m'y agripper.

— Je veux que tu rompes avec Jack. Ce soir.

Claire éclata de rire comme si j'avais fait un bon mot.

— Je romprai quand j'en aurai marre de lui, Julianna. D'ici là, faudra que tu fasses avec.

Je me dirigeai vers Edwards Concepts comme dans un brouillard. Par curiosité, je m'y étais déjà rendue avant Noël, et j'avais découvert avec surprise une maison de stuc délabrée dans un quartier de San Carlos miteux, près des voies de la Southern Pacific. Seule une petite enseigne identifiait le bâtiment comme étant le siège d'Edwards Concepts.

Ce soir-là, en me garant, je vis de la lumière derrière les fenêtres aux stores baissés d'une pièce en façade.

Je parcourus l'allée en courant, col remonté pour me protéger de la pluie. La porte d'entrée était ouverte. Je la poussai et pris à gauche dans un couloir au plafond voûté.

Trois bureaux de métal surmontés d'ordinateurs. Des étagères bourrées d'annuaires téléphoniques et de manuels techniques ; des armoires à dossiers usagées ; une cheminée démodée, inutilisée depuis longtemps.

Et par terre, à côté de la cheminée, un corps d'homme. Ses bras étaient écartés. Le côté droit de sa tête, qui reposait sur la pierre de la cheminée en formant un angle bizarre, baignait dans une flaque de sang. Jack ? Non, il était plus costaud, plus grand.

Je me précipitai vers le corps, me mis à genoux à côté de lui.

Matt.

— Ne le touche pas ! dit une voix derrière moi.

Je me relevai et vis mon mari s'approcher par le couloir. Sans doute sortait-il des toilettes, car il était en train de s'essuyer les mains sur une serviette en papier.

— Mon Dieu, Jack ! Qu'est-ce qui s'est passé ?

— Il... il est tombé.

Le visage de Jack était d'une pâleur de cendre, un pan de sa chemise sortait de son pantalon. Une épaule était décousue, les manches tachées de sang.

Matt était *tombé* ?

— Il est tombé comment ? demandai-je.

— Il a trébuché sur quelque chose.

— Tu as appelé une ambulance ?

— Pas la peine. Il est mort.

La voix de Jack ressemblait à une voix sortie d'un ordinateur, de celles qui vous répondent quand vous essayez d'appeler l'opérateur téléphonique et que vous n'arrivez pas à joindre une personne réelle.

— Et la police ?

Il se contenta de me regarder sans répondre.

Il est sous le choc, me dis-je. Comme moi, chez Claire.

Comme je l'étais toujours, là, debout à côté de Matt. Les chocs se succédaient.

— Jack ? Il faut prévenir la police. Claire... toi et elle...

Il se dirigea vers une chaise, s'assit.

— Ecoute, Julianna, il faut qu'on prenne une décision sur ce qu'on va faire.

— Qu'est-ce que tu veux dire par « ce qu'on va faire » ?

— Pour nous sortir de ça.

— Non.

Il m'adressa un regard incisif, surpris.

— Non ? Tu es folle ?

— Jack, dis-je, je sais ce que c'est comme genre d'affaires, ce que vous faites. Je suis au courant, pour toi et Claire.

— Oh, putain !

Il se pencha en avant, les coudes sur les genoux, et enfouit son visage dans ses mains.

— Tu n'as pas trouvé toute seule, pour les affaires. Tu as trouvé comment ?

— C'est Claire qui me l'a dit, mentis-je. Elle m'a aussi dit pourquoi tu m'as épousée.

— Claire… Ouais, elle a jamais su garder sa langue.

— Elle m'a dit la vérité, non ?

Il ne répondit pas. Il était pâle, décomposé. Il m'était devenu comme étranger. Je le découvrais. J'avais l'impression de me trouver face à un homme que je voyais pour la première fois.

— Matt n'est pas tombé par accident, hein ? insistai-je.

Il releva la tête d'un mouvement brusque.

— Il a découvert ta liaison avec Claire et t'a demandé des comptes. Vous vous êtes battus et toi… toi, tu l'as tué. C'est ça qui s'est passé, non ? poursuivis-je.

Le visage de Jack se tordit dans une grimace.

— C'était un accident ! De la légitime défense ! C'était la faute de Matt, pas la mienne. Claire écarte les jambes pour la moitié des mecs de la péninsule, il le savait, alors je me demande pourquoi il avait besoin de faire tout ce cirque à propos d'elle et moi. Evidemment, on était potes, et alors ? Il était là, à m'accuser d'avoir franchi la ligne… Et il m'a sauté dessus ! Il fallait bien que je me défende, non ? J'avais pas l'intention de le tuer !

Il émit un son de gorge étranglé, désigna le corps de Matt.

— Il faut qu'on camoufle ça, Julianna.

— Qu'on le camoufle ? Nous ?

— Oui, toi et moi. On vit la grande vie ici. Je vois pas pourquoi la jalousie de Matt viendrait gâcher tout ça !

Il s'était relevé, me regardait dans les yeux. Les siens étaient implorants, sur le point de se remplir de larmes. Des larmes de crocodile, me dis-je. Comme l'avait dit Claire, Jack arnaquait le monde depuis le jour de sa naissance.

Un homme était mort. Pas un homme moral ou honnête, mais malgré tout un être humain. Et son prétendu ami voulait camoufler la manière dont il était mort et continuer comme avant, acquérir encore plus de biens, et sans doute de femmes capables de lui procurer les moyens d'y parvenir.

Jack poursuivit :

— On pourrait raconter que tu étais là quand c'est arrivé. On pourrait dire que tu as vu Matt tomber, que c'était un accident. Ou on pourrait coller ça sur le dos de Claire, dire qu'elle a toujours voulu se débarrasser de Matt pour qu'on puisse se mettre ensemble, elle et moi… Non, l'accident, c'est mieux. Ça pourrait marcher, Julianna.

— Ta gueule !

Il me regarda, bouche bée. C'était la première fois que je m'adressais ainsi à lui. A présent, je lui étais encore plus étrangère qu'il ne me l'était.

— Je vais appeler la police, annonçai-je. Tout de suite. Et je vais dire ce qui est arrivé à Matt. N'essaie pas de m'arrêter.

Il n'essaya pas. Il savait qu'il courait le risque que je lui arrache les yeux. Jack était un lâche autant qu'un menteur, un tricheur, un arnaqueur.

Quand je reposai le téléphone, je le vis en train de faire les cent pas, de marmonner des paroles pour lui-même comme s'il avait oublié ma présence. Et son visage d'étranger s'accordait parfaitement à la voix sans âme des automates du téléphone.

Il est en train de préparer ce qu'il va dire à la police, me dis-je. Il est en train d'essayer de trouver un moyen de rejeter la faute sur Matt, ou sur Claire, ou sur moi.

Il était en train de monter une nouvelle arnaque.

J'en avais assez de lui. Terminé, Jack. Terminée aussi, ma vie d'avant. Je ne retournerais jamais dans l'Illinois. Dès que possible, je quitterais la Californie, j'irais m'installer ailleurs et je commencerais une nouvelle vie, une vie qui m'appartiendrait.

LA VIOLONISTE

– *Wendy Hornsby* –

Ces pages sont extraites du journal qui m'a été légué par ma tante, Mary Carlisle, et datées du 2 juillet 1961.

Ernest Hemingway, que j'ai bien connu, est mort aujourd'hui, de sa propre main. Il y a autour de cette nouvelle une telle agitation publique, un tel tapage, non seulement du fait de son décès mais également parce que c'est un suicide, que certains parmi la bande des anciens comparent sa disparition à celle de notre cher Jack London, il y a tant d'années. Certes, Ernest n'a jamais connu Jack, une génération les sépare, mais l'influence de Jack sur son cadet est indiscutable. Aujourd'hui encore, le public comme la critique se livrent à la comparaison de leur œuvre et de leurs exploits. Ils en concluent que, même si les instruments de leur mort sont différents, l'un s'étant tué par balle, l'autre par injection de morphine, ils avaient tous deux les mêmes intentions essentielles. Ou, du moins, c'est ce que l'on suppose généralement.

Les secrets, comme les promesses, constituent parfois une terrible responsabilité pour ceux qui en sont les dépositaires. J'ai très longtemps gardé mon secret sur la mort de Jack London, pour respecter la volonté de mon très cher ami, disparu depuis tant d'années. Mais peut-être s'est-il écoulé assez de temps pour que la vérité ne risque plus de hanter qui que ce soit, à part moi-même. Je crois qu'il est nécessaire de rétablir les faits. Aussi est-ce à toi, ma chère nièce, que je lègue ce soin, à l'aide des éléments importants que je te transmets.

L'événement particulier qui eut lieu durant la longue nuit du 21 novembre 1916 se situe dans un passé lointain, obscurci par le temps. Néanmoins, la révélation des faits ne manquera pas de créer quelques remous. Je te donne ma pleine et entière autorisation de les rendre publics tels que je les connais, et je fais confiance à ton jugement concernant la manière et le moment que tu jugeras les plus appropriés pour t'acquitter de cette tâche.

Certains chapitres de livres devront être réécrits, des notes de bas de page modifiées, des certitudes reconsidérées. Des mythes repensés. Mais après tant d'années, les petits remous soulevés par cette vérité ne seront rien en comparaison de l'onde de choc qui aurait été provoquée si je m'étais manifestée du vivant des personnes concernées, et si mon cher ami Jack London continuait à être adulé par le public.

Jack était une grande star à son époque ; sa célébrité était sans égale, probablement sans précédent pour un écrivain, plus grande à sa manière que celle de Hemingway. Il était aimé ou détesté, selon l'idée que l'on se faisait des bonnes mœurs ; c'était un radical et un débauché. Au début du XXe siècle, Jack avait des millions de lecteurs. Des millions de lecteurs supplémentaires suivaient le récit de ses exploits personnels, comme si sa vie elle-même était un roman que les quotidiens détaillaient dans le seul but de les distraire. Il buvait, il courait le jupon, il se bagarrait et faisait des adeptes. Il avait échappé aux cannibales des mers du Sud et aux mâchoires d'un loup. Il était jeune et beau.

Jack aspirait à la grandeur littéraire, mais, mû par la nécessité de gagner sa vie à raison de neuf centimes le mot pour subvenir aux besoins des nombreuses personnes à sa charge, le plus souvent il produisait en série, non pas de la grande littérature, mais des récits d'aventures destinés à faire frissonner les masses. En réalité, Jack était un tâcheron.

Phénomène éphémère, le renom de Jack fut bientôt éclipsé par celui des bagarreurs et des radicaux de la génération suivante, les écrivains tels que Hemingway. Peut-être est-ce un bienfait s'il ne vécut pas assez longtemps pour voir son nom relégué dans l'ombre.

J'aimais Jack, comme beaucoup de monde. Quel choc, quel chagrin ce fut pour nous quand il nous quitta, si tôt, à peine dans sa quarantième année. On échafauda de nombreuses théories, de nombreuses rumeurs circulèrent à propos de ce qui se passa durant cette fameuse nuit de 1916. Fut-ce un suicide ? Un accident dû à une prise excessive de morphine ? Une mort naturelle ? Un meurtre ? C'est ici qu'intervient mon secret.

Pour moi, l'histoire commence pendant l'été 1903, à Wake Robin, une propriété bucolique au cœur d'une jolie vallée verdoyante proche de la petite ville de Glen Ellen, à une courte distance de San Francisco par le train. La propriété appartenait à Netta et Roscoe Eames, les éditeurs du magazine littéraire où fut publiée ma toute première nouvelle, de même que celle de Jack. Netta m'avait invitée à monter de San Francisco pour me faire rencontrer quelques-uns de ses autres auteurs. Elle m'offrit généreusement l'hospitalité dans un petit bungalow que je partageais avec sa nièce, Charmian Kittridge, quand celle-ci venait de Berkeley.

Charmian, petite femme pleine d'impatiente énergie, avait dix ans de plus que moi. Bien que nantie d'une famille capable de subvenir à ses besoins, elle gagnait sa vie par elle-même, ce qui était inhabituel à l'époque. Dactylographe et comptable expérimentée, elle travaillait pour une compagnie maritime de Berkeley, où elle possédait également plusieurs petites maisons qu'elle louait. Douée pour les affaires, elle profitait de ses succès en faisant un peu étalage de son aisance financière, dans un style plutôt flamboyant.

Je la connaissais déjà, car Netta lui avait demandé d'écrire une critique de ma première nouvelle, et je l'avais remerciée en l'invitant à dîner avec la bande d'amis de Jack.

Charmian et moi étions correctes l'une envers l'autre. Mais elle voyait dans chaque femme une rivale, aussi n'était-il pas facile de nouer avec elle des liens d'amitié sincère. En vérité, je ne lui vouais pas grande admiration. Elle éprouvait le besoin de se trouver au premier plan sur la moindre photo, d'avoir le dernier mot dans la moindre conversation. Toujours soucieuse de briller de mille feux, elle mettait tout en œuvre pour se trouver au centre de l'attention générale. Je me souviens des paroles d'Alice, la fille du premier président Roosevelt, qui décrivait son père en des termes parfaitement adaptés à Charmian : « A tous les mariages, Teddy voulait être la mariée. »

Bien que n'étant pas mariée à près de trente-cinq ans, Charmian Kittridge ne pouvait être rangée dans la catégorie des vieilles filles. Elle était ce qu'on appelait alors avec mépris dans les milieux conventionnels une « Femme Nouvelle » : libérée sexuellement, instruite, le langage direct, indépendante. Elle était loin d'être jolie, elle avait trop de dents et une longue mâchoire proéminente, mais elle était dotée d'un corps athlétique, d'une bonne forme physique. Par-dessus tout, je la trouvais futile et matérialiste, trop fière de sa minceur et des vêtements dont elle se parait, ainsi que de ses aventures, dont plusieurs avec des hommes mariés qui, à la fin, refusaient toujours de quitter leur femme pour elle.

En cet été 1903, Jack envisageait de remonter l'American River en bateau, long périple pour lequel il souhaitait être accompagné d'une femme qu'il n'avait pas encore choisie. Pour avoir les coudées franches, il avait envoyé sa femme Bess et leurs deux jolies petites filles à Wake Robin, dans la propriété de Glen Ellen. Il les avait installées dans leur bungalow, puis leur avait annoncé qu'il ne resterait pas avec elles, avant de regagner Oakland. J'aimais Jack, mais je déplorais sa manière de céder à ses basses pulsions sans faire preuve de la moindre prudence.

Et j'aimais bien Bess. Jack était un joyeux drille et leur maison d'Oakland était toujours pleine d'invités auxquels, de plus ou moins bonne grâce, Bess fournissait de grandes marmites de spaghettis et des carafes de vin rouge. Ces réunions dégénérant régulièrement en beuveries bruyantes et en bagarres, je m'en échappais de bonne heure pour aider Bess à faire la vaisselle avant que l'alcool ait raison des bons instincts de la bande.

A Wake Robin, Bess et moi pûmes converser tranquillement sans être interrompues, malgré la présence de nombreux membres de la bande. Je la trouvais intelligente, avec de bonnes connaissances littéraires, modeste, et je recherchais sa compagnie, particulièrement quand Charmian était présente et que j'éprouvais le besoin de m'éloigner de notre logis commun.

Lorsque Jack arriva, en fin d'été, un frisson d'excitation parcourut le parc. Ce furent ses filles qui donnèrent l'alarme :

— Papa est là ! Papa est là !

La petite Joan prit la tête de la troupe et s'élança à la rencontre de la voiture de son père en tirant sa petite sœur Becky par la main. Jack n'eut pas plus tôt posé le pied par terre qu'elle se jeta contre lui sans cesser de chanter son refrain : « Papa est là ! Papa est là ! »

Bess semblait extrêmement heureuse de voir son mari, soulagée de le voir lui revenir, je pense. Elle savait qu'il avait régulièrement d'autres femmes, mais jusqu'alors aucune d'elles n'avait dépassé le statut de flirt intellectuel ou d'aventure passagère. Cependant, je sais que, cet été-là, Bess sentait que les choses étaient différentes. C'était la première fois que Jack envoyait sa famille ailleurs pendant qu'il restait à la maison.

La seule personne qui ne vint pas à la rencontre de Jack fut Charmian.

Son retour fut suivi de quelques journées très joyeuses. Comme de coutume, on retrouvait Jack en première ligne pour les farces, les matchs de boxe et les duels. Il apprit à ses filles à appâter un hameçon et à attendre que le poisson morde, à chevaucher à travers les collines. Le soir, il donnait le bras à Bess et la conduisait à la salle à manger. Jamais je ne l'avais vue plus heureuse, et lui plus content.

Puis, un après-midi, vers la fin de cette même semaine, Bess vint me trouver dans mon bungalow. J'étais en train de réviser un manuscrit attendu par mon éditeur et, espérant voir l'intrus renoncer, je ne répondis pas immédiatement aux coups frappés à la porte. Mais en reconnaissant la voix de Bess, j'allai ouvrir.

Je ressentis un choc en voyant la pâleur de son visage, si coloré d'habitude. Ses yeux noirs brillaient comme ceux d'un poulain en proie à la panique.

— Bess, m'écriai-je, que se passe-t-il ? Les filles...

Elle eut un geste de dénégation. Elles allaient bien. Avec effort, elle me demanda de venir me promener avec elle, car elle avait besoin de mes conseils.

Je passai mon bras sous le sien et, d'un pas lent, nous nous mîmes en route. Laissant derrière nous le bungalow de la famille London et les écuries, nous traversâmes le ruisseau et gagnâmes l'extrémité arrière de la propriété.

Avec un soupir, Bess désigna de la main un petit abri champêtre construit à côté d'un bassin de natation formé par une digue traversant le ruisseau. Il y avait là quelques fauteuils de jardin installés sous un dais de toile et quelques hamacs tendus entre les arbres. Dans l'un d'eux, Jack et Charmian. Ils nous tournaient le dos, plongés dans une intense conversation.

— Que pensez-vous de cela ? me demanda Bess.

— Sa tante Netta a demandé à Charmian d'écrire un article sur l'une des nouvelles de Jack pour leur magazine littéraire, répondis-je. Ils sont sans doute en train d'en discuter.

— Ils sont assis là depuis le petit déjeuner, rétorqua-t-elle, le menton tremblant. Je les vois depuis mon bungalow.

Nous étions presque à l'heure du dîner. Je ne les avais pas vus à midi.

Je m'apprêtais à protester que Charmian était beaucoup plus âgée que Jack et que d'ailleurs elle n'était pas son genre, mais je m'arrêtai à temps. On ne révèle pas à une épouse qu'on connaît les amours extraconjugales de son mari, surtout lorsqu'on a été soi-même l'une des heureuses élues, même brièvement, et dans un lointain passé.

Je proposai alors à Bess d'aller les rejoindre, car, après tout, il s'agissait de son mari, et Charmian était une amie.

Bess refusa :

— Je sens qu'il se passe une chose terrible.

A ces mots, je ne pus me retenir et me récriai :

— Pas Charmian, surtout pas elle ! Jack l'a forcément percée à jour. Comme nous tous.

Elle me regarda, les yeux rétrécis.

— Les hommes ne voient pas les femmes comme nous les voyons, nous autres femmes.

— Jack est très attaché à vous et aux filles.

— Je le déçois au lit.

Je la repris par le bras et nous retournâmes sur nos pas. Nous perdîmes de vue l'abri où était assis le couple. Quand nous fûmes sur le pont qui franchissait le ruisseau, nous constatâmes de loin que le hamac était vide.

Jack attendait Bess à la porte de leur bungalow en faisant les cent pas. Lorsqu'il nous aperçut, il fronça les sourcils. Je vis qu'il était en proie à une vive émotion.

— Voulez-vous que je vous accompagne ? proposai-je à Bess.

Elle fit un signe affirmatif, puis se ravisa :

— Comme vous l'avez dit, c'est mon mari, et je crois qu'il a quelque chose à me dire.

Je l'embrassai sur la joue et lui tapotai la main. Elle respira à fond, redressa les épaules, puis marcha droit sur Jack. Elle avait peur, je le savais, mais elle était déterminée. Elle avait deux petites filles à protéger. Je tournai les talons immédiatement afin de leur épargner une présence importune.

Je retrouvai Charmian dans le bungalow que nous partagions, en train d'emballer ses affaires dans sa valise. Elle se préparait à partir. J'ai lu trop souvent l'expression « un regard de triomphe » pour ne pas avoir éliminé ce cliché de mon vocabulaire. Mais, à ce moment-là, je le vis, ce regard de triomphe, sur le visage de Charmian. Le regard de la gagnante, de celle qui a remporté le mari d'une autre. Je vis aussi qu'elle en était sacrément fière.

— Charmian, qu'avez-vous fait ? dis-je. Avez-vous pensé aux enfants ?

— Jack et moi, nous avons accepté l'inévitable, nous allons suivre la route que le destin a tracée pour nous, répondit-elle. Nous nous sommes mis ensemble.

— Vous avez décidé cela aujourd'hui, assis dans un hamac, au vu et au su de tout le monde ?

— Non.

Elle eut le bon goût de rougir et de baisser le nez, mais son sourire triomphant n'en fut que plus épanoui.

— Nous nous aimons depuis le début de l'été. Personne ne le sait, et je vous fais confiance, par loyauté envers Jack, pour ne rien dire à personne avant le moment approprié.

— Quand, exactement, l'annonce d'une liaison devient-elle appropriée ? m'enquis-je.

— Quand le divorce est prononcé.

Je répétai « divorce », me souvenant que, contrairement à leurs belles promesses, pas un des hommes qu'elle avait connus n'avait quitté sa femme pour elle.

— Nous avons un plan, déclara-t-elle, comme si sa volonté et celle de Jack étaient une justification suffisante pour la destruction du bonheur de tant de personnes, dont deux d'âge tendre.

D'un ton enthousiaste, elle commença à me dévoiler ledit plan. Il me fit l'effet d'une sorte de partenariat d'affaires incluant le droit de coucher ensemble, mais Charmian était convaincue du fond du cœur qu'elle parlait d'un amour comme le monde moderne n'en avait encore jamais vu.

Charmian libérerait Jack de tout souci d'intendance afin de lui permettre d'écrire sans interruption. Elle se chargerait de l'entretien de sa maison et de ses relations professionnelles avec l'étranger, elle taperait et relirait ses manuscrits, le détournerait des distractions, et l'aimerait passionnément, charnellement, aussi souvent qu'il le désirerait. Elle ferait preuve de tolérance envers ses flirts.

— Et vous, qu'aurez-vous en retour ? demandai-je.

— Une vie magnifique.

Elle poursuivit en m'informant qu'elle lui avait remis une analyse des rentrées que lui procuraient ses œuvres, nouvelles et romans confondus. De toute évidence, les plus populaires, et, partant, les plus lucratives, étaient les histoires reposant sur ses aventures vécues dans le Klondike, ses tribulations datant de l'époque où, errant à travers le pays, il fut jeté en prison comme vagabond, comme pilleur d'huîtres. Essentiellement, des histoires au cours desquelles il était confronté à une mort imminente et s'en sortait vainqueur.

— Nous allons naviguer ensemble à travers le monde, s'échauffa-t-elle. Et nous raconterons nos aventures au monde !

Son excitation grandissait à mesure qu'elle me déroulait ce plan. Ses joues rougirent et une fine couche d'humidité emperla bientôt son large front. Au milieu de toutes ses aventures, poursuivait-elle, Jack écrirait à raison de mille mots par jour et ce, jusqu'à la fin de son existence. Ils seraient célèbres. Ils seraient riches.

Cette dernière remarque me choqua. Car son amant, comme elle, était socialiste.

— Jack n'est pas intéressé par l'argent, déclarai-je.

Elle me transperça d'un vrai regard de mégère, un regard qui me défiait de connaître ce qui se passait dans le cœur de Jack.

— *Vous*, vous savez ce que veut Jack ?

— C'est un écrivain, objectai-je. Il veut l'immortalité.

— Englué dans la vie domestique avec Bess, comment l'atteindrait-il ?

— Englué dans la controverse et la honte publique, comment y parviendrait-il ?

— La célébrité peut prendre de nombreuses formes.

J'appris que le credo de Charmian était : mieux vaut faire parler de soi qu'être ignoré.

C'est ainsi que Jack London quitta une femme très bien, et ses filles, pour Charmian.

La transition ne se fit pas aisément.

Le divorce prit deux ans, au cours desquels Bess se battit avec toutes les ressources dont elle disposait. Charmian alla se cacher auprès de sa tante Netta à Wake Robin pendant la majeure partie de cette période, passant ses journées à travailler d'arrache-pied pour Jack, à dactylographier, à relire, à renvoyer, mis en forme, les manuscrits qu'il lui faisait parvenir par paquets de pages brutes, écrites à la main. Ils s'écrivaient souvent, se retrouvaient rarement.

Jack, de son côté, alla s'installer chez des amis et reprit sa vie de bâton de chaise avec sa bande. En compagnie de son ami George Sterling, il fréquentait régulièrement les bars et les bordels du quartier Tenderloin, à San Francisco. George, comme la plupart des membres de la bande de Jack, n'avait aucune sympathie pour Charmian et ne comprenait pas comment son ami avait pu être attiré par elle. Ravi de la séparation apparente des deux amants, il encouragea Jack lorsque celui-ci se lança dans une nouvelle aventure avec une jolie critique dramatique, Blanche Partington.

Pendant que Charmian l'attendait en s'échinant pour lui à Wake Robin, sa liaison avec Blanche devint très sérieuse. Je les vis très souvent ensemble, en particulier lors d'une croisière dans le delta du Sacramento que nous entreprîmes sur le bateau de Jack, le *Roamer.* Jack et Blanche paraissaient bien assortis. D'évidence, avec Blanche à son bras, et sans doute ailleurs aussi, Jack avait relégué Charmian et son plan aux oubliettes.

Comme Jack, Charmian possédait le don d'inventer des contes, ou, peut-être, de vendre du rêve. Elle semblait disposer du pouvoir de s'accrocher dans le cerveau de Jack pour le retourner en faveur de ses propres intérêts.

Jack me raconta par la suite combien il avait été surpris le jour il s'était rendu à Glen Ellen pour l'informer que leur histoire était finie. Charmian, au lieu de jouer la scène de la maîtresse délaissée, lui avait aimablement proposé de l'accompagner jusqu'à Sonoma, où il devait prendre le train.

Je le vis le soir de son retour à Oakland, encore sous le charme de la journée qu'il avait passée avec Charmian : une longue chevauchée à travers des collines doucement arrondies et recouvertes d'une herbe brillante, dorée par le soleil de l'été, le tout sous un ciel bleu pur à la Botticelli. Il avait repris le train, à nouveau persuadé d'être uni à Charmian. Pour la vie.

Oui, nous allons naviguer ensemble à travers le monde, informa-t-il sa bande réunie pour le dîner à Oakland. Mais ils investiraient également sur la terre ferme. Ils achèteraient du terrain là-bas, à Glen Ellen, sur les magnifiques pentes de la Vallée de la Lune, qu'ils avaient parcourues à cheval ce jour-là. Ils créeraient un nouvel Eden qui servirait de modèle au monde entier, une utopie agricole et culturelle, le Ranch de la Beauté. Ils feraient construire une demeure qui s'appellerait la Maison du Loup, en référence à son roman le plus célèbre. Ils utiliseraient des matériaux locaux éternels, immuables, de la pierre d'origine et des séquoias entiers, et cette demeure resterait debout pendant mille ans. Ils atteindraient véritablement l'immortalité. Ensemble.

Il l'épousa au cours d'une rapide cérémonie, devant des étrangers, le jour même où son divorce fut prononcé.

Comparé à sa nouvelle épouse, Jack était un vagabond sans éducation, très crédule, idéaliste, doué pour raconter des histoires, sorti par elle d'une ombre relative parce qu'elle croyait en son potentiel. Jack n'arrivait pas à la hauteur de la rusée Charmian : il était le violon, et elle la violoniste qui lui donnait sa voix. C'est elle qui le coula dans son image d'écrivain, d'aventurier partout chez lui dans le vaste monde, de propriétaire de ranch. D'amant.

Ils naviguèrent à travers le monde. Ils manquèrent mourir de photodermatose, d'empoisonnement par des aliments avariés et par une variété de parasites exotiques, sans parler de leur rencontre avec des cannibales nus et armés de lances. Ces mésaventures leur permirent de vendre encore plus de livres, d'articles, de nouvelles basés sur ce périple. Ils construisirent leur ranch modèle à Glen Ellen, et Jack se fit le pionnier de techniques agricoles reposant sur des théories dénichées dans les livres. Et il écrivit ses mille mots tous les jours.

Pour Charmian, sa bande d'amis ne servait qu'à le distraire de son travail. Trop de boisson, trop de tentations. Durant leurs voyages, elle pouvait, certes, éviter les autres et garder Jack entièrement sous sa coupe. Mais chez eux, au ranch, Jack avait lancé une invitation globale : Venez, venez tous, et restez longtemps.

La plupart du temps, Charmian se tenait éloignée des bouffonneries de leurs visiteurs, et sa chaise était souvent vide à table.

Elle émit une série de règles. Personne, à l'exception des maîtres des lieux et de leur boy, n'avait le droit de passer la nuit dans leur maison. Pour loger ses hôtes, Jack réaménagea un dortoir agricole, à quelque distance de l'habitation principale. Tous étaient les bienvenus pour y séjourner, profiter du ranch, amuser Jack. Mais quelle que fût la quantité de boisson absorbée, quelle que fût l'heure à laquelle s'interrompait la fête, les matins étaient sacro-saints. Défense de s'approcher de la maison ou de faire du bruit avant l'annonce du déjeuner. Et le déjeuner était annoncé quand Jack avait fini ses pages.

Jack et Charmian gagnèrent et dépensèrent plusieurs fortunes, lui en terres et projets agricoles, elle en belles choses et voyages d'agrément. Charmian Kittridge London, qui se proclamait socialiste, voyageait en première classe et apprit à Jack à exiger la meilleure chambre dans tous les hôtels où ils passaient.

Je les voyais rarement. Mais je conserve le souvenir de l'une de nos rencontres.

C'était en 1907, l'année qui suivit le grand tremblement de terre de San Francisco. Notre ami commun George Sterling eut la bonne idée, puisque tant de nos maisons, tant de nos lieux de prédilection, avaient disparu dans l'incendie qui avait suivi le tremblement de terre, de nous proposer d'aller nous installer plus au sud sur la côte, à Carmel. Dans son esprit, nous deviendrions une communauté d'artistes et d'écrivains, et nous nous aimerions les uns les autres pour toujours.

Beaucoup d'entre nous répondirent à son appel et allèrent planter leur tente près des ruines d'une ancienne mission espagnole, non loin d'un bras de mer où abondaient les ormeaux. Nous étions pour la plupart désargentés et, de même que les ruines de la mission nous procuraient un toit gratuit, les ormeaux nous procuraient des repas gratuits.

Dans le groupe se trouvait une belle et jeune poétesse nommée Nora May French. C'était George qui l'avait amenée. On voyait bien qu'elle était dans une phase de dépression, et on disait que les causes étaient nombreuses. Son amant, un capitaine de marine, l'avait quittée ; elle nourrissait une passion sans retour pour l'un de nous, Jimmy Hopper. Cet oiseau rare, un homme aux cheveux bouclés, restait fidèle à sa femme. Mais moi, je crois qu'elle avait tout simplement une nature mélancolique. Elle écrivit quelques jolis poèmes mais en publia peu, qui lui rapportèrent très peu d'argent.

L'été fut une grande fête, mais quand il prit fin, la plupart d'entre nous envisagèrent de repartir, poussés par une préoccupation des plus triviales, à savoir gagner leur vie. Nous eûmes droit à un dernier événement d'importance : Jack et Charmian vinrent passer quelques jours avec nous. Jack, bien sûr, était dans son élément. Charmian, elle, se plaignit de l'humidité.

Le lundi après-midi suivant, nous étions tous repartis, à l'exception de Carrie, la femme de George, et de Nora May. Carrie avait prétexté des bagages à boucler, mais je pense qu'en vérité elle recherchait un peu de tranquillité. Nora May resta, je crois, parce qu'elle n'avait nulle part où aller, ni même assez d'argent pour repartir.

Pendant la nuit, Carrie entendit Nora May se glisser dans sa tente et se coucher dans le lit vide de George. Elle pensa que la jeune fille redoutait simplement la solitude. Lorsque, peu après, elle entendit quelques légers sons étranglés, elle les prit pour des sanglots silencieux. Au matin, elle découvrit que Nora May avait avalé du cyanure. On en retrouva un paquet vide à côté de son verre.

Il y eut, au début, une démonstration générale de stupéfaction et de tristesse. Puis, très vite, le suicide de Nora May French fut considéré par le groupe comme une manière élégante de disparaître, au moment choisi. Une fin romantique, byronesque, en somme. A quoi bon vieillir et enlaidir, devenir un boulet pour ses amis et connaissances, alors qu'il était si simple de transporter le moyen d'en finir dans sa poche, comme l'avait fait Nora ?

George fit en sorte que ses poèmes fussent publiés en un beau petit volume. Le livre fut bien reçu ; un certain nombre de lecteurs furent littéralement transportés par la mort tragique de la jeune poétesse. Au moins, dans la mort, Nora May acquit-elle la renommée qui s'était refusée à elle pendant sa vie.

C'est ainsi que commença une sorte de culte du suicide au sein de la bande. Beaucoup se mirent à porter sur eux une dose mortelle de cyanure à utiliser lorsque leur moment « Nora May » arriverait. A la fin, six d'entre eux devaient finir par l'absorber, y compris, séparément, George et Carrie Sterling.

Seul Jack trouvait cette idée épouvantable, tandis que Charmian, elle, était fascinée par le pouvoir de la gloire posthume.

Je ne rendis ma première visite à Jack et Charmian dans leur ranch que plusieurs années après. Jack m'avait écrit à l'automne 1911 en me suppliant de venir. Les mois précédents avaient été difficiles pour eux. Charmian, bien qu'âgée d'une quarantaine d'années, avait mis au monde une petite fille pendant l'été de l'année précédente. Mais le bébé n'avait vécu que quelques jours.

Leur chagrin à tous deux avait été très profond. Charmian avait attendu de son époux qu'il s'enferme avec elle après la perte du bébé. Au lieu de cela, éprouvant le besoin désespéré de la présence de ses filles, il avait émis l'idée de construire une maison pour Bess et leurs filles sur le terrain du ranch et de les y installer.

Bess avait réfléchi à sa proposition assez sérieusement pour venir avec ses filles à Glen Ellen. C'était la première fois. Mais la journée avait été gâchée par un acte délibéré de la part de Charmian.

Alors que la famille, Jack, Bess et les filles, étaient en train de pique-niquer, assis à l'ombre d'un chêne, Charmian s'était approchée avec son cheval lancé au galop, couvrant les pique-niqueurs de poussière et rendant le repas immangeable. Bess avait alors décrété que les filles ne seraient pas en sécurité sous le toit de Charmian et était partie pour ne plus jamais revenir.

Jack, furieux, s'était lancé dans une bagarre prolongée afin d'obtenir le droit de passer plus de temps avec Joan et Becky.

Au cours de cette année-là, il avait paru abandonner son combat contre la boisson. Plusieurs de ses escapades d'ivrogne avaient été reprises par la presse. L'une d'elles avait eu lieu à San Francisco, avec ce vieux grincheux d'Ambrose Bierce ; une autre, à Oakland, s'était terminée par une bagarre dans un bar qui avait conduit Jack en prison, avec un œil au beurre noir.

Le couple était parti à deux reprises pour de longs voyages, mais, l'année suivante, Charmian n'était toujours pas remise de sa dépression. Car malgré les importants revenus de Jack, ils étaient couverts de dettes et Jack semblait obsédé par la progéniture de « l'autre femme », à savoir ses filles.

Jack pensait qu'une compagnie féminine relèverait le moral de Charmian, aussi fus-je invitée au ranch de Glen Ellen, en même temps que Carrie Sterling.

A notre arrivée, cet automne-là, les London étaient en train de faire construire la Maison du Loup pour de bon. Même inachevée, c'était la plus grande maison que j'eusse jamais vue : elle s'élevait sur quatre étages et comportait autant de chambres qu'un petit hôtel. Terminé, le dortoir séparé pour la bande de copains !

Dans la nouvelle maison, la chambre de Jack serait un nid d'aigle isolé au sommet, accessible uniquement par la chambre de Charmian.

Le ranch était vraiment magnifique. J'étais heureuse de jouir de la solitude imposée des matins, qui me permettait d'écrire, et de la compagnie de bons amis pendant mes longues promenades à pied ou à cheval. Jack avait indiqué de manière très claire que j'étais la bienvenue, que je pourrais rester aussi longtemps que je le souhaiterais.

Mais j'interrompis mon séjour au bout de peu de temps.

Un soir où j'arrivais pour le dîner, auquel Jack avait apparemment convié d'autres personnes, j'entendis ces deux éternels amants se disputer à la cuisine :

— Quand cela va-t-il finir, Jack ? se plaignait Charmian, d'une voix contrôlée, mais pleine de colère rentrée. Tous les soirs, j'ai un surplus d'une douzaine de personnes à ma table.

— Mes amis ne sont pas un surplus, répliqua-t-il, mes amis font partie de ma vie.

— Ils ont la pire des influences sur vous. Vous avez encore eu du mal à vous lever ce matin pour vous mettre au travail. Avec toutes ces dettes qui s'accumulent, vous ne pouvez pas vous permettre de vous laisser distraire.

Je pensai à la salle à manger de la nouvelle maison en construction, prévue pour accueillir trente personnes, et j'imaginai les pressions qui attendaient Jack quand un tel nombre de convives partageraient leur dîner. Pour ne plus repartir.

Je me retirai du nombre des convives ce soir-là et pris le train du retour le lendemain matin.

Nous nous rencontrâmes par hasard à New York l'hiver suivant, peu après le nouvel an 1912. Les amours entre Jack et Charmian n'allaient pas fort. Il vint dîner un soir avec George Sterling et plusieurs autres amis, mais sans elle. Il ne fournit aucune excuse, aucun prétexte, maux de tête ou autres fables. Il dit qu'il ne l'avait plus vue depuis plusieurs jours, sans faire aucun cas des questions ni, à ce qu'il semblait, de sa femme.

Je tombai sur Charmian, l'après-midi suivant, au Metropolitan Museum, seule, et je l'invitai à venir prendre le thé. Je m'attendais à apprendre que tout était fini entre eux, qu'il avait trouvé quelqu'un d'autre ; et je croyais savoir qui était ce quelqu'un.

A ma grande surprise, elle m'annonça :

— Nous partons en croisière autour du cap Horn au mois de mars.

Elle ajusta son étole de vison, le visage serein comme si son époux n'avait pas disparu de son horizon plusieurs jours auparavant.

— De Baltimore à Seattle, précisa-t-elle. Ce sera notre plus long voyage depuis les mers du Sud. Un nouveau voyage de noces.

Des fantasmes, me dis-je. Son imagination la perdra.

Entre le mois de janvier et le mois de mars, moment prévu pour le départ du bateau qui devait les emmener naviguer autour du cap Horn, Jack ne fut pratiquement jamais à jeun, et apparut toujours sans Charmian. Mais, ô surprise, il était à bord, avec elle, quand le bateau quitta le port de Baltimore.

George Sterling, qui avait été son compagnon de beuverie pendant cette période new-yorkaise, me confia par la suite qu'après une semaine complète d'ivrognerie Jack avait pris peur un matin en découvrant au réveil qu'il s'était entièrement rasé la tête sans avoir gardé le moindre souvenir de son geste. Pis, il s'était aperçu qu'il n'avait pas écrit une seule page de toute l'année. Or, la pile de factures montait depuis trois mois, son compte en banque était vide et il n'avait rien de nouveau à présenter à son éditeur.

Je crois que si Jack était retourné auprès de Charmian, c'était pour trouver un refuge, pour tenter de se sauver de lui-même par tous les moyens. Pendant leur voyage, il écrivit *John Barleycorn*, l'ouvrage où il se livre avec sincérité en parlant du fléau de l'alcool. Et le couple prit un nouveau départ. Charmian rentra à Glen Ellen, enceinte pour la seconde fois.

Mais elle fit une fausse couche peu après leur retour de voyage et sut qu'elle devait abandonner l'espoir d'avoir un enfant. Elle en fut dévastée.

Les calamités se succédèrent. Jack faillit mourir d'une péritonite. Puis, en l'espace de peu de temps, son étalon primé mourut, une gelée tardive détruisit leur récolte de pommes, un vent sec assécha leur maïs sur pied, et les sauterelles envahirent leurs bois d'eucalyptus.

Je pense qu'aux yeux de Charmian le potentiel de Jack et, peut-être, son charme avaient commencé à se tarir. La femme indépendante qu'elle avait été réapparut. Elle devint elle-même un auteur publié, fière de l'argent qu'elle gagnait. Pour celle qui avait relu et révisé les livres de Jack pendant tant d'années, le processus de l'écriture n'avait aucun secret.

Leur seule grande réussite cette année-là fut l'achèvement de la Maison du Loup. Au mois d'août, il ne restait que quelques finitions à mener à bien avant l'emménagement du maître et de la maîtresse des lieux. La dernière tâche consistait à passer à la térébenthine les massives poutres de séquoia supportant la structure.

Ils fixèrent une date à la fin du mois d'août pour prendre possession de leur nouvelle demeure.

Ils n'en eurent pas le temps. Pendant la nuit du 22 août de cette année 1913, la Maison du Loup, la grande résidence construite pour durer mille ans, brûla. Les ruines restèrent fumantes pendant trois jours.

Leurs magnifiques projets semblèrent avoir disparu dans cet incendie. Les braises de la grande vision qu'avait Jack pour son ranch mirent un peu de temps à se consumer, mais elles finirent par refroidir définitivement.

Pendant la majeure partie des deux années qui lui restaient à vivre, il voyagea avec Charmian en sillonnant de haut en bas les côtes de Californie. Ils naviguèrent à bord du *Roamer* sur le fleuve Sacramento, et ils traversèrent le Pacifique par deux fois pour faire de longs séjours à Hawaii.

A Hawaii, Charmian sortait le soir sans Jack, qui était souvent trop malade pour faire des histoires. Notre ami George Sterling disait que Jack avait une maîtresse là-bas, mais je me souviens de l'état de Jack après leur retour, et je doute qu'il ait eu la faculté de plaire à une maîtresse. Voire même à sa femme.

Jack fit également plusieurs voyages sans Charmian, mais ils se passèrent mal. Lors d'un séjour en célibataire à New York, la presse écrivit que Jack et trois « actrices » avaient été légèrement blessés dans un accident d'attelage, à une heure tardive de la nuit.

Sous contrat avec Colliers, il se rendit à Veracruz pour écrire des articles sur la révolution mexicaine, mais fut renvoyé chez lui pour cause de « dysenterie » avant d'avoir eu le moindre aperçu de la révolution.

A chaque épisode, la presse devenait moins tendre, les lecteurs moins tolérants. Jack commençait à lasser.

A l'automne 1916, il avait plusieurs projets en route, tous emplis d'un nouvel idéalisme. Il s'était détourné du socialisme pour le remplacer par la psychologie jungienne comme moteur de son œuvre. Mais il n'acheva pas grand-chose pendant la dernière année de sa vie, hormis des articles de voyages. Il buvait beaucoup et s'injectait lui-même de la morphine pour soulager ses maux d'estomac. Lorsque sa main tremblait trop violemment pour lui permettre d'enfoncer une aiguille dans une veine, son jeune serviteur japonais, Sekine, ou Charmian venaient à sa rescousse.

Malgré son mauvais état de santé, il prévoyait un nouveau voyage à New York, une fois de plus sans Charmian, qui s'y opposait avec force.

Durant la journée du 21 novembre, Jack écrivit une lettre à sa fille Joan pour l'inviter avec sa sœur à déjeuner et à faire une croisière sur le lac Merritt le week-end suivant. En effet, il ferait étape à Oakland avant de prendre le train de New York. Il semblait plein d'espoir.

Ce jour-là, je me trouvais de nouveau au ranch et, de nouveau, à l'invitation pressante de Jack. J'étais la seule résidente du « dortoir », Charmian ayant renvoyé les autres pour permettre à Jack de se remettre. Du reste, les autres ne s'étaient pas fait prier pour partir, car Jack était devenu querelleur et, le soir, on entendait résonner des éclats de voix depuis la maison des London.

Pendant ce séjour, je réussis à éviter de croiser le chemin de mes hôtes dans la journée. Je les rejoignais seulement pour le déjeuner et le dîner, après quoi je m'éclipsais de bonne heure au lieu de rester jusque tard dans la nuit pour les discussions habituelles. Charmian semblait soulagée de me voir partir avant que Jack eût avalé sa ration d'alcool du soir.

Je tombai sur Jack tard dans l'après-midi du 21. C'était juste avant le coucher du soleil. La terre conservait encore la chaleur de la journée, mais il soufflait un vent frais qui montait de la Vallée de la Lune et arrachait des confettis de feuilles dans la vigne de Jack.

L'hiver s'annonçait. Héritage de mon enfance en Nouvelle-Angleterre, et malgré la douceur de l'hiver californien, je sentais, quand les jours raccourcissaient, descendre sur moi le manteau de mélancolie qui accompagnait la saison.

Hormis la coupure du déjeuner, j'avais travaillé toute la journée à relire des nouvelles que mon éditeur attendait. J'avais les yeux fatigués, le dos raide. Je ressentais le besoin de prendre l'air et de faire un peu d'exercice avant le dîner.

Comme de coutume, j'emportai mon appareil photo lorsque je sortis faire ma promenade à travers les champs et les bois d'eucalyptus. En contrebas de la maison se trouvait un étang – Jack l'appelait le lac –, où une jolie variété d'oiseaux venait généralement pêcher son repas du soir. Je décidai de pousser jusqu'au ponton de bois où Jack avait amarré une petite barque de pêche et de m'y installer pour guetter l'apparition éventuelle d'un sujet intéressant à fixer sur ma pellicule.

En m'approchant, j'aperçus Jack au milieu de l'étang, en train de nager lentement vers le rivage. Je pris quelques clichés, séduite par l'effet des rayons du soleil couchant sur l'eau qui ruisselait de ses bras en cascades de cristal. Lorsqu'il eut pied, il se redressa, secoua son épaisse chevelure blonde à la manière d'un chien. Je pris d'autres photos. Il ne m'avait pas encore vue.

Je me souviens que je m'étais réjouie en constatant que Jack se sentait assez bien pour nager, car il était malade et souffrait de l'estomac depuis le début de l'été. On en rendait responsable un empoisonnement à la ptomaïne, des calculs rénaux, ou une crise d'urémie... mais la véritable cause était sans nul doute une vie de soirées trop longues, de consommation immodérée de nourriture trop riche et de boissons fortes, ainsi que l'automédication. S'il nageait, c'était pour moi signe d'amélioration.

Jack émergea de l'eau noire, entièrement nu, la peau rosie par le froid, son légendaire bâton d'amour réduit à l'état d'une excroissance rose pâle au milieu du triangle sombre apparaissant sous un ventre protubérant. Quand il me vit, il s'inclina, ôta un chapeau imaginaire et ramassa avec un large sourire son vieux peignoir de flanelle. Je lui rendis son salut, pris une dernière photo et m'éclipsai.

Mes photos de ce soir-là sont les dernières de Jack. On l'y voit souriant, et apparemment, mais peut-être n'est-ce qu'une apparence, robuste. Il était de bonne humeur et son sourire était naturel, gentil. Et, comme toujours, enchanté du bon tour qu'il m'avait joué. Je savais qu'il riait sous cape en espérant avoir choqué le dernier reste de pruderie victorienne qui subsistait en moi. Mais, non, il ne m'avait pas choquée.

Je m'étais éclipsée non parce que j'avais été gênée par sa nudité, mais parce que j'avais été attristée de voir combien son joli ventre d'avant avait enflé, combien maigres étaient devenus ses bras et ses jambes si vigoureux autrefois. Jack avait été un homme vraiment magnifique. Je pleurais la perte de cet homme.

Le sentier que je pris contournait les champs, passait derrière un rocher aux arêtes vives, empruntait une vallée traversée par un ruisseau et montait jusqu'aux ruines de la Maison du Loup. Les vestiges des murs étaient déjà recouverts de mousse et d'une vigne vierge qui s'enroulait autour des pierres noircies et des poutres carbonisées. Relique éternelle d'un rêve perdu, c'était une ruine appelée à durer mille ans. Sur mes photos de ce soir-là, on voit un squelette menaçant en train de disparaître, avalé par la forêt.

Plus tard dans la soirée, pleine d'appréhension à l'idée de voir peut-être resurgir les vieilles disputes conjugales pendant le repas, je m'approchai de la maison des London à l'heure convenue. Le domestique japonais, Sekine, ouvrit la porte sans me laisser le temps de frapper. Il semblait avoir guetté mon arrivée.

— Comment va Jack ? m'enquis-je.

Pour toute réponse, il se contenta de me faire un signe de la tête signifiant : Pas bien. Avec un regard en direction de la cuisine où Charmian chantonnait doucement, il me fit signe d'approcher. Il me chuchota alors à l'oreille :

— Monsieur London demander que vous aller le voir maintenant, avant vous voir Madame.

J'opinai silencieusement et il m'introduisit dans le salon.

Jack, assis dans son vieux fauteuil de cuir préféré, me tendit les bras. J'allai m'agenouiller près de lui et il m'embrassa.

— Comment va mon ami ? demandai-je en déposant un baiser sur sa joue mal rasée.

— Je vais comme vous me voyez.

— Sekine m'a dit que vous vouliez me parler.

Avec un regard vers la cuisine, je précisai :

— Seul à seule.
— Une faveur, dit-il à voix basse.
— Tout ce que vous voudrez. Enfin, presque.
Il sourit, eut un léger rire.
— Une petite faveur.
— Dites.
— Veillerez-vous sur moi cette nuit ?
— En vous tenant compagnie ?
— Pas précisément, Mary.
A son tour de lancer un regard vers la cuisine. Puis :
— Charmian a commandé une robe neuve, en soie noire ; elle anticipe un événement que nous pouvons facilement deviner tous les deux. La robe est arrivée cet après-midi. Elle l'a essayée et elle semble lui aller.
— Mon Dieu, Jack !
— Elle a compulsé tous ses albums de coupures de presse et d'articles et a commencé à compiler des notes. Le grand jeu, semble-t-il, pour *La Vie de Jack London.*
— Toutes les femmes ont besoin d'avoir une robe noire dans leur garde-robe, rétorquai-je dans l'espoir de dévier la conversation du cours où elle s'était engagée. Charmian a pris quelques kilos depuis sa fausse couche.
— Des robes noires pour certains événements, oui. Mais je lui ai dit : Pas de funérailles. Pas de grand tralala pour moi.
L'espace d'un court moment, je pris le risque d'affronter les foudres de Charmian en appuyant ma tête contre la poitrine de Jack, le plus doux des oreillers. Puis je me redressai :
— Dites-moi ce que vous voulez que je fasse.
— Accepterez-vous de dormir ici cette nuit, dans la maison, dans la chambre voisine de la mienne ? Accepterez-vous de veiller sur moi, mais sans rien faire de plus ?
Je voulus l'interrompre, mais il leva la main.
— Cette nuit entre toutes, je ne veux pas être seul.
— Evidemment.
Je me rappelai Nora May se glissant dans le lit auprès de Carrie pour ne pas être seule. J'avais peur de comprendre ce que Jack projetait de faire. Et j'étais sûre que si ce que je soupçonnais était réellement son plan, je ne pourrais l'en empêcher.

— J'apporterai mes affaires après le dîner, si vous êtes certain que cela ne dérangera pas Charmian.

— Nous ne le lui dirons pas, chuchota-t-il. Sekine viendra vous chercher quand Charmian sera couchée.

— Très bien, si c'est ce que vous voulez. Mais Charmian sera en colère contre vous si elle le découvre.

Il attira mon visage contre le sien et m'embrassa sur les lèvres comme un amant.

— Soyez gentille envers elle, dit-il en me relâchant. Je connais les besoins qui l'ont poussée, et ils n'étaient ni nobles ni beaux. Mais avant de la juger, pensez à ce qu'elle m'a donné. Laissez-la créer mon héritage. Laissez-la gagner sa vie avec. Je lui dois bien cela.

— Oh, Jack !

— Elle y arrivera, vous savez. Mort, je deviendrai le grand homme que je n'ai jamais pu devenir de mon vivant.

Jack se fit excuser pour le dîner. Il était incapable de manger. En se dirigeant vers sa chambre, en cachette de Charmian, il me montra du doigt, cligna des yeux, et je lui fis un signe d'entendement. Je ferais ce qu'il souhaitait. Je serais un simple témoin et rien de plus.

Jack et Charmian ne partageaient pas la même chambre. Les pièces étaient parallèles, séparées par une série de marches en béton qui menaient dans un jardin. Fermées par des fenêtres sur trois côtés, elles pouvaient être considérées comme des verrières. En se penchant depuis son lit, chacun pouvait voir l'intérieur de la chambre de l'autre.

Bien souvent, Charmian, insomniaque chronique, ne parvenait à s'endormir que peu avant l'aube. Elle descendait des stores de bambou devant ses fenêtres pendant la nuit afin de ne pas être dérangée par le soleil levant. Jack, de son côté, dormait comme une souche, le plus souvent après avoir pris une dose de morphine, et aimait voir son ranch par la fenêtre quand il se réveillait.

Après le dîner, je me retirai et descendis jusqu'au ponton du lac où j'avais espionné Jack un peu plus tôt. J'attendis que toutes les lumières de la maison fussent éteintes, hormis celle de la petite lampe de lecture de Charmian, tache lumineuse diffuse, visible à travers les stores.

Sekine, en kimono, vint me chercher. Nous nous glissâmes comme des voleurs dans la maison par la porte de la cuisine. Mes chaussures à la main, je le suivis jusqu'à la chambre de Jack.

La seule lumière provenait d'une petite bougie votive placée sur sa table de chevet. Sekine avait apporté tout ce dont il pouvait avoir besoin pendant la nuit. Sur la table, à côté du lit, se trouvaient une carafe de jus d'orange frais, une cuvette d'eau froide et des gants de toilette, ainsi qu'une trousse médicale contenant les seringues de Jack et les ampoules de morphine, au cas où il serait réveillé par la douleur.

Lorsque nous pénétrâmes dans sa chambre, Jack agita silencieusement la main pour me saluer. Je l'embrassai sur le front, et Sekine me désigna un dressing-room où un lit de repos avait été préparé pour moi. La porte entrebâillée me permettait de voir mon ami dans son lit, mais l'inverse n'était pas sûr. Ma petite pièce n'était éclairée que par la bougie placée à côté de lui.

Jack attendit le départ de Sekine pour prendre la trousse médicale et l'ouvrir. Je me préparai, m'attendant à ce que ce fût le moment. Mais il se contenta de prendre une ampoule de morphine vide et de la placer à côté de son verre de jus de fruit. Puis il m'adressa un nouveau signe de la main et retomba sur son oreiller.

Peut-être m'étais-je assoupie, peut-être avais-je rêvassé. Mais je retrouvai soudain mes esprits en entendant un petit objet heurter le sol à l'extérieur de ma chambre. Je ne sais depuis combien de temps j'étais à mon poste, ni quelle heure il était. D'un bond, je me levai et courus voir Jack. Il tourna la tête vers moi et me fit signe de me cacher dans le noir, puis reposa la tête sur son oreiller et fit le mort. Debout dans l'obscurité, j'entendis des pas légers s'approcher dans le couloir.

Charmian apparut à la porte de la chambre de Jack. Je ne bougeai pas d'un cil.

Depuis le seuil, elle passa la tête, guettant, pensai-je, le bruit de la respiration de son mari. Drapée dans un peignoir de soie blanche, ses longs cheveux dénoués dans le dos jusqu'à la taille, elle se glissa silencieusement dans la pièce, tel un fantôme. Pendant quelques instants, elle resta près du lit de son époux à le regarder. Puis elle toucha son front, remonta sa couverture jusqu'à son menton, se pencha pour embrasser ses lèvres. Jack ne bougea pas.

Elle prit l'ampoule vide, l'examina, regarda de nouveau son mari. Elle parut prononcer quelques mots à son adresse, mais je ne pus les entendre, et il ne répondit pas.

Après une brève pause, elle prit la trousse médicale et aligna cinq ampoules sur la table à côté de l'ampoule vide. Ensuite, elle saisit une longue seringue d'acier brillant et la remplit adroitement avec le contenu des cinq ampoules.

Horrifiée, je m'apprêtai à l'arrêter dans son geste. Puis, me rappelant ma promesse à Jack, je n'en fis rien, me contentant d'être simplement témoin des événements qui allaient suivre.

Charmian s'assit sur le lit de Jack, attrapa l'un de ses bras sous la couverture. En tenant sa main dans l'une des siennes, elle introduisit doucement l'aiguille brillante dans la chair tendre du creux de son coude.

Il y eut une cérémonie silencieuse à Oakland, contrairement à la volonté expresse de Jack. Charmian n'y assista pas, permettant aux enfants de Jack d'être avec leur père ce jour-là. Ensuite, George Sterling et moi prîmes le train et transportâmes ses cendres à Glen Ellen.

Au ranch, nous suivîmes Charmian jusqu'aux ruines de la Maison du Loup. Sa nouvelle robe noire était effectivement seyante, taillée dans un tissu élégant.

Des employés du ranch creusèrent un trou profond dans le sol pour y placer un caveau en ciment destiné à recevoir l'urne de Jack. Selon ses instructions, il n'y eut ni prières ni éloges funèbres. Le couvercle du caveau fut mis en place, et le trou comblé.

Sur un geste de Charmian, les employés du ranch firent rouler sur la tombe de Jack un gros morceau de pierre de lave rouge qui avait été extrait pour la construction de la Maison du Loup.

C'est là que repose Jack, grand amant, aventurier, écrivain, capturé pour l'éternité. Sa disparition devait rester une énigme. Comme il l'avait souhaité.

COUGUAR

– Laura Lippman –

— Désolé, dit le jeune homme qui lui était rentré dedans.

Sauf qu'il n'avait pas l'air particulièrement désolé.

Au contraire, même. On aurait presque dit qu'il étouffait un rire. Enfin, ce n'était que de l'eau, et elle avait de quoi se changer, elle pouvait remettre le chemisier qu'elle avait en arrivant. Si M. Lee n'y voyait pas d'inconvénient, bien sûr. Mais elle ne voyait pas pourquoi M. Lee l'obligerait à finir son travail avec un chemisier blanc trempé, quasiment transparent.

— Sean ! rouspéta la petite amie du gars, sans conviction.

— Ça va, rétorqua le dénommé Sean. Je l'ai pas fait exprès. Je l'avais même pas vue.

Non, sans blague, se dit Lenore, en filant vers le fond, se changer. Une blonde d'un mètre soixante-dix-sept dans un sushi bar, aucune raison de la remarquer... En même temps, elle savait qu'il ne mentait pas. Il ne l'avait pas vue. Personne ne la voyait. Jamais. Elle était là tous les vendredis et samedis soir – c'était elle qui plaçait les clients à leur table et leur apportait les boissons qu'ils lui commandaient quand le personnel de salle était débordé. Mais même les habitués ne paraissaient pas la reconnaître d'une semaine sur l'autre. Pour les jeunes qui venaient ici, les sushis n'étaient que des préliminaires, le prélude à une longue soirée passée à écumer les bars. Elle n'avait pas l'âge d'être leur mère, mais pas loin quand même : quarante-deux ans. Et de fait, elle avait un fils de vingt et un ans, qui habitait chez elle, dans le sous-sol, avec sa petite amie de dix-neuf ans, et elle était invisible pour eux aussi.

Un jeune homme parut quand même la remarquer lorsqu'elle alla changer de chemisier dans l'arrière-salle. Ou du moins il remarqua ses seins. Il faut dire que le tissu fin de son chemisier blanc était plaqué dessus.

— Pas mal, dit-il à son copain, sans même chercher à baisser la voix. Mate un peu le couguar !

Allons bon ! Non seulement elle était invisible, mais voilà qu'en plus on la croyait sourde ! Sourde, ou reversée dans une étrange catégorie où elle était censée encaisser sans broncher tous les commentaires à son sujet. Etait-ce le boulot qui voulait ça ? Son âge ? D'un autre côté, c'était pareil à la maison. Peut-être même pire, en fait.

— Hier soir, au boulot, un gamin m'a traitée de couguar, dit-elle le lendemain matin, un dimanche, au petit déjeuner.

Pas le sien. Son petit déjeuner, Lenore l'avait pris à dix heures, une heure raisonnable pour une femme qui finissait son service à minuit. Là, il était près d'une heure de l'après-midi ; son fils et sa petite amie venaient de se lever et ruminaient leurs céréales, la tête fourrée dans le bol, le menton au ras du magma laiteux.

— Il était myope ? Franchement, je vois pas comment on peut vous trouver sexy.

Ça, c'était Marie, la petite amie, et la rosserie était tellement automatique qu'elle en perdait tout mordant. Lenore se disait souvent que c'était pour ça que Frankie n'avait pas encore viré cette Marie : pour qu'elle lui balance des vannes. Sinon, il aurait été obligé de le faire lui-même, et ça l'aurait fatigué.

— Je pense que c'est parce que mon chemisier était complètement trempé. Un autre gamin m'était rentré dedans alors que je portais un plateau de verres d'eau.

— C'est vachement excitant, dit Marie.

— Vachement, oui, c'est sûr, rétorqua Lenore.

Elle savait qu'elle était carrossée comme une Chrysler, et elle se fichait pas mal de ce que les magazines décrétaient être à la mode – une silhouette en sablier aurait toujours de l'allure. Alors que Marie réussissait l'exploit d'être à la fois plate comme une planche à pain et grassouillette, avec une vraie bouille de bébé bien nourri.

Ce qui n'avait rien d'étonnant, compte tenu du fait que c'était encore un gros bébé, qui traînait au lit toute la journée à regarder des dessins animés en bouffant tous les trucs sucrés qui lui tombaient sous la main.

— Bouclez-la, lâcha Frankie d'une voix atone.

Elles la bouclèrent. Elles faisaient toujours ce qu'il disait.

Si Marie était un gros bébé, Frankie était un grand poupon d'un mètre quatre-vingt-dix, perpétuellement sur le point de piquer sa crise. Il était rentré au bercail de façon assez inattendue, six mois plus tôt, sans explication sur ce qu'il avait fait ni sur l'endroit où il était passé depuis la dernière fois que Lenore l'avait vu, ce qui remontait à deux ans. Elle lui avait proposé de réintégrer sa chambre d'enfant, mais il avait refusé dédaigneusement et revendiqué le sous-sol qu'elle venait d'aménager en salle de télévision. Elle voyait cette pièce comme un refuge, un endroit où regarder la télé tard le soir, s'étaler avec ses travaux manuels, peut-être bricoler. Et voilà que Frankie avait jeté son dévolu dessus, et elle devait frapper avant d'entrer, même quand c'était pour s'occuper du linge sale de son fils, dans la buanderie, au fond. Une fois, une seule, elle était entrée sans frapper, et elle ne savait plus très bien ce qui lui avait fait le plus peur : les drogues sur la table basse, ou le regard que Frankie lui avait lancé.

Je pourrais perdre ma maison, s'était-elle dit en ressortant de la pièce, le panier de linge calé sur une hanche. Jusque-là elle pouvait... comment appelait-on ça, déjà ? Elle pouvait jouer le « démenti plausible ». Elle avait des soupçons, mais elle n'était pas sûre de ce qui se passait dans son sous-sol. Mais maintenant, elle le savait, et si Frankie se faisait pincer, le gouvernement pourrait lui prendre sa maison. C'est ce qui était arrivé à Mme Bitterman, dans Jackson Street, et selon certaines rumeurs, c'était pour ça que la maison de Byrd Street allait être vendue aux enchères à la fin du mois. Lenore vivait tous les jours déchirée entre le désir que son fils se fasse gauler et l'angoisse de savoir que, loin de régler le problème, son arrestation détruirait probablement sa vie.

Le ficher dehors n'était pas envisageable. Elle avait peur de Frankie. Son propre fils lui foutait la trouille ! C'était une pensée tellement terrible qu'elle n'osait même pas la formuler, ou alors timidement. Elle était allée jusqu'à rêver tout éveillée que l'homme qui occupait son sous-sol n'était pas Frankie, absolument pas, juste un imposteur qui n'avait pas froid aux yeux. Il ne ressemblait assurément pas au garçon dont elle gardait le souvenir, un enfant sérieux et gentil, qui n'avait jamais tout à fait cessé de s'interroger sur la disparition de son père, quand il était encore si petit. Et il était tellement plus grand que le gamin de quatorze ans qu'ils lui avaient enlevé pour l'envoyer en maison de correction, et puis dans cet endroit affreux, dans l'ouest du Maryland, où on leur apprenait à couper des arbres ou quelque chose comme ça. Il ne ressemblait même pas au jeune homme de dix-neuf ans qui était parti, révolté, deux ans plus tôt, quand elle lui avait dit que s'il voulait vivre sous son toit, ce serait selon ses règles à elle. Ça lui avait fait un choc quand il était parti, parce qu'elle ne voyait pas comment elle aurait pu l'obliger à faire quoi que ce soit – ramasser ses fringues, laver une assiette. S'il avait refusé de partir, elle aurait été complètement désarmée.

C'est ce qu'il avait dû finir par comprendre au cours des deux années qui avaient passé depuis. Et maintenant, il était là, dans son sous-sol, à dealer de la drogue, à consommer de l'électricité à ses frais, à laisser des bols croûteux traîner un peu partout, à bouffer comme quatre, sans jamais rien faire d'utile. Une fois, elle avait pris son courage à deux mains et lui avait demandé s'il ne pourrait pas contribuer aux frais de la maisonnée. Pour toute réponse, elle s'était attiré un « Marie ne mange pas tant que ça ». C'était très clair. Elle lui devait le gîte et le couvert jusqu'à la fin de ses jours, aussi longtemps qu'il vivrait. Elle lui devait la satisfaction de toutes ses envies. Elle avait une dette envers lui pour ses fautes passées, les grandes – ne pas avoir réussi à garder son père – comme les petites – ne pas lui avoir payé les bonnes baskets quand il était à l'école primaire. Parfois, au cœur de la nuit, quand elle entendait les sirènes des voitures de police dans Fort Avenue, elle se demandait où était Frankie, s'il n'était pas mort, et si tel avait été le cas, ça ne lui aurait pas fait trop de peine.

Et puis elle se disait que ce n'était vraiment pas normal, qu'une mère devait toujours aimer son enfant, quoi qu'il arrive.

Frankie était revenu à la maison en mars, et on était en août, à la fin d'un été misérable, agité. Elle faisait deux boulots – la boîte à sushis les week-ends, le ménage dans des bureaux du lundi au jeudi – et elle aurait dû pouvoir faire des économies d'électricité, mais Frankie et Marie étaient de gros consommateurs, oubliant d'éteindre la clim quand ils sortaient, généralement vers quatre heures de l'après-midi. Toutes les nuits, quand Lenore réintégrait ses pénates, elle rentrait dans une véritable glacière. Elle essayait de se rappeler combien elle s'était sentie seule, pendant les deux années écoulées, combien ses soirées de liberté lui paraissaient vides alors. C'est là qu'elle s'était lancée dans diverses activités manuelles. Elle avait appris à tricoter, aux aiguilles et au crochet, apprivoisé son ordinateur, découvert tous ces endroits merveilleux où il pouvait l'emmener. Mais l'ordinateur était au sous-sol, avec la télé, et son cœur saignait de voir ce que cette pièce, naguère douillette, était devenue depuis que Frankie s'y était installé. Elle était reléguée dans la cuisine, à écouter des vieilles chansons à la radio, ou assise dans le salon avec le journal, qu'elle n'avait jamais le temps de lire le matin.

Et puis, par un certain après-midi du mois d'août, elle trouva un homme sur son canapé. Un jeune homme, de l'âge de Frankie, habillé comme lui, tee-shirt, casquette de base-ball, bas de survêtement, comme disait toujours Lenore – après tout, ce n'était pas autre chose –, alors que Frankie insistait pour qu'elle dise « street wear ». Il somnolait à moitié, et il avait l'air rigoureusement inoffensif. Mais Frankie avait probablement l'air doux et gentil, lui aussi, quand il dormait.

Elle se racla la gorge. L'étranger sursauta, et ses pieds – des gros pieds de bébé chien, comme s'il n'avait pas encore atteint sa taille adulte, bien qu'il soit déjà assez grand – loupèrent de peu la lampe de porcelaine sur la table du bout du canapé. En réalité, il avait déjà laissé de vagues traces sur le cuir couleur pêche.

— Qui êtes-vous ? demanda-t-il.

— La mère de Frankie, répondit-elle.

Il lui fallut une seconde pour se rappeler qu'elle était en droit de savoir qui il pouvait bien être, *lui*.

— Aaron, répondit-il. Frankie a dit que je pouvais squatter ici un moment.

Le moral dans les chaussettes, elle se borna à demander :

— Ici, dans cette maison ? Ou ici, sur mon canapé ? Parce que c'est un joli canapé, et qu'avec vos chaussures, vous avez déjà...

Aaron se leva d'un bond, et Lenore se dit : Et voilà, c'est comme ça que je me suis fait tabasser pour avoir défendu mes droits sous mon propre toit. Jusqu'à cet instant, elle ne s'était jamais permis de formuler cette pensée, n'avait jamais voulu admettre pourquoi elle redoutait Frankie. Ce n'était pas seulement les drogues et les conséquences, si on venait à découvrir son trafic. Et pas seulement, non plus, les conséquences physiques d'une baffe ou d'un coup de poing ; c'était aussi la signification de cette violence. Elle n'avait pas été une bonne mère, ou une assez bonne mère, et Frankie, dévasté comme il l'était, n'avait réintégré ses pénates que pour le lui rappeler à chacun des jours qu'elle avait encore à vivre – ou qu'il avait encore à vivre, allez savoir comment les choses allaient tourner.

Mais ce garçon, cet Aaron, donnait vraiment l'impression de se sentir péteux. Il s'agenouilla pour examiner la marque.

— Quel idiot ! dit-il. Mais je connais un truc que ma tante m'a appris. Elle a eu six garçons, alors je vous prie de croire qu'elle savait comment enlever n'importe quelle tache de n'importe où. Vous n'auriez pas du talc ?

Elle en avait, du talc parfumé à la rose dont elle avait oublié l'existence depuis des mois, des années, une éternité... Il en saupoudra le bras du canapé et l'étala, les doigts aussi doux et légers que le prêtre qui avait baptisé Frankie, et dit :

— On va laisser ça comme ça toute la nuit, et la poudre va attirer la graisse.

— Comme le sel sur une tache de vin rouge, dit-elle.

— Exactement. Ce qu'il y a, c'est qu'il ne faut surtout pas mettre d'eau sur le cuir, vous comprenez ? Il est vachement beau, votre canapé. Je m'en veux de ne pas avoir enlevé mes chaussures. Mais Frankie et Marie étaient en bas, et j'avais envie d'être un peu seul...

Il réussit à rougir, comme si la mère de Frankie pouvait ignorer pourquoi son fils et sa petite amie l'avaient viré du sous-sol.

— Il m'a dit de monter ici, et je me suis endormi. J'aurais pu monter à l'étage, j'imagine, mais ça paraissait un peu trop sans-gêne.

Il la regarda bizarrement, et Lenore se rendit compte que la seule chose que ce regard avait de bizarre, c'était qu'il était franc. Il se sentait mal à l'aise, il se souciait de ce qu'elle pensait de lui, au moins en ce moment précis. S'il restait dans le coin, il adopterait rapidement l'attitude de Frankie envers elle. Mais pour le moment, il était le genre de garçon qu'elle aurait toujours voulu que Frank lui ramène à la maison. Elle fouilla dans sa mémoire. Que faisait-on avec les amis de son fils quand ils débarquaient chez vous ?

— Euh, dit-elle. Vous voulez une bière ? Vous avez faim ?

Contrairement à Marie, Aaron ne prit pas pension chez elle, mais il était là au moins un soir sur deux, et Frankie lui proposa la chambre d'amis, à l'étage.

— Ça ne vous ennuie pas ? demanda Aaron à Lenore.

Frankie ne lui laissa pas l'occasion de répondre :

— T'occupe. C'est okay.

Mais c'est elle qui proposa à Aaron de lui donner la clé. Un matin, au petit déjeuner. Il rentrait à trois ou quatre heures du matin, avec Frankie et Marie, mais il se levait en même temps qu'elle, à sept heures, pour faire le ménage et prendre un café avec elle. Il disait qu'il n'arrivait plus à dormir à partir du moment où il l'entendait s'activer, et elle le croyait. Elle-même s'était rendu compte qu'elle n'arrivait pas à dormir tant qu'elle n'avait pas entendu le trio rentrer à la maison.

— Vous n'êtes pas obligée... commença-t-il.

— Ce n'est pas grand-chose, dit-elle. Et comme ça, si vous voulez rentrer à la maison avant les autres, vous n'aurez pas besoin de les attendre.

Et puis, après une brève hésitation, elle lui demanda ce qu'elle n'aurait jamais osé demander à Frankie :

— Où allez-vous ? Je veux dire, toutes les boîtes ferment à deux heures, non ?

— La plupart. Mais pas toutes. Et... eh bien, dans le coin, il y a généralement du business à faire, après. Sauf que...

Un peu gêné à son tour, il se leva, alla rincer sa tasse de café dans l'évier et la mit dans le lave-vaisselle. Il avait de ces délicatesses. Il lui arrivait même parfois de remonter les assiettes sales de Frankie et de Marie du sous-sol et de les laver.

— Quoi donc, Aaron ? Il prend des risques ? Vous pouvez me le dire. Vous savez que je ne juge pas.

— Il y a eu des... des disputes. Des types qui sont arrivés. Mais il y a moins de concurrence pour la méthadone que pour le crack, alors vous n'avez pas à vous en faire.

La méthadone. D'accord, elle n'avait pas à s'en faire. Si elle ne se faisait pas jeter en prison par la faute de Frank, il foutrait sa vie en l'air d'une façon ou d'une autre.

— Alors, c'est un... ?

— Ouais, admit Aaron.

Donc, non seulement il dealait, mais encore il fabriquait sa dope chez elle.

— Ça ne me plaît pas, dit-elle, surprenant le regard d'Aaron. Je voudrais bien pouvoir le convaincre d'arrêter.

— Frankie, c'est dur de lui parler.

— Ouais. J'ai peur de lui, vous savez.

Elle n'avait jamais dit ça tout haut à qui que ce soit. Ça ne sonnait pas si drôle.

— Il ne vous ferait pas de mal.

— Il pourrait.

— Non, je ne le laisserais pas faire.

Elle ne voulut pas aller plus loin, cette fois-là. Elle décida de ne pas reparler de Frankie avec Aaron, à moins qu'il ne remette le sujet sur le tapis.

Elle commença à soigner un peu plus sa tenue. Par petites touches. Du rouge à lèvres, le matin, avant de descendre mettre la cafetière en route. Un nouveau déshabillé couleur pêche, de coupe sage, mais d'un tissu soyeux et plus moulant que l'autre, en éponge, sur une chemise de nuit assortie. Elle se fit faire les ongles des pieds, alors que l'automne approchait et que le sol de la cuisine était froid sous ses pieds quand elle allait et venait. Marie demanda à Lenore pourquoi elle se donnait tant de mal.

— Des ongles roses, une vieille peau comme vous ? A qui vous voulez montrer vos pieds ?

— Je n'ai que quarante-deux ans, répondit Lenore. Je ne suis pas rangée des voitures. Certaines femmes ont encore des bébés, à mon âge.

— Répugnant, lâcha Marie.

Et Frankie opina du chef.

Aaron ne dit rien. Lenore lui versa un verre de jus de fruits et lui passa le plat de muffins – faits à partir d'une boîte de préparation toute prête, mais encore tout chauds du four.

— Et moi ? demanda Frankie.

Alors elle lui passa l'assiette, mais seulement après qu'Aaron se fut servi.

Des jours puis des semaines passèrent ainsi, l'automne laissant place à l'hiver, Aaron dormant dans la chambre d'amis plus souvent qu'à son tour, Lenore faisant de plus en plus d'efforts de présentation – faisant de plus en plus jeune, de jour en jour, alors qu'elle se comportait beaucoup plus maternellement qu'elle ne l'avait jamais fait. Elle cessa de boire et s'inscrivit à un club de fitness. Elle s'enduisit de crèmes et de lotions, choisissant celles qui avaient l'odeur la plus capiteuse. Quand elle se retrouvait seule avec Aaron, elle se confiait à lui, mais toujours dans le registre maternel. Elle lui disait à quel point elle s'en faisait pour Frankie, comme elle regrettait qu'il soit tombé dans la drogue, et combien elle avait peur qu'il se fasse arrêter. Elle était désolée de ne pas avoir réussi à le sauver de lui-même, et elle redoutait qu'on ne puisse plus rien faire pour lui. Elle ne croyait même plus que le sevrage forcé de la prison parvienne encore à l'aider.

Le seul problème, c'était Marie, qui se révélait dotée de petits yeux acérés dans son petit visage porcin.

— Flirter avec un garçon de l'âge de votre fils… Vous êtes pathétique, dit-elle un soir, fumasse.

Car Lenore avait oublié de racheter des Lucky Charms [1], le nouveau béguin de Marie et de Frankie, alors qu'elle avait pensé au Muelix d'Aaron.

1. Flocons d'avoine givrés et marshmallows colorés en forme de cœurs, de lunes, d'étoiles, de trèfles… Un régal magique ! (*N.d.T.*)

— J'essaie seulement d'être un peu gentille, répondit Lenore. Et puis, je ne vois pas comment un jeune garçon comme ça pourrait s'intéresser à une vieille peau comme moi.

— Ça, c'est vrai, répondit Marie.

Là-dessus, elle redescendit au sous-sol en faisant le maximum de barouf avec ses talons sur les marches. Et bientôt, Lenore l'entendit rire avec Frankie, d'un rire aussi moche et âcre que les odeurs qui montaient du plancher, sous ses pieds. Aaron était en bas aussi, mais il ne riait pas avec eux. Ça, au moins, Lenore en était sûre. Comme elle était sûre qu'elle ne pourrait pas faire autrement que de coucher avec lui. La seule question était de savoir si ce serait avant ou après.

Ce devait être après, et c'est Frankie qui en décida, d'une certaine façon. Ils partageaient encore un petit déjeuner tardif, tous les quatre – cette fois avec des petits pains à la cannelle couverts d'un glaçage blanc, collant. Il y en avait huit dans un carton, deux par personne, mais Lenore n'en avait mangé qu'un et avait donné le deuxième à Aaron.

— Je le voulais ! protesta Frankie.

— Désolée, répondit Lenore.

Sauf qu'elle n'était absolument pas désolée.

— On dirait, à te voir, que c'est lui, ton fils, dit Frankie. Ou ton copain. Exactement comme quand j'étais petit.

— Je n'ai jamais eu de copains, comme tu dis, quand tu étais petit, protesta Lenore, piquée au vif par l'injustice du reproche.

Elle n'avait peut-être pas été une bonne mère pour Frankie, mais elle ne s'était jamais comportée comme une traînée.

— J'ai toujours été très stricte !

— Oh, tu ne les laissais pas s'installer ou prendre le petit déjeuner avec nous, mais tu ramenais quand même des types à la maison. Tu te les envoyais dans ta chambre et tu les fichais dehors avant que je me réveille. Si tu m'as pas donné de beau-père, c'était pas faute d'échantillonner la faune locale ; c'est juste que t'as jamais réussi à en retenir un.

— Qui voudrait de la vache quand on a déjà eu le lait ? intervint Marie.

Manifestement inconsciente de la quantité de lait qu'elle avait déjà fournie dans sa jeune vie.

— Je n'étais pas comme ça ! répliqua Lenore en se rendant compte que sa voix tremblait. J'ai fait de mon mieux, compte tenu des circonstances.

— T'étais à chier, comme mère. T'as fait fuir papa, et puis t'es restée assise sur ton cul et tu les as laissés m'emmener en maison de correction, et tu t'es même pas donné la peine de prendre un avocat convenable quand j'ai eu des ennuis.

— J'ai fait de mon mieux...

— T'as rien fait du tout ! lâcha Frankie en abattant ses deux poings sur la table. T'as été une mère à chier, et maintenant t'es qu'une conne de poufiasse qui a envie de se taper un jeune. C'est dégoûtant.

Il sortit de la cuisine comme un vent de tempête, Marie à la remorque. Lenore commença à débarrasser la table de la cuisine, laissant tomber les assiettes dans l'évier, les épaules secouées par des sanglots qu'elle n'avait même pas vraiment besoin de feindre.

— Il ne le pensait pas, dit Aaron en s'approchant d'elle pour lui tapoter maladroitement l'épaule.

— Mais si, répondit-elle. Et il avait raison. Je n'ai pas été une bonne mère pour lui. J'aurais dû lui trouver un beau-père quand son père est parti, ou du moins le faire encadrer par, je ne sais pas comment on dit, des grands frères ou je ne sais quoi. Je ne me suis pas bien occupée de lui. Il comptait sur moi et je l'ai laissé tomber.

— Ça va s'arranger, dit Aaron.

C'était plus une question qu'une affirmation.

— Comment ça pourrait s'arranger ? Soit il se fera arrêter, soit il se fera tuer. S'il est arrêté... eh bien, ce sera la fin du monde pour moi, quand il racontera à la police que sa drogue, il la fabriquait ici. Ils vous prennent votre maison pour ça, Aaron. Même si vous arrivez à prouver que vous n'étiez pas au courant, ou que vous ne pouviez rien faire pour empêcher ça, ils vous prennent votre maison.

— Frankie est très prudent...

— Vous dites qu'on se dispute son territoire ?

— Oh, pas tant que ça, maintenant.

Elle se retourna, et la main qui lui tapotait l'épaule passa brièvement sur son sein, puis retomba, embarrassée.

— Enfin, un peu.

— Il pourrait se faire tuer. Des gars qui convoitent son bizness pourraient lui tirer dessus, un soir, et la police ne s'en inquiéterait même pas. Vous savez comment ça se passe. Vous savez bien.

— Euh… Eh bien… fit-il en soutenant son regard. Je suppose. Peut-être.

— Il se ferait tuer, et personne ne s'en occuperait. Personne.

Deux nuits plus tard, Aaron la réveilla à trois heures du matin pour lui dire que Frank s'était fait descendre au coin de la rue. On lui avait tiré dessus. Il était mort.

— Où étiez-vous ? demanda-t-elle.

— J'étais allé au Seven-Eleven, acheter des cigarettes, répondit-il d'un ton parfaitement convaincant. En revenant, j'ai vu toutes les voitures de flics, les gyrophares, et j'ai décidé de ne pas trop m'approcher. Marie s'est fait tirer dessus, aussi.

— Alors, elle est témoin.

— Peut-être. Je ne sais pas. Qu'est-ce qu'on va faire ?

— Qu'est-ce qu'il faudrait qu'on fasse ?

Elle le serra sur son cœur d'une façon tout à fait convenable, maternelle en diable. Elle avait perdu son fils, il avait perdu un ami. Quoi de plus naturel que de se réconforter mutuellement ? Et quoi de plus naturel, aussi, que de s'embrasser, puis de se caresser, la main d'Aaron allant aux renseignements sous le déshabillé soyeux, couleur pêche, assorti à la chemise tout aussi soyeuse ? Ça paraissait être la chose à faire. Tout comme se grimper dessus et y rester le plus clair de la nuit. Lenore n'avait pas fait l'amour depuis longtemps, mais cette diète forcée eut un effet dopant, et elle y mit beaucoup de cœur. D'ailleurs, elle était pleine de reconnaissance envers ce jeune homme qui avait fait ce qu'elle attendait de lui, et sans qu'elle ait seulement besoin de le lui demander.

Le lendemain matin, quand la police appela pour demander s'ils pouvaient passer avant qu'elle parte pour le travail – les papiers que Frankie avait sur lui n'étaient pas à jour, alors ils avaient mis un moment à trouver s'il avait de la famille, et son adresse –, elle dit à Aaron qu'il ferait probablement mieux d'aller voir ailleurs, sous des cieux plus cléments, peut-être chez lui, dans le Colorado.

— Marie a repris conscience, lui annonça-t-elle. D'après elle, ce serait un jeune Blanc qui leur aurait tiré dessus. Elle dit qu'il aurait fait ça pour les voler, alors qu'ils rentraient à la maison, Frank et elle. Ils sortaient d'une boîte de nuit quand...

— J'ai un ami au Nouveau-Mexique, dit le jeune Aaron, à qui la nouvelle semblait donner matière à réflexion.

— Il paraît que c'est un endroit très chouette.

— Mais je n'ai pas beaucoup d'argent devant moi, dit-il d'un ton un peu penaud. Bien que vous ayez eu la gentillesse de m'héberger gratuitement, je n'ai pas eu l'occasion de faire beaucoup d'économies.

— Pas de problème. J'en ai un peu.

Elle se mit à fourrager au fond d'un placard, derrière des rangées de pots et de casseroles où Frankie et Marie ne risquaient pas d'aller voir.

Elle lui donna la somme qu'elle avait mise de côté sans jamais oser se demander pourquoi. Mille dollars en tout.

— Je ne voulais pas... dit-il.

— Je sais.

— Je me disais même...

— Moi aussi. Mais je veux que tu sois en sûreté.

— Je pourrais revenir. Si les choses se tassent.

— Sauf qu'elles ne se tasseront probablement jamais.

Il avait l'air troublé, presque blessé, mais Lenore savait qu'il s'en remettrait. Et s'il avait un peu l'impression qu'elle s'était servie de lui, ça aussi, ça lui passerait.

La police n'allait pas tarder. Elle devait se préparer pour son arrivée, se préparer à pleurer à chaudes larmes la mort de son bébé. Elle n'aurait qu'à penser à Frankie quand il était petit, le gamin qu'elle avait en fait perdu depuis tant d'années. Elle n'aurait qu'à penser au garçon qu'elle perdait maintenant ; d'une façon ou d'une autre, elle réussirait à pleurer.

Et puis, quand la police serait repartie, la laissant seule pour enterrer son garçon, elle descendrait au sous-sol et elle entamerait le processus de récupération de sa propre maison. Elle laverait les draps, elle ouvrirait en grand les petites fenêtres, malgré le froid rigoureux de l'hiver. Sa maison était de nouveau à elle. Personne ne la lui prendrait jamais.

JENNY, MON AMOUR

– Elizabeth George –

Quand Marion Mance passa brutalement de vie à trépas dans sa salle de bains, en ce 1er avril, elle était nue comme un ver, chose qu'elle aurait médiocrement appréciée. Elle aurait encore moins apprécié que son corps soit découvert au bout de trois jours par un jeune couple qui, après s'être livré à de tendres ébats sur le tapis haute laine du salon, s'était mis en quête d'un endroit où procéder aux traditionnelles ablutions post-coïtales. Les deux individus, appelés Karen Prince et Troy O'Hallahan, étaient respectivement âgés de seize et dix-huit ans, détails que le lecteur peut s'abstenir de mémoriser, parce qu'ils ne jouent pas un très grand rôle dans cette histoire. Ils figurent dans le tableau parce que la mère de Karen – qui était la receveuse des postes de Port Quinn, autre précision superfétatoire que le lecteur pourra se dispenser de retenir – les avait envoyés aux nouvelles. En effet, Mme Mance, qui était une femme d'habitudes, n'était pas venue récupérer son courrier depuis trois jours. Et comme elle n'avait pas exprimé l'intention de quitter Crawford Island pour une période prolongée, qu'un habile interrogatoire de l'employé du ferry-boat n'avait pas révélé que Mme Mance aurait entrepris un déplacement impromptu et que la receveuse des postes se considérait plus ou moins comme personnellement responsable des habitants âgés de l'île, la mère de Karen avait dépêché sa fille au cottage de West Bluff Road. Cottage abrité au cœur d'une forêt d'aulnes, de cèdres, de pruches et de cornouillers, où Mme Mance vivait depuis quarante-deux ans, six mois et trois semaines exactement. Un solide coup frappé sur la porte n'ayant pas provoqué l'apparition de Mme Mance et celle-ci étant demeurée invisible après une inspection menée de l'extérieur – les fenêtres étaient masquées par des rideaux – qui avait indiqué que sa porte de devant n'était pas verrouillée, le jeune couple avait sauté sur ce qui lui avait semblé une opportunité de rapprochement charnel tout exprès placée sur sa route par la Providence. Ce n'était pas la première fois qu'ils se connaîtraient bibliquement, ce ne serait pas la dernière, et toute l'affaire se terminerait dans les larmes six mois plus tard, lorsque Karen surprendrait Troy dans une position sans équivoque avec Sandy Jackson, sur la banquette arrière de la Dodge Dart de 1962 du paternel d'icelui, garée le long du Miller Creek, mais ceci est une autre histoire.

Compte tenu du laps de temps écoulé entre son trépas et sa découverte, le corps de Mme Mance n'était pas dans un état particulièrement affriolant. Entre la rigidité cadavérique, une certaine élévation de la température et la lividité provoquée par l'inertie *post obitum*, son cadavre – malencontreusement vêtu d'une unique paire de mules en chenille rose – offrait un spectacle pour le moins saisissant. Tomber dessus après un moment d'intimité sur un tapis haute laine placé à moins de dix mètres de là avait de quoi traumatiser une jeune fille. C'était comme si la gueule de l'enfer s'était entrouverte pour lui donner un aperçu du sort qui l'attendait si elle commettait de nouveau le péché de chair avec Troy O'Hallahan. Karen Prince s'en remettrait, bien sûr, mais dans l'instant elle avait poussé un hurlement qui avait fait débouler Troy, coudes au corps.

Les deux jeunes pensèrent d'abord à un meurtre. Ensuite, ils pensèrent aux preuves. Troisièmement, ils pensèrent au tapis haute laine en désordre. Enfin, ils pensèrent à déguerpir. Mais comme la receveuse des postes les avait envoyés voir si Mme Mance n'avait pas, comme qui dirait, une espèce de problème, et comme il semblait plutôt évident que tel était bien le cas, ils ne purent faire autrement que d'appeler le shérif, qui rappliqua au trot en la personne de son adjoint, Martin Behr. Remettant leur sort entre ses mains, ils lui racontèrent une version un tantinet édulcorée du manège auquel ils s'étaient livrés sur le susdit tapis haute laine.

— Crétins de mômes, lâcha le shérif adjoint Behr.

Puis il ajouta :

— Alors, où est-elle ?

Et il alla jeter un coup d'œil par lui-même, après quoi il blêmit visiblement, puis il leur demanda s'ils n'avaient pas remarqué l'odeur, pour l'amour du ciel ? Ils étaient complètement débiles, ou quoi ? Ils répondirent qu'ils n'avaient pas fait attention, ou alors que si, peut-être, mais ils s'étaient dit qu'il y devait y avoir des fruits pourris dans le cottage, ou quelque chose comme ça. Bon, et puis quoi ? Ils avaient appelé, ils avaient jeté un coup d'œil par les fenêtres, et il leur avait semblé qu'il n'y avait personne à la maison. De fait, on pouvait dire qu'il n'y avait plus personne à la maison, dans la mesure où un cadavre n'était pas vraiment une « personne ». Ensuite, en regardant plus attentivement entre les rideaux tirés, ils avaient vu le tapis haute laine, et ils étaient entrés, mais pas par effraction, attention, parce que la porte de devant n'était pas fermée à clé, hein, et ils n'avaient absolument touché à rien, à part quelques poignées de porte, et une lampe qui était tombée quand ils avaient roulé l'un sur l'autre et que Karen s'était laissée aller avec un enthousiasme, euh...

Le shérif adjoint Behr leur dit que ça suffirait comme ça. Il avait compris. Ils pouvaient aller attendre dehors.

Et donc, ils allèrent attendre. Comme tout le monde. Il ne fallut pas longtemps pour que la nouvelle se répande : aucun monstre assoiffé de sang ne hantait les jolies rues de Port Quinn par ce début de printemps. Marion Mance avait été enlevée à l'affection de tous par une crise cardiaque et non par un meurtrier. Ses proches seraient soulagés de l'apprendre.

Et c'est ainsi que, trois semaines plus tard, Jenny Kent, quarante-neuf ans aux prunes, mère de cinq enfants et grand-mère pour la première fois, se retrouva sur le ferry avec les voitures, à faire la traversée de deux heures qui l'amenait à Crawford Island.

Jenny n'était pas très proche de sa tante Marion, ni géographiquement ni par le sang. Elle habitait Long Beach, en Californie, avec tous ses plaisirs – son soleil, son océan, ses plages, ses palmiers, ses autoroutes, ses embouteillages, son urbanisation débridée et ses champs de pétrole offshore –, alors que sa tante vivait au large de l'Etat de Washington, dans une île perdue du Puget Sound – population : deux mille âmes, toutes voiles dehors. Mais surtout, Marion Mance n'était sa tante que par alliance. Elle avait épousé l'oncle maternel de Jenny une bonne cinquantaine d'années auparavant.

L'union n'avait pas engendré de rejeton, et comme Marion avait, peu avant sa mort, repensé avec attendrissement à la première communion de Jenny, à laquelle elle avait assisté quarante ans plus tôt, elle avait rédigé de son testament une quinzième mouture – que son avoué avait espéré avec ferveur être également la dernière –, par laquelle elle léguait à peu près tous ses biens à Port Quinn et désignait Jenny – grain des sables de son passé – comme exécutrice testamentaire.

Si la nouvelle était parvenue à Jenny Kent à un autre moment de son existence, peut-être aurait-elle refilé à un avoué local la corvée de régler la succession de sa tante. Mais elle lui était tombée dessus alors que la jeune génération de Kent, qui avait enfin déserté le nid, venait d'effectuer un come-back retentissant en la personne de sa fille aînée, un bambin à la remorque et nourrissant la conviction fallacieuse que Jenny dorloterait et élèverait sa progéniture plus ou moins comme elle avait élevé sa propre nichée. Et donc Jenny s'était dit que le moment était venu de prendre un peu de recul. Son mari voyait d'un très mauvais œil ce besoin de réflexion, ce qui n'avait fait que l'ancrer plus fermement dans sa décision de gagner le large. Il fallait bien que quelqu'un s'occupe des affaires de tante Marion – quelles que puissent être ces affaires –, et elle le ferait.

« Non, sérieusement, tu ne vas pas me laisser tout seul avec... *ça* ? » avait gémi Howard Kent.

Comme si le fait de plaquer un mari chroniquement infidèle avait fait de sa fille une espèce d'extraterrestre, qui plus est flanquée d'un extraterrestre miniature accroché à l'ourlet de sa jupe en jean, la morve au nez et le pouce fermement planté dans le bec.

« Et s'ils m'empêchent de dormir, la nuit ? Et si je dois opérer tôt le matin ? Tu ne peux pas me faire ça, Jen. »

Oh, que si ! Le couplet sur l'opération-tôt-le-matin avait marché pendant plus de vingt-cinq ans, mais les neuf derniers mois et le départ de la marmaille avaient ouvert les yeux de Jenny sur ce qu'elle avait fait de sa vie. Elle n'aimait pas le tableau qui se présentait à elle, alors elle réserva son billet d'avion, embarqua, loua une voiture et monta vers le nord en direction d'un ponton d'où un ferry-boat l'emmena poussivement vers Crawford Island pour la période d'introspection que le destin lui offrait.

Maintenant, on pourrait objecter que pour Jenny Kent la vie avait été douce à Long Beach, Californie. Sans aller jusqu'à prétendre qu'elle avait vécu comme un coq en pâte – elle avait tout de même élevé cinq marmots –, disons qu'elle n'avait pas eu à gérer seule une maison foisonnante de jeunes Kent ; il s'était trouvé du personnel pour lui prêter main-forte. La vaste propriété, sise dans une rue bordée d'arbres, dans la partie est de la ville, était entretenue par des jardiniers ; il y avait une gouvernante qui faisait précisément ce que laissait supposer l'intitulé de sa fonction : gouverner la maison ; une cuisinière qui concoctait des menus conformes au régime en vogue ce mois-là ; des jeunes filles au pair – toujours par paires – pour s'occuper des gamins et les occuper au jour le jour. Si l'un d'eux avait un problème dans une matière ou une autre à l'école, on lui faisait donner des cours particuliers. S'il manifestait des velléités de se lancer dans la musique ou dans un sport, on lui trouvait un prof ou un entraîneur. La principale tâche de Jenny dans la maisonnée ressemblait donc à celle d'un agent de la circulation, la seconde consistant à rédiger des chèques. Parce que tout ça coûtait bonbon, et donc c'était une bénédiction que Howard soit le cardiologue le plus réputé de Californie, réputation assise sur le fait qu'il avait jadis opéré à cœur ouvert un gouverneur dont tout le monde avait oublié le nom, à l'âge tendre de vingt-neuf ans. Howard, s'entend ; pas le gouverneur.

Et comme c'était un homme très occupé, très demandé, et qu'il faisait un métier très exigeant, Howard ne demandait qu'un peu de calme, de tranquillité, et deux verres de sherry quand il réintégrait ses pénates, le soir. Il incombait à Jenny de les lui procurer, et pendant toutes les années de vie commune elle s'était acquittée de cette mission avec grâce, sans déplaisir et en se disant le moins possible qu'elle aurait pu être autre chose qu'une épouse, une mère et la régulatrice du trafic familial à Long Beach, Californie. Car la vérité vraie, c'était qu'en cette époque de modernisme rares étaient les femmes qui trouvaient dans les fonctions maternelles et conjugales la satisfaction des innombrables besoins de leur psyché complexe.

Ce qui avait marqué l'histoire personnelle de notre Jenny, c'était ce qu'elle avait passé sa jeunesse à fuir, et la raison de cette fuite. Ce qu'elle avait fui, c'était l'épreuve olympique de descente à ski. Et le pourquoi, c'était le manque de persévérance et de motivation, et les attraits d'une vie enluminée par l'argent facile. Fille de deux moniteurs de ski dont le seul but dans l'existence était de dévaler les pistes enneigées, et dont la situation financière ne s'élevait pas au-dessus de cette ambition, Jenny s'était lassée dès sa treizième année de vivre dans la gêne. Tant pis pour les dons sportifs que la nature et l'environnement familial lui avaient accordés, elle voulait une autre sorte de vie que celle dont ses parents rêvaient pour elle et tentaient de lui imposer.

Elle comprenait à un niveau viscéral que le vrai désir de ses parents était de connaître, par procuration, la gloire et son cortège de médailles. Or elle avait décidé que c'était rigoureusement étranger à sa personnalité profonde. Elle avait transigé pendant toutes ses années de lycée – elle aurait accepté n'importe quoi pour échapper aux cours de gym –, mais le temps de fêter son dix-neuvième anniversaire, elle avait conclu que le fait d'avoir réussi, pour toute performance, à effectuer des remplacements dans l'équipe américaine de ski augurait mal de sa carrière de championne. Bref, elle avait renoncé à toute prétention de ce côté-là, et ne skiait plus que quand ça lui chantait. En dehors de ça, elle était serveuse dans les restaurants de Park City, Utah, où elle devait tomber sur un jeune interne en médecine en vacances, qu'elle avait épousé avant de souffler sa vingt-troisième bougie, et à qui elle avait donné un premier héritier dans l'année. Entre-temps, sa sœur cadette avait entrepris d'exaucer les rêves parentaux d'or olympique, avant de devenir journaliste sportive à la télévision, puis d'accéder à la situation de présentatrice du journal télévisé national, auréolée d'honneurs, de gloire et de fortune.

Jenny Kent était fière de sa sœur, on ne nous fera pas dire le contraire. Mais la « franginitude » a ses limites, et la contemplation d'une telle réussite ne pouvait qu'instiller dans le cœur sororal une dose d'envie, voire de regret, et Jenny y succomba insidieusement. Ce qui aurait pu être n'avait plus aucune chance de lui arriver, à quarante-neuf ans ; elle le savait, et elle en souffrait. Cette insatisfaction était exacerbée par le fait qu'elle avait beaucoup trop de temps devant elle pour réfléchir. L'irruption de fille-aînée-plus-moutard aurait pu tempérer la frustration d'une femme qui n'aurait eu qu'un faible potentiel de gloire dans sa jeunesse, mais Jenny Kent n'était pas dans ce cas de figure. Le potentiel, elle l'avait eu. Elle avait le sentiment de l'avoir dilapidé, et le moment d'admettre ce gâchis était venu.

Et donc, l'idée que Howard puisse un tant soit peu souffrir de son absence ne lui faisait ni chaud ni froid. Elle avait décidé d'aller à Crawford Island, et elle irait. Elle exécuterait les dernières volontés de sa tante, disposerait de ses affaires conformément aux clauses de son testament, et avec un peu de chance elle trouverait ainsi une nouvelle occasion dans sa vie de laisser une trace... une trace dans sa vie. Du moins, c'était ce qu'elle espérait.

Elle ne savait absolument rien de l'île, où elle n'avait jamais mis les pieds. Elle n'était donc pas préparée au grand contraste qu'elle offrait avec Long Beach. A Long Beach, l'environnement était dominé par un port éléphantesque, des derricks insuffisamment camouflés pour ressembler à des tours d'art moderne, trois autoroutes, pas une de moins, qui se croisaient au milieu de la ville, des grandes maisons érigées sur des terrains minuscules, des petits bâtiments historiques impitoyablement condamnés, abattus et remplacés par des cages à lapins. Crawford Island n'avait rien à voir avec tout ça. Crawford Island n'était que forêts odorantes et routes sinueuses, prairies mamelonnées peuplées de vaches, de moutons et de lamas, côtes rocheuses déchiquetées et baies cristallines, plages et bois flotté, pêche et balades en bateau, semailles et moissons, chemins de terre et ruisseaux murmurants.

Il n'y avait qu'une ville sur Crawford Island : Port Quinn. C'est là que les passagers débarquaient du ferry, au bout d'une rue appelée Promenade de la Côte. Un parc luxuriant y offrait ses tables et ses bancs aux pique-niqueurs, des pelouses pour jouer aux boules et au croquet. Partant de là, trois rues embrassaient lascivement une colline, montant vers le monument local, la statue en bronze d'un homme avec une jambe de bois et une lorgnette vissée à l'œil : Josiah Quinn, le fondateur de la ville éponyme. D'autres rues partaient, comme les dents d'un peigne, de la Promenade de la Côte, et dans l'une de ces rues Jenny Kent trouva le bureau de Lawrence Davis, qui était depuis longtemps l'avoué de Marion Mance.

Il procura à Jenny la clé de Cedar Dreams, puisque tel était le nom de la demeure des Mance. Il lui conseilla quelques endroits où descendre en ville, et lui dit qu'ils pourraient se revoir pour réfléchir à la suite quand elle aurait jeté un coup d'œil à la situation de sa tante à Cedar Dreams.

Jenny commença par trouver ridicule cette façon qu'il avait d'appeler « situation de sa tante » le cadavre de Marion Mance. Et puis elle s'avisa que ça ne pouvait évidemment pas être ça, puisque Marion reposait à six pieds sous terre depuis trois semaines. Elle lui répondit donc qu'elle préférait loger au cottage même plutôt qu'à l'hôtel, et quand il commença à élever des protestations, elle l'informa fermement que, nonobstant leur amabilité, ses suggestions étaient parfaitement superflues, et où pourrait-elle trouver une carte de l'île, et un marché, où elle avait l'intention d'acheter certaines choses utiles pour agrémenter son séjour, comme par exemple de quoi se sustenter ?

Lawrence Davis n'était pas du genre à gaspiller sa salive avec des gens déterminés à se comporter comme – aurait dit sa chère vieille mère – « des têtes de mule ». Il se fendit d'une courbette au charme plutôt désuet, lui tendit la carte qu'il avait achetée en prévision de sa venue et lui indiqua la direction du marché. Le téléphone de Cedar Dreams n'avait pas été coupé, ajouta-t-il en conclusion de leur entretien. Elle pourrait l'appeler quand elle serait disposée à parler de la façon dont elle souhaitait procéder.

Il dédia à Jenny, lorsqu'elle prit congé, un sourire de commisération qui aurait dû lui mettre la puce à l'oreille : tout n'était peut-être pas aussi rose qu'on aurait pu l'imaginer dans un cottage appelé Cedar Dreams. Mais elle était déjà tombée sous le charme de Crawford Island, et dans sa hâte d'emprunter l'une des allées qu'elle avait repérées du ferry le signal lui échappa.

Elle trouva Cedar Dreams sans trop de mal, les cinq fausses pistes qu'elle avait suivies lui ayant finalement procuré plus de plaisirs visuels que vingt-six années à Long Beach. Le printemps était d'une beauté poignante, à Crawford Island. On y voyait des jeunes aigles chauves prendre leur essor du haut des cèdres, des campanules agiter leurs clochettes dans l'ombre des vallons et des sous-bois, de nouvelles jeunes feuilles d'un vert si tendre qu'on en aurait mangé, des biches et leurs faons, qui levaient prudemment la tête dans des bosquets de houx, et plus regrettablement des jardins nouvellement plantés. Vraiment, le printemps sur Crawford Island pouvait faire oublier complètement les mois de novembre à mars, où la pluie, le vent, la grêle, la neige, les arbres ployés par le vent et l'incapacité du conseil municipal à régler le problème récurrent du climat faisaient de Crawford Island un endroit inhospitalier, sinon virtuellement invivable : une contrée faite pour des individus dotés d'un solide esprit pionnier, et qui avaient les moyens de se payer un groupe électrogène pour pallier les pannes de courant à répétition.

Mais Jenny ne savait rien de tout ça quand elle trouva Cedar Dreams dans son petit vallon ombragé. Tout ce qu'elle savait, c'était qu'elle était tombée, elle n'aurait su dire par quel miracle, sur un coin de paradis, un véritable baume sur les plaies de son âme, et peut-être un moyen d'envisager de changer de vie.

Elle vit s'envoler certaines de ses illusions en franchissant le seuil de la maison de sa tante. Elle comprit très vite pourquoi Lawrence Davis lui avait suggéré de prendre une chambre en ville. Dire que Marion Mance était atteinte de collectionnite aiguë eût été un doux euphémisme. C'était une accumulatrice compulsive, et son défunt mari avait dû être de la même farine. A vrai dire, le seul endroit qui n'était pas encombré par une collection, une pile, un tas, un monticule ou un entassement était celui-là même où – détail inconnu de Jenny Kent – les deux ados sur lesquels s'est ouvert notre récit avaient fait des folies de leur corps avant de se heurter au cadavre de la pauvre Marion.

Comprenant maintenant le regard compatissant que Lawrence Davis avait posé sur elle en la voyant partir, Jenny se fraya un chemin à travers des pièces encombrées d'un véritable capharnaüm. Il y avait de tout, depuis de vieux journaux jusqu'à des paquets de choses commandées sur des catalogues de vente par correspondance et qui n'avaient jamais été ouverts. S'il y avait eu des tableaux sur les murs – et il devait y en avoir, dans une demeure de ce genre –, elle n'aurait pas pu les voir car ces derniers disparaissaient derrière les piles et les amoncellements. Avec le temps, tout l'espace habitable avait été réduit à des sentiers menant aux seuls meubles indispensables : un lit, un fauteuil, un poste de radio et la télé.

Jenny Kent devait disposer de tout ça. Ce qui ne voulait pas dire s'en débarrasser, non : faire le tri dans ce fatras et l'inventorier. Régler les affaires de sa tante impliquait de s'occuper d'années de courrier jamais ouvert, de chercher les documents afférents au cottage proprement dit et au terrain sur lequel il était construit, de régler des détails comme les assurances, les comptes en banque, les assurances-vie, les placements et tout ce qui s'ensuit. Mais Jenny n'était pas du genre à s'engager dans ce genre d'entreprise sans assistance. Alors, malgré le sourire – que Jenny commençait à imaginer chargé de malice et de sous-entendus plus que de compassion – qu'il avait eu lors de son départ, Lawrence Davis devrait être mis à contribution.

Cela dit, elle n'arriva pas tout de suite à cette conclusion. D'abord, elle passa deux jours à trier les journaux, magazines, catalogues et brochures, cinq cents propositions de carte de crédit et trois cent vingt et une offres d'adhésion à l'Association américaine des retraités, après quoi elle retourna fissa en ville et s'en remit à l'avoué. Elle ne demanda pas grâce, elle était trop fière pour ça, mais plutôt s'il pouvait lui recommander une façon de procéder et quelqu'un pour l'aider à venir à bout de la tâche. Après tout, c'était la première fois qu'elle était exécutrice testamentaire.

Lawrence Davis n'était pas avoué pour rien. Il s'empressa de lui prodiguer ses sages conseils. Il fallait assurément séparer le bon grain de l'ivraie à Cedar Dreams, approuva-t-il avec enthousiasme, et il connaissait très précisément l'homme de la situation. Il s'appelait Donald McCloud, de Port Quinn Estate Sales and Antiques. Il était établi sur la 4e Rue.

— McCloud est l'homme qu'il vous faut, lui dit Lawrence Davis. Donald McCloud. *Donald.*

L'étrange insistance avec laquelle l'avoué répétait le prénom de l'homme n'échappa pas à Jenny, mais elle supposa – bien à tort, ainsi que la suite des événements devait le révéler – que Lawrence Davis s'appesantissait sur ce détail d'identification parce qu'il la croyait incapable de le mémoriser. Après tout, elle était blonde, et Lawrence Davis était, en tant qu'homme, tout à fait du genre à sauter à des conclusions erronées face à une femelle manucurée, pédicurée, coiffée et vêtue avec raffinement. Et donc Jenny Kent reprit son bâton de pèlerin et trouva Port Quinn Estate Sales and Antiques, non seulement sans trop de problèmes mais aussi sans réfléchir exagérément aux implications de l'insistance emphatique avec laquelle le prénom du propriétaire de l'échoppe avait été prononcé.

Ce jour-là était un maillon d'une longue chaîne de journées resplendissantes sur Crawford Island. Le soleil qui se déversait dans la boutique faisait étinceler les grains de poussière en suspension dans l'air. A vrai dire, la poussière formait sur toutes les surfaces visibles une patine veloutée qui avait quelque chose d'apaisant, par l'apparence de permanence et de solidité dont elle parait toute chose, par l'aura de pérennité et donc d'absolue fiabilité qu'elle conférait à l'affaire en cours. Ce même soleil fit que la vision de Jenny eut besoin, à son entrée dans l'établissement, d'une période d'accoutumance, au cours de laquelle une voix masculine agréable et séduisante lança « Hé, bonjour ! Je peux vous aider ? » avant qu'elle ait pu voir qui parlait.

Pour elle, ce n'était qu'une ombre assise derrière un bureau, dans un fauteuil grinçant dont il s'extirpait, atteignant la respectable taille d'un mètre quatre-vingts, sinon plus. Elle lui demanda s'il était M. McCloud, il lui répondit que tel était bien le cas et s'enquit de ce qu'il pouvait faire pour elle.

McCloud, c'était le sésame. C'était tout ce qu'elle avait retenu de sa conversation avec Lawrence Davis. Non qu'un défaut d'agilité mentale l'eût empêchée de se rappeler une chose aussi simple que le prénom Donald. C'est plutôt que son impulsivité naturelle – cette impatience qui avait caractérisé sa jeunesse, la privant de possibles honneurs olympiques – la portait à vouloir faire avancer les choses, or ce qu'elle voulait avant tout c'était déblayer le cottage de sa tante afin de pouvoir en profiter elle-même, ainsi que du printemps qui l'environnait de toute part. Et donc, lorsque McCloud lui dit qu'elle avait trouvé celui qu'elle cherchait, elle ne s'arrêta pas au fait qu'il ne se prénommait pas Donald mais Ian.

Il faut dire aussi qu'à partir du moment où sa vision se fut adaptée à la pénombre de l'officine Jenny Kent se trouva plutôt emballée par ce Ian McCloud, comme l'aurait été toute femme ni sourde ni aveugle. C'est que ledit Ian réalisait la synthèse du romantisme, avec ses cheveux noirs et ses yeux d'un bleu étonnant, qui tranchait sur sa peau mate. Et les touches d'argent qui effleuraient ses boucles vulcaniennes – dont Jenny, pas plus qu'aucune autre femme, ne pouvait deviner qu'il les décolorait lui-même pour apporter une note de maturité et de distinction à son allure générale – l'investissaient d'une aura d'homme d'expérience en même temps que disponible.

Comme on l'a dit avec sagesse, « le tout est d'être prêt [1] », la disponibilité comportant toutes les séductions pour une femme qui, comme Jenny Kent, se trouvait à un carrefour de sa vie.

Tout en lui expliquant les tenants et les aboutissants de sa démarche auprès de Port Quinn Estate Sales and Antiques, Jenny ne put s'empêcher de remarquer d'autres caractéristiques saillantes de Ian McCloud : ses vêtements éclaboussés de peinture, sa chemise au col ouvert, la chaîne d'or qu'il portait autour du cou. Alors que ce détail aurait pu la rebuter – elle n'avait jamais aimé les hommes embijoutés et encore moins ceux qui éprouvaient le besoin d'exhiber leur pilosité pectorale –, elle vit qu'une alliance d'or était accrochée à cette chaîne, et que Ian McCloud la tripotait en parlant. Au bout d'un moment, et avec un sourire éclatant qui démontrait ce que des années d'orthodontie et de séances répétées de blanchissement pouvaient faire aux quenottes dont le Créateur vous avait doté, Ian révéla que cet anneau avait appartenu à sa bien-aimée grand-mère, et qu'il le portait nuit et jour en guise de talisman.

A ces mots, Jenny Kent rougit jusqu'aux oreilles, non que l'allusion à des grigris et des grands-mères eût quoi que ce soit de scabreux, mais elle comprit que s'il mentionnait l'origine de l'anneau, c'est qu'elle avait fixé ses pectoraux tout en lui parlant de la propriété de sa tante. Elle s'empressa de lui apprendre qu'elle comptait requérir les services de Port Quinn Estate Sales and Antiques afin de l'assister dans l'exécution des dispositions testamentaires de feu Marion Mance.

— C'est bien le genre de choses que vous faites ?

Lui demanda-t-elle, dans ces termes mêmes.

Une réponse honnête à cette question eût été que Ian McCloud en faisait le moins possible, raison pour laquelle Lawrence Davis avait tellement insisté : celui qu'il estimait capable de venir à bout de la tâche colossale que Jenny Kent lui avait dépeinte était Donald. Ian, lui, était l'enfant unique dudit Donald, et la prunelle des yeux de toutes les femmes de sa famille, étant le seul garçon issu de la génération de sa mère, de la génération de sa mère à elle, et, tant

1. « Si mon heure est venue, elle n'est pas à venir ; si elle n'est pas à venir, elle est venue. Si mon heure n'est pas venue, elle viendra plus tard, inévitable. Le tout est d'être prêt », Shakespeare, *Hamlet*, acte V, scène II. (*N.d.T.*)

que nous y sommes, de la génération de la mère de sa mère. Et donc il avait grandi dans un climat d'admiration, d'amour, d'adoration et d'indiscipline exacerbé, une combinaison fatale, comme chacun sait, d'amour étouffant et d'indifférence absolue à autrui. Résultat de cet excès de renforcement positif, comme disent les psychologues, Ian était arrivé à l'âge adulte pénétré de la conviction que, d'une façon ou d'une autre, la vie avait une dette envers lui pour la simple raison qu'il avait daigné naître. Ce sentiment que tout lui était dû s'accompagnait d'un charme naturel et d'un aspect plaisant qui l'avaient bien servi jusque-là.

Absolument, c'était précisément ce que faisait Port Quinn Estate Sales and Antiques, confirma Ian McCloud à Jenny, en réponse à sa question.

— Alors comme ça, vous êtes la nièce de Marion, ajouta-t-il avec un sourire éclatant, qui faisait fondre les cœurs depuis trente-trois ans. Ravi de faire votre connaissance. Je peux vous appeler Jenny, ou vous préférez « madame Kent » ?

— Jenny, ce sera parfait, répondit-elle tout en tripotant inconsciemment son alliance et le diamant de cinq carats, cadeau de Howard pour leur vingt-cinquième anniversaire de mariage.

Ce geste était familier à Ian, qui avait eu maintes occasions de l'observer. Il l'interprétait pour ce qu'il était généralement : ce moment où une femme se prenait à souhaiter des choses qui n'existaient pas, du moins pas encore. Il prit aussi note de l'anneau proprement dit. Celui avec le diamant, s'entend.

Il n'avait pas l'intention de le voler. Ian n'était pas voleur. Il se contenta de le remarquer, de s'interroger sur l'homme qui l'avait offert, et regretta de ne pas avoir personnellement les moyens de faire de tels cadeaux à une femme. Cadeaux que, d'ailleurs, il n'aurait pas faits. Il aurait plutôt utilisé l'argent pour financer son projet du moment, viticole en l'occurrence, qui consistait à produire – naturellement – des vins qui rafleraient des médailles d'or. C'était le dernier en date d'une longue liste de projets que Ian McCloud avait caressés. En attendant, il s'occupait d'une belle propriété du côté sud de Crawford Island, une demeure qui appartenait à un monteur de films hollywoodien et à sa femme, dont c'était le havre de paix. Comme il leur arrivait rarement de monter aussi loin vers le nord, Ian y vivait généralement dans la solitude, payé pour s'occuper de leurs chevaux, veiller à l'entretien général de la maison et la défendre contre les hordes de maraudeurs qu'un citoyen de Hollywood imaginait déterminées à se jeter sur les barrières électriques d'une propriété, dans une île paisible et idyllique peuplée de deux mille âmes – tout au plus – qui s'en foutaient éperdument.

A ce stade, on serait fondé à se demander ce que Ian fabriquait à Port Quinn Estate Sales and Antiques le jour où Jenny Kent fit son apparition fatidique dans l'échoppe. Eh bien, il se trouve qu'il était venu travailler, car son père était parti pour une croisière prolongée, or Ian partageait non seulement la responsabilité de l'affaire avec son paternel – bien qu'il ne se fatiguât pas beaucoup pour en assurer la réussite – mais aussi l'éternel optimisme de Donald McCloud : tôt ou tard, ce serait le jackpot. Dans l'esprit de Donald, ce jackpot revêtait les atours d'un Winslow Homer ou d'un Andrew Wyeth[1] oublié derrière une porte de salle à manger dans une maison à vendre avec tout son mobilier. Dans l'esprit de Ian, c'était le festin gratuit qu'il avait toute sa vie appelé de ses vœux.

Jenny Kent incarnait la possibilité des deux.

Les seize ans de différence d'âge qui les séparaient tel un véritable gouffre firent réfléchir Jenny, et réduisirent au début les choses à un simple flirt, comparable à la façon dont deux chiens qui se rencontrent dans la rue se reniflent. Elle trouvait Ian séduisant en diable, mais elle n'avait pas envie de se ridiculiser s'il ne s'intéressait pas à elle. D'autre part, elle n'était pas vraiment décidée à tromper Howard. Et donc, quand Ian arriva à Cedar Dreams tout éclaboussé de peinture, la chemise ouverte sur sa chaîne en or et les manches roulées d'une façon très excitante sur des avant-bras virils, elle s'affaira dans le cottage, profitant de la moindre occasion pour le frôler au passage et lui posant la main sur le bras dès qu'elle avait la moindre chose à lui dire. Rien de tout cela n'échappa à Ian, qui savait à quoi s'en tenir et se demanda si, à trente-trois ans, il avait envie d'une aventure avec une femme qui frisait la soixantaine. Après tout, elle n'était pas la légataire universelle des biens de Marion Mance, juste son exécutrice testamentaire.

1. Peintres américains célèbres. (*N.d.T.*)

Et donc, ils y allaient, l'un et l'autre, sur la pointe des pieds, sauf que la prudence de Ian McCloud s'appliquait à d'autres domaines également. Comme le tri dans les vestiges du passé de Marion Mance, son père lui ayant rabâché pendant des années qu'on trouvait parfois des merveilles dans les endroits les plus inattendus.

Ce qui finit bel et bien par arriver, sauf que ni Jenny ni Ian ne s'en rendirent compte sur le coup. Tout ce qu'ils savaient, c'était qu'un catalogue d'Objets Intéressants devait être constitué avant la vente des objets en question, et que la liste serait d'une longueur considérable. Parce que, après que tout le fatras aurait été méticuleusement examiné et traité, classé, payé, brûlé, emballé et le plus souvent évacué, il resterait encore dans le cottage des meubles, des vêtements, des services de porcelaine, des ustensiles de cuisine, des vases, des livres, des lettres, des bibelots, babioles et fanfreluches, des pièces, des timbres, des outils, des pommes, des poires et des scoubidous... A vrai dire, une existence entière d'objets dont un couple âgé n'avait jamais réussi à se séparer.

— Encore heureux que la maison ne soit pas plus grande...

Telle fut la réaction de Jenny face à la montagne de choses qu'ils avaient dénichée dans les placards, sous les lits et autres meubles, au grenier, dans le sous-sol et dehors, dans les deux cabanes attenantes à la maison.

— On va en avoir pour une éternité.

— Ça m'est égal, répondit Ian. Et vous ?

Et le sourire qu'il lui adressa disait assez que son flirt n'était pas passé inaperçu.

Non plus que quelques timbres-poste des plus curieux.

Cette partie de notre histoire avait débuté par le simple « Regardez ça » articulé par Jenny dans l'une des trois petites chambres du cottage où leurs évolutions les avaient menés, Ian et elle, par un beau matin ensoleillé.

Elle était assise devant un bureau placé sous l'une des deux fenêtres de la pièce – Marion Mance était, à l'époque de la construction du cottage, une grand fan de l'aération transversale naturelle –, et elle avait deux cartons à ses pieds. Dans l'un, elle mettait les choses à jeter. Dans l'autre, les objets qu'elle ferait figurer dans son inventaire. Dans un tiroir du bureau, elle avait déniché une boîte en fer pas mal cabossée, qui avait perdu sa clé. Mais comme elle n'était pas verrouillée, elle trouva dedans un paquet de lettres, visiblement des lettres d'amour envoyées par Marion à son mari – l'oncle Walter de Jenny – pendant la guerre de Corée. Ces lettres étaient joliment attachées par un ruban rouge passé, noué des dizaines d'années auparavant, et qui donnait l'impression de ne jamais avoir été dénoué depuis.

Bien. Malgré tous ses défauts, Jenny était une femme respectueuse, et elle n'était pas du genre à mettre son nez dans la vie amoureuse de deux âmes maintenant parties pour l'éternité. Elle montra les lettres à Ian et dit :

— C'est joli, non ? Vous savez, je n'ai pas une seule lettre de mon mari. Il ne m'envoie que des cartes simplement signées « H ».

— Pas une seule lettre d'amour ? releva Ian. Eh bien, c'est navrant.

Jenny en déduisit qu'à sa place Ian lui en aurait envoyé un millier, et à cette idée son cœur frémit. Il battait vite, avec la légèreté d'une aile de libellule, et elle continua à fouiller dans la boîte, avec l'impression d'avoir des papillons dans le cœur. C'est dans ce papillonnement qu'elle tomba sur une autre enveloppe, qui ne contenait pas de lettres mais des timbres. Des timbres-poste en vrac. Comme il y avait aussi de la papeterie dans le tiroir où elle avait trouvé la boîte, Jenny n'en fit pas un plat, au départ. Elle supposa qu'ils avaient été destinés à l'affranchissement du courrier, et oubliés. Elle les sortit quand même de l'enveloppe pour les regarder, parce qu'ils avaient l'air vraiment vieux et que certains avaient même l'air d'être des timbres étrangers.

Conscience semi-professionnelle oblige – elle était l'exécutrice testamentaire de Marion Mance, oui ou zut ? –, elle commença à les répertorier. Elle avait noté les détails des six premiers lorsque Ian la rejoignit.

— Hé, Jenny, ça a l'air intéressant, *ça*, dit-il.

Et l'accent particulier porté sur le deuxième « ça » disait suffisamment que tout ce sur quoi ils étaient tombés, jusque-là, au cours de leur interminable tâche d'inventaire, ne valait pas tripette.

Pour être hâtif, ce jugement n'en était pas moins pertinent. Les timbres étaient bel et bien intéressants. De fait, le sixième, celui que

Jenny Kent tenait entre ses doigts, était canadien, il portait la référence 387, il avait été émis pour commémorer l'ouverture de la voie maritime du Saint-Laurent, et sa particularité tenait à son image centrale : une feuille et un aigle. Ils avaient été inversés, de même que l'indication de la valeur faciale : cinq *cents*.

Ce seul fait en disait long sur l'époque de son émission : qui pouvait poster une lettre pour cinq *cents* aujourd'hui ? En outre, l'image inversée indiquait qu'il avait probablement de la valeur. Ce que Ian McCloud apprendrait ce soir-là, quand il chercherait sur Internet – sur lequel il avait récemment passé un temps considérable à communiquer avec une veuve de New York dans l'espoir d'évaluer sa situation financière –, c'était que ce petit bout de papier imprimé de travers valait dans les quinze mille dollars, selon son état. Pour le moment, tout ce qu'il savait, c'est qu'il était inhabituel. De même que le timbre précédent, que Jenny avait déjà catalogué.

Il était d'origine américaine, une petite chose d'une valeur faciale de vingt-quatre *cents*. Comme l'autre, il était imprimé à l'envers. Mais contrairement à l'autre, ainsi que Ian le découvrirait, il valait beaucoup plus que quinze mille dollars. En effet, cette petite anomalie postale représentait un biplan de la Première Guerre mondiale. On l'avait, dans un lointain passé, baptisé le « Jenny Inversé », et tout philatéliste digne de ce nom aurait donné son bras droit pour en posséder un. Le fait que Walter Mance l'ait fourré sans cérémonie dans une enveloppe et mis dans une boîte en métal qu'il avait rangée dans un tiroir de son bureau n'était pas une preuve de je-m'en-foutisme mais d'ignorance, et trahissait le manque de mémoire d'une longue lignée de gens, à commencer par ses géniteurs. Il tenait le timbre de son grand-père paternel, qui le tenait de son oncle, qui le tenait de son frère, qui le tenait d'une fille à qui il faisait la cour, qui l'avait trouvé « drôlement chou » quand elle l'avait déniché dans le tiroir à linge de son propre père, alors qu'elle y rangeait ses culottes fraîchement lavées et repassées. Le grand-père de Walter, qui était plus ou moins collectionneur, l'avait mis dans une boîte de pastilles pour la toux, avec d'autres timbres. Mais n'étant ni très curieux, ni spécialement doué pour l'organisation, ni particulièrement studieux, le grand-père de Walter s'était contenté de donner la boîte de pastilles à son petit-fils, Walter, alors âgé de neuf ans, qui était tombé dessus en fouillant dans les mouchoirs de son grand-père à la recherche d'un canif pour jouer au jeu du couteau qu'on plante entre les doigts. Bref, tout le monde l'avait oublié de bon cœur, et le timbre était resté intact et parfait à tout point de vue, parmi quelques autres, pendant plusieurs générations.

Il faut reconnaître que Ian McCloud ne pensa pas tout de suite à faire main basse sur l'un ou l'autre de ces timbres. Depuis tout le temps qu'il servait d'assistant à son père, l'objet le plus précieux qui leur était passé entre les mains était un service à thé en argent d'une valeur de cinq mille dollars, tellement terni qu'on l'avait pris pour de l'étain. Mais comme on l'a vu, la devise familiale était plus ou moins : « Le jackpot finira bien par tomber », et le rêve de Ian d'exploitation viticole, de prestige et de reconnaissance pour le peu d'efforts qu'exigeait, selon lui, cette activité l'amena à se plonger le soir même dans les arcanes de la philatélie. On imagine aisément la surprise puis la tentation auxquelles peut être soumis un homme doté de rêves – et d'un sens aigu de ce qui lui était dû – lorsqu'il découvre qu'il est à deux doigts d'entrer en possession du timbre-poste le plus célèbre de tous les temps. Sa valeur : deux cent mille dollars, et elle grimpait tous les ans. Comment, en apprenant ça, un homme pourrait-il ne pas se laisser tenter ?

Le problème, pour Ian, c'était l'autre Jenny, la non inversée, l'humaine. Non seulement elle était au courant de l'existence du timbre – et pour cause, puisque c'était elle qui l'avait trouvé –, mais encore elle avait déjà inventorié ce maudit truc. Cet inventaire devait être présenté à son propre père avant la vente publique, afin qu'il puisse procéder à une évaluation des articles qu'il contenait. Et donc, Ian n'avait pas le choix : il fallait qu'il se mette dans les petits papiers philatéliques de la Jenny humaine, ce qui voulait dire qu'il allait devoir la séduire, la gagner à sa cause et la convaincre que s'approprier l'un de ces curieux petits timbres n'était pas une grosse affaire, il suffirait d'une simple modification de l'inventaire des biens de la chère tante Marion. Et n'est-ce pas qu'il serait romantique de devenir propriétaire d'un timbre appelé « Jenny » ? C'était assurément la Providence qui l'avait placé parmi tout ce fatras, à Cedar Dreams.

Evidemment, Ian ne pouvait pas aborder le sujet de but en blanc. Il devait d'abord faire sa cour et conquérir le cœur de la Jenny humaine.

Cette cour et cette conquête commencèrent par une invitation à dîner à Blackberry Point, la propriété du monteur de films hollywoodien et de sa femme, dont il a été question ci-devant, propriété dont Ian était le gardien et dans laquelle il occupait un petit studio situé non loin des écuries – détail que Jenny ne devait pas connaître. Ian avait la clé de la demeure de Blackberry Point, et comme le monteur et sa femme n'étaient pas attendus à Crawford Island avant le 4 juillet, ce ne serait pas un exploit pour lui de faire disparaître toute trace des propriétaires – par exemple, les photos de famille et un énorme album de photos de mariage – et de se faire passer pour le seigneur du château, afin d'en mettre plein la vue à la pauvre Jenny.

Il devait être aidé dans cette entreprise de camouflage généralisé par sa tenue maculée de peinture. Celle qu'il portait lors de leur première rencontre, parce qu'il venait de repeindre les six salles de bains de la maison en prévision du retour des propriétaires. Et donc, pour expliquer, mine de rien, comment il pouvait être le propriétaire d'un si magnifique domaine tout en faisant manifestement office d'assistant occasionnel de son père, il devint un peintre de l'espèce artistique, un Jackson Pollock des temps modernes, dont l'atelier-studio était interdit d'accès, son génie étant d'une nature si délicate que l'exposition de ses chefs-d'œuvre à la vue d'autrui avant leur achèvement risquait de le flétrir.

— Mon Dieu, souffla Jenny. Je n'avais pas idée… Ian, pourquoi ne pas m'avoir dit… ?

Parce qu'il en aurait été bien incapable, parce que cette idée ne l'avait pas même effleuré avant que la Jenny Inversée ne l'oblige à bâtir une stratégie de cour et de conquête. Mais il ne pouvait évidemment pas lui raconter ça, alors il se dandina d'un pied sur l'autre et inclina la tête sur le côté dans une attitude censée exprimer l'humilité.

— Ça me paraissait un peu… comment dire… Enfin, vous voyez.

Telle fut sa réponse.

Qui ne voulait strictement rien dire, mais ça, c'était un détail sur lequel Jenny passa allégrement, éblouie qu'elle était par toutes les informations qu'elle recueillait au sujet de Ian McCloud.

La première était ce qu'il possédait ostensiblement : treize hectares de terrain donnant sur la mer, sur une île céleste, sept chevaux, manifestement des pur-sang arabes, qui pâturaient dans une prairie luxuriante, une maison spectaculaire avec un panorama encore plus spectaculaire – sans parler d'un jacuzzi d'où l'on avait une vue imprenable sur le Puget Sound, où on pouvait voir tous les jours des orques faire leurs trucs d'orques dans l'eau –, une grange, des écuries, un atelier où il créait des toiles dignes des plus grands musées... Quel que soit l'angle sous lequel on voyait les choses, pour une femme habituée à ne pas avoir de problèmes d'argent, changer de vie pour une autre où l'argent n'était pas un problème non plus valait infiniment mieux que de sombrer dans une sorte d'indigence. Non que Jenny envisageât un quelconque changement. Pas encore, du moins.

La deuxième information, parmi la galaxie de données étincelantes que Jenny pensait accumuler sur Ian, était ce qu'il avait visiblement fait de sa vie : lui, il avait vécu son rêve, il avait réussi selon ses propres termes, comme devait le faire tout artiste, il avait réalisé le potentiel dont les fées, le destin, ou Dieu sait quoi, lui avaient fait don. Que c'était impressionnant !

Le troisième de ces faits était le fait singulier constitué par Ian lui-même : intelligent, amusant, bien dans sa peau, doté d'excellentes dents et d'une toison abondante – le Howard de Jenny était hélas affligé d'une calvitie de poulpe depuis quatorze ans –, d'une compagnie agréable, romantique et prévenant. Pour une femme qui avait passé les vingt-six dernières années de sa vie dans le rôle d'épouse et de mère tout en sachant à chaque instant qu'elle aurait pu être bien autre chose, Ian n'était pas seulement Jackson Pollock. Il était James Bond. Il était Mister Darcy[1]. Il était le Marc Antoine de Cléopâtre, le Roméo de Juliette. Bref, tout ce dont elle avait toujours rêvé : la Réussite sans Effort, la réponse à la question « que faire de sa vie ? », élevage de petit-fils exclu.

Ils ne tombèrent pas tout de suite dans les bras l'un de l'autre. Ian devait avancer masqué, et Jenny se devait de ne succomber qu'à l'issue d'un âpre combat. A cause de la différence d'âge – seize années, qui se dressaient entre eux comme un totem – Ian savait que son prétendu amour pour elle devait donner l'impression de lui être apparu comme une révélation, illustrant dans toute sa lumière

---

1. Le beau ténébreux de Jane Austen dans *Orgueil et préjugés*. (*N.d.T.*)

la parfaite légitimité, le bien-fondé absolu d'un miracle divin : ils avaient été poussés l'un vers l'autre par quelque chose de plus fort qu'eux. Et Jenny savait que, nonobstant son désir croissant, et très réel, pour lui, elle devait calquer son comportement sur celui des murailles de Jéricho cédant après une longue résistance. Après tout, c'était d'adultère qu'il était question. De gros péchés exigeaient de gros efforts. *Oh non, je ne peux pas* et *Il ne faut pas* devaient laisser la place à *Je peux* et *Je veux*. Mais sans précipitation, pour ne pas donner l'impression d'être une dépravée, ou laisser entrevoir son désarroi.

L'affaire prit quatre nuits. Pas consécutives, non, séparées par plusieurs jours consacrés à alimenter la flamme naissante – inévitable entre une femme et un homme séduisants rapprochés par le hasard et placés dans une étroite promiscuité –, pour la métamorphoser en un véritable embrasement et conférer à l'affaire le label, nécessaire, de la Force irrésistible qui les attirait l'un vers l'autre. Lorsqu'ils consommèrent enfin leur passion, il faut souligner qu'ils en mouraient d'envie tous les deux : Ian convoitait peut-être le Jenny Inversé, mais en fin de compte il désirait aussi la Jenny non inversée. Quant à celle-ci... il était toujours flatteur d'être ainsi désirée par un homme. Ça l'était encore plus de l'être par un homme aussi fortuné. Qui vous emmenait dans une chambre à coucher dont la fenêtre encadrait un coucher de soleil stupéfiant, lui-même encadré par des sapins sublimes, c'est-à-dire sublimés par un paysagiste dont les factures devaient être astronomiques. C'était la cerise métaphorique sur un gâteau qui dépassait les rêves les plus fous de Jenny.

— C'était bon, pour toi, chérie ? murmura Ian, après.

— Oh, mon Dieu... fut la réponse tremblante de Jenny.

Et puis elle fondit en larmes. Larmes que la situation justifiait, et qui étaient aussi fidèles à ses sentiments. Elle n'avait jamais trompé Howard, avant, et maintenant qu'elle avait franchi la ligne, elle avait besoin d'être rassurée.

Pour ça, Ian était tout disposé à la rassurer tant qu'elle voulait, ce qu'il fit en articulant les mots magiques qu'une femme dans la situation de Jenny a envie d'entendre dans la bouche d'un homme de seize ans son cadet, à qui elle vient d'abandonner sa vertu : *Nous deux.*

Ces mots introduisirent, si l'on ose dire, une journée entière d'ébats frénétiques, entrecoupés de pauses de réflexion, d'états d'âme, de discussion, de culpabilité, de désir et de re-sexe frénétique. *Qu'avons-nous fait, ce n'est pas possible, on n'a pas le droit*, se muant, ainsi que cela finit généralement, en *C'est Dieu qui l'a voulu, on ne pouvait pas faire autrement, c'était inévitable*, pour laisser à leur tour, quasi automatiquement, place à *la* question : *Et maintenant, mon amour, qu'est-ce qui nous attend ?*

Entre-temps, bien sûr, côté état des lieux de la succession Mance, il ne se passait plus grand-chose, Ian étant trop disposé à mettre Jenny dans tous ses états, et Jenny trop encline à s'y faire mettre.

Un mois s'était écoulé ainsi lorsque deux événements vinrent interrompre cet interlude amoureux dans les vies de Jenny et de Ian. Le premier événement fut un coup de fil de Lawrence Davis, demandant courtoisement, mais néanmoins avec une certaine fermeté, comment Jenny se sortait de sa tâche d'exécutrice testamentaire.

— Le conseil municipal a un projet pour le cottage et le terrain, lui annonça-t-il. Dès que vous aurez fini, ils ont l'intention d'en faire un parc, qui portera le nom de Mme Mance. Je ne sais plus, madame Kent, si je vous ai dit que le conseil municipal avait été informé que Port Quinn était le principal bénéficiaire de son testament ? Comment trouvez-vous M. McCloud ? Très coopératif, j'espère ?

On ne pouvait l'être davantage, ce qu'elle lui dit. Mais il y avait des quantités de placards, d'armoires, de tiroirs et de cartons pleins à ras bord de papiers, des masses et des masses de documents, des tonnes de factures, des pages et des pages de ci et de ça...

— Vous voulez davantage d'aide ?

Oh non, monsieur Lawrence, répondit-elle. Ils avançaient bien, Ian et elle.

— Ian ? *Ian ?* Où est son père ?

A ce moment-là, Jenny avait complètement oublié le père de Ian. Elle avait oublié qu'il avait jamais eu un père ; elle avait oublié de demander pourquoi Ian ne mettait jamais les pieds dans la boutique de la 4e Rue, pourquoi il ne peignait pas, pourquoi il ne faisait pas, en réalité, des tas de choses, à part lui mordiller l'oreille, lui passer la langue au creux du cou et glisser ses mains – ces mains viriles, terriblement excitantes – sous ses jolis chemisiers de soie.

— C'est Ian qui m'épaule dans cette tâche, dit-elle. Il est vraiment formidable, monsieur Davis.

— Ça, je vous crois, répondit Lawrence Davis. Je ferais peut-être mieux de passer voir où vous en êtes…

Comme tous les amants, Jenny mit aussitôt Ian au courant, et l'informa également du deuxième événement menaçant leur idylle. Il s'agissait de Howard. Il ne sonna pas à la porte. Il ne passa pas un coup de fil. Il était beaucoup trop occupé pour faire l'une ou l'autre de ces choses. Il lui avait fait envoyer un mot par leur fille aînée : une photo du petit-fils glissée dans une enveloppe, accompagnée d'une carte portant cette seule phrase : « Papa voudrait savoir quand tu vas rentrer, et moi aussi. »

Ces deux incidents se succédant tel le coup de tonnerre qui suit l'éclair dans le ciel bleu de leur idylle poussèrent nos deux amants à l'action. Ian déduisit des propos de Lawrence Davis que la fête était dangereusement près de prendre fin. Jenny déduisit de la note de sa fille et du message de son mari ce que l'avenir lui réservait si elle rentrait chez elle. Elle ne pouvait faire autrement que d'encourager les avances de Ian. Quant à Ian, il n'avait plus qu'à se fendre d'une déclaration d'amour, de fidélité, d'allégeance éternelle, etc., etc. – tous les et cetera que vous voudrez, et ce le plus vite possible.

— Plaque-le.

Lui dit-il, dans ces termes mêmes.

Il y a des moments où la concision s'impose, et c'était l'un de ces moments.

— Reste ici.

— Enfin, Ian, objecta Jenny. Le cottage n'est pas à moi. Il appartient à la ville, maintenant. Et tôt ou tard…

— Reste avec moi. Viens avec moi. Vis avec moi.

— Tu veux dire…

— Je te le dis.

Ce qu'il ne disait évidemment pas, c'était que les propriétaires de Blackberry Point allaient se pointer dans moins d'un mois. Il avait donc moins d'un mois pour gagner Jenny à son idée d'exploitation viticole, et de la façon de la financer. Elle était à deux doigts de découvrir – par la faute de Lawrence Davis – qu'il n'était qu'un minable homme à tout faire. Et pour éviter qu'elle l'apprenne avant qu'il ne soit prêt à tout lui avouer et à s'en remettre à son infinie miséricorde, il devait s'assurer ses bonnes grâces, or il ne connaissait qu'une façon d'y parvenir.

— Plaque-le, bon sang ! répéta-t-il. Qu'est-ce que tu as à gagner à rentrer chez toi, à côté de… de *nous deux* ?

Et voilà. C'était ça. Ces deux mots.

— Mais qu'est-ce que je vais lui dire ?

— Dis-lui la vérité.

— A propos de toi ?

— A propos de nous.

C'est exactement ce qu'elle fit. Le soir même. Saisie d'une sorte de fièvre, elle prit la plume et écrivit à Howard une lettre dans laquelle elle lui racontait tout, par le menu, ne lui faisant grâce d'aucun élément, déballant stupidement tous les détails de leur passion, les accompagnant d'un luxe de précisions lubriques suffisant pour sceller son destin. Elle employa le mot *divorce* et – quelle idiote ! – dit à Howard qu'il pouvait garder tout ce qu'ils avaient amassé ensemble. Ce qu'elle avait maintenant valait plus que des joyaux. Elle avait l'amour, dans sa manifestation la plus pure. Evidemment, ce moyen généreux de couper tous les ponts avec son mari était aussi suscité par des semaines de sexe souvent tri-quotidien, sans parler de Blackberry Point – ses six salles de bains, ses orques observés depuis la baie vitrée du jacuzzi, ses pur-sang arabes – et de Jackson Pollock. Elle ne voulait pas réfléchir à tout ça. Elle voulait juste que la lettre soit écrite, postée, et donner un nouveau départ à sa vie.

Une fois la lettre écrite, il était bien plus de minuit. Mais elle ne pouvait pas attendre le lendemain matin pour la poster. Elle avait trop peur de flancher. Alors elle alla à la poste en voiture dans le noir, glissa la lettre dans la boîte, dit adieu à son passé et embrassa son avenir. Elle vit que la lettre partirait par le premier ferry. Adieu, pensa-t-elle. Adieu, adieu.

Entre-temps, Ian faisait de son mieux pour préparer Blackberry Point en prévision de l'arrivée de Jenny, tout en évitant de causer des modifications définitives à la maison et au domaine. Il avait à vue de nez une semaine devant lui avant d'être obligé de remettre l'endroit en état pour ses propriétaires. Ce qu'il n'avait pas prévu, c'était qu'une certaine femme de monteur de films hollywoodien allait piquer sa crise au cours d'un cocktail et se précipiter vers le nord dans un état d'hystérie avancée, et que son très hollywoodien monteur de mari se lancerait à ses trousses, fortement déterminé à éviter un divorce ruineux.

M. et Mme Hollywood arrivèrent à Crawford Island en hydravion, deux semaines après le début de l'entreprise de cohabitation de Ian et Jenny à Blackberry Point. En cours de route, les Hollywood avaient eu le temps de se rabibocher, et ils étaient déterminés à serrer les dents et à se supporter mutuellement jusqu'à ce que l'un des deux décampe à nouveau pour la Californie. Ils entrèrent dans la maison à neuf heures vingt-sept du matin, instant précis où ils détectèrent le premier indice que quelque chose clochait – en l'espèce, la table de la salle à manger jonchée des reliefs d'un dîner en tête à tête remontant à la veille au plus tard. Ils repérèrent ensuite une piste de vêtements jetés à la hâte, menant de la table à l'escalier, piste qu'ils suivirent, et en moins de temps qu'il n'en faut pour le dire ils tombèrent sur le gars qui était chargé de surveiller la maison absorbé dans des activités sexuelles quelque peu acrobatiques avec une femme dans le magnifique jacuzzi avec vue sur les orques.

Mme Hollywood poussa un hurlement strident. Elle raconterait par la suite avoir cru que Ian McCloud était en train d'assassiner quelqu'un, ce à quoi son mari répliquerait sardoniquement que personne ne s'était jamais fait tuer de cette façon, cocotte, ajoutant que le hurlement de son épouse avait moins à voir avec un meurtre possible qu'avec la quantité d'eau qui giclait du jacuzzi sur les vitres et le plancher de bambou jusqu'alors immaculés. Après quoi elle demanderait comment il aurait voulu qu'elle réagisse alors que leur maison et leur intimité étaient violées par ce McCloud et une femme inconnue. A cela il répondrait que si viol d'intimité il y avait, c'étaient eux qui le commettaient, et qu'en penserait-elle si quelqu'un la surprenait avec une jambe passée derrière... et une autre tendue... et... bref, l'un des deux était forcément contorsionniste, devait-il déclarer par la suite.

Car cet échange aurait lieu bien plus tard. Pour le moment, Ian et Jenny s'étaient fait pincer, et les hurlements de Jenny couvrirent ceux de Mme Hollywood pendant que Ian se précipitait sur les serviettes-éponges et les flanquait dans l'eau sans réfléchir.

On aura compris que les fonctions de Ian à Blackberry Point venaient de prendre fin abruptement. Dire qu'il fut prié de faire son balluchon serait une façon bien aimable de décrire les événements. De toute façon, il n'avait pratiquement rien à emballuchonner. Pour ce faire, il emmena Jenny vers son atelier-studio, où elle ne découvrit pas une seule toile, pas même un tube de peinture.

Oh mon Dieu, pensa-t-elle. Mais qu'est-ce que j'ai fait ?

Quant à lui, il se dit : Quelle poisse ! Et puis : Enfin, tout n'est pas perdu.

Il se laissa tomber à genoux devant elle.

— C'est par amour que je t'ai menti, dit-il à Jenny Kent. Comment aurais-je pu espérer que tu m'aimes si tu avais su... ça ?

Ça, c'était sa tanière, qui offrait un contraste saisissant avec la demeure qui avait servi de décor à leurs ébats.

— Tu n'es pas peintre, dit stupidement Jenny.

— Si, je fais de la peinture, mais pas de ce genre-là, répondit Ian. Quant à ce que je t'ai dit à propos de toi, de nous deux... tout était vrai, Jenny.

Elle regarda autour d'elle, stupéfaite. Compte tenu de la brutalité avec laquelle il avait été éjecté de son job, elle n'avait pas besoin de perdre de temps à évaluer la situation. Il n'y avait pas de situation. Il était purement et simplement à la rue. Tout comme elle, d'ailleurs.

— Qu'est-ce que je vais faire ? dit-elle, plus pour elle-même que pour lui.

Elle n'avait pas encore eu de nouvelles de Howard. Il y avait une chance, pensa-t-elle désespérément, qu'il n'ait pas reçu sa lettre. D'un autre côté, ce n'était pas son genre de laisser s'écouler des semaines sans lui passer un coup de fil commençant par un « allô » plaintif, et donc il y avait de grandes chances qu'il l'ait bien reçue. D'un *encore* autre côté, peut-être que leur fille l'avait récupérée dans le courrier, lue, en avait déduit que sa mère était victime d'un accès de folie passagère, et l'avait détruite sans la montrer à Howard. Mais dans ce cas, s'il ne l'avait pas vue, soit il l'aurait appelée avec le « allô » plaintif ci-dessus évoqué, soit leur fille aurait appelé en demandant à savoir si Jenny n'avait pas perdu la tête, non ? A moins que quelqu'un d'autre...

— Jenny, Jenny, dit Ian, parce qu'il voyait bien la tempête qui se déroulait sous son crâne. Je ne te laisserai pas tomber. J'ai un plan pour nous…

— Un plan ? dit-elle. Tu veux dire que, depuis le début, tu avais un plan ?

— Quoi ? Tu me prends pour un bon à rien ? Tu penses que je n'ai pas de projets d'avenir ? Bien sûr que j'ai un plan. Allez, viens ici. Je vais te raconter.

Il la conduisit vers le lit de camp qui lui servait de lit tout court, et ils s'assirent tant bien que mal au bord. Il lui prit la main, lui embrassa la paume et lui parla de son projet d'exploitation viticole. Pas ici, dit-il. Pas sur Crawford Island. Il pleuvait trop, et ce n'était pas une terre à vin. Mais à l'est des montagnes, la terre était moins chère, et il leur suffirait de quelques centaines de milliers de dollars pour prendre un nouveau départ, rien que tous les deux, la vigne et le vin.

— Faire l'amour dans les vignes, Jenny, lui dit-il, dans ces termes mêmes. Au crépuscule. A l'aube. A midi.

Elle ne lui demanda pas quand ils feraient le boulot. Elle avait une question plus importante en tête. Plus grave.

— Quelles centaines de milliers de dollars ? demanda-t-elle. Tu as un magot dont tu ne m'as pas parlé ?

C'était là le point délicat, mais Ian sentait bien l'affaire. Il pensait pouvoir emporter le morceau. Après tout, elle en était maintenant au même point que lui. Sans toit et sans argent. Elle entendrait raison.

Alors il lui parla du Jenny Inversé qu'ils avaient trouvé dans les possessions de sa tante. Un timbre-poste unique, lui dit-il. Un timbre sur la centaine qui avait été commercialisée le jour de l'émission. Des gens avaient passé leur vie entière à essayer de mettre la main sur un Jenny Inversé, et eux – sa Jenny et lui – ils en avaient un, qu'ils pouvaient mettre en vente.

Elle le regarda un moment. Puis elle se mit à rire.

— D'accord, dit-il. Je sais ce que tu penses. Il n'est pas à nous.

— C'est bien vrai, dit-elle.

— Mais il pourrait être à nous, parce que nous sommes seuls, toi et moi, à connaître son existence. Il nous suffirait de réécrire l'inventaire des biens de ta tante en oubliant les timbres, et le tour serait joué. Un jeu d'enfant, hein ?

— Impossible, répondit-elle.

— Ne sois pas comme ça, Jenny. C'est notre chance.

Non. Leur chance, ils l'avaient eue et ils l'avaient laissée échapper tous les deux, comme du sable entre leurs doigts, un fin sable sec. C'est à peu près ce que Jenny lui dit, mais dans un langage beaucoup moins métaphorique.

Elle avait écrit à Howard, la nuit où elle l'avait trompé avec lui, Ian McCloud, lui expliqua-t-elle. Elle était tout excitée à l'idée de prendre un nouveau départ, alors elle avait posté la lettre le soir même. Elle l'avait glissée dans la boîte avant de pouvoir se raviser, par lâcheté.

— Et alors ? demanda Ian.

Et ce fut la première indication, pour Jenny Kent, du fait que Ian McCloud n'était peut-être pas aussi blanc comme neige qu'elle l'avait cru au départ.

— D'accord, tu as posté la lettre. Et alors, Jenny ?

— Le timbre, Ian.

Il commençait à entrevoir la vérité. Mais c'était impossible, beaucoup trop horrible à envisager, parce que si c'était vrai, ils étaient vraiment, irrémédiablement fichus.

— Le timbre ? coassa-t-il. Ce... timbre-là ?

— Oui, celui-là. Et tous les autres. Je les ai tous mis sur l'enveloppe pour l'affranchir. C'était une longue lettre, très lourde, et... et... je n'en ai pas gardé un seul.

Et c'est ainsi que Ian McCloud et Jenny Kent apprirent l'une des plus amères leçons de la vie, une leçon qui portait sur la nature éphémère des amours germées dans le terreau des instincts les plus vils. Parce que de telles amours n'étaient pas vraiment de l'amour, mais seulement une sorte de chemin tortueux qui mène inévitablement vers une destination imprévue, souvent déplaisante.

Ainsi que Marc Antoine et Cléopâtre, et Roméo et Juliette, auraient pu le leur dire.

LES VÊTEMENTS DES AUTRES

– Susan Wiggs –

Depuis pas mal d'années, Laney McMullin portait les vêtements des autres. Elle le faisait en cachette et sans aucune honte, mais les filles de son milieu n'avaient pas le choix. Quand on n'avait pas d'argent, on était bien obligé de se débrouiller comme on pouvait.

La teinturerie McMullin's Kleen & Brite, fondée par ses parents trente années auparavant à la périphérie de Las Vegas, était située à deux pâtés de maisons de la respectabilité. C'était là que les habitants des tours et des luxueuses résidences de vacances envoyaient leurs robes de styliste et leurs costumes italiens pour les faire nettoyer et repasser après un spectacle, un vernissage ou une réception. L'interminable portant automatisé était en permanence bourré de superbes créations uniques venues des boutiques, où l'on recevait sur rendez-vous, qui bordaient le Strip.

Laney travaillait au pressing depuis l'âge de treize ans. Son père, avec son éternel optimisme, lui avait promis que les temps durs ne seraient que passagers. Même lorsque sa mère, dégoûtée, avait filé avec un facteur, parce que même un facteur gagnait plus qu'un teinturier, il lui avait juré qu'un retournement de situation spectaculaire était imminent, et pendant longtemps Laney l'avait cru.

Au lieu de faire des études, elle avait dû s'échiner sur les magnifiques robes de satin à paillettes des filles qui se pomponnaient pour les réceptions organisées par leurs universités, enlevant les taches, recousant les boutons, défroissant les tissus pour leur rendre leur beauté première.

Mais au fil du temps, à force d'imaginer ses clients les plus privilégiés, Laney en avait conçu un profond ressentiment. Elle s'était mise à détester son travail, les longues heures, l'odeur de musc humain qui imprégnait les vêtements, les vapeurs de térébenthine et de perchloroéthylène, les solvants utilisés pour le nettoyage à sec, la chaleur des machines à repasser, et plus spécialement la conscience que la recette du mois aurait du mal à couvrir les frais généraux du magasin.

Puis, alors qu'elle était en seconde, elle avait été invitée à aller danser par un mec nouveau dans la classe. Dans un premier temps, elle n'avait pas osé accepter, car elle n'avait rien à se mettre. C'est alors que son regard était tombé sur une superbe robe de satin Jessica McClintock accrochée au portant, enfermée dans son fin cocon de plastique, presque plus belle que neuve.

L'insatisfaction qui s'était logée dans son cœur l'avait durci. Parfois, Laney croyait qu'elle allait devenir folle. Ses journées, immuables, se déroulaient derrière le comptoir. Au bout de dix heures passées là, elle rentrait chez elle, quand le plus gros de la chaleur s'était atténué. Elle traversait des quartiers où elle n'aurait jamais les moyens de vivre, longeant des maisons magnifiques et des immeubles aux façades en miroir, marchant sur des trottoirs comme miraculeusement préservés des taches d'huile, des chewing-gums écrasés et des crottes de chien. Les arbres, munis de leur propre système d'arrosage, portaient des jupes de fer forgé et les gens se baladaient avec insouciance, des chaussures à mille dollars aux pieds.

Les clients de ces quartiers envoyaient leurs domestiques porter leurs vêtements au pressing. Ils en avaient les moyens.

Avant de faire nettoyer un vêtement, Laney vérifiait toutes les poches. Elle était toujours surprise de la facilité avec laquelle les gens y laissaient traîner des tas de choses.

Malheureusement, c'était rarement des choses de valeur. On y trouvait surtout des tickets en tout genre. Ce jour-là, la quête rapporta un briquet jetable, un reçu de distributeur automatique et un numéro de téléphone griffonné au dos d'un papier sale.

Puis elle en arriva à un pardessus de cachemire gris tourterelle. Elle sentit un craquement significatif dans une poche de poitrine. Elle en sortit une invitation gravée sur un épais carton : « Vous êtes cordialement invité(e) à une réception donnée en faveur de la Field's End Literary Foundation. Salle de bal Vista, Regency Plaza Hotel. Tenue habillée. » La fête était programmée pour le soir même à vingt heures.

Laney sut instantanément qu'elle irait. Elle glissa l'enveloppe dans son agenda de poche. Puis elle alla voir ce qu'elle pourrait se mettre.

Sa tournée terminée, Joey Costello, le chauffeur-livreur, arrivait chaque jour à la même heure par l'arrière en sifflotant. Laney essaya de le réduire au silence en fronçant les sourcils.

Il était sexy, avec un genre un peu vulgaire dont elle ne voulait pas reconnaître qu'elle le trouvait séduisant.

— Qu'est-ce qu'y a ? fit-il en levant les mains d'un air innocent. On a pas le droit d'être content ?

— Content, quand on bosse ici ? Tu rigoles ! répondit-elle.

— Ben quoi, ça te permet de gagner ta vie. Qu'est-ce qu'y te faut de plus ?

Tout, lui répondit-elle mentalement. N'importe quoi.

— Je fiche le camp d'ici, annonça-t-elle en pensant à l'invitation qu'elle avait trouvée. Pour de bon.

— Non, tu peux pas faire ça. Tu me regretterais trop.

— Je ne regretterai rien du tout, toi pas plus que le reste.

— Quand est-ce que tu vas arrêter de te croire trop bien pour ce magasin, pour ce boulot ? Regarde-toi bien, Laney. Arrête d'essayer d'être ce que tu n'es pas.

— Fiche-moi la paix ! Qu'est-ce que j'y peux, si je trouve qu'ici c'est pas une vie ?

— T'as raison. Ici, c'est un boulot, c'est tout. Ce qu'on fait après le boulot, c'est ça, la vie. Tu sais ce que c'est, ton problème ? T'as jamais essayé d'aimer la vie que t'as.

— Si j'apprenais à aimer cette vie, il me resterait plus qu'à me tirer une balle. Et toi, tu sais ce que c'est, le tien, de problème ? T'as jamais essayé de penser plus loin que le bout de ton nez !

— Penser, ça me prend la tête. Allez, sors avec moi ce soir. Tu vas voir, je vais te montrer comment on s'amuse.

Son refrain habituel. Joey l'invitait à sortir au moins une fois par semaine.

— J'ai pas besoin de voir. Tu vas au bowling, tu te torches à la bière, tu rentres chez toi et tu glandouilles.

— Non, pas si tu viens avec moi. Allez, Laney ! Alors, tu viens ?

Il avait une sorte de charme brut qui la tenta vraiment l'espace d'une seconde. Puis elle se reprit en trois mots simples :

— Et puis après ? Après, on se lèvera comme tous les jours et on retournera au boulot ?

— Non, on se serrera l'un contre l'autre et on regardera le soleil se lever et ça sera le pied.

— Pas question.

Elle lui tourna le dos et mit le portant automatisé en route pour faire défiler les vêtements terminés.

Laney avait l'intention de se trouver un mec qui l'emmènerait loin de tout cela. Pas un mec comme Joey. Et pas un homme d'affaires mollasson, imbu de lui-même, ou un joueur au débit de mitraillette, non, quelqu'un de jeune, d'excitant, de beau. Le seul moyen était de se trouver là où ces gens se rencontraient… comme le gala de ce soir, au Regency.

Après son travail, elle prit le bus pour aller reconnaître l'endroit. Elle repéra la salle de bal et les toilettes, l'entrée du public et l'entrée de service. Puis elle rentra chez elle pour se préparer.

Elle était pas mal. Elle le savait, sans vanité. Elle vérifia son apparence comme d'autres vérifient si leur compte en banque n'est pas à découvert. Dessinant un rond dans la buée de sa glace après sa douche, elle eut un hochement de tête satisfait. Non, elle n'était pas encore dans le rouge.

Pour les bailleurs de fonds du gala, elle avait choisi une robe rouge et or, en soie garnie de perles, portant une étiquette Escada à l'intérieur. Elle avait appris à reconnaître toutes les marques de haute couture en lisant des magazines sur papier glacé. Joey se moquait souvent d'elle en disant que si elle avait étudié à l'école aussi sérieusement qu'elle étudiait ces magazines, elle aurait pu aller à l'université.

Ouais, c'était clair.

La robe, qui pesait lourd sur son cintre rembourré, appartenait à une certaine Amelia Barclay, une cliente régulière depuis des années. Laney ne l'avait jamais rencontrée car elle envoyait toujours sa domestique au magasin, mais, même ainsi, elle connaissait des tas de choses sur elle. Elle était au courant quand Mme Barclay rentrait d'une croisière, ou des sports d'hiver, ou de ses vacances sous les tropiques. Elle devinait que Mme Barclay était célibataire, car jamais aucun vêtement d'homme n'était mélangé aux siens. Son adresse était le Riverside Drive, ce qui était synonyme d'argent, peut-être celui d'un ex-mari. Peut-être même de plus d'un.

Parfois, Laney s'amusait à reconstituer la vie de ses clients à partir de leurs vêtements. Avec un smoking sentant le cigare et le parfum cher, on n'avait aucun mal à imaginer son propriétaire installé au fond d'une limousine, un verre de brandy à la main, en train d'en renverser une ou deux gouttes sur le revers de son veston. On pouvait également visualiser la débutante en crinoline et dentelles faisant son entrée sur le seuil de la salle de bal du MGM Grand. Ou subodorer les conséquences de la présence d'une trace de rouge à lèvres…

Elle passa la robe par-dessus sa lingerie de supermarché. Ce qu'elle portait en dessous n'avait aucune importance, n'est-ce pas ? C'était l'extérieur qui comptait. Elle copia une coiffure qu'elle avait vue dans un magazine et enfila des sandales à hauts talons qui pourraient constituer une preuve accablante si quelqu'un y regardait de plus près. Mais elle devait prendre le risque.

Elle ne portait qu'un autre objet lui appartenant en propre : une petite pochette de soirée qu'on lui avait offerte pour ses dix-huit ans. Cette pochette déparait la magnificence de sa robe, mais sans doute personne ne s'en apercevrait-il. Elle y introduisit sa carte d'identité ainsi que l'argent nécessaire pour le taxi, un tube de rouge à lèvres, l'invitation gravée, et se mit en route.

Son cœur battit plus vite lorsque la voiture aborda le centre-ville. Elle avait préféré avoir recours à un taxi pour éviter d'être vue au volant de sa Vega d'occasion. Elle avait les mains moites, mais elle s'interdit de les essuyer sur la robe. Pour se distraire, elle observa le flot des voitures et des passants par la vitre. Les taxis encombraient l'échangeur de l'autoroute dans un déferlement de jaune lumineux interrompu de temps à autre par un minibus ou un car de touristes. Pareilles à des scarabées noirs et brillants, les voitures de location s'alignaient devant les entrées des hôtels-casinos qui poussaient à chaque coin de rue.

Laney était plus intéressée par les voitures particulières qui scintillaient comme des pierres précieuses quand elles la dépassaient à toute allure. Plus exactement, par leurs conducteurs. Elle se les représentait au volant de leurs bolides, pilotant avec aisance dans les rues et sur les autoroutes en se jouant des encombrements.

Les voitures étaient révélatrices de leurs propriétaires. Laney avait sérieusement étudié la question, de la même manière qu'elle avait étudié les marques de vêtements. Un mec qui conduisait un break… éliminé. C'était un mec du style de Joey, qui ne pensait qu'à s'amuser et n'allait nulle part. Les 4 × 4, comme les jeeps, appartenaient à des mecs qui avaient peur de prendre des risques mais qui ne voulaient pas qu'on le sache. Une décapotable rouge voyante ? Tout dans l'apparence, rien dans la substance. Les hybrides ? Des mecs chiants qui s'imaginaient sauver la planète.

Laney, pour sa part, recherchait des voitures comme la Maybach, aussi rare qu'un trèfle à quatre feuilles. Ou alors une italienne, comme les Ferrari, qui avaient l'air d'être prêtes à déployer leurs ailes et à s'envoler d'une simple pression sur un bouton. Les hommes qui conduisaient ce genre de bagnole, voilà ceux qui l'intéressaient. Un mec qui avait une bagnole comme celle-là pouvait avoir tout ce qu'il voulait.

Cette pensée renforça sa détermination à faire de cette soirée une réussite. Elle en était capable. Elle était résolue à rencontrer quelqu'un de fabuleux, quelqu'un de riche.

Devant l'hôtel, elle resta un certain moment sur le trottoir afin de se donner une contenance. Elle avait appris que la meilleure politique était d'entrer comme si on était le propriétaire des lieux.

Elle ne put s'empêcher de remarquer la livrée du portier, qui arborait trop de breloques scintillantes. Ah, il y avait des gens qui n'étaient que des amateurs !

Tout était dans le maintien. Elle redressa les épaules, remonta le menton et traversa le hall d'un pas léger pour se diriger vers un large escalier recouvert d'un tapis qui montait vers la mezzanine. Au pied des marches, un panneau indiquait la salle de bal Vista.

— Mademoiselle, excusez-moi ! cria quelqu'un au moment où elle s'apprêtait à pénétrer dans la pièce.

Le sang de Laney se glaça, mais elle parvint à conserver un visage inexpressif.

— Oui ? dit-elle en se retournant.

— Je crois que vous avez laissé tomber quelque chose…

Un serveur lui tendit la carte d'invitation.

Le soulagement lui fit presque perdre l'équilibre.

— Merci, dit-elle, elle a dû glisser de mon sac.

Il soutint son regard pendant quelques instants.

— Faites attention, lui recommanda-t-il.

La soirée correspondit tout à fait aux attentes de Laney… enfin, presque. Elle fit la connaissance de personnes qui parlaient d'un ton jovial de leurs voyages et des gens qu'ils avaient rencontrés. Laney donnait des réponses vagues aux questions qu'on lui posait, puis déviait le cours de la conversation par de nouvelles questions. Comme sa vie réelle, les longues heures de travail, les factures étaient loin ! Elle se dit que s'habituer à ce genre d'activité ne lui poserait aucun problème.

Des serveurs en veste blanche impeccable circulaient en portant des plateaux chargés de hors-d'œuvre présentés avec des tas de chichis. Elle en goûta un ici et là, n'apprécia pas particulièrement. Ces canapés n'étaient jamais aussi bons qu'ils en avaient l'air. D'ailleurs, aucune des femmes présentes ne semblait manger.

On l'invita à danser, et un homme du nom de Grayson Saint James lui dit qu'il aimerait la revoir. Il portait un costume Armani ou Baroni dans un mélange de soie et viscose, taillé sur mesure. Il avait le corps – un peu replet mais pas déplaisant – d'un homme qui avait été athlétique.

Dans la salle, on se promenait, on se mêlait les uns aux autres. Elle saisit des bribes de conversations décrivant des univers exotiques pour elle, les choses dont parlaient les gens des milieux huppés, comme les voyages (ils ne disaient jamais « vacances »), les universités qu'ils fréquentaient, les appartements et les maisons de week-end qu'ils avaient achetés, ou prévoyaient d'acheter. Ils souriaient, mais leurs rires étaient seulement des rires brefs, des murmures polis. Personne n'éclatait de rire de bon cœur, comme elle le faisait parfois avec Joey au travail.

Elle se rendit aux toilettes pour dames – le salon pour dames, disait la plaque sur la porte –, autant pour les visiter que pour les utiliser. Les toilettes des endroits chics étaient souvent luxueuses et intéressantes, et celles-ci ne faisaient pas exception. Il y avait un espace salon avec des glaces et des banquettes ainsi qu'une méridienne à franges à l'ancienne mode. Une musique douce sourdait des haut-parleurs fixés au plafond.

Laney posa sa pochette sur le lavabo et se lava les mains, puis attrapa une serviette immaculée, pliée avec art.

Elle se pencha vers la glace pour retoucher son rouge à lèvres.

Deux femmes entrèrent.

— J'ai oublié de prendre un peigne, déplora la brune. Amelia, tu peux me prêter le tien ?

La femme appelée Amelia tendit un sac de soirée brodé à son amie.

— Sers-toi, lui recommanda-t-elle avant de passer la main sur ses cheveux lisses et brillants, qu'elle portait en chignon.

Elle eut une réaction de surprise à la vue de Laney.

— Excusez-moi, dit-elle, je ne voudrais pas être indiscrète, mais cette robe…

Le cœur de Laney manqua un battement. *Amelia.* Mon Dieu ! Est-ce que c'était Amelia Barclay ? La seule solution était le culot.

— Elle vous plaît ?

— Si elle me plaît ? J'ai exactement la même !

Laney sourit, morte de peur à l'intérieur.

— Nous avons donc quelque chose en commun, dit-elle d'un ton enjoué.

L'autre ne lui rendit pas son sourire.

— On m'avait dit que c'était un modèle unique !

— Vraiment ? A moi aussi ! Je me demande à combien d'autres personnes on a dit la même chose...

Elle reprit la retouche de ses lèvres en tentant d'agir sans précipitation.

— Bonne soirée, dit-elle enfin.

Puis elle sortit, pas trop vite, mais sans perdre de temps non plus. Une fois dehors, elle décida que c'était le bon moment pour filer. Elle se convainquit qu'elle n'avait pas à s'inquiéter. Amelia Barclay ne réussirait pas à faire le lien. Mais il était inutile de prendre le risque de s'attarder dans le secteur.

Elle descendit l'escalier, vaguement déçue. Elle avait passé une bonne soirée, mais n'avait rencontré personne qui pût changer sa vie. Grayson Saint James était l'amorce d'une perspective, mais elle se demanda pourquoi, pendant qu'ils dansaient, elle s'était sans cesse forcée à sourire.

Au pied de l'escalier, un homme la regardait dévaler les marches. Quand elle le remarqua, elle faillit trébucher sur le bas de sa robe. Il était apparu d'un seul coup, comme matérialisé par la puissance de son désir ardent. Comme s'il l'attendait.

Il lui sourit, d'un sourire qui était comme une caresse.

Il est parfait, se dit-elle en ralentissant délibérément. Le pantalon de smoking et la chemise qu'il portait n'étaient pas neufs, signe qu'il fréquentait régulièrement ce genre de soirées mondaines. Il tenait négligemment par un doigt sa veste posée sur l'épaule, et ses manches relevées dévoilaient des bras bronzés au soleil de Saint-Tropez. Il était aussi mince et aussi beau qu'un prince charmant de conte de fées. Et il la regardait.

L'espace d'un instant, Laney fut en proie à un sentiment de... un sentiment indéfinissable. Le sentiment d'être reconnue. Tout devenait possible. Peut-être la réponse à tout se trouvait-elle ici. Le temps d'un battement de cils, elle se vit avec cet étranger, plongée au cœur de la vie dont elle avait toujours rêvé. Elle n'eut pas à se forcer à sourire.

— Vous partez déjà ? lui dit-il.

Elle regarda sa chemise au col ouvert, sans cravate.

— Vous, vous êtes déjà parti, répondit-elle.

— Vous vous êtes bien amusée ?

— Oui, merci.

— Cette robe vous va très bien, la complimenta-t-il.

Sous son regard, elle sentit une onde de chaleur la parcourir… l'électriser. Certains mecs avaient vraiment le don de dire des tas de choses avec leurs yeux.

— Merci, répéta-t-elle en essayant de balayer la nervosité qui la saisissait quand elle pensait à Amelia Barclay. Je vais essayer de trouver un taxi.

Il hésita, mais un instant seulement.

— Permettez-moi de vous raccompagner, proposa-t-il.

Une autre seconde d'hésitation, puis il ajouta :

— J'ai ma voiture.

A présent, c'était au tour de Laney d'hésiter. Elle sentit le souffle froid de l'air conditionné dans son cou, entendit le lointain *ding* et les claquements des machines à sous, dans une autre partie de l'hôtel.

— Je ne monte pas dans la voiture des hommes que je ne connais pas, répondit-elle.

— Trevor Greenway, se présenta-t-il. Et vous êtes…

— Laney McMullin.

Ils traversèrent le hall ensemble. Dehors, sur le trottoir, attendait une rangée de taxis. Malgré l'heure tardive, la chaleur continuait à palpiter dans l'air.

— Nous nous connaissons, maintenant, reprit-il. Ma voiture est juste là.

Il l'emmena dans une rue adjacente jusqu'à un parking où un panneau indiquait « Réservé aux voituriers ».

Il la vit regarder le panneau et précisa :

— Les voituriers mettent un temps fou. J'irai plus vite en prenant ma voiture moi-même.

Il sortit une clé de sa poche. Une seconde plus tard, le clignotant de l'une des voitures leur fit signe.

Laney ne put retenir un son étouffé. C'était une voiture qu'elle n'avait jamais vue autrement qu'en photo. Une Bentley Azure, à la ligne allongée, racée, arrondie comme un scarabée exotique, brillant. C'était une sculpture et une automobile tout à la fois. Elle savait par ses magazines sur papier glacé qu'il ne s'en vendait que quelques centaines par an. Ce n'était pas une voiture voyante. Elle ne réclamait pas l'attention à grands cris. C'était simplement la voiture la plus luxueuse de la terre.

Elle se blottit dans le siège de cuir moelleux. Trevor ouvrit le toit en appuyant sur un bouton. Elle leva les yeux vers lui et observa son profil ciselé qui semblait être gravé à l'eau-forte sur la clarté factice du ciel illuminé par les néons.

Comme s'il sentait son regard, il se tourna vers elle.

— J'ai un aveu à vous faire.

« Je suis marié », pensa-t-elle avec un serrement de cœur. Parce qu'un mec comme ça, c'était trop beau pour être vrai.

— J'avoue que je n'ai pas envie de vous ramener chez vous.

Ce sourire, de nouveau.

— Nous venons de nous rencontrer, Laney, reprit-il, mais vous avez quelque chose… quelque chose de spécial. J'aimerais beaucoup passer plus de temps avec vous.

— Qu'est-ce que vous avez en tête ?

— Qu'est-ce que vous penseriez d'un petit tour dans le désert ? Juste un petit tour, Laney, en écoutant de la musique. Qu'est-ce que vous en dites ?

— Je dis que je suis sur le point de commettre une folie, reconnut-elle.

— Parfait !

Il lui sourit une fois de plus, et ses dernières réserves tombèrent. Elle boucla sa ceinture et ils partirent, roulèrent silencieusement dans les rues, s'engagèrent sur l'autoroute, franchirent les barrières indistinctes, investies par les herbes, qui marquaient la limite du désert. Le trajet ne parut durer que quelques minutes, dans ce cocon où les accents d'une musique jazzy augmentaient encore l'impression d'intimité. Laney sourit à son compagnon. Trevor. Elle avait rêvé que quelqu'un l'emmène, et voilà que son rêve se réalisait. Elle l'avait trouvé.

Il n'y avait aucune autre explication au sentiment qui s'était emparé d'elle. C'était comme si elle avait pris une drogue, mais ce n'était pas le cas, ce sentiment était bien réel, un sentiment qu'elle n'avait jamais ressenti auparavant. Quelque chose d'assez fort pour durer toute une vie.

Il vit qu'elle le regardait, et il sourit en relevant un coin de sa bouche.

— Vous avez l'air heureuse.

— Oui, c'est vrai. Je suis heureuse de vous avoir rencontré, Trevor.

Il arrêta la voiture. De cet endroit plongé dans le noir, on avait vue sur l'éclat ambré et lointain de la ville. Le désert sentait le juniperus et la sauge pourpre, un léger vent atténuait un peu la chaleur.

— Heureuse comment ? demanda-t-il en abaissant son siège.

Oh, ces yeux ! Ce sourire ! Avec une infinie douceur, il prit sa main, la posa contre sa propre poitrine. Puis il enfouit ses doigts dans ses cheveux, effleura sa pommette du bout du pouce, se pencha en avant. Cela suffit pour qu'elle oublie tout le reste.

Son baiser fut doux, mais elle sentit la subtile morsure de ses dents sur sa lèvre, et elle sentit que cette nuit elle serait à lui.

Elle fit bien attention à la robe quand elle enleva ses chaussures et grimpa par-dessus la console pour se mettre à califourchon sur lui.

Ils étaient sur le chemin du retour. Laney nageait dans la béatitude. Ce n'était pas son genre d'aller faire un tour dans le désert avec un inconnu. Et ce n'était absolument pas son genre de faire l'amour au premier rendez-vous, d'autant plus qu'ils n'avaient même pas eu rendez-vous. Mais elle avait immédiatement reconnu Trevor Greenway. Au moment même où elle l'avait vu, dans le hall de l'hôtel, elle avait imaginé un avenir, un avenir où la teinturerie ne serait plus qu'un désagréable souvenir.

Comme s'il lisait en elle, il tendit la main et joua avec ses cheveux, caressa sa nuque.

— Tu as déjà eu envie de faire quelque chose de complètement fou ?

— Est-ce qu'on ne vient pas de le faire ? demanda-t-elle avec un rire.

— Non, quelque chose de vraiment complètement fou.

Il l'intriguait :

— A quoi penses-tu ?

— Tu as ta carte d'identité sur toi ?

Elle montra sa pochette.

Avec un hochement de tête, il s'engagea sur le parking d'un hôtel éclairé au néon. Un panneau lumineux indiquait : « Chapelle de mariage immédiat. Informations. Ouvert 24h/24. »

Il coupa le moteur et se tourna vers elle.

— Voilà à quoi je pensais. A ce genre de folie.

Il eut un brusque mouvement de tête en direction de la chapelle.

— Alors, Laney McMullin, tu joues le jeu ?

Sa bouche s'assécha et son cœur se mit à battre la chamade. Elle le regarda, eut une conscience aiguë de la profondeur moelleuse du siège de cuir de la voiture.

— Pourquoi pas ? répondit-elle.

Elle avait la tête qui tournait quand ils remontèrent dans la voiture après avoir quitté la chapelle. Oui, c'était vraiment fou. Mais c'était aussi un rêve devenu réalité.

Trevor but une rasade de champagne à la bouteille faisant partie de l'assortiment qu'ils avaient acheté à la chapelle.

— On va où, madame Greenway ? lui demanda-t-il.

Elle resta sans voix quelques instants en l'entendant l'appeler ainsi.

— Vers notre avenir commun, répondit-elle, alors que les étoiles défilaient au-dessus de leurs têtes comme une pluie de météores.

Il appuya sur l'accélérateur, puis rejeta la tête en arrière et rit, d'un rire que le vent de la nuit transporta dans leur sillage. Une note aiguë, claire, sortait des haut-parleurs.

Elle le vit regarder dans le rétroviseur. Non, ce son ne provenait pas des haut-parleurs. Les lumières crues de la voiture de police remplirent la nuit d'un bleu irréel, d'une lueur qui révélait l'expression déterminée de son visage.

— Trevor ?

Il accéléra encore, et le moteur puissant répondit aussitôt. Mon Dieu, est-ce qu'il s'engageait dans une course-poursuite avec la police ?

Se ravisant apparemment, il mit le clignotant et traversa les voies pour aller se ranger sur le bas-côté. De sa main libre, il lui passa la bouteille de champagne.

— Jette ça si tu peux.

Puis il lui tendit un téléphone portable.

— Tu as un avocat ?

— Quoi ?

— Appelle-le. Appelle ton avocat. Dis-lui que ton mari est dans la merde.

Laney eut un instant de panique. Peut-être Amelia Barclay avait-elle découvert la vérité à propos de sa robe.

Elle jeta un regard en arrière et vit un policier s'avancer vers eux, un carnet à la main, l'autre main sur son étui de revolver. Oh mon Dieu, pensa-t-elle. Oh mon Dieu, mon Dieu !

— Veuillez descendre de voiture, monsieur, dit le policier.

Il ne regarda même pas Laney.

D'un geste nerveux, Trevor obéit. Laney se sentit offensée pour lui. Il n'avait rien fait de mal. Il avait bu un peu de champagne, mais il n'était pas ivre. Comment ce policier osait-il le traiter comme un criminel ?

« Appelle ton avocat. » Il ne pouvait pas savoir qu'elle n'en avait pas, d'avocat. Quand on travaillait dans un pressing, on n'avait pas d'avocat.

Mais lui, il en avait sûrement un. Dans son monde, on avait toujours un avocat prêt à intervenir. Cette pensée lui redonna un peu d'espoir. Voilà ce qu'il faut faire, se dit-elle en ouvrant le téléphone qu'il lui avait tendu. Son avocat était sûrement sur la liste de ses contacts.

Elle fronça les sourcils. Qu'est-ce que ça voulait dire ?

— Ça ne peut pas être ton téléphone, dit-elle, bien qu'il ne fût pas près d'elle.

Elle espéra se tromper, avoir mal lu l'écran. Oh, comme elle l'espérait !

En s'agrippant au dossier de son siège, elle se retourna. Le policier avait plaqué Trevor contre le véhicule de police, les jambes écartées, les mains menottées dans le dos.

Laney s'adossa contre le siège et remarqua qu'une rangée de paillettes s'était détachée de la robe. Son estomac se serra. Elle vérifia une dernière fois l'écran du téléphone, pour s'assurer qu'elle ne s'était pas trompée.

Sur l'écran large comme la paume de sa main, on pouvait lire : *PARKING – SERVICE DE VOITURIERS.*

UNE NUIT CHOC

– Stephanie Bond –

Ne me demandez pas pourquoi j'ai laissé entrer mon ex-petit ami à deux heures du matin. J'aurais mieux fait de m'abstenir. Mais il m'avait réveillée alors que je dormais à poings fermés, en tapant sur la porte de mon appartement et en gueulant comme Marlon Brando. J'avais découvert avec consternation qu'il avait le code de la porte d'entrée de l'immeuble. Encore heureux qu'il ne soit pas purement et simplement entré chez moi avec la clé que je lui avais donnée dans une autre vie.

Mes deux plus proches voisins – M. McFelty et Mme Bingham – avaient passé la tête dans le couloir et lui avaient braillé de fermer sa *biip*. Il avait répliqué avec un *biip biip* bien senti, et ça avait été l'escalade. Les entendant échanger des commentaires désobligeants sur les préférences sexuelles de leurs aïeux respectifs, j'avais dévissé mon œil de l'œilleton qui faisait à Daniel Hale une face bulbeuse (mais encore séduisante, le *biip*), et j'avais tourné le verrou.

— Ecoute, Daniel, il est tard, et je dois me lever de bonne heure demain pour aller bosser, dis-je par l'entrebâillement de la porte. Qu'est-ce que tu fiches ici ?

Mes voisins prirent congé sur un dernier échange d'explétifs ponctué de claquements de portes.

Daniel, une tête de déterré posée au-dessus d'un smoking froissé, me balança un de ces sourires qui me faisaient naguère envoyer mes sous-vêtements au diable.

— C'que tu m'as manqué, Renni...

Renni, c'est moi : Renni Greenfield, en pyjama à pingouins, ma sexualité étant rangée rayon igloo depuis des mois.

— Daniel, il faut que tu rentres chez toi.

— J'ai trop bu, dit-il d'une voix pâteuse. Tu veux pas que je m'plante ou que j'tue quelqu'un en bagnole, hein ?

— Non.

— Alors laisse-moi dormir ici. J'vais m'écrouler sur le canapé et ch'serai parti avant qu'tu te lèves. Hein, s'te plaît ?

Je soupirai, sentant ma résolution fondre comme une boule de neige dans un four à pizza. Je lui en voulais de m'avoir trompée avec Leora, l'assistante juridique du cabinet, avec ses kilomètres de jambes, mais je n'avais vraiment pas envie de retrouver sa jaguar enroulée autour d'un poteau télégraphique pendant que les banlieusards d'Atlanta klaxonneraient furieusement en regardant les sauveteurs extirper son cadavre des tôles déchiquetées. D'accord, ça ne m'aurait pas gênée d'hériter d'un ou deux des plus gros clients de ce salopard, mais je savais que je ne pourrais pas encaisser la surcharge de travail.

Alors… Alors, je le laissai entrer et le cornaquai vers le canapé, bien au large de ma chambre à coucher. Il fit la gueule, mais tituba vers mon petit salon tout en se débarrassant de ses fringues. Le temps que j'aille chercher des draps dans le placard de la salle de bains, il était affalé sur le canapé, nu comme un ver. Et puis il m'attrapa par le poignet, et avant que j'aie eu le temps de comprendre ce qui m'arrivait, j'étais toute nue, moi aussi.

Contrairement à la plupart des mâles, les performances de Daniel semblaient s'améliorer sous l'influence de l'alcool, mais après, il s'endormait d'un bloc. Ce n'était pas la façon la plus élégante de démâter, mais j'avais vu pire. Il était trop parti pour bouger, et comme la perspective de m'incruster contre lui dans les quinze centimètres de largeur de canapé disponibles ne m'enchantait pas, je réintégrai ma chambre et me rendormis, épuisée, remettant les regrets au lendemain matin.

Mon réveil sonna à six heures et demie, et j'appuyai deux fois sur le bouton « répétition ». Je n'avais pas entendu Daniel partir, mais je dors comme une bûche. Je me traînai hors du lit et rampai vers la cuisine dans l'intention d'avaler un café. Quand j'arrivai en vue du canapé et vis le bras de Daniel qui pendait au bord, je fronçai les sourcils. Il m'avait pourtant promis de dégager avant que je me réveille.

C'est alors que je vis le couteau planté dans sa poitrine nue, ensanglantée.

Ce n'était pas le genre de « dégagement » que j'envisageais pour lui.

J'oubliai en un éclair tout ce que j'avais appris à la fac de droit. Je savais, grâce aux séries télévisées, que le jury décidait généralement de la culpabilité ou de l'innocence de l'accusé en fonction du coup de fil à la police, qui était, évidemment, enregistré. Alors, quand j'appelai, je ne mégotai pas sur le pathos et j'en remis une couche. A vrai dire, j'étais à deux doigts de l'hystérie pure et simple. Quand l'opératrice me demanda si l'homme poignardé sur mon canapé était mort, je lui garantis que oui. Quand elle me demanda si je savais qui l'avait poignardé, je répondis que non. Quand elle me demanda chez qui tout ça se passait, je répondis que c'était chez moi. Quand elle me demanda si un intrus pouvait encore être là, je paniquai.

Comment n'avais-je pas pensé à ça ?

— Je n'en sais rien. Je ne suis pas allée voir.

A cet instant, je contemplais, fascinée, mon pyj' à pingouins roulé en boule par terre, à côté du canapé, trempé du sang artériel de Daniel, à en juger par le schéma d'éclaboussure. Je jetai un coup d'œil vers la porte d'entrée, qui était fermée, et verrouillée. Cherchant frénétiquement une explication, je parcourus l'appartement du regard en réfléchissant aux endroits où un meurtrier pouvait se dissimuler. Sous le bureau, dans le placard de l'entrée, dans la douche...

— Je ne vois personne, dis-je, au téléphone.

— Y a-t-il un endroit sûr où vous pouvez aller en attendant l'arrivée de la police ? Chez un voisin, peut-être ?

— Il faut que je me rhabille, murmurai-je.

En me rendant compte, au même instant, que je disais exactement ce qu'il ne fallait pas.

L'opératrice m'autorisa à aller m'habiller, mais m'avertit de ne toucher à rien d'autre, et de rester en ligne jusqu'à l'arrivée de la police. J'enfilai un jogging, le téléphone sans fil coincé entre l'oreille et l'épaule, en soufflant comme un phoque qui aurait couru le marathon. Mes idées généralement bien ordonnées rebondissaient comme des boules de flipper, se heurtant à tous les obstacles et changeant abruptement de direction. L'opératrice continuait à me bombarder de questions – Comment connaissais-je le défunt ? Comment s'appelait-il ? Où étais-je quand le meurtre avait été commis ?... Je ne répondais plus. Je réfléchissais déjà comme une criminelle, me répétant mon alibi (je dormais) et me demandant frénétiquement comment je pourrais l'étayer avant l'arrivée de la flicaille. J'ouvris le verrou et entrouvris la fenêtre de ma chambre alors que j'habitais au premier étage et que pour l'atteindre il aurait fallu un escabeau. Même chose pour la fenêtre du salon.

— Madame, ne touchez à rien ! répéta l'opératrice.

Et je me rendis compte que tous les bruits que j'avais faits avaient été immortalisés sur bande magnétique. J'imaginais déjà le substitut du procureur en train de les sous-titrer pour le jury : *Là, elle tourne le verrou de la porte d'entrée ; là, elle ouvre une fenêtre.* J'entendis des sirènes, alors je coupai la communication, resserrant définitivement le nœud de la corde que je m'étais déjà passée au cou.

Les deux heures suivantes virent une flopée d'individus débarquer chez moi – la police, l'équipe médicale d'urgence, le légiste. Une jeune femme noire, mince, s'assit avec moi dans la salle de bains – moi sur le trône, couvercle rabattu, elle sur une chaise recouverte du chemisier blanc que j'avais porté la veille. Elle s'appelait Salyers, inspecteur Salyers.

— Madame Greenfield, avez-vous eu des relations sexuelles avec la victime ?

— Oui, je vous l'ai déjà dit.

Elle commençait à m'énerver, à répéter ses questions comme un perroquet. Surtout que j'étais en proie à une paranoïa aiguë à l'idée que j'allais dire ce qu'il ne fallait pas. Si je n'avais pas opté pour le droit criminel mais pour l'immobilier, c'est entre autres parce que je n'étais pas très douée pour baratiner un jury.

— Je vous l'ai déjà dit, Daniel est venu cogner à ma porte vers deux heures du matin. Il avait trop bu, et il m'a demandé s'il pouvait dormir sur le canapé. Il dérangeait les voisins, et j'ai décidé que, plutôt que d'essayer de le faire décamper, la moins mauvaise solution était encore de le laisser entrer.

— C'était déjà arrivé ?

J'acquiesçai. Daniel adorait les séances tardives où il venait taper à ma porte avant de se taper l'hôtesse.

— Mais il y avait des mois qu'il ne m'avait pas fait le coup.

Pas depuis qu'il m'avait larguée.

— Alors vous l'avez laissé entrer, et vous avez eu des relations sexuelles ?

— C'est ça. Ensuite, il s'est endormi, et je suis retournée me coucher. Quand mon réveil a sonné, je me suis levée et je l'ai trouvé mort.

— Vous n'avez rien entendu après être allée vous coucher ?

— Non.

— Et il ne manque rien.

— Pas que je sache. Evidemment, Daniel pouvait avoir sur lui quelque chose de valeur.

— On a retrouvé son portefeuille avec du liquide dedans et sa montre en or.

Et merde ! Je pouvais faire une croix sur la thèse du cambriolage.

— Alors, vous êtes allée vous coucher, quelqu'un est entré dans votre appartement par une porte que vous n'aviez pas verrouillée, il est passé devant vous qui dormiez dans votre chambre, il a tué M. Hale qui dormait sur le canapé du salon et il est reparti ?

— Il aurait pu entrer par une fenêtre, suggérai-je.

— Les deux fenêtres ne peuvent s'ouvrir que de quelques dizaines de centimètres, par sécurité. Un adulte n'aurait pas pu passer par là.

— Oh. C'est vrai.

L'inspecteur eut un clin d'œil au ralenti.

— Madame Greenfield, le couteau qu'il a dans la poitrine est identique aux autres couteaux de votre cuisine.

— Eh bien, le meurtrier aura utilisé un de mes couteaux.

— Allons-nous trouver vos empreintes sur le manche ?

— Possible, si c'est l'un des miens.

Je me levai.

— Je voudrais vraiment prendre une douche.

L'inspecteur Salyers se leva aussi.

— Je regrette de ne pas pouvoir vous laisser faire. Madame Greenfield, il va falloir que vous m'accompagniez au poste.

Je fermai les yeux et soupirai.

— J'ai droit à un coup de fil, avant ?

Elle me tendit son portable.

— Prenez mon appareil.

— J'ai fait aussi vite que j'ai pu.

Je levai la tête d'une table de bois collante, où des gens avaient gravé leurs initiales avec des clés, et aperçus Grant Bellamy debout dans l'ouverture de la porte. J'avais réussi à garder un semblant de dignité jusque-là, mais en voyant qu'il portait le blazer bleu marine avec un écusson que je lui avais offert pour l'un de nos deux anniversaires de mariage, je me liquéfiai. Avec ses yeux bruns, doux, ses cheveux coupés très court et son pantalon en toile beige que je trouvais naguère totalement ringard, il incarnait tout à coup la force et la sécurité.

Je me cramponnai à lui tel un gros grumeau baveux.

— Là, là, fit-il en me frottant le dos. On va arranger tout ça, va.

Et bien que je l'eusse vu et entendu dire la même chose aux tueurs en série dont il assurait la défense, je le crus.

— On va s'asseoir, dit Grant en me guidant vers la chaise.

J'étais bourrelée de honte, parce que c'était la première fois que je lui parlais depuis trois ans que nous avions divorcé, et c'était pour lui demander de m'aider à me disculper de l'accusation imminente d'avoir assassiné mon ex-amant. Je me sentis obligée de parler un peu de la pluie et du beau temps.

— Merci d'être venu, dis-je. Comment ça va, toi ?

— Comme d'hab', répondit-il avec un sourire. Bien.

C'était tout Grant, ça. Une constante dans l'équation non linéaire de la vie.

— Et tes parents ?

Son père avait cru avoir un cancer – mais ce n'était qu'une alerte – quand nous nous étions mariés, Grant et moi. Je me sentis minable de ne pas être restée en contact.

— Oh, ils vont bien. Maintenant, Renni, il faut que tu me dises ce qui s'est passé.

Incroyablement mal à l'aise, je lui relatai les détails sordides de l'irruption de Daniel, notre séance de baise et son assassinat, exactement comme je les avais décrits à l'inspecteur (y compris le mensonge sur la porte non verrouillée). Mais si je pensais que mes activités coïtales post-divorce ennuieraient Grant, je me trompais. Il avait l'air de prendre l'affaire au sérieux, mais aussi peu affecté que si je l'avais appelé à l'aide pour un pneu crevé. Avec une clarté déchirante, je me rendis compte que mon soupirant de la fac de droit, l'homme qui m'avait aimée plus que je ne le méritais, avait tourné la page. C'était du sel sur une plaie ouverte. Egoïste, va...

— Qu'est-ce qui va m'arriver ? murmurai-je en lui broyant la main.

Je le savais, mais je voulais entendre son baratin réconfortant.

— Tu seras probablement à nouveau interrogée, et puis on te libérera. Tu n'as pas de casier, et tu es fonctionnaire au tribunal. Il n'y aura pas d'acte d'accusation officiel tant que la police scientifique n'aura pas fini, ce qui prendra un jour ou deux.

« Tant que la police scientifique n'aura pas fini... » C'est alors que ça me frappa – Grant croyait bel et bien que j'avais tué Daniel.

— Ça va nous laisser le temps de prendre nos dispositions, dit-il en me tapotant la main, celle qui portait jadis son alliance.

J'étais encore trop sidérée pour parler. Si Grant me croyait coupable de ce meurtre, je n'avais aucune chance de convaincre qui que ce soit de mon innocence.

— Je te recommande de retourner au boulot, demain, continua-t-il. Ne change rien à tes habitudes. C'est important.

On entendit frapper à la porte. L'inspecteur Salyers était de retour, avec deux bouteilles d'eau, qu'elle nous offrit. Nous refusâmes tous les deux. J'avais la tête qui tournait.

— Quand ma... cliente pourra-t-elle rentrer chez elle ? demanda Grant.

Et j'eus l'étrange impression qu'il avait dû faire un effort pour ne pas dire « femme ».

— Bientôt, répondit l'inspecteur Salyers. L'appartement de Mme Greenfield a été examiné, mais je voudrais lui poser encore quelques questions...

— Allez-y, répondit Grant. Renni n'a rien à cacher.

Salyers réprima une moue dubitative, et se tourna vers moi.

— M. Hale portait un smoking quand il est arrivé chez vous. Il vous a dit où il était allé ?

— Il ne me l'a pas dit, mais il y avait une soirée caritative au Ritz, hier soir, et les associés de la boîte étaient invités.

Salyers parut intriguée.

— Vous n'étiez pas invitée ?

— Je ne suis pas associée.

— Vous auriez pu y aller avec quelqu'un. Je suppose que les invités étaient autorisés à se faire accompagner.

— Eh bien non, je n'y suis pas allée.

— M. Hale a emmené quelqu'un à cette soirée ?

Je haussai les épaules.

— Vous devriez demander à quelqu'un qui y était.

— C'est ce que nous avons fait. M. Hale a emmené une assistante juridique de votre cabinet.

L'inspecteur regarda ses notes.

— Leora Painter. La femme avec qui il a commencé à sortir après votre rupture, à ce qu'il paraît.

Ils avaient donc déjà interrogé ses collègues de travail.

— En réalité, Daniel sortait déjà avec Leora quand nous avons rompu, rectifiai-je.

— Votre ex-petit ami se pointe chez vous en sortant d'une soirée avec la femme avec qui il vous trompait, et il veut passer la nuit avec vous... Vous avez dû mal le prendre.

Je me demandai ce qui ferait la plus mauvaise impression : dire que la visite nocturne d'un ex que ça démangeait m'avait mise en rogne, ou que j'étais ravie que Daniel ait décidé de passer la nuit avec moi plutôt qu'avec Leora. Je ne répondis pas.

— Cet argument pourrait être retourné en sa faveur, remarqua Grant.

Je lui trouvai un ton bien complaisant. On aurait dit qu'il lui proposait de finir la tarte aux pommes.

— Peut-être que cette Painter a suivi Hale chez Renni et l'a poignardé par jalousie.

Je sentis renaître l'espoir.

Salyers accueillit sa remarque avec un hochement de tête.

— Nous avons déjà interrogé Mlle Painter, mais nous n'avons pas jugé utile de la retenir ici.

Mon moral retomba comme un soufflé.

— Madame Greenfield, vous voyez quelqu'un qui aurait pu en vouloir à M. Hale ?

— Non. Mais il y avait un moment que nous ne nous voyions plus, et je ne connais pas tous les détails de sa vie.

— A votre connaissance, était-il impliqué dans des activités illégales… la drogue, ou le jeu ?

Je me creusai la tête, à la recherche d'un os à lui donner à ronger, mais pour ce que j'en savais Daniel n'avait qu'un vice : les blondes. Et les rousses. Les brunes, aussi.

— Non.

Grant tendit sa carte à l'inspecteur.

— Elle va habiter à cette adresse.

Ce n'était pas mon genre de laisser Grant décider à ma place, mais je ne discutai pas avec lui, parce que j'avais passé tout l'après-midi au commissariat et que je n'avais toujours pas pris de douche. J'avais encore l'odeur de l'eau de toilette de Daniel sur la peau, et rien que de sentir cette saleté je m'étais remise à me ronger les ongles jusqu'au sang, une habitude dont je m'étais débarrassée à l'école primaire. J'étais éperdument reconnaissante à Grant de son hospitalité. Je ne pouvais pas supporter l'idée de rester dans mon appartement, cette nuit-là, et ça ne me disait rien d'aller à l'hôtel.

Grant me ramena chez moi préparer un sac de voyage et prendre mon attaché-case. Quelqu'un avait coupé la clim et il faisait une chaleur étouffante. Ça sentait le renfermé, la poubelle pleine, et d'autres odeurs plus étranges. Pendant que je fourrais quelques affaires dans un sac, Grant étudia la scène de crime. Je n'arrivai pas à entrer dans le salon – l'image des taches de sang était gravée dans mon cerveau comme au fer rouge. Je me demandai si je pourrais jamais revenir habiter là. A supposer que je ne finisse pas mes jours en prison.

L'une de mes craintes fut apaisée assez rapidement : en repartant, je croisai à la fois Mme Bingham et M. McFelty, les voisins qui avaient échangé des invectives avec Daniel. J'eus l'impression que M. McFelty avait les yeux un peu rouges, mais il me demanda gentiment comment je prenais les événements. J'éprouvai une pointe de culpabilité, parce que le bonhomme avait trois boulots, et que cette nuit-là, ce n'était pas la première fois que Daniel réveillait mes voisins. Et pour tout arranger, j'avais l'impression de les avoir bien involontairement exposés à un élément criminel. Mme Bingham, la cuisinière de la baraque, me tapota le bras avec une main gantée d'une manique, et réussit à me faire passer la carte d'une de ses cousines, une dénommée Vivian qui habitait Marietta et qui était spécialisée dans le nettoyage des scènes de crime.

— Elle a fait un boulot du tonnerre quand Roy, le gars de l'appartement du dessus, s'est tiré une balle, l'an dernier. La nouvelle locataire a raconté qu'elle n'aurait jamais pu dire où le plâtre avait été réparé et repeint.

Je tiquai. Roy était un jeune homme perturbé qui passait du heavy metal en boucle et à fond la caisse. Il avait apparemment pris au pied de la lettre les paroles violentes de ses chansons. C'était la musique, ininterrompue, qui avait conduit le gardien de l'immeuble à la sinistre découverte. Si Vivian avait réussi à ôter toute la matière cérébrale du plafond, ce n'était pas un peu de sang sur un canapé et un bout de moquette qui allait lui faire peur.

— Parfum d'ambiance gratuit, ajouta allègrement Mme Bingham.

— Euh, merci. Je vais l'appeler.

Grant s'approcha et vit la carte de visite que je tenais à la main.

— Ça attendra. Je vais d'abord demander à notre propre expert de scène de crime de venir jeter un coup d'œil.

Il avait raison, bien sûr. Je m'émerveillai de la façon dont tout ce que j'avais appris au cours de mes études et de ma vie professionnelle semblait s'être ratatiné dans un coin de mon cerveau, laissant place à un gigantesque besoin d'aide juridique, alors que c'était moi qui aurais dû normalement en donner. Je dis à Mme Bingham où on pourrait me trouver, et qu'elle pouvait prendre mon *Atlanta Journal-Constitution* quotidien jusqu'à nouvel ordre.

— Si votre amie repasse, poursuivit Mme Bingham, je lui dirai que vous vous absentez pour quelque temps.

— Mon amie ? ! Quelle amie ?

— La jolie blonde qui est passée hier, répondit-elle. Elle m'a demandé quel était votre appartement. Elle n'a pas donné son nom, mais elle a dit que vous aviez rendez-vous pour déjeuner. Elle était en retard parce que ça roulait mal et elle voulait glisser un mot sous votre porte.

Je me figeai. Je n'avais pas plus d'amie blonde que de rendez-vous à déjeuner, ou de message sous ma porte. Mais j'avais une idée de la personne dont il pouvait s'agir.

— Elle était grande ?

Genre avec de grandes jambes mortelles.

— Eh bien oui, elle était assez grande. Et mince, comme un mannequin.

Leora Painter.

— Vous vous souvenez quelle heure il était ?

— Vers midi. Je m'en souviens parce que je remontais d'être allée chercher mon courrier.

Je pris congé et je m'empressai de mettre Grant au courant de l'identité présumée de la visiteuse.

— Ça a dû se passer comme tu as dit : elle a suivi Daniel ici, après la soirée caritative, elle l'a tué et elle me fait porter le chapeau !

Malheureusement, Grant ne partageait pas mon excitation.

— Sauf que, rappelle-toi : l'inspecteur nous a dit qu'ils n'avaient rien retenu contre cette Leora Painter.

— C'est qu'elle est sacrément bonne comédienne. C'est quand même une drôle de coïncidence qu'elle se soit pointée juste le jour où Daniel s'est fait assassiner chez moi !

Il leva la main et me caressa la joue avec son pouce dans un geste réconfortant. Je me rendis compte que ça m'avait manqué, depuis notre rupture.

— On va laisser la police s'en occuper, d'accord, Renni ?

— Tu vas quand même dire à l'inspecteur de creuser ça ?

— Bien sûr que oui.

Je montai dans ma voiture et suivis Grant vers la petite maison de Virginia Highlands où nous habitions jadis. Je me garai dans l'allée, derrière lui, et je fus submergée par une vague de nostalgie. Il s'était bien occupé des belles-de-jour que j'avais plantées autour de la boîte aux lettres, et elles avaient prospéré. La baignoire à oiseaux que j'avais dénichée dans une brocante et que Grant avait prise en grippe au premier coup d'œil était pleine de graines d'un côté et d'eau fraîche de l'autre. Il avait même peint les volets du jaune tournesol que j'avais toujours voulu.

Je me sentis tout à coup dans mes petits souliers, debout derrière lui tandis qu'il ouvrait la porte d'entrée. Je me sentais petite, égoïste, le cœur brûlant au souvenir de la façon dont j'avais abruptement mis fin à notre mariage au milieu d'une phrase, sans raison tangible, le laissant bouche bée, dévasté. Ce n'était pas sa faute, lui disais-je, c'était moi. Je ne pouvais pas admettre que je ne supportais plus son obsession de l'ordre, que sa maniaquerie me mettait hors de moi. Je m'étais bien rendu compte de ses travers quand nous sortions ensemble, mais après notre mariage son comportement compulsif avait paru s'intensifier. Je me voyais en train de l'observer, de m'observer moi... et je m'étais aperçue qu'il m'observait aussi, me désapprouvant sans mot dire chaque fois que j'ouvrais une boîte de biscuits par le mauvais bout, ou que je reniflais en riant. La crispation avait flétri l'affection que j'avais pu éprouver pour lui. J'avais commencé à comprendre comment un mari ou une femme pouvait craquer et tuer son conjoint pendant son sommeil. Il fallait que je me tire de là.

— Bienvenue à la maison, dit Grant en ouvrant la porte.

J'entrai et je reconnus le même salon en cuir disposé exactement de la même façon, les mêmes compositions florales sur les mêmes tables en bout de canapé, les mêmes gravures de botanique accrochées aux mêmes endroits, sur les mêmes murs. Je n'aurais pas été étonnée de voir mes pantoufles dépasser du fauteuil où je m'asseyais pour regarder Grant me regarder.

— J'adore la façon dont tu as transformé l'endroit, dis-je pour rire.

Ce qu'il fit, d'un rire à gorge déployée qui me surprit.

— Je vais dormir dans la chambre d'amis, repris-je, ajoutant : Si c'est toujours une chambre d'amis.

— Tout est plus ou moins comme la dernière fois que tu es venue ici, dit-il, comme si j'avais été en visite, cette fois-là aussi.

— Ça t'ennuie si je prends une douche ?

— Vas-y. Ton savon préféré est sur la coiffeuse.

Je ne demandai pas pourquoi il en était ainsi – il me semblait parfaitement naturel que Grant ait anticipé mes besoins. Et puis, je n'avais qu'une idée en tête : prendre cette fichue douche. Une fois là, couverte de savon à l'orange et au gingembre, je craquai et je me mis à pleurer comme une petite fille. Pourquoi avait-il fallu – pour le sexe, pour échapper à la solitude, ou par pure paresse – que Daniel Hale vienne chez moi, la veille au soir... ? Il en était mort.

— Fais attention à ce que tu diras au travail, aujourd'hui, me dit Grant par-dessus nos bols de flocons d'avoine.

Je me demandai s'il avait toujours trop de cholestérol, les artères bouchées par le stress de ce monde en plein chaos.

Je posai ma cuillère.

— Grant, ce n'est pas moi qui ai tué Daniel.

— Mais bien sûr que non, répondit-il avec désinvolture.

Puis il plongea les lèvres dans sa tasse de café.

— Mais tant que tu ne seras pas hors de cause, tout ce que tu diras pourra être retenu contre toi. Tout ce qui compte, c'est que les gens voient que tu te comportes normalement.

Je le regardai en plissant les paupières.

— Je ne peux pas me comporter comme s'il ne s'était rien passé. Un collègue de travail, un homme avec qui je suis sortie, s'est fait tuer chez moi. Tu ne crois pas que tout le monde doit s'attendre à ce que je sois traumatisée ?

— Je ne m'étais jamais rendu compte que tu t'attachais aux gens à ce point, murmura Grant.

Touché. Et en réalité, je ne l'avais pas volé. J'avais souvent regretté de ne pas avoir donné à Grant l'occasion de me dire ce qu'il avait sur le cœur quand il m'avait vue partir comme ça, sans un regard en arrière. J'aurais préféré ça plutôt que de vivre avec l'impression de l'avoir privé même de cette satisfaction.

— Je n'étais pas amoureuse de Daniel, dis-je d'un ton égal. Mais ce n'est pas tous les jours que quelqu'un se fait tuer sur mon canapé.

— Je vous ai vus ensemble, une fois.

Je tiquai.

— Quand ça ?

— Il y a quelques mois. Dans un restaurant. Vous aviez l'air heureux.

Je m'essuyai la bouche avec l'une des serviettes en tissu que Grant préférait. Personnellement, j'étais plutôt du genre serviettes en papier.

— Grant... Je suis désolée.

— De quoi ?

— De t'avoir quitté sans explication. Tu méritais mieux que ça.

Il eut un haussement d'épaules.

— C'est le passé. Pour le moment, concentrons-nous plutôt sur la façon de te sortir de ce merdier.

Dans lequel tu t'es toi-même fourrée. Les paroles non dites planaient dans l'air à côté de la suspension lumineuse, avec ses petits abat-jour au bord orné de minuscules canards. C'était pourtant vrai. Si je n'avais pas été tellement sensible au charme de Daniel, même après sa trahison, je n'aurais pas été assise là à manger des flocons d'avoine avec mon ex-mari dans mon ex-bol à petit déjeuner. Le plus surprenant, c'était que... ce n'était pas si désagréable. Enfin, à part le fait que Daniel était mort. Mais savoir que Grant pouvait me pardonner au point d'assurer ma défense m'emplissait d'humilité, me mettait d'humeur à philosopher et me donnait la force d'affronter mon patron et mes collègues de travail.

L'ennui, c'est que la première personne sur qui je tombai en sortant du parking fut Leora Painter. Elle marqua une hésitation avant de poursuivre son chemin, marchant légèrement devant moi.

— Je m'étonne de te voir ici, dit-elle, avant d'écraser le bouton de l'ascenseur.

— On pourrait peut-être avoir ce déjeuner manqué, susurrai-je. Ma voisine m'a dit que tu es passée chez moi, avant-hier. C'est drôle, mais je ne me souviens pas que nous avions prévu de déjeuner ensemble...

Elle tourna vers moi des yeux étrécis.

— Bien essayé. Mais j'ai montré à la police le texto que tu m'as envoyé, me disant de te retrouver chez toi parce que tu avais quelque chose à me dire à propos de Daniel. Je n'avais pas idée que c'était un stratagème pour me faire déblayer le terrain pendant que vous vous payiez un petit coup vite fait.

Je la regardai en ouvrant un bec aussi grand que les portes de l'ascenseur.

— Je ne t'ai jamais envoyé de texto. On n'a jamais eu de rendez-vous.

— N'importe quoi.

Elle entra dans l'ascenseur et tendit le bras pour me barrer le chemin, m'empêchant d'entrer dans la cabine.

— Je crois que tu ferais mieux d'attendre le prochain.

Je n'insistai pas. J'avais besoin de digérer l'information selon laquelle j'avais envoyé à Leora un texto lui fixant rendez-vous. Je sortis mon agenda électronique et, à ma grande horreur, trouvai ce texto dans mon répertoire « messages envoyés », parmi d'autres messages personnels et professionnels. Le satané truc était généralement posé sur mon bureau – dont je ne fermais jamais la porte. N'importe qui aurait pu y entrer. Et n'avais-je pas lu quelque part qu'il suffisait d'un gadget en vente à peu près partout pour pirater tous les agendas électroniques dans un rayon de huit cents mètres ?

J'étais en nage lorsque j'arrivai dans mon petit bureau. J'essayai de répondre aux regards soupçonneux par un sourire endeuillé – et innocent – tout en imaginant les allées et venues dans le secteur. Sur une cinquantaine d'employés, j'estimai que la moitié auraient pu passer devant mon bureau, et même y entrer, sans éveiller les soupçons : c'est-à-dire à peu près tout le monde dans la boîte, depuis les deux associés de Daniel jusqu'à Julie, la stagiaire qui allait et venait comme une boule de flipper, les yeux tout rouges. Je me rappelai qu'elle en pinçait pour Daniel et pris note, mentalement, d'en parler à l'inspecteur Salyers la prochaine fois que je la verrais.

L'atmosphère était solennelle, mais tout le monde bossait pour rattraper le retard, le bureau ayant été fermé pendant la majeure partie de la journée, la veille, quand on avait appris la mort de Daniel. Je me raidis en voyant Sarah Finn, la secrétaire de Daniel, se diriger vers moi avec deux mugs de thé vert bouillant. C'était une vieille fille, scrupuleuse, d'une petite cinquantaine, et qui ne supportait qu'un seul imbécile : Daniel. Je repris ma respiration quand elle me tendit l'un des deux mugs.

— Je pense que vous n'aurez pas volé ça, dit-elle d'un ton conciliant. Ça va, vous tenez le coup ?

Je plongeai mes lèvres dans mon mug.

— Je crois que je n'ai pas encore réalisé. Je ne savais pas quel genre d'accueil on allait me réserver, ici.

— M. Wallace nous a convoqués hier matin, avant de fermer le bureau, et il a rappelé à tout le monde que vous étiez présumée innocente jusqu'à preuve du contraire.

Force m'était de reconnaître que c'était bien gentil de sa part.

— Sarah, est-ce que Daniel avait des ennemis ?

Elle fit trempette avec son sachet de thé dans son mug.

— Comme j'ai dit à la police, je le connaissais assez bien, et pour moi, son meurtre ne peut s'expliquer que par un mobile sexuel. Ce n'était un secret pour personne que c'était un grand baiseur.

Je me brûlai la langue avec mon thé. Je n'en revenais pas d'entendre cette femme coincée utiliser un langage aussi cru. Je n'aurais pas été étonnée de la voir se changer en torche humaine.

Elle me jeta un petit sourire contrit.

— Ne le prenez pas mal.

— Je ne le prends pas mal, murmurai-je, la langue endolorie.

Rick Wallace, l'un des deux associés restants, tapota sur la cloison de verre de mon bureau et passa sa tête grisonnante par l'ouverture de la porte.

— Bonjour, Renni !

— « Bon », pas vraiment, répondis-je.

Il inclina la tête, mais il était clair qu'il n'avait pas envie de faire la causette ni de s'apitoyer sur mon sort.

— Nous avons prévu un service funèbre pour Daniel, demain matin, dans la chapelle de l'église, de l'autre côté de la rue. Sarah, il faut que je vous parle le plus vite possible des dossiers de Daniel, que je voudrais confier à Eric.

— Je suis à votre disposition pour donner un coup de main, proposai-je.

— On verra, répondit-il sans me regarder.

Sarah se leva et le suivit.

J'essayai de faire comme si c'était une journée de travail normale, mais impossible de ne pas penser à Daniel à chaque détour de couloir. Dans les tiroirs de mon bureau, il y avait les pochettes d'allumettes des restaurants où nous étions allés ensemble. Dans la salle de repos, à côté de la machine à café, il y avait son mug de l'université Vanderbilt. Je passai devant son bureau. Eric North, l'avocat pressenti pour hériter de ses clients, était avec Leora Painter, leurs têtes et leurs hanches proches. Ils levèrent les yeux et Leora me foudroya du regard.

Quand je regagnai mon bureau, mon téléphone sonnait. Je me laissai tomber dans mon fauteuil et décrochai, espérant me retrouver plongée dans un problème de droit immobilier vraiment épineux, n'importe quoi pour me changer les idées, mais c'était Grant.

— Comment ça va ? demanda-t-il.

— Ce n'est pas évident, mais je m'accroche.

Puis je me rappelai le maudit texto qui me condamnait et que j'avais stupidement effacé, sous le coup de la panique.

— J'ai du nouveau... et un aveu à te faire.

Une ombre tomba sur mon bureau. Je levai les yeux et vis l'inspecteur Salyers debout devant moi, tenant un document que je reconnus : un mandat de perquisition. Et au regard appuyé qu'elle posa sur moi, je compris qu'elle avait surpris mes derniers mots.

« Procédure de routine », m'assura Grant pendant un dîner de poisson grillé et de légumes variés. Grant savait manier un gril, et c'était toujours lui qui faisait la cuisine quand nous étions mariés.

— Je m'attendais à ce que la police fouille ton bureau. Et celui de Hale aussi.

— Ils ont pris mon agenda électronique. Je n'aurais pas dû effacer ce texto.

— Il aurait mieux valu éviter, acquiesça-t-il. Mais ne t'en fais pas.

Cause toujours. Je ne fermai pas l'œil de la nuit. Je me tournai et me retournai dans le lit de la chambre d'amis, en tournant et retournant dans ma tête toutes les erreurs que j'avais faites dans ma vie, y compris l'échec de mon mariage. Ça n'avait pas été le grand bonheur, avec Grant, mais je voulais vraiment que ça marche. Il m'aimait, et ce n'était pas rien, tout de même. Un conseiller aurait peut-être pu nous aider... Ou peut-être que si je lui avais parlé honnêtement, si je lui avais dit que j'étouffais...

Je m'essuyai les yeux. Je me rendis compte, alors, que le sentiment de liberté que j'avais éprouvé après le divorce – l'impression d'être un ballon arraché à la poigne trop crispée d'un enfant – était en réalité une sensation de flottement. J'avais rebondi sur l'horizon, perdue.

J'entendis un bruit, du côté de la porte. Je vis la poignée tourner, et mon cœur fit un bond dans ma poitrine. Grant passa la tête par l'entrebâillement, les lunettes de travers, les cheveux en désordre.

— Il y a quelque chose qui ne va pas ? demandai-je en me redressant.

— Je venais juste voir si ça allait, dit-il doucement. Je ne voulais pas te réveiller.

— Tu ne m'as pas réveillée. Je n'arrive pas à dormir.

— Essaie de te reposer. Tu as besoin de toutes tes forces.

Il commençait à battre en retraite.

— Grant ? Tu veux bien rester avec moi ?

Il s'approcha et s'assit à côté de moi, adossé à la tête de lit, les jambes étendues. Il prit ma main en sandwich entre les siennes.

— Je vais rester jusqu'à ce que tu t'endormes.

Fallait-il que j'aie été stupide pour fuir l'amour de cet homme... J'avais honte qu'il ait fallu quelque chose d'aussi sordide pour m'ouvrir les yeux. J'aurais mérité qu'on me fiche en taule rien que pour ma stupidité. J'étouffai un soupir repentant contre la jambe de pyjama de Grant.

Je me réveillai le lendemain matin plus reposée que je ne l'avais été depuis des mois. La place, à côté de moi, était froide, mais j'entendais Grant remuer dans la cuisine.

Quand je m'y traînai, en pantoufles, il sifflotait tout bas.

— Tu es de bonne humeur, dis-je en m'approchant.

Il se retourna et me sourit.

— C'est bon de te savoir à la maison.

Puis il reprit son air grave.

— Même compte tenu des circonstances. Tu veux que j'assiste à la cérémonie avec toi ?

Je secouai la tête. Après la révélation de la nuit dernière, je me sentais trop vulnérable pour lui en demander davantage.

— La police y sera, tu sais, ajouta-t-il.

— Ils ne vont quand même pas m'arrêter à un enterrement, fis-je avec un petit rire.

— Probablement pas, acquiesça-t-il.

Mais rien qu'au son de sa voix, je sentais qu'il était plus inquiet qu'il ne voulait bien me le dire.

— Tes experts scientifiques ont examiné mon appartement ?

— Oui. En dehors d'une empreinte non identifiée, il n'y a que les tiennes, Renni.

A l'église, mes collègues de travail me foudroyèrent de leurs regards laser en écoutant le pasteur parler de justice dans l'au-delà quand l'équité sur Terre semblait bien défaillante. Je suintais la culpabilité par tous les pores de ma peau. Au lieu de réfléchir sur la vie de Daniel et ses bonnes actions, énumérées comme pour permettre à saint Pierre de prendre des notes, je ne pouvais m'empêcher de penser à tous les gens que Daniel avait manipulés – tout comme la loi – à des fins personnelles, égoïstes. Sans parler des cœurs et des lits qu'il avait ravagés avec un total mépris des conséquences.

Et quel genre de personne ça faisait de moi, qui en avais redemandé ?

Devant le côté aléatoire, l'inanité de sa mort, et de ma vie, je fondis en larmes, j'éclatai en grands sanglots hoquetants. Les visages se tournèrent pour m'observer. Seule Sarah Finn, l'assistante de Daniel, fit preuve de gentillesse. Elle me prit par le bras pour sortir de l'église et m'emmena dans le parking, où elle me tendit un paquet de mouchoirs en papier.

— Joli numéro, fit une voix dans mon dos.

Je me retournai et vis l'inspecteur Salyers debout derrière moi.

— Vous voulez bien nous excuser, dit-elle à Sarah.

Quand celle-ci fut hors de portée de voix, je me raidis comme si je m'attendais à ce que Salyers me passe les menottes. Mais pas du tout. Elle enleva ses lunettes et me dit :

— On se sent coupable, madame Greenfield ?

— Non, triste.

— Assez triste pour passer aux aveux ?

— Non. Vous avez interrogé tout le monde, au bureau ?

— On finit aujourd'hui.

— Vous devriez parler à Leora Painter du message qu'elle a dit à ma voisine vouloir glisser sous ma porte. Ce n'était qu'une ruse pour trouver mon appartement.

— Je vais le faire. La stagiaire, au bureau, Julie Sun, m'a dit que vous étiez amies, Mlle Painter et vous, ajouta-t-elle en inclinant la tête sur le côté.

— C'est ce que je croyais. Mais je me trompais.

— Mlle Painter est-elle jamais entrée dans votre appartement ?

— Non.

— Alors, comment expliquez-vous la présence de son empreinte sur un serre-livres qui se trouve dans votre salon ?

Je sentis que j'ouvrais et refermais la bouche, comme un poisson hors de l'eau.

— Elle est donc entrée. C'est elle qui l'a tué.

— Peut-être. A moins que vous n'ayez rapporté du bureau un objet qu'elle aurait touché. A moins que Mlle Painter et vous ne soyez encore amies, et que vous ne pensiez qu'en vous montrant mutuellement du doigt vous vous mettrez mutuellement hors de cause.

J'entendis la voix de mon avocat interne me murmurer de ne plus rien dire.

— Madame Greenfield, vous êtes encore hébergée par votre ex-mari ?

— J'espérais pouvoir réintégrer mon appartement ce soir.

— C'était juste pour savoir où vous trouver.

Salyers s'éloigna.

Les autres sortaient de l'église, le dos rond, les mains dans les poches, et regagnaient leur véhicule. Julie, la stagiaire aux yeux rouges, m'observait avec nervosité. Les associés évitaient de me regarder, mais leur langage corporel me disait que j'avais tout intérêt à chercher un autre boulot. Leora Painter et Eric North n'étaient pas assis côte à côte pendant la cérémonie, mais ils convergeaient à présent l'un vers l'autre. Je restai plantée là jusqu'à ce qu'ils passent devant moi. Le dédain crispait le visage de Leora : elle était contente que Daniel soit mort. J'aurais voulu lui sauter dessus, lui enfoncer mes pouces dans les yeux jusqu'à ce qu'elle avoue. Mais peut-être que c'était Eric qui avait tué Daniel, pour hériter de ses clients, et de Leora ?

J'éprouvai une pointe de jalousie totalement irrationnelle. Je me demandai quel effet ça me ferait que quelqu'un soit amoureux de moi à la folie, au point de commettre un meurtre ? Cette idée pinça une corde dans mon subconscient… comme si j'avais, une fois, caressé cette idée même, la pensée de tuer quelqu'un par amour – par désir – avant de l'enfouir dans la fosse commune des souvenirs indésirables.

Je ressentis soudain les prémices d'un mal de tête… des sensations brumeuses d'une scène de violence… Un rêve ? Une scène d'un film troublant qui me revenait en mémoire ? Avais-je entendu Daniel se faire tuer ?

Et si c'était moi qui l'avais poignardé ?

Les jambes flageolantes, je regagnai ma voiture et retournai au bureau en ruminant l'idée que j'aurais pu avoir assassiné Daniel comme j'aurais essayé un chapeau, le tournant dans tous les sens et décidant pour finir qu'il ne m'allait pas.

Et pourtant, cette possibilité m'abasourdissait. Je me représentais Daniel allongé sur mon canapé, du sang partout, mais c'était comme quand on fait le tri dans des souvenirs d'enfance. Est-ce que je m'en souvenais parce que j'avais été là quand c'était arrivé, ou est-ce que je croyais m'en souvenir parce que j'en avais vu une image après coup ?

Je me forçai à respirer à fond et j'appelai la cousine de Mme Bingham, « la Reine du Nettoyage de Scènes de Crime, recommandez-nous et recevez un chèque cadeau ! ». La cousine Vivian était du genre bavard, avec une voix tonique qui me fit imaginer une femme en pantalon corsaire et turban sur la tête, enlevant le sang de mon canapé en cuir tout en papotant avec ses gamins sur son portable. Elle attendait mon appel, me dit-elle, et elle énuméra les options. Elle pouvait venir voir « les lieux » et me faire un devis, ou bien, s'il n'y avait que du sang, elle pouvait passer et nettoyer sur-le-champ. Mon assurance habitation me rembourserait. Elle demanderait la clé au gardien, et elle aurait fini avant que je rentre chez moi. Une seule question : quel parfum d'intérieur voulais-je ?

Bizarrement elle ne me proposa pas « Après le fast-food » ou « Vestiaire à la mi-temps ». J'optai pour « Brise océane », en souvenir de toutes les fois où Daniel avait promis de m'emmener dans un endroit exotique.

Je passai le restant de la journée à me cogner au coin des meubles et à remuer les papiers sur mon bureau. L'inspecteur Salyers entrait dans mon champ de vision et en ressortait, parlant à tous ceux qui travaillaient autour de mon bureau, tout en m'évitant scrupuleusement. Elle passa un temps inhabituel avec Julie, la stagiaire, la femme qui avait laissé entendre que nous étions amies, Leora et moi. Grant m'appela deux fois. Je ne répondis pas, parce que j'avais peur de ce que je pourrais lui dire, et il ne laissa pas de message. Je faisais encore le tri dans les images qui tournoyaient dans ma tête, espérant leur trouver une explication et les faire fuir. J'aurais voulu attendre de voir mon appartement avant de décider si j'allais retourner chez Grant ou non. Peut-être le fait de revenir sur les lieux du crime m'aiderait-il à remettre de l'ordre dans ces sentiments déchiquetés.

Et puis je fronçai les sourcils... Ne dit-on pas que l'assassin revient toujours sur les lieux de son crime ?

Sans le parfum d'ambiance « Brise océane », personne n'aurait pu dire qu'il s'était passé quelque chose d'affreux dans mon salon. Je restai debout là, à regarder le canapé à rayures et la moquette visiblement frottée, en essayant de discerner une auréole rosée révélatrice du sang de Daniel, comme un jeu sinistre. Toute trace de lui avait disparu. Je me demandai fugitivement, en voyant la carte de visite de Vivian sur le comptoir de la cuisine, si elle ne pourrait pas m'enlever les sales images que j'avais dans la tête. Je m'étendis sur mon lit et fermai les yeux, essayant de me rappeler quelqu'un se faufilant devant ma chambre. Leora ? Eric ?

Et si je refoulais le souvenir d'une horreur que j'aurais commise ? Quelque chose de tellement épouvantable que je ne pouvais me résoudre à m'en souvenir ? J'avais le don de faire du mal aux gens. Grant, par exemple...

La sonnerie de la porte retentit. La dernière fois que j'avais regardé par l'œilleton, c'était Daniel qui était debout de l'autre côté.

Cette fois, c'était Grant.

L'avais-je fait venir rien qu'en pensant à lui ?

J'ouvris la porte et je sus aussitôt qu'il y avait quelque chose qui clochait. Il avait une mine de papier mâché, la bouche pincée.

— Grant ? Comment as-tu su que j'étais là ?

— J'ai tenté le coup, et j'ai vu ta voiture dans le parking.

— Qu'est-ce qui se passe ?

— Leora Painter a été arrêtée et accusée du meurtre de Hale.

Je me sentis devenir toute molle et m'appuyai contre lui.

— Mais c'est génial !

— Pas vraiment. Elle admet être venue chez toi cette nuit-là, mais elle prétend que Daniel était mort quand elle est arrivée. Ils l'ont fait passer au détecteur de mensonges, et...

— Et... ?

— Et la police vient ici. Ils vont t'arrêter aussi, Renni.

Je me serrai contre lui.

— *Non.*

— Je suis venu pour toi, murmura-t-il dans mes cheveux.

Je sentais ses mains tremblantes sur mes épaules.

— J'aurais voulu pouvoir éviter ça.

Je me figeai. Quelque chose, dans le ton de sa voix, dans son langage corporel, déclencha une sirène dans ma tête. Des événements disparates convergèrent, s'assemblèrent comme les pièces d'un puzzle : Grant m'avait vue avec Daniel... Il était venu si vite à ma rescousse... La maison qui était providentiellement prête pour mon retour... Et comment il me faisait à chaque instant toucher du doigt l'erreur que j'avais faite en le quittant...

J'eus un mouvement de recul, alarmée. Et si c'était une manipulation de sa part pour revenir dans ma vie ?

— Comment es-tu entré dans l'immeuble, là, tout de suite ?

Il se rembrunit.

— Un de tes voisins est sorti au moment où j'arrivais.

Est-ce qu'il m'avait suivie ? Espionnée ?

— Comment savais-tu que l'homme avec qui tu m'avais vue au restaurant était Daniel, et que c'était lui qui s'était fait tuer ?

— Simple déduction.

Les couteaux... L'une des rares choses de la maison que j'avais emportées avec moi quand j'avais quitté Grant. Et s'il avait trouvé particulièrement ironique d'en utiliser un pour tuer Daniel ? Je m'étais demandé l'effet que ça me ferait si quelqu'un commettait un meurtre pour mes beaux yeux, et à cette perspective toutes mes fonctions vitales donnaient des signes de défaillance.

— Renni, ça va ?

— Ne me touche pas !

Je fis quelques pas à reculons et me précipitai dans le couloir, la gorge nouée par l'angoisse, au moment où Mme Bingham sortait de son appartement. Elle tenait une casserole fumante et se dirigeait vers la porte de M. McFelty. Je courus vers elle. En me voyant, elle s'illumina comme une enseigne au néon.

— Comment ça va, mon chou ? Vivian m'a dit que votre appartement avait été magnifiquement nettoyé...

— Madame Bingham, je sais qui a tué Daniel ! La police va arriver !

Elle me tapota l'épaule avec sa main libre.

— Ne vous en faites pas, mon chou. Cet homme n'avait pas volé de mourir.

Grant déboulait derrière moi et nous nous retrouvâmes côte à côte, aussi interloqués l'un que l'autre.

— Pardon ?

— Jamais aucun jury ne me condamnera, fit Mme Bingham avec assurance. Ce type était un parasite, exactement comme le type du dessus, qui faisait hurler sa musique à toute heure du jour et de la nuit. Le pauvre M. McFelty, il avait trois emplois, et il avait besoin de dormir. Je pensais que vous vous étiez débarrassée de lui, mais il a fallu qu'il remette ça, en gueulant comme un fou. Les jeunes ne respectent rien. N'importe quel jury comprendra ça.

— Co... comment êtes-vous entrée chez moi ? demandai-je.

— J'avais pris un passe chez le gardien, une fois, quand je lui avais apporté une marmite de haricots verts.

Pendant que je ruminais son ahurissante confession, Grant s'avança devant moi et regarda la casserole de Mme Bingham comme si elle contenait un cobra vivant.

— Vous avez tué Daniel Hale parce qu'il faisait du bruit ? !

— Et le type qui vivait à l'étage au-dessus, ajoutai-je, horrifiée. Elle lui a tiré dessus !

Mme Bingham fit une grimace.

— Ça avait vraiment fait trop de saletés. Cette fois, j'ai pris un couteau. Beaucoup plus facile.

— Pour les nettoyeurs, murmurai-je.

Elle eut un grand sourire.

— Vivian me donne deux cents dollars chaque fois que je lui envoie un client. Ça fait beaucoup d'argent pour quelqu'un qui n'a qu'une petite retraite.

Quand les flics eurent emmené Mme Bingham, l'inspecteur Salyers répondit aux dernières questions en suspens. Julie, la stagiaire, avait avoué s'être servie de mon agenda électronique pour envoyer à Leora le message qui nous éloignait toutes deux pendant qu'ils allaient « déjeuner », Daniel et elle, à l'hôtel. Leora le soupçonnait de la tromper, et l'avait suivi quand il l'avait laissée tomber, après la soirée caritative. Décidée à le prendre la main dans le sac, elle avait utilisé la clé de Daniel pour entrer chez moi, l'avait trouvé sur le canapé et avait pris le serre-livres pour le frapper. Quand elle s'était rendu compte qu'il était déjà mort, elle avait détalé, paniquée. Et elle ne pouvait même pas prévenir la police : comment aurait-elle expliqué son intrusion dans mon appartement ?

Décidément, Daniel était condamné à mourir, cette nuit-là.

Après le départ de Salyers, je restai assise dans le couloir, à dorloter la casserole de Mme Bingham avec ses éternelles maniques... qui expliquaient pourquoi elle n'avait pas laissé d'empreintes chez moi. Grant s'assit à côté de moi et je fondis en larmes.

— Tout va bien, maintenant, dit-il d'un ton apaisant, en passant son bras autour de mes épaules.

— Oh, Grant ! Tu ne peux pas savoir comme je suis désolée d'avoir imaginé une seconde que tu avais pu commettre un crime !

— Je suis désolé d'avoir pensé la même chose à propos de toi. Et puis, je comprends que tu m'aies soupçonné. J'agissais... bizarrement.

Il eut un raclement de gorge attristé.

— Je vais vendre la maison, Renni. C'est pour ça que j'ai fini par faire toutes les choses que tu avais toujours voulu que je fasse.

— Tu déménages ?

— Je déménage et je prends un nouveau départ. J'ai donné ma démission de la boîte.

— Tu es mourant ? m'exclamai-je, subitement alarmée.

— Mais non ! répondit-il en riant. Je te dois des excuses, Renni. Je t'ai laissée supporter le fardeau de notre rupture alors que c'était moi qui n'avais pas le courage de te dire à quel point je me sentais piégé...

— Toi aussi ?

Grant hocha la tête.

— Je t'aimais. Et je t'aime toujours. Mais la pression du mariage, être un mari, ça m'a changé. Ça m'étouffait.

— Moi aussi, reconnus-je.

Il eut un sourire et secoua la tête.

— On fait un sacré tandem, hein ?

— Qu'est-ce que tu veux dire, tu prends un nouveau départ ?

— J'ai acheté un bateau à voiles. Je pensais prendre quelques mois pour explorer la côte Est.

Je le regardai d'un œil neuf.

— Je t'ai dit que je faisais de la voile avec mon père ?

— Non, dit-il en entortillant une mèche de mes cheveux autour de son doigt. Ça fait partie des nombreuses conversations que nous aurions dû avoir.

Et que nous allions avoir.

INVASION

– Julie Barrett –

L'arrivée de Mlle Melinda McCrane aurait dû faire sensation à Pecan Blossom, Texas, mais nous étions en pleine crise de Marsmania. Avec son petit canular de Halloween, Orson Welles avait fait pas mal de ramdam parmi les fermiers et ranchers du comté, et à KPB, la station de radio locale, nous avions les jambes en compote à force de courir après les observations de soucoupes volantes.

Personnellement, je pensais que les apparitions n'étaient que des canulars concoctés par Mark Trutt, le quarterback de la fac du coin, un garçon qui avait plus de talent créatif que de cervelle, et toute l'affaire m'aurait arraché un gigantesque éclat de rire si Ma Jenks n'y avait pas cru mordicus.

Ma – pardon, Mme Henrietta Jenks – dirigeait KPB avec toute la grâce et l'obstination d'une vieille mule. Rectification : de deux vieilles mules. Par association d'idées – ça m'a fait penser à l'âne de la crèche de Noël animée, à l'église –, il me revient que c'est Ma Jenks qui avait eu l'idée brillante de faire l'auréole du Petit Jésus avec un moule à gélatine, sauf qu'elle n'avait pas enlevé la salade de carotte qu'il contenait. Enfin, elle avait tout de même payé une nouvelle poupée à la petite Peggy Jo Pritchett.

KPB arrosait toute la région jusqu'à la frontière du Texas d'informations et de programmes éducatifs, du lever au coucher du soleil. Dans nos trous perdus, les infos et émissions éducatives consistaient essentiellement en prévisions météo, nouvelles concernant les fermiers et autres conseils sur les cultures et les récoltes, dont nous abreuvaient gracieusement les fournisseurs de semences et de matériel agricole. Les sujets sur les travaux ménagers étaient sponsorisés par des boîtes d'agroalimentaire et des fabricants d'appareils électroménagers. Les plages restantes étaient meublées avec de la musique et des pièces de théâtre, bref, des programmes d'une grande « élévation morale », sélectionnés par Ma Jenks en personne.

Mme Jenks n'était pas la propriétaire de la station. Elle faisait comme si, mais c'était son mari, William, qui avait hérité de la radio après la mort de son père. Le bonhomme s'était jeté sous le train interurbain. D'après certaines rumeurs, il avait beaucoup investi dans les grosses entreprises qui maintenaient la station à flot, et quand les tempêtes de poussière s'étaient mises à souffler de l'ouest du Texas, tout le secteur agro-industriel avait manqué s'effondrer. A l'époque, la moitié de la population avait fait ses paquets et était partie s'installer à Dallas. J'avais dans l'idée qu'avec le temps Gloria finirait par chasser l'autre moitié.

Gloria, c'était Gloria Rivers, le rôle-titre du soap opera maison, *Pour l'amour de Gloria*, que Mlle Melinda McCrane allait incarner pendant cinq épisodes. Elle venait de Dallas spécialement pour ça. Ma Jenks ne décolérait pas, mais William croyait dur comme fer que ce serait l'événement de la décennie pour notre ville. Il aurait peut-être eu raison, sans Orson Welles et les Martiens.

Nous étions tous plus ou moins persuadés que ça ne tournait pas rond chez Henrietta, et que ça n'avait fait qu'empirer depuis que William avait commencé à faire des allers et retours à Dallas pour trouver de nouveaux sponsors. Elle avait toujours été d'avis que nous devions faire une radio « de qualité », obéissant à « certains critères », comme elle disait. Les émissions agricoles et ménagères étaient importantes, mais elle considérait que, pour relever le niveau des programmes, le temps d'antenne restant devait être consacré à ce qu'elle appelait des programmes « édifiants ». C'est qu'elle se croyait investie d'une mission dans la vie : maintenir les citoyens de Pecan Blossom sur la voie de l'exigence. Même le révérend Butcher pensait qu'elle faisait un peu trop de zèle.

Et donc, quand Mme Jenks annonça que Gloria allait « édifier » les Martiens, j'étais mal placée pour piquer ma crise. Du moins, jusqu'à ce que son mari annonce que Mlle Melinda McCrane arrivait en ville. Le moins que l'on puisse dire, c'est que ça fit des étincelles.

Le lundi matin, j'arrivai à la station, qui se trouvait à quatre rues de chez moi, un classeur plein de scénarios plaqué contre ma poitrine. Le vent avait forci, et le ciel avait la couleur rouille caractéristique de la poussière de l'ouest du Texas, ce qui annonçait une vague de froid. Elm Street était déserte, en dehors de quelques feuilles mortes qui dansaient la gigue dans la rue. Main Street était curieusement calme, même pour un mois de novembre. Les gens ont tendance à rester chez eux pendant une tempête de sable – quand ils peuvent –, et même les oiseaux avaient assez de jugeote pour fuir la tourmente approchante.

A mon entrée dans la station, je fus accueillie par le directeur régional de l'Agence des services agricoles – ou plutôt par sa voix. Toutes les deux semaines, l'Agence envoyait d'Austin une pile de programmes enregistrés sur des disques 78 tours. Ce jour-là, il pérorait sur les nématodes des jardins. Par la fenêtre à double vitrage du hall d'entrée, je voyais Jerry Simpson, à moitié endormi sur la console de commandes, un mégot collé à la lèvre. Le store de la baie vitrée, du côté opposé à la régie, était relevé, et je distinguais, derrière, les ombres des micros sur leurs supports, dans le studio d'enregistrement éteint. Je tapotai sur la vitre pour lui faire un petit coucou, puis j'allai répondre au téléphone, à l'accueil. C'était Thelma Burris, la voix de Gloria – quand elle n'enseignait pas l'anglais au lycée.

— J'ai été virée, annonça-t-elle.

— Hein ? Virée ? Du bahut ? Mais qu'est-ce que… ?

— Non, du feuilleton. Il a une autre Gloria.

Je l'entendais sangloter à l'autre bout de la ligne.

— Allons, allons. Calmez-vous.

— Je ne peux pas retourner au lycée. C'est trop humiliant.

Ça, ce n'était pas bon du tout.

— Que s'est-il passé ?

— Vous ne le savez pas ?

— C'est vous qui me l'apprenez, mademoiselle Burris.

C'était plutôt une surprise. Thelma n'était pas une actrice shakespearienne, mais elle savait dire un texte, et M. Jenks était content d'elle – ou du moins, c'est ce que je croyais.

— Il m'a dit qu'il faisait venir quelqu'un d'autre pour jouer Gloria. Une actrice de Dallas. Une *actrice* ! Je croyais que je m'en sortais bien...

— Mais oui, absolument ! lui assurai-je. Vous avez dû mal comprendre.

C'est alors que la porte d'entrée s'ouvrit à la volée, heurtant le mur opposé.

— Tu ne mettras pas cette dévergondée sur les ondes !

Henrietta Jenks entra comme une bourrasque, son mari à la remorque. Il porta deux doigts au bord de son chapeau pour me saluer. Je plaquai ma main sur le micro du combiné et leur dis que j'avais Mlle Burris en ligne, et qu'elle était dans tous ses états.

Tout en poursuivant sa diatribe, Ma Jenks poussa son mari dans le bureau voisin dont elle claqua la porte avec un *bang* ! définitif, assez fort pour faire sursauter Jerry Simpson. Je retournai à cette pauvre Thelma Burris, complètement chamboulée.

Cinq minutes plus tard, je regagnais la pièce du fond que j'appelais mon bureau et qui servait en réalité de salle de courrier, d'entreposage des effets spéciaux et de discothèque. Sur une vieille table en bois poussée contre le mur se trouvait une machine à écrire dont la barre du G était tordue. Trois disques d'acétate récemment gravés étaient posés au bord d'une autre table. Tous les quinze jours, Mlle Burris amenait un groupe d'élèves et leur faisait enregistrer de la poésie destinée à être diffusée. Ça faisait partie de nos émissions éducatives. Je supposai que c'était ce qu'il y avait sur les disques, Bobby, notre ingénieur, ayant oublié de les marquer au crayon gras. Il aurait également dû laisser sur mon bureau un conducteur détaillant le contenu de chaque disque, mais il semblait avoir oublié. Je n'avais pas le choix, je devais les emporter dans le studio d'enregistrement et les écouter un à un. Il n'était pas question de confondre un sonnet de Shakespeare et *La Charge de la brigade légère*. Encore que, à la façon dont ces gamins ânonnaient, les auditeurs n'y auraient probablement vu que du feu.

Dans la pratique, nous avions deux types d'émissions : en direct et en différé. « En différé » était une façon sophistiquée de dire « enregistré ». Comme les autres émissions enregistrées à la station, ces programmes étaient « transcrits », c'est-à-dire gravés, sur des disques d'acétate vierges à l'aide d'un tourne-disque muni d'une aiguille spéciale, et on les écoutait à l'aide d'un tourne-disque ordinaire. J'aurais préféré dire « enregistrements », mais comme ils arrivaient dans une boîte marquée « transcriptions », va pour « transcriptions ». Contrairement aux disques en vinyle préenregistrés qui arrivaient de l'Agence des services agricoles et de divers sponsors, ceux-là étaient assez fragiles. Si on les laissait tomber, ils explosaient comme les plus belles assiettes en porcelaine de Chine de votre grand-mère.

Je me penchai par-dessus mon bureau et montai le volume du moniteur de contrôle du studio émetteur, qui transmettait l'émission en cours de diffusion. C'était bientôt l'heure du bulletin d'informations. Jerry les concoctait à partir des gros titres du fil de presse, auxquels il ajoutait un échantillonnage de sujets trouvés dans le journal et de communiqués envoyés par des correspondants locaux.

— ... et d'après le bureau du shérif, le dernier Martien observé était en réalité Ed Ferris, qui faisait brûler des ordures. OK, il fait peur à voir, surtout quand il oublie de se raser, mais ce n'est pas un Martien pour autant...

Là, il avait franchi la ligne jaune. J'entendis la porte du bureau d'à côté s'ouvrir et se refermer, et le bruit des pas lents, mesurés, de William Jenks qui traversait le couloir pour aller vers la régie – le studio émetteur. Les blagues, c'était une chose, mais il y avait une règle d'or, à KPB, et c'était le respect des auditeurs. Dieu sait que certains individus, dans le secteur de Pecan Blossom, avaient de quoi susciter des commentaires oiseux, mais les gens du coin avaient la langue assez acérée pour que nous nous dispensions d'en rajouter. C'était l'une des rares règles du programme d'« édification » avec lesquelles j'étais d'accord.

La douce mélodie de « How Great Thou Art » émanait du haut-parleur. « Dieu tout-puissant, que Tu es grand... » C'était parti pour les émissions religieuses de la matinée. J'entendais d'ici l'échange qui avait lieu en régie, au même moment. Je tendis la main pour baisser le volume du haut-parleur afin de pouvoir travailler dans un calme relatif.

— Laissez, Barbara, dit Mme Jenks en s'encadrant dans l'ouverture de la porte. J'aime les programmes qui élèvent l'âme.

Je me rassis en soupirant. Le moment se prêtait peut-être à la méditation et à la prière pour les fermiers et les ménagères, mais moi, j'avais du boulot : un scénario « édifiant » à boucler. Dieu comprendrait. Mme Jenks traîna un fauteuil à travers la pièce et je me précipitai en voyant sa croupe de jument heurter la pile de transcriptions – puisque transcriptions il y avait – sur la table voisine.

Trop tard.

— Houp là ! s'exclama-t-elle.

Les disques du haut de la pile tombèrent par terre et se brisèrent en mille morceaux.

J'allai chercher le balai et entrepris de ramasser les débris. Elle ne pensa même pas à me demander quelle était l'émission qui avait volé en éclats. Normalement, elle aurait témoigné un peu de considération, mais ce matin-là, elle n'avait qu'une préoccupation : *Gloria.*

Et moi aussi.

— J'ai reçu un appel de Mlle Burris, ce matin. Elle était en larmes.

Mme Jenks tira un mouchoir de la poche de sa robe et entreprit d'en torturer le coin entre ses doigts.

— Vous avez entendu parler de Melinda McCrane...

— Oui.

Je sentais que la dernière chose à faire, en cet instant précis, était de la prendre à rebrousse-poil.

— Franchement, je ne sais pas quoi penser. Ni vous ni M. Jenks ne m'avez dit quoi que ce soit, alors...

En réalité, M. Jenks m'en avait touché deux mots en passant, mais je jugeai préférable de m'abstenir d'en parler.

— Eh bien, je vais vous dire ce qu'il faut en penser : cette femme est une nullité, une dépravée qui a des vues sur mon pauvre William. Aucune station de radio de Dallas ne voulait embaucher cette actrice à deux sous, alors elle a jeté son dévolu sur lui.

— Laissez-moi deviner : jolie, mais sans talent ?

— En deux mots, c'est ça.

Je me demandai si elle avait jamais vu la « dépravée » en question, et lui posai la question.

— J'ai vu une photo. Rien que des éclairages sophistiqués et des toilettes coûteuses, ce genre-là. On voit au premier coup d'œil que c'est une pas grand-chose.

Elle ne vaut peut-être pas grand-chose, quant à ce qu'elle doit coûter, c'est une autre affaire, me dis-je aussitôt, mais je n'eus pas le loisir de m'éterniser sur ces considérations. Sautant du coq à l'âne, elle ramena brusquement les Martiens sur le tapis. Là encore, je devais y aller comme sur des œufs, mais je craignais fort que cet arc narratif particulier ne règle définitivement le sort de *Pour l'amour de Gloria*. En tant qu'auteur, il était de mon devoir d'essayer au moins de défendre l'honneur de Gloria, qui, au bout du compte, était « mon » honneur. Gloria était peut-être le bébé de Henrietta Jenks, mais c'était mon nom qui figurait au générique.

— J'ai dû rater un épisode, dis-je finement, parce que je ne comprends toujours pas pourquoi il faudrait mettre des Martiens dans le feuilleton. On vient d'introduire le personnage de Jake Dermott, et d'après ce que j'entends dire en ville, il est populaire auprès des auditeurs. Si, pour attirer les sponsors, vous vous donnez la peine de faire venir une actrice de Dallas, avec ce que ça coûte, ne serait-il pas plus astucieux de l'utiliser dans cet arc dramatique plutôt que de faire intervenir des Martiens ?

Mon vieux, j'aurais mieux fait de me taire. Ma Jenks se remit à martyriser son mouchoir pendant que le haut-parleur répandait la bonne parole : un prédicateur du sud du Texas débitait sur un ton monocorde des choses sur l'amour de son prochain – à moins que ledit prochain ne soit un pécheur, auquel cas il filerait tout droit en enfer.

— Amen ! marmonna Mme Jenks, tout bas.

Je dis une prière silencieuse, pour apporter ma pierre à l'édifice.

Une porte s'ouvrit plus loin, dans le couloir, puis il y eut un bruit de pas lourds. Ma Jenks se raidit dans son fauteuil en voyant son mari entrer dans la pièce. Il avait ôté son veston et relevé ses manches de chemise. Il tenait un cigare à moitié fumé, avec lequel il jouait nerveusement.

— Ah, vous êtes là, dit-il avec un hochement de tête à mon adresse et un sourire forcé à sa femme.

Elle l'ignora pour se concentrer sur son mouchoir.

— Désolé de vous interrompre, mais nous... je veux dire, Mlle McCrane... a modifié son programme. Elle a un autre engagement pour la semaine prochaine. Vous savez ce que c'est, le show-business... Ça veut dire qu'elle arrive aujourd'hui. Tout à l'heure.

Si je n'avais pas mieux connu M. Jenks, j'aurais dit qu'il donnait l'impression de sucer un bonbon en annonçant cette nouvelle. Les choses étant ce qu'elles étaient, je pensai simplement qu'il était content de voir que ses plans tenaient le coup. Après tout, il avait consacré beaucoup de temps et d'efforts à s'assurer la participation de cette McCrane.

Sa femme, quant à elle, semblait avoir du mal à avaler la pilule. Elle imprima une dernière torsion à son mouchoir et lança à son mari un regard qui m'amena à me réjouir de ne pas m'être retrouvée entre eux. Si les regards pouvaient tuer, le sien aurait été mortel.

Ils se regardèrent pendant ce qui me parut être une éternité, puis Mme Jenks se tourna vers moi et esquissa bravement une tentative de sourire.

— Je crains que nous n'ayons besoin de ces scripts un peu plus tôt que prévu.

M. Jenks se fourra son cigare dans la bouche et en mâchonna un peu le bout.

— Eh bien, mesdames, je vous laisse régler ça...

Sur ces mots, il repartit vers son bureau d'un pas allégé. Mme Jenks se contenta de grimacer un sourire en entendant la porte de son bureau se refermer.

— Comment avancent les scripts de la semaine prochaine ?

Elle voulait parler de cette histoire de Martiens.

Je me tournai vers mon bureau et ouvris un dossier.

— Voici ceux que nous devions enregistrer vendredi. Ils sont prêts à être dupliqués.

Je n'avais pas vraiment l'espoir de la détourner de cette histoire de Martiens, mais il fallait bien que j'essaie.

A ma grande surprise, elle feuilleta l'épaisse pile de feuilles ronéotypées et me la rendit avec ce sourire affreux toujours plaqué sur la figure.

— Vous savez, j'ai réfléchi. C'est bientôt Thanksgiving. Et si on faisait venir toute l'équipe pour enregistrer deux séries d'épisodes ? Comme ça, tout le monde pourrait rester en famille pendant les fêtes.

Je ne pouvais qu'approuver un plan aussi sensé. Je pris néanmoins le risque d'en rajouter une petite couche :

— En mettant les bouchées doubles, je pourrais finir un certain nombre de scripts dans la ligne dramatique des Martiens, mais franchement, je ne vois pas comment je pourrais y arriver d'ici cet après-midi.

Ma Jenks réfléchit un instant à ma proposition. Pour moi, il ne faisait aucun doute qu'elle était prête à faire enregistrer les épisodes martiens à Mlle McCrane par pure perfidie. Je pouvais comprendre ça, mais ce que je voyais aussi, c'est que si Mlle McCrane enregistrait la série d'épisodes, tous les sponsors pressentis riraient au nez de M. Jenks jusqu'à ce qu'il revienne à Pecan Blossom, la queue entre les jambes. Or les temps étaient durs, et je devais penser à mon job. D'un autre côté, Mme Jenks devait être très tentée d'éjecter Mlle McCrane du studio et de la renvoyer à Dallas par le premier train.

— Eh bien, dit-elle alors que cet étrange sourire se communiquait à toute sa physionomie, on dirait que Mlle McCrane va enregistrer les épisodes de la semaine prochaine.

Le train de seize heures trente entra en gare dans un grincement de freins. J'allais justement au drugstore acheter quelque chose contre le mal de tête, mais pour dire la vérité, c'était plutôt un prétexte pour aller voir ce qui se passait du côté de la gare. La tempête de sable avait été chassée par un vent piquant qui soufflait du nord-ouest, poussant devant lui quelques nuages anémiques. Je croisai un groupe de fermiers qui débattaient de savoir si oui ou non ces satanés nuages étaient annonciateurs de pluie. Après ce préambule, ils trouvèrent plus prudent de se rapatrier sur le Blossom Diner pour avaler un de ces cafés sur lesquels on aurait pu faire flotter un fer à cheval. Margaret Truett passa à petits pas pressés en faisant le dos rond pour protéger du vent le sac d'épicerie qu'elle tenait dans ses bras. Je m'en voulus fugitivement de ne pas avoir mis un foulard, mais une coiffure un peu désordonnée était un faible prix à payer pour assister à l'arrivée en ville de Mlle Melinda McCrane.

Elle portait un manteau de zibeline sur un tailleur haute couture, et un chapeau sous lequel ses cheveux blonds disparaissaient presque. William Jenks était venu l'aider à descendre du train. Mlle Melinda McCrane eut un sourire et laissa tomber par terre un manchon de fourrure blanche. Je ne prétends pas être une arbitre des élégances, mais un manchon en fourrure blanche avec un manteau de zibeline noire, je trouvai que c'était juste un peu trop. J'hésitai entre le soulagement et la consternation lorsque le manchon laissa échapper un jappement strident. Quatre pattes en sortirent, et il partit comme une fusée le long du quai.

— Tootsie !

D'accord, il est injuste de juger quelqu'un sur un seul et unique mot, mais un grincement d'ongles sur un tableau noir ne constituerait pas une description trop sévère du registre sur lequel celui-ci avait été articulé. Thelma Burris n'avait pas de souci à se faire.

Plusieurs hommes se précipitèrent pour récupérer la bestiole avant qu'elle se jette sous le train. Freddy Shackleford réussit à l'acculer dans un coin et la rapporta à sa propriétaire. Il n'attendait probablement pas autre chose qu'un merci poli pour ce bel exploit, mais la façon dont elle tendit les bras et lui prit l'animal – un caniche – des mains comme si elle craignait d'attraper une maladie contagieuse était criminelle. Au moins, M. Jenks eut le réflexe de remercier le pauvre Freddy pour sa gentillesse.

Dans tout ça, personne ne prêta attention à un homme en costume noir, impeccable, qui était descendu du train derrière Mlle McCrane. Il était clair qu'il l'accompagnait, mais il ne semblait pas du tout de la même société. Là où elle n'était que bijoux clinquants et fourrures tape-à-l'œil, il puait simplement le fric. Il portait un costume qui avait dû coûter l'os du coude, mais de bon goût. William Jenks se fendit d'un sourire en tranche de courge et lui serra la main. J'eus l'étrange impression que Mme Jenks n'était pas au courant de tout.

Je courus au drugstore et ressortis avec mes sachets contre la migraine avant que le trio ait quitté la gare. Remontant mon col pour me protéger du vent, je retournai au trot vers KPB pendant que M. Jenks indiquait aux visiteurs les endroits intéressants du centre-ville. J'accrochai mon manteau tout en les regardant, par la baie vitrée, mettre le cap sur la station. M. Jenks en faisait des tonnes. L'étranger semblait sincèrement intéressé. Mlle McCrane paraissait s'ennuyer royalement. Elle avançait d'un pas résolu, une main crispée sur son chapeau pour l'empêcher de s'envoler, l'autre serrant le caniche contre son manteau.

La lumière rouge, au-dessus de la porte de la régie, était éteinte, aussi poussai-je le lourd panneau de bois pour entrer. Gerald Moore leva sa chope de café en guise de salut et baissa les yeux pour annoncer un disque. Il n'était pas loin de dix-sept heures ; nous allions bientôt rendre l'antenne.

Comme la rubrique agricole de l'après-midi tirait à sa fin, Gerald remit ses écouteurs et abaissa l'interrupteur du micro. Le voyant rouge *A L'ANTENNE* était visible par le hublot.

— Vous êtes à l'écoute de KPB 560, la voix de Pecan Blossom, Texas. C'est l'heure du poème de l'après-midi, lu par les élèves du lycée de Pecan County...

D'un mouvement perfectionné par des années de pratique, Gerald enleva les doigts de la platine, baissa le volume de son micro et rappuya sur l'interrupteur. Un pauvre gamin s'attaqua vaillamment à Keats. Le poète semblait bien parti pour gagner par KO.

Gerald secoua la tête et me tendit une feuille de papier.

— Encore une bien bonne du shérif. Tu commences pas à avoir l'impression de te retrouver dans un numéro d'*Amazing Stories* ?

— Je me demandais qui achetait tous les exemplaires du drugstore, lançai-je ironiquement.

Gerald partit d'un bon rire et siffla une gorgée de café pendant que je lisais le compte rendu de la dernière apparition de Martiens.

— Tu te rends bien compte, dis-je en lui rendant la feuille, que plus il mettra d'énergie à démentir que nous sommes envahis par les petits hommes verts, plus il se trouvera de gens pour croire à leur existence.

— Pas question que je montre ça à Mme Jenks.

— Non, mais elle entendra l'annonce quand tu la liras.

— Peut-être que je vais juste oublier de la lire.

— Pas si tu tiens à ton boulot.

La porte s'ouvrit en coup de vent, et Mlle Melinda McCrane fit son entrée, son chien toujours serré contre sa poitrine. Elle balaya le studio d'un regard évaluateur pendant cinq bonnes secondes.

— Très pittoresque.

Je fis rapidement les présentations et escortai notre starlette au-dehors pour laisser travailler Gerald. Elle n'eut pas l'air très contente d'être pilotée aussi peu cérémonieusement hors de la régie, mais je n'avais pas le choix. Je la conduisis gentiment vers le hall d'entrée, où M. Jenks s'entretenait à voix basse avec l'homme qui avait accompagné Mlle McCrane en ville.

— Je suis content que vous soyez là, Barbara. Je vous présente M. Harland Johnson. Il achète KPB.

J'essayai de ne pas avoir l'air complètement sonnée, pas devant Mlle Melinda McCrane, qui restait plantée là, à tapoter impatiemment le sol du bout de sa coûteuse chaussure.

— Ra... ravie de faire votre connaissance, monsieur, bredouillai-je.

— C'était une offre un peu inattendue, mais je pense que je suis prêt à prendre ma retraite, tenta M. Jenks.

Le petit chien se mit à grogner. L'estime que m'inspirait ce caniche grimpait d'un cran à chaque minute.

— Tootsie a besoin de faire un petit tour, roucoula Mlle McCrane. Excusez-nous.

Je profitai de sa sortie pour prendre moi-même congé et regagner la régie. Je trouvai Gerald en train de griffonner furieusement sur des conducteurs. On nous demandait d'inscrire tout ce qui passait à l'antenne sur un registre, qui pouvait être inspecté par le gouvernement. J'éprouvai une brève pointe de pitié pour l'inspecteur qui essaierait de déchiffrer les hiéroglyphes de Gerald.

— Tu ne penses pas que ce serait plus facile de le faire pendant la diffusion ?

— Où serait le plaisir ? répliqua-t-il.

Il jeta un coup d'œil à la pendule, lança une nouvelle « transcription » – une prière du soir du révérend Butcher –, remit ses écouteurs et parcourut un texte. Puis il actionna l'interrupteur du micro et déclama :

— KPB émet du lever du soleil à la tombée de la nuit, sur la fréquence de 560 kilohertz. Ainsi s'achèvent les émissions de la journée. Bonne soirée.

Du haut-parleur témoin émana le crépitement indiquant que Bobby avait coupé l'émetteur depuis la cabane en parpaings sise derrière notre bâtiment. Derrière les parasites, on entendait un faible signal venant de l'ouest. Gerald baissa le volume du moniteur.

Je le regardai assécher sa chope de café, remettre la transcription dans sa pochette et la ranger sur une étagère. Je ne tenais pas à me retrouver avec un autre disque cassé sur les bras. J'avais eu ma dose pour la journée.

— Euh, Gerald…

— Ouais ?

— Tu n'as pas entendu des rumeurs étranges à propos de la station ?

— Comme par exemple, pourquoi Miss Big City aurait daigné franchir le seuil de notre « pittoresque » station ?

— Pour commencer.

Gerald inspira profondément et me prit par les épaules.

— Assieds-toi, dit-il en me poussant gentiment vers le vieux fauteuil de cuir derrière la console. Tu n'es pas beaucoup sortie de Pecan Blossom, hein ?

— Je suis allée à l'université, répondis-je, sur la défensive. La fac de commerce n'est pas vraiment une immense métropole, mais j'aime à croire que j'ai eu une assez bonne éducation.

Gerald eut un ricanement.

— Disons que si elle n'arrive pas à trouver d'engagement à la radio à Dallas, c'est que son numéro est essentiellement visuel.

Je ne voyais pas très bien quoi répondre.

— Enfin, elle ne fait pas un numéro de mime, si c'est à ça que tu penses. Elle fait des choses stupéfiantes avec des plumes et des ballons. C'est ce qu'on m'a dit, du moins.

L'image de William Jenks – qui était diacre à notre église – en train d'assister à un spectacle de ce genre paraissait pour le moins décalée, et c'est ce que je dis à Gerald. Il se contenta d'évacuer le dernier conducteur, me laissa tomber le paquet sur les genoux et me dit que si je croyais que c'était tout ce que M. Jenks faisait quand il allait à Dallas, alors j'avais peut-être besoin d'un complément d'éducation que l'université ne prodiguait pas. D'accord, j'étais allée dans une fac de filles, mais ça ne voulait pas dire que j'étais une oie blanche. Et en même temps, à l'idée que quelqu'un d'aussi vieux que M. Jenks puisse fricoter avec une Mlle McCrane, un frisson me parcourut l'échine.

— Ah.

Ce fut tout ce que je réussis à articuler.

Ça plaçait toute l'affaire sous un éclairage différent – sauf en ce qui concernait Mme Jenks. J'aurais mis ma tête à couper qu'elle y voyait à peu près aussi peu clair que nous tous dans cette histoire.

Pendant que Gerald préparait le studio pour l'équipe du matin, je le mis au courant des dernières nouvelles qui n'impliquaient pas des Martiens à Pecan Blossom. Je le laissai vérifier une pile de disques vierges à la recherche de poussières et de rayures, et je repartis vers mon bureau afin de le boucler pour la nuit. Il n'y avait pas grand-chose à ranger, mais j'aime bien mettre une housse sur la machine à écrire et rincer ma chope à café. J'avais soigneusement empilé mes scripts de *Pour l'amour de Gloria*, sur le dessus desquels étaient posées trois notes – ce que Bobby considérait comme les conducteurs pour les enregistrements qu'il avait gravés la veille. Je tapai un jeu d'étiquettes et emportai les deux disques non étiquetés au studio d'enregistrement pour pouvoir les écouter.

Le studio d'enregistrement était une grande pièce insonorisée, à côté de la régie principale et en face du bureau de M. Jenks, dans le couloir. Il avait sa propre petite régie, où un ingénieur supervisait la production et l'enregistrement. La pièce servait aussi de régie auxiliaire, de la même façon que la régie principale pouvait servir de studio d'enregistrement. Nous ne pouvions pas nous permettre de perdre du temps d'antenne en cas de problème technique.

La lumière était allumée à l'intérieur. Par le hublot, je voyais que M. Jenks faisait faire le tour du propriétaire à M. Johnson. Mlle McCrane était revenue, avec son chien ; elle s'approcha d'un micro et tapota distraitement sur la grille. Je vis Gerald grincer des dents. Si ce micro avait été branché, elle aurait pu endommager le ruban. M. Jenks s'approcha d'elle et lui prit la main. Mieux valait que ce soit lui qui lui explique les bonnes manières dans le monde des micros. J'aurais pu lui tordre le cou.

Du reste, je décidai que les disques pouvaient attendre. Je les emportai dans la pièce du fond, les posai sur la table, loin du bord cette fois, et j'éteignis la lumière.

Lorsque j'ouvris la porte de la station, le lendemain matin, le téléphone de l'entrée sonnait. Thelma Burris. Je lui présentai mes excuses pour ne pas l'avoir rappelée et lui expliquai le projet d'enregistrer deux semaines d'épisodes ce jour-là. Pouvait-elle venir au studio, après les cours ? Et oui, c'était Mlle McCrane qui enregistrerait, ce jour-là, mais non, elle ne prenait pas le rôle de façon permanente. C'était, ajoutai-je, un coup de pub pour la station. Ce qui était plus ou moins la vérité. Je pensais que ce n'était pas vraiment à moi d'annoncer à Thelma Burris que la radio était vendue. Et même si ça avait été à moi, je savais que la nouvelle la perturberait. Ça me perturbait bien, moi. Il y avait une possibilité très réelle que je perde mon boulot. Et pas que moi : la programmation locale était le cœur et l'âme de cette communauté. Travailler à la radio ne payait pas beaucoup, mais c'était une source de joie pour les gens qui pouvaient se vanter d'avoir joué du banjo ou lu un rôle dans un feuilleton. Si stupide que ça puisse paraître pour quelqu'un de la ville, pour nous, c'était important.

Je me trompais peut-être complètement. Le nouveau propriétaire maintiendrait peut-être les choses en l'état. Je n'aurais su dire pourquoi, je n'y croyais pas.

La première chose à faire était de mettre des étiquettes sur ces disques. Je pris les trois enregistrements et… attendez un peu. Il n'y avait que deux disques sur la table, la veille au soir. Je retournai voir sur mon bureau. Pas de nouveau conducteur pour accompagner le disque, aucune indication de ce qui pouvait être gravé dessus. Nous n'avions pas prévu de « transcriptions », la veille, mais il n'était pas inhabituel que le révérend Butcher passe quand il avait un petit moment et enregistre une semaine de prières. Ça devait être ça.

Je m'apprêtais donc à étiqueter les disques lorsque je fus stoppée dans mon élan par l'arrivée de Ma Jenks. Cette fois, je m'arrangeai pour me placer entre les disques et elle. Elle s'assit à ma place et regarda la pile de scripts.

— Je peux faire quelque chose pour vous, madame Jenks ?

— Oh, Barbara ! Il vient d'arriver la chose la plus épouvantable du monde.

Je reculai et m'assis dans l'autre fauteuil. Mme Jenks avait une mine affreuse, les yeux rouges, gonflés. Je ne pus m'empêcher d'imaginer que, dans un accès d'indignation vertueuse, elle avait empoisonné le frichti, la veille au soir, et que trois personnes gisaient maintenant, raides mortes, chez elle. Mais j'avais peut-être trop de mauvaises lectures.

Elle ne savait probablement pas que j'étais au courant de la vente de la radio. Et de certaines autres choses, qu'elle-même ignorait peut-être encore. A moins qu'il n'y ait vraiment trois cadavres à sa table.

Non. C'était simplement trop bizarre pour être envisagé.

Bon, ça suffisait : plus de mauvaise littérature pour moi.

Je la laissai me raconter la vente, en m'efforçant de jouer aussi bien que possible la surprise, la consternation, et les autres émotions, quelles qu'elles fussent, que j'étais censée éprouver. Puis elle largua la bombe :

— Cette... Mlle McCrane ne restera pas longtemps. Elle va enregistrer un épisode de *Gloria* à onze heures. Je ne l'aurais même pas laissée faire si nous n'avions pas fait des annonces à la radio pendant toute la semaine dernière.

Elle se tapota le coin d'un œil avec son mouchoir.

— Ça m'arrache le cœur, mais il faut que je tienne ma part du marché, même si ça m'oblige à conclure un arrangement avec le diable.

Le projet était de faire deux enregistrements de l'épisode de lundi de *Gloria*. Mlle McCrane en remporterait un à Dallas avec elle, probablement pour prouver qu'elle était capable de jouer un rôle au pied levé. Nous diffuserions le nôtre le lundi, et nous serions débarrassés d'elle.

M. Jenks passa la matinée en réunion avec M. Johnson pendant que Mme Jenks tournait comme un ours en cage dans les locaux en suppliciant son mouchoir. Notre diva finit par se montrer à dix heures et demie, son caniche dans les bras, et déblatéra non stop sur leur horrible chambre d'hôtel. L'eau du bain était glacée, ils ne servaient pas le petit déjeuner au lit, et la pauvre petite Tootsie avait passé la nuit à grelotter par terre. Je fus surprise d'apprendre que le cabot ne dormait pas avec elle.

Elle renifla la tasse de café que je lui tendais et la reposa comme si elle s'attendait à en voir sortir des blattes. Je laissai tomber le script sur la table.

— Nous avons une heure pour répéter et enregistrer. J'apprécierais que vous ayez l'amabilité de lire vos répliques avant que nous commencions.

Mlle McCrane se hérissa devant cet affront fait à son prétendu talent de vedette, et me regarda comme si je ne méritais tout simplement pas son mépris. Avec une indifférence étudiée, elle ramassa le script et le feuilleta.

— Qui a écrit ces sornettes ?

Elle savait parfaitement qui en était l'auteur. Mon nom figurait en haut du script.

— Une véritable actrice pourrait faire passer n'importe quelles sottises pour du Shakespeare.

— Alors ça !

Mlle Melinda McCrane pivota sur ses chaussures à talons hauts et se laissa tomber dans un fauteuil. Je jure qu'on aurait dit une gamine envoyée au coin pour se repentir de ses bêtises. Je la laissai ruminer et repartis dans le couloir, vers le studio, pour une dernière vérification des effets sonores.

Nous nous réunîmes tous – même le chien – dans le studio pour la répétition. Mlle McCrane refusa de jeter un coup d'œil à son texte et, après pas mal de supplications, commença à lire. Chaque épisode commençait par un monologue au cours duquel Gloria résumait l'histoire jusqu'au point où nous en étions restés, pour le cas où quelqu'un aurait raté un épisode – et se serait intéressé à l'intrigue. Ce qu'elle racontait ne ressemblait à rien. A en juger par les regards paniqués en régie, son soliloque ne figurait sur aucun script. Elle avait réécrit le texte au cours des vingt minutes où je l'avais laissée avec le script, et c'était effroyable. Je serrai les dents. Ma Jenks eut bel et bien un sourire.

Je ne sais comment nous réussîmes à venir à bout de l'enregistrement. Au lieu d'une heure de studio, ça nous en prit quatre, au cours desquelles Mlle McCrane massacra son texte et s'occupa de son chien, alternativement. Pour finir, M. Jenks déclara que nous tenions un enregistrement correct.

Je remis de l'ordre dans la zone des effets sonores pendant que les hommes félicitaient Mlle McCrane pour son interprétation originale de son rôle. Quelqu'un me tapota l'épaule et eut une petite toux discrète. M. Johnson était debout derrière la table des effets sonores.

— Si nous pouvions avoir notre exemplaire de l'enregistrement, nous voudrions partir. Nous reprenons le train.

Je m'aventurai dans la pièce voisine, la régie, et trouvai Bobby en train de changer l'aiguille de l'un des appareils enregistreurs. Il m'informa qu'il avait passé les disques à Ma Jenks.

— Tu as fait *quoi* ?

Il avait confié à Mme Jenks un enregistrement en acétate. Autant demander aux Marx Brothers de veiller sur un vase précieux en porcelaine de Chine. Et devinez qui allait ramasser les dégâts, au bout du compte ?

Je retrouvai Mme Jenks à la table de travail, en train de coller une étiquette sur un disque.

— Laissez-moi faire, c'est mon travail.

— Je contrôle la situation. Regardez, fit-elle en balayant la table d'un ample geste du bras pour me montrer que chaque disque était étiqueté. J'avais besoin de m'occuper.

Elle me tendit l'un des disques.

— Tenez. Et qu'ils débarrassent le plancher.

Avec plaisir.

Après cela, je retournai dans la pièce du fond. Mme Jenks était assise sur la chaise bancale, près de la table.

— Cet endroit va me manquer. Enfin...

Elle s'appuya lourdement sur la table pour se relever. Je traversai précipitamment la pièce et réussis à sauver les disques.

— Houp là ! J'ai failli tuer Gloria !

Sur ce, elle quitta la pièce d'une démarche chaloupée.

Avec tout ça, j'avais failli oublier que nous étions censés enregistrer d'autres épisodes de Gloria, cet après-midi-là. J'étais très tentée de réenregistrer le désastre de la journée, par mesure de sécurité. Il se pouvait que ce soit l'un de mes derniers scripts jamais diffusés sur les ondes. Après le massacre de ce jour-là, j'aurais de la chance si je trouvais un boulot de facturière au silo à grains. Je mis une cafetière en route et retournai vers le studio afin de le préparer pour la session d'enregistrement suivante. A ce train-là, nous ne démarrerions jamais avant dix-sept heures.

Un tapotement sur la vitre me tira de ma morosité. Gerald avait plaqué son conducteur sur la vitre et m'indiquait le créneau horaire du poème. Dans la panique, j'avais oublié de lui préparer la transcription. Je lui fis signe que j'avais compris et je courus dans le couloir.

Le disque était posé sur la pile, proprement étiqueté. Je dois admettre que je regagnai la régie en proie à un pincement de culpabilité. Je n'avais plus qu'à espérer que Mme Jenks avait correctement procédé à l'étiquetage. En réalité, j'envisageai fugitivement de repasser un poème de la semaine précédente, afin de me laisser le temps de vérifier le disque avant sa diffusion. Je n'avais que deux minutes devant moi, mais ça suffisait pour échanger les disques. J'envisageais cette option lorsque Mme Jenks sortit de son bureau.

— C'est le poème d'aujourd'hui, mon chou ? Je suis sûre que nous allons tous le trouver très *édifiant*. En tout cas, c'est l'impression qu'il m'a faite.

Gerald ouvrit la porte de la régie.

— Vous voulez une pause musicale ? Ou vous préférez que je lise l'annuaire ?

— Dépêchez-vous, insista Ma Jenks.

Je passai le disque dans la régie avec la sensation d'une catastrophe imminente. Mme Jenks me suivait comme mon ombre. Nous regardâmes Gerald mettre l'enregistrement sur le départ et annoncer le poème spécial du jour. Il y eut quelques secondes de blanc, suivies par une série de cliquetis. Gerald tendit la main à la recherche de musique de remplissage, pour combler le silence. Mme Jenks se contentait de sourire.

« Melinda, ma douce, ne fais pas ça. »

C'était la voix de William Jenks qui venait de se faire entendre dans la petite régie.

« Ça abîme le ruban du micro. »

Gerald lâcha un mot qu'il n'aurait pas dû prononcer devant sa patronne et tendit la main vers le bouton du volume.

— Je testais simplement le matériel, bredouilla-t-il. Je vais mettre ce disque à la poubelle...

— Laissez-le passer, ordonna Henrietta Jenks.

« Plus que quelques jours, implora la voix de son mari. Une fois que la vente sera entérinée, nous aurons tout l'argent qu'on peut désirer. Henrietta pourra faire joujou avec ses Martiens tant qu'elle voudra. »

Force m'était d'admettre que c'était un enregistrement passionnant.

La voix de Melinda McCrane se fit alors entendre :

« Mon biquet... »

Nous échangeâmes un coup d'œil, Gerald et moi.

« Je ne vais pas attendre éternellement. Viens dans ma chambre, cette nuit. »

M. Jenks s'éclaircit la gorge.

« Je ne peux pas. Henrietta a déjà des soupçons. Je te demande juste encore un peu de patience. Et puis nous partirons pour New York... Hollywood ! Où tu voudras... »

— Je pense que la lecture d'aujourd'hui est terminée, Gerald.

Mme Jenks tira l'aiguille sur la galette. A côté du grincement strident de l'aiguille traversant les sillons, la voix de Melinda McCrane aurait paru angélique.

— Houp là !

Nous n'enregistrâmes pas les épisodes des Martiens.

Cette petite diffusion fit marcher les langues toute la semaine. Semaine pendant laquelle personne ne vit M. Jenks, et pas beaucoup plus sa femme. Elle arrivait à la station dès potron-minet, s'assurait que tout était en ordre et partait prendre le train pour Dallas. Je décidai que le moment était venu pour moi de chercher un autre boulot.

La veille de Thanksgiving, il y eut une nouvelle tempête de sable. Je me retrouvai dans Main Street, un foulard devant la figure pour parvenir à respirer. En arrivant devant l'épicerie, à deux portes de la station, je sentis un coup de vent glacé suivi par quelque chose de mouillé sur ma joue. De grosses gouttes de pluie sale commencèrent à tomber. Le temps que j'arrive à la porte d'entrée de la radio, il pleuvait à verse.

Je trouvai le révérend Butcher blotti sous le dais vert qui abritait l'entrée de la station.

— C'est une bénédiction, déclara-t-il alors que je déverrouillais la porte.

Je ne pus qu'acquiescer. Tout en refermant la porte de verre derrière nous, je regardai dans la rue. Parmi les chalands matinaux qui couraient de magasin en magasin, je remarquai plus d'une personne debout, les bras tendus comme dans l'espoir d'attraper les précieuses gouttes avant qu'elles atteignent le sol. Il y avait longtemps que nous n'avions pas eu d'averse.

Mme Jenks attendait dans l'entrée, avec un grand sourire. Ce n'était pas le drôle de sourire de la semaine précédente ; ce matin-là, elle souriait d'un air sincèrement heureux.

— Je voulais que vous soyez la première à le savoir. KPB a changé de propriétaire.

Personnellement, je m'y étais plus ou moins préparée, mais elle… je ne m'attendais pas à ce qu'elle prenne la chose avec une telle jovialité. KPB était toute sa vie.

— Et la nouvelle propriétaire, c'est moi !

Elle était positivement ivre de plaisir. Nous échangeâmes un coup d'œil, le révérend Butcher et moi. Je le soupçonne fortement d'avoir pensé la même chose que moi : la pauvre avait fini par couler une bielle.

— Vous comprenez, le gouvernement n'est jamais très chaud pour donner des licences d'émission à des gens qui n'offrent pas toutes les garanties morales. Mon avocat a réussi à convaincre William que j'étais plus digne de posséder la station.

Le révérend Butcher s'éclaircit la gorge.

— Il va vous falloir un nouveau diacre, poursuivit-elle. M. Jenks ne reviendra pas à Pecan Blossom, Texas.

Ma Jenks me poussa vers le couloir. J'avais une nouvelle semaine de *Pour l'amour de Gloria* à écrire. Comme je m'éloignais, je l'entendis dire en pépiant au révérend :

— Je voulais vous parler de la scène de la Nativité. Afin de montrer à nos voisins que nous sommes tout à fait bien disposés à leur égard, je suggère que nous remplacions l'un des rois mages par un Martien…

LES FAITS DANS TOUTE LEUR BRUTALITÉ

– S. J. Rozan –

Ah, Danny ! Oh, mon vieux, tu ne peux pas savoir comme je suis content de te voir ! Merci d'être venu aussi vite ! Désolé de t'avoir réveillé en pleine nuit, de t'avoir obligé à faire toute cette route, mais il n'y a pas dans cette ville un seul avocat à qui je puisse me fier, personne sur qui je puisse compter, et je suis dans un de ces merdiers…

Ouais, ça va, ça va. Mais enfin, putain ! Tu peux me tirer de là ?

Quoi, on ne peut pas faire ça – comment on dit, déjà ? l'audience préliminaire ? Ils ne peuvent pas faire ça de nuit ? Non, je sais ! Je sais qu'on n'est pas à New York, pourquoi tu crois que je suis venu vivre ici ? Mais non, Danny, excuse-moi, je ne voulais pas t'engueuler. Ecoute, et le mari ? Je leur ai parlé du mari, aux flics. Ils l'ont retrouvé ?

Que je me calme ? Je voudrais t'y voir, toi, enfermé ici ! Ouais, bon, d'accord, d'accord, excuse-moi, c'est juste que, tu comprends, me retrouver ici… Bon, de toute façon, je ne pourrai pas appeler la banque avant demain matin, hein ? Et combien de caution, de dépôt, je ne sais pas comment on appelle ça, combien tu crois qu'ils vont demander ?

Qu'est-ce que tu veux dire, ils ne voudront peut-être pas… Comment est-ce qu'ils pourraient ne pas… Ecoute, Danny, ce n'est pas moi qui ai tué cette fille ! Je me fous de ce que raconte Cecilia, ce n'est pas comme ça que ça s'est passé !

Cecilia. La blonde, bordel de merde ! Celle qui… Pas *ma* Cecilia, bien sûr que non. Oh, putain ! Est-ce qu'elle est au courant ? Oh, mon Dieu, ma Petite C, tu crois qu'elle est au courant de tout ça ?

Non, bien sûr que non, Danny, tu ne peux pas le savoir. Je n'arrive pas à aligner deux idées. C'est que… non, je n'ai rien bu, je t'assure. C'est que je n'arrive pas à le croire, tout ça, et puis, me retrouver là, Danny, dans cet endroit, c'est comme si je n'étais pas comme vous tous, comme si j'étais *pour de vrai*, dans ces murs *en dur*, et que vous, vous n'étiez que des fantômes, pas réels, je ne sais pas comment t'expliquer ça, comme si vous, vous pouviez aller et venir, entrer dans cet endroit et en ressortir, alors que moi je suis en chair et en os, et je ne peux pas.

Un fantôme ? Qu'est-ce que tu racontes ? Non, ce n'est pas l'impression qu'elle me faisait ! Bien sûr que je savais qu'elle était réelle ! Enfin, merde, Danny, c'est une métaphore. Je suis un auteur, j'écris, c'est mon métier. Je vois bien la différence entre ce qui est réel et ce qui ne l'est pas, tu le sais bien. Je ne suis pas comme ces écrivains qui perdent les pédales que je mets dans mes histoires.

Mais parce que c'est son nom. Cecilia. Euh, attends – une couleur… Brown, Green – White ! C'est ça : Cecilia White, et elle avait une robe argent, ah, cette robe, seigneur, cette robe d'argent… !

Annette ? Mais de qui tu me parles, là ? Annette ?!

Je le jure devant Dieu, Danny, elle m'a dit qu'elle s'appelait Cecilia. C'est la première chose qu'elle m'a dite, au bar, elle s'est approchée de moi, elle m'a même dit « Excusez-moi ». Personne ne dit ça. Ils disent juste : « Vous êtes Jack Frank », comme si je ne le savais pas ! Ouais, je suis désolé, Danny, c'est juste que je ne peux pas le croire, même moi, je n'arrive pas à y croire… Dans mon pire cauchemar, dans mon plus mauvais roman, je n'aurais pas pu inventer un truc pareil ! Enfin, merde, comme histoire pourrie, ça se pose là, non ? Non, bien sûr que non, je ne trouve pas ça drôle. Je t'en prie, Danny, essaie un peu de me comprendre ! J'essaie juste de reprendre le dessus dans cette situation invraisemblable.

D'accord. Tu as raison. Bref, elle a dit « Excusez-moi, désolée de vous ennuyer ». M'ennuyer ? Tu parles ! Je suis assis là, en train d'essayer de brouiller la photo que j'ai dans la tête, de la noyer dans un whisky assez dégueu, d'ailleurs, en espérant que les lignes les plus nettes, les contours de cette image hyper-précise, Petite C dans l'encadrement de la porte me disant adieu, pour que cette foutue photo commence enfin à se dissiper, à devenir floue, quand tout à coup, à côté de moi, un nuage de douceur, une brume diaphane... Même sa voix, un murmure rauque. M'ennuyer ? Je te jure ! Cette robe d'argent ondoyait comme une musique, Danny. Du Debussy, tout en suggestion, en subtilité, rien de concret, que de la douceur. Aucune dureté nulle part, en elle. Ses cheveux étaient un nuage pâle, si je le touchais, j'en étais sûr, ma main allait passer au travers, il était trop doux pour que je le sente. Et ses yeux, des grands yeux bleus, mais d'un bleu gris, comme un crépuscule, on aurait pu tomber dedans et s'y noyer, emporté par les flots, et on ne demandait que ça, Danny, on ne demandait que ça !

Bleus. Oui.

Eh bien, merde ! C'est complet. Elle s'appelle Annette et elle a les yeux verts, c'est ça ? C'est bien ce que tu viens de dire ?

Mais bien sûr que j'en suis sûr ! Bon Dieu ! tu crois que je pourrais oublier des yeux pareils ?

Non, non, pas du même bleu que ceux de Petite C ! Les siens avaient cette nuance de gris, je te dis, comme à la tombée du jour, je n'avais jamais vu ça. Mais pas verts. Absolument pas verts.

Mais oui, bien sûr, c'étaient des lentilles de contact ! Elle m'a piégé ! Depuis le début ! Regarde comment ça s'est terminé ! Elle est dingue, Danny ! Oh putain... Qu'est-ce que tu veux que je te dise ?

Je sais. Je sais. Excuse-moi. Mais enfin, essaie de comprendre aussi, Danny, j'essaie juste de te raconter ce qui s'est passé.

Oui, je sais, je sais bien que tu m'écoutes. Je vois comment tu es assis là, comme un bloc de pierre. Comment pourrais-je ne pas le voir ? Solide, Danny, c'est ça : tu es un type solide.

Donc, après « Excusez-moi », elle a dit qu'elle m'avait reconnu, qu'elle avait lu tous mes livres et qu'elle les adorait. Je l'ai remerciée, et elle a dit « Sauf *Nightswitch* ». Elle m'en voulait à mort pour ça. Alors je lui ai demandé pourquoi. En partie pour qu'elle continue à parler, assise là, toute douce, avec cette robe d'argent qui brillait comme la lune... Et en partie parce que j'avais envie de savoir, vraiment. Quand quelqu'un vous en veut à mort de ce que vous avez écrit, ça veut dire que ça touche quelque chose de très profond en lui, et c'est assez génial, tu comprends ? Alors je voulais vraiment savoir.

Elle m'a dit ce qui n'allait pas : elle avait reconnu la solitude de la femme, sa déréliction, sa peur de s'effondrer quand son petit ami la quittait. Elle m'a dit que son mari l'avait larguée. Cecilia. Annette, si tu veux ! Il l'avait plaquée pour une autre. Et elle se sentait comme dans mon livre : perdue, invisible, comme si tout était réel et concret, sauf elle. Elle avait l'impression qu'elle ne pesait rien, qu'elle allait s'envoler, flotter à travers les murs et disparaître. Elle a dit que c'étaient ses sentiments intimes, profonds, et qu'elle ne les avait jamais confiés à personne. Elle les gardait secrets, vis-à-vis de son mari, surtout. Elle ne lui en avait pas parlé. Bon, qui voudrait parler de ça ? Bref, c'est ce que la petite amie ressentait dans mon livre. Ça la surprenait et ça la rendait dingue, c'est ce qu'elle m'a dit, ça la rendait furieuse que je puisse étaler son secret sur la place publique. Elle a dit que quand elle avait lu ce livre, elle avait eu l'impression que je la connaissais et que je l'avais trahie.

Non ! Je ne l'avais jamais vue de ma vie, Danny, je te le jure.

C'est Lane qui t'a dit ça ? Eh bien, je me fous de ce qu'il peut raconter. Franchement, il est dingue, il raconte n'importe quoi. C'est l'une des raisons pour lesquelles je viens boire chez lui, tout le monde le sait, surtout maintenant, c'était dans ce satané article du *New Yorker*, le mois dernier, ils donnaient même ses horaires d'ouverture. Ça m'avait mis un peu en rogne. J'avais l'impression de m'être fait avoir : où j'habitais, ce que je faisais. Un peu trop détaillé, tu vois ? Je me disais que, si ça continuait, j'allais être obligé de rester cloîtré chez moi, de vivre comme un ermite pendant un moment, terré dans ma baraque, au bout de mon chemin de terre, là, mais il n'y a pas eu tellement de retombées, finalement, juste quelques touristes. C'était gérable. Lane adorait ça, il disait que ça lui faisait de la pub. D'ailleurs, depuis quelque temps, il y avait plus de monde, presque trop, tu vois ? Mais j'ai continué à venir, malgré la musique un peu trop forte. De toute façon, c'est comme ça partout. C'est difficile à expliquer, mais depuis le départ de Petite C tout était trop pesant, trop plein d'aspérités…

Désolé, Danny, d'accord, d'accord. Les faits… Où j'en étais, déjà ? C'est ça, chez Lane. Alors… Je continue à y aller parce que c'est une source géniale d'histoires trop dingues pour qu'on les invente.

Oh, ça va, Danny, pour que *je* les invente ! Lui, il en invente à jet continu. Les trois quarts de ses histoires ne peuvent pas être vraies. Non, je ne dis pas qu'il ment à ce sujet-là, bon Dieu ! Peut-être qu'il a eu l'impression qu'on se connaissait. La façon dont elle me regardait. Et dont je la regardais, peut-être. Parce que je me disais à quel point, à ce moment précis, j'aurais eu envie de la connaître. Mais nous ne nous connaissions pas, Danny, je te le jure.

Ça va, ça va… Alors : elle est assise là, à me dire qu'elle aime mes livres, sauf *Nightswitch*, et qu'elle m'en veut à mort d'avoir révélé son secret. Je lui ai dit que j'étais désolé, et est-ce que je pouvais lui payer un verre pour me faire pardonner, parce que je ne voulais pas qu'elle m'en veuille. Evidemment que je lui faisais du gringue, Danny. Mais tu l'as vue ? Une fille comme ça s'assied à côté de toi, dans ce moment parfait d'après le deuxième verre où tout commence à s'adoucir, elle s'assied et elle a des yeux comme ça. Qui n'aurait… Mais oui, bleus, bordel de merde ! Bleus, je te dis !

Tiens, oui, bonne idée, un café. Il fait froid ici, hein ? Merci. Peut-être qu'en repartant tu pourrais voir avec eux s'ils ont retrouvé le mari. Pourquoi tu me regardes comme ça ? C'est lui la clé, je le sais.

Merci. D'accord. Alors, je lui ai payé un verre – un cosmo.

Ouais, c'est le cocktail préféré de Cecilia, mais des tas de filles boivent des cosmopolitan, hein ? Un martini ? Pourquoi est-ce que je lui aurais payé un cosmo si elle avait demandé un martini ? Je me fous de ce qu'elle dit maintenant ! Elle a demandé un cosmo ! Bon Dieu, je ne peux pas le croire !

D'accord, OK. Alors, je lui commande ce foutu cosmo, et je dis que ce sentiment, celui qu'on éprouve quand quelqu'un nous quitte, cette impression d'être invisible, de ne rien peser, de ne plus avoir de prise sur les choses, bref, elle n'avait pas à croire que j'avais trahi son secret parce que c'était assez universel, c'est ce que ressentent des tas de gens. Alors elle m'a foudroyé du regard, et j'ai cru qu'elle allait casser le pied de son verre. Elle a dit que non, les autres ne ressentaient pas la même chose, c'était privé, et je n'aurais pas dû le raconter. Parce que son mari l'avait appelée, il avait lu le livre, et il l'avait appelée pour se moquer d'elle. Il voulait savoir si c'était ce qu'elle éprouvait. La même chose que la fille, dans le best-seller de Jack Frank que tout le monde lisait. Est-ce que c'était ce qu'elle avait éprouvé quand il l'avait plaquée ? Et il était parti d'un rire moqueur, c'est ce qu'elle m'a dit.

J'ai répondu que j'étais vraiment, vraiment désolé. Mais qu'il n'y avait pas de quoi avoir honte, pas de ça, de ce sentiment. Elle n'était pas seule dans ce cas. Des tas de gens se sentaient comme ça. Et elle m'a demandé si c'était l'effet que ça m'avait fait quand Cecilia m'avait quitté.

Bon, tu sais que je n'aime pas beaucoup en parler, tu le sais bien, Danny. Mais pour elle... J'ai eu envie de lui expliquer, comme si elle était en droit de me poser la question. A cause de cette robe ondoyante, de ce nuage de boucles, de cette voix brumeuse, c'était comme si elle ménageait un espace pour moi, comme si elle m'allégeait du poids qui pesait sur moi, comme si elle gommait les aspérités qui me meurtrissaient. D'accord, j'avais trop bu ! Je ne dis pas le contraire. Mais ce n'est pas un crime.

Alors je lui en ai parlé. Je lui ai dit que non, ce n'était pas ce que j'avais ressenti. Au contraire. Je me sentais comme maintenant, Danny. Petite C était douce, gentille, elle était ma brise printanière. Quand elle m'a quitté, c'était comme si la gravité avait changé, tout était devenu plus lourd, plus pesant, plus acéré, plus dur, plus compact, plus réel.

Au début, elle n'a rien répondu. Elle s'est contentée de me regarder un long moment, avec ses yeux embrumés. Et puis elle m'a demandé pourquoi j'avais écrit ça si je ressentais le contraire. Pourquoi est-ce que j'avais révélé son secret ? Mais elle n'a pas attendu la réponse. Elle a dit « Enfin, peu importe », elle a bu son verre et elle a dit qu'elle était au courant de ma rupture avec Cecilia. Elle savait que ça ne la regardait pas, mais que c'était pour ça qu'elle était venue me trouver, au départ, pour me dire combien elle était désolée. C'était pour ça qu'elle avait trouvé le courage de venir me trouver, d'aborder le célèbre Jack Frank dans un bar. Parce qu'elle pensait que ça ne m'ennuierait peut-être pas, que ça ne ferait rien qu'elle vienne me parler, parce qu'elle s'appelait aussi Cecilia. C'est ce qu'elle m'a dit ! Qu'elle s'appelait Cecilia !

Ça m'a fait sourire. La plupart des gens me foncent dessus, ils me touchent, ils me parlent sous le nez, trop près, trop fort, comme s'ils voulaient que je leur balance un coup de poing ou je ne sais quoi. Comme s'ils n'attendaient que ça. Mais là, c'était une vision douce. Elle gardait ses distances, elle s'excusait, et elle me disait qu'elle espérait que je ne la trouverais pas sans gêne, parce qu'elle s'appelait Cecilia. Alors je lui ai dit qu'elle pouvait s'appeler comme elle voulait, je n'en voudrais jamais à quelqu'un comme elle de venir me parler, ou de s'asseoir sans bruit à côté de moi, quoi qu'elle puisse me dire. Je sais que ça a l'air ringard, Danny, mais c'est ce que je pensais. Et je lui ai répété que j'étais désolé pour elle, pour son mari. Elle a baissé les yeux, et finalement, elle s'est mise à sourire, elle aussi. Elle a relevé la tête et elle m'a fait cadeau de son sourire. Ça m'a fait comme quand on voit le soleil dans le brouillard. Comme si on avait un secret ensemble, comme si on se connaissait depuis toujours et qu'on partageait un tas de secrets. Peut-être que c'est ça que Lane a vu, je ne sais pas. Si c'est ça, je ne peux pas lui en vouloir d'avoir cru je ne sais quoi. J'y croyais moi-même.

Et elle a dit qu'elle avait surmonté la rupture avec son mari. Il l'avait laissée tomber, et voilà.

Ecoute, Danny, je ne sais pas, mais il faut que tu le retrouves ! Parce qu'il est au courant, pour elle, il sait qu'elle est folle ! Qu'elle avait une dent contre moi, qu'elle m'en voulait à mort pour *Nightswitch.* Comment ça ? Bien sûr qu'elle m'en voulait ! C'est tout le problème !

Je sais. J'essaie. Mais c'est comme ça que ça s'est passé.

Ça n'avait plus d'importance, son mari, disait-elle. Et le plus drôle, c'est qu'elles étaient amies, maintenant, l'autre femme et elle. Cette femme – elle s'appelait Linda –, elle avait plaqué son mari à son tour, bien fait pour lui. Elles étaient amies maintenant, et elle était là, elle aussi, à une table. Est-ce que je voulais faire sa connaissance ? Bon sang, Danny, si elle m'avait dit de la suivre à Tombouctou, j'aurais pris l'avion à la minute même. Pour voir pour quel genre de femme un homme avait pu quitter Cecilia.

Et pour rester auprès de Cecilia – pour ça aussi.

Danny, enfin merde ! Bien sûr que non ! Tu n'écoutes pas ce que je te dis ? Depuis combien de temps on se connaît ? Tu crois que je ne suis pas capable de distinguer une Cecilia de l'autre ? Tu crois que je suis dingue ?

C'est ça, hein ? Oh, bon Dieu ! Tu me crois dingue, hein, c'est ça ?

Comment ça, que j'essaie d'y réfléchir ? Temporairement *quoi* ? Tu veux que je plaide la folie ? Tu plaisantes. C'est rigoureusement hors de question. Pour l'amour du ciel, Danny ! Je n'étais pas atteint de folie temporaire ou quoi que ce soit quand j'ai tué cette fille ! Bien sûr que non ! *Je ne l'ai pas tuée*, point final !

Non, Danny. Je sais que tu veux bien faire. Mais tu crois que ça m'aide, que tu penses que j'étais fou ?

Et ne prends pas ce ton protecteur avec moi. Si, c'est exactement ce que tu fais. Bon sang, tu ne te rends pas compte. Ecoute, je sais que je ne suis plus tout à fait moi-même depuis le départ de Petite C, je n'arrive plus à écrire, et c'est vrai, tu as raison, je bois trop.

Non, je ne pense pas qu'il y ait de quoi être fier ! Mais ce n'est pas nouveau. Et je n'ai jamais perdu le contact avec la réalité, et je n'ai jamais tué personne, putain !

Ouais, d'accord. Tu veux entendre mon histoire. Mais c'est ça, le problème, tu crois que ce n'est que ça : une histoire.

Alors j'ai commandé une deuxième tournée – des cosmo, pour elles deux. Et moi ? Un quatrième, je crois, peut-être le cinquième, qu'est-ce que ça change ? Tu sais que je tiens le coup, Danny ! Ouais. Je les ai commandés et je l'ai suivie à sa table. Eh bien, Danny, on aurait dit la brume et le marbre assis là, côte à côte. Cecilia, pâle, douce et lumineuse, comme éclairée de l'intérieur, dans cette robe argent, chatoyante. Et Linda, tout en angles, avec des cheveux noirs tranchants comme un rasoir, un haut avec des paillettes étincelantes… Tu vas me dire que ce n'est pas son nom, à elle non plus ? Linda ? Ah bon, tout de même.

Oh ça va, Danny, je sais qu'elle est morte ! J'étais debout, là, et j'ai regardé cette dingue la tuer ! Et merde, je crois que je vais encore vomir. Non. Non, ça va. Laisse-moi une minute, c'est tout. Mon Dieu… Je n'arrive pas à croire que tout ça soit vrai. Il faut que tu retrouves son mari, Danny. Il faut que tu me tires de là.

Ouais. D'accord. D'accord, je vais essayer, je te le jure, Danny. Je vais essayer.

Ce qui est arrivé ensuite… ensuite… ? On a bu, on est restés assis là un moment, à boire, à bavarder, tu sais comment ça se passe. Et puis elles ont dit, toutes les deux, « Peut-être qu'on pourrait aller dans un endroit plus tranquille, pour faire plus ample connaissance ». Cecilia – d'accord, Annette, si tu veux ! – a proposé qu'on aille chez elle, mais c'était le bordel, et Linda a dit qu'elle avait mis de l'ordre chez elle, elle venait même de changer les draps.

Danny, je n'avais jamais fait ça avant ! Non, je ne dis pas que je n'ai jamais dragué une fille dans un bar. Bien sûr que ça m'est arrivé. Mais je n'avais jamais fait ça à trois, et il y avait ces deux filles renversantes, absolument renversantes, et elles parlaient de draps. Qu'est-ce que tu voulais que je fasse ? Elles ont pris leurs affaires et on est partis, eh oui, Jack Frank est sorti de chez Lane avec la brume à un bras et le marbre à l'autre. Linda a pris le volant. On est allés chez elle, un appart sur… Oui, tu es au courant, bien sûr. Je suppose que le monde entier est au courant, maintenant. Les projecteurs aveuglants, les rubans jaunes de scène de crime, tous les experts de la criminelle doivent être là-bas, à l'heure qu'il est, hein ? Non ? Quoi, ils ont un autre grand meurtre, ce soir ?

Non, tu as raison, qu'est-ce que ça peut me faire ? Je m'en fous, je m'en fous. Désolé. J'ai dit ça comme ça.

Chez Linda, ce qui s'est passé… On a encore bu un verre, et puis Linda a demandé si on voulait visiter son appart. Tu parles, je savais ce que ça voulait dire. Elle nous a fait faire le tour, Cecilia et moi on faisait des petits bruits polis comme si on en avait quelque chose à foutre du mobilier danois ou de la cuisine design en acier brossé. Pour finir, on est montés à l'étage. On avait pas mal bu. La seule chose dont je me souviens, ensuite, c'est qu'on était tous les trois dans ces draps blancs bien propres. Tous les trois, dans toutes les positions… Au bout d'un moment j'étais, pff, lessivé. Tu imagines. Je luttais pour ne pas m'endormir sur place. J'aurais pu rentrer chez moi. Putain, ce que je regrette de ne pas l'avoir fait ! Mais je ne suis pas rentré. Je suis resté là, crevé. Et Cecilia a dit qu'elles en voulaient encore, Linda et elle, elles rigolaient, toutes les deux, elle a dit qu'elles n'avaient pas fini, qu'elles voulaient que je remette ça. Je ne croyais pas en être capable, mais elle a dit qu'elle savait comment s'y prendre pour que j'y arrive. Elle a ouvert un placard, elle a enlevé la ceinture du peignoir de Linda. Linda était allongée sur les draps froissés, elle regardait, les yeux un peu dans le vague, les réflexes ralentis, tu vois le genre, on avait tellement picolé, mais on voyait bien qu'elle était intriguée. Cecilia lui a sauté dessus, elle lui a pris les mains et les a attachées à la tête de lit. Linda a commencé par hoqueter, et puis elle s'est mise à rigoler, à glousser, à se tortiller – oui, elle riait ! Et oui, bordel de merde, Cecilia l'a attachée ! Ce n'est pas moi qui l'ai attachée. Je n'ai jamais fait ça, Danny ! Jamais de la vie !

Mais il faut dire qu'elle avait vu juste. Cecilia. Ça a marché. Linda allongée là, comme ça, Cecilia lui faisant des trucs… Ça m'a… Bref, ça m'a excité, j'étais prêt à remettre ça. Je sais l'impression que ça donne, Danny, mais ce n'était pas comme tu peux croire. Personne n'avait mal. Linda était tout à fait consentante.

Et puis Cecilia nous a dit d'y aller, de nous amuser, qu'elle revenait tout de suite. Elle est redescendue, nue comme un ver, je ne sais pas pourquoi, et honnêtement, sur le coup, je ne me suis pas posé la question. On s'est amusés, Linda et moi – elle toujours attachée, mais je ne lui ai pas fait de mal, Danny, je te le jure, je ne lui ai pas fait de mal ! Elle était partante, je te dis. Et puis, quand j'ai fini, cette fois, je pensais que c'était pour de bon, mon Dieu ! Je pensais en avoir pour un mois, Cecilia est revenue, toute souriante, et elle m'a dit de me lever une minute. C'est ce que j'ai fait, j'ai roulé à bas du lit en lui disant que, quoi qu'elle ait en tête, je ne pensais pas être en mesure de… Mais elle a sorti un couteau de derrière son dos, elle me l'a tendu, et elle m'a dit : « Tue-la. »

Elle était toujours souriante. J'ai cru que j'avais mal entendu. J'étais tellement vidé. J'ai pensé que le couteau, c'était pour couper la ceinture de peignoir, mais je pouvais la dénouer sans problème, alors je lui ai redonné le couteau pour le faire.

Danny, elle avait mis des gants.

Et moi, je n'avais pas encore compris. J'étais planté là, comme un con, à lui tendre le couteau, et elle qui souriait toujours. Elle a dit « la salope », en indiquant Linda, cette salope qui lui avait volé son mari, et elle voulait que je la tue. C'était complètement surréaliste, Danny. Comme si elle parlait une langue étrangère. Qu'est-ce qu'elle racontait, putain ? Je n'en avais pas la moindre idée. Je n'en savais rien, et je n'ai pas bougé. Je n'ai pas compris jusqu'à ce qu'elle me reprenne le couteau et qu'elle arrête de sourire. Elle est remontée sur le lit, sur Linda, comme elle l'avait déjà fait avant. Et Linda – son visage – elle comprenait à retardement, mais la lumière se reflétait sur le couteau, et tout à coup elle s'est mise à hurler. Elle s'est débattue, elle a gigoté dans tous les sens en hurlant, et puis il y avait du sang partout, bon Dieu de merde ! Et moi j'étais toujours planté là, comme un con, incapable de bouger...

Je ne sais pas. Bon sang ! Je n'en sais rien. Une douzaine de fois, peut-être ?

Cinquante-huit ?!

Cette dingue lui a flanqué cinquante-huit coups de couteau ?!

Non, ça va, merci. Oui, je veux bien un peu d'eau. Il fait tellement chaud, ici, on étouffe.

Merci. Voilà. Oui, Danny, j'essaie, je t'assure, j'essaie de tout te raconter, aussi précisément que possible. Mais c'est flou, ça se brouille dans ma tête, bordel de merde ! Non, je ne t'engueule pas. J'apprécie ce que tu fais pour moi. J'apprécie vraiment, je t'assure.

Bon, alors... Après, Cecilia est restée là, toute nue, couverte de sang, et moi aussi. Je veux dire, si tu me dis cinquante-huit fois... Elle a sauté à bas du lit, et elle est restée debout à regarder... à regarder... Oh, bon Dieu, Danny ! Et moi, incapable de bouger... Elle est restée debout là, une interminable minute, et puis elle s'est tournée vers moi, elle m'a jeté le même sourire secret qu'au bar. Et elle a murmuré que Linda n'aurait jamais dû faire ça, lui voler son mari.

Et son mari n'aurait jamais dû se moquer d'elle.

Et je n'aurais jamais dû raconter à tout le monde l'effet que ça faisait.

Alors elle m'a mis le couteau dans la main. Elle a refermé mes doigts dessus, doucement, comme si elle me faisait un cadeau. Je la regardais, et elle a eu encore ce sourire.

Et puis elle a ouvert la bouche, comme au ralenti, ça a pris une éternité, elle devenait de plus en plus grande, de plus en plus grande, et puis elle s'est mise à hurler. A hurler, à hurler. Elle a dévalé l'escalier en courant, elle est sortie, dans la neige, toute blanche et nue, couverte de sang, et elle est restée là à hurler.

Je suis sorti aussi, en courant, pour fuir tout ça. Les murs m'écrasaient. Je ne pouvais pas respirer là-dedans, il fallait que je sorte. Je ne lui courais pas après. Je ne savais même pas de quel côté elle était partie ! Je courais, c'est tout, je courais, je courais...

Parce que je l'avais dans la main, elle me l'avait mis dans la main !

Ouais. Ouais, je veux bien. Une minute.

Bon, ça va, je continue. Mais je ne sais pas vraiment, Danny. Après ça, tout est flou. Jusqu'à ce que je me retrouve dans la voiture des flics, enroulé dans cette couverture, une couverture douce... J'imagine qu'à ce moment-là j'étais à moitié gelé, je ne sais pas. Je ne sais pas où elle était passée, je ne me rappelle pas la fin de ce cri, ni l'arrivée des flics. Mais ce qu'elle raconte, Danny, l'histoire qu'elle raconte maintenant, ce n'est pas comme ça que ça s'est passé. Ce qui s'est passé, c'est qu'elle nous a piégés, Linda et moi. Elle a tué Linda, et elle m'a piégé pour me faire porter le chapeau.

Bien sûr que ça en faisait partie ! Le nom, les lentilles de contact bleues, tu plaisantes ? Elle essaie de me faire passer pour un malade, comme si j'étais obsédé par Cecilia, et... qu'est-ce que tu veux dire, comment je sais que je ne l'étais pas ? Parce que je ne l'étais pas ! C'est elle, cette Cecilia, Annette, quel que soit son vrai nom, qui était obsédée par moi ! A cause du livre. A cause de *Nightswitch*, et du fait que j'avais divulgué son secret. Pour qui elle se prend, à croire qu'elle était seule au monde à éprouver ça ?

Hargneux ? Et comment que je dois avoir l'air sacrément hargneux ! Cette garce m'a piégé pour me faire endosser un meurtre, et tu penses que je pourrais ne pas avoir la haine ?

Oh bon Dieu, Danny, je n'en peux plus. Je suis à bout de forces, à bout de nerfs, et je n'arrive pas à croire que c'est vrai, tout ça. Mais je le jure devant Dieu, Danny, ce que je viens de te dire, c'est la vérité. C'est la vérité vraie, les faits dans toute leur brutalité.

Mais tu comprends, maintenant ? Tu vois pourquoi il faut que tu retrouves le mari ? Parce qu'il pourra te parler du livre, te parler d'elle, de *Nightswitch*, et il te dira qu'il s'est fichu d'elle et qu'elle est complètement cinglée. Il faut que tu le retrouves, Danny.

Quoi ?

Je t'en prie, Danny. Après tout ce que je viens de te dire, tu me renvoies ça en pleine poire ? Je me fous de savoir que je ne resterais pas longtemps chez les dingues, je me fous que tu arrives à me trouver un endroit agréable ! Je n'ai pas pété les plombs à cause de Petite C, Danny. Je ne suis pas fou. Ce n'est pas moi qui ai tué Linda ! C'est cette folle qui l'a fait, et je ne plaiderai pas coupable !

Qu'est-ce que tu dis ?

C'est vrai ? Sérieusement ?

Oh, Danny ! Pourquoi tu ne me le disais pas tout de suite ? Pourquoi est-ce que tu restais assis là, à me laisser me ronger les sangs ? Pourquoi tu ne me le disais pas ? Non, je sais, tu avais besoin d'entendre toute l'histoire d'abord, d'accord, mais Danny, c'est génial, ça ! Alors il va le leur dire, hein ? Il va leur dire qu'elle faisait une fixation sur moi, sur le livre. Il va le leur dire, et toute son histoire, son histoire de dingue, va…

Mais bien sûr qu'il va le faire. Pourquoi ne le ferait-il pas ? Qu'est-ce qu'il aurait à perdre ?

Parce qu'il ne peut pas ? Qu'est-ce que ça veut dire ?

Non… !

Pas mort. Dis-moi qu'il n'est pas mort, Danny ! Ce n'est pas ce que tu viens de dire, je ne t'ai pas entendu dire ça. Oh, putain de merde ! Oh bon Dieu, qu'est-ce que je vais devenir ?

Pire ?! Comment est-ce que ça pourrait devenir encore pire ?

Ce n'est pas vrai. Ça ne peut pas être vrai. Danny, il y a quelqu'un qui ment. Mon jardin ? Dans le jardin derrière chez moi ? Non, ce n'est pas vrai !

Me calmer ? Mais comment tu veux que je me calme, bordel de merde ?

D'accord, d'accord, je ne sais pas, je n'y vais pas souvent, là où tu dis, près du fleuve, surtout par ce temps, avec toutes ces pierres coupantes sous la glace. Mais c'est elle qui a fait ça. Tu te doutes bien que c'est elle qui l'a fait, Danny. C'est une route isolée, tu sais que j'habite un endroit vraiment isolé. Il n'y avait personne pour la voir.

Et puis, oui, ensuite elle est venue au bar, me trouver, me piéger ! Elle l'a tué, elle a monté un bateau à Linda, elle m'a piégé. Elle était obsédée, Danny, obsédée par le livre, et parce que j'avais trahi son secret. Elle s'est vengée de moi, de nous tous en même temps.

Elle était obsédée par moi. Par moi !

Danny, Danny, je te l'ai dit, je te le jure, je ne l'avais jamais rencontrée ! Jamais !

Qu'est-ce que tu racontes ? Non, Danny, ne t'en va pas ! Ne me laisse pas ici, mon vieux, ne pars pas comme ça ! Ces murs, on n'arrive pas à respirer, ici, il fait froid ! Tout se referme sur moi !

A moins que je ne te dise la vérité ? Mais c'est ce que je fais ! C'est ce que je viens de faire ! Tout ce que je viens de te dire, Danny, chaque mot que j'ai prononcé ! C'est ce qui s'est passé, Danny.

Danny, mon vieux, je t'en prie ! Reviens ! Ce que je t'ai dit, c'est ce qui est arrivé. Je sais de quoi ça a l'air, l'effet que ça peut faire. Mais ce que je te dis, je te le jure, mon vieux, c'est la vérité vraie.

Je t'en prie, Danny, il faut que tu me croies. Je n'essaie pas de te pipeauter. C'est la vérité, Danny.

Les faits dans toute leur brutalité.

TU VAS ATTRAPER LA MORT

– Linda Barnes –

On ne parlait que d'eux à Boston, avant leur mariage. Lorsqu'ils convolèrent, par un beau jour d'automne, les langues allaient toujours bon train, et cela dura encore longtemps après. Les commérages, les rumeurs, les on-dit perdurèrent dans un flot sous-jacent qui alimentait le Boston mondain et, parfois, éclatait au grand jour dans les colonnes des journaux, sur un ton léger agrémenté d'une touche d'envie. Tracey, éducation impeccable et style longiligne, irradiait d'élégance nonchalante. Phil, quant à lui, était la virilité personnifiée : belle musculature, grandes mains, les pieds sur terre et une modestie de bon aloi. Un couple d'une beauté si stupéfiante qu'il semblait échappé d'un film hollywoodien.

— Allez, tu ne vas pas me faire croire que c'est vraiment de l'amooouur ! pouvait-on entendre susurrer au Oak Bar le vendredi soir, à moins que ce ne fût le samedi, dans une soirée au Park Plaza.

— Tu crois que c'est du pipeau ? Tu pourrais m'attraper une autre margarita, s'il te plaît ?

— Moi, tout ce que je crois, c'est qu'elle est tombée bien bas...

— Et lui ?

— Tu connais l'expression « Par ici la monnaie » ?

Tracey en avait, de la « monnaie ». Mais comme c'était aussi mon amie, je ne me joignais pas aux commérages. Dans les réceptions, que je fréquentais néanmoins assez peu, malgré les recommandations de Grand-mère, ma seule parente vivante, les critiques cinglantes mouraient sur les lèvres à mon approche.

Occupée à me remettre de mon bref et désastreux mariage, je passais le plus clair de mon temps terrée dans ma chambre d'autrefois en essayant d'imaginer la prochaine étape de ma vie. Je songeais à faire imprimer de nouvelles cartes de visite ainsi rédigées : *ancienne mondaine fortunée, actuelle divorcée sans le sou*. Je me nourrissais de pizzas avec, parfois, un petit gâteau industriel au chocolat, et, le soir, je regardais la télé jusqu'à des heures indues.

La télé, ce n'est pas mon truc, mais je fis une exception, cette saison-là, pour Sherlock Holmes. La réception était mauvaise, la couleur verdâtre et le son éraillé, mais la chaîne rediffusait l'un des fantastiques épisodes tournés avec Jeremy Brett.

J'étais donc confortablement blottie sous la couette et pas encore arrivée à la moitié d'« Un scandale en Bohême » lorsqu'on sonna à la porte.

On ne compte plus le nombre de palpitantes aventures holmésiennes qui débutent ainsi : une jeune femme en détresse frappe à la porte du Maître pour solliciter son aide

Ce fut donc la tête farcie de hêtres pourpres et de bandes tachetées que j'allai coller mon œil au judas.

Autrefois, avec Tracey Miles, ma cothurne au lycée, nous formions un duo étrangement assorti. A la Milton Academy, j'étais l'orpheline réservée, toujours sur la défensive ; elle, la reine de la classe, au trône jamais contesté. J'étais petite, endurante, et excellente dans toutes les matières qui permettaient à une fille de transpirer, l'escrime en particulier. Tracey, elle, était incapable de faire la différence entre une rapière et un manche à balai. Grand-mère disait que j'avais trop d'énergie et trop peu le sens de la bienséance. Tracey, même gamine, était policée comme un ange. Le matin, il lui suffisait de secouer la tête pour mettre de l'ordre dans ses soyeux cheveux blonds, alors que moi, je me battais avec ma tignasse brune et bouclée à coups de peigne en acier. Rester assise tranquillement à mon bureau comme une petite fille bien sage était au-dessus de mes forces. Tracey y parvenait, elle. Son amitié rejaillissait sur moi comme une aura bienfaisante qui me protégeait des méchancetés que les autres élèves hors normes étaient obligées de supporter.

Je l'étudiai, cherchant à retrouver, sous le masque de l'adulte soignée que j'avais devant moi, la fillette de douze ans que j'avais connue. Sa longue chevelure dorée était coiffée en arrière et retenue par un clip en écaille de tortue. Elle ne portait pas ses lentilles, mais des lunettes. J'ouvris la porte.

— Je peux entrer ?

Il émanait d'elle une légère odeur de cigarette.

— Qu'est-ce qui se passe ? interrogeai-je.

Elle entra, en même temps qu'une bouffée d'air froid. Une pluie battante tombait sur Commonwealth Avenue.

— Oh, Franny ! se contenta-t-elle de souffler, secouée par un frisson.

— Attends, je vais te chercher une serviette… et tu vas prendre une tasse de thé.

— Ta grand-mère…

— Elle dort. Ne t'inquiète pas.

Grand-mère serait capable de dormir en pleine Apocalypse, alors un coup de sonnette…

Je poussai ma couette en direction de Tracey et descendis à la cuisine.

Quand je revins, munie d'une serviette et de thé, je la trouvai emmitouflée à la place que j'avais abandonnée sur le canapé rouge foncé. Devant elle, sur l'écran, Jeremy Brett, déguisé en clergyman, tentait d'embobiner l'immortelle Irene Adler « de mémoire douteuse et discutable », pour l'inciter à lui révéler l'endroit où était cachée la précieuse et royale photo.

— Ça ne peut pas marcher, cette méthode, réfléchit Tracey. Qu'est-ce que tu en penses ?

— Ça marche toujours, avec Holmes, rétorquai-je.

— Donc, toi, tu crois que ce serait le bon moyen pour découvrir une cachette ?

Je me tournai vers l'écran verdâtre. Suivant les instructions de Holmes, le fidèle Watson était en train de lancer une bombe fumigène à travers la porte-fenêtre de la villa louée par Mlle Adler.

— Crier au feu ? Je n'ai jamais essayé. Qu'est-ce qui te tracasse, Tracey ?

— Est-ce que tu crois qu'ils ont ce genre de fumigènes sonores à la boutique de farces et attrapes ?

— Non, tu en trouveras plutôt chez Home Depot. C'est ce qu'utilisent les plombiers pour détecter les fuites de gaz dans les égouts… en tout cas, c'est ce qui se faisait avant. Quand j'étais petite, Grand-mère a dû faire remplacer les anciennes canalisations. Je me souviens encore de l'odeur. Tu as des problèmes, Trace ?

Cette odeur de cigarette qui l'entourait, alors qu'elle avait arrêté de fumer depuis des mois, m'intriguait assez.

— Oh... je sais pas...

— Tu ne vas pas me raconter que tu es sortie te balader sous la pluie pendant des heures comme ça, sur un coup de tête ?

Elle jeta un coup d'œil à sa Rolex et écarquilla les yeux.

— Oh, c'est vrai, ça fait des heures !

A en juger par l'état de ses chaussures, il était évident qu'elle ne venait pas de franchir le seuil de sa maison.

— Trace, sérieusement, ce n'est pas le moment de traîner dehors quand il fait nuit.

— A cause du Violeur de Back Bay ?

Elle eut un brusque mouvement de tête et m'adressa son sourire le plus idiot.

— Comme s'il allait s'attaquer à une petite demi-portion comme moi !

Tracey était grande, je voulais bien l'admettre. Elle mesurait près d'un mètre quatre-vingts, mais elle était grande style mannequin, souple comme une liane, et non pas style costaud et musclé. A mon avis, elle se trompait si elle s'imaginait que les méchants la contourneraient pour partir à la recherche d'une victime plus petite. Elle les dotait d'une rationalité qu'ils possédaient rarement, lesdits méchants.

Le susnommé Violeur de Back Bay n'était pas un modèle de rationalité, sauf en ce qui concernait la délimitation de son territoire. Il avait entamé sa randonnée criminelle en arpentant les sentiers de l'Esplanade, sur les rives de la Charles. La police pensait que s'il s'était aventuré jusqu'à Back Bay, c'était parce que les femmes ne fréquentaient plus l'Esplanade tard le soir.

Le violeur se rapprochait de plus en plus des beaux quartiers. Mais, plus que ce fait en lui-même, ce qui inquiétait la police et la population féminine, c'était la violence croissante des agressions. Sa dernière victime, une touriste apparemment non informée de la menace nocturne qui planait sur la ville, gisait toujours à l'hôpital, inconsciente.

— Tracey, tu n'es pas Wonderwoman. Tu n'as strictement rien d'une athlète.

— Mais j'ai l'air athlétique, répliqua-t-elle avec beaucoup trop d'assurance. C'est tout ce qui compte. Tu ne trouves pas que j'ai l'air d'être capable d'envoyer un mec au tapis ?

Tracey n'avait jamais eu besoin de faire le coup de poing pour les envoyer au tapis, les mecs, il lui suffisait généralement de battre un peu des cils.

— D'accord, mais ce n'est pas une nuit pour vadrouiller sous la pluie, insistai-je.

— Pourquoi, je risque d'attraper la mort ?

Je souris. J'adorais quand Tracey reprenait les expressions appartenant à notre folklore commun. « Tu vas attraper la mort, habillée comme ça », me disait Grand-mère quand elle me voyait un peu décolletée. Quand je voulais plaire, je m'efforçais de sortir avec une tenue qui avait été estampillée « Tu vas attraper la mort, habillée comme ça ».

— Tracey, dis-je, sois mignonne, bois ton thé et raconte-moi pourquoi tu n'es pas au lit avec le mec le plus craquant de Boston. Il travaille, ce soir ?

Son Phil n'était pas des nôtres. Ce fait avait largement contribué au déclenchement des commérages à propos de leur mariage : ce n'était pas un brahmane de Boston [1], pas même un mouton noir comme moi. Issu de la classe ouvrière, c'était une perle de la méritocratie, un policier, un flic, un vrai de vrai, même si c'était un gradé.

— Est-ce qu'il est en train de traquer le Violeur ?

Mon amie semblait bien loin, la tête tournée vers la télé, qu'elle regardait d'un œil vague.

— Trace ?

— Quand on fait un cadeau à quelqu'un, prononça-t-elle lentement, c'est fait une fois pour toutes, non ? On ne peut pas le reprendre ?

— Non, en général.

---

1. Bostonien dont la généalogie remonte aux premiers colons, par allusion au système de castes indien. (*N.d.T.*)

Sa question s'harmonisait parfaitement avec l'action qui se déroulait sur l'écran. En effet, le roi de Bohême avait donné à sa maîtresse, la divine Irene, une photo de studio les représentant ensemble. Mais il était sur le point de se marier et voulait récupérer la photo avant que son saint homme de futur beau-père découvre leur liaison et annule le mariage.

— Même quand on pense que la personne va, disons, donner votre cadeau à quelqu'un d'autre ?

Tiens, ça ne cadrait pas avec l'histoire.

— En faire cadeau à quelqu'un d'autre ?

— Oui, ou le vendre.

— Vendre ce que tu as donné en cadeau, au plus offrant ?

— Oui.

— Tracey, de quoi tu parles, nom d'une pipe ?

— Je croyais que Sherlock Holmes détestait les femmes.

— Bon, tu veux que j'éteigne pour qu'on puisse parler ?

— Non. Elle est vraiment splendide.

— L'actrice qui joue Irene ?

— Parfois, ceux qui sont splendides, ils ne sont pas...

Et voilà, elle repartait ailleurs...

— Tracey, allez, tu accouches ?

Rien. Le bide. Je répétai, plus fort cette fois :

— Tracey !

Elle sourit, secoua la tête, regarda sa tasse de thé comme si elle se demandait ce qu'elle faisait là. Puis :

— Dis-moi, tu n'as rien de plus fort que le thé ? Tu ne planquerais pas le brandy de ta grand-mère dans le coin, par hasard ?

— Cette semaine, c'est martini.

Quand ma grand-mère boit, elle boit. Quand elle se prépare un martini, elle commence par bazarder le verre mélangeur et va se chercher une cruche dans le placard de la cuisine. Quand elle passe aux boissons genre brandy, c'est le top départ de la disparition de toute une série de bouteilles, et ce n'est pas moi qui les cache.

Des dessous du canapé, j'extirpai une bouteille d'armagnac à demi consommée, vidai le reste du thé dans une plante verte et servis mon amie.

— Bon, ça, c'est mieux, approuva cette dernière avec un soupir. J'envisage de reprendre mon travail au musée.

Je vis bien au tremblement de sa mâchoire que ce n'était pas ce qu'elle avait eu l'intention de me dire, mais je me tus.

Avant son mariage, Tracey avait été l'assistante de l'administrateur du musée des Beaux-Arts, un poste intéressant, plein d'avenir. Je m'étais souvent demandé pourquoi elle avait quitté ce boulot qui lui convenait si bien et qui lui plaisait tant.

Loin d'être la blonde idiote pour laquelle certains la prenaient, Tracey était diplômée en histoire de l'art et en économie financière. Pendant les années de lycée, elle avait pratiquement passé toutes ses vacances dans les musées d'Europe. Pourtant, elle n'avait nul besoin d'aller dans les musées pour admirer des œuvres d'art : les peintures accrochées aux murs, chez sa mère, étaient légendaires dans le monde de l'art, en particulier les exquis dessins de Picasso qu'elle avait reçus en cadeau de mariage.

— Howell serait prêt à tout pour que tu reviennes, dis-je. Tu retournerais travailler avec lui ?

— Je ne sais pas. Il est tellement emmerdant, Alan ! Il est encore plus maniaque que moi, tu vois le genre !

Quand je partageais la chambre de Tracey, je la regardais plier ses sous-vêtements comme si elle faisait de l'origami.

Elle poursuivit :

— Et si j'accepte et que j'y retourne, dès que je serai enceinte, il nous foutra à la porte, moi et mon petit ventre rond.

— Ah bon ? Vous essayez, en ce moment ?

Ce n'était pas beau, mais je ressentis une piqûre de jalousie.

— J'aimerais que Phil soit à moitié aussi pressé d'être papa que moi d'être maman, soupira-t-elle.

— Et tu as parlé à Alan de ton idée de reprendre ton travail avec lui ? l'interrogeai-je d'un ton léger.

Elle ne répondit pas.

— De toute façon, il ne pourra pas te virer quand tu seras enceinte, ce n'est pas légal, repris-je.

— Il me ferait sentir que je ne suis pas à ma place. Il trouve les femmes enceintes inesthétiques.

— Quoi ? Avec toutes ces madones ?

— C'est un enfant qu'elles ont, pas un ventre.

— Tu n'auras qu'à le poursuivre en justice.

— Tu sais bien que je n'aime pas faire de vagues, Franny. Pour ça, c'est à toi que je m'adresse.

C'est vrai. Si faire des vagues était un métier, je serais surbookée : quand je bois, je vais dans les bars d'ouvriers au lieu de boire en cachette comme Grand-mère ; je porte un tatouage voyant ; et un jour je me suis teint les cheveux en rouge à la suite d'un pari.

— Tracey, tu as des ennuis en ce moment ?

— Ça ne doit pas être drôle pour toi d'avoir dû revenir vivre à la maison. Elle n'est pas trop dure à supporter, Grand-mère ?

Je la laissai changer de sujet. Maintenant, je le regrette.

Nous discutâmes de mes tentatives restées provisoirement infructueuses pour forcer l'escroc que j'avais épousé à me rendre les biens qui m'appartenaient. Pendant notre conversation, elle garda les yeux rivés sur l'écran de la télé comme si c'était un oracle. Je me dis que quand on avait besoin d'un oracle on pouvait trouver pire que Sherlock Holmes. Si ça pouvait l'aider...

— Tout va bien avec Phil ? finis-je par lui demander.

— Oh, bien sûr. Phil, c'est Phil. Il envisage de quitter la police.

J'en avais déjà entendu parler par la rumeur, et c'était d'ailleurs prévisible. Pourquoi continuer à faire un boulot violent dans des conditions dangereuses en accumulant les heures sup quand il suffisait de puiser dans la manne de la fortune des Miles ?

J'approuvai sagement de la tête.

— Donc, vous allez pouvoir voyager ? Vous avez des projets ? La Toscane ? Les îles grecques ?

— Franny, je préférerais qu'il continue à travailler. Je suis très contente qu'il travaille. Tu sais, je me demande si c'est bon d'avoir autant d'argent.

Je me retins de dire que moi, ça ne m'aurait pas dérangée.

Elle lut dans ma tête.

— Excuse-moi. Je dis toujours ce qu'il ne faut pas... Est-ce que les choses se passent vraiment très mal, avec ton ex ?

— Il ment à la perfection.

— Quand je pense que nous étions persuadés que tu nageais dans le bonheur ! Un mec si sexy, un étudiant en médecine, en plus !

Je n'avais pas envie d'entrer dans les détails sordides. Je me contentai donc de citer Conan Doyle dans « La bande tachetée » :

— « Quand un médecin tourne mal, c'est le pire des criminels... »

— Tu ne m'en veux pas de vous avoir présentés, hein, Franny ? Tu penses bien que si je m'en étais doutée...

Elle s'interrompit un instant, puis reprit, avec un petit rire :

— Mais réfléchis : ç'aurait pu être pire, tu aurais pu épouser Henry.

Henry est son bon à rien de grand frère. A l'époque où je le fréquentais, il était guitare basse dans un groupe de rock-punk qui carburait à la coke. Depuis, il travaillait sporadiquement, mais jamais au point de risquer le surmenage.

— Henry n'est toujours pas marié, je me trompe ? m'enquis-je.

— Crois-moi, Fran, s'empressa-t-elle de répondre, tu fais mieux de t'abstenir. Oh, pour coucher avec de temps en temps, je ne dis pas ! Il adorerait ça, et...Tu n'as personne en ce moment ?

— Je n'en suis pas encore au point de vouloir Henry, mais qui sait ? Peut-être la semaine prochaine.

Tracey bâillait discrètement depuis quelque temps en faisant palpiter délicatement ses narines. Je m'aperçus alors que je bâillais aussi.

— Je m'incruste, dit-elle d'un ton contrit, et toi, tu as envie d'aller te coucher.

Je regardai par la fenêtre. La pluie continuait à tomber à verse.

— Reste ici cette nuit, proposai-je.

— Non, vraiment, il faut que je rentre.

— S'il te plaît, ne rentre pas toute seule à pied.

— Mais non, il n'y a pas de problème. Ne t'inquiète pas.

— Mais je ne t'ai été d'aucun secours. Tu n'as même pas...

— Henry, murmura-t-elle. Mon frère. Mais oui.

— Quoi ?

— Je n'ai pas besoin de ton aide, après tout. Elémentaire, mon cher Watson !

Sur ces mots, Tracey secoua sa tête blonde, gagna la porte et disparut dans la nuit pluvieuse.

Holmes n'a jamais prononcé ces mots dans aucune de ses aventures, mais je n'eus pas le loisir de faire remarquer son erreur à Tracey, car je ne la revis jamais. Deux nuits plus tard, son corps fut découvert dans une allée de Clarendon Street et les journaux s'en donnèrent à cœur joie : la belle et riche Tracey Miles était la première victime à périr assassinée sous les coups du Violeur de Back Bay.

Comme lors du mariage, l'église de la Trinité était décorée de bouquets d'arums attachés avec de l'ammophile des sables. La même église, les mêmes fleurs. Mais au lieu d'un jeune couple, un cercueil imposant. Au lieu des tenues de fête, des vêtements noirs. L'odeur des arums était pénétrante dans cette église surchauffée, étouffante.

Selon moi, il n'y avait aucune scène de cérémonie funéraire dans Holmes. Dans « Une étude en rouge », Jefferson Hope fait une apparition auprès du lit de mort de sa bien-aimée, Lucy Ferrier, et lui arrache l'alliance de son rival détesté. « Elle ne sera pas enterrée avec cela ! » tonne-t-il.

— Fais attention, chuchota Grand-mère d'un ton sans réplique, tu vas marcher sur mon pauvre pied !

Plus elle boit – et ça, pour boire, elle boit ! –, plus je deviens maladroite.

— Ta robe est indécente, dit-elle, tu vas attraper la mort, habillée comme ça !

J'échangeai en esprit un rire complice avec Tracey, car c'était elle qui m'avait aidée à choisir cette robe noire ultracourte. D'accord, pas pour cette occasion...

Phil, entouré d'hommes – des collègues policiers, à en juger par leur tenue et leur attitude –, semblait défait et émacié, autant que pouvait l'être un homme doté d'une musculature aussi enviable. J'étais heureuse de voir ses amis proches le protéger de la foule qui se pressait autour de lui et le réconforter par leur présence.

Comme Grand-mère présentait ses condoléances au veuf, Henry Miles, le frère de Tracey, élégant et l'air dévasté, s'approcha de moi. Il me prit par la main en me priant de venir m'asseoir à côté de lui dans la première rangée. J'hésitai d'abord, à cause de l'étiquette, car je n'appartenais pas à la famille. Mais c'était aussi un moyen de me débarrasser de Grand-mère, qui semblait ravie que Henry m'ait choisie, moi entre toutes. Sans doute passerait-elle le reste de la journée à informer sa clique de vieilles commères des liens étroits qui nous unissaient, en laissant entendre que sa petite-fille, c'était sûr, allait se marier dans la riche famille Miles.

Des laïcs et des religieux évoquèrent de façon émouvante le talent et l'esprit de Tracey.

La cérémonie terminée, je pris place avec Henry à l'arrière d'une limousine qui nous emmena au cimetière, où d'autres fleurs furent déposées sur le monticule de terre nue. Des hortensias et des roses, cette fois, sur fond de ciel parfaitement bleu.

La mère de Tracey m'invita pour le thé qui suivait. Je mourais d'envie de m'éclipser, mais, devant son insistance et celle de Henry, je m'octroyai le droit de me laisser convaincre.

Dans la salle à manger rouge et ivoire que je connaissais si bien pour avoir passé de longs week-ends dans cette maison, je me servis dans une théière ancienne en argent, tout en regrettant de ne pas avoir sous la main l'une des bouteilles cachées de Grand-mère pour me remonter.

Je sentis une main sur mon épaule. Celle de Phil.

— Mais qu'est-ce qui lui a pris de sortir si tard ? Elle ne savait pas que c'était risqué ?

Je me demandai s'il avait posé les mêmes questions à toutes les personnes présentes. Et s'il se rendait compte qu'il parlait trop fort.

— Qui est-ce qu'elle a bien pu aller voir ?

Son visage figé avait quelque chose d'effrayant, et je ne pus me résoudre à lui dire que Tracey était peut-être sortie pour venir chez moi. Une nouvelle fois.

— Je m'en veux. J'étais de service, j'ai travaillé trop tard. Je le tuerai, ce salopard, si je l'attrape. Elle qui s'inquiétait tellement pour moi, qui avait toujours peur qu'il m'arrive quelque chose pendant mon travail… Et c'est elle…

J'entrouvris la bouche, mais fus incapable de prononcer la moindre parole de réconfort.

— Tu crois qu'elle avait une liaison ? me demanda-t-il.

Ma tasse de thé tinta contre la soucoupe.

— Quoi ? Et qu'est-ce qui te fait croire que je…

— Elle te racontait des tas de choses, Franny, non ?

— Tu as trop bu ?

— Mon Dieu, si seulement ! Pourquoi est-elle sortie ? Où allait-elle ?

Il me planta là et, l'espace de quelques secondes, je crus avoir été victime d'une hallucination, avoir imaginé ce dialogue.

Henry Miles était partout, s'accrochait à ma main, faisait le joli cœur, gémissait, prenait de l'aspirine, nerveux et tremblant. Dès qu'il me lâchait pour aller serrer des mains ou s'essuyer les yeux avec son mouchoir, j'en profitais pour m'éloigner. Cinq minutes plus tard, il me rattrapait.

Je lui échappai en allant me réfugier auprès d'un type que je ne connaissais pas, brun, avec des yeux observateurs.

— Vous êtes un collègue de Phil, affirmai-je.

— Comment avez-vous deviné ?

— Je ne devine jamais.

Je n'allais pas évoquer son costume fripé, la bosse de son arme qui pointait sous l'aisselle. Ni ajouter que, compte tenu de son âge, de sa façon de plisser les yeux et de son allure martiale, j'étais sûre que c'était un vétéran de la première guerre d'Irak.

— C'est à cause de mes chaussures, hein ? Je suis trahi par mes chaussures. Mais je les porterais même si je n'étais pas flic. Les chaussures à lacets, c'est indispensable quand on a les pieds plats. D'accord, les pieds plats, c'est une maladie de flic. Peut-être que si je n'étais pas flic, je porterais de plus belles chaussures.

Il sourit. Son sourire était engageant.

— Max, se présenta-t-il en me tendant la main.

— Frances.

Je lui demandai pourquoi la police semblait si sûre que le Violeur de Back Bay était l'assassin de Tracey. C'était la première fois que l'homme en question tuait une de ses victimes.

— Oh, c'est le même homme, affirma-t-il. C'est le même mode opératoire.

— Mais quelqu'un peut très bien avoir voulu le copier…

— Nous ne disons pas tout aux journaux.

— Vous voulez parler des mèches de cheveux ?

— Comment êtes-vous au courant ?

— Par la rumeur.

Plusieurs personnes de ma connaissance m'avaient raconté que le Violeur prenait un souvenir sur la tête de ses victimes.

— Les gens parlent, vous savez, ajoutai-je.

— Ils parlent trop.

— Est-ce que les cheveux de Tracey...

— Je ne peux pas le dire.

— J'espère que ce n'est pas ce détail que vous taisez.

— Ne vous inquiétez pas. C'était le Violeur de Back Bay. Nous pouvons le prouver et nous allons lui mettre la main dessus.

Curieusement, cette conversation me réconforta et je me dis que, peut-être, je parviendrais à avaler quelque chose, pour la première fois depuis que j'avais appris la mort de Tracey.

Devant une table recouverte de lin blanc, Alan Howell était en train de choisir des canapés et de minuscules petits-fours sur un plateau d'argent. Il semblait imperméable à la tragédie, éloigné de tout. Mais Howell gardait toujours une expression imperturbable. Il était presque impossible de l'imaginer avoir du chagrin. Il ressemblait plus à un tableau sorti de son musée qu'à un être de chair et de sang.

Je l'observai pendant qu'il scrutait un portrait de Tracey accroché dans une alcôve. Elle était encore très jeune, presque enfant, et l'œuvre était celle d'un artiste inconnu, mais Alan l'étudiait attentivement, comme s'il s'apprêtait à faire une offre d'achat, à changer le cadre et à l'accrocher dans son bureau.

Je tendis l'oreille sans vergogne pour saisir des bribes de la conversation qu'il eut avec la mère et l'oncle de Tracey. Il semblait chercher à obtenir des donations commémoratives pour le musée des Beaux-Arts.

Je remarquai ses chaussures briquées, son costume Brioni bien coupé, et je me demandai s'il était possible que Tracey se fût laissé tenter par une aventure avec son ancien patron.

Henry, de plus en plus collant, persistait à poser une main possessive sur mon bras et à m'utiliser comme bouclier pour repousser certains parents désapprobateurs. Il buvait beaucoup, mais paraissait tenir remarquablement l'alcool. Je souriais et opinais de temps en temps sans suivre la totalité des conversations, trop occupée à zieuter Alan.

C'est alors que, aussi clairement que le son cristallin d'une cloche, je l'entendis. Frère Henry, répondant à la question d'un ancien camarade de classe, disait qu'il n'avait pas vu Tracey depuis longtemps alors qu'il en avait désespérément envie, et qu'il avait été dévasté en découvrant qu'elle était venue chez lui la veille de sa mort. Elle ne l'avait pas attendu, mais avait laissé un mot pour lui signaler qu'elle avait emporté ce qu'elle était venue chercher. Comme une gentille petite sœur.

— Qu'est-ce qu'elle a emporté ? demanda le camarade de classe de Henry.

Il avait posé la question qu'il me fallait.

— Je... je n'arrive toujours pas à comprendre pourquoi elle est venue prendre ça. Vous savez que je suis producteur maintenant, mais quand j'étais encore dans la chanson, j'ai écrit une chose un peu déjantée, un peu glauque. J'avais acheté une machine à fumée d'occasion pour produire un effet de brouillard pendant la chanson. Tracey l'avait vue. Je pense qu'elle voulait me l'emprunter pour une fête.

Il se tourna vers moi.

— Est-ce qu'elle préparait une fête, Fran ?

J'avalai ma salive, en proie à un léger vertige.

Je pris congé de Henry ainsi que du reste de la famille et parcourus à pied les trois kilomètres qui me séparaient de la maison de Grand-mère afin de m'éclaircir les idées.

Dans la cuisine, je fis du café. Je m'assis à la longue table de bois et essayai d'organiser mes pensées, sous la pendule qui comptait les secondes à grand bruit.

« Je ne peux pas faire de briques sans argile », déclare Holmes dans « Les hêtres rouges ».

Les briques, ce sont les théories. Aussi, qu'avais-je comme faits, comme troublantes mottes d'argile ?

Tracey était inquiète quand elle était venue me voir. Aucun doute là-dessus. Elle fumait. Elle s'était demandé comment on pouvait récupérer un cadeau qu'on avait fait. Elle avait regardé « Un scandale en Bohême » et avait semblé perturbée par la méthode employée par Holmes pour trouver la cachette d'Irene Adler. Elle avait été tuée.

Tout ça, c'étaient des faits séparés et isolés... jusqu'à ce qu'on les associe avec la vision de Tracey filant avec la machine à fumée de Henry.

Le lendemain, vêtue d'un ensemble discret et distingué, je mis le cap sur le musée des Beaux-Arts dans l'intention d'aller y déjeuner.

J'avais programmé mon heure d'arrivée pour la faire coïncider avec la pause d'Alan Howell qui, comme tous les gens classe, déjeunait tard, en l'occurrence à quatorze heures trente. Tracey disait qu'on pouvait régler sa montre sur lui. Jamais il n'apportait de repas froid, ni ne s'abaissait au niveau de la cafétéria. Non, il déjeunait au restaurant chic du deuxième étage, où il présidait une table ronde à laquelle certains membres de son équipe étaient conviés, ainsi qu'un échantillonnage de donateurs fortunés. L'argent de Grand-mère, même si elle menaçait périodiquement de le léguer à un refuge pour chats, m'assurerait une place à table. Et effectivement, quand nos regards se croisèrent, il me fit signe de venir le rejoindre.

Nous étions cinq. Nous parlâmes de la nouvelle exposition de Hopper et de l'effet que sa popularité pouvait avoir sur les prix de l'immobilier à Truro [1]. Les deux conservateurs partirent les premiers, rappelés par des expériences chimiques qui avaient laissé des taches révélatrices sur leurs doigts. Un quart d'heure plus tard sonna l'heure de la visite pour la guide bénévole – quelqu'un qui dépensait autant d'argent pour ses pompes et ses fringues n'avait sûrement pas besoin d'un boulot rémunéré – et il ne restait donc plus que moi comme donatrice potentielle. Seule avec Howell, je pus facilement mener la conversation dans la bonne direction.

— Je ne sais pas ce que je vais faire sans elle, soupira-t-il dès qu'il m'entendit prononcer le nom de Tracey.

— Vous a-t-elle dit qu'elle envisageait de revenir travailler ?

— Jamais. Si elle l'avait fait, je l'aurais engagée sur-le-champ. J'ai eu trois personnes pour la remplacer après son départ, et aucune d'elles ne lui arrivait à la cheville. Oh, je n'arrive pas à y croire... Je n'arrive pas à croire qu'elle ait disparu. Je n'arrête pas... Elle ne faisait pas de jogging. Qu'est-ce qu'elle faisait dehors ? Pourquoi n'a-t-elle pas...

— Pourquoi n'a-t-elle pas quoi ?

Un profond soupir. Puis :

— J'ai voulu l'épouser. Est-ce qu'elle vous l'a dit ? Oh, ça fait des années, mais je n'ai jamais réussi à l'oublier. Et maintenant...

1. Le peintre américain Edward Hopper (1882-1967) consacra une grande partie de son œuvre à représenter les paysages et les maisons de Truro, en Nouvelle-Angleterre. (*N.d.T.*)

— Oui ?

— Je ne sais pas si vous en avez entendu parler... enfin... c'est tout nouveau, donc je pense que vous ne le savez pas. Elle nous a fait un legs. Pas à moi personnellement, mais au musée des Beaux-Arts.

Tracey avait sûrement fait un testament. Les gens vraiment riches, ceux pour qui l'enjeu était trop important pour s'en remettre au hasard, étaient toujours cul et chemise avec des avocats d'affaires.

Si elle n'avait pas fait de testament, l'Etat du Massachusetts partagerait ses biens d'office, les premiers deux cent mille dollars allant de droit à son mari. Phil aurait également la moitié du reliquat.

— Qu'est-ce qu'elle a légué ? Des tableaux ? m'enquis-je.

— Non, de l'argent.

Son legs au musée ne pouvait être le cadeau qu'elle voulait récupérer. Si Tracey avait dû se raviser, il lui eût suffi d'en parler à son avocat.

— Un montant très généreux. Mais pas ses petits Picasso, ajouta Howell avec un nouveau soupir de regret.

— Elle n'aurait pas pu vous les laisser, Alan, puisqu'elle les a vendus il y a quelques mois.

— Vendus ? Qui vous a dit ça ?

— Je suis certaine d'avoir entendu dire ça quelque part, dis-je en retenant ma serviette pour éviter qu'elle ne tombe par terre. Je pensais qu'elle avait discuté de la vente avec vous.

— Elle ne les aurait jamais vendus.

— On m'a dit qu'elle avait reçu une proposition phénoménale.

— Je ne le crois pas. Je sais qu'elle songeait à nous en faire la donation. Elle en a parlé récemment. Oh, et puis que m'importent ces dessins !

— Je croyais que vous les adoriez.

— Oui, c'est vrai. Ils sont magnifiques. Mais je crois que Tracey pensait que... que j'étais tombé amoureux d'elle dans l'espoir de les posséder un jour. Je veux bien reconnaître qu'en partie j'en avais envie – peut-être bien plus qu'en partie –, mais c'était faux, je l'aimais. Mais jamais elle...

Il s'interrompit et replaça soigneusement son couteau et sa fourchette en argent dans l'alignement de la table.

— Est-ce qu'elle est venue vous voir mercredi dernier ? La veille de... ? lui demandai-je.

— Non, non. Si seulement...

Je le remerciai de son invitation, pris l'ascenseur pour descendre au premier et m'arrêtai au vestiaire de l'aile ouest. L'étudiant poussé en graine qui officiait là était défiguré par l'acné et sa moustache pointait dans tous les sens.

— C'est vous qui étiez là mercredi ? m'enquis-je.

Il plissa les yeux pour mieux rassembler ses souvenirs, puis finit par faire oui de la tête.

— Pendant l'alerte incendie ?

— Mercredi dernier ? Il n'y a pas eu d'alerte incendie !

— L'alerte à la bombe, alors ?

— Je ne comprends pas, madame. Il n'y a pas eu d'alerte incendie, ni d'alerte à la bombe. Le seul incident, c'est que j'ai rangé le parapluie d'un mec au mauvais endroit !

Plongée dans mes pensées, je traversai le Jardin japonais.

Pendant ses jours de gloire, Holmes disposait de cachettes réparties dans tout Londres, et il dissimulait ses déguisements en louant des chambres aux étagères garnies de perruques, de costumes de religieux, de maquillage de théâtre.

Moi, je devais battre en retraite chez Grand-mère et me changer en supportant son mauvais caractère. Je passai une chemise d'homme blanche, un pantalon noir et une vieille paire de chaussures de marche.

— Mais où tu vas, habillée comme ça ?

— Dehors, lui assénai-je en joignant le geste à la parole.

Bénissant mes chaussures confortables, je me rendis à pied jusqu'à l'immeuble où habitait Howell, dans le lointain South End, et je sonnai. Pas chez Howell. Chez plusieurs personnes. N'importe qui.

— Je suis là pour tester les détecteurs de fumée, dis-je à une femme dont la voix rauque finit par sortir du haut-parleur, au pied de l'immeuble.

Grâce à mon timbre indiscutablement féminin, haut perché, léger et non menaçant, qui ne pouvait être celui du Violeur, elle m'ouvrit.

Je montai jusqu'au quatrième et frappai à la porte des voisins les plus proches d'Alan Howell. Je ne reçus aucune réponse des trois premiers appartements et commençai à m'inquiéter quant au succès de ma mission. Par bonheur, à la dernière tentative, un type à la tête d'ivrogne entrebâilla la porte, apparemment ravi de répondre aux questions et enquêtes en tout genre.

Non, il y avait facilement deux ans et demi qu'il n'avait pas été réveillé par une alerte incendie. Sa femme, qui travaillait pendant la journée, aurait crié au meurtre si les détecteurs de fumée ou l'alarme incendie s'étaient déclenchés mercredi soir.

J'empruntai Marlborough Street pour repartir. Tracey adorait son immeuble. Il manquait les magnolias qui ornaient le jardin de la maison de sa mère, mais elle avait prévu de prendre des boutures et de les replanter. Je levai la tête vers son appartement en terrasse. Si elle n'avait pas vendu ses Picasso, ils étaient sûrement encore accrochés aux murs de sa chambre.

Mes détecteurs de fumée me servirent là aussi de sésame. Néanmoins, le doute s'insinua en moi. Et si Henry s'était trompé ? Avec tout ce qu'il avait picolé, sans compter les autres substances qu'il avait peut-être absorbées ce jour-là... Comment savoir si son histoire de machine à fumée n'était pas née dans sa tête embrumée ?

C'est alors que la plus proche voisine de Tracey s'empressa de me raconter en détail combien toute sa famille avait eu peur, tard dans la soirée de mercredi, quand le détecteur de fumée du couloir s'était mis à hurler.

Comme le déclare clairement Holmes dans « L'aventure de la flamme d'argent » : « Une déduction exacte en suggère invariablement une autre. »

Quand le méchant Vincent Spaulding de « La Ligue des Rouquins » veut accéder à la cave du mont-de-piété de Jabez Wilson sans être dérangé, il invente une ruse pour éloigner M. Wilson de son commerce pendant des jours entiers. Moi, je n'avais besoin que de quelques heures.

J'appelai Phil à son travail en déguisant ma voix et lui arrangeai un rendez-vous avec un avocat à Portsmouth, dans le Maine. C'est là que la famille de Tracey possède une maison de vacances. Tracey était propriétaire de plusieurs parcelles de terrain tout autour. Je prétextai une question urgente. Rendez-vous fut pris pour le lendemain à quinze heures quinze.

A quinze heures, j'étais de retour dans l'immeuble de Tracey, armée de la clé qu'elle m'avait laissée en cas d'urgence. Tracey et moi nous étions toujours confié réciproquement une clé de nos domiciles respectifs. Les « urgences » concernaient généralement des vêtements. « Franny, tu peux m'apporter mes sandales moirées noires au Ritz ? Ces escarpins me tuent les pieds. » Un jour, Tracey m'avait demandé un soutien-gorge et une culotte, que je lui avais apportés discrètement à son bureau du musée. J'essayai en vain de me rappeler si c'était avant qu'elle ait rencontré Phil, ou après.

Jusqu'au moment où j'ouvris le placard du couloir, dans l'appartement, et où je vis la machine à fumée par terre, je m'étais accrochée à l'espoir que la chaîne de faits que j'avais construite pour former une présomption de culpabilité se révélerait fausse. Mais elle était là, solide et carrée, avec son cordon de mise en route qui dépassait du dessous comme un mince serpent noir. Je me mis à genoux sur le sol et balayai les poils de la moquette avec le faisceau de ma petite lampe électrique. Tracey avait porté des chaussures à talons, comme de coutume. Nulle autre trace sur la surface.

Je me levai et me glissai d'un pas prudent dans la chambre. Je découvris que quelqu'un avait passé l'aspirateur sur le tapis.

Le lit était un lit ancien à baldaquin, en cerisier. Il était garni d'oreillers de dentelle blanche. L'un des foulards de Tracey était drapé autour du coin d'un miroir à cadre doré. Le vide du mur du fond accrocha mon regard. J'examinai le papier peint et remarquai les légères marques à l'endroit où se trouvaient auparavant les Picasso.

Tracey et Phil avaient signé un contrat de mariage en béton. Elle était plus maligne que moi, Tracey, et en cas de divorce elle serait partie avec sa fortune intacte. Sauf, évidemment, si elle en avait sérieusement compromis la valeur en donnant les Picasso à Phil.

C'était Phil, ce cher Phil, qui m'avait dit qu'elle avait vendu les Picasso. Et je l'avais cru.

Ma théorie, maintenant : quand Tracey avait utilisé sa ruse de l'incendie pour amener Phil à révéler sa planque, l'endroit où il avait caché les Picasso, le cadeau qu'elle avait voulu récupérer, Phil avait compris pour la première fois qu'elle songeait à le quitter. Et que si elle dénichait les Picasso et les réclamait, il se retrouverait sans rien.

Il l'avait sans doute tuée dans un accès de rage, puis avait déplacé son corps et maquillé son crime afin d'en rejeter la culpabilité sur le Violeur de Back Bay. Phil, ancien enquêteur, était au courant de tout ce que savait la police sur le Violeur.

Non, il n'allait pas profiter de son crime !

Qu'eût fait Holmes ?

Assise par terre en tailleur, je réfléchis aux différentes planques possibles. « Un scandale en Bohême » parle d'une « niche derrière un panneau glissant juste au-dessus du cordon de la sonnette de droite ». Dans « Le rituel des Musgrave », une récitation apparemment dénuée de sens guide Holmes « à l'ouest par un et un, et ainsi en dessous ».

La nature d'une cachette est souvent déterminée par la chose à cacher. Je visualisai les cinq dessins de Picasso. Encadrés. Plats, 20 × 15. Des petites esquisses expressives.

Oh, Tracey, me dis-je, pourquoi les as-tu données ? Pourquoi les avoir données à un homme, quel que soit cet homme ?

Des cachettes. Des cachettes. « Les six Napoléons » ? Non. Aucun rapport. Dans « La deuxième tache », la cachette est sous le tapis. J'avais déjà déplacé la petite descente de lit orientale et il n'y avait aucune tache. Dans « Charles Auguste Milverton », le méchant maître chanteur garde ses lettres compromettantes dans le coffre-fort.

Pouvait-on installer un coffre-fort dans du grès rouge ?

Ces vieux immeubles de grès rouge se ressemblaient tous. Ils avaient été construits à la même époque, quand le comblement de la Back Bay avait été suffisamment stabilisé pour permettre les constructions résidentielles. L'agencement de l'appartement était presque identique à celui du logement de Grand-mère. Et à l'arrière de la penderie de Grand-mère se trouvait un placard où l'on rangeait les fourrures : une penderie en bois de cèdre cachée derrière la penderie normale, là où les voleurs ne penseraient pas à regarder.

Dans la penderie de la chambre, l'odeur de Tracey, son parfum, était partout.

Je m'agenouillai et me mis à la recherche du mécanisme. Je le fis de mémoire, la mémoire d'une petite enfant qui se cachait dans la penderie de sa grand-mère et aimait caresser les « lapins » suspendus là, qui connaissait le mouvement, le déplacement, le clic magique qui relâcherait le ressort et dévoilerait les fourrures suspendues.

Quand cela fit « clic », le bruit parut énorme. Le panneau disparut dans l'obscurité. La penderie secrète disposait d'un éclairage muni d'un cordon que je ne pouvais atteindre qu'en me mettant sur la pointe des pieds. Ma lampe électrique éclaira un cordon similaire. Je tirai dessus.

Les cadres contenant les dessins brillèrent contre les panneaux de bois. Mais ce qui retint mon regard épouvanté, ce qui avait dû retenir celui de Tracey, ce furent les mèches de cheveux, les boucles nouées par des rubans punaisés à hauteur d'yeux sur le panneau du fond. Sous chacun des horribles souvenirs se trouvait une collection d'articles de journaux découpés dans le *Globe* et le *Herald*. Inutile de les examiner pour savoir qu'il s'agissait de tous les détails publiés sur le Violeur de Back Bay. Une béquille de bois était posée contre le panneau, et je me demandai si elle avait été abandonnée là par un propriétaire précédent, ou si c'était un accessoire utilisé par le Violeur, grimé en inoffensif promeneur nocturne handicapé.

Non, me dis-je. Pas Phil.

Non, pensai-je encore. Puis j'entendis un bruit impossible à confondre derrière moi. Un bruit de pas.

Je pivotai sur moi-même en arborant un simulacre de sourire.

— Phil ! Tracey m'a dit qu'elle me laisserait ses perles et je suis passée pour les prendre. Je sais, j'aurais dû appeler, mais...

— Jamais je n'aurais dû te donner de clé.

— Ce n'est pas toi. Tu t'en souviens ? Tu n'en avais pas besoin. Tu m'as dit que je pourrais utiliser celle que Tracey m'avait donnée...

— Petite salope ! Tu es venue voler ! Elle te faisait confiance, jamais elle n'aurait imaginé que...

— S'il te plaît ! Elle te faisait confiance à toi aussi.

— Tu lui as dit, pour nous deux, hein ? Tu n'as pas pu t'empêcher de t'en vanter ?

— Non !

— C'est pour ça qu'elle est retournée avec cette ordure de Howell !

— Non, c'est faux...

— C'est pour ça qu'elle a voulu que je lui rende les Picasso... c'est parce que tu lui as raconté, pour nous deux !

— Non, ce n'est pas vrai. Pourquoi est-ce que j'aurais...

Sa voix baissa d'une demi-octave :

— Et maintenant, tu veux ses perles, chérie ? C'est vraiment tout ce que tu veux ?

— Oui.

J'évaluai la distance qui me séparait du cordon de la lampe, vis que je ne réussirais pas à l'atteindre pour éteindre la lumière.

— Tu as vu tout ce que tu voulais voir ?

— Je ne sais pas de quoi tu parles.

La béquille était la seule arme défensive à ma disposition. A condition de faire vite.

— Oh, je crois que si ! proféra-t-il.

J'attrapai la béquille par la poignée, virevoltai, attaquai, hélas très consciente qu'il n'y avait ici aucune piste, aucun arbitre pour crier : « En garde ! »

En l'absence d'espace pour botter, parer ou riposter, le combat, je le craignais, serait bref. La béquille, beaucoup plus lourde que l'épée, était peu maniable à l'intérieur de cette penderie. Mon adversaire était plus fort, plus lourd.

Holmes ne crie jamais. Pas une fois dans toute l'œuvre, pas une fois dans les quatre romans ou les cinquante-six aventures, le Maître ne pousse un cri. Son fidèle Watson, lui aussi, observe un silence stoïque.

Moi, malgré leur exemple, je criai parce que je savais que je serais bientôt dans l'incapacité d'émettre le moindre son. Phil avait mis ses grandes mains sur la béquille. Il était en train de gagner le combat pour la prise de contrôle. Je savais que dès qu'il me l'aurait arrachée ses mains se refermeraient sur ma gorge, comme elles l'avaient fait sur celle de Tracey. Je criai encore, plus fort, et le son se répercuta en écho sur les parois de la penderie cachée derrière la penderie, la petite pièce qui, j'en étais sûre, serait ma chambre mortuaire.

Il y eut un craquement et un bruit de pas lourds et précipités. Phil se figea, puis se retourna, et la béquille voltigea sur le sol. Une voix hurla « A terre ! » et j'obéis, me recroquevillai, les genoux flageolants, et blottis ma tête sous mes bras tremblants.

Le policier aux yeux noirs, celui de la réception, après l'enterrement, ce Max aux déplorables chaussures, fut le premier à s'approcher.

— Vous auriez dû nous faire confiance, Frances, dit-il d'un ton sévère. Il était sous surveillance.

— C'était Phil, le...

— Le Violeur de Back Bay, oui.

Holmes avait-il jamais fait une série d'erreurs aussi flagrantes ? J'avais pensé que Phil avait tué Tracey pour son argent. Qu'il l'avait tuée et s'était servi de la violence croissante du Violeur pour lui faire porter le chapeau. A présent, je comprenais que la vérité était tout autre.

Tracey, de plus en plus malheureuse avec Phil, soupçonnant peut-être notre liaison, était déterminée à divorcer, et non moins déterminée à récupérer les Picasso.

Phil les avait cachés et avait laissé entendre qu'il ne les lui rendrait jamais. Elle avait deviné qu'ils étaient toujours dans l'appartement.

Avec horreur, elle avait découvert non seulement les dessins mais également les trophées de son mari. L'avait-il surprise dans la penderie aux fourrures ? Avait-elle commis la folie de le confondre, de le conjurer de se rendre ?

Max me parlait. Je fis un effort pour me concentrer sur ses paroles.

— Qui sait quelles peuvent être les motivations d'un gars comme lui ? disait-il. Marié à une femme magnifique... des liaisons à droite et à gauche... Ça n'avait rien à voir avec le sexe.

— Et il avait sa dose de pouvoir en tant que policier, renchéris-je.

— Ouais... Je ne comprends pas... Terroriser son propre quartier...

Max secoua tristement la tête.

— Mais aussi improbable que ce soit, toutes les autres explications sont encore plus improbables.

— Qu'est-ce que vous avez dit ?

Il répéta la phrase et précisa :

— C'est une citation de...

— De Sherlock Holmes, l'interrompis-je. « L'aventure de la flamme d'argent », non ?

— Si, mais Holmes l'utilise avec des mots légèrement différents dans pas moins de six histoires. Je sais qu'il dit quelque chose de similaire dans « L'aventure du diadème de béryl »...

— Et aussi dans *Le Signe des quatre*.

— C'est mon roman préféré, révéla le policier.

— Mais la plupart des gens préfèrent *Le Chien des Baskerville*...

— C'est l'exception qui confirme la règle.

Je papillonnai des cils d'une manière que Tracey m'eût enviée, et lui souris.

— J'avoue que je ne connais pas cette citation, dis-je.

— C'est encore Holmes, dans *Le Signe des quatre* que vous avez déjà mentionné, dit Max en me rendant mon sourire. Vous vous sentez mieux maintenant ?

— Beaucoup mieux.

— Je vais demander à l'un de mes hommes de vous ramener chez vous, Frances. Ou alors...

— Oui ?

— Si ça ne vous dérange pas d'attendre, le temps que je règle quelques détails, il y a un concert intéressant au Conservatoire. Ce soir.

— Un pianiste, je suppose.

— Il paraît que son toucher est très léger, particulièrement quand il joue du Chopin.

— Oh, ce serait magnifique, Max.

LE CHAMEAU EMBALLÉ

– Barbara Fryer –

Pour mes collègues de Budde, Schmidt, Jackson & Hesketh, côté image, c'est un cauchemar visqueux. Pour tous les associés, sauf Harold Schmidt. Il comprend comme moi que le plafond d'un homme est le plancher d'un autre.

Harold – soixante et un ans, porté sur les lavallières, la pipe, la poésie et les faits ésotériques – est un homme d'une autre génération, plus romantique et moins égoïste que la mienne. Une sorte de mentor, pour moi : c'est lui qui m'a embauchée, lui qui a soutenu ma candidature comme associée. Harold est un homme que l'on est content d'avoir à ses côtés. Il lui arrive de venir au tribunal. Je le vois, au dernier rang, regarder, écouter, apprécier. C'est un avocat méticuleux qui perd rarement ses affaires. D'où le bureau d'angle avec vue sur tout le centre de Philadelphie.

Aujourd'hui, ce qu'il voit, c'est une équipe d'*Extra* en embuscade près de la fontaine, devant l'immeuble. Je sais pourquoi ils sont là. Le caméraman veut immortaliser ma bobine, et la jolie blonde avec le micro s'apprête à me balancer quelques questions bien senties : *Est-ce que vous couvrez Dijon Roosevelt ? Est-ce que vous êtes de mèche ?* Harold m'a conseillé de sortir par la porte qui donne sur Chestnut Street, à moins que je n'aie envie de me retrouver en première page de l'*Enquirer* demain matin. J'ai fait ce qu'il me suggérait.

A neuf ans, j'ai sauté du toit du préau, à l'école primaire Saint-Ignatius, parce que mon frère Bill m'avait dit « Je parie que t'es pas cap ». Je m'étais fait une triple fracture de la jambe droite, ce qui m'avait valu de passer douze semaines dans le plâtre. Mais quand je repense à ça, rétrospectivement, je ne me rappelle pas la douleur – rien que l'exaltation de la chute, l'explosion d'étoiles, le hoquet, la soudaine bouffée d'air qui s'engouffrait dans mes poumons, l'irradiation frémissante, la chute interminable, inexorable. Eh bien, c'est ce que j'ai ressenti, la première fois que j'ai vu Dijon Roosevelt, l'an passé, à l'Arena Stadium, au match d'ouverture des Serpents. Il était noir, beau, pas rasé, les pommettes hautes, les sourcils noirs, épais. Une dimension de plus que tout le monde avec ses deux mètres dix, et assurément mieux foutu que tout le monde. Il portait le survêtement bleu et argent de son équipe, mais il était là, un peu à part, comme une pièce de musée au milieu de ses comparses ramassés dans des ruelles obscures.

« Qui c'est ? avais-je demandé à mon copain.

— Dijon, m'avait-il répondu. Dijon Roosevelt. Le plus fort pourcentage de réussite aux tirs de toute la Ligue. »

J'eus un sourire. Tu m'étonnes ! S'il avait tendu ses longs bras dans la rangée G, siège 7, je me serais laissé enlever devant une foule de vingt mille personnes. De tout le match, je n'avais eu d'yeux que pour lui. Il bougeait avec la grâce d'un couguar, rapide et sûr, enchaînant les paniers.

Pendant des jours, après cela, je lus tout ce que je pus sur Dijon Roosevelt. J'appris qu'il parlait trois langues, quatre en comptant la langue de la rue ; que ses biceps faisaient quarante-sept centimètres de tour ; qu'il avait lui-même dessiné les planètes tatouées autour de son bras droit ; qu'il avait des accès de colère et passé deux semestres à l'université de Temple, ce qui lui avait suffi pour engrosser la fille de l'entraîneur, alors en terminale au lycée Saint-Maria-Goretti. Et je savais aussi, comme tout le monde en ville, qu'il était l'atout des Serpents pour rafler la bague de champion de la NBA, sinon cette année, sûrement l'année prochaine.

J'allai à un deuxième, puis un troisième match. J'avais acheté un maillot avec le numéro de Dijon – le 7 –, et je le mettais la nuit, pour dormir. J'avais lu qu'il présidait un gala de charité. Je m'y rendis, dans l'espoir de tomber sur lui. Je ne le vis pas, mais j'aperçus sa femme, Tara, un petit brin de fille en pull cachemire noir Prada, qui portait une chaîne en or avec un pendentif représentant un 7 en diamants. Son fils, un tout petit gamin, était assis sur une chaise haute à l'une des tables du fond, une nounou à côté de lui. Il crayonnait un livre de coloriages. C'était le portrait craché de son père, le même en miniature. N'importe qui l'aurait compris, même sans le badge à son nom – *Dijon Junior* – épinglé à son petit maillot de basket. Je m'arrêtai pour ramasser un crayon qu'il avait laissé tomber, mais la nounou me le prit des mains avant que j'aie eu le temps de le lui rendre.

J'aimais la saison de basket, sa fébrilité, la pure énergie exigée des joueurs, qui n'avaient qu'un jour ou deux pour récupérer entre les matchs. Mais c'était justement ce que j'aimais : les matchs étaient très rapprochés, ce qui satisfaisait mon besoin insatiable d'être avec Dijon Roosevelt. J'achetai un abonnement sur Internet, ce qui me permit de m'asseoir au cinquième rang, juste au milieu. J'arrivais en avance pour regarder Dijon s'échauffer. Il était détendu, à ce moment-là, il faisait des étirements, il blaguait, il s'exerçait à tirer du milieu du terrain. Mais dès que le match commençait, il se mettait au boulot, le front plissé, complètement concentré.

Malgré le bruit qui ébranlait le stade et faisait vibrer les sièges, malgré l'orgue rugissant des gens qui hurlaient « D-fense ! D-fense ! D-fense ! », en ce qui me concernait, le drame qui se déroulait sur le parquet se résumait à un unique individu. J'observais avec l'attention d'une étudiante en médecine la bosse que faisaient ses deltoïdes, le frémissement de son biceps, le pied de pivot chaussé de noir et d'argent, pointure 51. Je mémorisais avec un regard d'artiste la façon dont il dardait la langue quand il réussissait un shoot difficile ; ses petits parcours de dribble en contre-attaque ; la danse complexe de ses feintes de shoot. Et puis, émerveillée d'amour, j'imaginais sa langue en train de jouer sur le terrain plus moelleux de mon corps.

Hors du terrain de jeu, je m'immergeais dans cette culture, sa culture, qui m'était étrangère. Je me jetais sur les quotidiens pour dévorer les pages des sports, j'achetais régulièrement *Sports Illustrated*, j'écoutais à la radio les émissions où les fans donnaient libre cours à leur blues d'après match ; et, bien sûr, je me tuyautais auprès de tous les experts qui me tombaient sous la main : le gardien de mon immeuble, le gars qui assurait la sécurité de notre cabinet juridique, et à peu près tous les barmen de la ville.

Au début, je n'allai qu'aux matchs à domicile, mais je commençai bientôt à faire des virées en dehors de l'Etat. Newark. Chicago. Miami. Detroit. Orlando. J'allai deux fois au Texas, d'abord à Dallas, et puis à Houston. Je me renseignai pour savoir où l'équipe était descendue et je pris une chambre dans le même hôtel. Je m'installai pour travailler dans d'improbables halls d'hôtel avec mon BlackBerry, dans l'espoir de l'entrevoir. Je voyais les membres de l'équipe de Dijon, sa tribu, son entraîneur... mais lui, jamais.

Et puis, en janvier – les Serpents venaient de battre les Celtics –, l'un des membres de l'équipe de Dijon m'approcha dans le hall d'un hôtel de Boston.

— On vous voit pas mal, dans le coin, dit-il. C'est quoi, votre histoire ?

J'étais soulagée de savoir que les amis de Dijon surveillaient les étrangers qui auraient pu tenter de le harceler.

— Je suis là pour affaires, dis-je en lui tendant ma carte.

— Wouah, une avocate.

Il approcha une sorte de bergère de mon fauteuil en parcourant le salon du regard.

— Et vous ? demandai-je. Qu'est-ce que vous faites ?

— Bah, un peu de ci, un peu de ça.

Il ferma le poing et me flanqua un petit coup, jointures contre jointures.

— Tee, dit-il. D et moi, ça remonte à un bail.

— Vous êtes son garde du corps, ou quelque chose comme ça ?

Tee haussa les épaules.

— Je parie que vous connaissez tous ses secrets.

— Y a personne qui connaît tous les secrets d'une aut' personne.

Je laissai glisser.

Notre conversation, si l'on peut qualifier de conversation ce bref échange, s'interrompit lorsque Tee repéra une jeune blonde dans l'entrée de l'hôtel.

— Faut que je retourne au boulot, dit-il.

Il emmena sa grande carcasse vers la blonde, lui dit quelque chose et l'accompagna vers les ascenseurs. Ils entrèrent dans une cabine.

Quelques minutes plus tard, Tee revint et se dirigea vers le bar. J'attendis un long moment, mais la blonde ne redescendit pas.

Je passais beaucoup de temps à rêvasser au bureau, mais c'était le printemps, il y avait toutes sortes de pollens dans l'air, et personne ne remarqua que j'avais la tête ailleurs. Personne, sauf Harold Schmidt.

Un soir, en sortant, il s'arrêta devant la porte ouverte de mon bureau.

— Pourquoi cette pâleur évanescente ? demanda-t-il. Je pensais que vous seriez allée faire un tour après le mini-coup d'Etat que vous avez déclenché au tribunal, ce matin. La tête que faisait l'avocat de la partie adverse n'avait pas de prix.

— Vous étiez là ?

— Vous ne m'avez pas vu ?

Je répondis que non, sans trop savoir pourquoi, car ce n'était pas vrai. Peut-être la confusion de reconnaître que j'avais pris mon pied à l'idée qu'un associé senior m'observait au mieux de ma forme.

— Vous étiez implacable, dit-il. Merveilleusement implacable.

— Merci, dis-je avec un sourire et une petite courbette.

Il me regarda par-dessus les lunettes qui glissaient sur son large nez. Dans ses yeux noirs brillait une étincelle indéchiffrable.

— Tout va bien ? demanda-t-il.

— Je fais toujours cette tête-là quand je réfléchis.

— Personnellement, je trouve que le meilleur moyen de réfléchir est de bouger, de faire les cent pas, ce genre de chose, répondit-il.

— J'essaierai peut-être, la prochaine fois.

— Faites-le, et dites-moi ce que ça donne.

Un hochement de tête, et il s'en fut. Ma façon de réfléchir ne marchant pas, je décidai d'essayer sa méthode. Je me levai et fis des allers et retours entre mon bureau et mon étagère à livres. Trois pas. Pas assez de stimulation pour une seule pensée. Je me dirigeai vers la porte. Puis je retournai à mon bureau. Je n'arrêtais pas de penser à la rencontre – l'unique rencontre que j'avais eue avec Tee, l'ami de Dijon. Il y avait quelque chose là-dedans qui ne sonnait pas juste. Je ne ressemblais pas à une groupie, je n'avais pas l'air dangereuse. Alors pourquoi Tee m'avait-il approchée, ce soir-là, dans le lobby de cet hôtel ? La réponse m'arriva d'un coup. Je m'arrêtai net. Ce n'était pas Tee qui m'avait repérée. Il n'était que le messager, un émissaire envoyé pour prendre la température. Bon sang, c'était bien sûr ! Dijon avait vu en moi un défi à relever, une image miroir de lui-même. Il avait envoyé Tee s'assurer qu'il avait vu clair, que je voulais bien la même chose que lui. Et comment ! Je voulais laisser les mondanités sur le banc. Je voulais céder sous la contrainte. Je voulais gagner. Je compris que l'adoration gloussante de ses groupies adolescentes l'ennuyait. Et peut-être que sa femme commençait à lui faire le même effet.

Maintenant, je savais ce que Dijon pouvait éprouver quand il attendait le moment d'entrer dans le match. Je sentais l'adrénaline rugir dans les veines de mes bras et à mes oreilles. J'étais totalement concentrée. Tendue vers la victoire.

Plus que cinq matchs. Les Serpents devaient en gagner trois – ce qu'ils firent – pour participer aux play-offs, la phase finale du championnat. La fierté et l'orgueil de la ville rayonnaient de bleu et d'argent. Le magasin de la NBA était en rupture de stock de maillots numéro 7 – le numéro de Dijon. Que les journalistes sportifs de la télé et l'illustre Charles Barkley, un des élus au Panthéon du basket-ball, désignaient déjà Joueur de l'Année.

Les Serpents remportèrent encore le quatrième match, mais ils perdirent le dernier match de saison régulière contre les New Jersey Nets après deux prolongations, ce qui voulait dire que leur fin de saison risquait d'être plutôt chaotique et raccourcie. Ils étaient pourtant sur une bonne lancée.

Ce soir-là, je restai un peu plus longtemps que d'habitude dans le lobby de l'hôtel, pour le cas où je pourrais être d'un réconfort quelconque à Dijon, et je ne fus pas surprise quand Tee me tapa sur l'épaule.

— Il a besoin de vous, dit-il.

J'éteignis mon BlackBerry, me levai et le suivis dans l'ascenseur. Il inséra une carte dans une fente du panneau, appuya sur le bouton du dernier étage. Nous n'échangeâmes pas une parole pendant toute la montée, ni le long du couloir qui menait, tout au bout, à une grande double porte sur laquelle Tee frappa trois coups.

La porte s'ouvrit. Dijon Roosevelt était debout, là, en pantalon de survêtement vert, avec un tee-shirt trop grand pour lui. J'eus un mouvement de recul, et il se peut que j'aie laissé échapper un hoquet de surprise. Il était encore beau de près. Il fit signe à Tee de dégager et me conduisit vers le canapé de la pièce de devant. Je m'assis.

— On n'a pas beaucoup de temps, dit-il.

J'arrêtai de respirer. La pièce sentait le tabac et le sexe. Une orange à moitié mangée avait été reposée à côté d'une corbeille de fruits, sur la table basse. Dijon remarqua que je la regardais.

— Servez-vous, dit-il.

Merci beaucoup, mais ce n'était pas d'une orange que j'avais envie.

Il posa une carte de visite cornée sur la table, devant moi. C'était la mienne.

— J'ai demandé à Tee de se rencarder sur vous, dit-il.

— Je suppose que j'ai victorieusement passé l'examen, dis-je avec un sourire.

— C'est bon, vous êtes clean.

Ce que je pensais ne l'était pas.

— Ce qui veut dire que, quoi que je dise, ça restera entre nous, reprit-il. D'accord ?

— Seulement si vous parlez du privilège de la relation avocat-client.

— C'est ce que j'essaie de vous dire. Je veux vous embaucher.

— Vous m'avez fait monter ici pour faire appel à mes services ?

Je devais avoir l'air en rogne.

J'étais en rogne.

— Je vous paierai.

Il se laissa tomber sur le canapé à côté de moi. Sa jambe frôla la mienne. Ce fut comme si j'étais parcourue par un courant électrique. L'espace d'un instant, je perdis tout mon tonus. Il se rongea l'ongle de l'index en attendant que je dise quelque chose.

J'aurais voulu me lever et repartir, mais son odeur me clouait sur le canapé. Je tapotai le sol du pied. J'hésitais sur la conduite à tenir. Si je refusais, je pouvais dire adieu à toutes mes chances d'arriver à conclure avec Dijon Roosevelt. Alors que si j'acceptais, je pourrais peut-être trouver une ouverture, un moyen, une opportunité...

— D'accord, répondis-je. Ça marche. Racontez-moi tout.

— Je n'aurais jamais dû la laisser entrer, attaqua-t-il aussitôt. Je me sentais déprimé après la défaite de ce soir, et... Bref, une chose en entraînant une autre... Deux adultes majeurs et consentants... Vous voyez ce que je veux dire ?

— Continuez, dis-je.

— Après, elle s'est fourré dans la tête d'appeler son ex. Elle s'imaginait qu'en lui parlant de moi elle lui donnerait envie de revenir vers elle. Quand je lui ai dit qu'il n'en était pas question, elle s'est mise à hurler des trucs comme quoi les hommes sont tous pareils, ils se serrent les coudes, pas un pour racheter l'autre, des conneries dans ce genre-là. Elle a menacé d'aller trouver les flics.

— Les relations sexuelles consenties ne sont pas un crime, dis-je.

— Mais le viol, si. Elle allait dire que je l'avais violée.

A l'évocation des vilaines images suscitées par ce mot, je sentis un nœud se former dans ma poitrine. J'inspirai profondément. Une fois, puis une deuxième. Mes idées s'éclaircirent. Je passai en mode juridique.

— Vous avez utilisé quelque chose pour faire l'amour avec elle ?

— Et comment. J'étais couvert. Fallait bien que je pense à Tara.

— La relation a été violente ?

Il me regarda bizarrement.

— S'il y a des blessures, des écorchures ou des estafilades, ça pourrait corroborer ses allégations.

Il secoua la tête.

— Elle a vraiment mal choisi son moment, avec les play-offs qui débutent la semaine prochaine. Et si elle va trouver les journaux et qu'elle me joue un tour de pute ? Et si je me retrouve en taule ?

— Vous allez plus vite que la musique.

— Je ne peux pas me permettre de laisser tomber mon équipe.

— Est-ce que quelqu'un est au courant de ce qui s'est passé ? demandai-je.

— Tee. C'est lui qui s'est débarrassé d'elle.

— Je voudrais lui parler.

Dijon ouvrit la porte de la suite. Tee était debout dans le couloir, les bras croisés sur la poitrine, en sentinelle, sauf qu'il ne dorlotait pas un flingue mais une bouteille de bière.

Il apparut très vite que Tee était le diminutif de « faux témoin ».

— Je pourrais témoigner en ta faveur, dit-il à Dijon. Je pourrais dire que c'était une cinglée et une salope...

— Ne le prenez pas mal, le coupai-je, mais les flics penseront que vous couvrez votre ami. Nous avons besoin de quelqu'un de...

Je cherchai un synonyme de « plus fiable », en plus aimable et courtois.

— Nous avons besoin de quelqu'un qui ne soit pas partie prenante.

— D'accord, répondit Tee. Et vous allez trouver ça où ?

J'avais le cœur qui battait la chamade. La tête qui bourdonnait. De petites étoiles d'or vacillaient devant mes yeux. Dijon vacillait. Il allait s'écrouler. A moins que...

— Il y aurait bien une manière de jouer ce coup-là, dis-je.

Et j'esquissai les grandes lignes de mon plan.

— T'es sûr, Dee ? demanda Tee.

Je vis qu'il avait les genoux flageolants.

— Hé, qu'est-ce qu'on a à perdre ? répliqua Dijon.

— Tout, répondis-je.

Un sourire partit lentement du coin des lèvres de Dijon, gagna toute sa bouche. Il me regarda. Je crus que j'allais tomber à la renverse.

— Baby, dit-il, ça me plaît.

Tous ceux qui ont suivi un match de basket connaissent ces secondes cruciales qui décident de l'issue d'un match. On ne peut compter que sur de rares joueurs, très spéciaux – comme Big Shot Rob, la star des Spurs –, pour être à la hauteur.

Le moment était venu pour Dijon de prouver qu'il avait la gnaque, qu'il pouvait faire la loi sur le parquet, qu'à la dernière seconde il pouvait me faire une passe à terre, à moi, sa coéquipière, et que je pourrais marquer.

Je savais comment jouer avec le système. C'était donnant-donnant : on n'était plus à l'époque où on pouvait nier de but en blanc. Les élites tordues de ce pays y avaient veillé. Le plan était simple, et comportait des échardes de vérité. Oui, Dijon l'admettrait, son accusatrice était venue dans sa suite. Elle avait réussi à franchir le barrage de sa sécurité personnelle. Mais il ne s'était rien passé du tout. Dijon lui avait dit de décaniller. Il était avec une femme spéciale, cette nuit-là. Et il n'avait pas prévu de le faire à trois. Son garde du corps, Tee, avait expulsé l'intruse, folle de rage. L'amie de Dijon avait assisté à toute la scène. Quand on lui demanderait de montrer cette amie, Dijon refuserait. Il dirait aux autorités qu'il était marié, que son témoin était avocate associée dans un grand cabinet et qu'elle n'avait pas envie d'être traînée dans la boue des caniveaux où se complaisait une certaine presse. Il la jouerait amant chevaleresque/mari scrupuleux, pris entre le marteau et l'enclume par une femme bafouée, déterminée à lui en faire voir de toutes les couleurs. Il reconnaîtrait son inconduite. Il était faible. Il était désolé. Mais il était bien seul sur la route. Les détails sordides et croustillants de la vie d'un athlète professionnel commenceraient à filtrer. Les tourmenteurs de Dijon ne pourraient pas faire autrement que d'éprouver de la compassion pour ce pauvre couillon, soudain métamorphosé en garçon comme les autres. Il serait mis hors de cause par un mélange de galanterie et de culpabilité. Pas par la vérité.

C'est alors que je ferais mon apparition, en larmes et pleine de contrition. Mon témoignage viendrait corroborer les dires de Dijon. Et qui croirait-on, une groupie d'une vingtaine d'années qui avait essayé de s'introduire dans la chambre de Dijon dans le seul but de s'envoyer en l'air avec lui, ou une femme qui était un membre estimé de la communauté juridique et qui faisait son devoir de citoyenne, quoi qu'il puisse lui en coûter sur le plan personnel ? Je n'avais même pas besoin de lui rappeler ce qui était arrivé au procureur qui s'était un peu trop vite empressé de poursuivre trois joueurs de l'équipe de lacrosse de Duke faussement accusés de viol. Le scandale était encore dans toutes les mémoires, et on se souvenait en particulier que l'assistant du procureur avait déclaré à la police qu'il n'y avait pas grand-chose dans le dossier.

Bref, les autorités décidèrent de laisser tomber l'accusation contre Dijon. Il y avait eu plus de peur que de mal, dis-je quand je l'appelai pour lui annoncer la bonne nouvelle.

— Le seul maillon faible, c'est la fille. Et si elle allait trouver les tabloïdes ?

— Je me suis couvert de ce côté-là, dit-il. En attendant, baby, dites-moi ce que je peux faire pour vous remercier. Demandez-moi ce que vous voulez. Des boucles d'oreilles en diamants ? Une gourmette en or massif ?

— Quarante-huit minutes, répondis-je. Seule. Avec vous.

L'espace d'une seconde, il resta sans voix. Puis j'entendis le petit rire familier.

— Il faut que vous le sachiez, je ne tiens le coup que quarante-trois minutes. Mon entraîneur m'oblige à me reposer à la fin de chaque quart-temps.

— C'est parce que vous n'avez pas assez de punch pour tenir tout le match ?

— On verra bien qui sera le premier à réclamer un temps mort.

A quarante-trois ans, j'avais intérêt à soigner la présentation. Gestuelle, meilleur profil, emballage, camouflage. J'enduisis de crèmes miracle le contour de ces yeux qui me valaient naguère de grands compliments (gris fumée, on s'y serait perdu), mais beaucoup moins, récemment. Je teignis les fils d'argent qui striaient ma chevelure aile de corbeau et la laissai cascader sur mes épaules. Je soignai ma peau basanée avec des formules magiques et m'entraînai deux fois par semaine avec un coach personnel.

Je n'eus pas à le regretter. L'adorante que j'étais effectua le pèlerinage sacré. Je lui rendis mon culte, escaladai les falaises de ses hanches, dévalai le détroit de son abdomen, explorai la jungle embrumée de boucles noires serrées de cet endroit béni. Je me prosternai et l'honorai, de mes doigts, de ma langue, de mes seins. Je vis la gloire de son corps cambré alors qu'il m'accordait ses merveilles exquises. J'éprouvai une bouffée de nostalgie pour toutes les choses dures et jeunes.

Dijon me souleva, m'emporta, me transporta. Je me sentais légère, presque vaporeuse, expérience rare pour une femme de ma taille – un mètre soixante-quinze. Je le chevauchai. Mes seins pesèrent, fruits mûrs dans ses mains en coupe.

— C'est la première fois que je me fais une avocate, dit-il.

D'ordinaire, les commentaires sexuels, je m'en passais, mais le timbre de sa voix me fit vibrer. Je sentis durcir mes tétons.

— Qu'est-ce que tu attends ?

Son biceps de 47 centimètres barra le lit. J'entendis un bruit de déchirure.

— Laisse-moi faire, dis-je.

Il me regarda habiller son organe. Et je le regardai me regarder. Il s'enfonça en moi, lentement, m'embrasant. Ressortit, s'enfonça à nouveau. Et puis, corps cambrés – ruades –, nous baisâmes. Claquements de peau contre peau. Soif de plus ; faim d'enfreindre la barrière de la chair. Frénésie. Halètements. Gémissements. Souffrance de la satiété. Assez. Assez.

Nous fîmes une pause. Nous bûmes une bouteille de Cristal Roederer. Je grignotai un sachet de noix de cajou piqué dans le minibar. Dijon écouta Jay-Z sur son Ipod tout en regardant Reggie Miller énumérer les dix meilleurs moments de l'histoire du sport. Vingt minutes plus tard, nous remettions en jeu.

Après ça, Dijon passa son doigt sur ma lèvre.

— On est bons, non ?

— Mieux que ça, répondis-je.

Je ne compris ce qu'il voulait dire qu'en le voyant se redresser. L'équipe rentrait aux vestiaires. Le compte était bon. La dette apurée.

— Tu as faim ? demandai-je. On pourrait faire monter quelque chose à manger…

— Fais comme tu veux, baby. Fais mettre ça sur mon compte. Je ne peux pas rester. Le coach a organisé une réunion obligatoire. Premier match demain, tu sais.

Il traversa la chambre, s'approcha d'une chaise où il avait soigneusement plié son pantalon. L'enfila.

Le sachet avec le reste des noix de cajou était posé sur la table de nuit. Je m'en fourrai une poignée dans la bouche. Elles avaient goût de carton.

Il revint se dresser auprès de moi. Il ramassa mon chemisier, joua avec le bouton du haut.

— Hé, je suis désolé, mais il faut que j'y aille.

— Et si tu arrivais en retard ?

— Le coach me mettrait à l'amende. Ou il ne me laisserait pas commencer le match.

— Il ne ferait pas ça.

Il tira une boîte de sa poche, appuya sur le bouton pour l'ouvrir. Une gourmette en diamants brillait sur le velours noir du fond.

— C'est pour toi, dit-il. Disons que c'est une avance sur honoraires.

Jamais un terme juridique ne m'avait procuré une telle joie orgasmique. Je tendis le bras. Dijon me passa le bracelet au poignet. Je m'autorisai un sourire.

Baby, le match était loin d'être terminé.

On murmurait toutes sortes de choses sur Dijon. A propos d'un truc qui serait arrivé en mars, à une jeune blonde, dans une chambre d'hôtel du New Jersey. Mais rien d'officiel. Les Serpents avaient remporté le premier tour des play-offs et ils étaient à trois partout dans le deuxième tour, ce qui faisait oublier tout le reste.

La ville était sur les nerfs. Moi aussi, mais pour une raison différente. Quatre semaines avaient passé depuis notre corps à corps. Voir Dijon sur les parquets ne me suffisait plus. Je le voulais tout près, et à moi toute seule. Je me retrouvai en train de hurler « Di-jon ! Di-jon ! Di-jon » avec plus de passion que tous les autres dans le stade. Une fois, je vis Dijon jeter un coup d'œil vers les gradins, la main en coque autour de l'oreille et souriant. Je savais qu'il avait repéré ma voix dans ce gigantesque chœur.

Les Serpents remportèrent le septième match, mais leurs adversaires leur avaient donné du fil à retordre, plongeant la ville dans une ambiance de corrida avec scènes d'ivresse publique, de vandalisme et de violence. Ce soir-là, j'emportai mon téléphone portable partout avec moi, mais le seul appel que je reçus fut celui de mon frère, qui voulait parler des matchs suivants, ceux de la finale entre l'Est et l'Ouest. Les commentateurs prévoyaient la victoire de San Antonio en cinq matchs. Les journalistes sportifs locaux tablaient sur une autre série de sept.

Moi, je voulais le baisser de rideau. Et je me foutais de l'équipe qui gagnerait. Je voulais l'attention complète et entière de Dijon.

Je tombai sur Tee dans le salon d'un hôtel de San Antonio après le troisième match, que les Serpents avaient perdu. Ils étaient menés, deux victoires à une, et les Spurs étaient favoris.

— Comment il prend ça ? demandai-je.

— Tara est avec lui.

— Elle va rester jusqu'à la fin de la série ?

Tee se frotta le menton avec son poing.

— Je suppose.

J'entendais ce qu'il disait. Il me disait de me cramponner jusqu'à ce que les choses reviennent à la normale.

Je me cramponnai. Et les Serpents aussi. Trois matchs d'affilée. Ils rendirent les armes au troisième.

La saison était terminée pour eux.

Je ne le savais pas encore à ce moment-là, mais la mienne aussi.

Il y eut une photo dans l'*Inquirer*, une semaine après la finale, montrant Dijon courant pour attraper un vol matinal vers la Corée pour s'entraîner en vue des jeux Olympiques. Il y eut une deuxième photo, quand l'équipe américaine gagna son premier match, un mois plus tard. Une autre photo encore quand l'équipe revint de l'étranger.

Mais Dijon ne m'appela pas une seule fois.

Je lui laissais des messages à l'endroit où les Serpents s'entraînaient. Je passais devant chez lui.

Un jour, en sortant du bureau, en fin d'après-midi, je tombai sur Tee, en pantalon baggy, casquette à l'envers. Il m'attendait. Il passa son bras sous le mien et m'emmena vers le parc, de l'autre côté de la rue.

— Vous n'avez sûrement pas envie de harceler Dee, me dit-il.

— Le harceler ?

J'essayai de déchiffrer son expression.

— Dee est atteint d'un trouble du déficit de l'attention avec les femmes. Vous comprenez ce que ça veut dire.

— C'est lui qui vous envoie ? demandai-je.

— Peu importe. C'est comme ça.

Je hochai la tête. Sauf que je savais que rien n'était ce que ça avait l'air d'être.

— Ecoutez, fillette, il joue perso. Tout en défense. Vous comprenez ce que je raconte ?

Je ne répondis pas. Un groupe de pigeons picoraient les restes d'un beignet dans le square.

— Alors on est d'équerre ? dit-il.

— Vous et moi, on a toujours été d'équerre, répondis-je.

Il tapa son poing contre le mien, jointures contre jointures.

Je me retournai et je vis Harold Schmidt traverser la rue en courant et venir vers moi. Il était tout rouge et il avait les cheveux en désordre.

— Ça va ? demanda-t-il.

— Pourquoi ça n'irait pas ?

Pour toute réponse, il eut un mouvement de menton en direction de Tee, qui était planté à une dizaine de pas de nous. Je vis que Harold avait quelque chose de brillant à la main.

— Tout va bien ! dis-je à Tee. Je le connais.

Puis je me tournai à nouveau vers Harold.

— Vous nous avez suivis ?

— Evidemment ! Je ne voulais pas qu'il vous arrive malheur.

Il me prit par le bras tout en me regardant comme s'il m'inspectait de ses yeux gris en capote de fiacre.

— Ce voyou vous a menacée ? Vous voulez que je lui colle une injonction restrictive aux fesses ?

— Non. Et non, répondis-je.

Il s'écarta un peu. La chose brillante était un coup de poing américain.

Quand je lui demandai ce qu'il avait l'intention de faire avec ça, il me répondit :

— Ce qu'il aurait fallu.

Je lui pris la main et demandai :

— Où avez-vous trouvé ce truc-là, Harold ?

— Chez Sotheby's. C'est joli, non ?

Il caressa les bagues de bronze.

— La beauté est si rarement fonctionnelle, reprit-il. Et pour votre gouverne, j'aurais pu lui flanquer une branlée, même sans ce truc-là. J'étais champion de lutte, à la fac, vous le saviez ?

— De lutte, hein ? relevai-je avec un sourire.

— Hé, mon record de victoires universitaires tient toujours.

Il se passa les doigts dans les cheveux. Une mèche brune retomba sur son front. Il me regarda, portrait vivant, décoiffé, de la confiance en soi.

Que vouliez-vous que je fasse ? Je lui offris un verre pour le remercier d'être venu à mon secours.

Au lieu de faire tourner le compteur, au cabinet, je passai une semaine à faire des listes d'adjectifs décrivant Dijon Roosevelt. Mythique. Arrogant. Dangereux. Egotiste. Luminescent. Addictif. Indélébile. Exquis. Jeune. Crétin.

Je passai la semaine suivante à soigner les brûlures d'estomac qui me torturaient. Antiacides liquides et en pastilles. Puis je me rabattis sur une drogue qui avait toujours marché pour moi jusque-là : les Autres Hommes.

On arriva comme ça à la fin du mois d'octobre. La session d'entraînement des Serpents allait commencer. J'étais assise dans mon bureau, à essayer de rédiger une déclaration préliminaire dans l'affaire Tantum, mais je n'étais pas inspirée.

— La morosité ne sied pas à la beauté, me dit Harold.

Il était appuyé au chambranle de la porte, un pardessus beige passé sur le bras.

— J'ai l'antidote, annonça-t-il. Exactement ce qu'il vous faut. Mettez un truc, il fait frais.

Il m'emmena à son club. Il commanda des martini dry, le seul cadeau que l'Amérique avait jamais fait au monde, selon lui.

— Et la démocratie ? objectai-je.

Il leva son verre.

— C'est ça, ma chère, qui conquiert les cœurs et les esprits.

Harold aborda un certain nombre de sujets, ce soir-là. Le droit des contrats. Les poètes anglais. Les astérisques moraux qui ponctuent la vie. De fil en aiguille, nous en vînmes à parler techniques de survie, ce qui, après le martini numéro trois, mena à une grave discussion sur la façon d'arrêter un chameau emballé.

— La tendance naturelle consiste à tirer de toutes ses forces sur les rênes du chameau, mais il faut absolument y résister. On ne réussirait qu'à déchirer le nez de l'animal.

Harold se cala contre le dossier de son fauteuil, dans une posture professorale, et tira sur sa pipe avant de continuer :

— Ce qu'il ne faut pas oublier, c'est que les rênes ne servent qu'à garder son équilibre. Pas la peine de se bagarrer avec l'animal. Le mieux est d'arriver à le faire courir en rond. Après cela, on n'a plus qu'à se cramponner en serrant les flancs du chameau entre ses jambes jusqu'à ce qu'il s'arrête de lui-même.

— Et s'il ne s'arrête pas ? demandai-je.

— Les chameaux ne sont pas comme nous, répondit Harold en souriant. Ils n'ont pas d'endurance. Le chameau ne court pas éternellement. Il finit toujours par se fatiguer et par se poser.

Novembre fut le plus cruel des mois.

Je déteste être une fan. Les sempiternels « Di-jon, Di-jon, Di-jon » retentissaient à mes oreilles comme autant de moqueries. Je pensai un moment à revendre mon abonnement, mais ne pus m'y résoudre. Je ne pouvais sacrifier mon seul contact avec Dijon.

Juste avant Thanksgiving, j'échangeai ma place avec un spectateur dont le fauteuil était au bord du chemin que les joueurs empruntaient pour entrer et sortir des vestiaires. Après le match, je me penchai sur la balustrade alors que les joueurs quittaient le terrain et tapaient dans la main des supporters. Je tendis la main au passage de Dijon. Ses doigts effleurèrent ma paume. Je fus parcourue par une série d'explosions, suivies par une électricité statique latente, incarnation tangible de ce qui avait eu lieu déjà une fois. Je m'écroulai sur le banc, derrière moi, les jambes en flanelle. Le temps que je me relève, j'avais un plan.

Les rumeurs mettent du temps à se propager. Au début, juste un certain joueur de la NBA et une brillante avocate. Puis commencèrent à circuler des noms et des spéculations sur une certaine nuit de mars, dans un certain hôtel du New Jersey. Les médias se mirent à fouiner. Il y eut des murmures de viol, de scandale étouffé, de traitement spécial des faits. Dijon aurait à nouveau besoin de moi.

Je savais que le téléphone ne tarderait pas à sonner. Dijon m'implorerait de le rencontrer. Il faudrait que nous synchronisions nos histoires. Nous repartirions de là où nous en étions restés.

« Ne t'en fais pas, lui dirais-je. J'ai couvert tes arrières. »

Je jouai avec le bracelet de diamants que j'avais au poignet, agréablement sûre que personne n'aurait imaginé une manœuvre tactique plus rusée. C'était la loi de base numéro un. Et je savais comment ça finirait.

J'attendais que le téléphone sonne.

Chaque fois qu'il sonnait, je pensais que ce serait Dijon, mais c'étaient les médias, ou un client qui voulait savoir si les rumeurs étaient fondées.

« Quelles rumeurs ? » demandais-je.

Histoire de tirer le maximum de plaisir orgasmique de la juxtaposition de nos deux noms.

Et puis Dijon fit l'impensable. Une déclaration démentant les rumeurs. Il dit que l'incident en question avait été gonflé au-delà de toute proportion. D'accord, une fan givrée l'avait accusée de viol, mais il était avec une vieille amie au moment du prétendu crime. Etais-je dingue, ou avait-il insisté sur l'adjectif « vieille » ? Il divulgua même mon identité, qui était désormais de notoriété publique. Il disait que la presse me devait des excuses pour avoir sali ma réputation. Il disait qu'il avait une dette envers moi pour avoir sauvé son mariage. Sauvé son mariage ! Je résistai à l'envie de vomir.

Je jetai le journal dans la corbeille à papiers. Puis je le récupérai, m'assis et relus l'article. Je le regardais toujours quand le téléphone de mon bureau sonna. C'était Harold, qui me faisait appeler dans son bureau.

— Eh bien, le tohu-bohu a enfin cessé, dit-il. Dijon Roosevelt a fait ce qu'il fallait. Vous pourrez me parler de ce jeune homme qui porte un nom de moutarde pendant que nous fêterons ça, ce soir.

Il n'y avait pas grand-chose à fêter, mais Harold ne le savait pas. Alors j'acceptai de dîner avec lui – chez lui. Après tout, il avait été d'un réel soutien pendant ces dernières semaines.

Et voilà où nous en sommes. Ses mains sont fortes et solides. Elles me pétrissent les seins et m'immobilisent aussi solidement que des chaînes.

Cent ans durant célébrerais
Tes yeux, ton front sérénissime ;
Deux cents prendrais pour chaque sein… [1]

---

1. Andrew Martell, *A sa prude maîtresse* (traduction de Pierre Leyris). (*N.d.T.*)

De la poésie ? Est-ce que je l'entends, ou n'est-elle que dans ma tête ?

— Tu as bon goût, murmure-t-il.

Ses mains glissent le long de mon corps. J'écarte les jambes et je fonds, adulée par un unique doigt.

— C'est toi qui es bon, dis-je. Enfin, je devrais plutôt dire « pas sage », non ?

Il me regarde. Dans ses yeux, je lis un amour qui me ramène très loin en arrière. Je suis jeune, désirable et aveuglée par la façon quasi blasphématoire dont il idolâtre mon corps.

Il me tient par le poignet. Ma gourmette de diamants me pince la peau. Sa langue explore mon cou, mes seins, mon ventre. Je ferme les yeux. Je ne vois pas ses rides, ses épaules épaisses et fortes, ses cheveux poivre et sel.

Je suis allongée là, clouée sur place par le pouvoir ensorcelant de la mémoire, redevable à Harold de la splendeur de ce moment, luttant pour ne pas m'engloutir dans les sables mouvants des sensations.

FOLIE À DEUX

– Peggy Hesketh –

Voyons, par où commencer ? Par tante Daphné, avec son joli nez en trompette, d'ailleurs refait, et le côté de la tête explosé ? Ou par Harry Honda, l'entomologiste plutôt pas mal de sa personne, et pourtant si effacé ? D'accord, si je dis « effacé », c'est probablement parce que je suis persuadée que je l'aurais oublié dès le lendemain de notre rencontre s'il ne m'avait pas dit une certaine chose sur les femmes mélancoliques et les sachets d'insectes imaginaires.

J'avais pris rendez-vous avec Harry parce que j'étais journaliste. Je travaillais à ce moment-là pour une feuille de chou de banlieue. J'étais un peu à court d'idées d'articles et on m'avait demandé un reportage sur un spécialiste des insectes qui travaillait pour le comté. C'était le genre de sujet qu'on traitait à l'époque. On rencontrait des gens de la région qui faisaient quelque chose d'intéressant, on discutait avec eux, et avec un peu de chance, ils étaient vraiment intéressants. Et si eux avaient de la chance, on s'intéressait suffisamment à leur étrange petite tranche de vie pour écrire un article de fond qu'ils pouvaient photocopier et envoyer aux membres de leur famille qui s'y intéressaient assez pour répondre : « Ouais, c'est cool. »

Ce qui explique que j'avais déjà écrit des pages et des pages lénifiantes sur l'homme-enfant au crâne dégarni et au visage poupin qui habitait chez sa maman et portait, nuit et jour, des lunettes à verres loupe rabattables pour peindre ses soldats de plomb de la guerre de Sécession ; sur la femme aux cheveux gris-bleu qui vivait derrière un cinéma moribond, sauvait les opossums du voisinage et gardait leur progéniture confite dans des bocaux de vinaigre alignés par rang d'âge fœtal dans un placard de la pièce du fond ; et sur Sue, l'entomologiste du zoo, toujours en vadrouille, récemment divorcée, dont le salon était envahi de piles de *National Geographic* qui montaient jusqu'au plafond, et dont les placards de la cuisine étaient tout aussi bourrés de Tupperware aux couvercles percés de trous, hébergeant un assortiment cauchemardesque de scorpions empereurs, de mille-pattes de quinze centimètres de long et de blattes siffleuses de Madagascar – entre autres sympathiques bestioles. Ai-je mentionné que, contrairement à la collection d'opossums de la dame aux cheveux bleus, ces spécimens étaient bien vivants ? Que ces créatures mortelles arpentaient le périmètre de leur prison de plastique en attendant que quelqu'un soulève innocemment le couvercle pour s'arc-bouter sur leurs petites pattes d'insectes et bondir une dernière fois afin de planter furieusement leur dard, leurs crocs venimeux, ou Dieu sait quoi encore, dans la plumitive sans méfiance qui aurait le malheur de devenir leur libératrice ?

« Oups, dit Sue.

— Putain de merde ! » m'exclamai-je en faisant un bond en arrière.

Sue, pourtant visiblement offusquée par mon écart de langage, passa outre. Elle ne crachait pas sur la promo. Quant à moi, je dois admettre que les arthropodes venimeux de vingt centimètres de long bondissants me mettent assez mal à l'aise, mais je devais absolument accoucher de ce satané article avant cinq heures, ce soir-là. On appelle ça plus ou moins une date butoir, dans notre jargon.

« Et qu'est-ce qui vous a amenée à collectionner et à exposer des insectes exotiques ?

— Mon divorce. »

Elle ne faisait pas une distinction très nette entre la cause et l'effet. D'un autre côté, c'était peut-être l'œuf et la poule. Enfin, inutile d'épiloguer. Je tins mon délai et Sue eut son article.

« Beau boulot, dit mon rédac-chef. Marrant, ton papier.

— Je me suis bien poilée. »

J'imagine que ça fit de moi la Rédactrice Spécialisée dans les Bestioles, parce que, le coup d'après, le rédac-chef me demanda d'écrire un profil du type qui dirigeait le bureau local de Vector Control pour le comté d'Orange.

J'avais préparé tout un tas de questions avant d'entrer dans l'un de ces légendaires baraquements en tôle ondulée, en forme de cylindre coupé en deux, qui lui servait de bureau. C'était assez décevant. Je m'attendais à un vrai bureau avec des couloirs, des toilettes pour handicapés et la clim. Au minimum, un parking goudronné avec une pancarte indiquant l'entrée. Je n'ai pas le sens de l'orientation.

Par bonheur, le problème fut vite résolu. Après avoir effectué quelques circuits poussiéreux autour des Toyota et des Chevrolet passablement cabossées massées autour de l'entrée de l'une des baraques anonymes, je jetai mon dévolu sur la suspecte la plus probable.

Je me garai, fermai ma voiture à clé et frappai à une porte marquée *E* en espérant que ça voulait dire « Entomologie », et que ce n'était pas un code alphabétique mystérieux. Les arcanes de la bureaucratie ont parfois de ces détours. Ne recevant pas de réponse, je frappai à nouveau.

— C'est ouvert ! lança une voix quelque peu irritée.

J'ouvris donc la porte de ce que, dans ma grande mansuétude, j'appellerai la réception des locaux de l'entomologiste du comté. Derrière un bureau métallique était assise une femme d'une soixantaine d'années à l'air exténué. Pour quelqu'un qui avait, comme moi, grandi dans le chaos contrôlé et appris à le prendre à bras-le-corps, le bureau d'accueil était d'un minimalisme déconcertant : le traditionnel téléphone beige avec son clavier à touches, deux lignes et un bouton rouge, lumineux, et le traditionnel éphéméride, celui avec les gros anneaux métalliques en forme de « U », dont cette dévouée fonctionnaire devait tourner chaque page après l'avoir dûment barrée. Derrière elle se dressait une cloison mobile tendue de tissu beige, où étaient punaisés des feuillets annonçant les campagnes de lutte contre les fourmis rouges ou de distribution de poissons mange-moustiques – *Gambusies gratuites, apportez votre sac en plastique* –, les dates et lieux des opérations de stérilisation gratuite des animaux de compagnie, et trois photos de bureaucrates en herbe affichant un sourire d'une oreille à l'autre. En revanche, je ne voyais pas la plaque nominative standard : quinze centimètres par cinq, marron avec des lettres blanches.

Une réceptionniste non identifiée, donc, me demanda mon nom, me dit de m'asseoir et m'indiqua d'un mouvement de menton le fauteuil vert, en skaï, qui se trouvait en face de son bureau.

J'obtempérai. Pendant qu'elle disparaissait derrière la cloison rembourrée, je pris mon carnet et relus mes questions.

J'avais notamment prévu de parler des rats. J'avais écrit un article sur les rongeurs, au début de ma carrière, et je savais que les avocats contenaient de la vitamine K, qui est un coagulant, et donc un antidote naturel à la plupart des produits utilisés pour la dératisation, qui agissent en provoquant des hémorragies internes. Il y avait des rats dans la cour, derrière chez moi : ils déambulaient sur les fils téléphoniques qui passaient au-dessus du mur du fond, à l'abri des avocatiers plantés dans la cour voisine. Je me disais : D'une pierre deux coups. Je tenais mon papier et je me débarrassais de ces sales bêtes.

« Je viens de lire que le corps des rats fait généralement vingt centimètres de long, et qu'ils ont une queue de vingt-deux ou vingt-trois centimètres... »

C'est ce que m'avait dit la voisine, pas plus tard que la veille. Elle enseignait la chimie dans une université, mais elle avait été prof de biologie, si bien qu'elle était à la fois exaspérée par les rats qui pullulaient dans le voisinage et fascinée par leur physiologie. C'est comme ça qu'elle savait qu'ils avaient un faible pour les avocats.

Mais je m'égare. Je vous raconte ma vie alors que cette histoire ne tourne pas vraiment autour de moi. Elle tourne autour de tante Daphné.

Ce que je sais, ou ce que je crois savoir, c'est que ma tante Daphné a été tuée par mon oncle Willie. Il y avait une histoire de lessive derrière tout ça. C'était un homme perturbé. Et elle, une femme qui s'était fait casser l'arête du nez et raccourcir le bout pour avoir l'air moins italienne. Tout ça pour plaire à celui des garçons d'une portée italienne de sept qui avait le moins l'air italien. Lui, il avait les cheveux blond-roux. Les yeux bleus. Même son nom, américanisé, n'avait pas une consonance italienne. Alors, évidemment, avec ses cheveux noirs et sa beauté à la Sophia Loren – ou qui, du moins, pouvait passer pour telle dans une ville de la banlieue de Pittsburgh sévèrement frappée par la crise –, elle ne faisait pas l'affaire pour oncle Willie. Enfin, c'est ce que j'en avais conclu au départ. Evidemment, je n'en aurai jamais la certitude. La seule qui pourrait le dire, c'est ma tante Maud, mais elle ne desserre pas les dents, ces temps-ci. Elle a quatre-vingt-douze ans, et elle garde encore des secrets. Comme moi, du reste.

En revanche, ce que je sais avec certitude, c'est ce que j'ai entendu tante Maud dire du prétendu suicide de tante Daphné. Ma tante Daphné avait appelé mon oncle Willie, dont elle était séparée depuis un bon moment. Oncle Willie était censé l'aider à porter son linge de la voiture jusqu'à sa chambre quand, d'après lui, il avait entendu un coup de feu. Il avait lâché sa pile de draps, monté l'escalier quatre à quatre et trouvé sa femme morte, sa putain de cervelle répandue sur la moquette. Alors il avait appelé la police. Et devinez qui s'était pointé ? Leur fils, l'incorruptible Will Junior, de la police d'Etat.

Quand tante Maud m'a appelée pour m'apprendre la nouvelle, tout ce que j'ai trouvé à dire fut :

« Oncle Willie, aider tante Daphné avec son linge ? Tu te fous de moi ? »

Mais je digresse. Je parlais de Harry. Ou plutôt – soyons précis – du bureau de Harry. Je savais que les entomologistes étaient, par définition, obsédés par les insectes, pas par les rongeurs. Et en même temps, je savais que Vector Control s'occupait plus ou moins des interrelations entre les insectes et les espèces un cran au-dessus. J'avais, une fois, reçu du siège social de Vector Control un sac en plastique plein de gambusies gratuites, censées manger les larves de moustiques du bassin à poissons rouges que mon mari avait creusé dans le jardin, derrière chez nous.

Et une autre fois, j'étais allée voir un autre bureau de Vector Control – qui aurait cru qu'il y en avait autant, et chacun spécialisé dans un truc particulier ? –, pour faire analyser une araignée grosse comme ma main que j'avais surprise en train de squatter dans mon salon, afin de m'assurer qu'elle n'était pas mortelle. Une fois que la standardiste de VC eut fini de hurler, avec un certain manque de professionnalisme, je dois dire, après qu'elle eut insisté pour que je soulève le couvercle du Tupperware (merci pour le tuyau, Sue), elle avait appelé quelqu'un pour venir identifier l'araignée perturbatrice, que je soupçonnais d'avoir voyagé comme passagère clandestine avec des meubles que nous avions fait venir d'une usine de Caroline du Sud, quand on faisait encore des meubles en Caroline du Sud. Mais je m'égare, une fois de plus. Bref, c'est aux rats que je pensais quand je fis la connaissance de Harry.

Je me disais qu'il aurait pu se tuyauter sur l'éradication des rongeurs auprès de ses collègues. En réalité, il ne nous aida pas beaucoup avec nos rats. Pas plus qu'avec notre infestation d'araignées, d'ailleurs. Je suppose que c'est la malédiction de la spécialisation.

Mais Harry entendit parler, par la bande, de la mort de tante Daphné. Non que je lui aie demandé de quoi elle pouvait bien souffrir avant son trépas prématuré. Et non que tante Daphné s'en souciât beaucoup, à ce moment-là, du fait qu'elle était morte depuis longtemps. Mais je pensais que ça pouvait intéresser tante Maud, dans la mesure où elle avait pris des bains à l'ammoniaque pendant des mois pour se débarrasser des parasites que lui avait refilés tante Daphné jusqu'à leur disparition, la semaine suivant sa mort.

D'après tante Maud, tante Daphné se plaignait que sa chambre à coucher était envahie par des insectes invisibles. Au point qu'elle avait pris l'habitude de dormir sur sa commode. Elle était convaincue que des parasites montaient par les plinthes dans sa chambre, et qu'ils avaient réussi à s'insinuer dans son lit. Pendant trois mois d'affilée, elle avait tout enlevé, les draps, les couvertures, de son lit, et les avait fait bouillir et rebouillir. Elle avait scotché les interstices entre les plinthes, le parquet et les murs de sa chambre. Elle avait vaporisé tous les insecticides connus de l'humanité, et elle avait acheté un nouveau matelas, un nouveau sommier, mais les insectes ne la laissaient pas en paix.

« Cette femme est folle, avait décrété ma tante Maud, la première fois qu'elle m'avait parlé du problème. Elle dit qu'il en sort de son tube de dentifrice. »

Sauf que, trois ou quatre mois après ce coup de fil, tante Maud avait commencé à avoir des démangeaisons. Ça la grattouillait juste un peu, au début. Surtout quand elle revenait de déjeuner avec tante Daphné. Elles se retrouvaient en gros une fois par mois, pour aller à ce self chinois, le long de l'A 22. Un choix un peu curieux, soit dit en passant, compte tenu de leurs antécédents carnivores et patativores.

Au début, tante Maud s'était dit qu'elle était peut-être allergique à la nourriture chinoise. Alors elles avaient déplacé leurs déjeuners en tête à tête au Club italien, commandant délibérément les linguine à l'ail et les plats les plus pimentés, en vertu de la croyance centre-européenne selon laquelle ces condiments pourraient rendre leur sang moins appétissant pour leurs tortionnaires microscopiques. Mais quoi que ça puisse être, ce n'étaient pas des insectes vampires, parce qu'ils semblaient avoir redoublé de voracité. Au temps pour l'ail et les piments.

Et puis tante Maud avait commencé à avoir l'impression que les insectes de tante Daphné avaient envahi la voiture de son mari.

« Ça doit être comme ça qu'ils m'ont contaminée », me dit-elle quand je l'appelai, pour Thanksgiving.

Tante Maud ne conduisait pas. Et donc, après déjeuner, son mari la déposait généralement, avec tante Daphné, où elles voulaient, puis il repassait une ou deux heures plus tard pour les récupérer et les ramener à la maison. Je me dis parfois que si tante Maud était restée avec son mari, c'était uniquement parce que, quand elle devait sortir du cercle d'un rayon de cinq kilomètres qui constituait le périmètre de son tout petit monde, il lui fallait un chauffeur. Et à d'autres moments je me dis que son histoire d'amour avait duré trop longtemps. Que leur vie de couple, malgré l'indifférence qu'ils me semblaient éprouver l'un envers l'autre lorsque je fus en âge de les observer, avait démarré par une passion interdite. Enfin, c'est ce que je me plais à penser d'à peu près tout le monde, à l'exception, peut-être, d'oncle Willie et de tante Daphné. Je pense que ces deux-là ont été attirés l'un vers l'autre comme un moustique par une veine chaude et palpitante, et je ne suis pas très sûre de savoir lequel suçait le sang de l'autre.

Quoi qu'il en soit, tante Maud s'était fourré dans la tête que la vermine de tante Daphné avait envahi les coussins de la Buick quasi neuve d'oncle Charlie, et je commençai à recevoir des coups de fil tardifs au cours desquels elle me racontait que les bains à l'ammoniaque étaient la seule chose qui apaisait ses démangeaisons.

« Quelles démangeaisons ?

— Les piqûres d'insectes.

— Quels insectes ?

— La vermine de Daphné. Je n'arrive pas à dormir. Je ne sais plus quoi faire.

— Tu prends des bains à l'ammoniaque tous les soirs ?!

— Tous les soirs sauf le mardi, rectifia tante Maud. C'est le soir où ils tiennent le vestiaire, à l'association des anciens combattants. Le temps que je rentre chez moi, il est trop tard pour prendre un bain.

— Alors qu'est-ce que tu fais ?

— Je le prends le mercredi matin, à la première heure. Je ne veux pas empêcher Charlie de dormir, alors je me baigne dès que j'ai réussi à l'envoyer au boulot. Mais je ne ferme pas l'œil de la nuit du mardi au mercredi. »

J'aurais peut-être pu lui dire de ne pas trop s'en faire pour oncle Charlie. D'après mon expérience, après deux heures du matin, et six ou sept rasades de Jim Beam, il aurait fallu un peu plus que le murmure de l'eau coulant dans une baignoire, dans la pièce voisine, pour perturber son sommeil. Mais je dis ça rétrospectivement. Sur le coup, je me contentai d'essayer de comprendre ce qui pouvait bien se passer. A ma connaissance, les seuls liens effectifs entre mes tantes étaient des bestioles que personne ne voyait, et les frères auxquels elles étaient mariées. Mais j'avais une théorie. Le mari dont Daphné était séparée, mon oncle Willie, était un salaud, et d'une façon ou d'une autre, cette vermine, c'était sa faute.

Cela dit, par quel mécanisme, je l'ignorais. Tante Daphné l'avait déjà fichu dehors. Et d'après ce que j'avais entendu, il ne lui avait pas laissé grand-chose. Alors je ne voyais pas très bien comment on aurait pu l'accuser d'avoir implanté les insectes qui la rendaient dingue dans sa chambre et dans la voiture de ma tante Maud.

— Il y a un nom pour ce que vous aviez, les filles, lui dis-je.

A tante Maud, s'entend, un bon moment après la mort de tante Daphné.

— Ça s'appelle le délire de *parasitose*, expliquai-je.

Ou du moins, c'est ce que je crois lui avoir dit. Je n'ai peut-être pas prononcé le nom officiel. Je ne tenais pas à avoir l'air pédante. « Mais je ne veux pas la ramener », disait mon père quand il lâchait un terme technique, ce qu'il faisait quasiment tout le temps. Dans la famille, on n'était pas trop du genre à s'étendre sur les questions intellectuelles, et encore moins sur les problèmes affectifs. Inné ou acquis, hérédité ou éducation, à vous de choisir.

Je crois avoir ajouté :

— J'ai rencontré un type. Un expert des insectes, et d'après lui...

Ouais. Là, il fallait faire preuve de doigté. Comment dire, comme me l'avait expliqué Harry Honda, que ce dont tante Daphné et elle avaient souffert était plus ou moins un problème psychologique typique des femmes plus toutes jeunes qui n'arrivaient pas à surmonter un sentiment de vide souvent lié à des problèmes conjugaux.

— Il a vu des tas de cas comme le tien et celui de tante Daphné.

Ce que je voulais faire comprendre à tante Maud, c'est qu'elle n'était pas seule dans ce cas, mais je ne voulais pas lui faire penser qu'elle était dingue, parce qu'elle se sentait si souvent seule dans les réunions de famille, et puis on aura beau dire, elle n'était pas dingue. Quant à tante Daphné, je n'en avais pas idée. Le fait qu'elle ait épousé oncle Willie ne plaidait pas spécialement en sa faveur, côté santé mentale.

Pas plus que les conclusions de l'enquête sur la mort de tante Daphné : il s'agissait bien d'un suicide, comme le stipulait le permis d'inhumer signé par le flic de la police d'Etat qui se trouvait être son fils, et peut-être mon demi-frère. Mais cela est une autre histoire. A moins que ce ne soit la vraie histoire. Bref, tout ça n'était pas fait pour arranger son affaire. A moins que si, peut-être.

Vous comprenez, une partie du problème entre tante Daphné et son mari, oncle Willie, était liée à mon père – c'est ce que j'ai fini par comprendre le jour de l'enterrement de papa, quand tante Maud m'a expliqué à demi-mot, pendant le trajet en limousine vers le cimetière, pourquoi oncle Willie avait menacé de me tuer, un mois avant.

Je pensais que c'était simplement parce que je l'avais fichu dehors après l'avoir entendu, chez moi, dire au téléphone à tante Daphné de faire les valises, et de venir en Californie. « La maison est à nous », avait-il pratiquement roucoulé au téléphone, sans savoir que je venais d'entrer dans la maison, ou s'en fichant pas mal.

« La maison » était celle de mon père et de ma mère, où j'avais vécu presque tout le temps depuis que mes parents avaient déménagé, chacun de son côté, puisqu'ils étaient séparés à l'époque. Ils étaient convenus de se remettre ensemble si mon père renonçait à toutes les mauvaises influences de leur ville natale et trouvait un bon boulot et un endroit décent où habiter – ce qu'il fit, il faut lui laisser ça. Il nous avait fait venir, ma mère et moi, six mois après s'être installé en Californie. Il avait dégoté un boulot prometteur de machiniste dans l'industrie aérospatiale et un petit appartement convenable à Anaheim, pas loin de Disneyland. Deux ans plus tard, nous nous installions tous dans la maison que mon père avait réussi à acheter avec l'argent économisé de son premier boulot stable depuis tout le temps qu'ils étaient mariés, ma mère et lui. Pour moi, ça paraissait trop beau pour être vrai – d'autant que le lotissement où nous étions installés s'appelait les Maisons Cendrillon. Et ça faisait vraiment maison de Cendrillon, avec cette bordure de toit en pain d'épice sur la façade, et les quatre petits carreaux de céramique dans la douche qui représentaient une baguette magique, une citrouille, une pantoufle de vair et un carrosse magique. Un vrai conte de fées, à part que j'avais dû abandonner mon chien, mon grand-père, mes cousins, mes tantes, mes oncles, les dimanches soir où on mangeait du poulet frit et des rigatoni chez mon autre grand-mère, Kennywood Park et les lucioles, tout ça pour aller m'installer en Californie, où je m'étais soudain rendu compte que j'étais toute seule. Cet épisode-là était assez triste et solitaire, mais au moins il n'y avait personne pour aggraver le problème, comme à Pittsburgh, quand je m'étonnais de ne pas voir mon père parfois plusieurs mois d'affilée :

« Ta maman refuse de le laisser entrer dans la maison depuis qu'il s'est soûlé et qu'il a renversé ces vingt-sept boîtes aux lettres sur Old Monroeville Road, répondait mon cousin Jimmy. Je parie qu'il était encore avec Audrey.

— Il est en prison, maintenant, ajoutait sa sœur, Marie, que tout ça faisait positivement jubiler.

— Oublie-le, va. C'est un enfoiré, décrétait le cousin Louie en manière de réconfort.

— C'est tous des enfoirés, devait dire le cousin Ed, plus tard. A côté des autres, ton papa n'est pas le pire. »

Pour être claire, dans la famille de mon père, la plupart des hommes jouaient et buvaient trop, et presque tous prenaient des paris illégaux pour se faire quelques billets. Ils se retrouvaient mêlés à des bagarres dans les bars, et oncle Lennie, qui travaillait pour les chemins de fer, avait fait dérailler un ou deux trains parce qu'il voulait un week-end extra-long. Mais tout ça, c'était de la carabistouille. Rien de bien méchant. De tous les frères de mon père, oncle Willie était le seul dont j'avais entendu dire qu'il avait fait des séjours dans un hôpital psychiatrique. Et on disait tout bas des choses sur la vraie raison pour laquelle tante Daphné s'était fait refaire le nez.

La première fois que j'avais entendu ces rumeurs, c'était le jour de l'enterrement de mon père.

J'étais assise dans la limousine de devant, avec tante Maud, oncle Charlie et mon cousin Ed. J'avais demandé à ma tante pourquoi oncle Willie me détestait tellement, et pourquoi tous les membres de la famille avaient pris son parti quand il avait menacé de me tuer.

« Tu te souviens de la mort de ton grand-père ? commença-t-elle.

— Plus ou moins.

— Tu te rappelles que ton père était venu tout seul à l'enterrement... ? »

Ça, je m'en souvenais. Je n'avais que dix ans, à l'époque. Nous étions partis pour la Californie l'année d'avant, et nous n'avions pas trop d'argent, alors après la crise cardiaque de mon grand-père, mon père était retourné tout seul à Pittsburgh. Je ne sais pas trop ce que ma mère en avait pensé, mais moi, ça ne m'ennuyait pas de rester à la maison. Mon grand-père n'était pas un homme agréable – c'est probablement pour ça que ma grand-mère avait stipulé dans son testament qu'elle voulait être enterrée avec son premier mari (elle avait tout de même attendu quinze ans pour le rejoindre). Ça avait provoqué un vrai séisme dans la famille. Mon père, oncle Charlie et oncle Virgil, qui était son seul fils de son premier mariage, avaient pris sa défense. Les quatre autres fils avaient considéré ça comme insultant pour leur défunt père, et par extension pour eux. Ensuite, le torchon avait brûlé pendant vingt ans entre les frangins, et ça avait dégénéré en une guerre de tranchée homologuée. Mais bon, encore une fois, c'est une autre histoire. Juste une vendetta de plus. Le jour de l'enterrement de mon père, j'étais surtout intéressée par la hargne particulière, indéfectible, que mon oncle Willie vouait à mon père, et par extension à moi.

Tante Maud se pencha tout près, pour qu'oncle Charlie ne puisse pas l'entendre. Charlie était assis sur la banquette avant, à côté du chauffeur, et le cousin Ed était juste derrière moi. Il avait promis de surveiller mes arrières au cas où l'oncle Willie me chercherait noise à l'enterrement, et il prenait sa promesse très au sérieux.

« Neuf mois après les funérailles de ton grand-père, ton cousin, Willie Junior, venait au monde », dit tante Maud, d'un ton lourd de signification.

« Little Willie », mon cousin de vingt-six ans. Il me fallut une demi-minute pour faire les calculs, et le rapprochement. Je savais que lorsque mon père avait finalement succombé à la maladie, il y avait vingt-six ans que mon oncle Willie n'avait pas adressé la parole à mon père, mais je n'avais jamais su pourquoi. Quand oncle Willie s'était pointé à l'improviste pour voir mon père, après que la rumeur se fut répandue qu'il n'en avait plus pour longtemps, mon père avait réagi avec un étrange mélange de surprise, d'exaltation et d'une pointe de gêne. Ma mère était morte l'année d'avant, et mon père ne supportait pas bien son deuil. Après quelques jours, et quelques nuits, passés assis à la table de la cuisine, à bavarder non sans embarras avec oncle Willie jusqu'aux petites heures du matin, les choses semblaient s'être un peu dégelées entre eux deux, et papa avait l'air de tirer un certain réconfort de sa présence. Mais contrairement à tous les autres membres de la famille, qui étaient restés une semaine ou deux pour lui remonter le moral après la mort de ma mère, l'oncle Willie ne semblait pas avoir programmé un retour au bercail.

Ni de mettre papa au régime sec. En deux temps trois mouvements, Willie avait persuadé mon père de signer un document par lequel il lui léguait sa voiture, et il faisait couler la vodka comme si c'était de l'eau. Après l'hospitalisation de mon père, qui avait sombré dans le coma, oncle Willie appela tante Daphné et lui dit que c'était fait. Elle pouvait venir s'installer en Californie.

« Enfin, je ne sais pas, Daphné. Des vêtements d'été. Et peut-être un pull. Il fait frais, ici, le soir. »

C'est là que j'étais entrée.

C'est là que j'avais dit à oncle Willie de foutre le camp de notre maison, et qu'il avait serré les poings.

« Je *mérite* ça, m'avait-il dit.

— Non, ce n'est pas vrai !

— Je pourrais te tuer, là, tout de suite.

— Sors de chez nous !

— D'accord », avait-il dit avec un sourire mielleux.

Je lui avais rendu son sourire. Il me sous-estimait. Après son départ, j'avais fait un rapide inventaire, découvert que la télé de la chambre de mon père avait disparu, ainsi que tous ses albums de musique western et country. Alors j'avais changé les serrures de la maison et, à la fin de la journée, j'avais obtenu une injonction restrictive. Je pense qu'oncle Willie en fut surpris. Il passa quelques nuits dans la vieille Cadillac de mon père, devant la maison, d'où la police le fit déguerpir plus d'une fois, puis il décida de faire la part du feu et de rentrer chez lui. Il regagna Pittsburgh juste à temps pour l'enterrement de mon père.

La famille, la maison sont de puissants aimants. Mes parents vivaient en Californie depuis quinze ans, ils s'y étaient fait des amis et y avaient bâti une bonne vie, et pourtant ils l'avaient tous les deux clairement dit : ils voulaient qu'on les ramène « chez eux ». Ils voulaient être enterrés dans la concession familiale. J'essayais de me rendre sur leurs tombes quand je pouvais, mais j'habitais à cinq mille kilomètres de là.

Mais encore une fois, je m'égare. Tout ça, c'est des histoires de famille. Ça n'a qu'un rapport marginal avec *l'histoire*. Harry Honda ne savait rien de moi, ni de ma famille. Tout ce qu'il savait tournait autour des insectes, surtout ceux qui infestaient tante Daphné.

Il m'avait fait traverser le baraquement en tôle ondulée, avec ses tables en métal gris industriel et ses rayonnages surchargés de boîtes en plastique. Je l'avais suivi de table en table, d'étagère en étagère, hochant la tête et émettant les « ah bon ? » et les « non, vraiment ? » appropriés devant tous les spécimens dûment conservés dans le formol, épinglés sur des planches recouvertes de papier non acide, étiquetés et rangés par ordre alphabétique en fonction de leur genre et de leur espèce... Et pas une blatte siffleuse en vue.

A ce stade, j'envoyais généralement des coups de sonde sous le vernis « professionnel » de mon sujet : je lui demandai ce qu'il faisait en dehors des moments où il identifiait et cataloguait ses bestioles. Malgré son travail dans la journée, ou à cause de ça, j'étais à peu près sûre qu'il ne passait pas ses soirées à peindre des petits soldats de la guerre de Sécession, et qu'il n'entreposait pas une collection de crottes de marsupiaux dans sa chambre d'amis.

— Je joue au softball. Il y a une équipe de Vector Control dans la Ligue de Santa Ana.

Je lui dis que je jouais aussi dans une équipe locale. Surtout des gens qui travaillaient dans les journaux.

— Je déteste le softball, dit Harry.

— Je déteste le shopping.

Je me dis qu'on pouvait peut-être trouver un terrain d'entente et je décidai de me confier à lui. Chaque fois que je vais faire des courses, j'ai l'impression d'être la seule femme du comté d'Orange à n'être pas née avec le chromosome du shopping.

— Alors, pourquoi faire les magasins ? demanda Harry.

— Par nécessité, répliquai-je. Pourquoi jouez-vous au softball ?

— Par camaraderie.

Harry avait un gène biscornu. Je sentis que quelque chose se nouait entre nous.

— Vous voulez voir quelque chose de drôle ?

Harry me tendit un sachet de plastique scellé.

Je haussai les sourcils. Le sachet était vide. Ça avait été une longue journée pleine d'insectes.

— J'en ai au moins un comme ça par mois, poursuivit Harry.

— Un sachet ? demandai-je.

La technique des questions ouvertes n'avait plus de secrets pour moi.

— De la part des femmes, surtout. Surtout des femmes mariées. Surtout entre deux âges.

Là, il me sembla un peu embarrassé. Peut-être parce que j'avais l'air d'une femme mariée, et entre deux âges. Il ne voulait pas m'offenser. Il me conduisit vers ce qui lui servait de bureau : une table et des étagères métalliques sur lesquelles étaient soigneusement rangées des tas de boîtes minutieusement étiquetées. Il tendit la main vers le deuxième rayon, prit une boîte de la taille d'un carton à chaussures marquée *FF*.

— « FF » ?

— FoFolles.

Harry Honda souleva le couvercle de la boîte. Pas de scorpions prêts à bondir, juste un empilement approximatif d'une cinquantaine de sachets de congélation. Chacun portait une étiquette mentionnant un nom et une date. Les dates étaient étagées sur une dizaine d'années. Que des noms de femmes, à part trois, me dit-il, ajoutant :

— Les exceptions qui confirment la règle.

Et pour être juste, tous les sachets n'étaient pas complètement vides. Quelques-uns contenaient des petits grumeaux pelucheux qui pouvaient être des bouloches ou des moutons de poussière. Quelques autres, des espèces d'écailles, pellicules, poussières, phanères, poils d'animaux, et Dieu sait quelles petites saletés desséchées. Mais la plupart des sachets semblaient ne rien renfermer de plus ou moins exotique qu'un peu d'air.

Harry me jura qu'il recevait au moins un SDCV – sachet de congélation vide – tous les deux mois, d'une femme qui prétendait y avoir mis les insectes invisibles dont sa maison était envahie et qui lui causaient des souffrances insupportables. Harry me dit que, la première fois, il avait expliqué à la femme ce qu'il en était visiblement, si l'on peut dire.

« Je regrette, mais il n'y a rien du tout là-dedans », avait-il dit.

Il avait introduit une lame de verre dans le sac, en avait retiré un gros grumeau de rien du tout et l'avait placé sous le microscope pour prouver ses dires. La femme lui avait arraché son sachet des mains, était allée se plaindre auprès de son superviseur, et après cela, me dit Harry, on lui avait donné quelques conseils.

« Dites-leur ce qu'elles ont envie d'entendre, mon garçon, lui avait suggéré son patron. Les insectes ne sont pas réels, mais ce qu'elles ressentent l'est bel et bien. »

— Et qu'est-ce qu'elles ressentent, au juste ? me demandai-je à haute voix.

— Rien, répondit-il. Rien du tout. C'est leur problème, vous voyez.

A propos, cette histoire ne tourne pas autour de Harry. Pas plus qu'autour de Harry et moi. Malgré notre petit échange sur le shopping et le softball, nous n'avons jamais vraiment opéré le rapprochement. Je parie que si on lui avait demandé, le lendemain, quelle était la couleur de mes cheveux (brun-roux, légèrement grisonnants) ou ce que je portais (jean, sandales et chemisier à fleurs post-hippie chic), il aurait haussé les épaules et répondu qu'il n'avait pas fait attention.

Et c'était exactement ce que Harry voulait dire, involontairement. Toute l'histoire tournait autour de ça : le fait de passer inaperçu. Je pense que je comprends maintenant ce que mes tantes avaient vécu. Ni l'agressivité ni l'indifférence anodine de leur mari. Non. L'invisibilité. L'impression qu'une fois qu'on avait perdu la capacité d'enfanter on se fondait, d'une façon ou d'une autre, dans ce coin de l'univers réservé aux créatures non existantes à la taille épaisse, au nez retroussé ou non. Célibataires ou mariées. Bien ou mal mariées. Après toutes les années passées à faire le dos rond, à tâtonner, à tomber et à se relever tant bien que mal, on commençait à avoir l'impression qu'on allait fendre la coque de sa sexualité dans toute sa gloire sauvage, et voilà qu'on se retrouvait dans une nation d'une seule personne pendant que tous les autres étaient partis pour Aruba, flirter avec des filles au ventre plat, en bikini. C'était le genre de possibilité perdue qui avait tué tante Daphné. De sa propre main ou de celle d'oncle Willie ? Je commence à me dire que la question est sans objet.

Ce jour-là, dans son baraquement bien ordonné, Harry m'expliqua qu'il y avait eu tout un tas d'études dans des revues de psychologie et d'entomologie sur les femmes et leurs sachets pleins d'insectes invisibles. Le nom scientifique du syndrome était « parasitose illusoire ».

Harry me raconta que son superviseur lui avait conseillé d'écouter patiemment ce que ces femmes avaient à dire, de préparer une lame de microscope des « spécimens en sachets » qu'on lui présentait et, sans aller jusqu'à dire expressément qu'il y avait quelque chose, d'offrir une écoute compréhensive. Il paraît que le suicide était une issue extrême, mais pas absolument exceptionnelle. Et que le seul vrai traitement était psychiatrique.

— Sauf que vous n'êtes pas psychiatre.

— Non. Mais je peux faire preuve de compréhension.

Harry me dit que c'était la procédure standard, dans le métier – pas seulement dans les bureaux de Vector Control, mais chez la plupart des entomologistes du gouvernement : on donnait à ces malheureuses un tube de crème apaisante et on les adressait à un psychologue qui connaissait le syndrome.

— Mais on ne leur dit pas que tout se passe dans leur tête, expliqua Harry. On leur dit que la crème les aidera à soulager les symptômes immédiats, et que le psychologue pourra les aider à surmonter le traumatisme de l'infestation par les parasites.

— Vous leur mentez sans vergogne, autrement dit ?

Il me prit des mains le sachet vide étiqueté *Martinez, L. - nov. 1997*.

— Eh bien, pas exactement, répondit-il. Enfin, bon, d'accord. Ouais. On leur ment un peu. Mais je pense que ça les aide.

— De leur mentir ?

— De les écouter.

Je repensai à tous ces coups de fil dingues de ma tante Maud. Harry remit le sachet de L. Martinez dans la boîte des FF et referma le couvercle.

— Vous savez, dis-je, j'ai eu une tante qui se croyait infestée par la vermine, et une autre qui était persuadée de l'avoir contaminée.

— Ça n'a rien d'étonnant. Ce genre d'obsession est contagieux. Les membres d'une même famille se sensibilisent les uns les autres, expliqua Harry. Ça porte même un nom : Folie à deux.

— On dirait le nom d'une danse, répondis-je. Un genre de valse, où deux personnes, seules au monde, décriraient des évolutions au rythme d'une musique qu'elles seraient seules à entendre.

— Eh oui. Tenez, ça va vous plaire, dit Harry en s'approchant de la table suivante. Vous avez déjà observé les différentes phases du développement d'un scarabée bousier ?

Cet été-là, je me rendis, tout en sachant que j'aurais mieux fait de m'abstenir, à une réunion de famille. L'affaire avait été organisée par tante Maud, qui avait joué sur la note « J'ai quatre-vingt-douze ans et je n'en ai plus pour longtemps... », une litanie qu'elle débitait depuis son soixante-quinzième anniversaire. Et comme d'habitude, ça avait marché. Ce soir-là, il y avait bien soixante-dix membres de la famille et autant de pièces rapportées qui vibrionnaient dans le jardin, derrière chez elle, et comme c'était moi qui habitais le plus loin, elle m'avait bombardée invitée d'honneur.

J'avais pris le premier avion du matin pour Pittsburgh, et j'avais à peine eu le temps de me passer de l'eau sur le visage et de changer de chemisier que des hordes de cousins, leurs gamins et leurs petits-enfants avaient commencé à me tomber dessus comme une nuée de

Scud. Ils se déversaient d'une armada de gros 4 × 4 en brandissant des appareils photo numériques et des caméscopes, les bras pleins de rigatoni, de poivrons grillés, de salade de pommes de terre, de haricots en sauce, de macaronis, de salade de concombre, de linguine et de packs d'Iron City, la bibine locale.

Je me penchai vers mon cousin Ed.

— Tu sais ce qui manque ? Ton papa et le mien, assis là, sous les pommiers, à s'envoyer des whiskys derrière la cravate. Et en moins de deux, tout le monde aurait sorti les guitares et se serait mis à chanter.

— Ouais, fit Ed en riant Et juste après ça, quelques bagarres auraient éclaté.

— C'était le bon temps, hein ?

Tante Maud surgissait sporadiquement de la cuisine pour dénombrer son cheptel.

— Où sont Caroline et sa famille ?

— Ils viennent d'Atlantic City en voiture.

— Qu'est-ce qu'ils sont allés foutre là-bas ?

— Elle avait une chambre payée pour la semaine, répondit l'une des sœurs de Caroline.

Caroline adorait les jeux d'argent. Tantôt elle gagnait, tantôt elle perdait. Mais elle était bien connue autour des tables, et généralement sa chambre lui était remboursée.

— Et Will ?

— Je ne sais pas. Il n'était pas au Mexique ?

— Si, mais il a dit qu'il venait.

Will n'était pas venu à l'enterrement de mon père. La dernière fois que je l'avais vu, il avait cinq ou six ans, et on le surnommait « Festus », à cause du shérif adjoint de *Gunsmoke*. D'après ce que m'avait dit tante Maud, c'était devenu un assez chouette gars, en grandissant. Alors je commençai à me dire qu'il y avait peut-être un plan cosmique au monde, que cette réunion était faite pour nouer tous les fils restés dénoués. C'était l'occasion ou jamais pour moi de sortir toutes les questions que je me posais sur lui et sur moi, et en échange, je pourrais lui dire ce que j'avais appris, grâce à Harry Honda, sur sa mère et ses insectes.

Quelqu'un me tendit une vodka tonic et j'entamai une longue conversation avec mon cousin Leroy, que je n'avais pas revu depuis l'enterrement de mon père. Il me demanda si je croyais à l'évolution. Lui pas. Moi si. Par bonheur, notre petite controverse fut interrompue par l'arrivée tant attendue de la tribu de la cousine Caroline : cinq enfants, neuf petits-enfants, un arrière-petit-enfant et les moitiés rajoutées. Dans la panique, je n'avais pas remarqué que mon cousin Will et sa femme, Bettina, étaient là.

— ... alors quand les alertes au cyclone ont commencé, on s'est dit qu'on avait intérêt à déguerpir en vitesse...

La voix était celle d'un grand gaillard sec comme un coup de trique, à côté de qui était plantée une brunette élancée. Ils portaient des tenues d'été fraîches et nettes. Contrairement à moi, ils ne donnaient pas l'impression d'avoir passé la moitié de la nuit et le reste de la journée à voyager. Ils avaient les yeux marron, des cheveux courts parfaitement coupés, et ils étaient bronzés.

— On aurait probablement pu trouver un vol et partir demain, dit Bettina.

Le mot qui venait aussitôt à l'esprit pour décrire sa voix, son attitude, son sourire était « guilleret ». Tout était parfait, à part ses yeux. Deux trous noirs d'épuisement.

— Mais on aurait manqué la fête, dit Will en la prenant par les épaules.

Tante Maud sortit comme une souris de la cuisine pour accueillir les derniers arrivants.

— Attrapez-vous une assiette. Il y a tout plein à manger.

Will lâcha Bettina pour se pencher et donner l'accolade à tante Maud. Il continua à décrire le chaos dans l'aéroport de Cancún quand les touristes s'étaient rués sur les comptoirs d'embarquement et avaient commencé à se battre pour prendre un avion dès que les alertes au cyclone avaient retenti.

— Grâce au ciel, Bettina bosse dans une compagnie aérienne.

— Je suis hôtesse de l'air, dit Bettina, en refusant, d'un geste, les poivrons grillés et les saucisses italiennes qu'on lui proposait.

— On a eu de la chance.

— Il n'y avait pas vraiment de danger.

— Mais il fallait qu'on parte.

— Il n'y avait pas le feu.

— Mais si, chérie.

Will raconta comment, même avec les relations de Bettina, ils n'avaient pas pu avoir un vol direct pour Pittsburgh. Ils avaient dû aller jusqu'à Cleveland, où ils avaient loué une voiture afin de venir à la fête.

— On est venus de Cleveland en à peine plus de deux heures, dit-il en sifflant son Coca.

— On dirait que le cyclone vous a suivis ici, dit le cousin Ed en indiquant d'un mouvement de tête les nuages qui venaient du sud et s'assombrissaient. Hé, maman, laisse-moi t'aider à porter ce plateau !

Et là, brusquement, au milieu du ragoût de gènes familiaux, nous nous retrouvâmes seuls, Will, Bettina et moi. Nous restâmes debout, calmement, face à face, pendant une minute, peut-être deux, Will buvant son Coca à la paille, moi dorlotant ma vodka tonic, Bettina souriant.

— La dernière fois que je t'ai vue, tu avais les cheveux roux.

— Et toi, tu avais les cheveux ondulés.

— Papa avait les cheveux qui ondulaient.

— Comme ton père.

Will passa la main sur ses cheveux raides, impeccablement coupés en brosse.

— Le règlement.

— Tu as grandi.

— On est tous grands dans la famille.

Je remarquai que Will avait les yeux marron, et pas bleus comme son père. Profonds. Ecartés. Nous avions exactement les mêmes yeux. Mais Ed et moi aussi. Comme mes vingt-sept cousins, à part deux. On appelait ça les yeux Andriotti. Les yeux ne voulaient rien dire, en réalité.

— Hé, Will, fit Ed en se penchant entre nous, les doigts enroulés autour de deux Iron City. Tu as trouvé quelque chose à boire ?

Bettina commença à répondre. Will secoua la tête.

— Oui, oui, merci. Mais Bett et moi, on prendrait bien encore deux Coca Light, s'il y en a.

Je pensai : Au moins, tu n'es pas alcoolique, mais je ne dis rien. C'était un gène dominant chez les Andriotti dont il n'avait pas hérité.

— Alors tu es toujours dans la police d'Etat ? trouvai-je à articuler en puisant dans mon vieux sac à malice de journaliste. Tu dois en avoir, des histoires intéressantes à raconter.

— La plupart du temps, je dresse des PV pour excès de vitesse. Rien de très passionnant.

Je me demandai si j'allais lui parler de la mort par balle de sa mère. Ça, ce serait peut-être plus passionnant, non ? Mais je dis :

— Et vous, Bettina ? Vous volez sur quelle compagnie ?

— Elle est sur American.

Hmm, chouette. Des gamins ? Deux. Et vous ? Non. Des chiens ? Deux bergers australiens. Nous, on a un grand danois. Et Cancún, ça vous a plu ? Pas mal. Moi aussi, j'y suis allée, il y a deux ans ; juste avant le dernier cyclone. Et ainsi de suite. Pendant quarante bonnes minutes, nous avons dansé autour de l'éléphant dans la cour sans en parler, moi jouant les Ginger et Will en Fred au pied léger.

Folie à deux.

— Il commence à être tard, mon chou, dit enfin Bettina, en se grattouillant distraitement la nuque.

Elle avait l'air épuisée. Will eut un sourire crispé.

— Je te rappelle qu'on a encore une longue route à faire pour rentrer, ajouta-t-elle.

— Ouais, c'est vrai.

— C'était chouette de te revoir.

— Content aussi qu'on ait pu se parler.

— Ravie de vous avoir rencontrée, Bettina. Si vous venez en Californie…

— Bien sûr. On s'appelle.

— Avec plaisir, dis-je, tandis que la peau de ma nuque commençait à me picoter.

TOUT PEUT AIDER

– Z. Kelley –

La nouvelle tomba comme un couperet. Alors que le matin même Louisa Escamilla avait un bon boulot (pas un boulot extraordinaire, mais un bon boulot), à midi elle n'en avait plus, et ce n'était pas sa faute.

Peut-être aurait-elle dû faire plus attention, ou reconnaître qu'il y avait un peu de vrai dans les rumeurs qui circulaient… Mais Louisa Escamilla, qui avait la charge de sa mère et d'un fils handicapé prénommé Eduardo, n'avait pas de temps à perdre en commérages. Aussi ne tint-elle pas compte de quelques indicateurs montrant clairement que son employeur s'était aventuré sur un chemin semé d'embûches, de cartes à jouer et de lignes de cocaïne.

Pour Louisa, le travail était une chose très importante. Célibataire, elle élevait son fils avec l'aide de sa mère. A l'âge de cinq ans, Eduardo s'était fait une mauvaise fracture à la jambe et, comme elles n'avaient pas les moyens de se payer des soins médicaux de qualité, elles s'étaient retrouvées aux urgences, où un incapable avait mal réduit la fracture. Maintenant, Eduardo poussait plus vite, et son os faisait pareil. Mais il poussait mal et le petit souffrait souvent. Il utilisait parfois un fauteuil roulant et il faudrait bientôt l'opérer.

« Si vous ne faites pas le nécessaire avant ses dix ans, il ne pourra peut-être plus marcher du tout », leur avait dit un médecin quand Eduardo avait atteint l'âge de huit ans.

A présent, les dix ans étaient là et Louisa voyait le temps filer. Elles se débattaient toutes les deux, elle et sa mère, pour mettre cinquante dollars de côté tous les mois, mais elles n'en avaient encore réuni que six cent cinquante.

Louisa envisageait justement de demander une aide à son employeur lorsque, en ce jour d'avril, plusieurs hommes et femmes habillés en hommes et femmes d'affaires arrivèrent à l'usine Taylor Made Novelties. Ils convoquèrent tous les ouvriers payés à l'heure et leur annoncèrent :

— L'usine est fermée. Vous allez percevoir votre salaire et une indemnité de licenciement. Nous vous demandons de vous avancer à l'appel de votre nom.

Les gens allèrent prendre leur chèque sans protester ni poser de questions, mais quelques femmes qui travaillaient là depuis longtemps pleuraient.

— Merci pour votre travail, disait la dame qui donnait les papiers.

Au bout de dix personnes, son commentaire devint machinal, insensible.

Louisa prit sa paie tout aussi machinalement. Elle travaillait là depuis neuf ans et venait d'avoir une promotion.

Elle ouvrit son enveloppe sur le parking et vit que son indemnité était de cent vingt-cinq dollars.

Elle ne ressentait aucune colère. Elle était simplement sous le choc. Elle était toujours dans le même état lorsqu'elle alla attendre son bus.

Mais Louisa n'avait jamais pris le bus aussi tôt dans la journée. Elle était tellement dépassée par la catastrophe qui venait de la frapper qu'elle ne s'aperçut qu'au bout de plusieurs kilomètres qu'elle s'était trompée.

Le chauffeur eut la gentillesse de la laisser descendre à une station d'où elle pouvait prendre la correspondance, et elle se retrouva abandonnée à la périphérie la plus éloignée de Las Vegas. Derrière les immeubles délabrés et la surabondance de commerces, on voyait s'étendre l'impénétrable désert. Louisa resta plantée là, aveuglée par le soleil, sans avoir conscience de la chaleur, au début, parce qu'elle était transie jusqu'aux os de peur et d'anxiété.

Qu'est-ce que je vais leur dire ? De quoi allons-nous vivre ? se répétait-elle.

Elle devait rentrer avant de se retrouver complètement perdue.

Allez, respire à fond, s'enjoignit-elle. Bien à fond.

Elle respira, rassembla ses esprits. Puis elle évalua sa situation immédiate.

— Je vais chercher un autre travail.

Elle avait prononcé cette phrase à haute voix. Il n'y avait personne à la ronde pour l'entendre.

Elle s'aperçut qu'elle se trouvait devant un casino appelé « Jeux A Gogo ». Il y avait également une boutique de cadeaux. Elle se dit qu'elle avait absolument besoin d'un petit réconfort. Oui, elle allait entrer et acheter un soda, mais pas de sandwich.

Elle avait le temps, il lui restait un quart d'heure avant l'arrivée du prochain bus, selon les renseignements du chauffeur.

Au moment où elle s'apprêtait à ouvrir la porte de la boutique, une annonce lui sauta aux yeux : *RECHERCHONS CAISSIER (CAISSIÈRE) À LA BOUTIQUE CADEAUX. TRAVAIL DE NUIT.*

Louisa n'était pas superstitieuse, mais elle interpréta cette annonce comme un signe du destin.

Je peux travailler de nuit, se dit-elle. Et elle entra.

La partie boutique était étonnamment propre et bien organisée. Les réfrigérateurs contenant l'alimentation et la bière, les babioles bon marché, les tee-shirts et les cadeaux étaient disposés d'une manière extrêmement rationnelle, comme rangés par ordre alphabétique ou par taille. Les Doritos rouges, les Cheetos orange, des Funyuns jaunes, mélangés à des piles de tee-shirts bleus ou violets, semblaient avoir été ordonnés ainsi pour satisfaire les goûts et les couleurs en utilisant le spectre entier.

Mais le casino, à l'arrière, était une caverne sans fenêtres plongée dans une cacophonie de tintements, de sifflements et de sonneries. Un manteau de fumée surplombait cette pièce qui évoquait un sombre recoin de l'enfer éclairé au néon.

Louisa Escamilla ne jouait pas et ne comprenait pas qu'on gaspille ainsi l'argent. C'est ce qu'elle expliqua aux deux propriétaires, des frères qui se présentèrent tous deux sous le nom de M. Hosn. Pas de prénoms. Ils voulaient être appelés M. Hosn.

Louisa Escamilla plut aux frères Hosn. Ils aimèrent son visage, un visage calme aux yeux noirs. Ainsi que les vingt kilos de trop que transportait son mètre soixante, car ce surpoids avait peut-être pour corollaire un manque d'estime de soi et, par conséquent, une maniabilité appréciable chez une employée. Aussi fut-elle embauchée sur-le-champ.

Elle rentra chez elle et mit sa famille au courant.

— Bon, j'ai une bonne nouvelle et une mauvaise nouvelle, déclara-t-elle en refermant la porte de leur petit appartement.

Elle n'avait pas fini sa phrase que sa mère et son fils s'asseyaient pour mieux écouter.

— J'ai perdu mon boulot, annonça-t-elle.

Les deux visages qu'elle avait en face d'elle s'assombrirent.

— Mais j'en ai déjà trouvé un autre, poursuivit-elle.

Les visages s'éclaircirent.

Puis Louisa vit sa mère froncer les sourcils quand elle décrivit Jeux A Gogo.

— C'est juste pour un petit moment, mama, le temps qu'on ait assez d'argent pour acheter une voiture et partir à Los Angeles auprès de tante Rosa. Après, je trouverai quelque chose de mieux.

Louisa ne parla pas de l'opération. Jamais devant Eduardo.

— Je n'aime pas ça, *mija*, dit sa mère. Un casino ?

— Non, il y a une boutique aussi, mama. Je travaille à la boutique.

— Et la *cerveza* ? Ils vendent de la *cerveza* ?

— Mama, s'il te plaît. Ils vendent de l'alimentation et des cadeaux.

Louisa soupira et se mit à rassembler le linge à laver. Elle devait se concentrer sur quelque chose, n'importe quoi, pourvu qu'elle n'ait pas à regarder sa mère, une femme diabolique qui savait déchiffrer les visages et les gros titres qui étaient écrits dessus.

Non, elle ne voulait pas que sa mère lise sur son visage les noms de quelques autres objets vendus chez Jeux A Gogo. Elle ne voulait pas que sa mère devine comment les frères Hosn appelaient en riant l'une des sections de la boutique de cadeaux/alimentation : le salon porno. Ils lui avaient donné le nom officiel de « vidéothèque », comme si cet endroit contenait une importante collection de films au lieu d'être bourré d'objets pornographiques en tout genre.

Cette nuit-là, ils dormirent tous les trois sur le canapé-lit, pendant que, comme presque toutes les nuits, se déroulait sous leurs fenêtres le spectacle offert par les ivrognes du ghetto de Las Vegas. Pas de fontaines illuminées pour les habitants de ce boulevard. Pas de superproductions pharaoniques ou de halls d'entrée éclairés par quatre milliards d'ampoules. Ici, les gens restaient chez eux après la tombée de la nuit, en évitant de s'approcher des fenêtres. Les lampadaires des rues étaient cassés, et jamais remplacés par la municipalité, car qui serait allé se plaindre ? Les Escamilla et leurs voisins vivaient selon la main qu'on leur avait distribuée et le jeu était simple : la survie.

La vieille dame n'arrivait pas à dormir cette nuit-là, aussi se leva-t-elle pour se rendre dans la chambre, où ils dormaient rarement parce qu'à l'étage du dessous une balle de revolver tirée de l'extérieur avait un jour perforé le mur.

La lune était pleine. Elle déversait sur le chrome du fauteuil roulant d'Eduardo une mince cascade de lumière, pareille à une eau bleutée qui se serait répandue sur le plancher et aurait inondé la maison où les trois Escamilla vivaient serrés les uns contre les autres.

La vieille dame fut ragaillardie par ce rayon de lune. Poussée par l'intuition, elle s'agenouilla et pria avec une ferveur comme jamais elle n'en avait exprimé dans toute une vie de dévotions.

— Nous qui croyons en toi, nous, tes servantes, nous avons besoin de toi maintenant, dit-elle en s'adressant directement à la lune. *Necesitamos milagro. Ahora mismo.*

Envoie-nous le miracle, dit-elle à la lune, cet astre qui porterait son message à un autre corps céleste invisible. Elle ne quémandait pas. Elle ne prononça pas une fois « S'il te plaît ». Non, elle dit, décrivit, exposa ce qu'elle voulait.

« Milagro ahora », répéta-t-elle, encore et encore, jusqu'au moment où le soleil apparut derrière la lune, où le ciel se teinta de bleu.

— Un miracle ! Maintenant ! cria-t-elle une dernière fois à la lune.

Louisa Escamilla commença chez Jeux A Gogo par le premier service du matin. C'était un horaire relativement calme, par rapport au chaos qui régnait la nuit.

« Plus facile pour apprendre », lui avait dit l'un des frères Hosn.

Mais à peine était-elle arrivée que les machines « allez, allez, par ici la monnaie », ainsi que Louisa les surnommait en secret, faisaient entendre leur incessant vacarme.

Toute la journée, les voitures livraient leur chargement de joueurs pleins d'un espoir sans cesse renouvelé. Plus tard, elles repartaient avec des joueurs aux poches vidées. Mais ils revenaient le lendemain ou la semaine suivante, parce que, disaient-ils, « On ne peut pas gagner si on ne joue pas », convaincus que des bandes de papier et des petits disques de métal leur offriraient le salut.

Ils venaient pour gagner de l'argent. Ils repartaient fauchés. Louisa trouvait qu'ils avaient dans les yeux quelque chose qui rappelait les machines à sous. A la vue des machines, des films porno ou de l'alcool, quelque part, dans l'enchevêtrement de leurs neurones, des sonnettes se mettaient à tinter, des lumières s'allumaient, et ils avaient soudain le regard vide et mécanique du désir non réciproque.

Louisa fut surprise de constater qu'elle était invisible en ce lieu. Les clients prenaient les articles qu'elle leur tendait avec des yeux qui ne la voyaient pas.

Sauf…

Sauf quand ils voulaient entrer dans le salon porno. Dans ce cas, ils la regardaient, oui, mais elle aimait mieux le contraire.

« Pouvez m'ouvrir ça ? » lui demandaient-ils en lui décochant un regard libidineux, avant de filer vers la porte sitôt l'ouverture déclenchée.

« C'est quoi qu'vous avez d'bien ? lui criaient-ils en voyant son malaise. C'est quoi, vot' préféré à vous ? »

Ou alors, ils montraient un DVD :

« J'parie qu'vous l'aimez, çui-là, hein ? »

Ça, c'était quand elle tentait de se rendre réellement invisible.

Elle apprit à manifester la plus parfaite indifférence et à éviter de croiser les regards.

Mais le pire, c'était d'avoir à toucher. Leurs mains, quand ils les lui tendaient pour mettre l'argent dans la sienne, la dégoûtaient. Et toucher les magazines et les films sordides, tristes, qu'elle glissait dans des sacs de plastique noir réservés spécialement à cet usage, lui faisait horreur.

C'était au cours de sa première semaine de service de jour. Un barbu sortit du salon porno avec ce qu'on appelait un magazine de motards. Il avait défait l'emballage et le tenait ouvert en montrant une femme à la grosse poitrine nue, le gilet de cuir de travers, la culotte de dentelle pendant sur une jambe. Elle était vautrée sur le siège d'une moto, les doigts écartés sur son sexe rouge et exposé.

Louisa détourna le regard.

— Toi aussi, tu f'rais un p'tit régime, et tu pourrais êt' comme cette poupée, lui lança le client, lui-même pourvu d'un ventre énorme qui retombait par-dessus une ceinture à boucle de style cow-boy. T'as une jolie p'tite gueule, Chiquita.

L'un des M. Hosn était dans son bureau, d'où il pouvait surveiller le comptoir par une vitre. Il se précipita à sa rescousse.

— Hé ! Hé, vous ! Remballez ça tout de suite ! hurla-t-il. Essayez pas de recommencer, sinon, c'est terminé pour vous !

— Oh, va te faire foutre, Abdullah ! Pas la peine de t'énerver ! répliqua l'autre en se dirigeant vers la porte.

— Tu refous plus les pieds ici, connard ! cria le frère.

Trop tard. L'affreux bonhomme était déjà dehors.

Pendant cet échange, Louisa avait senti se flétrir une petite parcelle de son âme... C'était un lent assassinat, à coups de blessures trop souvent répétées. Un jour, elle le savait, son âme serait perdue.

Un peu plus tard, alors que Louisa, sur la pointe des pieds, était en train de poser des cigarettes sur l'étagère du haut, le même frère lui dit doucement :

— C'était un pauvre con, l'autre, mais il avait raison : t'as vraiment une jolie petite gueule. Avec quelques kilos en moins, tu serais une super nana.

Que répondre ? Il était là, à la regarder de derrière, c'était affreux. Louisa en rougit d'humiliation.

Plus tard, le même jour, une collègue du nom de Clarisse l'entraîna à aller mettre des pièces dans une machine à sous.

— Allez, viens, juste pour te marrer ! Ça fait combien de temps que tu t'es pas marrée ?

— On a le droit ? demanda Louisa.

— Evidemment ! Les frangins, ils nous permettent de jouer, du moment qu'on boit pas et qu'on déborde pas sur la pause.

— Je sais pas…

Louisa avait peur de s'aventurer sur ce terrain inconnu.

— Oh, allez ! insista l'autre. Tout le monde le fait ! T'as qu'à mettre un dollar, ça va pas te tuer ! Tout le monde s'en tape ! Tiens, voilà, je te le donne, ce dollar !

Mais Louisa fit non de la tête.

— J'aime pas le jeu.

— Tu rigoles ? Avec un dollar, tu pourrais gagner, disons, six cents dollars. Me dis pas que t'as pas besoin de six cents dollars !

Louisa accepta. Mais elle joua avec son propre argent et gagna trois dollars la première fois. Elle regarda les lumières qui clignotaient, elle entendit l'appel rythmé, et elle eut alors la vision de ce qui pourrait arriver, ce qui pourrait être…

Clarisse dit :

— T'as vu ? C'est marrant, hein ? Allez, vas-y !

Louisa introduisit un nouveau dollar, puis un autre, et bientôt les deux jeunes femmes s'acharnèrent sur la machine en riant comme des folles. La machine avalait et clignotait, les pressant de continuer, et, parfois, une pluie de pièces dégringolait dans leurs mains. Cette joie intense était si nouvelle pour Louisa, lui faisait tellement de bien, qu'elle aurait voulu la voir se prolonger indéfiniment.

Louisa perdait, perdait encore, puis gagnait. Perdait, perdait, et Louisa s'accrochait en se disant : Je peux encore gagner. Puis, tout à coup, le temps fut écoulé. L'inévitable fin de la pause arriva, et Clarisse annonça :

— Faut y aller, c'est l'heure.

Elle n'avait plus aucune chance de gagner, à moins de continuer à jouer, mais il fallait reprendre le travail. Et Louisa reprenait toujours le travail.

Mais voilà qu'elle avait perdu d'un seul coup vingt dollars, et ça, c'était épouvantable. C'était la somme qui leur restait pour finir la semaine. Pour payer la laverie automatique, ou un repas à trois au fast-food, ou acheter un nouveau tee-shirt à Eduardo. Envolé, l'argent. Il ne restait plus qu'à attendre la prochaine paie.

Ce brutal retour sur terre lui fit l'effet d'un coup de poing dans l'estomac. Sans compter qu'il faudrait donner des explications à sa mère.

— Je les ai perdus, dit-elle en rentrant à la maison. Je sais pas où, mama, mais ils sont tombés de ma poche.

Cela ne ressemblait pas à Louisa. Sa mère lui demanda :

— Tu as regardé dans tes autres poches ?

Louisa se fâcha. Cela ne lui ressemblait pas non plus. Sa mère ne dit rien et se contenta de l'observer pensivement.

Ce soir-là, Louisa lava leurs vêtements dans la baignoire pendant que sa mère et Eduardo regardaient des vidéos très drôles avec des Américains et des chiens, et des mariages qui tournaient à la catastrophe.

Louisa ne riait pas. Eduardo se retourna dans son fauteuil roulant pour l'appeler alors qu'elle était penchée sur la baignoire :

— Regarde, t'as vu, maman ? C'était rigolo !

— Quoi ?

— Le monsieur, il est tombé de la colline, et il tenait la laisse, et le chien, il a été entraîné avec !

— Je l'ai déjà vu, répondit Louisa.

Le petit garçon cessa de rire. Sa grand-mère répéta silencieusement son incantation : *Milagro. Ahora. Milagro. Ahora.*

Plus tard, quand l'enfant fut endormi, elles firent des *tamales* à la cuisine. Ensuite, la mère de Louisa proposa de faire une petite sortie, d'aller à la piscine municipale, qui était gratuite. Mais la jeune femme refusa :

— Je peux pas. Il faut que je fasse des heures sup.

— Des heures sup, *mija* ? Pourquoi ?

Louisa éclata :

— Parce que, au cas où tu ne l'aurais pas remarqué, le loyer a augmenté et le bus coûte soixante-quinze dollars par mois ! Et maintenant, il y a l'opération d'Eddie. Nous avons besoin d'argent.

— On va aller à Los Angeles. Rosa va nous aider.

C'était un vieux refrain, entendu mille fois. Louisa répondit par le sien, celui qu'elle entonnait, elle aussi, invariablement :

— Pour aller à Los Angeles, il faut de l'argent. *No dinero, no Los Angeles para nos.*

Le sommeil fut agité cette nuit-là chez les Escamilla. La mère de Louisa se réveilla bien avant l'aube. La lune n'était pas là, elle semblait l'ignorer, mais la vieille dame ne lui adressa pas moins son appel :

— Envoie-nous le miracle maintenant, dit-elle, comme si un miracle avait été préparé exprès pour eux, et qu'elle réclamait sa mise en œuvre.

Le lendemain matin, Louisa remarqua un SDF abrité à l'ombre de la grande enseigne électronique de Jeux A Gogo. Il tenait un morceau de carton replié, aux bords entourés par une épaisse couche de scotch renforcé. Il y avait une inscription sur le carton, mais, de sa place derrière la caisse, elle n'arrivait pas à la déchiffrer.

Le soir, quand elle partit prendre son bus, il était toujours là, avec son carton. Il y avait écrit quelque chose au stylo, d'une écriture maladroite : « Tout peut aider. » L'homme était brun, de taille moyenne, mais voûté. Ses vêtements étaient beiges, ou blanc sale, et bien trop chauds pour la saison. Il avait les cheveux et la barbe en broussaille.

Louisa évita de le regarder, de peur qu'il ne lui demande de l'argent. Mais il ne fit aucun geste dans sa direction. Il resta où il était, dans la lumière orange jetée par les braises mourantes du soleil sur le désert.

Alors que Louisa attendait son bus, une voiture remplie d'adolescents s'arrêta au feu. Quand il passa au vert, ils baissèrent une vitre et lancèrent un gobelet en carton rempli d'un liquide blanc et mousseux sur le sans-abri. Puis ils filèrent, laissant l'homme trempé. Le tout rapide, méchant.

Comment peut-on se moquer de quelqu'un qui en est déjà réduit à mendier ? se demanda Louisa.

Le mendiant vit qu'elle le regardait et lui sourit. Il essuya ce qui se révéla être du milk-shake sur ses vêtements couverts de crasse.

Il agita un peu la pancarte, puis haussa significativement les épaules comme pour dire : « Tout peut aider... mais pas ça. »

Elle rit. Ils rirent ensemble. Puis elle détourna le regard.

Le bus arriva et ils reprirent tous deux leur place, elle dans son petit appartement auprès de sa famille, le sans-abri au bord de la route, immobile derrière sa pancarte.

Une semaine plus tard, le plus âgé des frères Hosn fit remarquer à Louisa :

— Qui c'est, ce type, c'est ton copain ? Il est là que quand tu travailles. Dès que tu pars, il s'en va, et il est jamais là ton jour de congé.

Elle ne répondit pas.

Le frère entreprit de faire la caisse.

Louisa, plongée au milieu de l'éternel *tacatac-ding ! tacatac-ding !* des machines à sous et de l'omniprésente fumée de cigarette, trouvait un étrange apaisement dans la présence de cet homme invariablement planté à l'angle des avenues Luxuria et Avaritia. Il se tenait exactement à l'endroit d'où elle pouvait le voir. L'ombre de l'enseigne en surplomb tournait autour de lui, mais il ne se déplaçait pas d'un pouce.

Ce clochard se mit à la fasciner. Qui était-il ? Comment avait-il fait pour finir ainsi ? Qu'est-ce qui l'attirait à l'angle de ces rues, alors qu'il y avait sûrement des intersections beaucoup plus lucratives à Las Vegas ? La chaleur ne semblait pas l'affecter. Il n'était jamais ivre, ni défoncé, dans une ville où la boisson et la défonce passaient pour la normalité. Chaque jour, il entrait pour acheter de l'eau, ou un soda, ou des bonbons. Jamais de bière ni de cigarettes. Jamais il ne mettait la moindre pièce dans les machines à sous, insensible à leurs appels, alors que personne ne résistait à leurs chants de sirène.

Louisa remarqua qu'il semblait... Quoi ? Elle ne trouvait pas le mot. Au courant, peut-être. Il n'entrait que lorsque les frères étaient absents, ou occupés ailleurs. Louisa savait, tout comme lui sans doute, qu'ils l'auraient jeté dehors. Ils n'auraient pas toléré la présence d'un mendiant crasseux dans leur établissement. Mis à part la pornographie, le jeu et le tabac, les Hosn avaient leurs principes. Ils étaient très hygiéniques. Mais le sans-abri se tenait sur la voie publique, et ils ne pouvaient pas le chasser.

Louisa appréciait beaucoup la propreté des frères. Car elle commençait à être sérieusement dégoûtée par les clients. Elle avait mis au point une astuce pour prendre l'argent et rendre la monnaie sans les toucher. Elle laissait sa main sur la caisse une seconde de plus que nécessaire, ou alors, elle se mettait à bouger les objets sur le comptoir en feignant de ne pas voir la personne qui l'attendait, la main pleine de pièces. Elle prenait son temps, arrangeait, déplaçait, en chantonnant parfois, jusqu'à ce que le client se fatigue et pose l'argent sur le comptoir. Elle le prenait alors, déposait la monnaie sur le ticket de caisse et poussait le tout vers lui. Sans toucher, sans parler.

Mais le sans-abri semblait avoir saisi la petite ruse de Louisa.

Un soir, tout en vaquant à ses occupations, elle en parla à sa mère.

— J'arrive pas à toucher les gens, tu comprends ? dit-elle. Rien à faire, j'ai pas envie de les toucher. Eh ben, le sans-abri, celui qui est devant la boutique depuis quinze jours – tu sais, mes patrons disent qu'il vient seulement quand je suis là –, eh ben, aujourd'hui, il est entré pour acheter une bouteille d'eau. Il devait faire au moins quarante degrés dehors. Quand il m'a donné l'argent, j'ai attendu qu'il le pose sur le comptoir. J'ai fait semblant de ranger un ou deux trucs, histoire qu'il pose l'argent. Mais non. Il est resté là, avec sa main tendue, l'air d'être prêt à attendre toute la journée s'il le fallait. Finalement, j'ai pas pu faire autrement qu'y aller, alors, il m'a mis son argent dans la main et…

Elle s'interrompit.

— Et quoi ?

— J'ai ressenti un truc bizarre.

Sa mère resta silencieuse un instant, elle aussi. Puis :

— Qu'est-ce que tu veux dire ? Qu'est-ce que t'as senti ?

— Je sais pas… C'est bête.

— Non, c'est pas bête, *mija*. C'est important.

Sa mère s'était penchée en avant et la regardait d'un air pressant.

— Ben… pour la première fois depuis que je travaille là-bas, j'ai eu l'impression… je sais pas comment te dire ça… quand il a touché ma main avec la sienne, j'ai eu comme l'impression que tout allait s'arranger.

La vieille dame se recula dans son fauteuil. Elle ne dit rien. Louisa secoua la tête au souvenir de la scène.

— C'est bizarre, hein ? répéta-t-elle.

Sa mère ne répondit pas.

Le salon porno continuait à être une source de malaise pour Louisa. Elle appréhendait beaucoup les moments où elle devait actionner l'ouverture menant dans les bas-fonds pornographiques de la « vidéothèque », et pendant toute la durée de la transaction, elle faisait semblant d'être à mille kilomètres de là.

Les besoins maladifs qui poussaient les hommes, et seulement les hommes, dans un lieu pareil faisaient très peur à Louisa. Quand ils sortaient de là, elle avait l'impression de n'être pour eux qu'un simple objet qu'ils pouvaient utiliser et jeter ensuite. Leur mépris faisait écho à tous les rejets, tous les affronts, toutes les insultes et tous les abandons qui avaient fait d'elle une mère célibataire, encore jeune, condamnée à vivre avec sa mère et son fils handicapé au milieu d'un désert. Elle n'était pas protégée par ses couches de graisse. Toutes les autres tendances naturelles propres à la gent masculine – la boisson, le jeu, et même la drogue – semblaient presque innocentes, comparées à ce qui se cachait derrière cette porte bleue.

Mais Louisa devait découvrir qu'il existait des comportement plus graves que la luxure.

Cela se passa un soir, trois semaines après ses débuts dans l'établissement, alors qu'elle était de service de nuit. Les frères étaient partis dîner dehors. Louisa était seule avec Clarisse, qui était sortie prendre une pause cigarette à la seconde même où la voiture des frères Hosn avait disparu du parking.

Un grand 4 × 4 blanc vint se garer près de la porte d'entrée. Cinq hommes en sortirent. Ils pénétrèrent dans la boutique, et l'un d'eux, l'air froid, salua Louisa d'un mouvement de tête. Il parcourut l'étalage de journaux placé près de la porte. Les quatre autres circulèrent parmi les étagères de bonbons, de chips et de cadeaux bien rangés. Aucun d'eux n'entra dans le casino.

Au bout d'une minute, Louisa jeta un coup d'œil dans le miroir arrondi accroché au-dessus du réfrigérateur à boissons pour vérifier leurs déplacements. L'un d'eux était du côté des bonbons, un autre lisait des magazines et, devant le réfrigérateur à bière, elle découvrit le troisième qui la regardait dans le miroir. Elle ressentit un choc en croisant ses yeux. Son regard était déterminé.

La terreur s'empara de Louisa. Où est le cinquième ? se demanda-t-elle en sentant croître la panique.

Personne n'avait fait attention à ces hommes. Les clients étaient trop captivés par les jeux à gogo. Personne ne sentit la peur de

Louisa, à part l'homme qui lui rendait son regard dans le miroir. Elle savait ce qui allait se passer.

Elle se rapprocha subrepticement du bouton d'alarme placé sous le comptoir. Au même moment, l'un des hommes versa une poignée de ferraille sur le comptoir et demanda d'une voix forte :

— Combien ça fait ? Et ça ? Et ça ?

Louisa bafouilla. La panique la prit en étau, l'étouffa presque lorsqu'elle vit l'homme lever le bras en dévoilant la crosse d'un énorme pistolet passé dans sa ceinture.

On bougea sur sa gauche, et, déjà, le cinquième homme était derrière le comptoir, à un mètre cinquante d'elle, l'arme à la main.

— La caisse, salope.

C'était dit d'une voix calme, mortelle, sombre et pure.

Je suis morte.

Louisa entendit cette pensée comme si elle avait été prononcée à haute voix par quelqu'un d'autre.

Et soudain… un cri.

— Hé !

Le sans-abri était là, à l'intérieur, devant la porte.

Tout se figea sur place. Louisa observa la scène comme dans un rêve.

Les cinq hommes regardèrent le sans-abri. D'un signe de tête, celui-ci leur désigna leur voiture.

A l'extérieur, près de la porte, une volute de fumée blanche sortait du moteur du 4 × 4.

Louisa vit les cinq braqueurs entamer une discussion muette.

Que faire ?

Prendre l'oseille et se tirer ?

Se tirer, c'est tout ?

Et ce mec, est-ce qu'il se fout de notre gueule ?

Ils se consultaient du regard. Puis ils regardèrent tous l'homme qui, derrière le comptoir, se trouvait maintenant à deux pas de Louisa, l'arme pointée sur sa tête. Ils tournèrent la tête vers la voiture. Puis à nouveau vers lui. Il y avait de la fumée, mais pas de flammes. Peut-être avaient-ils encore le temps.

Tout se passait en silence.

Le sans-abri décida alors pour eux. Il leva une main comme pour dire « Ecoutez ! », mais ne parla pas. Comme pour lui répondre, le son d'une sirène retentit au loin.

Aussitôt, ils détalèrent comme un seul homme, franchirent la porte, s'engouffrèrent dans le 4 × 4, fumée ou non, et démarrèrent en trombe en faisant crisser les pneus.

Louisa dut ouvrir la bouche en grand pour retrouver son souffle.

Le sans-abri était là, devant elle.

— Il avait un pistolet, balbutia-t-elle en s'agrippant au comptoir.

Son sauveur se dirigea vers la machine à café et revint en lui tendant une tasse.

— Il avait un pistolet, répéta Louisa en lui prenant le café des mains.

Le café était amer, noir. Au bout de la première gorgée, les larmes lui montèrent aux yeux. Elle se mit à trembler.

— Oh, merci. Oh, merci. Oh, mon Dieu !

Submergée par le soulagement, elle se sentit défaillir. Elle plaça sa tasse sur le comptoir et s'y retint à deux mains, la tête penchée.

Le sans-abri posa une main sur les siennes, et cela se reproduisit : à nouveau, cette sensation sur laquelle elle n'arrivait pas à mettre de mots.

Louisa regarda la main de l'homme, et la sienne, en dessous. Quelque chose passa entre elles.

— Qui êtes-vous ? demanda-t-elle dans un murmure.

Il sourit et, oubliant l'instant, l'horreur, la peur, elle vit que ses dents étaient propres et bien rangées.

Une voiture de pompiers se gara sur le devant.

Louisa ne bougea pas. Le sans-abri retourna à sa place.

Bien plus tard, après que toute l'effervescence fut retombée, elle termina son service. Elle alla s'asseoir sur le banc de l'arrêt de bus. Le sans-abri n'était pas sur son coin de trottoir.

Dans le bus qui l'emmenait chez elle, elle se laissa bercer dans l'air tiède et la lumière couleur de pêche. Tout semblait différent, léger, c'était comme si elle était sous calmant après des heures de souffrance.

Louisa n'arrêtait pas de voir cette main sur les siennes.

Le lendemain, elle lui apporta un sac rempli de *tamales*.

— C'est pour vous, dit-elle. C'est pour vous remercier. Un genre de merci.

Il ne répondit pas. Devant son silence, elle se crut obligée de remplir les blancs avec un flot de paroles :

— Ils étaient armés, et j'avais tellement peur, et c'est tellement bien comme vous avez fait… Vous les avez… parce que… ils savaient plus quoi faire…

Embarrassée, elle lui tendit le sac en bougeant nerveusement.

— Bon, c'est pour vous, répéta-t-elle.

Il sourit. Elle se fit la réflexion que sa peau n'était pas vraiment une peau de sans-abri. Elle n'était pas tannée par le soleil ni boursouflée par l'alcool comme celle de tant d'autres.

— Il faut que j'y aille… dit-elle.

Il opina du chef et prit le sac sans l'ouvrir.

Elle se dit qu'elle n'en tirerait pas plus.

Les frères Hosn l'observaient par la vitrine.

Lorsqu'elle vint prendre sa place à la caisse, ils se raclèrent la gorge. Puis :

— Tu viens pas de lui donner quelque chose, au mec, dehors ? s'enquit l'un d'eux.

— Oui, des *tamales*.

— Des *tamales* ? Non, non ! Lui donne pas à manger. Faut pas l'encourager. Il a quelque chose de pas net.

L'aîné des frères était particulièrement outré.

Le plus jeune leva simplement les yeux au ciel.

— Il est comme tous les clodos. Comme tous les mendiants, quoi.

— Non ! Lui, il est pas comme les autres. Je l'ai bien vu ! Les gens, ils lui jettent des pièces depuis leur bagnole et lui, il les laisse par terre. Ouais, il laisse le fric par terre ! Il prend même pas la peine de le ramasser. L'autre jour, j'ai trouvé quatre dollars ! Pourquoi il mendie s'il prend pas le pognon, hein ? Allez, tu peux me le dire, toi qu'es si futé ?

Louisa ravala la question qui lui brûlait les lèvres. Mais l'autre frère la posa à sa place :

— Eh, dis donc, espèce de rat ! Me dis pas que t'es sorti pour piquer le pognon du mendiant ?

— Ben oui, quatre dollars, c'est quatre dollars ! Le pognon, ça pousse pas sur les cactus, tu sais !

Et ils continuèrent à se chamailler.

Louisa n'avait pas parlé à sa mère de la tentative de braquage. Elle s'était dit que ce n'était pas la peine de l'inquiéter. Dans les derniers temps, sa mère paraissait s'en faire suffisamment comme ça. Elles avaient dû puiser dans leurs six cent cinquante dollars d'économies pour payer la dernière note du médecin, et les nouvelles n'étaient pas bonnes : il fallait opérer maintenant, autrement, l'enfant resterait infirme à vie. Le docteur leur avait conseillé d'aller se renseigner pour obtenir un prêt. Il leur avait demandé si elles avaient de la famille qui pourrait les aider, et Louisa s'était attendue à entendre prononcer les noms de Rosa et de Los Angeles. Rosa, Los Angeles.

Mais la vieille dame n'avait rien dit du tout, car elle se demandait si le miracle qu'elle avait commandé était en route.

C'était une nouvelle nuit de lune, la phase la plus sombre, celle où les doutes pouvaient se lever. Les doutes étaient mauvais pour les miracles. *Milagro ahora.* Il ne restait plus beaucoup de temps. Non, non. *Milagro ahora.*

Ce soir-là, quand Eduardo, après avoir pris ses médicaments, s'assit sagement devant la télé, les femmes sortirent sur le balcon et s'appuyèrent sur la rambarde pour observer leurs voisins qui rentraient du travail ou du bar.

— Peut-être que je devrais chercher du travail ailleurs, soupira Louisa.

A sa grande surprise, sa mère ne se montra pas très chaude à cette idée.

— Attends de voir comment ça va se passer, lui recommanda-t-elle.

Le lendemain matin, sa mère lui remit un nouveau sac rempli de nourriture pour le sans-abri.

— Non, mama, dit Louisa. Le patron m'a dit de pas le faire.

— Tu vas lui donner, Louisa. *Es muy importante.*

Sa mère utilisait rarement son prénom. Ce n'était donc pas le moment de résister.

Louisa se rendit au travail de bonne heure et le revit avec sa pancarte entourée de scotch renforcé, « Tout peut aider ». Elle lui fit un signe discret, posa le sac de plastique blanc sur le bord du banc, à l'arrêt de bus, là où elle avait l'habitude de s'asseoir.

— Pour vous, dit-elle à voix basse en passant devant lui.

Il opina de façon imperceptible en montrant sa pancarte. Oui. Tout peut aider.

Louisa entra dans la boutique le cœur plus léger, sachant qu'il y avait quelqu'un, dans ce vaste désert, qui ne voulait pas de l'argent que lui lançaient les gens, mais qui daignait accepter gentiment les *tamales* de sa mère.

Pendant le reste de l'après-midi, elle réfléchit au moyen de parler au sans-abri. Mais quand elle sortit, la pause venue, elle le vit parler à deux personnes, un homme et une femme. Les deux inconnus ressemblaient à des sans-abri, eux aussi. Tous les trois riaient, et Louisa en fut contente, car cela signifiait que, peut-être, il lui parlerait aussi. Mais plus tard. Car il avait des copains, maintenant. Peut-être lui raconterait-il alors ce qui le faisait rire, avec ses copains, et elle rirait aussi. Se réjouir à l'idée de rire avec quelqu'un lui parut bon, normal.

Mais le problème, c'était que Louisa ne savait rien des pratiques des sans-abri, elle ignorait comment on choisissait son coin de rue, qui faisait la manche à tel endroit, et ce qui se passait quand on faisait la manche à l'endroit choisi par un autre. En particulier, elle ne savait pas ce qui pouvait arriver quand on voulait s'attribuer la manche de quelqu'un d'autre, à un endroit où on vous jetait tellement d'argent que vous ne preniez même pas la peine de le ramasser.

Pendant son jour de congé, elles emmenèrent Eduardo en bus au centre commercial, là où il y avait l'air conditionné et où on pouvait manger au fast-food.

Louisa annonça à sa mère :

— Je suis en train de devenir zinzin.

Elle lui parla du nuage rose sur lequel elle flottait quand elle pensait à un sans-abri qui avait écrit sur sa pancarte « Tout peut aider ». Elle dit :

— Il ne me plaît pas. Tu comprends ce que je veux dire ? Il ne me plairait pas comme petit ami. C'est simplement que je suis contente qu'il soit là. Je me sens mieux au boulot quand je le vois à l'angle de la rue.

Sa mère répondit prudemment :

— Ben... peut-être qu'il a été envoyé là.

Louisa se dit que sa mère était un peu zinzin, elle aussi.

Quand ils rentrèrent, Eduardo était pâle de douleur. Louisa lui donna un bain et lui administra des médicaments plus puissants, ce qui le fit ronfler comme un petit ours.

Elle s'endormit à côté de lui, et la vieille dame reprit son poste à la fenêtre. La lune était montante, à présent. Bientôt, ce serait à nouveau la pleine lune. Le cycle était presque complet. Elle sentit qu'on avait répondu à son message. Elle n'avait pas encore de preuve, mais elle répéta seulement ceci : « Merci. Merci. »

Louisa ne s'inquiéta pas quand, en sortant du bus, elle ne vit pas son homme à la pancarte. Elle avait marché sur un chewing-gum fondu à la chaleur, qui collait à ses chaussures et avait capté son attention, de sorte qu'elle ne remarqua pas le ruban tendu à l'arrière de l'établissement.

Ce n'est que lorsqu'elle fut sur le point d'entrer dans la boutique qu'elle vit le ruban jaune vif... une ligne de démarcation derrière le bâtiment, quelques poubelles, une rangée d'appartements miteux, et, derrière tout ça, le désert qui s'étendait à l'infini, brun, nu, sans vie.

A l'intérieur, deux policiers de Las Vegas étaient en train de parler à l'un des frères Hosn dans le bureau.

— Qu'est-ce qui s'est passé ? demanda Louisa à Clarisse, qui terminait son service.

Les machines à sous sonnaient à l'arrière, mais Louisa était accoutumée à leur vacarme.

— Tu sais, le mec, là, le sans-abri qui mendiait dehors ?

Clarisse alluma une cigarette et ferma un œil pour éviter la fumée.

— Qu'est-ce qui lui est arrivé ? interrogea Louisa d'une voix mal assurée.

— Ils ont arrêté les mecs qui l'ont fait, en fait, c'est un mec et une nana, des racailles, des sans-abri. Ils l'ont agressé là, derrière, la nuit dernière, et ils l'ont tabassé, faut voir ce qu'y lui ont mis. Putain, y avait du sang partout. Ils lui ont piqué son fric, mais y paraît qu'il en avait pas tellement, malgré qu'on aurait pu penser qu'y se faisait un max de thunes ici... Dis, tu m'as pas vue, OK ?

Clarisse interrompit son récit pour jeter un regard rapide allant du frère Hosn occupé avec les policiers au réfrigérateur à bière auprès duquel elle parlait avec Louisa. D'un geste vif, elle ouvrit la porte, en sortit une bouteille et la fourra dans son sac.

Louisa prononça d'une voix faible :

— Mais je n'ai pas vu de sang...

— Oh si, y en a. Putain, c'était pas beau à voir.

— Comment il va ?

— Qui ?

— Le type. Le type à la pancarte.

— J'en sais rien. Il avait pas la frite quand ils l'ont emmené, mais y a déjà plusieurs heures de ça. Je pense que c'est de ça que ces cons de flics sont en train de discuter.

Avec un haussement d'épaules, elle conclut :

— Faut qu'j'y aille. Tu te rappelles, t'as rien vu, hein ?

A vrai dire, Louisa n'avait rien vu, hormis le dos de deux policiers devant le bureau du frère Hosn. Celui-ci dévisageait les fonctionnaires avec un regard trahissant un mélange de stupeur, d'horreur et de contrariété à l'idée que son établissement pût être le théâtre d'une telle manifestation de dépravation humaine.

Louisa s'approcha et tendit l'oreille. Elle saisit un bout de la conversation et s'arrêta net.

— ... donc, c'est un homicide, maintenant, disait l'un des policiers. Il est mort il y a environ une heure, à l'hôpital. Ça veut dire que vous aurez la médecine légale chez vous pendant au moins...

A ce moment, le frère Hosn aperçut Louisa. Il leva la main, et tous trois tournèrent les yeux vers elle.

— Toi, t'es en retard !

Le frère était plus fâché de ce qui lui arrivait, et de son impuissance, que du retard de Louisa.

— Va à ta caisse. Allez, allez !

Mais Louisa ne fit pas mine de bouger.

— Il est mort ? demanda-t-elle d'une voix blanche.

— Dis, c'est pas tes oign...

L'un des deux policiers, le plus âgé, décela l'expression particulière inscrite sur le visage de la jeune femme. Il leva la main pour interrompre le frère.

— Vous le connaissiez, m'dame ?

Louisa eut soudain l'impression de voir les trois hommes de très loin, et la question « Vous le connaissiez, m'dame ? » resta suspendue entre eux un long moment. Elle finit par répondre :

— Non, je le connaissais pas.

Et en même temps qu'elle prononçait ces mots, elle ressentit la douleur intolérable que procure la perte d'un être cher.

Elle se détourna et rejoignit la caisse sans que personne l'arrête. Elle compta l'argent, tout, jusqu'au dernier billet, jusqu'à la dernière pièce. Elle sentait le regard des hommes sur elle. Elle avait l'impression d'être à nu.

Elle eut du travail par-dessus la tête, dans le tintamarre des machines à sous qui ensorcelaient le client avec leurs voix de sirène pleines de promesses creuses et la fumée des cigarettes qui lui brûlait les yeux. Un ivrogne voulut entrer dans le salon porno, elle actionna l'ouverture distraitement, mais il se mit à brailler :

— Elle s'ouvre pas, cette saloperie !

Si bien qu'elle dut aller lui ouvrir la porte elle-même avec la clé. Quand elle fut à côté de lui, il vint se serrer contre elle.

— Ah, qu't'es mignonne ! lui lança-t-il en frottant son érection contre son derrière.

Elle poussa un hurlement si désespéré que les deux frères arrivèrent en courant. Ils jetèrent le bonhomme dehors. Ils donnèrent des mouchoirs en papier à Louisa en disant :

— OK, OK, ça va.

Mais elle ne pouvait pas s'arrêter de pleurer et l'un des frères lui conseilla :

— Bon, allez, sors dehors. Va te calmer. Sors sur le devant.

Au moment où elle franchissait la porte, ce frère-là lui dit en passant, comme si c'était la chose la plus normale du monde :

— Louisa, pendant que t'y seras, tu vérifieras par terre. Apporte-moi toutes les pièces que tu pourras trouver.

Louisa s'arrêta dans son élan. Le frère se dirigea vers son bureau, sans remarquer qu'elle avait fait demi-tour et pris son sac. C'était tout ce qu'elle pouvait faire pour éviter de lui crier ce qu'elle pensait, mais il n'y avait pas de mots pour décrire la nullité de ces gens, de ces gens qui voulaient amasser toujours plus d'argent. Ici, dans cette boutique, ce foutu Jeux A Gogo, c'était la course permanente après ce qu'ils n'avaient pas, ou ce qu'ils avaient déjà, mais pas en quantité suffisante. Ils n'avaient jamais assez de rien.

Elle ne pouvait pas rester. Elle ne pouvait pas devenir comme eux. Elle perdrait son fils, sa mère, et elle se perdrait elle-même. Elle le savait.

S'ils avaient levé les yeux, les frères Hosn auraient vu Louisa debout là où le sans-abri avait l'habitude de se tenir, sous l'enseigne électronique. Ils n'auraient pas vu qu'elle se trouvait au milieu d'une forêt virtuelle d'enseignes au néon aguichantes. *Achetez ceci ! Achetez cela ! Entrez, entrez ! Venez voir les filles nues ! Venez jouer ! Parier ! Gagner !*

Louisa vit le bus arriver, assez loin au bas de la rue. Elle vit aussi des pièces argentées briller sur le sol, mais ne les ramassa pas. Elle se contenta d'attendre.

Quand le bus s'arrêta, elle se prépara à monter. C'est alors qu'elle aperçut la pancarte. Elle était là, placée verticalement à l'endroit où elle avait l'habitude de s'asseoir pour attendre le bus. C'était sa pancarte aux bords collés par du scotch renforcé, le carton replié : « Tout peut aider. »

— Attendez ! dit-elle au chauffeur.

Le temps qu'il crie « J'ai pas le temps… », elle était déjà dans le bus, lui présentait sa carte et s'asseyait à une place libre pour son dernier parcours entre le Jeux A Gogo et son domicile, en serrant un morceau de carton sale contre sa poitrine.

Sa mère vit la pancarte en carton. Elle sut dès que Louisa entra dans la pièce.

— Qu'est-ce qui s'est passé ?

— Je suis partie. Je t'en parle plus tard.

Louisa laissa la pancarte sur une commode, le seul petit espace dont elle pouvait prétendre que c'était le sien dans ce logement exigu. Elle enleva les barrettes et les bijoux bon marché qui se trouvaient dessus pour faire place à ce morceau de carton tordu et poisseux, et le posa avec autant de déférence qu'un objet sacré.

Ils partirent dîner tous trois au McDo, ce qu'ils ne faisaient que pour les occasion spéciales. Eduardo, tout joyeux, leur racontait des blagues d'enfant, penché en avant dans son fauteuil roulant. Les femmes riaient, mais seul Eduardo était trompé par la gaieté ambiante.

Elles firent l'aller et retour à pied, en parlant peu, en écoutant les bruits de la rue, sentant la chaleur du jour laisser place à la nuit naissante.

La mère de Louisa passa son bras sous celui de son enfant. Sa fille, devenue une femme, une belle jeune femme, poussait le fauteuil roulant, et elle-même lui tenait le bras. La lune se leva, pleine et rouge, rougie comme des yeux qui avaient pleuré.

— Je peux regarder Bob l'Eponge à la télé, maman ?

— Oui. Je vais regarder avec toi, répondit Louisa.

Eduardo était aux anges. Le repas au McDo, la longue promenade, sa mère qui allait regarder son dessin animé préféré avec lui... Il n'y avait pas eu de dispute, pas d'âpres discussions à propos de l'argent, pas de chuchotements, pas de visages soucieux. Juste un étrange calme qui, pour un garçon innocent de dix ans, ressemblait à la paix.

A l'heure du coucher, Louisa lui frotta le dos et il s'endormit, avec sa mère d'un côté et sa grand-mère de l'autre.

La vieille dame feignit le sommeil pendant longtemps. Puis cela commença par un léger tremblement du lit, quand Louisa donna libre cours à son chagrin. Elle pleura sans bruit, mais le flot de ses larmes n'en était pas moins puissant.

Finalement, vers l'aube, la vieille dame vérifia qu'ils étaient endormis tous les deux, l'enfant et Louisa. De l'autre côté de la fenêtre, la pleine lune, rocher pâle et rongé, luisait, claire, dans une immensité bleu pastel.

La mère alla prendre la pancarte abîmée sur la commode.

A six heures cinq, Louisa eut ce moment d'absence pure et innocente qui accompagne la première seconde du réveil. Cette fraction de seconde ne dura qu'un trop bref instant. Louisa sut alors pourquoi elle avait les yeux brûlants et gonflés. C'était ça. Elle n'avait plus de travail. Mais c'était un peu embrouillé dans sa tête : elle avait perdu quelque chose, mais quoi ?

Un sans-abri dont elle n'avait jamais connu le nom.

Sa mère était assise à la table de la cuisine recouverte d'un torchon à vaisselle. Louisa prit place près d'elle. Le café n'était pas prêt. Curieux.

— Le voilà, dit sa mère.

— Quoi donc ?

— *El Milagro.*

La lumière rose qu'on voyait derrière sa mère provenait du soleil naissant. Louisa ne se rappelait pas l'avoir jamais vue ainsi illuminée. Le visage de sa mère était d'une beauté particulière. Chaque ride, chaque partie lisse révélait la connaissance.

Louisa souleva le torchon. Elle vit que le scotch renforcé avait été coupé. La pancarte avait été dépliée.

Et, sur la petite table de la cuisine, au-dessus de la pancarte dépliée, il y avait de l'argent.

De l'argent en tas. De l'argent en billets. Des gros billets, des billets de cent dollars.

— Maman ? interrogea-t-elle.

En chuchotant, car les rêves pouvaient s'évanouir quand on parlait trop fort.

La mère de Louisa ne répondit pas.

— D'où il vient, cet argent ?

Sa mère tendit sa main comme pour lui faire une offrande.

— Il l'a laissé pour toi.

— C'était là-dedans ?

— Oui, répondit sa mère.

Il y avait dix tas. Dix billets de cent dollars dans chaque tas.

— Dix mille dollars.

Louisa murmura :

— Maman, il faut le rendre.

La vieille dame approcha sa chaise de sa fille et, d'un geste doux, releva les cheveux qui lui tombaient dans le visage.

— A qui, *mija* ?

Louisa ne sut que répondre. Elle réfléchit :

— Il a peut-être une famille… peut-être un enfant… Je…

— Non.

La vieille dame posa sa main sur le bras de sa fille. Toutes deux baissèrent les yeux.

Louisa voulut parler. Le regard de sa mère la retint, la força à la regarder en face, bien dans les yeux.

— Ecoute-moi.

La mère de Louisa parla, du plus profond d'une conviction aussi solide et ancienne que les pierres du désert :

— Qui sait, dit-elle, qui sait si cet homme ne t'a pas été envoyé pour te servir d'ange gardien ? Pourquoi, à ton avis, étais-tu aussi heureuse en sa présence ? J'ai demandé un miracle, et il est arrivé. Il a été envoyé pour nous venir en aide.

— Oh, mon Dieu… Je sais pas… balbutia Louisa en mettant le bout de ses doigts sur ses lèvres.

— Regarde cette pancarte : *Tout peut aider*. Ce n'est pas une pancarte pour mendier, *mija*. Voilà pourquoi il n'a pas pris les pièces. Il est venu dire aux gens qu'on peut aider les autres de n'importe quelle façon, et toi, Louisa, tu l'as entendu. Tu l'as aidé. Il a laissé cette pancarte sur le banc pour que tu la trouves. Personne d'autre ne l'a prise, aucune des personnes qui ont pris le bus avant toi. Personne n'a pris la pancarte. Nous ne pouvons pas donner notre miracle à quelqu'un d'autre, *mija*.

— Il est mort.

— Non, il est à la maison maintenant. Là où nous irons tous un jour.

Elles restèrent un moment sans parler. Puis Louisa s'agenouilla devant sa mère sur le lino craquelé. La mère tint sa fille dans ses bras et Louisa Escamilla pleura des torrents de larmes. Ses larmes étaient une pluie bienfaisante, semblable à celle qui tombe sur un monde desséché et poussiéreux et le fait reverdir d'un seul coup. Louisa apprit à ce moment ce que sa mère savait déjà. Elle apprit que toute vie avait en elle l'immortalité, et qu'avec cela elle avait tout.

COMMENT JE ME SUIS ÉCLATÉ PENDANT LES VACANCES

– Patricia Fogarty –

« Comment je me suis éclaté pendant les vacances »
par Harlan Dudek
(Quatrième heure de cours)

(Madame Funkhauser, s'il vous plaît, ne pas lire tout haut en classe. Merci.)

Avant le coup de téléphone qui déclencha toute l'affaire, mon oncle Eddie ne me connaissait ni d'Eve ni d'Adam. Alors, quand il s'est mis à demander : Et si ton garçon venait passer l'été avec nous à Huntington Beach ? j'aurais dû deviner tout de suite qu'il y avait un lézard. Il se peut qu'il ait parlé du boulot. Je ne sais pas, parce que c'est maman qui a discuté avec lui. Normal.

Ce qui est sûr, en tout cas, c'est qu'elle ne m'en a pas parlé. Et donc, j'ai raconté à tous mes copains comment j'allais faire du surf du matin au soir, et la teuf toutes les nuits. Les filles de Californie, le délire total. Ce genre de conneries, quoi. A la place, j'ai passé mes journées au milieu des fringues sales et des séchoirs à linge, parce que, un vrai truc de ouf, oncle Eddie avait besoin d'un responsable de jour pour un de ses lavomatyks. Je dis bien *lavomatyks*. Putain, vous croyez qu'il aurait lu l'enseigne en lettres d'un mètre de haut, au-dessus de la porte, juste une fois en quinze ans ? Il aurait remarqué qu'il avait fait une faute à « LAVOMATYK » ! Juste pour vous dire à quel point ça me fout les boules quand je commence à me dire que c'est peut-être Eddie qui est dans le vrai, et qu'il devrait y en avoir un. Un « Y », je veux dire. Pourquoi ce putain de « YK » ? Pour faire plus chic, peut-être. Comme si les gens allaient apporter là des chemises blanches, des mouchoirs et des conneries comme ça.

Ben c'est pas le cas. Vu que ce « lavomatyk » est tout près de la plage et tout ça, il y a du sable dans le fond des machines, et c'est pas étonnant. Alors je me demande comment je vais bien pouvoir faire pour l'enlever. Mais en réalité, tout le monde s'en fout. Enfin, une fois de temps en temps, si, une nana le remarque, mais je la regarde l'air de dire : Pour qui vous vous prenez, et vous vous croyez où ? Dans un lavomatic ? Du calme, ma fille. C'est la plage.

Putain, ce que ça me fait comme bien ! La plage, je veux dire. Y a un truc à propos des lavomatyks, c'est qu'ils tournent vingt-quatre heures sur vingt-quatre, sept jours sur sept. Je commence le boulot à huit heures du matin, jusqu'à quatre heures de l'après-midi. Faut comprendre, mon petit, me dit Eddie. Ton cousin, Eddie Junior, il a du potentiel, et il fera sa part tant que ça n'interférera pas avec son travail à l'école. Faire sa part, ça veut dire que Eddie Junior – je l'appelle Merdie Junior – bosse quatre heures, entre moi et le type qui fait la nuit. Pardon, j'ai dit « bosse ». Je devrais plutôt dire « est censé bosser ». Parce que, je vous le dis tel quel, pour moi, le taf, c'est de sept heures du matin à sept heures du soir. C'est à péter de rire, hein ?

Bref, comme je disais, c'est la plage et tout ça, et il doit se passer des tonnes de trucs la nuit, mais pas question que je me tire de ce trou de merde et que je sorte en boîte avec les cheveux gras-mouillés et des traces de spray fondu sur la nuque parce qu'il y a tout un mur de séchoirs à linge qui recrachent de la chaleur toute la journée, et pas la clim. Je suis du genre à demander : Pourquoi tu ne mets pas la clim ici, Eddie ? Et lui, c'est le genre : Tu veux rire ? Il y a la brise océane, ici. Si ça te plaît pas, je peux t'envoyer à Garden Grove. C'est ça que tu veux, gamin ?

Bref.

Je me dis que c'est le pire été que j'ai passé de toute ma vie, et je ne vois pas comment je pourrais en passer un plus merdique même si je devais vivre cent ans, quand tout à coup, qui est-ce que je vois pas entrer dans le lavomatyk ? Cette meuf, c'était de la balle. La bonne, mon vieux. *La* fille.

Mon père avait l'habitude de me dire et de me répéter des trucs de merde que j'étais pas près d'oublier, parce qu'il fallait que ça me dure toute la semaine jusqu'à sa visite suivante. Comme si je manquais d'adultes pour me dire quoi penser. Comme si je pouvais rester assis dans ma chambre sans penser à rien. Enfin, parmi les choses qu'il me disait toujours, il y avait un truc à base de portes qui se fermaient et d'autres qui s'ouvraient. Je me rappelle avoir pensé sur le coup : Qu'est-ce que j'en ai à cirer ? Mais peut-être que je n'étais pas prêt à entendre ça à ce moment-là de ma vie.

En tout cas, je me disais que l'été était complètement nase, et que j'aurais encore préféré me retrouver à Red Bluff avec ma bande. La porte s'était pour ainsi dire refermée sur l'été, quand elle passe la porte du lavomatyk. C'est pour le coup que ce truc sur les portes que me racontait papa était à prendre au pied de la lettre. Super.

Sauf que ce n'est pas comme si elle était vraiment si bien que ça. Si vous voulez que je vous dise, j'en avais jusque-là des bombes. Plus c'étaient des bombes, plus c'étaient des salopes, voilà ce que j'avais plus ou moins décidé. Il y avait ces trois meufs – elles partageaient la même chambre – qui venaient ensemble, le dimanche après-midi. En bikini. La première fois, je me suis demandé, genre, Est-ce que je serais mort et je serais monté au paradis sans m'en rendre compte ? Mais elles faisaient style Je le vois pas, sauf quand le monnayeur était en panne et qu'elles avaient besoin de pièces. Ensuite, elles ressortaient et elles ne revenaient pas à temps, et puis elles me gueulaient dessus parce que quelqu'un avait vidé leurs saloperies des machines et avait tout laissé en tas sur la table de pliage. Et ouais, si vous laissez traîner vos strings quelque part où tous les pervers peuvent les voir, il se peut qu'ils ne soient plus là quand vous revenez.

Le pire de tout, c'est que quand elles revenaient, elles étaient bourrées, et qu'il y avait des mecs avec elles. Et elles se mettaient à me gueuler dessus, et après les mecs s'y mettaient aussi. Qu'est-ce que c'était que cet endroit, et tout. Mais attendez un peu que je vous raconte. Donc, ils restent tous assis là pendant que leur connerie de linge sèche, et on voit bien que ces mecs préparent leur coup : qui va se faire laquelle de ces pouffes quand ils retourneront chez elles.

Et s'il y a des mamans dans le lavomatyk pendant tout ce bordel, elles se mettent aussi à me gueuler dessus, Qu'est-ce que c'est que cet endroit de merde, et vas-y donc.

Alors, quand elle entre et que je vois que ce n'est pas une de ces bombes, tu parles que ça m'intéresse.

Vous y trompez pas. C'était pas comme si c'était un thon ou je ne sais quoi. Elle avait des cheveux vraiment brillants et un sourire en coin. Des cheveux longs, lisses, qui bougeaient comme une vague dans son dos. Elle avait un sourire comme un rayon pointé tout droit sur moi. J'étais genre Quoi, moi ? C'est à moi que vous souriez ? Ce qui n'allait pas trop, c'était comment elle était sapée. Et je dirais qu'elle avait quelques kilos de trop par-ci, par-là, même que c'était sans doute pour ça qu'elle était un peu plus couverte et fringuée d'une façon un peu plus ringarde que la plupart des autres filles qu'on voyait se balader dans le coin.

Elle venait un jour sur deux à peu près, avec un petit gamin. Son frère. Il était beaucoup mieux élevé que tous les autres sales mômes que j'avais vus. C'est peut-être parce qu'il était retardé. Il n'avait pas l'air bizarre ou je ne sais quoi. C'est juste qu'il ne parlait pas, il ne jouait pas, il ne courait pas dans tous les sens. Il restait juste assis là. Et elle aussi, style elle avait la honte. Personnellement, je trouvais que c'était tant mieux, mais je voyais bien que ça pouvait causer des problèmes par d'autres côtés dans sa vie.

Elle devait faire la lessive pour toute sa famille, alors quand elle venait, elle restait un moment. La première fois qu'elle m'a lancé ce sourire je me suis dit D'accord... qu'est-ce qu'elle veut ? Mais rien du tout. Elle est juste retournée regarder par la fenêtre. Ça devait être comme ça qu'elle tenait compagnie au gamin. Et puis j'ai commencé à me dire que peut-être elle aussi elle avait un petit grain.

C'était plus ou moins toujours comme ça que ça se passait. J'imagine que les filles qui ne parlent pas beaucoup vous laissent remplir les blancs. Ce qui serait super si vous y arriviez correctement. Sauf que ce n'était pas ma spécialité. Comme le jour où j'ai essayé de faire un cadeau à mon ex-petite amie de troisième. Je veux dire, qu'est-ce qu'il y a de mal dans un livre sur l'histoire des chevaux quand elle vous dit qu'elle les aime bien ? « Je les *aimais* bien. Quand j'avais dix ou onze ans. Et de toute façon, qu'est-ce que tu veux que je foute d'un livre ? » Ben, d'abord, les Indiens n'avaient même pas de chevaux dans ce pays jusqu'à ce que les Espagnols en fassent venir ici. Ça devait faire bizarre de voir tous ces Indiens courir en rond sans chevaux, vous y avez déjà pensé ? C'est intéressant de savoir ça, et pour ça, il faut des livres.

Alors j'ai décidé de tester cette meuf. J'ai attendu que le lavomatyk soit vide, je me suis assis en face d'elle et j'ai dit, sur le ton de la conversation : « On dirait qu'il y a quelqu'un qui passe un été encore plus pourrave que moi, hein ? »

Au début, elle a fait genre Quoi ? Et puis ce sourire. Et puis elle a dit :

« Comment ça ?

— Oh, cet endroit et tout ça. »

Je n'avais pas préparé ce que j'allais dire après.

« J'aime plutôt ça. L'occasion de me retrouver tranquille, seule dans mon coin. Et vous, vous êtes okay. »

Et encore son sourire. Mais le gamin me regardait avec ses yeux de merlan frit.

« Comment tu t'appelles ? »

Ça va paraître bizarre, mais quand elle m'a demandé ça, j'ai commencé à être un peu excité. Sexuellement, je veux dire. « Comment tu t'appelles ? » Ça ne pouvait pas être juste la question. Je suis pas du genre à bander quand une vieille prof (pas vous !) me trouve en train de fumer derrière un mur et me demande ça. C'est comme si elle voulait savoir qui j'étais vraiment.

Alors je lui ai répondu, et chaque fois, après, quand elle venait, elle m'appelait comme ça. Et rien que d'entendre mon propre nom, ça me, comme... style, ça m'excitait. Je suis obsédé, ou quoi ?

Bref, je n'avais plus que trois semaines devant moi avant la fin de l'été et le moment de rentrer chez moi. Il fallait que je trouve un truc pour aller avec elle. Une des autres choses que papa dit toujours, c'est qu'on regrette toujours plus les conneries qu'on n'a pas faites que celles qu'on a faites. Ça, ça fait mal. Ou comme ils disent sur la chaîne Histoire, les événements ultérieurs devaient prouver le contraire.

Mais j'étais jeune et inexpérimenté, et ça me mettait trop dans tous mes états de l'entendre prononcer mon nom, alors, un jour, j'ai pris un des chariots et je l'ai poussé auprès de l'endroit où elle était assise avec le gamin.

« Celui-là, il roule bien, j'ai dit. Les roues ne sont pas voilées. »

Après cette entrée en matière genre je m'mouille pas, j'attends qu'elle me saute dessus et qu'elle m'entraîne dans le bureau du fond. Dans mes rêves, oui ! En réalité, j'attends qu'elle trouve quelque chose à dire qui ne me donne pas l'impression d'être un crétin complet. Elle doit être bonne pour les trucs comme ça, avec son frère et tout.

Mais elle gagne du temps en faisant semblant de regarder les roues du chariot et elle finit par dire : « Merci, Harlan. »

Je la kiffe grave. Et depuis qu'elle a dit mon nom, j'ai la trique, c'est énorme ! Alors je déplace le panier devant moi. Elle lance des vêtements dedans, dans le panier, et je pense qu'elle va voir ce qui se passe, sauf si elle est obnubilée par tous ces jeans sales qu'elle vient de jeter dedans. Ce qui est peut-être le cas. Ils sont franchement dégueulasses. Ensuite, tout ce que je sais, c'est qu'il y a des petites culottes pas si blanches que ça, qui vont dans le panier, et je me dis qu'elle doit être gênée. Mais au lieu de ça, elle me regarde bien en face et elle, style, elle pousse un peu sur le panier. Et me-e-erde !

Alors je lui dis qu'il va falloir que je rentre chez moi dans trois semaines, et ça la rend toute triste.

« Je regrette qu'on ne se soit pas connus avant », qu'elle dit.

Je me dis que ça oui, alors, ça aurait été cool de la connaître et d'échanger des textos avec elle, au printemps dernier, quand l'autre trouduc est rentré dans la Taurus et que ma mère m'a dit comment je ne lui attirais que des ennuis et que la vie aurait été sacrément plus facile pour elle si elle ne m'avait pas eu dans les pattes pour tout gâcher depuis seize ans. Rien de tout ça n'était ma faute. Ni au trouduc. D'être né.

« D'un autre côté, c'est pas comme si j'étais vraiment obligé. De rentrer, je veux dire. »

Ç'aurait pu être des paroles en l'air, mais quand on y réfléchit, ce n'est pas comme s'il y avait quelque chose qui m'attendait vraiment à Red Bluff. Ma mère surtout.

Et puis elle a dit les mots que j'ai voulu entendre toute ma vie : « Tu veux faire quelque chose, après ? »

On avait décidé de se retrouver devant la boutique de bonbons sur Main Street, à huit heures et demie. Comme ça, si Merdie Junior arrivait à l'heure pour bosser, c'est-à-dire à quatre heures, j'avais tout le temps de prendre une douche et de m'envoyer un hamburger. C'est ça, et peut-être que des cochons volants allaient me sortir du cul, aussi.

Je me dis que j'aurais du bol s'il se pointait tout court, ouais. Surtout un vendredi. Ce qui voulait dire que j'allais être obligé d'attendre que Rudy, qui fait la nuit, rapplique en retard pour huit heures. Pas de douche, pas de burger, pas de fille.

Eh bien, rien ne se passa comme prévu. A sept heures et demie, qui je vois pas pousser son ventre par la porte ? Merdie Junior !

« Le joint que j'ai trouvé dans ton tiroir à chaussettes me dit que mon père va croire que je suis arrivé à quatre heures », qu'il me fait.

Comme si j'allais cafter. N'importe quoi. Enfin, passons.

Il se trouve qu'oncle Eddie voulait surprendre Rudy en train d'arriver en retard, pour pouvoir le virer, et donc il radine quelques minutes après Merdie Junior.

« Qu'est-ce que tu fous encore ici, toi ? » qu'il me demande.

Mais il n'attend pas la réponse. A la place, il me prend la tête avec les distributeurs à détergents, soi-disant que j'oublie de les remplir, et qu'il se demande vraiment pourquoi il me paye. Alors, il empoigne Merdie Junior et il va dans le fond chercher les cartons de doses de lessive, en rouspétant comment il est obligé de tout faire lui-même, et d'entretenir le gamin de sa sœur, ce feignant, par-dessus le marché.

Pendant tout ça, Zeke, un gars qui vient à la laverie récupérer les bouteilles et les cannettes dans les poubelles, se ramène en traînant une taie d'oreiller pleine de fringues sales. Il balance le contenu dans une machine et très vite, il enlève le tee-shirt qu'il a sur le dos et le met avec. Considérant que c'est la plage et tout ça, je ne vois pas qui pourrait trouver à y redire. Sauf que quand il s'assied en face de la maman qui est là, elle le regarde, elle récupère sa gamine, toutes ses affaires, et elle vient me trouver. Et c'est parti, style Faut que vous le fichiez dehors, je ne veux pas que ma petite fille voie ça, et moi je réponds : « Ah bon, le grand Zeke qui fait de l'exhibitionnisme, encore un coup, alors qu'est-ce que vous voulez que je fasse, j'appelle les flics ? »

Bref, j'y vais et je vois que Zeke a remonté sa braguette et qu'il s'occupe de ses affaires, sauf qu'il a un tatouage sur tout un côté du ventre. Ce à quoi certaines personnes trouvent systématiquement à redire, même si ce n'est qu'un bon vieux tatouage tribal. Mais le tatouage de Zeke est, style, différent. C'est une fille étalée sur un canapé rouge en bois sculpté avec des petits boutons sur les coussins. Elle a les cheveux longs, les nichons qui vont bien, et elle est toute nue, à part des bottes à talons hauts lacées jusqu'aux genoux. Probablement à l'autre jambe aussi, mais son genou arrive à l'endroit où les poils que Zeke a sur le ventre commencent. Elle a les yeux fermés, les bras levés au-dessus de la tête, les mains crispées sur une chaise derrière elle, et surtout elle a les jambes complètement écartées, et on voit tout, quoi. Et comme le reste est vraiment réaliste, je suis tenté de croire que cette partie-là est réaliste aussi.

La maman me regarde l'air de me demander ce que je compte faire. Alors je dis à Zeke de cacher son tatouage ou de s'en aller. Et lui, vous savez quoi ? Je vais vous dire, j'aurais dû trouver quelque chose à répondre, mais je vous jure, je n'arrive pas à détacher mon regard du gros bide poilu de Zeke, et qu'est-ce qu'il est moche ! Et comment cette fille est étalée dessus, ce grain de beauté marron-jaune juste au-dessus de la tête. Et il y a des grandes cicatrices blanches tout plein sur elle comme s'il avait reçu des coups de couteau ou je ne sais pas quoi, même qu'il y en a deux qui traversent le tatouage. Qui traversent la fille, quoi.

Bref, Zeke est tout sucre et tout miel : « Comme tu veux, mon gars, peut-être que je vais aller faire un tour », qu'il me dit, et moi de répondre : « D'accord, dégage, sale pervers. » Seulement, quand il se lève pour partir, il colle bien son tatouage sous le nez de la maman et de Merdie Junior, qui ressort de l'arrière-boutique avec les doses de lessive. Enfin, d'abord, il demande à Merdie s'il veut voir sa petite amie, et puis il la lui montre.

Et Merdie part d'un : « Terrible ! Qui c'est qui vous a fait ça ? »

Zeke lui dit d'aller chez Fredo à Fresh Ink, un peu plus loin dans la rue ; et il lui dit qu'il peut copier son dessin, sauf qu'il faudra qu'il prenne sa propre petite amie, ah, ah. Et Merdie qui rigole comme s'il avait seulement une petite amie à lui.

Alors Zeke se casse, et la maman emmène sa petite fille vers le séchoir où ses vêtements continuent à tourner, et elle l'ouvre. Les fringues ont l'air encore un peu humides, mais elle fout le tout dans sa corbeille à linge quand même et elle s'en va. Sauf qu'en sortant elle s'arrête et elle me dit : « Vous croyez que c'est toujours comme ça entre les hommes et les femmes ? » Mais moi je me contente de hausser les épaules. Parce que je n'en sais rien. Pas parce que je suis une sorte d'imbécile heureux. Je veux dire, j'ai l'air de quelqu'un à qui on peut demander ce qui se passe entre les hommes et les femmes ? Je suis le type qui bande rien que d'entendre une fille dire son nom. Mais elle fait comme si c'était moi qui avais la petite amie en chaleur sur le bide juste parce que je ne sais pas ce que je suis censé répondre.

Ce qui s'est passé après, c'est que Rudy, le mec de la nuit, n'a même pas pris la peine de se pointer. Merdie Junior a dit à son papa qu'il ne pouvait pas rester parce qu'il devait réviser pour ses exams, alors oncle Eddie lui a dit d'y aller, sauf que d'abord il devait aller à Garden Grove vider le monnayeur. Et je suis resté tout seul.

« Voilà vingt dollars pour toi, gamin. Rien qu'une heure de plus, et tu pourras dépenser ce pognon, d'accord ? »

Et il s'est cassé.

C'est pas comme si je pouvais raconter que j'avais des exams à réviser. Enfin, qu'est-ce que vous voulez...

Bref, je vais probablement arriver vingt minutes en retard au rendez-vous avec la fille, dont il faut que je vous dise le nom : Mary. C'est un nom assez répandu, d'accord, mais je n'ai jamais connu personne qui s'appelait comme ça. L'ennui, c'est qu'elle ne m'a pas donné son numéro de portable. Quand j'y pense, je ne l'ai pas vue avec un portable. Je savais qu'elle n'était pas comme les autres, mais je n'avais pas compris ce que c'était, sur le coup.

A peu près à ce moment-là, Zeke revient mettre son linge dans le séchoir. Comme si de rien n'était. Probablement qu'il a la mémoire courte, allez savoir pourquoi, ça doit être surtout à cause de trucs qui se mettent dans une pipe et qui se fument. La meilleure preuve : il a oublié de mettre de la lessive dans la machine, à en juger par la tête qu'il fait quand il ouvre le hublot et qu'il renifle ses fringues mouillées.

Il doit être fauché, aussi, parce qu'il reste debout là à réfléchir beaucoup trop longtemps, comme s'il se disait que s'il se paye un nouveau cycle de lavage, il n'aura plus de quoi payer le séchoir. Enfin, de fil en aiguille, je lui demande : « Ça coûte combien, ce truc-là, Zeke ? »

Il me regarde comme s'il me demandait « Quel truc ? » et puis il se rappelle qu'il a une fille à poil avec une jambe et demie étalée sur son vilain bide.

« Rien du tout. Le type voulait voir de quoi ça aurait l'air, et il l'a fait pour rien.

— Alors, c'est pas votre petite amie ? »

Comme si j'avais besoin de demander. Comme si une fille pareille existait vraiment, et comme si, même si elle existait, elle voudrait d'un Zeke pour petit ami.

Il était déjà retourné à ses ruminations sur ses problèmes financiers et, l'espace d'une minute, j'ai cru qu'il m'avait oublié.

« Nan, qu'il dit finalement. Je pense que c'est son ex-petite amie. A Fredo. Le type qui a fait ça. Elle travaille au Dry Dock, la fille Ça lui ressemble bien, d'ailleurs. »

Comme s'il pouvait le savoir !

« Elle a vu ça ?

— Et comment ! Fredo m'a donné du fric pour aller au Dock prendre quelques bières, pour qu'elle puisse le voir. Ça l'a vraiment mise en rogne. Elle m'a dit de mettre un tee-shirt, sauf que le patron a trouvé ça marrant et m'a dit que j'étais pas obligé. Ç'aurait pas été bien, de toute façon. Fredo m'avait pas payé pour couvrir son truc. »

Je pensais à lui donner quatre pièces de vingt-cinq *cents* pour refaire sa lessive, mais je ne voulais pas qu'il s'imagine que je le payais pour qu'il zone ici, alors je l'ai pas fait. Il a continué et il a mis son linge mouillé, sale, dans un séchoir et on a tous les deux fait semblant de pas sentir comment ça daubait quand il l'a retiré avec toute la crasse et la puanteur cuites dedans, et il a tout fourré dans la taie d'oreiller sale. Sans prendre la peine de le plier.

A ce moment-là, j'avais déjà une demi-heure de retard, et aucun signe d'oncle Eddie. Ce qui valait mieux, parce qu'il m'aurait sûrement engueulé pour avoir laissé Zeke faire sa lessive ici, pour commencer, parce que Eddie est catholique et tout.

Dix secondes de plus, et Zeke aurait franchi la porte, mais juste à ce moment-là, qui c'est que je vois pas entrer ? Mary. Et vous savez pas ? Elle se retrouve nez à nez avec l'entrejambe de l'ex-petite amie de Fredo, l'artiste du tatouage. Et rien à faire pour éviter ça.

J'étais assez embarrassé, et j'ai eu l'impression que Zeke mettait une éternité à balancer sa taie d'oreiller pleine de fringues sur son épaule et à se casser, mais il a fini par se tirer, et nous voilà. Mary et moi. Tout seuls.

« Je commençais à me demander si tu allais venir », dit-elle enfin.

Et voilà que je n'arrive pas à trouver quoi dire et par où commencer. Le truc, c'est qu'elle est habillée autrement. Parce qu'elle a un rencard, crétin ! Je veux dire, je devrais être super-excité à cette idée, non ? Après tout, elle a mis un truc décolleté et un jean taille basse. Eh bien, rien du tout. Après Zeke et tout ça, en la voyant dans cette tenue, c'était plus ou moins comme si je baisais avec ma tête. Peut-être que, plus tard, elle dirait mon nom et que les choses commenceraient à s'éclaircir, si vous voyez ce que je veux dire.

« Je suis désolé pour Zeke – le type. Que tu aies été obligée de voir ça.

— Pas grave. D'ailleurs, je l'avais déjà vu. Comme tout le monde. Ce type s'affiche tout le temps en ville comme ça. »

Je lui dis qu'oncle Eddie va venir me relayer, et elle se contente de s'asseoir à sa place habituelle et de regarder les gens passer devant la boutique. Il n'y a plus de circulation que dans un sens, maintenant : tout le monde retourne vers le centre-ville. Surtout des jeunes de notre âge, sur leur trente et un. Les autres filles sont aussi en jean slim et petit haut décolleté. Tous les types qui n'ont pas le crâne rasé sont bien coiffés, avec du gel dans les cheveux, contrairement à votre serviteur.

Il n'y a plus personne dans la laverie à part nous deux, alors je prends le siège à côté du sien, celui où son frère s'assoit généralement. Elle est toute calme, comme d'habitude, et alors ça m'amène à réfléchir. Si on était chez moi, à Red Bluff, je serais probablement au bord de la rivière, sur une vieille couverture, à regarder les étoiles entre les branches des peupliers. On gare sa voiture le long de la route 92, là où il y a un sentier qui part dans les bois et qui va vers le fleuve, et on y est. Vous vous souvenez peut-être comment c'était quand vous aviez mon âge. Mon plus vieil ami, Justin Kepler (cinquième heure de cours), m'a dit qu'ils faisaient du feu, le soir, et les filles allaient avec eux. J'étais plutôt désolé de devoir louper tout ça. Pas de cigales qui chantent la nuit à Huntington Beach non plus. Une fois, ma mère m'a bel et bien tendu le téléphone par la fenêtre pour que je puisse les entendre ; je ne les ai pas entendues, mais j'ai dit que si quand même. Il y a l'océan et tout ça, mais la marée qui va et vient me fait me sentir tout seul. Quand on y pense vraiment, ma mère s'est vraiment donné du mal pour m'élever toute seule, et elle fait de son mieux. J'espère qu'ils utilisaient des préservatifs, Justin et les autres.

« Je me demande si quelqu'un fera un jour un tatouage de moi ? » dit finalement Mary.

Je me dis que c'est peut-être le genre de cas où on dit le contraire de ce qu'on veut dire en réalité, mais je n'ai pas l'impression qu'elle ait l'habitude de faire ça, alors je ne rigole pas.

« Ça te plairait ? que je lui demande.

— Ben ouais ! Ce serait une espèce d'hommage. Comme tous ces artistes, dans le temps, qui peignaient leur petite amie toute nue, et qui la rendaient célèbre et tout ça. »

Là, elle marque un point. D'une certaine façon, ça revenait à montrer sa petite amie toute nue à tout le monde. Juste pas sur le ventre d'un crétin d'alcoolo, je lui dis. Et peut-être pas étalée comme ça sur un canapé en velours rouge. Et les jambes pas écartées. En plus de ça, les tatouages, ça s'estompe au soleil, les gens vieillissent, ils attrapent des rides, et quand ils meurent, le tatouage disparaît avec eux.

« Ouais, je sais tout ça. C'est juste que c'est difficile de savoir quand quelqu'un vous aime vraiment, par les temps qui courent. Quand quelqu'un fait un tatouage de toi, tu sais où tu en es. »

Ah bon ? Bon, elle n'avait pas totalement tort.

J'aurais dû lui expliquer que Fredo avait mis son ex-petite amie sur le ventre de Zeke juste pour la faire bisquer, mais si Mary n'arrivait pas à deviner ça toute seule rien qu'en voyant le tatouage, alors je me disais à quoi bon, hein ? Et même si j'avais fantasmé toute la journée qu'on aurait pu aller sur la jetée et qu'elle aurait pu s'appuyer à la balustrade, et moi contre elle, et mes mains qui remontaient sous son petit haut... Je pense que je ne voulais tout simplement pas être un type comme ça, en fin de compte. Ce qui est sûr, c'est que je n'avais pas l'intention de me la faire tatouer sur l'estomac.

Il se trouve que Mary n'avait pas vraiment flashé sur moi, de toute façon. Quand oncle Eddie est revenu, on a fait un tour et voilà. Je lui ai parlé de ma mère et du problème avec la Taurus, du trouduc qui m'était rentré dedans, et d'elle, ma mère, qui me tendait le téléphone par la fenêtre, mais elle ne m'écoutait pas vraiment. Quand on est arrivés au DQ, elle est allée aux chiottes, et un de ses amis m'a dit qu'il y avait un type qui l'avait fait avec elle, il l'avait larguée et elle espérait plus ou moins qu'il la verrait avec moi et que ça le rendrait jaloux, tout ça.

Vers minuit, elle m'a dit qu'elle allait dormir chez une copine, et qu'elles allaient partir.

« Tu es vraiment un gentil garçon, Harlan », elle m'a dit, et puis elle m'a serré contre elle, mais comme on fait avec un bon copain. Elle avait toujours son beau sourire, et je me souviendrai toujours comme elle avait de jolis cheveux. Sauf que même s'ils remuaient encore, ce n'était plus comme avant, à la laverie.

Ça ne s'est jamais reproduit. Après ce soir-là, elle est revenue à la laverie avec son petit frère, juste comme au début, et à la fin des trois semaines, elle a noté mon numéro de portable, et elle a dit qu'elle m'appellerait, mais je savais à quoi m'en tenir. Quand elle regardait par la vitre de la laverie, elle espérait seulement repérer le type qui l'avait larguée. Peut-être que pendant un petit moment elle a cru qu'elle me kiffait. Mais je ne crois pas. Bon, ce n'était pas *elle*, finalement, ce qui veut dire que *la* fille est toujours là, dehors, quelque part. Peut-être qu'elle se pointera quand je serai prêt pour elle.

Juste pour finir mon histoire, voici ce que j'ai appris, cet été-là : d'abord, je ne sais pas ce qui se passe entre les hommes et les femmes, et deuxièmement, je ne peux pas compter sur ma queue pour m'aider de ce côté-là. Ce qui est vraiment un cas où c'est le contraire de ce que ça devrait être. On étudiera probablement ça à nouveau cette année.

Enfin, je ne suis qu'un collégien. Et j'ai une année entière devant moi pour réfléchir à tout ça. Le truc entre les hommes et les femmes, je veux dire. Comment ça doit se passer. Sauf qu'on ne sait jamais. Peut-être qu'à la fin de l'année vous nous demanderez de faire une rédaction sur ce qu'on a appris et je pourrai tout vous dire. Ha, ha ! Ne vous réjouissez pas trop vite.

(J'espère que vous ne retirez pas de points pour les gros mots.)

LA CUISSE DE PADDY O'GRADY

– Lisa Alber –

C'était une après-midi d'avril. Le ciel chargé de nuages gris acier qui filaient à toute allure s'harmonisait parfaitement au décor du cimetière où l'on venait de déterrer le corps de Paddy O'Grady.

Teresa se tortilla dans tous les sens pour essayer d'apercevoir le cadavre, mais elle n'était pas tout à fait à son affaire. Plus exactement, elle gambergeait à propos de Gavin, son petit ami. A quoi rimaient toutes ces petites attentions dont il la comblait depuis quelque temps ? Est-ce qu'il ne fricotait pas avec une autre nana, par hasard ? A moins qu'il ne se soit mis en tête de l'épouser ? Quant à savoir laquelle des deux éventualités était la pire, elle hésitait, vu qu'elle était déchirée entre l'affection et, de plus en plus souvent, l'énervement qu'il lui inspirait.

Elle réprima un bâillement. Le matin même, elle s'était réveillée l'esprit embrumé et avec le vertige C'était bizarre, car la veille au soir elle n'avait pas forcé du tout sur la bière : elle avait bu à peine quatre demis. Elle avait aussi eu le sommeil plus lourd que d'habitude, ce qui l'avait empêchée de remarquer le départ de Gavin. Il lui avait laissé un mot pour lui signaler, chose superflue, qu'il avait dormi un peu avant de rentrer chez ses parents.

Certes, elle se réveillait assez tôt, d'ordinaire, pour lui dire au revoir et l'embrasser, mais tout de même, pourquoi ce mot idiot qui incluait « tu me manques déjà » et un tas de cœurs entourant « je t'aime » et « mille bisous » ? Pas la peine d'en rajouter ! Elle savait bien que sa maman l'accueillait avec une volée de bois vert quand il avait le malheur de regagner le logis familial juste à temps pour le petit déjeuner.

Une bourrasque venue de l'Atlantique rabattit des mèches de cheveux sur son visage et la ramena à sa préoccupation immédiate, c'est-à-dire la promotion de sa carrière journalistique. La brise nettoyait l'air de ses odeurs habituelles de vache et de pâturage marécageux, et soulevait la tente que les policiers avaient installée au-dessus du corps de ce pauvre Paddy O'Grady, enterré la semaine précédente.

Teresa n'avait pas connu Paddy, car il était de Doolin, alors qu'elle venait tout juste d'arriver de Limerick pour commencer son premier vrai boulot dans un journal. Le *Clare Challenger* n'était pas à la veille d'obtenir le prix du meilleur organe de presse, mais c'était un pas vers la notoriété… avec, pour point de départ, l'affaire Paddy O'Grady.

C'était elle qui avait couvert l'inhumation de Paddy : il était donc normal que ce soit elle qui suive son exhumation. Quand elle avait formulé son exigence, son patron avait levé les yeux au ciel, puis les avait rebaissés en l'entendant mentionner son oncle : le lieutenant de police Danny Ahern en personne.

Ce dernier était là avec ses hommes, mais il l'ignorait superbement.

— Lieutenant, on pourrait voir, s'il vous plaît ? cria-t-elle.

Le type de haute taille qu'elle connaissait sous le nom d'oncle Danny continua à faire la sourde oreille.

Une femme en châle noir élimé et à la chevelure grise fatiguée se rapprocha de Teresa, derrière le ruban jaune délimitant le périmètre.

— J'jetterais bien un œil aussi, dit-elle, juste pour voir.

La bonne femme, une vraie naine, parlait si vite et d'un ton si bref que Teresa eut du mal à la comprendre.

— Ça vous intéresse personnellement ? s'enquit Teresa.

— P't-êt'.

Teresa savait reconnaître la musique particulière de l'accent du coin, mais ce n'était pas cette intonation qui teintait l'anglais de cette femme. Pourtant, ce n'était pas une étrangère, non, pas avec des taches de rousseur pareilles. Donc, c'était une *tinker* : elle appartenait au peuple des nomades irlandais. Comme les Roms, ils vivaient pour la plupart dans des communautés se déplaçant en caravanes, faisaient paître leurs chevaux le long des routes et n'étaient pas connus pour leur acharnement au travail. Et surtout, ils restaient entre eux et se tenaient le plus loin possible des forces de l'ordre.

Le radar renifleur de scoops de Teresa se mit en alerte maximale.

D'un ton négligent, elle demanda son nom à la naine, laquelle se contenta de grogner :

— Mary, pour vous.

— Très bien. Mary, je peux demander au policier, là-bas.

Un nouveau grognement.

— Tonton Danny ! héla Teresa. S'il te plaît, sois gentil !

Plus tard, chassée par une pluie battante qui lui martelait les joues, Teresa alla chercher refuge dans sa Volkswagen maculée de boue. Elle s'installa, son bloc-notes sur les genoux.

De l'endroit où elle se trouvait, en face du cimetière, elle avait vue sur des dizaines de croix celtiques qui se dressaient vers le ciel, et sur la forme solitaire de Mary penchée au-dessus de la tombe ouverte toujours dissimulée par la tente. Embusquée là, tout en noir, l'œil fureteur et immobile comme une statue, la vieille femme avait tout d'une reine païenne.

Malgré son irritation, son oncle avait finalement consenti à venir la rejoindre.

« Terry, s'il te plaît, arrête de m'appeler "tonton" devant mes hommes ! » avait-il grondé.

Au moment où Teresa ouvrait la bouche pour répondre, Mary l'avait arrêtée d'un geste péremptoire et avait apostrophé le policier :

« Tonton ! »

Danny avait lentement levé les sourcils, mimique qui signifiait chez lui qu'il jugulait son agacement. Il s'était rapproché pour se pencher sur Mary qui, de son côté, parut un peu plus grande.

« Tonton, avait-elle répété, mon liv', y s'est fait la malle comme ma jeunesse ! Pfft !

— Quel livre ?

— Çui où y a tous les charmes, les philtres et tous les r'mèdes. J'gagne ma croûte avec. Jamais j'arriv'rai à m'rapp'ler d'tout sans mon livre. »

Danny avait tourné ses sourcils vers Teresa, qui, perplexe, avait fait un geste d'ignorance.

« Et si vous m'laissez voir le mort, là, avait poursuivi Mary, p't-êt' que j'pourrais r'trouver mon livre.

— Vous avez perdu votre livre dans ce cimetière ? Quand ?

— Mais non, pauv'... »

Mary s'était interrompue à temps, pour reprendre :

« Y a quelqu'un qui m'l'a carotté, et p't-êt' bien qu'il est là. »

Parfait. Une dingue. L'oncle de Teresa avait alors utilisé un ton empreint d'une politesse distante :

« Je vais envoyer un agent pour prendre votre déclaration, et nous vous préviendrons si nous retrouvons le livre qu'on vous a volé. Maintenant, si vous voulez bien m'excuser... »

Sur ce, il leur avait tourné le dos et s'était éloigné, poursuivi par l'appel désespéré de Teresa :

« Lieutenant ! »

La réponse lui était parvenue, cinglante :

« Toi, pas maintenant ! »

De rage, Teresa s'en était prise à la vieille :

« Bravo ! Maintenant, avec vos histoires de bouquin, je me retrouve sans rien pour mon article ! Et tout ça pour des prunes, puisque vous n'avez pas pu aller voir de plus près ! »

Mary l'avait alors examinée en plissant les yeux :

« C'est bien ça, z'êtes la copine de Gavin. C'est marrant, ça. »

Elle avait alors pris un air pensif puis, avant que Teresa fût remise de sa surprise, elle avait ricané :

« C'est pas pour dire, z'en avez d'la chance ! »

Teresa avait été tellement déstabilisée par l'entrée en piste de son copain dans l'histoire qu'elle avait bredouillé quelques questions en vrac. Comment Mary connaissait-elle Gavin ? Comment avait-elle fait pour la reconnaître ? Et d'ailleurs, qu'est-ce qu'il y avait de si drôle ?

Car malgré les sentiments mitigés que Teresa nourrissait à l'égard de son copain, par principe elle ne tolérait pas qu'on se moque des mecs qu'elle choisissait.

Pour finir, Teresa avait perdu son objectivité. Autrement dit, l'interview était partie en eau de boudin. Mary, futée, avait adroitement éludé les questions et refusé de révéler le rapport entre son bouquin de recettes magiques et ce pauvre Paddy O'Grady.

Le butin se soldait donc par quelques menus détails, y compris un commentaire que Mary avait marmonné juste avant que Teresa s'engouffre dans la voiture martelée par les trombes d'eau. Quelque chose à propos d'un corps déterré *avant* celui-là.

Non, Mary n'était pas futée, finalement ; un peu siphonnée, plutôt. Et de plus, bâtie comme elle était, assez costaude pour avoir été capable de déterrer ce pauvre Paddy elle-même.

Teresa réfléchit à tout cela pendant une minute entière. Puis elle appela Gavin. Il était obligatoirement en relation avec Mary, d'une manière ou d'une autre.

Gavin roucoula de plaisir en entendant sa voix : pour une fois, c'était elle qui l'appelait la première. Elle le laissa croire qu'elle l'appelait pour sa pomme, parce qu'elle en avait marre des mariages et des enterrements et voulait parler enfin d'un vrai sujet.

Elle proposa à Gavin d'aller dîner ensemble, puis elle raccrocha en rêvant d'articles retentissants qui lui vaudraient un renom national. Oui, elle allait monter un dossier correct, et en route pour Dublin et l'*Irish Times* !

De l'autre côté de l'étroite allée bordée d'aubépine, son oncle était toujours en train de grommeler dans sa barbe. Comme elle, il aspirait à une promotion, et pour faire avancer sa cause il tint à prendre une série de photos non officielles de la scène du crime avec son propre appareil. Teresa se demanda si le fait de jouer les photographes était véritablement susceptible de donner un coup de pouce à sa carrière, mais qui était-elle pour juger, elle qui était là, enfermée dans sa bagnole, avec un bloc-notes vide... ?

Oncle Danny s'arrêta sur le seuil de la tente et rangea son appareil numérique dans un sac en plastique. Cela accompli, il se laissa pousser par le vent jusqu'à une Peugeot décrépite qu'il avait garée dans le pré voisin, le long d'une baignoire servant d'abreuvoir. Au moment où il posait l'appareil photo sur le siège du passager, l'un des hommes qui officiaient toujours sur la scène du crime lui fit signe. Il retourna donc sur ses pas, avec son pantalon trempé qui lui collait aux jambes.

Teresa n'hésita pas une seconde. Jaillissant de sa voiture, elle mit le cap sur la Peugeot. Bondissant de touffe d'herbe en touffe d'herbe, puis s'enfonçant jusqu'aux chevilles dans les flaques d'eau, elle atteignit un muret de pierres sèches derrière lequel elle s'abrita pour se dissimuler et poursuivit son parcours du combattant pliée en deux. Enfin, elle parvint à destination, le dos moulu. Le véhicule n'était pas verrouillé. Pas étonnant, compte tenu de la densité de population dans le coin.

Elle se faufila sur le siège arrière quasi en rampant et tendit la main vers l'appareil photo. Mais elle hésita tout de même. Oncle Danny pouvait être suspendu, ou pire, si elle publiait des faits qui ne devaient pas encore être révélés. Et puis zut, se dit-elle. Elle était journaliste, maintenant. Sans compter que tout le monde savait que son oncle n'était pas du genre à balancer des infos. Il ne lui arriverait rien.

Sa culpabilité disparut rapidement devant les photos du corps. Elle pouvait oublier la théorie de la profanation pour vol... sauf en ce qui concernait le morceau de peau qu'un pervers avait découpé sur la cuisse de ce pauvre O'Grady.

Déjà, elle voyait la manchette, *sa* manchette : *PROFANATION D'UN CADAVRE AU CIMETIÈRE DE LISCANNOR.*

Pathétique, il était pathétique, ce cher Gavin, à renifler le bouchon en frémissant des narines, comme s'il savait différencier un merlot d'un jus de raisin.

L'opération menée à bien, il reposa le bouchon à côté de sa cuiller à soupe et porta un toast au tournant que prenait leur relation. Sa voix déraillait toujours un peu quand il était surexcité, mais là, elle monta carrément dans les aigus. Teresa fit tinter son verre contre le sien en évitant son regard rempli d'optimisme. Quel tournant ? Uniquement parce que c'était *elle* qui l'avait appelé dans l'après-midi ?

Elle prit une gorgée de vin – pas mal, cette cuvée du patron – en se retenant de dire à Gavin qu'elle éprouvait pour lui le genre de sentiments qu'on ressent pour un chiot qui a fait pipi sur le tapis mais qui est tellement trognon qu'on renonce à lui mettre un coup de pompe dans le derrière. Provisoirement, du moins. Car tout au fond d'elle, elle sentait venir la fin, comme si la sonnerie avait été programmée pour retentir bientôt dans un coin de sa tête.

— Il est un peu chic, ce restau, non ? dit-elle. Je pensais qu'on irait manger un petit truc au pub, juste pour parler.

— Pour parler... bien sûr, j'ai compris, répondit Gavin en attrapant sa main. Oui, pour parler.

Teresa manœuvra pour dégager sa main de l'étreinte qui la retenait prisonnière et se mit à jouer avec le bouquet de fleurs sauvages posé sur la table.

Il avait été trop mignon, tout à l'heure, quand il lui avait nommé une à une les fleurs qu'il lui avait apportées – des orchidées sauvages, des violettes, des primevères – en la regardant d'un air implorant. Et après, il s'était reculé au fond de sa chaise avec un sourire satisfait.

Il était vrai qu'il lui avait paru drôlement bizarre pour un Irlandais, quand elle l'avait rencontré, deux mois auparavant. Elle avait commencé par le prendre pour un pédé, mais non, elle avait été bien vite détrompée par son zizi toujours prêt à entrer en action. Et elle avait aussi été conquise par son joli visage, avec sa fossette au menton et ses yeux d'un bleu irréel. Mais maintenant elle se disait qu'être mignon, c'était une chose, mais qu'être implorant, c'en était une autre.

— Oui, pour parler, reprit-elle. Je vais avoir besoin de ton aide pour une histoire.

La lueur qui s'était allumée dans les yeux de Gavin s'éteignit quand elle lui raconta l'histoire de la cuisse de ce pauvre Paddy.

— C'est de ça qu'on va parler ?

Elle attendit qu'il se remette. Dans moins de trente secondes, se dit-elle, il aura pris sur lui et sera prêt à se mettre en quatre pour moi. Mais non : au lieu de manifester sa complaisance habituelle, il fit la tête.

Gavin s'était blessé à un doigt et portait un pansement. Teresa tapota le bout de doigt qui en dépassait en s'apprêtant à lui demander s'il s'était soigné lui-même. Puis elle répondit mentalement à sa propre question : Bien sûr que non, que tu es bête ! Gavin devenait vert à la simple évocation du sang. D'ailleurs, il avait préféré renoncer à travailler avec son père dans sa boucherie pour apprendre le métier d'électricien.

— Il est très joli, ton bouquet, dit-elle. Vraiment. J'espère que ce n'est pas pour moi que tu t'es fait ça. En cueillant les fleurs, je veux dire.

— Oui, pour toi… Je me languis d'avoir une vraie relation. Si seulement tu pouvais t'en rendre compte !

— Comment pourrais-je ne pas m'en rendre compte ?

Elle ravala son impatience. Une vraie fille ! Il faisait la tête, il était gnangnan… *Je me languis !* Putain…

On apporta leurs plats. Gavin demanda un verre d'eau pour le bouquet, afin de lui donner une chance de tenir jusqu'à leur arrivée dans son appartement en sous-sol.

— Ça fera joli, ces fleurs à côté du lit, dit-elle.

Gavin eut une ébauche de sourire. Teresa l'interpréta comme un encouragement à se lancer.

— Figure-toi qu'aujourd'hui, j'ai fait la connaissance d'une bonne femme qui a l'air de te connaître. Une nomade qui se fait appeler Mary… tu vois de qui je parle ?

— Oh non, gémit Gavin. Pas elle ! On ne pourrait pas manger tranquilles ?

Entre deux bouchées d'agneau accompagné d'un gratin de pommes de terre, Teresa, à grand renfort de cajoleries, lui soutira que le fils de Mary travaillait dans la boucherie de son père. Le gars en question se faisait appeler Wally, de la même façon que Mary se faisait appeler Mary. Leur véritable nom était secret, réservé à la grande famille des nomades.

Selon Gavin, on ne pouvait pas faire confiance à Wally, mais, au moins, il était plus moderne que sa cinglée de mere. Complètement azimutée, celle-là : elle demandait à son fils de recueillir tout ce qui dégoulinait de la viande fraîche, et tous les vendredis, elle venait chercher les flacons qu'il lui mettait de côté pour ses breuvages de fertilité. Wally affirmait que ces potions marchaient très bien pour les femmes stériles.

Gavin avait prononcé cette dernière phrase d'un ton bizarre… à se demander s'il évaluait ses chances à elle de porter un jour un enfant.

Elle prit le parti d'interrompre son monologue :

— Je le connais, Wally ?

— Je pense, oui, répondit-il. C'est le mec qui rapplique en courant quand tu viens me chercher au bureau.

Exact, le bureau où Gavin travaillait bénévolement pour son père en faisant sa paperasserie… Ainsi, Mary était la mère de ce mec qui louchait et qu'on avait du mal à comprendre quand il parlait, ce qu'elle avait pris jusqu'alors pour un défaut d'élocution.

— Lui ? Je n'ai jamais compris son nom, dit-elle. Mais il ne peut pas être si mauvais, puisqu'il condescend à avoir un boulot régulier.

— C'est ce que tu crois, mais le meilleur moyen de rameuter des clients pour sa mère, c'est bien de se mélanger à nous, les sédentaires, tu ne crois pas ? Je te parie tout ce que tu veux qu'il pique de la viande dès qu'il peut, ce salopard !

Visiblement, voler la viande n'était que l'un des nombreux crimes de Wally. Il faisait aussi peur aux clients, ou les draguait quand c'étaient des clientes, distribuait des prospectus pour tout et n'importe quoi, ça allait des biens recyclés aux tournois de boxe à mains nues, il vendait des CD de musique jouée par des membres de sa famille… un véritable homme-orchestre, qui se fichait pas mal de la réputation de son patron…

— OK, OK, l'arrêta Teresa, j'ai compris. C'est un mec pas net, on ne peut pas lui faire confiance. Bon, on peut revenir à Mary ?

— Il ne faut pas lui faire confiance, à elle non plus.

— Sans blague ! On parle de ma carrière, là ! Bien. Tu l'as déjà vue avec un livre rempli de recettes vaudou ?

Gavin avala sa gorgée de vin. Une rougeur profonde envahit son visage.

— Le truc, c'est que je ne m'attendais pas à ce genre de conversation. J'ai l'impression…

— Gavin, je t'en prie… Tu me réponds, pour le bouquin ?

— … que tu me négliges, voilà.

— Qu'est-ce que tu as, tout à coup ? S'il te plaît, ne me dis pas que c'est à cause de Wally. Tu es vraiment barjo si tu t'imagines que je craque pour le commis de ton père !

Gavin se cogna contre la table. Les fleurs tombèrent sur la corbeille à pain. En voyant l'eau imbiber lentement son contenu, Teresa serra les dents.

— Il faut que je parle à Mary, déclara-t-elle. Comme demain on est vendredi, je viendrai faire un saut après le boulot. Elle vient à quelle heure, Mary, pour prendre ses ingrédients magiques ?

La boucherie Aux Viandes Cinq Etoiles était sise à O'Connell Square, à quelques minutes à pied des locaux du *Challenger*. C'était un établissement moderne, avec des spots dirigés sur des rangées de viande rutilante. Malgré son estomac délicat, Gavin était fier de sa réputation de boucherie chic, et il avait offert une petite visite des lieux à Teresa dès leur deuxième rendez-vous. Il lui avait montré les casiers à viande, les comptoirs argentés assez larges pour y coucher des vaches entières, les sols qui s'inclinaient vers des canalisations, les scies électriques... tout le bataclan.

Teresa, depuis le seuil, se rappela pourquoi elle achetait son poulet chez Spar. Ici, rien ne pouvait masquer l'odeur d'abattoir. Le sang imprégnait tellement l'air qu'elle le sentait sur sa langue. Cette odeur était trop réelle, rappelait trop le carnage perpétré quotidiennement par l'espèce humaine.

Tiens bon, se dit-elle.

Le carnage, c'était ce qui propulsait les journalistes en une, et donc, le carnage était son meilleur copain.

Elle s'avança vers les étagères à viande.

Gavin la suivit après avoir lancé un « Salut ! » à l'adresse de son père.

Parvenu devant le comptoir où officiait le fils de Mary, il resta indécis, regardant alternativement le garçon, puis Teresa.

— Bon, ben d'accord, répondit-il à cette dernière qui lui faisait un signe muet. Ta mère est déjà là, Wally ?

Wally avait hérité du physique solide de sa mère, mais sans son côté gnome. Il était grand, lui. Teresa adressa un sourire à ses prunelles erratiques en ne faisant aucun cas du regard courroucé de Gavin.

Le garçon boucher tenait un couteau qui semblait si aiguisé qu'on s'attendait presque à le voir lancer des étincelles. Une pièce de bœuf était posée devant lui, prête à être découpée. Au grand soulagement de Teresa, la nature délicate de Gavin prit le pas sur sa jalousie. Il alla se réfugier dans le bureau de son père.

Wally le regarda partir, l'air mauvais, puis dévisagea Teresa.

— Ma vieille mère, elle m'a dit comme ça qu'y avait des choses qui vous intéressaient, déclara-t-il.

— Ouais, elle a l'air d'en savoir long.

— Normal, elle est médium.

Il plaça la lame le long de la ligne entre le gras et ce qui paraissait être une côte première. Avec des gestes sûrs, il découpa la paroi de graisse sans toucher la viande. Ses mouvements étaient si précis qu'on se demandait d'où provenaient les cicatrices qu'il portait sur ses jointures.

— Alors ? la pressa-t-il.

— Je suis venue pour parler à votre mère, pas à vous.

Le jeune nomade se pencha vers elle en appuyant ses coudes sur la cloison de plastique qui les séparait.

— Ma mère, elle est v'nue et elle est repartie. Mais j'peux p't-êt' vous répondre, parce que ch'suis au courant d'ses affaires.

Ah bon ? se dit Teresa.

Wally essuya son couteau sur son tablier. Il lui confirma ce qu'avait marmonné Mary à propos d'un premier corps, ce qui voulait dire que ce pauvre Paddy était le deuxième macchabée à avoir été déterré dans la semaine. De même que Paddy, ce premier mort avait nourri les vers pendant sept jours avant son exhumation. Mais sa dernière demeure se situait près de Galway, ce qui expliquait pourquoi le journal de Clare n'avait pas eu connaissance de la profanation.

Wally retourna à sa tâche et finit rapidement sa découpe. Posant son couteau, il saisit un tranchoir et l'abattit à travers la viande en faisant claquer le métal contre la planche de bois. Un steak parfait apparut, jeté immédiatement dans un bac.

— La question, c'est : comment se fait-il que Mary soit au courant pour le premier corps, à Galway ? s'enquit Teresa.

— Ben, c'est qu'elle a toujours une oreille qui traîne, rapport à son livre qu'elle a perdu. Et en plus, y a le reste de not' clan qu'est là-bas, dans le Connemara. Ma mère, elle leur a fait passer le mot, pour qu'y z'écoutent ce que les gens y racontent. Et voilà.

Voilà quoi ? Teresa ne voyait pas très bien le lien entre le livre de recettes et le viol de sépulture.

Wally reprit son tranchoir et resta le bras levé.

— Moi, j'peux vous dire une chose. Son corps, il avait pas été touché. Y avait qu'une jambe qu'était sortie du cercueil, et le couvercle, il était fermé sur le reste du corps.

Les photos de son oncle avaient révélé la même scène. En voilà une façon perverse de respecter les morts, se dit Teresa. On sort une guibolle, mais on prend bien soin de protéger le reste du corps des éléments.

— Le mort de Galway, s'enquit-elle, ils ne lui en ont pas taillé un morceau ?

— C'est ce que j'ai dit, répondit Wally en se passant le bras sur le front, ce qui le barbouilla de rouge. Pourquoi ? C'est pas pareil pour vot' mort d'hier ?

Quelque chose dans son ton trahissait qu'il soupçonnait la vérité. Mieux, il la connaissait peut-être. Il était peut-être en train de lui raconter des craques, mais comment savoir, avec son drôle d'accent !

Elle se représenta la jambe décharnée de ce pauvre Paddy qu'on soulevait, qu'on sortait du cercueil… C'était obscène… et la tranche de peau découpée en prime… C'était doublement obscène. Oui, ils cachaient certaines choses, Wally et sa petite maman. L'explication se trouvait sans doute dans le livre de Mary, pas étonnant qu'elle s'inquiète de sa disparition. S'il avait vraiment disparu…

— Qu'est-ce qu'elle dirait, Mary, d'une longue bande de peau humaine rectangulaire prise sur un cadavre ? demanda-t-elle.

— Une bande, vous dites ? Elle trouverait quèqu' chose à faire avec.

Wally se fendit d'un large sourire en voyant la grimace de répulsion que son interlocutrice n'avait pu retenir. Le tranchoir entra à nouveau en action, et un steak bascula dans le bac.

Teresa exprima le soupçon qu'elle sentait monter :

— Je suppose que votre mère est allée au cimetière pour voir par elle-même si on avait charcuté Paddy O'Grady. Elle a sans doute eu une vision qui lui a appris que ça avait un rapport avec le bouquin qu'elle avait prétendument perdu ?

— C'est clair, à mon avis, mais c'est un gros nul, vot' oncle. J'vais lui répéter la gentillesse qu'vous v'nez d'dire à propos d'la tranche de cuisse d'O'Grady, à ma vieille mère, elle va apprécier. P't-êt' même qu'elle va vous offrir un p'tit philt' d'amour…

Il désigna du menton le bureau où se cachait Gavin :

— Mais vous en avez pas vraiment b'soin.

Son ton entendu impliquait qu'il savait certaines choses sur sa relation avec Gavin. Mais, là encore, elle ne pouvait pas vraiment en être sûre, avec son maudit accent !

Le tranchoir claqua une fois de plus, ce qui la fit sursauter. Wally prit un steak dans le creux de sa main. Avec un clin d'œil, il lui demanda si elle ne voulait pas avoir un repas gratos, vu qu'il avait coupé trop fin pour la vente.

— J'vais vous l'envelopper, proposa-t-il aimablement.

— Merci.

Oui, elle allait apporter la viande à son patron, cet infâme individu qui l'avait menacée le matin même de donner *son* sujet à quelqu'un d'autre !

— Qu'est-ce qu'elle en dit, Mary, du mort de Galway ? A son avis, pourquoi on l'a laissé intact ? Pourquoi mutiler le nôtre, et pas le leur ?

D'un geste théâtral, Wally déchira une feuille de papier de boucherie sur un rouleau.

— Il a p't-êt oublié d'aiguiser son couteau et il voulait travailler proprement, répondit-il. J'peux lui d'mander, c't'une bonne question. Et vous r'viendrez m'voir pour la réponse ?

Gavin rattrapa Teresa à l'extérieur du magasin. Il regarda le steak emballé et jeta, plein d'amertume :

— Qu'est-ce que je t'avais dit ? Il drague avec la viande !

Teresa s'éloigna avec un signe d'adieu et se dirigea vers le *Challenger*. Gavin était persuadé que Wally, de même que tous les mâles qui portaient les yeux sur elle, poursuivait un but bien précis, c'est-à-dire une petite partie de jambes en l'air. Peut-être Wally nourrissait-il effectivement quelques pensées interlopes, mais Gavin commençait à être vraiment lourd !

— Je viens te retrouver chez toi ce soir comme d'hab', OK ? cria Gavin. C'est moi qui fais à manger !

Dix caravanes en aluminium étaient rangées à la va comme je te pousse autour d'un feu. Un troupeau de femmes en robes informes faisaient cuire quelque chose qui sentait comme du bacon, pendant que les hommes traînaient autour d'une vieille porte posée sur des blocs de ciment et élevée au statut de table. Des dizaines d'enfants couraient en piaillant entre les caravanes rouillées et cabossées, et plusieurs chevaux qui paraissaient mieux nourris et plus propres que les humains somnolaient sous les arbres. Malgré les carcasses de voitures et les tas d'ordures, Teresa trouva qu'il émanait de l'endroit une sorte de paix intrinsèque.

Gavin suivait à dix pas derrière elle. C'était lui qui les avait pilotés jusqu'au campement. Il n'avait eu aucune difficulté, car, comme il le lui avait raconté en maugréant, sur le formulaire d'embauche Wally avait fourni un semblant d'adresse, et son père n'allait pas prendre un sale *tinker* comme ça, sans vérifier ! Gavin avait donc accompagné son papa au campement, pour voir. La présence des caravanes avait confirmé que ce ramassis de *tinkers* était là en résidence permanente, en quelque sorte, et Wally avait donc été embauché.

Teresa enjamba un pneu crevé et poursuivit son gymkhana en se rappelant d'être gentille avec ce pauvre Gavin, qui avait tenu à venir malgré sa petite forme.

En effet, ce matin-là, au réveil, elle avait eu la surprise de le trouver roulé en boule par terre, pâle, à la limite de la transparence. Il avait déserté le lit trop étroit pour deux et passé une très mauvaise nuit. Il répandait aussi une curieuse odeur de faisandé. Elle lui avait ordonné d'aller prendre une douche avant de l'envoyer essuyer les foudres de sa mère.

Pour sa part, après de longues heures d'un étrange sommeil de plomb au terme duquel, une nouvelle fois, elle s'était réveillée épuisée, elle avait abordé la journée en espérant pouvoir tirer les vers du nez à Wally jusqu'à lui faire cracher la vérité. Car il lui avait raconté des conneries, elle le savait maintenant. Seulement, il ne travaillait pas le samedi. Il ne lui restait plus qu'à aller à la source.

Elle s'avança vers trois filles maigres qui la détaillèrent avec un dédain non dissimulé. Avant de lui laisser le temps d'ouvrir la bouche, les gamines désignèrent du doigt deux caravanes placées à l'extérieur du cercle principal.

— Mary, elle est là-bas, annonça l'une d'elles.

Puis, sans plus s'occuper de la visiteuse, elles reprirent leur activité, qui consistait à prélever les plumes blanches et noires d'une pie défunte.

Ces filles s'imaginaient sans doute qu'elle venait chercher un remède quelconque chez Mary. Peut-être était-ce parce qu'il émanait d'elle une volonté de se sortir de ce qu'elles pensaient être des ennuis de couple – ce qui n'était pas complètement à côté de la plaque. Evidemment, elles ne pouvaient pas deviner que ce qui l'animait réellement était le désir de vivre une vie plus exaltante que celle que lui offrait le comté de Clare.

L'un des gars assis autour de la table s'arrêta de jouer aux cartes pour s'approcher des visiteurs. C'était Wally lui-même, le roi des baratineurs. Avec un juron, Gavin se rua sur Teresa et l'entoura d'un bras possessif.

— Vous v'nez emmerder ma maman ? jeta Wally, apostrophant Teresa.

— Ecoute-moi, toi, répondit Teresa, ça suffit les conneries ! J'ai appelé mon oncle ce matin, et il a confirmé l'histoire du cadavre de Galway. Sauf que, contrairement à toi, il m'a dit qu'on avait charcuté le mec. Des entailles à la jambe, qu'il m'a dit. Alors, qu'est-ce que tu en penses ?

— Ah bon, il a dit ça ?

— Oui, et je veux que ce soit Mary qui me donne le scoop.

Wally haussa les épaules et les escorta jusqu'à une caravane à rideaux de dentelle. Des rideaux de dentelle chez une nomade ? C'était si incongru que Teresa pouffa, au grand dam de Wally, qui monta sur ses grands chevaux en lui expliquant que sa maman se devait d'offrir une image accueillante aux étrangers.

Des herbes en pot formaient un chemin menant à un tapis en patchwork étendu devant une porte ouverte.

Mary fit son apparition, vêtue d'une superposition de couches informes en coton noir, et chaussée de bottes de caoutchouc. Après avoir jeté un rapide regard à Teresa, elle dit aux hommes de déguerpir.

— Mais... émit Gavin, inquiet.

— Allez du vent, prop' à rien ! lui intima la matrone. Ça r'garde qu'les femmes !

Teresa n'eut pas le temps de protester. Poussée par Wally et tirée par Mary, elle atterrit dans un minuscule recoin qui servait de cabinet de consultation. Deux fauteuils de velours se faisaient face et un brasero éteint était poussé dans l'angle. Mary tira un rideau pour jeter un voile sur le reste de son domicile, mais Teresa eut le loisir de saisir au vol une rangée de bocaux remplis de substances mystérieuses, les unes séchées, les autres trempant dans un jus qui ressemblait à de la saumure.

Mary lui fit signe de s'asseoir dans un fauteuil, se laissa tomber dans l'autre et plongea la main dans un bocal rempli de lavande séchée. Quand on se donnait la peine de la regarder, on voyait que, malgré le réseau de rides qui recouvrait son visage, elle avait la peau fine, éclatante de santé. Ses lèvres étaient pleines et ses cils très longs. Teresa eut un aperçu de la beauté qu'elle avait dû être pendant sa jeunesse. Elle en fut un peu déstabilisée.

— J'ai appelé mon oncle ce matin... commença-t-elle.

La vieille femme lui ordonna de fermer son clapet et poursuivit :

— Merdique, l'coup des morts.

Puis elle écrasa les grains de lavande dans sa main et les fourra sous le nez de sa visiteuse.

— Respire. Détends-toi, ma p'tite.

Teresa agita la main, et les grains de lavande s'éparpillèrent autour d'elle dans une volute de parfum.

— Je ne veux pas me détendre.

— Bon. Bizarre, comment tu dors, hein ?

Mary ramassa par terre une boîte en bois qu'elle posa sur ses genoux.

— J'dirais qu't'as un jeune gars fou amoureux sur le râb'. J't'ai vue dans la rue avec lui. Je sais c'que j'vois.

— Vous voulez me mettre avec votre fils, c'est ça ?

La nomade, toujours fourgonnant parmi ses charmes, ses talismans et ses fioles, répliqua :

— Sois pas idiote. Ça, c'est pas ma partie, pas du tout.

— C'est Wally qui mutile les cadavres, je me trompe ? dit Teresa. Il manie très bien le couteau, je l'ai vu faire, mais comme vous l'avez dit, il ne s'y est pas pris de la même façon sur les deux morts. La première fois, il n'a pas réussi.

Pour toute réponse, Mary émit un petit sifflement et dénoua un ruban noir à l'extrémité duquel était attachée une boule de cuivre.

Teresa sentait la moutarde lui monter au nez.

— Dans ce fameux livre de recettes, il y en a une qui nécessite un ingrédient pris sur un cadavre ! cria-t-elle.

— T'es pas bête, ma p'tite, la félicita Mary avec un sourire assez large pour révéler l'absence de deux prémolaires.

Puis elle leva la main et la boule de cuivre se mit à se balancer au bout du ruban.

— Voilà, c'est bon ! annonça-t-elle.

A la vue de la boule qui oscillait comme un pendule, Teresa se précipita pour aller ouvrir la porte, affolée à l'idée d'entrer en transe sous le contrôle de cette sorcière. Mais Wally bondit sur les marches et bloqua la sortie. Elle entendit une sorte de bêlement – ça venait de Gavin –, protestation bien vite étouffée par la porte qui lui claquait au nez. Elle hurla et Gavin se mit à tambouriner contre les parois d'aluminium.

— Sois mignon, tiens-la, demanda la sorcière à son fils. Elle a pas voulu s'détendre.

Wally était devenu costaud, à force de trimballer des quartiers de viande, et il maintint Teresa contre sa poitrine avec autant de facilité que s'il faisait un câlin à un ours en peluche.

Mary vint balancer sa boule devant le ventre de Teresa, la laissa pendre quelque temps, puis la remit dans sa poche.

— Bon, ça s'confirme : t'es pas enceinte.

Teresa se libéra d'un bond de l'étreinte du garçon boucher.

— Qu'est-ce que ça veut dire, merde ? Tout ce que je veux...

— Je l'sais, c'que tu veux, ma p'tite, et ch'suis là pour t'aider. Mais fallait êt' sûre qu'y avait pas un p'tit. Un bébé, ça peut modifier l'sommeil.

Gavin continuait à se lamenter en cognant sur l'aluminium. Mary prononça alors quelques paroles en utilisant la langue secrète des nomades, un langage hybride issu de l'irlandais. En l'entendant, Wally perdit son expression amusée. Il sortit, le visage soudain sérieux.

Quelques instants plus tard, la voix de Gavin se perdit au loin. Après avoir rassuré sa prisonnière en lui affirmant qu'il atteindrait sa voiture sain et sauf, la vieille femme réintégra son fauteuil.

— Bon, une bonne chose de faite, soupira-t-elle.

Elle sortit un biscuit au chocolat d'une boîte en fer-blanc rangée sous son fauteuil et le proposa à sa visiteuse. Epuisée, la courageuse journaliste se laissa tomber dans le fauteuil vide en refusant d'un signe de tête, avec le sentiment que son premier sujet sensationnel reposait sur du vide. Ce qui, au début, lui avait semblé une piste était en train de se désintégrer. Elle s'était laissé balader en beauté.

Et pourtant, elle devait trouver un angle exploitable avant le lundi suivant, sous peine que son patron ne la dessaisisse de *son* affaire.

— Ça fait combien de jours, tu m'as dit, que t'as cette histoire de sommeil ?

— C'est vous qui avez parlé de mon sommeil, pas moi.

Pendant que Mary continuait à mastiquer tranquillement des biscuits en contemplant le plafond, Teresa réfléchit. On l'avait suffisamment menée en bateau. Il fallait absolument trouver un moyen de tirer quelque chose de toute cette embrouille.

— Si je vous parle de mon sommeil, proposa-t-elle, vous me parlerez du livre ?

Un signe d'acquiescement de son vis-à-vis, assorti d'une intense mastication.

— D'accord. Les deux nuits passées, j'ai dormi comme une bûche jusqu'au matin. D'habitude, je me réveille plusieurs fois par nuit. Et pourtant, malgré toutes ces heures de sommeil, je me réveille crevée au lieu d'être reposée. Voilà. Et je ne vois pas où vous voulez en venir.

— Normal. Attends.

Mary se leva avec un grognement et disparut derrière le rideau. Elle ouvrit plusieurs bocaux en faisant grincer les couvercles contre le verre. Puis elle se mit à chantonner et à manier un pilon en le faisant tinter contre le mortier. Au bout de quelques instants, elle revint avec une poudre grisâtre enfermée dans un petit sac en plastique.

— Voilà, avec ça, t'auras le sommeil moins lourd et ça t'fortifiera tes rêves.

— Merci, répondit Teresa. Bon, et maintenant, votre livre.

Mary enfouit la main dans les vastes plis de sa jupe et en sortit un volume relié de cuir, entouré d'une ficelle.

— C'était posé sur mes marches hier soir et y manque qu'une page, mais ça m'étonne pas. Sans doute que l'déterreur, ce salopard, y voulait seulement m'l'emprunter. Voilà, t'as ta réponse, ça suffit.

— Comme c'est facile !

Teresa tendit la main vers l'objet, mais la vieille femme, plus rapide, le fit prestement disparaître sous ses jupes.

— Montrez-moi l'endroit où la page a été arrachée, insista la journaliste.

Mary lui tapota le bras.

— Nous, on règle les problèmes à not' façon, tu vas pas tarder à l'voir. Oublie pas : la poudre, faut la mélanger dans l'eau juste avant d'aller t'coucher. Ça agit contre les toxines. Bon, allez, va-t'en maintenant.

Teresa quitta le campement d'humeur maussade, et le resta jusqu'au soir. Elle oscillait entre la conviction d'être sur le point de tenir un sujet et le peu d'espoir de trouver par où l'attraper avant le lundi suivant. Le problème, c'était cette fichue communauté des gens du voyage : elle était impénétrable.

— Ou alors, je ne suis pas faite pour le journalisme, après tout, confia-t-elle à Gavin, qui se tenait à l'autre bout de son minuscule appartement et attendait que l'eau se mette à bouillir. Mais non, je dis des conneries.

Gavin portait un pantalon d'électricien, avec des poches partout. Teresa se souvint avec émotion des semaines passées, quand sa simple vue la faisait fondre au lieu de lui porter sur les nerfs.

Quand elle était sortie de la caravane de Mary, Gavin avait exigé avec véhémence de savoir ce qu'avait dit la vieille, ce qu'elle voulait et ce qui s'était passé, bordel ! Il s'était ratatiné quand elle lui avait décrit le test de grossesse avec la boule de cuivre. Ses questions angoissées prouvaient sa fidélité et son sentiment protecteur à son égard. De même que son soulagement, ensuite, quand ils avaient quitté le campement.

N'importe quelle autre nana se le garderait précieusement, se dit-elle.

— Il faut qu'on parle de ces deux loustics à mon oncle, déclara-t-elle. On va l'emmener avec nous demain, quand on y retournera. Je donnerais bien la peau de ma propre cuisse pour pouvoir jeter un coup d'œil dans le livre de Mary.

Gavin disparut quelque part dans l'appartement. De son lit, où elle s'était retranchée pour réfléchir après avoir picoré de la soupe en boîte et du pain noir, elle ne pouvait le voir. A l'intérieur d'un renfoncement qui servait de garde-manger, une porte de placard claqua. Une seconde plus tard, Gavin réapparut, muni d'un plateau chargé de thé et de biscuits.

— Pour quoi faire ? répliqua-t-il, poursuivant la conversation. Ces *tinkers*, ils nous traitent comme de la merde. C'est pour nous flanquer la frousse.

Elle but son thé à petites gorgées, pendant que Gavin, installé sur un rocking-chair, regardait passer des pieds par la fenêtre en s'interrompant toutes les deux minutes pour voir comment elle allait. Elle allait bien, certes, mais remuait des pensées troublantes à propos de ce satané morceau de peau. Quand elle le visualisait, c'était sous la forme d'une couenne de porc poilue aux bords jaunâtres.

— Je me demande pour quel genre de potion il faut de la peau humaine... marmonna-t-elle.

Gavin devint tout blanc en entendant le mot « peau ». Teresa renonça à creuser le sujet avec lui. De toute façon, il y avait des tas de possibilités, plus effrayantes les unes que les autres ; elle n'avait pas besoin de l'aide de Gavin pour les imaginer. Peut-être Wally en avait-il besoin pour jeter un sort à un ennemi en clouant la peau sur sa porte. Ou alors, c'était pour protéger de la mort une personne aimée. Voilà qui ferait un joli petit sujet bien pervers sur la profanation d'un cadavre dans une bonne intention. Putain, elle le voulait vraiment, ce sujet !

Elle s'enfouit encore un peu plus profondément sous les couvertures et laissa Gavin s'éloigner avec sa tasse de thé.

— Je suis complètement lessivée, déclara-t-elle. Sors donc boire une bière et reviens plus tard, si tu n'as pas peur de te faire tuer par ta mère quand tu rentreras.

Gavin la considéra un instant avant de lui planter un baiser sur la joue.

— On a eu une dure journée, tous les deux. Bon, toi, il faut que tu dormes. Je vais aller boire cette bière, et je repasse voir si tout va bien.

Seule et contente de l'être, Teresa se rendit dans la salle de bains et se déshabilla. Elle roula son jean en boule pour le mettre au sale, puis se souvint qu'elle avait quelque chose dans sa poche.

Elle renifla les herbes et les autres ingrédients mystérieux mélangés par Mary. Il y avait de la réglisse, sûrement. Et aussi quelque chose de frais, de purifiant. Oui, ce serait bien si elle pouvait enfin dormir et éviter de passer la journée du lendemain à errer comme un zombie. En y réfléchissant, c'était peut-être son sommeil perturbé qui l'empêchait de voir clair dans le jeu de la nomade et de son fils...

Avec un geste résolu du menton, Teresa décida de tâter de la poudre suspecte. Une vraie journaliste devait être prête à n'importe quelle expérience nouvelle ! Il lui fallait faire preuve d'intrépidité si elle voulait arriver un jour à Dublin.

Le breuvage paraissait anodin, à part son léger goût de sable, et il resta sans effet sur sa torpeur. Mais pas de souci, Gavin reviendrait bien vite la voir, en bon chevalier servant qu'il était. Elle sentit ses paupières devenir lourdes, mais avant qu'elles se ferment elle eut le temps de se demander si elle n'était pas trop critique envers lui, s'il ne méritait pas qu'elle lui laisse sa chance. Puis elle ne pensa plus rien, car elle s'était endormie.

Quelque temps plus tard, elle se réveilla en sursaut. Figée dans son lit, elle tenta de décrypter les signaux que lui envoyait son corps. Mary l'avait prévenue, elle aurait des rêves très forts. Et, effectivement, elle sentait comme un léger contact sur son bras, comme une réminiscence d'un cauchemar dont elle ne se souvenait plus.

— Gavin ? appela-t-elle à voix basse.

De l'autre côté de la pièce, quelque chose fendit l'obscurité.

— Il est v'nu et il est r'parti au pub, le p'tit salaud. T'inquiète, y va rev'nir.

Une lampe s'alluma.

— P'tain, t'en as mis, du temps, à t'réveiller. Vaut mieux pas réveiller les péquenots, c'est ce qu'elle dit toujours, Mary. Mais marre d'rester dans l'noir à s'cogner partout.

C'était Wally, tout en noir, avec un bonnet de laine à pompon sur la tête. Teresa, trop désorientée, ne réagit pas.

— Comment ça va ? s'enquit Wally en farfouillant dans un tiroir qu'il venait d'ouvrir. Ça y est, ça vient, l'amour ?

La sensation insidieuse qu'une bête visqueuse lui remontait l'échine fit frissonner Teresa. C'était la main froide de la mort qui avait hanté son rêve...

— Pas exactement, répondit-elle.

Il lui adressa un sourire en clignant de son œil à l'iris baladeur.

— Génial. Autrement, j'me f'rais du souci. Les herbes, c'est pour qu'tu t'éveilles à la vérité.

Il ouvrit un nouveau tiroir.

— Ch'suis v'nu pour r'prendre c'qui est à nous. Mary, elle a dit d'vérifier chez toi aussi.

— Comment as-tu fait pour me retrouver ?

— J't'ai suivie c't'après-midi, y a rien d'magique là-d'dans... Bon, j'vais attendre ton pauv' con d'copain, déclara-t-il en refermant le tiroir.

Il se dirigea ensuite vers l'évier et revint, muni d'un verre d'eau.

— Tiens, bois. Ça va te r'mett' les idées en place.

Elle sortit une main des couvertures, et, dans ce mouvement la chose visqueuse glissa le long de son bras. Une odeur de viande avariée emplit ses narines, lui porta au cœur.

Wally, assis sur son lit, la regardait avec l'expression roublarde des nomades. Son regard suivit son bras tendu. Le regard de Teresa suivit le sien.

— Mon Dieu ! Putain, qu'est-ce que c'est que ça ? hurla-t-elle.

Mais elle savait. C'était le morceau de cuisse de Paddy qu'elle avait autour du bras.

Elle bondit à bas de son lit en poussant des cris perçants au moment même où Gavin ouvrait la porte, tout en secouant frénétiquement son bras pour faire tomber l'ignoble chose.

Quand ce fut fait, elle invectiva Wally :

— Espèce d'ordure ! Mais t'es complètement taré !

Gavin s'avança sur elle et l'attrapa par le bras.

— Tu es réveillée, hein ?

Teresa se libéra et pointa un doigt tremblant vers Wally. Celui-ci, à la cuisine, était en train de renifler sa tasse à thé.

— Moi, à ta place, j'la lav'rais pas, dit-il. Et c'est l'moment d'app'ler ton oncle, c'bon à rien !

— Qu'est-ce que tu dis, sale enfoiré... ?

Gavin la fit taire en l'entourant de ses bras.

— Attends... je ne pensais pas que tu te réveillerais. Il fallait encore une nuit de plus. Tu ne peux pas retourner dormir jusqu'à demain matin ?

Teresa fit un effort désespéré pour retrouver toute sa tête et, accessoirement, se dégager de l'étreinte de Gavin, pendant que

Wally entreprenait une fouille en règle des poches de ce dernier. Mais lui, loin de résister, se contenta de la serrer plus fort.

— Mary, c'te vieille vache, c't'une sorcière ! annonça le garçon boucher en brandissant une feuille genre parchemin au coin déchiré.

Teresa lut ce qui y était écrit par-dessus l'épaule de Gavin, puis Wally la retira d'un geste vif. Elle sentit Gavin remuer la tête dans son cou et la serrer plus fort contre lui. Elle le laissa faire pour éviter de s'écrouler par terre.

— Putain... murmura-t-elle, Gavin... c'était toi ?

— Il était au courant, pour l'sac à malice d'maman, d'puis la première fois qu'elle est v'nue à la boucherie, dit Wally.

Au lieu du surcroît de panique assorti de nausée qu'il eût été séant de ressentir, Teresa fut parcourue par une onde d'excitation. Elle prit une longue et forte inspiration pour se calmer et s'éloigna de son amoureux transformé en loque gémissante.

Fouillant la pièce du regard, elle découvrit le morceau de cuisse accroché à l'abat-jour. Ainsi éclairée par-derrière, la bande de peau brillait de l'intérieur, telle une relique macabre sillonnée d'ombres à peine visibles qui pouvaient être des veines ou des amas de graisse.

Wally enfouit la page du livre de Mary dans sa poche, de laquelle il sortit ce qui ressemblait à une corne d'abondance en argent.

— Cadeau d'la part d'Mary, dit-il. Faut qu'tu dormes avec ce charme sous ton oreiller pour qu'ça t'porte chance. Bon, ben, salut. Amusez-vous bien, tous les deux.

Teresa resta quelque temps les yeux fixés sur le morceau de peau de ce pauvre Paddy. Finalement, cette Mary méritait le respect ! Oui, dans son article, elle dirait tout le bien qu'elle pensait d'elle, et des us et coutumes des nomades. C'était bien le moins. Car maintenant, grâce à cette brave sorcière, elle tenait un sujet digne de la une. Terminé, « ce pauvre Paddy » ! Maintenant, il allait être remplacé par « ce pauvre Gavin ». Son visage décomposé allait faire merveille pour illustrer l'article. A vrai dire, elle était plutôt fière de lui. Dire qu'il avait vaincu son estomac délicat pour elle !

— Gavin, mon chéri, vraiment, je t'adore !

Il s'effondra une fois de plus dans ses bras. Elle se blottit contre lui, à bout de forces et enchantée, tout en imprimant dans sa mémoire les lignes qu'elle avait lues : *Ce philtre d'amour garantira son ardeur pendant toute la vie : prélever une bande de peau sur un homme enterré depuis sept jours, pas plus, pas moins, et l'envelopper autour de la jambe ou du bras de la femme aimée pendant son sommeil, pendant trois nuits d'affilée.*

Elle serait fin prête, le jour de son rendez-vous avec l'*Irish Times*, à Dublin, grâce aux événements qu'elle avait vécus personnellement avec son ex-petit ami. Et elle n'oublierait pas de vouer une reconnaissance éternelle à ce cher Gavin, qui avait donné ce coup d'envoi à sa carrière.

Chassant une petite piqûre de remords – cet imbécile avait profané un cadavre, après tout –, elle tendit la main vers la table de chevet où l'attendait son téléphone portable. La touche de raccourci du numéro de son oncle était le 1.

Notices biographiques

Lisa Alber, lauréate, en 2001, de la Walden Fellowship, a reçu en 2007 la bourse pour l'écriture de la Fondation Elizabeth George. Le personnage principal de son premier roman est le lieutenant Danny Ahern, qui fait une apparition dans « La cuisse de Paddy O'Grady ». L'une de ses nouvelles précédemment publiées a été nominée en 2006 pour le Pushcart Prize. Après des études d'économie à Berkeley, Lisa a travaillé dans des bibliothèques, des restaurants, des multinationales en Amérique du Sud, de grandes maisons d'édition new-yorkaises, des bars, des journaux et des entreprises spécialisées dans les technologies de pointe. Son chat et son chien apprécient qu'elle travaille maintenant chez elle, à Portland (Oregon). Vous pouvez la retrouver en ligne sur *www.lisaalber.com.*

Linda Barnes est l'auteur de la série à succès de Carlotta Carlyle, la « privée rigolote ». Elle a reçu l'Anthony Award et l'American Mystery Award, et elle a été nominée pour l'Edgar Award et le Shamus Award – quatre prix majeurs de la littérature policière aux Etats-Unis. Son dernier roman à paraître, *Lie Down With the Devil*, est le douzième de la série des Carlotta Carlyle. Elle est présidente des Private Eye Writers of America.

Julie Barrett a écrit un roman, de nombreuses nouvelles et plusieurs pièces radiophoniques. Elle vit à Plano, au Texas, avec son mari, son fils et ses chats. Quand elle n'est pas devant un ordinateur, elle est généralement derrière un micro ou une caméra. Ou plus exactement, une chat-méra... Rendez-vous sur son site, *www.barrettmanor.com*, où vous pourrez la voir chez elle comme si vous étiez une petite souris...

Stephanie Bond menait depuis sept ans une carrière d'ingénieur système et préparait, la nuit, un MBA, quand l'un de ses professeurs remarqua son don pour l'écriture. Elle entreprit alors d'écrire un roman sur son temps libre... Quatre ans plus tard, elle démissionnait de son emploi pour se consacrer à l'écriture. Elle a aujourd'hui plus de quarante romans à son actif : des romans d'amour et d'humour, des polars pleins de charme et de drôlerie comme la série des Body Movers, les « Déplaceurs de cadavres ». Stephanie vit à Atlanta, en Géorgie, qui sert de cadre à ses romans policiers. Pour plus d'informations, voir son site : *www.stephaniebond.com.*

Pendant deux ans, Allison Brennan a passé ses journées à travailler au Capitole de l'Etat de Californie, et ses nuits à écrire une fois que ses enfants étaient couchés – elle est l'heureuse maman de cinq bambins. Son rêve – devenir écrivain – s'est réalisé en 2004, quand elle a signé un premier contrat avec Ballantine pour *The Prey*. Elle a depuis publié plusieurs nouvelles et sept romans qui figurent sur la liste des meilleures ventes du *New York Times* et de *USA Today*. Elle écrit dans des cafés et des restaurants de son quartier pendant que ses enfants sont à l'école, et leur sert de chauffeur et de maman poule à partir de trois heures de l'après-midi. Elle réussit l'exploit de permettre à ses personnages de trouver l'amour dans un monde livré en pâture à un éventail complet de meurtriers en série, de psychopathes et d'hommes en proie à leurs pires instincts, de sorte que ses thrillers, plutôt sombres, procurent à ses lecteurs un sentiment d'espoir et de justice. A côté de cela, elle mène une vie normale en Californie du Nord, où elle joue à des jeux vidéo avec ses enfants (et aussi toute seule), participe à des dégustations de vin avec son mari et ses amis, regarde des classiques du cinéma, suit les affaires criminelles et écoute du rock classique. Elle est membre des Mystery Writers of America, des International Thriller Writers, où elle joue un rôle très actif, et des Romance Writers of America, dont elle préside l'une des branches, le PASIC (Published Author Special Interest Chapter).

Tout le monde s'arrache Elizabeth Engstrom, professeur et rapporteur de conférences, conventions et séminaires sur l'écriture. Elle a écrit dix livres, conçu quatre anthologies, et publié plus de deux cent cinquante nouvelles, articles et essais. Elle vient de mettre le point final à son dernier roman, *The Northwoods Chronicles*. Elle habite avec son mari pêcheur et leur chien sur la côte Pacifique, où elle donne parfois des cours d'écriture. Vous pouvez lui rendre visite sur *www.elizabethengstrom.com.*

Patricia Fogarty a été professeur d'anglais et habite dans le comté d'Orange, en Californie, avec son mari. « Comment je me suis éclaté pendant les vacances » est sa première œuvre de fiction publiée.

Barbara Fryer est née à Philadelphie. Après des études de journalisme scientifique à la Temple University, elle a enseigné et collaboré à des revues avant de se tourner vers l'écriture de fiction. Elle habite à Huntington Beach, en Californie, avec son mari, où elle écrit actuellement un roman. Comme la protagoniste du « Chameau emballé », Fryer est une grande fan de basket, mais c'est leur seule ressemblance.

Elizabeth George a écrit seize romans policiers « à l'anglaise », qui ont propulsé leurs protagonistes, l'inspecteur Thomas Lynley et sa coéquipière, le sergent Barbara Havers, sur toutes les listes de best-sellers. Après un passage dans l'enseignement et un doctorat honorifique en lettres humaines, Elizabeth George a remporté l'Anthony et l'Agatha Awards, le Grand Prix de littérature policière en France, le MIMI en Allemagne, l'Ohioana Book Award décerné par l'Ohio University Press. Elle a été nommée « ancienne élève d'honneur » de l'université de Californie et de l'université d'Etat de Californie. Ses romans ont été adaptés pour le petit écran par la BBC, et les téléfilms ont été diffusés sur PBS, dans le cadre de la série *Mystery* ! Elle préside le conseil d'administration de la Fondation Elizabeth George, et elle vit sur Whidbey Island, dans l'Etat de Washington, avec son mari, leurs chiens et une quantité prodigieuse de conifères.

Carolyn Hart a publié une quarantaine de romans policiers. On lui doit notamment la série des « Henrie O » et les « Death on Demand », une série de dix-neuf meurtres en chambre, dont *Death Walked in* est le dernier volume paru. Avec *Ghost at Work*, elle a donné le coup d'envoi d'une nouvelle série dont l'héroïne est une impétueuse défunte rousse, Bailey Ruth Raeburn. Carolyn Hart a remporté trois fois l'Agatha du meilleur roman policier. Elle a reçu le prix Malice Domestic Lifetime Achievement en 2007. Elle vit à Oklahoma City avec son mari, Phil.

Peggy Hesketh, l'auteure de « Folie à deux », vit actuellement en Californie. Ancienne journaliste, elle enseigne l'écriture à l'université d'Irvine. Quand elle n'est pas occupée à écrire ou enseigner, elle exhume des dinosaures dans le Montana.

Wendy Hornsby a écrit sept romans policiers salués par la critique et traduits dans plusieurs langues, mais elle voue une véritable passion au genre de la nouvelle. Elle a reçu de nombreux prix, dont le prestigieux Edgar de la nouvelle, et, en France, le Grand Prix de littérature policière. Le jour, Wendy est une aimable enseignante d'histoire à la voix douce. La nuit, elle écrit des romans noirs que le *New York Times* a qualifiés de « rafraîchissants, réalistes et décapants ». « La Violoniste » se situe à la croisée de ses deux vocations. La lecture des papiers personnels de Jack et Charmian London l'a amenée à s'interroger sur leur prétendu grand amour, et sur les conditions de la mort de Jack : pourquoi une veuve éplorée se serait-elle fait construire une maison qu'elle aurait baptisée « La Maison des murs heureux » ? De quoi pouvait-elle bien trouver à se réjouir ?

Z. Kelley, de son vrai nom Elaine Medosch, a publié trois nouvelles dans des revues littéraires – « Coaxing Sculpture » (littéralement : « Apprivoiser la sculpture ») dans *Aethlon* en 2003, « Autoerotica », en 2005, et « The Light Offshore » (« La Lumière au large ») en 2006, toutes deux dans *The Southlander*. Elle a reçu une mention honorable dans le numéro du printemps 2003 du *Peridot Books Literary Journal*. Elle a publié un recueil de nouvelles, *Blue Lawn of Heaven*, et elle écrit actuellement son deuxième roman tout en dirigeant une société de relations publiques. Après des études à la Tulane University, elle est sortie diplômée de la faculté de droit de la Western State University. Elle a collaboré pendant quinze ans à un journal de Long Beach, en Californie, où elle vit aujourd'hui.

Gillian Linscott est la créatrice de Nell Bray, une enquêtrice et suffragette anglaise du début du XXe siècle. L'une de ses aventures, *Blood on the Wood*, a remporté en 2000 les deux principaux prix décernés à un roman policier historique, le Herodotus Award et l'Ellis Peters Dagger, attribué par la Crime Writers Association, qui avait déjà couronné son précédent roman, *Absent Friends*. Gillian Linscott est journaliste au *Guardian* et tient la rubrique politique pour les antennes locales de la BBC. Elle habite un cottage vieux de trois cent cinquante ans dans le Herefordshire, en Angleterre, et quand elle n'écrit pas, elle exerce la profession de jardinier.

Laura Lippman a publié dix-sept volumes à ce jour, dont douze enquêtes de Tess Monaghan, qui ont été couronnées par de nombreux prix. Un de ses romans, *Ce que savent les morts*, a figuré sur la liste des best-sellers du *New York Times* et reçu les plus grandes récompenses du genre : les Agatha, Anthony, Barry et Macavity Awards. Un recueil de ses nouvelles, *Hardly Knew Her*, est paru à l'automne 2008. Elle habite Baltimore.

Marcia Muller est née dans la région de Detroit, et elle a grandi dans une maison remplie de livres, dont trois exemplaires autopubliés, à l'âge de douze ans, de son premier livre : une histoire de son chien complétée par des illustrations primitives, qui reçut des « critiques » généralement positives. Ses ambitions littéraires furent néanmoins freinées, lors de sa troisième année d'études à l'université du Michigan, par un professeur d'écriture qui jugea qu'elle ne serait jamais écrivain parce qu'elle n'avait rien à dire. Elle se tourna donc vers le journalisme, mais plusieurs rédacteurs en chef remarquèrent sa malheureuse tendance à enjoliver les faits pour les rendre plus intéressants. Au début des années 1970, elle partit s'installer en Californie, renonça à trouver un emploi stable et entreprit d'écrire des romans policiers, parce que c'était ce qu'elle aimait lire. Trois manuscrits et cinq années plus tard, *Ça brouillasse à Frisco (Edwin of the Iron Shoes)*, son premier roman mettant en scène le détective privé Sharon McCone, fut publié par David McKay Company, qui supprima sa collection de romans policiers dans la foulée. La parution de son deuxième roman, *Ask the Cards a Question*, dut attendre quatre ans. Vingt ans plus tard, Muller compte à son palmarès sept recueils de nouvelles, de nombreux articles, et trente-cinq romans, dont trois en collaboration avec son mari, Bill Pronzini. Ensemble, ils ont publié une douzaine d'anthologies et un essai sur le roman policier. Les Mulzini, comme les appellent leurs amis, vivent dans le comté de Sonoma, en Californie, dans une maison remplie de livres.

Jenny Cain et Marie Lightfoot ont valu à leur créatrice, Nancy Pickard, les plus grands prix de la littérature policière – l'Agatha, l'Anthony, le Barry, le Shamus et le Macavity. Elle a été nominée quatre fois pour l'Edgar Award, notamment pour son roman *La Vierge de Small Plains*, lauréat du Notable Kansas Book 2006. Plusieurs de ses nouvelles ont été reprises dans le *Year's Best Mystery and Suspense*. Elle vit dans les environs de Kansas City.

S. J. Rozan, qui a écrit onze romans policiers, est une New-Yorkaise convaincue. Ses romans et ses nouvelles ont remporté les plus grands prix américains de littérature policière, et notamment l'Edgar, le Shamus, l'Anthony, le Nero et le Macavity. Avec *The Shanghai Moon*, sorti début 2009, elle retrouve ses personnages fétiches, les détectives Bill Smith et Lydia Chin.

Kristine Kathryn Rusch écrit avec un même succès des polars, de la science-fiction et des romans sentimentaux, couronnés par de nombreux prix littéraires. Son dernier policier, écrit sous le nom de Kris Nelscott, est *Quatre Jours de rage*. Son dernier roman de science-fiction est une histoire policière futuriste de la série des *Experts récupérateurs*. Pour en savoir davantage, rendez-vous sur son site, *www.kristinekathrynrusch.com.*

Patricia Smiley a fait des études de sociologie à l'université de Washington à Seattle et obtenu un MBA avec mention à la Pepperdine University de Malibu, en Californie. Ses romans policiers, qui mettent en scène le détective amateur Tucker Sinclair, lui ont valu les honneurs de la critique et de figurer dans la liste des meilleures ventes du *Los Angeles Times.* Retrouvez-la sur son site : *www.patriciasmiley.com.*

Dana Stabenow est née à Anchorage et a grandi sur un bateau de pêche dans le golfe d'Alaska. Elle a fêté son diplôme, obtenu en 1973 à l'université Fairbanks d'Alaska, en partant, sac au dos, pour l'Europe où elle a passé quatre mois, découvrant les pubs anglais, la bière allemande et les mâles irlandais. Rentrée chez elle, elle est entrée au service de British Petroleum, a gagné énormément d'argent et passé pas mal de temps à Hawaii. En 1982, sur un coup de tête, elle a démissionné pour reprendre des études à l'université d'Alaska à Anchorage et écrire des romans. Son premier roman de science-fiction, *Second Star* (1991), a disparu sans laisser de traces, mais son premier policier, *A Cold Day for Murder* (1993), a été couronné d'un Edgar, et son premier thriller, *Blindfold Game* (2006), a figuré parmi les meilleures ventes du *New York Times.* Son vingt-cinquième roman, le seizième de la série des Kate Shugak, *Whisper to the Blood*, est sorti en février 2009.

Marcia Talley a reçu un Agatha et un Anthony Award pour *Dead Man Dancing*, septième volume de la série des Hannah Ives, qui se déroule dans le Maryland. Elle est l'auteur et le « maître d'œuvre » de deux séries de romans à épisodes, *Naked Came the Phoenix* et *I'd Kill For That*, écrits à plusieurs mains par des auteurs confirmés, et dont l'action se déroule respectivement dans un spa luxueux et dans une communauté entourée de murs. Ses nouvelles ont été reprises dans plus d'une dizaine de recueils, notamment « With Love, Marjorie Ann », et « Safety First », toutes les deux nominées pour le prix Agatha, et « Too Many Cooks », une relecture humoristique du *Macbeth* de Shakespeare, écrite du point de vue des trois sorcières, parue dans le recueil *Much Ado About Murder* d'Anne Perry, et qui lui valut de nombreux prix. Une de ses dernières nouvelles, « Driven to Distraction », publiée dans *The Deadly Bride And 21 Of The Year's Best Crime and Mystery Stories*, a reçu l'Agatha Award et été nominée pour l'Anthony. Marcia a présidé la branche de Chesapeake des Sœurs du Crime, et œuvré comme secrétaire de l'association à l'échelon national. Elle siège au bureau du secteur

« Mid-Atlantic » des Mystery Writers of America. Elle partage son temps entre Annapolis, la capitale du Maryland, et les Bahamas, où elle vit à bord d'un vieux bateau à voile.

La vie de Susan Wiggs tourne autour de la famille, des amis... et de l'écriture. Elle vit au bord de l'eau, dans une île du Puget Sound, et c'est en canot à moteur qu'elle se rend à son atelier d'écriture. Pour *Publishers Weekly*, elle écrit « des romans d'amour d'une honnêteté rafraîchissante », et le *Salem Statesman Journal* voit en elle « l'une de nos meilleures observatrices des incertitudes du cœur, qui a le don de capturer l'émotion à chaque page de chacun de ses livres ». *Booklist* qualifie ses romans de « vrais, authentiques et inoubliables ». Elle a eu le privilège de recevoir trois RITA – le prix du roman d'amour décerné par la RWA – et de nombreuses critiques élogieuses dans *Publishers Weekly*. Ses romans, traduits dans plus d'une dizaine de langues, figurent sur de nombreuses listes de meilleures ventes et notamment celles d'*USA Today* et du *New York Times*. Cette enseignante, diplômée de Harvard, trekkeuse impénitente, photographe amateur, bonne skieuse et très mauvaise golfeuse, avoue que son occupation préférée consiste à se rouler en boule avec un bon livre. Les lecteurs désireux d'en savoir davantage peuvent visiter son site : *www.susanwiggs.com.*

Composition et mise en pages : FACOMPO, LISIEUX

CPI Bussière

Cet ouvrage a été imprimé en France par
CPI Bussière
à Saint-Amand-Montrond (Cher)
en août 2009
N° d'édition : 8045/01. - N° d'impression : 092312/4.
Dépôt légal : septembre 2009.